カディスの赤い星

卡迪斯紅星

逢坂剛

洪碧娟　譯

跨越時代史詩鉅作

資深文史導遊・推理迷／謝哲青

越過庇里牛斯山脈，有一片融合浪漫與野蠻的化外之地，拿破崙說它不是歐洲，詩人奧登（W. H. Auden）認為它是創世紀後剩餘的碎片，像是拼貼般草草地黏就世界的邊緣，第一批入侵的摩爾人則真的認為它是一座島嶼，唯獨殖民在地中海西岸的腓尼基人意識到這片土地的孤絕虛無，稱它為「Spania」——意思是「隱蔽之地」。

在這裡，主導歷史的是血腥鎮壓與殺戮。

古典時期的羅馬皇帝從這裡出發征服全世界，中世紀的瘋狂騎士則帶著魔法號角與棺木與入侵者對抗，宗教裁判所則用女巫之鎚的黑色恐怖宰制國家；在這裡，各地的冒險家打著榮耀上帝的旗幟，風塵僕僕地從千里之外前來格拉那達販賣征服與夢想，後來更將新世界財富搜括一空，在塞維爾用異教徒的血淚與黃金打造瑰麗眩目的祭壇聖殿；在這裡，短短的百年之間共發生了四十三次政變，絕望的民眾對抗法西斯主義與納粹，年輕的海明威與畢卡索，分別用不同的藝術形式控訴專制與不公。在分崩離析的內戰之後，取代的是佛朗哥右翼獨裁的寡頭禁制，二十世紀幾乎就在噤若寒蟬的沉默中度過。即使隨佛朗哥將軍在一九七五年去世後開放，直到今天，哥德式的隔絕封閉依舊主宰著某些區域，居住在伊比利中央小山城的居民，仍認為外國人是有尾巴的惡魔使者。

不過在陰暗的時間序列之外，西班牙展現出超乎常理的熱情與野性創造文明，享受生活。托萊多（Toledo）與阿蘭奎斯（Aranjuez）的宮廷生活，是歐洲貴冑眾望所歸的紫微垣，她所代表的一切是無可比擬的優雅與耽溺；來自拉．曼查（La Mancha）的遊俠帶著荒謬偏見挑戰獨眼巨人，塞萬提斯（Miguel de Cervantes）用文字為我們勾勒出浪漫的盲目與失落；內華達山脈南麓的阿爾罕布拉宮（La Alhambra）及赫內拉利費花園（Jannat al-'Arif）被後世的藝術史家稱之為「摩爾人的眼淚」，是開明優雅的伊斯蘭美學最後身影；半島東北的加泰隆尼亞則用藝術向世界證明存在的美與意義：高第、多明尼克．蒙塔內爾、達利、米羅、塞爾特，都為我們的時代留下珍貴的人文遺產。更不用提迷人的安達魯西亞，從靈魂出發來打動人心的佛拉明哥，極具個性的音樂、舞蹈、唱腔，就是今天全世界所認識的西班牙。

逢坂剛完成於一九七七年的經典《卡迪斯紅星》，在後半部引領讀者回到那光影交會，動盪擾攘的年代。逢坂剛在這個時期的創作風格多變，內容兼具亞森羅蘋式的冒險懸疑與勒卡雷的冷硬諜戰，游刃有餘之際尚能兼顧推理解謎的樂趣，同時作品也揉合了新聞紀實性的書寫描述，將西班牙的庶民文化風貌與歷史真相巧妙地融入其中。

跨越時代的罪與罰，人性糾結的恩怨情仇，正是西班牙歷史的宿命與哀愁，也是社會派書寫的終極追求。至少從個人角度觀察，就某方面而言，《卡迪斯紅星》可以說是日本推理界社會派的史詩鉅作。

導讀——

四分之一世紀的重逢

推理評論家／杜鵑窩人

西元一九八六年其實是一個很有趣的年份，對世界、對台灣和對台灣推理界來說，都是如此！那一年四月二十六日，前蘇聯的烏克蘭發生了車諾比核電廠災變，雖然當時消息被嚴密地加以封鎖，但是依然是有史以來世界上最嚴重的核能災變事件，人類終於知道許多人在鼓吹所謂核能「乾淨、安全」的真正意義。那一年的九月二十八日，中國國民黨在一九四九年「轉進」台灣之後，政治上最大的敵人民主進步黨誕生，從此讓其如芒刺在背。那一年，張忠謀開始籌備台積電成立，並於第二年設廠生產，然後台灣真正走入現代電子工業的濫觴。而那一年，日本非職業作家的逢坂剛以《卡迪斯紅星》獲得第九十六屆直木獎、第五屆日本冒險小說協會大獎，第二年則以本書獲得第四十回日本推理作家協會獎！

最後這一件事則對台灣推理界產生了微妙影響。因為《卡迪斯紅星》的輝煌紀錄，讓當時皇冠出版社的「日本金榜名著」系列以《卡迪斯紅星》為第一本登場作，在一九八七年五月出版。而當時台灣的日本推理小說出版市場，幾乎是松本清張的社會派、西村京太郎的交通推理和赤川次郎的幽默推理在三家分晉的態勢。這個「日本金榜名著」系列則開啟了台灣推理讀者們的新視界，從《卡迪斯紅星》的動作冒險風格開始，《花園迷宮》、《飛翔警察》、《奪命十角館》、《占星惹禍》、《日光迷雲》等等，與以往大相逕庭各種類型的日本推理作品相繼登場，可謂讓台灣推理小說迷突然眼界大開，甚至後來對台灣推理的閱讀和創作的影響更是深遠無比，本系列當時出版了包含推理與非推理小說共八十本，雖然因為版權問題而終止出版，卻是後來網路二手小說拍賣競標時的許多「夢幻逸品」的出處。

為什麼當年的《卡迪斯紅星》這樣一本動作冒險的小說會讓我印象深刻呢？首先，在那個封閉的年代，連新聞都還是「大有為政府」幫人民篩選過，這樣一本橫跨日本和西班牙兩國且充滿異國風情的作品還真的未曾見過，當然會讓我當時年輕的心受到震撼。其次，以現今的眼光來看，《卡迪斯紅星》的冒險刺激度並不算太高，但是在當時能夠融合動作冒險和懸疑推理的作品，很難不被眼界不廣的推理愛好者如我驚為天人了。最後，《卡迪斯紅星》的故事當中那種政治氛圍和動盪緊張的氣息，也或多或少感染刺激了在第二年迎來解除世界上最長戒嚴時期的台灣讀者。

四分之一世紀過去了，和車諾比核電廠災變同等級的災變突然發生在地震後的日本，而皇冠竟然會再度出版《卡迪斯紅星》，讓現在的台灣讀者有機會拜讀這本相當讓人震撼的作品，雖然《卡迪斯紅星》最後帶給讀者的是一個不算圓滿且有些遺憾的結局，但是我個人認為這種淡淡的哀愁反而更適合這本書。

號稱二十世紀的兩大「反共強人」的右派大獨裁者蔣介石和佛朗哥都死在一九七五年，我也是因為《卡迪斯紅星》才注意到的，真是有趣啊！

給台灣讀者的一封信

本書能在台灣出版，是鄙人甚感殊榮的事。
我的一些台灣朋友，讀過本書的日文版之後，均對它讚不絕口。
倘若本書譯成貴國語言時，能讓台灣讀者看得趣味橫生，
則是筆者最感欣慰的事。從東方人的眼中看來，
西班牙是一個遙遠的國度，但它同時也是一個深具魅力的國家。
該國混合著東方人的血統，所以和我們有一份特別親密的情感。
在西國，會遇到許多日本觀光客及台灣去的旅行者。
相信各位一定也和我們一樣喜歡西國人民。
最後，我深切盼望，我的書能提供讀者對西班牙有一個概括的認識。

逢坂剛

Contents

序曲——一九八六年六月

那天早上，我坐在經理室的辦公桌前，對著錄音機的麥克風講話。

「自今年五月份起，西班牙伊貝利亞航空公司，將通航直達日本的航線。屆時，我國與西班牙將超越距離的限制，建立起更親密的往來關係。

「今年初加入ＥＣ（歐洲共同體），三月經由全民投票表決繼續留在ＮＡＴＯ（北大西洋公約組織）的西班牙，漸漸與歐洲同化，且這一次的大選中，由菲力普・岡薩雷斯（Felipe Gonzalez）首相所率領的社會勞動黨獲勝。這種情形，意味著國民對於左翼政權已逐步認同。

「今年是一九八六年，西班牙內戰爆發至今，剛好整整五十年。我國雜誌業及出版界對於此事，投以無比的關注，因為這是西班牙近代史的轉捩點。

「在此，六年後，也就是一九九二年，西班牙政府為了紀念哥倫布發現新大陸五百週年，除了在巴塞隆納舉辦奧運之外，並在塞維爾舉辦萬國博覽會。」

「今後數年間，西班牙一定會受到舉世的注目。如果貴公司能藉此機會，以西班牙為目標，展開一系列的ＰＲ（公共關係）活動，就長期觀點而言，無論在國內市場或是國際市場上，都能掌握優厚的利益。

「最後，附上日野樂器社ＰＲ活動的企劃書。」

錄音完畢後，我關上麥克風。

日野樂器社，是公司裡資格最老的客戶，我正在向他們提議爭取西班牙市場。

我移到沙發椅，隨手取閱關於西班牙的雜誌。那是我的企劃案所需要的資料，我已經將半年中所有的過期雜誌，從倉庫裡整理出來。平常的時間有限，沒有餘暇逐一閱讀這些雜誌，因此，漏掉了許多新聞。

我挑了幾篇比較重要的報導詳細閱讀。

哥倫布的子孫，即現役海軍中將克利斯多巴爾・科隆，被激進派組織ETA暗殺。

馬德里現任市長帝埃諾・卡爾邦法學博士因痼疾辭世。他是PSOE（社會勞動黨）的名譽議長，也是左派分子的代表人物。

佛朗哥總統逝世十週年紀念特刊。那是以「佛朗哥的歷史審判」為題，去年秋天連載了數週的專訪。

正隨意瀏覽報導時，目光無意觸及一則新聞，全身立即像電流通過一般，驚悸得顫動了一下。十年前那件往事，再度鮮活地回到腦海中翻滾。

那則報導佛朗哥總統死亡種種的新聞，無意間暴露了一件不為人知的事實。

我立刻從頭到尾過目一次。

它的主要內容為，披露一九七五年佛朗哥總統死亡消息的日期，較其實際死亡的日期晚了一天。這麼做的原因，是為了與荷西・安東尼奧・普里莫・德里維拉的忌日相同。據說，這是西班牙政府刻意安排的。

荷西・安東尼奧於一九三三年創立「長槍黨」，是著名的法西斯主義領袖。他雖然屬於法西斯分子，但卻廣受左派的歡迎。他具有一種能輕易贏得別人信賴與支持的魅力。可惜的是，當一九三六年內戰爆發時，他被共和政府指為反叛軍的領袖，而處以槍決。死的時候，年僅三十三歲。

內戰勝利後，佛朗哥為了自己的權勢利用他的英勇事跡，將國內都市主要的廣場跟街道命名為「荷西・安東尼奧」。久而久之，他成了一位傳說中的神奇人物。

根據那篇有問題的報導，佛朗哥其實是一九七五年，荷西・安東尼奧忌日的前一天死亡。但是西班牙政府，為了使元首的逝世更具神秘的色彩，故意把日期延後一天發表，以便與荷西・安東尼奧同日。

我將兩手環抱在胸前，向窗外眺望。此時正是梅雨季節，雲層重重相疊，雨絲似乎沒有停歇的跡象。

五年前，我將事務所改組為公司組織，遷移到這棟新建的大廈。現在業務已經逐漸擴展開來，員工的人數也增加不少。這是我在十年前料想不到的。

不知不覺中，手心竟沁出汗珠。

倘若佛朗哥總統死亡的消息提前一天發佈，事情會有什麼變化呢？當然，西班牙的歷史不會因此而重寫，只是對我個人而言，意義將會完全不同。

對講機的鈴聲響起，將我拉回了現實，我回到桌前。

「什麼事？」

「常務董事有事情要和你商量，你現在有時間見他嗎？」

秘書職業化的聲調從對講機流瀉出來。

「可以。請妳沖兩杯咖啡，並且攜帶錄音機進來，我要和他研討日野樂器社下一個企劃案。」

信步走到窗前，俯視樓下的屋頂。雨滴在屋簷上跳躍。

玻璃窗反映出我的臉孔。

十年了——不，應該是十一年。十一年前，也就是一九七五年的夏秋之際，我曾一度瀕臨死亡的邊緣。

敲門的聲音響起，我轉身面向房門。

「請進。」

第一章——一九七五年　夏日的暴風雨

1

新井的破鑼嗓子，氣急敗壞地從電話中傳來。

「我們遇上麻煩的事了！請你立刻來一趟，好嗎？」

他省掉了慣常的玩笑話，直接地道出重點，實在是很希罕的事。

「剛才，有一位自稱為全日本消費者同盟總書記的女人打電話來。她的名字是槙村，你聽過嗎？」

「是的，我以前聽過。」

「那位槙村總書記說，下午一點，要和河出常務董事晤談。據說他們接到消費者的投訴，指控我們日野樂器社所出售的吉他出了毛病。」

「吉他出了毛病？是爆炸了嗎？」

「怎麼可能！我們的吉他又沒有塗上硝化甘油，你難道不曉得嗎?!」

新井嫌惡地回答。

「那麼，是什麼問題？」

「對方說，詳細情形在電話裡說不清楚，一切等見了面再談。我對全日本消費者同盟這個團體一點也不了解，也不知道槇村總書記在玩什麼花樣，想請你來看一看。就是因為這樣，所以我們才會每個月都付錢給你啊，這一點你應該明白。」

我答應了他，並且允諾會盡早趕過去，然後掛上電話。

對於新井，我有隨叫隨到的義務。因為在我這間只有兩名職員的PR事務所中，新井是最大的客戶。他是日野樂器社的宣傳處長。

我的事務所位於四谷本鹽町，名叫歐陸別墅的城市公寓五樓。兩年前，變賣父親遺留下來的千葉縣船橋市的山產後，買下兩間房子打通，成為現在住宅辦公兩用的事務所。

我請秘書石橋純子泡一杯茶進來。我稱她為秘書，她卻自嘲地稱自己是打雜的。

純子是我在報上刊登徵求秘書啟事時，唯一在履歷表上沒有寫錯字，也沒有漏字的女孩。她芳齡二十五，雖然談不上漂亮，但是滿可愛的，而且聰明伶俐，反應快。她很容易流汗，夏季時，常常動不動就汗流浹背。

「新井先生是不是很不高興？」

純子的大眼睛，骨碌碌地轉動著。

「是啊，他氣得似乎要將話筒啃下去。請妳在消費者團體的檔案中，找出全日本消費者同盟的資料。」

要純子找資料之前，我已經打過電話到厚生省的記者俱樂部，但是一無所獲。因為那些早上十點半就到俱樂部的認真的記者，是不願意和我們這些PR人員打交道的。

事務所需要的各種資料，全部由純子一手整理歸檔。那些資料包括新聞局官員、各個雜誌社總編輯，以及現場記者、電視製作人、導播等名單。

當然，也包含了主要的消費者團體、婦女團體的名單。我將純子找出來的全日本消費者同盟檔案，大略看一遍，記下一些資料。有關槙村總書記的資料非常齊全。這是純子從新聞報導，以及雜誌上剪下來的重要資料。

我吩咐純子看守公司，然後獨自離開。

日野樂器社是算得上企業界前五名的大公司，位於京橋的一棟六層樓大廈中。宣傳處是經由我的提議，而在三年前設置的。

當時，一位自稱為日野樂器社常務董事的河出先生，打電話向當時還在某大ＰＲ公司工作的我討教企業ＰＲ活動的問題，他是在某份企業雜誌上，看到我對於ＰＲ活動的專文，深感興趣，所以找上門來。

由於這個機緣，我為日野樂器社籌畫贈品方面的ＰＲ活動，並獲得月入五十萬的顧問費。往後的一年，我又策畫了發行ＰＲ雜誌以及一些活動，使他們在ＰＲ方面的預算提高為一千萬圓。

兩年前，我徵得當時的公司以及日野樂器社的理解，開了獨立的ＰＲ事務所。

偌大的會議室中，只有我一人。我對著面前的菸灰缸，一面抽菸，一面等候。抽完了一根菸以後，常務董事河出與新井一起來到。

河出弘繼年約五十幾，穿著講究，沉默寡言。除非必要，他總是盡量少開口。雖然他不常講話，但是沉靜中自有一股支配眾人的威嚴。

新井進一郎，比河出年輕一輪約四十幾歲，對服飾的品味很低，且生性饒舌。身材枯瘦，下巴總是露出刮盡鬍鬚後的青皮，氣色不太好。眉毛像是用粗的奇異筆畫上去似的，又濃又黑，並且翹向兩邊。

打過招呼以後，兩人並排坐在我的對面。

新井瞄一眼手錶後開口。

「你蒐集到全日本消費者同盟的資料了嗎？」

我將攜帶的資料取出。

「全消同於八年前，也就是昭和四十二年成立。那時正好是消費者運動開始活躍的時期。剛開始，有很濃厚的婦女運動色彩，活動的範圍也只限於東京市區內。現在已把目標放在消費者的問題上，勢力範圍也延伸到整個首都圈，以及櫪木至神奈川之間。他們標榜服務將遍及全日本，這個口號很可能成為事實。」

新井乾咳了一聲。

「那是一個什麼性質的團體？」

「它一向獨來獨往，不和其他團體合作是他們的特徵，和政黨也沒有牽連，是一個完全獨立的團體。」

新井聳動眉尖，看一眼河出的反應，河出依然不動聲色。

新井把視線重新投向我。

「那麼，這可以說是一個不具影響力的團體。」

「話也不能這麼說。近兩年來，他們約有三次採取一些告發企業的行動，名氣漸漸響亮起來。例如：千代田銀行地下融資的告發、連鎖店私下操縱市價的告發等，都是出自全消同之手。」

新井連連點頭，忽然彈了一下手指。

「我想起來了，原來那是全消同做的。以前看到那則新聞時，我就覺得那個團體很懂得利用大眾傳播。」

「不錯。他們和大眾傳播界，有特殊的關係。」

新井用指甲敲擊桌面，顯示出他的焦躁。

「全消同雖然是孤立的團體，但是他們的作風很激進。」

三人沉默半晌。

不久，河出首度開口。

「關於槇村總書記的資料，你有沒有呢？」

我翻閱手上的資料。

全日本消費者同盟的總書記槇村真紀子，於兩年前升任目前的職位。她原本並沒有受到全消同的重視，但是，在一連串的告發事件中，她出色的表現受到肯定。因此，恃著高明的手腕和公認的功績，終於榮登總書記的寶座。

她和通產省及農林省的某些記者交情很好，並且常出入大藏省及厚生省的記者招待會。目前是全消同最具威力的武器。

她的個人經歷，並無詳細的紀錄。只知道擔任總書記以前，她在全消同會長矢部恭子所居住的社區內，協助一位老人販賣零用品。矢部恭子同情她的際遇，將她收為全消同的一名小職員。

她從小職員一躍而成總書記，可見是一位很不簡單的人物。

聽完我的簡報，河出略微思索後，慢條斯理地開口：

「其他的消費團體，對全消同的評價如何？」

我將資料放下來，回答他的問題：

「這是一個並不太確定的情報，據說全消同為了募集資金，採取了某些措施，頗受其他消費團體詬病。」

「他們如何募集資金？」

「聽說他們一方面告發企業，另一方面又以贊助金、研究費的名義，向企業收取款項。而積極進行這項工作的，就是槇村總書記。不過就全消同來說，若只靠自家發行的新聞雜誌和自製的雜貨根本也募集不到什麼資金吧。」

「她在全消同的勢力如何？」

「全消同自設立以來，最有實力的是矢部會長，以及田中副會長，目前再加上槇村總書記，形成三足鼎立的局勢。其中以槇村總書記最為激進，已經建立了穩固的激進派領導地位。她在資金調度方面的能力，以及與大眾傳播界的良好關係，令會長和副會長自嘆弗如。」

河出默默地點頭，聲調不變地問：

「還有沒有其他的事？」

我點燃一根菸。

「據說全消同的背後，有新左派的學生分子為他們募集資金。這些學生所進行的消費者運動，是其他的消費者團體所不敢恭維的。」

新井雙手環抱，深深地嘆了一口氣。

「我們惹上了一位麻煩人物，你有沒有同感？常務董事！」

「但是，我們也不能因此避不見面。」

河出稍微前傾，對我說：

「等會兒我和新井與她交談，你坐在旁邊仔細聽，佯裝是我們公司的一員。」

隨後，我們先行到餐廳用午餐。

2

剛踏進會客室，乍見那位女人時，不覺地令人有些膽怯。

那個女人的打扮，像是家財萬貫的富商遺孀，又像是生意繁榮的俱樂部的經營者。無論從哪一個角度看，都不像收入不高的消費者團體總書記。

槇村真紀子穿了一件印花洋裝，鬆鬆地繫著編織腰帶，臉上戴了一副咖啡色太陽眼鏡，鏡架邊還垂下一條細細的金鍊子。

皮膚是健康的古銅色，交雜了少許銀絲的頭髮很有光澤，曲線玲瓏有致，年紀大約四十五、六歲。

河出、新井和她交換名片以後，她便把目光投向我。

「敝姓漆田。很抱歉，名片剛好用完了——」

真紀子挑一挑眉毛，不置可否地交給我一張名片。然後我們一起坐在沙發上。

真紀子旁若無人地蹺起二郎腿。她的小腿渾圓結實，像是運動健將。腳上是一雙白色漆皮高跟鞋，沒有穿絲襪。

女職員端進果汁以後，真紀子挺直腰桿，說明來意。

「我想你們一定很忙，我就直截了當地說吧。」

她以挑釁的口吻說完後，從白色的編織皮包取出三張5.5×4吋的照片。

「你們看過這種吉他嗎？」

河出接過照片，看了一眼，表情變得僵硬。新井見狀，探頭挨過去看。

「這個——」

新井發出氣結的聲音。我也越過他的肩頭望向照片。

三張照片都是吉他中間部分的放大照，弦已經全部斷裂，吉他木板也裂開露出原來的顏色。這種景象，令人聯想到被野獸撕裂的傷口。

空氣中出現了令人窒息的沉默。

河出放下照片，輕輕地點頭。

「沒有錯，依照片看來這的確是我們公司的產品。從它內部的標籤、響孔判斷，這是HG-200型，市價兩萬圓的吉他。」

真紀子燃起一根菸。菸圈噴向她高高蹺起的腿。

「對於這些吉他，你們有沒有什麼說詞？」

河出兩手交疊。

「光看這些照片，我們一點也不了解到底是怎麼回事，請妳詳細說明當時的情況。」

「這三把吉他的弦在演奏途中突然斷裂，所以他們帶到全消同向我們抗議。」

新井的喉頭發出咕嚕的一聲，這是他在驚訝時慣有的反應。他提高聲調問：

「啊！在演奏中？」

「是的，演奏中。」

真紀子故意重複他的話。

河出皺一皺眉頭，再度拿起照片端詳。

真紀子漠然地詢問：

「這不是手工品吧？」

新井乾咳一聲。

「不錯，這的確不是手工品，而是大量製造的產品，但卻是一種高級貨。是本公司深具信心的新產品，推出時間只有三個月，頗獲好評，怎麼可能在演奏中斷裂？實在令人難以相信。」

真紀子拿掉太陽眼鏡，讓它垂在胸前，閃閃發光的金鍊子和她的古銅色肌膚相互輝映。她的眼角有一些魚尾紋，但是目光依舊銳利、炯炯有神。

「不管你相信與否，事實已經擺在眼前，的確有三把吉他的弦斷了。」

被真紀子搶白一陣，新井啞口無語，急得拿出手帕頻頻擦拭汗水。鎮定下來後，又反駁道：

「為了配合音程的需要，一把吉他有六根弦，通常可以承受六十公斤的拉力。倘若是弦鎖得太緊，頂多只會不好控制，怎麼會斷裂？」

真紀子彷彿不能同意他的話，臉色陡變。河出趕緊打圓場。

「發生斷裂的原因可能是黏膠不夠強，或是木材的乾燥狀態不好，這些我們會深入調查。」

真紀子的目光瞟一眼新井，然後停留在河出身上。

「你們的品管系統，是不是不夠確實？」

受到這麼嚴厲的質問，河出依然面不改色。

「對於這一點，我可以很自負地說，我們的品管非常嚴格，絕對不會亞於任何一家廠商。目前我們所擁有的機型，包括HG-200在內，在近十年來，從未發生過斷裂的毛病。」

新井乘機插口：

「我從昭和二十七年進入公司以來，從來沒有發生過這種事故，看到這樣的照片，幾乎令人無法置信。」

真紀子冷冷地看著新井。

「你不覺得演奏中的幾百名觀眾比你更無法置信？」

新井一時語塞。真紀子放下蹺起的腿，將香菸在菸灰缸中捻熄。

「無論多好的產品，都不可能完美無缺。這一點你們應該承認吧！」

河出點頭同意，並傾身向前。

「所以，我們想和妳打個商量。請將那三把吉他送還，好讓我們做徹底的檢查，然後再將結果告訴你們。當然，我們會奉上三把新的吉他給那幾位顧客。」

「沒有這個必要。」

真紀子不客氣地回道，同時拿起桌上的照片，輕拍桌角。河出和新井交換了一個眼色。

新井故意壓低聲音說：

「妳該不會僅以三張照片，就要我們收回所有的HG-200型的吉他吧？」

真紀子突然發出刺耳的笑聲，打斷了新井的話。這種笑聲，令人聽了渾身不舒服。

真紀子笑過一陣後，將照片收進皮包。

「我們不可能做出這麼無理的事。我今天來，只是要確定你們對這件事情的看法。」

河出挺身坐正，表情顯得很焦躁。

「如此一來，事情對我們很不利，無論如何，請把吉他交給我們。」

「我們不交出來的原因是，我們本身也要進行調查。必要的時候，全消同會要求貴公司將那些產品收回。以後再聯絡吧！」

真紀子說完，逕自站起來，我們也跟著起身。新井不死心地做最後一次試探。

「這樣僵持不下，並不能解決事情，至少請妳給我們那三個人的電話，我們要親自向他們道歉。」

「不必了，我改天再和你們聯絡。」

新井還想開口，被河出制止。

「好吧！我會通知工廠，再一次檢查那些產品有無瑕疵。如果妳的調查有什麼結果，請盡早告知我們。我的意思是，在你們還未對外發佈以前，先聯絡我們。」

真紀子停了一下，好像在考慮河出的請求。末了，她的嘴角浮上微笑，戴上太陽眼鏡，不發一言地離開會客室。

河出以嚴肅的眼光詢問我。

「你認為如何？漆田先生。」

「她今天只是來探一探你們的口風，我想她一定另有目的。」

河出翹起拇指，指一指門口。

「再去和她談一談。事情沒有解決，我覺得很擔心。」

我趕緊追出去，在電梯大廳追上了真紀子。

我向她邀約，如果有時間，一起去喝杯飲料。她打量了我一番，然後爽快地答應了。

走出日野樂器社的大樓，立刻置身在炎熱的暑氣中。我們往日本橋的方向走了幾步，然後踏進一間幽靜的咖啡店，點了兩杯熱咖啡。

服務生離開後，真紀子摘下太陽眼鏡，嘴角浮上淺淺的笑意。

「漆田先生，你大概不是日野樂器社的人吧？」

我暗暗吃了一驚，但仍努力裝出一副平靜的態度。

「那麼妳認為我應該是什麼身分？」

真紀子收起下顎，再次仔細地打量我。

「你是不是ＰＲ公司的人？」

真紀子的判斷力令我歎服，她真的不是一個簡單的人物！真紀子看到她的猜測正確，不禁開懷地笑了，然後挖苦我：

「你還有名片嗎？該不會用完了吧？」

我苦笑了一下。

「大概還有一張。」

她接過名片，喝了口服務生端過來的咖啡，仔細端詳了一番，隨口唸出：

「漆田ＰＲ事務所。ＰＲ顧問——漆田亮。」

「請多多指教。」

真紀子微微頷首。

「你是自由身分的ＰＲ人員？」

「是的。」

真紀子搖晃者名片，四下張望，好像在找垃圾桶，結果沒找著，只好收進皮包裡。

「近年來，有許多大規模的企業，請ＰＲ人員當他們的顧問，以對抗我們消費者團體。」

真紀子話中帶刺，但是口氣像在和我開玩笑。

「我們並非企業的代理人，請不要誤解。事實上，我們的工作是擔任消費者和企業之間溝通的管道。」

「這也就是我們稱之為『顧問』，而不是『代理人』的原因。」

「我也希望的確是如此。」

真紀子點燃香菸。

「我認識幾個ＰＲ人員，他們的工作好像挺有趣的。」

「依我之見，我們的工作還不如你們來得刺激。」
「刺激？」
「是呀，像妳今天，稍微施展一點伎倆，就讓企業頭子惶恐不安，不是很有趣嗎？」

3

真紀子目光銳利地逼視我。
「你這句話是什麼意思？請你說明一下。」
我不甘示弱地反擊。
「日野樂器社的主管，單憑妳幾張相片，就相信那些出了問題的樂器是他們的。誰知道那是不是妳在其他樂器上，貼了日野樂器社的商標，故意栽贓的！」
「那的確是日野樂器社的吉他。」
我迎向真紀子冰冷的目光，點燃一根菸。
「就算真的是日野樂器社的吉他，但是妳並沒有提出在演奏中斷裂的證明。說不定是故意放在大太陽下，曬了一段時間，所以斷裂；也說不定是有人惡意扯斷的。這些情形都不能歸罪於日野樂器社。」
真紀子將一大截菸灰任意撣落在地上。臉頰泛起了紅暈。
「你的意思是，有人故意毀壞吉他？」
「這只是我的猜測，詳細情形我也不能肯定。樂器這種東西，必須小心謹慎地維護，稍不留意，就可能造成缺陷。」

「日野樂器社的人，並沒有這麼說。」

「我不是日野樂器社的人。」

真紀子兩手交抱在胸前，漠然地審視我。

「你所謂刺激的事情，大概是指我以毫無根據的事情，來要脅日野樂器社這件事吧？」

我沒有回答她的話。

「企業界對於消費者團體的告發都戰戰兢兢，稍微一點風吹草動，就緊張得彷彿草木皆兵。這也是由於他們對自己的產品沒有信心的緣故，不能全部怪你們。」

「事實上，的確有太多不良的企業，惡意剝削消費者的利益。所以消費者團體這類的機構，才能生存至今。」

「妳說得也有道理。」

「就因為有了消費者團體的組織，才會興起ＰＲ的行業。」

我搔一搔腦勺。

「妳說得沒錯，無論是消費者團體，或是ＰＲ公司，都是資本主義社會下必然的產物。」

真紀子看一看手中抽剩的一小截菸蒂，彷彿要將它扔進我的咖啡杯。

她再次開口時，語調轉得更為強硬。

「你所說的各種情形都有可能發生。我會深入調查究竟是怎麼一回事。但是，日野樂器社的吉他弦斷裂，卻是不爭的事實，這一點你可別忘了。」

真紀子用力在菸灰缸捺熄菸蒂。這個動作意味著她已下定某種決心。

我也捺熄菸蒂，繼續把話說完：

「我想請教妳一個問題。聽說全消同向企業界收取贊助金，是不是確有其事？」

真紀子用眼角掃了我一眼，不懷好意地輕笑著。

「你的脾氣很合我的胃口，不卑不亢的個性，真是一個優秀的ＰＲ人員。」

「過獎了，妳還沒有回答我的問題。」

真紀子無所謂地聳聳肩。

「我不否認那些傳聞。我們的活動要花費很多的錢，如果沒有資金，就無法得到大眾的支援。所以，企業界若想對我們示好，我們沒有必要拒絕他們，反正那些錢都是從消費者身上壓榨而來的。」

我皮笑肉不笑地接腔：

「妳說得毫不留情。乾脆我來加入消費者團體的ＰＲ，那樣好像很有意思。」

真紀子側頭看著我。

「這麼一來就不平衡了，社會大眾由消費者團體做後盾，企業應該由ＰＲ人員做後台。」

「要清除這種對立的局面，我們ＰＲ人員必須再多加努力。」

真紀子撇一撇嘴角，正視我。

「下一次希望在人少一點、燈光暗一點的地方見到你。」

「是嗎？只要是沒有暗藏一個隨時可能潑水下來的水桶，我倒是沒有異議。」

真紀子挑一挑眉毛。

「那麼，櫻田門角落的舊大廈最合適。」

我們各自結帳，然後在咖啡店門前分手。炙熱的人行道上，真紀子像一朵盛開的向日葵，緩慢向前移動。

回到日野樂器社的會客室，河出和新井已經在那裡等候多時。我將剛才談話的內容，簡單地報告一遍。

聽完我的話，新井哭喪著臉。

「你把身分暴露出來，恐怕不太好吧？」

「如果不坦白說出來，也許她會認為我另有企圖。」

河出微笑，他有容納ＰＲ人員開玩笑的度量。

徵得兩人的同意以後，我打一通電話到厚生省的記者俱樂部，找一位名叫山元的每日新聞的記者。他是我大學時的同學。我曾聽說，他和全消同的一名職員是酒友。

我沒有把日野樂器社的名字說出來，只將事情的來龍去脈簡單地向他說明，並請他調查，到底是哪三個人將那三把缺陷樂器送到全消同。

我們約定十分鐘後再聯絡。

河出問：

「你的感覺如何？她的目的只是要威脅我們，還是另有打算？」

「我無法給你肯定的答覆。但是，我很明白地告訴她，故弄玄虛是無濟於事的。所以，她若是沒有確實的證據，一定不會再來的。」

河出遲疑了一會兒。

「無論如何，對付這個女人，絕不能掉以輕心。」

新井點頭同意。

「其實我們不必一開始就這麼怕那個女人，她又沒有什麼證據。單憑她幾句話，我們犯不著自亂陣腳。也許她的口才太好了，才能三言兩語把我們治得服服帖帖。」

十分鐘以後，我打電話給山元，問他調查的結果。

出人意料地，山元的朋友告訴他，並沒有人到全消同提出問題吉他的告發。

「是真的嗎？」

為了肯定，我再問一次。山元的聲調顯得很不高興。

「你不要懷疑我那酒友的能力，以他在全消同的地位，查出這件事並不難。」

「也許他認為，喝酒歸喝酒，正事不可以混為一談，所以不願透露。」

「就算是這樣子，他頂多只會隱瞞投訴者的姓名，不可能連整件事情一併否定。況且他是我的朋友，如果欺騙我，對我們的友誼會發生影響，他應該想得到。」

山元說得也有道理。

掛上電話。我將這件事轉告新井和河出，兩個人臉上都露出迷惑的表情。

新井抱著手臂，武斷地說：

「也許他們秘密地進行這件事，想要出其不意地公開來，使我們措手不及。」

河出以手指捏弄下唇，試探性地說：

「我在想，今天的事情，也許只是槇村總書記一個人在唱獨角戲。漆田先生，你認為有沒有這種可能？」

「也有這種可能。以她的經驗和地位，捏造這種一般公司常出的差錯，頗能令人信服，而且這種事情也不是沒發生過。」

河出點點頭。

「但是，此刻我們仍是處於不利的地位。漆田先生，請你務必要找出問題吉他是誰提供的。否則，我方完全處於挨打的地位，一點反擊的能力都沒有。」

我答應他盡力而為，然後從沙發上站起來。
河出陪我走到電梯大廳。
「根據你們剛才的談話，全消同似乎不拒絕企業的贊助。」
「好像是這樣。」
河出低下頭，看著腳上的皮鞋，低聲說：
「她有沒有暗示我們這麼做？」
我一時語塞。
「沒有吧？至少沒有露骨地開口要求。」
河出緊抿著嘴，連點兩、三下頭，然後揮一揮手，朝走廊走去。
新井皺皺眉頭，不知所以地目送河出。

4

大倉幸祐的傻笑聲，一直響到走廊上。
我推開事務所的門，大倉趕緊閉上嘴，用手推了推眼鏡，裝出一副認真的表情，埋首寫報告。純子強忍著笑，走到流理台泡茶水。
「你今天怎麼回事？比我還晚到，是不是升官了？」
大倉不好意思地搔搔頭。
「對不起，我昨晚喝醉了，今天我一定加班到深夜。」
「我們事務所可沒有加班費喔。」

「我知道，雖然我不太苟同這種做法。」

「知道就好。」

大倉是我決定自創公司的初期，唯一的部屬。他年僅三十出頭，卻已顯出中年人的肚子。不過，他自稱在大學時代，是劍道高手，所以雙腿仍然結實有力。他的臉色紅潤，肌肉結實，笑聲是屬於不顧一切的開懷大笑型。因此，我不曾帶他和我一起參加客戶的葬禮，怕失了禮數。

我一面喝茶，一面將日野樂器社的新井打來電話以後所發生的每件事情，鉅細靡遺地告訴他們。大倉理一理睡得橫七豎八的亂髮，用沒有人看得懂的字，快速摘錄重點。

「這件事情有許多疑點，全消同的辦事處，沒有聽說這項告發。那麼，槇村總書記是從哪裡弄來這三張照片的？她所謂在演奏中斷弦的吉他，並沒有具體的證據，很可能是她捏造的。」

「說不定槇村總書記背後有人在操縱她。」

大倉兩手抱在胸前，鼻翼不停地翕動，這是他認真思索事情的表情。

「這也有可能。總之，這絕不是她一個人想出來的把戲，一定有人在幕後策畫，而這個人就是主張控訴問題吉他的人。」

「那麼，所有的線索都在槇村總書記身上了？」

「是呀！所以從今天起，你要盯住她。」

「什麼！」

大倉猛力闔上筆記本，臉色脹得通紅。

「你說『盯住』是什麼意思？」

「照字面上講，就是一天二十四小時跟蹤她。」

「那不是成了私家偵探嗎？」

「你終於想通了，小林。」

大倉大聲笑了起來。

「這太離譜了吧！明智老師。」（註：明智小五郎為江戶川亂步筆下著名的名偵探，小林芳雄為明智小五郎的助手。）

等到他察覺我不是開玩笑的時候，立刻收起笑容。

「我只是一個ＰＲ人員，這種偵探角色我扮不來，還是饒了我吧！」

「不要這麼沒有自信！我們公司馬上要產生一位獨具特色的ＰＲ人員了。」

我花了一分鐘的時間，總算說服了大倉。

詳細說明全日本消費者同盟的地址，以及大致描繪真紀子的服裝和容貌以後，我要求他在今天之內記牢真紀子的臉，還有調查出真紀子的住址。

當天傍晚，日野樂器社的河出再次打電話來，他的聲音透著難得的興奮。

「又有一件大事發生了，漆田。享譽全球的吉他製造大師突然決定，下週一來日本訪問。」

「你是說荷西•拉墨斯•巴爾德斯嗎？」

「是的，就是他。」

荷西•拉墨斯是馬德里的著名吉他製造家。今年六月，日野樂器社的人，曾經飛往西班牙聘請他來擔任製作指導。結果他簽了一份從今年十月起，為期一年的契約。

早在三個禮拜以前，我就聽過河出提起這件事，當時心想，等拉墨斯一來，我可有得忙了。

沒想到，名吉他師竟會來得這麼快。

「一個禮拜以後就要來，這未免太快了吧！」

「我知道。現在的問題是，我們必須舉行記者招待會。」

「記者招待會？那不是我的企劃書裡，所提議的事項嗎？」

為了使拉墨斯蒞臨日本這件事，成為一項熱門話題，我提議舉辦記者招待會。那是我在十天以前呈遞的企劃案。

「是呀！我們的社長，非常喜歡你的提案，所以指示我們照辦，日期選定在八月二十二日。」

「這是不可能的，現在距離八月二十二日，剩不到一個月。要籌備那種形式的記者招待會，至少需要四十天。」

「你必須在二十五天內完成。」

「太強人所難了，普通的記者會的話沒有什麼問題，但是包括演講、表演在內的記者招待會，不是那麼簡單的事！」

「你知道嗎，漆田先生？我們社長在八月二十三日，要到國外考察六個星期，這個日期是不會改變的。而拉墨斯是我們公司將來營運成敗的關鍵，社長對於他的受聘，投以無比的關注。他說，在他離開日本以前，一定要親眼看到記者招待會的舉辦情形。因此，八月二十二日就是最終期限。」

我可以想像得到，河出此時在電話那頭口沫橫飛的模樣。對於老顧客，我們ＲＰ人員一點反抗的餘地都沒有。

「好吧！我會召集下屬，著手籌辦這件事。」

我心不甘情不願地應允。另一頭的河出吁了一口氣。

「很抱歉對你提出這種無理的要求，由於時間太倉卒，我不會要求你做得盡善盡美，只要盡力而為就好了。」

「聽你這麼說，我就安心了。」

河出停了一下再度開口。

「另外還有一件事，關於那三把問題吉他，倘若此時流傳開來，對我們非常不利。我知道，你一定會不以為然地反駁我：『事情還沒有定論，何必懼怕他們？』但是我得告訴你，現在不是爭論的時候，為了預防萬一，我們想委託你，拿一百萬圓給槙村總書記。」

「這不像你的作風，依我看來——」

話還沒說完，電話就被掛斷了。我無奈地看著手上的話筒，彷彿那是一個燙手的山芋。掛回話筒，純子看我一眼，我自嘲地苦笑一下。

「我奉勸妳，如果妳要結婚，千萬別找ＰＲ人員。」

純子聳聳肩，轉一轉她的大眼睛。

「無所謂啦！ＰＲ人員也沒什麼不好。」

5

第二天早上，我走進事務所時，大倉正在裡面踱方步，整件襯衫濕了一大片。一看到我進來，他馬上衝到我面前，露出終於等到救世主的表情。

「你跑到哪裡去了？我昨晚打了一整夜的電話，都找不到人！」

大倉的大嗓門，使我宿醉未醒的頭差點炸開。我請純子為我泡一杯熱茶，邊對他說明昨夜我在外頭飲酒，所以很晚才回去。

大倉生氣得鼓起腮幫子。

「你太不夠意思了吧！自己去喝酒，留下我一個人工作到半夜。」

「這是有原因的。未來的一個月內，我會忙得暈頭轉向，所以昨天先去打打氣。」

「你忙，我們一定也會跟著忙，你卻一個人去打氣，真使人生氣！」

大倉不滿地指出我的不對。

我允諾他，下次一起去暢飲一番，然後聽取他的調查報告。

大倉接受我的指示以後，立刻趕到涉谷區神南的全日本消費者同盟所在的大樓。他在附近的一間咖啡廳，等待真紀子出現，槇村真紀子大約是傍晚六點過後才步出大樓。大倉說，她那一副孔雀開屏的模樣，即使在一公里以外，也不會錯過。

真紀子並沒有察覺大倉尾隨在後，坐上往銀座的地下鐵，然後進入林蔭大道上一間叫做「杜烈士丁」的高級德國餐廳。大倉也跟著進去，點了牛排及漢堡。

過了不久，進來一位身穿白色長褲套裝的年輕女子，坐在真紀子旁邊。

「她可不是普通的女子，說起來真巧，上一回不知道因為什麼事情，我曾經見過她。昨天再看到她那一副綠色大耳環，馬上就想起她的身分。」

上個月，企業界主辦親善會議，邀請所有的ＰＲ人員參加，我的事務所也在受邀的行列中，於是我帶著大倉一起出席。

現場主要是有來自美國的ＰＲ人員在台上演講，但是整個演講會，大倉沒有聽進去半個字，因為他被一位坐在他斜前方的「非常可愛的女人」吸引了。那個女人一直撥弄她的綠色大耳環。

「坐在我隔壁的日本公關公司負責人橋爪先生，向我透露那可愛女人的身分。」

大倉翻開他的記事本。

「她叫做那智理沙代，是萬廣傳播公司公關部經理。年齡大概在二十六至二十八歲之間，單身。橋爪說，她是我國ＰＲ人員中，首屈一指的美女。」

大倉說得眉飛色舞。

「哦！她是萬廣的ＰＲ人員。」

萬廣是日本數一數二的大廣告公司，尤其是他們的ＰＲ部門，更是沒有人能比擬的。單是ＰＲ部門，一年就有八億圓的營業額。他們成功地將廣告及公共關係配合運用，因而創下傑出的業績。這種大規模的ＰＲ公司，對於我們那種自由身分的ＰＲ公司而言，等於是一堵巨大的牆，根本不是我們可以抗衡的。

大倉動一動鼻子。

「很可惜，我那個位子聽不到她們談話的內容。但是從那智理沙代的表情看來，她對於槇村總書記的話好像很感興趣。無論怎麼說，全消同的總書記和萬廣的ＰＲ人員見面，總是一件不太妥當的事。」

何只不妥！我已經嗅到一股不尋常的氣息。

「我們必須趕快查明，那智女士為哪一家樂器社擔任ＰＲ工作。」

大倉彈了一下手指。

「這一點我早就想到了，今天早上，我假冒新聞記者，打電話到萬廣公司。我佯稱要發表一篇專文，向他們探聽與樂器業有關的消息。總機小姐客氣地對我說，他們公司的ＰＲ部門負責太陽樂器的公共關係，詳細情形，請我直接打到ＰＲ部門詢問。」

「太陽樂器？」

「是的，而且正是由那智小姐負責，這是總機小姐對我說的。」

我用毛巾擦了下臉，酒意霎時一掃而光。

太陽樂器社是日野樂器社的勁敵。

「真令人震驚！好像在玩猜謎遊戲一般，正理不出一個頭緒時，猛然被你一語道破。看來，你更適合做一名偵探。」

大倉更加喜形於色。

「這絕對不是瞎貓碰到死耗子，完全是我抽絲剝繭，一件一件調查出來的。看情形，問題吉他的事和萬廣的PR人員脫不了關係。」

「現在還不能百分之百地肯定，不過，可能性非常大。」

大倉繼續跟著兩人離開「杜烈士丁」，然後跟蹤真紀子，確定她是住在麴町的「杜爾彌爾麴町大廈」五〇三號房間。

「她住的地方，像一座小型的城堡，豪華得不得了，根本不像消費者團體總書記應該住的地方。」

大倉的報告到此為止，我們開始準備記者招待會的事情。我打一通電話給視聽公司，請他們在傍晚時派一位導播前來。

正午時分，我來到日野樂器社。

新井穿了一件品味不高的粉紅色短袖襯衫，結一條俗氣的領帶，手持一把扇子，搧得滿室散發出廉價香水的味道。

我們在宣傳室的一隅，那是用木板隔開的一個小房間。

「常務董事已經對你說過了吧！」

新井裝出一副很有威嚴的樣子，我點點頭，並且盡量遠離那股廉價的香水味。

新井更加猛力揮動扇子，把風送過來。

「在短短的三個禮拜內，請你辦一個記者招待會，這個要求也許過分一點，但是社長這麼吩咐下來，我們也沒有辦法。」

日野樂器社的社長日野勝馬，從一名木琴推銷員，達到今天的成就，他的專制是出了名的。

「我覺得與其辦得匆促不如延期算了，等到社長回國後再舉行也不遲。」

「我想，常務董事一定已經向社長建議過了，可是社長仍然堅持己見，我們只好照章行事。」

新井說話的語氣，好像我的要求很無理似的。

「那麼我必須再提出具體的實施方案，之前那份企劃書，只不過是紙上談兵罷了。」

「事情愈快愈好，細節就不計較了。我們交給你一大筆預算費，請你全權處理。」

「聽你這麼說，我才比較有幹勁。」

新井苦笑了一下，正色道：

「我們和拉墨斯的契約從十月開始長達一年。他有一位外孫女，在馬德里大學專攻日語，他想趁他外孫女放暑假時帶她來日本，因此才會提前來。我們這邊可是連他們要住的地方都還沒安排好呢。」

「可能是打算讓他孫女順道來日本學日文吧。」

新井稍事思索了一陣，突然不懷好意地盯著我。

「我想起來了，你好像曾經到西班牙學習西班牙語，這一次他們來，你可不能只說些『早安！』『你好！』之類的話，我等著看你表演囉！」

為了沖淡刺鼻的香水味，我點上一根菸。不抽菸的新井，毫不掩飾地皺起眉頭，揮動扇子把煙驅走。

「常務董事也告訴過你，要給全消同一百萬的事吧！」

「是呀！我反對你們這麼做。因為如此一來，你們等於默認了問題吉他的事。」

新井露出不滿的臉色。

「若不是突然發生了拉墨斯這件事，我們也想多調查一陣子，再採取行動。」

「但是你們這麼做，也不能保證對方會息事寧人。」

「我們知道這是一種賭博，沒有十足的勝算。」

「既然你這麼說，我也沒有什麼好說的。但是你們為什麼不直接把一百萬匯入全消同的銀行戶頭裡，這樣可以省掉一筆雇用我的費用，而且也不必擔心我會捲款潛逃。」

新井不悅地把眉毛一挑。

「你仔細想想看，我們怎麼能夠以日野樂器社的名義匯錢給全消同，這樣不是留下一個把柄了嗎？所以我們想和你打個商量。」

他一面說，一面把身體傾向前。

「能不能請你以事務所的名義，將這一筆錢交給全消同？我們會把這一百萬併入記者招待會的費用中，全數付給你。」

我瞪視新井的臉，很想給他一拳。

「你們想利用我的事務所，做為你們的掩護？」

新井的身體往後靠，一副理所當然的表情。

「你如果不滿意，可以再付你利息。」

「我不答應這種事！我的公司雖然沒有什麼規模，但卻是規規矩矩的ＰＲ公司，並沒有掛上地下錢莊的招牌。」

新井露出心虛的神情，粗暴地用力捅回我的香菸，嘴唇也因為不高興而扭曲著。

「我懂、我懂，你不必對我說教。顯然你對於老顧客的服務精神不夠！你在我們這裡，已經賺了不少錢，這種服務，應該包括在裡面吧！」

我默默聽著。新井吐出這種令人嫌惡的話，今天並非第一次。其實他只是嘴裡不饒人，心地並不是如此。

等到他說完挖苦我的話，我決定投下一枚炸彈。

「你可知道，問題吉他背後，另有萬廣的ＰＲ人員從中作梗。」

新井果然立刻停止揮動扇子，愕然地看著我。

「什麼？萬廣的ＰＲ人員。」

「是的，那些ＰＲ人員，還負責太陽樂器的公共關係。」

新井一時不知所措，煩躁地抖開領帶，鬆一鬆脖子。

「啊？是真的嗎？」

「是真的。」

「你昨天有沒有告訴常務董事？」

「沒有，我也是今天早上才知道的。我公司裡的職員，親眼看到槙村總書記和萬廣的ＰＲ人員接觸。」

新井取出手帕，頻頻拭去汗水。

我接著說：

「依照這種現象，我們可以歸納出下面的結論：日野樂器社的廣告方案由博通廣告公司策畫，公共關係由我的事務所負責，萬廣打不進日野樂器社的營業圈，於是他們將目標轉向太陽樂器社。太陽樂器社的生意，正由幾家代理店如火如荼地競爭著，萬廣想把所有的店各個擊破，獨佔太陽樂器的利潤。」

「萬廣為了使太陽樂器對他們有良好的印象，因此唆使全消同來打擊我們？」

「正好相反。是太陽樂器要求萬廣這麼做。萬廣基於營業政策的目的，只好照辦了。」

「這麼說來，萬廣的服務精神倒是挺旺盛的。」

我無視於新井的諷刺。

「倘若這件事真是萬廣的ＰＲ人員所安排的話，你們這錢給全消同的想法，就必須再仔細考慮，因為這筆錢，很可能只是錦上添花，全消同一點也不會領情。況且，這件事萬一傳揚開來，我們就會成為被攻擊的目標。」

新井的扇子一張一合，半晌，他突然站了起來以上洗手間為由，走了出去。

大約經過十分鐘，新井才進來，他一定是去向河出常務董事請示。

「我在洗手間裡面想了很久，還是決定付錢給她，就當作一筆封口費好了。這一百萬圓以公司的機密費用處理，後天我再拿給你。請你多費神，遊說槙村總書記保守秘密。告訴她，這件事情傳揚開來，對雙方都不好。」

我仍然覺得沒有這個必要，但是我不願再提出相反的意見。因為河出和新井都不是小孩了，他們應該也有判斷能力。

「好吧！我會照你們的意思行事。但是我無法給你們收據，槙村總書記也不可能開給你們。」

「沒有關係，至於槇村總書記和萬廣聯絡的事情，請你繼續調查下去。」
「這也是常務董事的意思嗎？」
「嗯！」
新井點頭之後，突然察覺自己的動作後臉上露出丟臉的表情。
對他剛才的冷嘲熱諷，我總算報了一箭之仇。

6

傍晚四點，克利奧視聽公司的導播村石先生，帶一名助理來到事務所。
村石是電影導演出身，對於像是走秀般華麗的室內舞台表演的策畫很在行，正適合這次的工作。
我向他概要說明整個企劃案，並詳述記者招待會的目的及內容：由音樂評論家說明西班牙音樂，以及吉他音樂；請當代吉他名手現場彈奏拉墨斯製作的吉他；表演佛拉明哥舞。藉著這些節目，宣傳日野樂器社將引進拉墨斯的技術，使他們的吉他品質更為精進。
我也特別介紹此次記者招待會的中心人物拉墨斯。
拉墨斯在西班牙開了一間工作房，他並沒有傳授弟子，只和一位還在大學唸書的孫女相依為命。他一向是慢工出細活，所以一年只製造幾把吉他，但是他所製造出來的吉他，有相當高的評價。據說他做的產品當中，古典吉他及專供佛拉明哥舞用的吉他各佔一半。
日本尚未開發出佛拉明哥舞的吉他市場，絕大多數都是以古典吉他為主流。因此，拉墨斯的技術，將全部發揮在古典吉他方面。

召開記者招待會的目的，大多是為了引起社會大眾的注意，所以會場必須佈置得如佛拉明哥舞般華麗搶眼，節目必須精采有趣，使所有與會人士留下深刻的印象。

村石的任務就是將我的企劃案付諸實行，他對於緊湊的日程顯得面有難色，但是仍然答應我盡力而為。

會場的佈置、人手安排由村石全權處理。至於邀請西班牙音樂評論家、吉他名手、佛拉明哥舞者的工作，就要靠我發揮人際關係了。

兩天後的中午，我到日野樂器社向新井提出記者招待會的程序表、客人的名單、宣傳計畫等，以及報告目前的進度狀況，新井非常滿意。

接著他從西裝的內口袋，取出一個厚厚的信封。

「這裡是上次提到的一百萬圓，你如果遺失了，我一定要敲死你。」

雖說是一百萬，卻只是一疊一公分厚的紙張。我隨意地塞進西裝口袋，新井張大眼睛瞪著看，彷佛我的口袋有漏洞似的。

回到事務所，只有石橋純子一人，她正在打毛衣。一旁的電視正播放著高中的棒球比賽，大倉去拜訪其他的顧客了。

休息了一會兒，我取出名片夾，開始撥電話。

槇村真紀子雖然在辦公室，但是卻過了好一會，才來接電話。

我報出名字以後，對方出現短暫的沉默。

「這件事我還沒有調查出結果，有結果的時候，我會打電話給你。」

真紀子的口氣，顯得拒人於千里之外。
我再次握緊聽筒。
「我是漆田亮，上次和妳一起喝咖啡的那位。」
真紀子清一清喉嚨。
「我知道，你就是那位名片用完了的漆田先生。」
「真不好意思！今天晚上妳有沒有空？我想拿一件東西給妳看。」
「很不湊巧，我今天的行程安排得滿滿的。」
「那正好，晚一點好，我也喜歡晚一點。」
真紀子默不作聲。我也不再開口。過了一會兒，真紀子吁出一口長氣。
「好吧！九點左右我盡量抽出時間。」
「請妳指定地方！」
真紀子考慮一會，然後低聲說：
「就去銀座林蔭大道的『捷爾比諾』好了，在往新橋方向的左邊。」
電話傳來嘟嘟的聲音。
「既然在林蔭大道，不如去『杜烈士丁』……喂？喂？」
我急忙說道，但是電話早已掛斷了。
大倉和純子下班以後，我獨自估計了一下記者招待會的預算，那真是一筆相當可觀的鉅款。
「錢請你全權處理！」新井令人舒服的一番話，再次迴盪在耳際。
過了七點，我走出事務所。銀座深雪路附近，有一家以前常去的酒店，為了打發時間，我想先去那裡遛達遛達。

在數寄屋橋下車，走了一小段路，踏上林蔭大道。為了先確定「捷爾比諾」的地點，我抬頭向新橋方面的招牌望過去。

越過深雪通稍前方，左邊出現「杜烈士丁」的厚實木頭招牌。面對街道的木頭框玻璃窗上，透出暈黃的光線。

走了兩、三步以後，大倉的話，突然在耳邊響起。我停下腳步，透過玻璃窗向裡面張望。

槙村真紀子的印度紗花洋裝和附著金鍊子的太陽眼鏡再度出現在眼前。她的裝束是少見的，所以一眼就認出來了。她背對著我，和一名男子熱烈地談論事情。

真紀子對面的男士，由於燈光的緣故，膚色顯得黝黑，嘴唇微微呈現深紫色。銳利的目光，正透過黑框眼鏡注視對方。唇上的短髭像一條黑色毛蟲在蠕動著，右手緊緊抓住餐巾。

我離開他們，繼續向前走。大約二、三十步以後，看到「捷爾比諾」的招牌。

沿著林蔭大道往回走，經過「杜烈士丁」時，又向裡面瞄了一眼，真紀子和那個男人仍然保持剛才的姿勢。

我逕自向酒店走去。

這間酒店構造簡單，只有一個長形吧台。老闆娘的身材像摔角選手，又肥又壯，正穿梭在顧客間。她一見我進門，立刻責備我為何這麼久不去，還舉起手，作勢要打我，我趕緊向後退，一直退到撞上牆壁。上一回被她打一下，瘀血持續兩、三天都沒有退去。

在店裡消磨了許久，出來時費了好大的勁，我指天誓地地賭咒，一個星期以內，一定會結清酒帳，她才放過我。走出店，已經九點過十五分了。

「捷爾比諾」在一間狹長骯髒大廈的三樓，電梯很小又有便溺的臭氣。

我推開一扇污黑厚重的門，裡面響起了鈴聲，一位穿著晚禮服、無法令人產生好感的男人向我走來。他以老練的眼神，迅速打量我一番。

「對不起，我們這裡是會員俱樂部，如果沒有會員陪同，那麼——」

「是槇村小姐邀請我來的。」

我打斷他的話。他的手調整一下蝴蝶結，馬上換一副客氣的笑容。憑良心說，他的鷹鉤鼻實在很好看。

「喔，你是漆田先生啊？真是失敬。槇村小姐已經來了，她在裡面等你。」

光看外表，實在很難想像這間店的內部竟是如此高雅寧靜。店內的空間雖然不大，但是，無論照明、地毯、裝潢、設計等，都顯示出經營者的品味很高。空調設備也很得當，使人覺得空氣清新、舒暢。

一位沒有化妝、看起來像是音樂大學學生模樣的女子，正在彈奏德布西的曲子。這種寧靜的氣氛，讓人有種進入另一個世界的錯覺。

真紀子坐在最裡頭的一個包廂裡，看見我來，向我舉一舉酒杯，算是打招呼。她的太陽眼鏡已經摘下來。我走過去，在她的對面坐下，拿起鷹鉤鼻男人送來的冷毛巾，擦拭額頭的汗水。

真紀子照例冷眼端詳我一番，她的目光，使我意識到，身上隨意穿的衣服顯得太寒傖。

鷹鉤鼻男人為我調了一杯起瓦士，這種威士忌，不是普通人喝得起的。大倉曾經說過，她所住的地方，像一座小型城堡。如此看來，無論是她的住宅，或是這間豪華的俱樂部，都和她消費者團體總書記的形象很不相稱。

真紀子為我們兩人介紹，鷹鉤鼻頷首微笑。

「這是我的朋友漆田先生，這位是經理佐佐木先生。」

「店內的設施真好，沒有一大堆的女服務生。」
「不是女服務生愈多的店愈好嗎？」
「哪裡！這樣子比較安靜，顧客可以暢快地聊天。」
「是呀！不過這種店愈來愈少了。我們是道道地地的會員制俱樂部。」
我端起威士忌，真紀子除了搽上淡淡的口紅以外，和上一次見面的裝束並無兩樣。
「那位經理看起來好年輕。」
「年輕？他已經三十出頭了。」
「真的？我還以為他只是一個打工的學生。」
真紀子輕輕一笑，視線越過我，看一眼那位經理。
「是不是他說了什麼得罪你的話？」
「沒有啊！」
我們閒扯了一會兒「今年颱風很少」、「今天是入夏以來第二熱的一天」等的題外話，互相藉機觀察對方的動靜。

7

真紀子手中的攪酒棒突然掉在地上。
她正在為自己調一杯摻水威士忌，棒子卻從手中滑落，此刻我才發覺她已微醺。
我拾起攪酒棒，請經理另外換一根。
真紀子喝醉以後說的話、做的決定，都不能算數，我不希望她真的醉得不省人事。沒有女服務生來到我們身邊，也許是真紀子故意吩咐的。這樣也好，我說起話來比較方便。

我的身體向前傾。

「老實說，今天晚上請妳抽空與我見面，是想讓妳看一件東西。」

真紀子略顯緊張。

「你在電話中提到了。」

我從西裝內袋取出信封，放在真紀子面前，她面無表情地睨視一眼。

「這是什麼？」

「這是無聊的肖像畫，就是聖德太子的肖像，大約有一百張。方便的話，請妳數一數。」

真紀子小心翼翼地拿起信封，斟酌著字句。

「這筆錢意味著什麼？」

「坦白說，這是一筆封口錢，為的是那幾張照片的事。」

鄰座是空的，所以我們談話不必有所顧忌。

真紀子做作地端起酒杯。

「我不喜歡這種作風。」

「我是不是應該裝在一個美麗的盒子裡，上面再綁一只蝴蝶結？」

我不懷好意地譏刺她，真紀子聽了我的話，發出一陣令人神經緊繃的笑聲。

「喔，這是日野樂器社那些世故的主管叫你做的吧！一定不是你的本意。」

我暫時不回答她的話，喝下那杯摻了水的威士忌，味道像是洗米水一樣！

「我曾勸阻他們不要這麼做，但是他們不聽，我也無可奈何。」

「那你為什麼要接受你不喜歡的任務？」

「沒有辦法，拿人錢財，為人消災。」

真紀子將手中的威士忌一飲而盡。

「那麼你有沒有什麼話要說？譬如：請我高抬貴手啦，或是請我放他們一馬等。」

「我沒有拿慣這麼大筆的錢，所以不知道該說些什麼。」

真紀子停下正在調另外一杯威士忌的手，含笑對我說：

「你喜歡那位常務董事嗎？」

對於她敏銳的直覺，我實在非常歎服。

「我只能傳達給妳一句話：日野樂器社的人認為，金錢可以買動妳的良心。」

真紀子露出一排扇貝似的牙齒，放聲大笑。她的牙齒大概堅硬得可以咬動一塊大石頭。

「雖然你也是在商場上打滾的人，但是你非但沒有半點市儈氣，而且還頗正直。」

「正直？」

她的口氣，像是恭維，又像是嘲諷，我不可置信地反問一句。

「是呀！商場上的人，能有幾個人是正直的？」

「全消同也屬於商場上的組織嗎？我以為它是政府團體呢！」

「那是你的誤解，全消同沒有和任何政府官員勾結，也不屬於其他的團體，它是一個獨立自主的團體。」

「是嗎？我聽說有學生運動在背後支援，而且妳還是主要的策畫人。」

真紀子用力將酒杯放在桌上，呼吸有點凌亂。她的語氣變得嚴厲起來。

「這和你不相干！」

為了緩和僵硬的氣氛，我沉默下來，為自己調一杯加水威士忌。過了一會兒，真紀子恢復平靜，她取出打火機，點燃另一根菸。

「無論怎麼說，日野樂器社的人可真大方。問題吉他的事還沒確定，他們就肯付出一百萬圓！」

「問題吉他對日野樂器社來說，並不是一件很嚴重的事，對妳來說也一樣，是不是呢？」

真紀子緩緩地將煙圈噴向我，似乎在玩味我話中的涵義。

半晌，她舉起夾著香菸的手。

「這筆錢對日野樂器社而言，等於九牛一毛，一點也不會感到心疼。倒是我，若是接受這筆錢，會覺得良心不安。」

「聽到妳有良心，我就安心多了。」

真紀子仰天大笑。

「你可真會挖苦別人。」

此時，我漸漸感覺到，我對她的印象，並不如口中說得那麼惡劣，她好像也察覺到這一點。

「請妳趕快把信封收下來，免得讓那位工讀生模樣的男人瞧見。」

真紀子拿起信封，放在手掌中，好像在掂一掂它的重量，然後她打開手提包。

「你剛剛好像提過贊助金的事？那我就當作一筆贊助金好了。」

真紀子挑釁似的說，我只有苦笑的份。

「隨便妳。」

她撕開信封，從裡面抽出幾張紙鈔放在我面前，然後把信封收進手提袋。

「這是什麼意思？」

「就算是我對你這項任務的贊助金。」

真紀子理所當然地說完，繼續悠哉遊哉地吞雲吐霧。我感到像是挨了一記悶棍，隨手拿起桌上的錢，那是像會割傷手指的新鈔。

「我可以數一數嗎？」

真紀子做一個「請便」的手勢，我開始數鈔票。

「一共是十張，等於一百萬的百分之十。通常代理店是拿百分之十五的回扣。」

她淺淺地笑著。

「通常，人們對於這種『贊助金』，是不會提出異議的。」

我把錢收進口袋，鷹鈎鼻的男人從後面走來，一臉殷勤的笑容。

「兩位要來一點水果嗎？」

「不用了，請叫拉蘿佳彈一首阿爾班尼士（I.Albeniz）的曲子。」

「好的。」

鷹鈎鼻恭敬地應允。

我目送他的背影，真紀子又調了另一杯加水威士忌。

「妳剛才在說什麼？」

「我請他們彈奏西班牙的曲子，本來打算捉弄一下那位經理。」

此時，鋼琴流瀉出阿爾班尼士的〈回憶〉。鷹鈎鼻站在角落上看我，表情好像在說：「如何啊？」

我輸了。

真紀子輕鬆地說：

「現在我們可以撤掉彼此的藩籬，坦誠交往了吧！」

「我也希望如此。首先，妳可不可以告訴我，是誰向妳提出問題吉他的相片？」

真紀子皺一皺眉頭。

「什麼問題吉他？我不懂你在說什麼？」

她的反應令我納悶，且表情非常認真。她真是一個很難對付的女人。

「這麼看來，妳一定也不知道，剛才妳放在皮包裡的錢是怎麼回事囉？」

「是呀！我們只是志同道合，一起到這裡喝酒的朋友而已。」

我飲乾杯中的酒，開始調另外一杯。

「冒昧地問一句，你們消費者團體的首腦人物，都這麼會喝酒嗎？」

真紀子笑一笑。

「如果丈夫不在場的話。」

那天晚上，我把真紀子送回她在麴町的住家。正如大倉所說，那幢大廈就像一座小型城堡。真紀子雖然喝得醉醺醺，但是還有能力自己坐上電梯。

第二天中午，我來到日野樂器社。

新井穿著藍色棉質格紋襯衫，繫一條黃色無花紋的領帶，搖動著扇子歡迎我。

我進入他的辦公室，將昨天晚上的事情，一一向他報告，他安心地頻頻點頭。

「槇村女士乖乖地收下，那就沒有什麼問題了。但是，她會不會食髓知味，又向我們敲詐？」

「這我就不知道了，你們在付出這筆錢的同時，應該考慮到這一點。」

新井露出不高興的表情。

「還有，如果這件事是萬廣的ＰＲ人員在幕後策畫的，那麼，當他們得悉槇村女士已倒向我們這邊，會不會把目標轉向別的消費者團體，或是其他新聞媒體？」

「這是當然的，不過你們應該也早就想到了才是。」

新井的表情更加不悅。

「你有沒有對她說，我們已經知道這件事是萬廣的ＰＲ人員在背後搞鬼？」

「沒有，我認為這樣做並不妥當。因為我們還沒有掌握證據，如果冒失地刺她一下，恐怕對我們更不利。」

「這太令人不痛快了，我肚子裡的一股怨氣根本沒有發洩掉！」

新井氣憤得青筋暴露，我必須稍微安撫他一番。

「我想這件事可能到此為止了。實際上，如果真的有問題吉他發生，持有人一定會先拿到樂器店抗議，不可能光拍幾張照片送到消費者團體，所以你不必擔心事情會再發生變化。那筆錢應該可以適度地發揮功用。」

我從口袋取出信封遞給他，新井不解地問：

「這是什麼？」

「昨天槇村女士給我的酬勞，一共是十萬圓。」

新井的眼光往返於我和信封之間，試探性地說：

「你向她道謝後，就大大方地收下了？」

「她也是向你們道謝後，就大方地收下啦！」

新井咳嗽一聲，將信封拿起。

「你為什麼要還給我們？你大可以不動聲色地收下來呀！」

「這十萬圓是她從一百萬圓中抽出來的，並不是她自掏腰包。我怎麼可以罔顧道義，拿老顧客的回扣？」

新井難以置信地搖搖頭，然後不懷好意地看著我。

「她只有給你十萬圓嗎？是不是你另外一個口袋還藏著十萬圓！」

「既然你這麼說，那我們先把上個月打麻將的欠款結算一下。」

新井趕快拿著信封從椅子上站起來。

「好啦、好啦，你冷靜點！真是的！怎麼這麼開不起玩笑？你等一下，我把錢交給常務董事。」

說完，他急急地想離開，我連忙叫住他。

「你不數一數嗎？」

新井停下腳步，但是立即領悟出我的話中帶刺，不由得滿面通紅。

「你不必說這種話來報復我。」

說完，他生氣地摔上門。

8

拉墨斯（Ramos）在八月四日傍晚，搭乘法航的空中巨無霸機來到日本。

我隨同河出常務董事、新井，一起到羽田機場迎接他。

當天下午，日本赤軍在馬來西亞首都吉隆坡，佔領了美國和瑞典大使館。羽田機場因為這件事，籠罩著緊張的氣氛。

拉墨斯帶著他的孫女佛蘿娜（Flora）一起來。日野樂器社安排了翻譯人員，所以我只向他們打聲招呼，沒有多說什麼。

隔天晚上，在拉墨斯下榻的赤坂「日本大飯店」，由日野樂器社舉行了一場歡迎會。日野樂器社的社長日野勝馬，以及所有的高級幹部全都出席。公司職員以外的受邀者，包括經銷日野樂器社的樂器行老闆，以及包辦廣告業務的博通廣告公司老闆，還有擔任公關的我。

拉墨斯腹部凸出，紅光滿面，顯得很福態。他的銀色頭髮，熠熠生輝，不過牙齒少了幾顆，臉上也浮現老人特有的黑斑。

他穿著麻質長褲、馬球衫，在會場內神采奕奕地不停走動，一點也不像老年人的步伐，使得那位女翻譯追在他後面，頻頻擦拭汗水。

我抓住機會和他搭訕，以便練習我的西班牙語。說的方面，我不成問題，但要聽懂他沒牙齒講話漏風以及那夾帶安達魯西亞口音的西班牙語，卻頗費一番工夫。

佛蘿娜到今年十二月才滿二十歲。她的頭髮及眼睛烏黑亮麗，皮膚呈古銅色，穿一件黃色的襯衫洋裝，豐滿的胸部以及腰部優美的曲線，一覽無疑。

她和安達魯西亞地方的日本僑民很像，從背面看，很可能將她錯當為日本人。而且她的日文說得非常流利，完全不需要翻譯。據說那是在馬德里大學學習的，也學得太好了。

不過，早在進入大學的前四年，她認識了一對日本夫妻，當時就學會了日常生活用的日語。她非但日語說得好，對日本的事情也瞭如指掌。剛才還對日本赤軍佔領大使館的事件，發表了一番很有見地的評論。

晚上的宴會中，佛蘿娜的風采吸引了每一個人的視線。

我曾經三度造訪馬德里及卡迪斯，所以和佛蘿娜談得很盡興。新井剛開始像是等著看笑話般，一直待在我們身邊，後來就無趣地離開了。

我知道，他原本不相信我的西班牙語能力，沒想到，我的表現出乎他的意料之外，使他看笑話的詭計無法得逞。

週六下午，所有和記者招待會有關係的人，全部集中在日野樂器社的大會議室。

日野樂器社方面，除了新井以外，還有宣傳處全體職員、八王子工廠吉他部門的人員。製作方面有克利奧視聽公司的村石和其部屬、舞台裝飾公司的負責人、自由身分的燈光師，及控制音響的人等。

表演者方面有音樂評論家仲田四郎、吉他手井坂潤、舞蹈者鴫下正，還有擔任主持人的相川晉也。總共三十多人，陣容相當龐大。

拉墨斯帶著佛蘿娜當他的翻譯，我跟在佛蘿娜身邊，向她說明招待會的內容。

今天的集會，是為了讓所有的工作人員打個照面，互相配合一下。正式的預演到招待會的前一天才舉行。

拉墨斯似乎第一次嘗試這種經驗，顯得興致勃勃。

舉行這種記者招待會，是公關的傳統手法之一，通常用來宣傳季節性商品及實用的新產品等。但是近年來，由於這種ＰＲ活動常帶有欺騙社會大眾的意味，所以已經不太盛行了。

這次，我之所以提出這項方案，是因為吉他與吉普賽舞和商業活動不太相同，還是以傳統的記者招待會形式較合適。

這次記者招待會的壓軸戲在拉墨斯身上，如何將他成功地介紹給社會大眾，是這次宣傳活動成功的關鍵。

拉墨斯在一九〇六年，出生於西班牙南部安達魯西亞地方的港口城鎮卡迪斯（Cadiz）。少年時期，從事木工業的父親，為了工作的緣故，舉家遷往馬德里。這時，拉墨斯為了幫助家計，在附近的吉他工作房打工，那間工作房是山多斯・艾爾南德士（Santos Hernández）開的。山多斯・艾爾南德士出生於一八七〇年，是著名的吉他製造家之一。他個性怪異，生怕別人學會他的製造技術，所以一生都沒有傳授徒弟。

他常常雇用未成年的小孩子，幫他打掃工作房，兼做一些跑腿的工作，等小孩長大了，他馬上辭退他，另外再雇一個小孩。

拉墨斯在他身邊待了兩年，做跑腿的工作。原本對木工就很有興趣的拉墨斯，讓他師父擔心的事成為事實，在他幼小的心靈中，已凝聚了製造上等吉他的秘訣。

全家從馬德里搬回卡迪斯以後，拉墨斯進入當地一間名不見經傳的小工作房當學徒，正式學習製作吉他的方法。

一九三四年，拉墨斯結婚，並且在那一年開了一間工作房。他融合了從山多斯那裡學來的秘訣和自己獨創的技術，仔細雕琢吉他，一個月只生產一把。

一九六五年，他把工作房搬到馬德里，一直到現在。他始終以山多斯唯一的弟子自居，這是他引以為傲的事。

八月二十二日。

受到登陸四國的大型颱風——六號的影響，關東地區，從清晨起，也颳起強勁的大風。

這一天，習志野高中及新居濱高商原擬舉辦的棒球比賽，受了颱風的影響，決定順延。記者招待會的工作人員從早上九點起，就聚集在赤坂的日本大飯店。

會場在芙蓉廳，舞台已經著手佈置。為了佛拉明哥舞的表演，舞台上特地鋪設木板，背景模仿科多瓦大清真寺美斯凱達（Mezquita）的內部，做一個紅白相間的拱門。

現場的佈置方面，我插不上手，全權交給現場的工作人員，我只需要擔心氣候的問題。

昨天我請大倉和純子打電話詢問拿到招待券的記者，以確定他們的意向，結果出席率並不高。這種惡劣的天氣，人家當然會裹足不前。只有祈禱颱風千萬不要吹到關東地區。

近中午時，會場的佈置已經接近尾聲，我和新井一起到咖啡室喝飲料。窗外粗大的樹幹，被風吹得搖搖晃晃。

「風這麼大，來的人恐怕不多吧！」

新井擔心地攪動面前的咖啡。

「只有聽天由命了，這和高中的棒球比賽不同，不能延期舉行。」

「棒球比賽停止也好，否則和我們的記者招待會撞期，我就看不到啦！」

我們閒扯了一陣職業棒球隊的事。

巨人棒球隊迷的新井，一談到巨人隊就洩氣，因為自從長島總教練就任一年以來，巨人隊的低落情形一直未獲改善。

另一方面，成績一直不太好的廣島的卡布隊，自從古葉總教練率軍之後，戰績節節上升，目前正進入冠軍爭霸戰。

全壘打數方面，阪神虎隊的田淵，已經超越棒球巨人的王貞治，眼看王座唾手可得了。

聊完這些話以後，已經十二點半。我們隨便吃點東西，然後回到會場。

日野社長及河出常務董事已經來到，正以緊張的表情四處巡視。

開始前三十分鐘，記者們陸續進入會場，一會兒工夫，座位就快填滿。

一點四十分，會場座位幾乎坐滿了，記者會正式開始，比預定的時間晚了十分鐘。我選了會場右邊角落靠近門的位子坐下。

全場暗了下來，燈光打在舞台上佛拉明哥吉他上面。突然間，吉他的輪指（Rasgueado）聲音像流水般流瀉出來。當聲音逐漸消失時，室內慢慢地亮了起來，招待會順利展開。

在主持人相川晉也的介紹下，日野社長站起來向大家致詞。日野的金牙在燈光下閃閃發亮，他滔滔不絕地敘述此次和拉墨斯訂立契約的抱負。

接下來，由日野樂器社專務弦樂器部長榊原克己上台。榊原克己體型瘦長，頭髮凌亂地垂在肩上，像一位略帶神經質的小提琴家。他微微地甩動頭髮，向大家簡單說明與拉墨斯訂立契約的目的，及新產品的市場性。

然後主持人介紹拉墨斯出場，這位中心人物以西班牙語發言，旁邊的布幕出現日語的翻譯。

拉墨斯說：「日本的吉他，加工及手工方面非常細膩，這一點我頗為欽佩，但是音質和音量方面，卻比西班牙的吉他略遜一籌。我一定傾全力提供技術，製造出兼具兩種優點的吉他……」

記者招待會照著腳本順利地進行，仲田四郎使用幻燈片講解；井坂潤的吉他演奏，配合著佛拉明哥舞進行……所有的表演，都產生很好的效果。

表演節目結束，正好是午後三點，場內的燈全部打亮。

主持人向來賓宣佈，節目完畢後，留下一段時間，讓與會人士提出問題，主辦單位會詳盡地答覆。

「佛拉明哥吉他，一把的售價是多少？」

「拉墨斯的技術指導，包括哪些方面？」

「除了販賣樂器之外，是不是應該也讓演奏技術普及？」

對於這些問題，榊原專務對答如流。看起來，記者招待會即將圓滿地落幕。

正當主持人準備宣佈閉會時，在我左後方突然有一個男人站起來。他戴著眼鏡，頭髮鬈曲，年約三十出頭。

男人以挑釁的口吻發言：

「我聽說最近日野樂器社售出的吉他，在演奏會途中，突然發生掉了琴橋的事件，這是真的嗎？」

全場一瞬間鴉雀無聲。所有的人都將視線移轉到那個男人身上。

我看不清那個男人的臉孔。正當我探頭探腦，想要看個仔細時，旁邊的新井用手肘撞了我一下。

「哎！這是怎麼一回事？」

他的表情像要抓住我胸口的衣服，一把將我揪起來的樣子。我也被這個突然爆出來的冷門，弄得一頭霧水。

日野社長脹紅了臉，正要站起來時，榊原專務制止他，沉著穩定地對著麥克風，回答質問者的挑釁。

「本公司的產品，二十年來從未發生過這種事件，我不知道你是從哪裡聽來的。我們認為，這是一種惡意中傷。如果你還有不滿的地方，請拿出證據，我們一定會還給社會大眾一個公道。」

本來可以圓滿結束的記者招待會，卻因為這個半路殺出來的程咬金，使氣氛變得很僵硬。那個男人大概沒想到會受到這樣的反詰，一時不知該說些什麼，只好悻悻地坐下。

我趕緊離開會場，向服務台走去。我已經事先吩咐過那兒的日野樂器社女職員，凡是沒有持邀請函的記者，請留下他們的名片。

翻遍名片盒，終於找出一張我不熟悉的名片。

「樂器情報社主筆，西島義一」。

會場的門打開，參加者魚貫走出。我靠著牆壁，搜尋過往的人。一位穿著馬球衫、一身運動風的男人向我打招呼。

「漆田先生，這個記者招待會辦得很成功。下一次我也想請你為我們辦一個，請和我電話聯絡。」

他是帝都電視台節目的製作人安田。我向他保證，一定會打電話給他，然後急急地將他打發走。

在人群中，有個人鬼鬼祟祟地朝著相反方向走，一副想要開溜的模樣，我立刻撥開人群追上他。

「西島先生，聽說你忘了攜帶邀請函。」

男人回過頭，面露怯意。

「我出門的時候匆匆忙忙，所以忘了帶。」

我做出一個客氣的微笑。

「那就奇怪了，因為我並沒有發邀請函給你。這一次，我們沒有邀請任何雜誌業的人。」

西島一雙細眼不安地四下瞟動，似乎想要找出逃跑的空隙。

「我——我是路過這裡，看見外面的海報，覺得很有意思，所以就進來了。」

我嚴厲地瞪著他。

「你不要瞎扯，是誰指使你的？你不說也沒關係，反正我會記住你的臉孔。」

西島從喉嚨發出一個聲音，慌慌張張地逃逸。

我和擦身而過的記者一一打招呼，回到會場。還有幾位記者留在會場，訪問日野樂器社宣傳處人員。

空空蕩蕩的會場中，河出、榊原、新井三人正在低聲交談。

新井一看見我走過來，立刻瞪大眼睛，小聲地質問我：

「哎！那個人是誰啊，怎麼知道這件事？該不會是全消同的槇村女士出賣了我們吧？」

「這不太可能，就算她要出賣我們，也不需要做得這麼露骨。」

河出伸出一根手指。

「會不會是萬廣的ＰＲ人員在搞鬼？」

「也許是受了太陽樂器社的委託，故意來攪局的。沒想到受到榊原專務強硬的反擊，就心虛地溜掉了。」

榊原皺著眉頭。

「這樣的記者，你們竟然也邀請他來。」

「我沒有邀請他，是他擅自進入的，一定有人在背後主使他。」

河出抱著手臂。

「漆田先生，我不希望那筆贊助金白白犧牲了。」

第二章——尋找山多斯

1

星期一下午，新井找我去日野樂器社。

報紙上，已經開始報導日野樂器社聘請西班牙名吉他製作家拉墨斯擔任技術指導的消息，並且刊登兩幀照片。看來，我籌畫的記者招待會，算是滿成功的。

照理說，新井應該很高興才對，但是他卻表現出一副愁眉苦臉的樣子。進入宣傳室的小房間，我忍不住開口了：

「怎麼了，報紙以大篇幅報導你們的事，難道造成了困擾？」

新井苦笑一下才開口。

「沒有啦！其實是另外有一件事要麻煩你。拉墨斯現在在河出那裡，他們正在商量一件事情，這件事要請你幫忙。」

「什麼事情呢？」

新井摸一摸下巴，略微遲疑了一下。

「尋找一個人。」

「拉墨斯先生要找的嗎？」

「是的。」

「什麼人呢？」

新井坐正身體，手肘靠在桌面。

「我詳細說給你聽。」

以下是新井從拉墨斯那裡聽到然後告訴我的事。

一九五五年（昭和三十年）二月，距今正好是二十年前。當時，拉墨斯還在卡迪斯。

有一天，一位日本人到他的工作房拜訪他。

那時在西班牙，很難得看到日本人，尤其那位男人，還是一位佛拉明哥舞的吉他演奏者。他對拉墨斯所製造的吉他非常中意，希望拉墨斯能將吉他賣給他，而拉墨斯也深為這個來自遙遠的異國客人所感動。

無奈，當時店裡現有的吉他都是別人訂購的，已經沒有其他的存貨。

拉墨斯一向是慢工出細活，當時的情況是即使接到訂單，也要一年後才能交貨的程度，根本沒有存貨，而且也不能把別人預訂的吉他賣給他，只好拒絕那個日本人。

那個人萬般留戀地試奏工作房中每一把吉他，最後才無可奈何地離開，此後便沒有再出現過。

這件事情在拉墨斯心中留下了一個疙瘩，長久以來，這件往事成了他心中一個負擔，始終無法忘懷。他說：

「我一定要送他一把吉他，以補償他當年的誠意。所以，非找出這個日本人不可。這次我之所以和你們訂立契約，也是因為這層關係。」

新井說明完畢，我取出一根菸。

「他該不會是要我們找出這個日本人吧？」

新井眉毛一挑。

「怎麼啦？你不願意嗎？這種事可以傳為佳話，我和河出都相信你一定會答應協助。」

「那位吉他手叫什麼名字？住在哪裡？」

「本名不清楚，只知道西班牙名為山多斯。」

山多斯？

日本人中的佛拉明哥舞者，通常喜歡取一個西班牙名字，例如：貝倍・島野、里卡德・濱田等，至於山多斯，我倒是從來沒有聽過。

「幾歲呢？」

「當時是二十五、六歲左右。」

如果沒有錯誤的話，他今年應該是四十多歲了。

四十多歲，叫做山多斯的吉他手。就憑這一點線索，想要找出這個人，無異海底撈針。

我將香菸點上火。

「太難了！」

新井斜睨我一眼。

「我知道啊，正因為如此，我才請你幫忙。」

「我們可以將這件事告訴新聞界，請他們在新聞媒體上公開發表，如此就可以找出山多斯了。」

新井臉孔發亮，倏地站起身來。

「這個辦法很好，你和我一起去向常務董事建議吧。」

我雖然不太起勁，但還是跟著新井走出宣傳室。

進入會客室時，河出正透過女翻譯和拉墨斯交談。

我和拉墨斯握手寒暄之間，女翻譯起身離開，這大概是他們事先指示的吧。

女翻譯出去後，河出對我說：

「新井大概已經向你說明是什麼事了吧？希望你能助我們一臂之力。」

「這個——」

我的話還沒有說完，新井就急急忙忙地插嘴。

「漆田先生提議，我們不妨把這件事在報紙上公開。這是一個很好的閒談題材，報社一定會欣然接受。」

河出並沒有表現出同感的樣子。

「這也是一個辦法，但是拉墨斯好像不希望這麼做，你直接和他談好了。」

新井的臉色有點不滿，但也不便說什麼。

我轉向拉墨斯，以西班牙語和他交談。

「我已經大致了解你的意思，請你再說明詳細一點，例如：他有沒有提過他的本名，或是出生地？」

我剛說完，拉墨斯就迫不及待地接口：

「很遺憾，我不記得他曾經提過那些事。但是，的確有一個名叫山多斯的日本人。」

我搖搖頭。

「我只聽說過貝倍、里卡德等的佛拉明哥舞者，實在沒有聽過叫做山多斯的中年吉他手。」

拉墨斯失望地將身體倒向沙發，河出擔心地觀察我們。

我繼續問他：

「那你還記得其他事情嗎，例如：他的身材、容貌等等？」

拉墨斯用手指壓一壓眉心。

「他的個子和你差不多，瘦瘦高高的，稱得上是一位美男子。現在若是讓我再碰見他，我一定認得出來。」

「你好像提到，他曾經當著你的面彈奏吉他。」

他的眼睛發亮，振作起身體說：

「是啊！他在我的工作房試彈了吉他，當時我對他精湛的演奏技巧大為歎服，若是當時送他一把別人已經預約的吉他就好了。他的彈奏技術，配上我的吉他，一定會相得益彰。」

拉墨斯惋惜地攤開雙手，聳聳肩。

「我們可以利用傳播媒體，向社會大眾廣為宣傳，說不定，他會出面來找你。」

我向他建議，他猛烈地搖著頭。

「這樣子不好，我不希望讓這件事宣揚出去，最好是私下把他找出來。這不是一件值得大肆渲染的事，只不過是我個人想一償多年的心願罷了。」

拉墨斯的語氣，具有奇妙的說服力，我無法拒絕他。

我將兩人談話的內容轉告河出，河出嘆了一口氣。

「他還是堅持不願這麼做嗎？我實在很難理解他的想法。」

新井似乎覺得非常可惜。

「這原本可以成為一條最有利的宣傳資料，只可惜他不願意。你們想想看，『西班牙的吉他製造家為了一償二十多年的宿願，千里迢迢來到日本……』這種新聞多吸引人啊！」

河出苦笑。
「確實是有人利用這種方式尋人，但是，如果徒勞無功，豈不令人非常洩氣，何況拉墨斯堅持不肯，我們只有派人私下查尋了。」
新井看看我。
「如何呀？為了日西親善，你還是勉為其難吧。」
「既然不能利用大眾傳播，那就乾脆委託徵信社，或是私家偵探吧！他們對這種事比較內行。」
這時我想起了前不久大倉說過的話，以及他說那句話時的表情。
「那些人不如你對西班牙和吉他手那般熟悉。而且也不如你的頭腦靈活。」
「線索只有『名叫山多斯的日本人』，由任何人來調查都一樣，想要查出來，簡直比登天還難。我雖然很想幫助他——」
新井臉上浮現淺淺的笑容。
「那何不把你個人的意願，化為正式的任務承擔下來？」
我看看新井，再轉頭看河出。
出人意料地，河出對於新井的話非但沒有提出異議，反而點頭贊同。
「你如果肯接受這項任務，我會和你正式訂立契約。」
我舔一舔嘴唇，想不通河出對於這件事為什麼表現得如此熱中？
「你們和拉墨斯訂立契約時，也包括尋找山多斯這一項嗎？」
「不，這純粹是私人的情感問題。他的年齡這麼大了，為了那個宿願，受聘為我們的技術指導，我們幫助他了卻這樁心願，不也是人之常情嗎？」

話雖如此，但是只有二十年前見過一次面，本名以及出身地什麼都不知道，想要找出這樣一名男子，實在太棘手了！

遲疑了許久，我挺直背脊，決定接受這項挑戰。

「這件事實在和我的正業搭不上關係，而且有一點得提醒你們，做這項調查，可能要花費一筆相當可觀的數目——」

河出仰天大笑。

「你大可不必拐彎抹角地講，這樣一點都不像你的個性。我們也知道這件事一定要花費很多錢，所以在正常費用之外，會再多撥一些錢給你。」

我為了掩飾難為情，故意若無其事地搔搔頭。

「我願意盡力而為，但是不能保證一定能找得到那個人。」

拉墨斯從我的表情推斷出我說話的內容，於是笑逐顏開地握住我的手。

「謝謝你，漆田先生。」

2

大倉從椅子上彈起來。

「什麼？又要叫我去做偵探的工作？」

「是呀，而且是做一名真正的偵探。」

大倉愁眉苦臉，用兩手抱住頭。

「饒了我吧，早知道會變成這樣，我還不如去當萬廣的ＰＲ人員！而且那裡有一位美麗的女職員。」

石橋純子回過頭，對大倉白了一眼。

「實在很抱歉，這裡沒有美麗的女職員。」

大倉趕緊用手捂住嘴，身體坐正，不知所措地推推眼鏡、搔搔頭。

我能夠體諒大倉的抱怨，因為剛才我的反應也是如此。

「我也不喜歡做這種事啊，但是，我們不妨把它當作是一種磨練，也許對我們的ＰＲ工作有幫助。況且他們會支付酬勞給我們，不需要這麼悲觀啦。」

「那麼其他的工作怎麼辦？」

除了日野樂器社以外，我們另外還有幾家客戶。

「在不妨礙其他業務的前提下進行這項工作。」

我先分配好大倉和純子的工作。

首先，把所有和吉他有關係的雜誌、教授佛拉明哥吉他的老師、練舞教室，及吉他製造者等資料列成一覽表。其次，從電話簿中，挑出幾家大樂器店，整理列表。

接下來，他們開始用電話挨家挨戶地查詢。

「現年四十五歲左右，一九五五年二月曾到西班牙，名為山多斯的吉他手。」

這就是查詢的內容。當他們兩人忙著電話作戰時，我已經把其他客戶的工作辦妥。

第二天，我也加入戰線。

我打電話給認識的吉他手及音樂評論家，包括那天在記者招待會中，幫了我大忙的仲田四郎和井坂潤。但是，他們都表示，不曾聽說過山多斯這個人。

井坂指出，一九五五年時候的佛拉明哥吉他手，可能是活躍於關西一帶。他說：

「當時佛拉明哥舞在日本並不風行，只有關西一帶才可能見到彈奏佛拉明哥舞曲的吉他手。」

井坂並且給我住在神戶、大阪的四位吉他手的聯絡電話及地址。

這項電話作戰工作，一直進行到下午。井坂告訴我的四個人中，兩個人沒聯絡上，另外兩個人表示不認得山多斯。大倉也是一無所獲。

趁純子沖咖啡時，我們稍微休息一會兒。

大倉把腳蹺到桌子上，大大地打了一個哈欠。

「這樣下去不行，說不定根本就沒有山多斯這號人物。」

「除非拉墨斯騙我們。」

「也許他老早就不彈吉他了，改行躲在某個角落賣起拉麵。」

「也可能他已經死掉了。」

聽我這麼說，大倉警戒地瞪著我。

「你該不會要我到廟裡查詢死人牌位吧？」

大倉所做的一覽表中，關西方面還剩下幾個吉他手沒有查詢，如果再找不到，只好採取其他的途徑。

到了黃昏，終於聯絡上井坂介紹的另外兩個吉他手。但是他們的答覆，仍然和其他的人一樣，看情形非用另外一個辦法不可了。

這個辦法就是親自登門造訪，到每一間有佛拉明哥吉他表演的酒店、餐廳，進行地毯式搜尋。

我進入後面的書房，取出舊的通訊錄，將以前常去，和佛拉明哥吉他表演有關係的店，整理出來。

突然間，書房的對講機響了，傳來大倉的大嗓門。

「你趕快過來，有眉目了，有一個人說他認識山多斯。」

我趕快衝進辦公室。

大倉在一覽表上，坂上太郎的名字前面，用紅筆畫一個大圈圈。

坂上太郎住在神戶市。

大倉興奮得腹部的襯衫鈕釦幾乎要綳開了，他口沫橫飛地告訴我：

「這個人並不是佛拉明哥舞曲演奏者，他好像在自己家中教授古典吉他。」

坂上說，昭和三十年的年中左右，他在大阪市內一家叫做「安達魯西亞」的俱樂部，看過山多斯的吉他表演。

當時，坂上住在大阪，是高中吉他同好會的社長。同班同學中，有一個人是「安達魯西亞」經營者的兒子。有一天，他邀請坂上到他父親的店中，欣賞佛拉明哥吉他演奏。

一般來說，以高中生的身分，是沒有能力進出那種場所的。但是，因為坂上的同班同學認為這也是練習吉他的方式，所以那段期間，坂上常常進出俱樂部。

在那裡表演的是「格魯波佛拉明哥舞團」，團員只有五人，兩個吉他手、兩個佛拉明哥舞者，還有一名歌手。

對於專攻古典吉他的坂上而言，山多斯的佛拉明哥吉他演奏技巧可以說是神乎其技，常常帶給他當頭棒喝的感覺。所以他在他們演出的一個月內至少看了他們的表演十次以上。

「這以後，他有沒有山多斯的消息呢？」

大倉遺憾地摸摸鼻子。

「後來坂上搬到神戶去住，和他的同學沒有再繼續來往，因此，也就沒有再見過山多斯了。」

「那家叫做『安達魯西亞』的店還在嗎？」

「坂上說，他忘了幾年前經過那裡時，那間店已經變成夜總會，今年春天又改成名為『熱帶林』的咖啡店。」

我提出其他的問題。

「意思是原先的大樓還在？」

「是的，那是大阪四橋奧利旺大廈的一樓，聽說現在已經變得很陳舊了。」

「坂上先生除了山多斯以外，還記得其他團員的名字嗎？」

大倉彈一下手指，趕緊翻開他的記事本。

「對！對！和山多斯一起彈吉他的還有一個叫做安東尼奧的人，他的年紀比山多斯大，但吉他彈得遠不如他，所以常客串舞者。還有一個年過四十、擔任歌手的人，叫做追分。」

「追分？這個名字可真怪。」

「是呀，坂上也認為名字很奇怪，追分是信濃追分的那個追分吧？」

我也不知道取名叫追分，是不是有其他的涵義？

「至於跳佛拉明哥舞的人叫做什麼名字，他已經不記得了，大概是『卡門』之類，很普遍的藝名。他們所有人的本名，坂上先生都不清楚，之後的消息也不知道。」

大倉闔上他的記事本。

「第一天的收穫還算不錯吧。」

我點頭同意，由於井坂指出往關西方向尋找，使我們獲得這條寶貴的線索。

「是呀，但是我們的調查工作才剛開始呢，不過不管如何至少咱們抓到了這條線索了，對吧？」

大倉緊抿著嘴，臉泛紅，拿起原子筆，敲打桌子邊緣，突然間，他把原子筆擲向桌面，好像豁出去了似的。

「好吧！到了這個地步，無論是大阪，或是神戶，我都會去走一趟。」

3

翌日，大倉一早就搭上飛機到關西出差。

傍晚時分，佛蘿娜來到辦公室，和我商量帝都電視台「星期三客廳生活劇場」節目的演出。節目中有一個單元是「在日本的外國人」，他們已經決定邀請拉墨斯和佛蘿娜登場。拉墨斯因為身體不舒服，所以只有佛蘿娜一個人來。我和節目製作人以及製作公司的導播一起研究討論節目細節。

討論結束後，我帶著佛蘿娜到附近的咖啡店。

佛蘿娜身穿樹葉花紋的咖啡色裙子，和白色高領短上衣。小巧金黃色的耳環，把她的古銅色皮膚襯托得更為健美。

她的兩頰搽上淺淺的腮紅，口紅顏色也是淡淡的，眼睛則是用睫毛膏和眼影仔細描繪，這是西班牙女人典型的化妝方式。

我想以西班牙語和她交談，她卻以練習日語為由，請我說日語。

「妳在日本還習慣嗎？」

我一字一句慢慢地說。佛蘿娜露出潔白的牙齒微微一笑。

「我都待在飯店裡，所以還沒體會出有什麼不同。」

她除了腔調有點奇怪以外，可以算得上正確又流利。她的聲音略低，而且帶點沙啞，雖然稱不上悅耳動聽，但是非常有磁性。

「日野樂器社的新井先生說，不久以後，他們將安排你們遷到八王子工廠附近的大廈。」

「大廈？太棒了！真希望趕快搬進去住。」

「這裡所謂的大廈，只不過是把公寓擴大了一點，和妳想像的大廈不同，所以妳不要抱太高的期望。」

佛蘿娜眨一眨她的大眼睛。

「雖然如此，我還是很希望去住那裡。」

「妳打算什麼時候回西班牙？」

她想了一下。

「大概九月中旬吧。」

「那麼妳應該來得及在那裡住一陣子。」

這家店生意清淡，離我們不遠處，有一個上班族模樣的男人，透過報紙，好奇地打量佛蘿娜。

我們聊了一些日本人與西班牙人的生活習慣、民族性等。

她對於一般年輕女孩感興趣的服裝、音樂方面的話題，似乎一點也不熱中，反而對那些經濟高度成長、物價對策、保防策略等問題顯得興致勃勃，而且很有見地，使我自嘆不如。

過了一會兒，佛蘿娜假裝若無其事地四下張望一番，然後身體前傾，壓低聲音說：

「日本的學生運動，好像很盛行？」
她突然轉變話題，使我有點不能接受。
「是呀！妳有沒有聽說過『全學連』這個組織？」
佛蘿娜臉色變得僵硬，默默地點頭。
看她這種緊張的表情，我就略知一二了。
「喔，這種事在西班牙是不能公開談論的。是不是？」
她看我一眼，再次點點頭。
「是的。在西班牙，他們禁止學生集會，並且派遣BPS在大學附近的咖啡廳監視。」
「BPS？」
「就是秘密警察的意思。」
我苦笑一下。
「但是這裡是日本啊，妳不必這麼小心翼翼的。」
佛蘿娜坐正身體，臉上浮現安心的笑容。
西班牙的獨裁者法蘭西斯・佛朗哥，由於年邁力衰，據說已經將他的統治手段放寬許多。但是，看佛蘿娜的反應，似乎他仍然嚴厲地取締反對他的獨裁政治的人。
「我們國家，不能在公開場合談論政治方面的事。去年春天，我們的鄰國葡萄牙軍事政變成功，結束了為期四十二年的獨裁體制。在馬德里，有幾千名學生，集會討論這件事，結果被大隊警察人員逮捕。他們非常害怕我們學生的力量。」
佛蘿娜愈說愈激昂。對於她的表現，我感到有些迷惑。這個女孩一定也是反佛朗哥主義者，但是，她對我說這些事情有什麼用呢？

「葡萄牙的事件，我在新聞報導中看過，那的確是一場沒有流血的政變。但是，西班牙做得到嗎？」

「沒有流血的政變？那是不可能的。到目前為止，佛朗哥的勢力還很強，信任他的人也很多。但是，他的獨裁主義終究是要下台的，西班牙應該盡快邁向民主國家的行列。」

對於佛蘿娜慷慨激昂的言詞，我固然大為歎服，然而更令我驚異的是她的語言能力。要說出這番長篇大道理，至少得在日本待上五年才行。

在我還不知道怎麼回應的時候，佛蘿娜再度把身體向前靠，小聲說，

「漆田先生，你能不能告訴我，關於日本列島解放陣線的事？」

被她突然這麼一問，我著實大吃一驚。

前幾天在吉隆坡佔領大使館的日本赤軍，其實在國內已經快要被肅清了。但是日本列島解放陣線卻繼之而起，他們是左派恐怖集團的分子組成的。

他們根本不管對象是誰，一律展開炸彈攻勢。目前警察正嚴密地緝捕他們，可惜沒有什麼收穫。

我想起上回在日野樂器社的歡迎會上，佛蘿娜也提過吉隆坡事件。

日本列島解放陣線的鬥士和赤軍一樣，投入巴勒斯坦游擊隊的大有人在。也許此次的吉隆坡事件，他們也插上了一腳。

赤軍佔領大使館以後，提出一個交換人質的條件，那就是將前次因為淺間山莊事件而被扣留的同志釋放，並且送他們出國。

日本政府只好採取特殊處置，答應他們的要求，送五名恐怖分子出國。但是這五名恐怖分子中，並沒有參雜日本列島解放戰線的鬥士。

我猶豫著該如何回答她，伸手取出一根菸。
「他們是有名的恐怖分子集團，我當然聽過，但是，妳要我告訴妳什麼事？」
「你知不知道，他們的總部在哪裡？」
她的表情非常認真。
我故意慢吞吞地為香菸點火。
「我不知道他們的總部在哪裡。也不想知道！妳到底在打什麼主意？」
「那麼，到哪裡可以打聽出來？」
「誰知道。佛蘿娜，妳不覺得問得太多了嗎？」
她看一看我的表情，然後放鬆肩膀，身體靠向椅背。
「對不起，問你這麼多無趣的問題。」
我默不作聲，慢慢地將香菸捺熄，企圖轉變話題。
「下一次，我帶妳去逛一逛東京的夜景。」
佛蘿娜眼睛亮了起來。
「真的？我到日本之後，從來沒有在晚上外出過，因為外公把我管得很緊。」
她說這句話的表情很天真。
「這樣吧，明天晚上好了。晚上六點三十分，我會在這間店等妳。」
「好，我會先徵求外公的同意。」
「如果他不答應，妳打電話告訴我，讓我來說服他。」
佛蘿娜興奮得連連點頭。無論她如何嚴肅地說出什麼話，畢竟掩飾不了十九歲少女的稚氣。
然而，想起她剛才表情認真地提起日本列島解放陣線的事，我不由得莫名地擔心起來。

4

第二天早上，我一踏入事務所，電話鈴就響起來了。

那是大倉打來的。

「我昨天抵達神戶，和坂上先生見面，得到更詳確的情報。」

坂上對大倉說，他是在昭和三十年六月，還是一名高中三年級的學生時，在「安達魯西亞」酒店，看到山多斯的「格魯波佛拉明哥舞團」。

「安達魯西亞」是當年年初開設的。這麼說來，當時山多斯還停留在西班牙，一直到二月份拜訪了拉墨斯的工作房之後才返國。然後，組成了「格魯波佛拉明哥舞團」，接著在開店半年的安達魯西亞表演。

坂上的同班同學也就是老闆的兒子叫做井上達夫，大倉打聽出了井上當年所住的地方，於是前往大阪。

井上一家人已經搬離了當年的住處，於是大倉到他們兩人以前就讀的高中，查詢同學會的最新通訊錄，終於找出井上的住址，就在大阪市北區。

大倉按址尋訪，發現那是一棟圍牆很高的高級住宅。

井上達夫的父親，在一年前死於腦溢血，因此井上繼承父親的事業，繼續經營俱樂部。

大倉說明來意以後，井上很乾脆地在上班前撥出點時間和他交談。

井上一下子就記起了「格魯波佛拉明哥舞團」的事，也想起邀坂上一同欣賞表演的時光。

但是，他的父親如何與那個舞團訂立契約？那個舞團的人現在在哪裡？他們的真實姓名是什麼？他全都不知道。因此，大倉在井上這裡沒有挖掘到任何線索。

談了一陣，大倉搭上準備前往位在難波的俱樂部上班的井上的便車，然後來到四橋的奧利旺大廈。大廈一樓，正是坂上所說的「熱帶林」咖啡店。

店內的裝潢與店名完全吻合，濃厚的叢林色彩，到處是常綠的爬藤類植物。大倉自稱為以報導風格特殊的餐飲業為主的一家雜誌社記者，召來咖啡店經理，問了他很多事情。

熱帶林的經營者在一年前，向奧利旺公司租用一樓。

「奧利旺公司在大廈的六樓，我上去的時候，由於超過上班時間，門已經鎖起來了，我準備今天再去探查一次。」

大倉這幾天的行程，全部報告完畢。

「也許奧利旺公司年資較久的職員，知道山多斯的事，我等著你的調查結果。說真的，你的偵探工作做得挺有板有眼的嘛！」

大倉雖然又嘀咕了幾句，但是顯然沒有什麼不高興。

「對了，坂上先生聽了拉墨斯的事非常感動，他說，下個月十號過後，他會到東京辦點事，如果有需要他幫忙的地方，儘管向他提出。」

當天我為另一項工作忙了一整天。那是一家大客戶託我為他們的新產品設計ＰＲ方面的企劃案，並且要求盡快提出。

傍晚時分，我的工作已經告一段落，這時大倉正好打電話來。

「奧利旺公司有一位叫做石黑的六十歲職員，知道『安達魯西亞』酒店的事。他說，大約二十年前，井上先生的父親和他們訂立一份租賃契約，租用大廈的一樓。」

「安達魯西亞」在昭和三十年一月開業，三十二年八月停業，這段期間，石黑曾去看過格魯波舞團的表演，但是後來就不知道他們的行蹤了。

不過，他想起了另一件事。大約兩年前，他到曾根崎新地一間有佛拉明哥舞團表演的餐廳「巴塞隆納」，在那裡遇見從前在「安達魯西亞」擔任領班的花田。

花田是那家餐廳的經理，當時一看見石黑，立刻和他打招呼。

「今天晚上，我準備到『巴塞隆納』餐廳去找花田先生，他既然還和佛拉明哥舞團有聯繫，一定會有我所需要的消息。」

「沒想到你的進展這麼快，真是令我佩服。」

我由衷地稱讚他，大倉顯得更加得意。

「這種偵探工作，愈做愈有意思，把每一個蛛絲馬跡串連起來，再慢慢咀嚼、消化，能夠產生很大的樂趣哩。」

「你正在把一個不明身分的人，這些年來的生活片段組合起來，構成他的歷史。這是一件很藝術的工作。」

「你別瞎捧了。」

大倉恢復平常的語調，並且打了一個大噴嚏。

我在約定的六點半，來到隔壁大樓的咖啡店。

佛蘿娜已經到了，她正在吃水果聖代。

她說，拉墨斯一聽到她想在夜晚外出，臉立刻拉下來，後來知道有我作伴，才不再強烈地反對。

佛蘿娜穿一件紅白相間的襯衫，領口開得很低，以及象牙色的長褲。戴一只托萊多所產、手工很細的黑色與金色相間的手環，及一副大耳環。

我們走到四谷街，此時天色還很亮，佛蘿娜毫無顧忌地挽著我的手臂，使我有點發窘。

我帶她到赤坂吃涮涮鍋。佛蘿娜連聲說，她從來沒有吃過這麼好吃的肉。比起西班牙牛肉，這是當然的啦！

我將拉墨斯託付我們的事情告訴她，她表示一點也不知道有這件事，拉墨斯從來沒有對她提起。

「這件事是拉墨斯先生多年的心願，也是他這一次來日本的目的之一。」

佛蘿娜點點頭表示：

「我了解外公的心情，他不但對我管教嚴格，對自己的要求也很高，所以，他一定不願意對任何人有虧欠的感覺。」

接著，佛蘿娜轉變話題，詢問我的事情。

我告訴她，我今年三十五歲，單身。兩年前辭去服務了十年的ＰＲ公司，獨立開設一間兼住處的事務所。雙親都已不在人世，只有幾位遠親住在北海道。我還告訴她，腹部留下一個學生時代被小混混刺傷的傷痕等。

佛蘿娜說，她的父母在她還是嬰兒的時候，就因交通事故而死亡，由外公撫養長大。她在大學裡，專攻日本說話文學，難怪她說話時的表情特別豐富。

吃過晚飯，我們到新宿的「艾爾．港」欣賞佛拉明哥舞表演。那家店在三光町大樓六樓，是一間西班牙式的餐廳。

電梯裡面擠滿了人，後面又有一個人擠進來，使得我的身體緊緊壓在佛蘿娜的胸前。我回頭看，一個穿著深藍色西裝、上班族模樣的男人，貼在門邊，正仰望著天花板，額頭上還留著一些汗水。

店裡已經有許多顧客，服務生將我們領到一個離舞台正面稍有距離，靠著牆壁的座位。店裡的裝潢，比起馬德里一流的酒店，絲毫不遜色，食物方面也還不錯。

離節目表演還有一段時間，我們點了套餐以及雪莉酒。

節目快要開演時，有一位身材修長的男人，被帶到隔壁的單人座位。他揹著一把吉他，服務生取走他的吉他，使他露出不高興的表情。我猜測這人是一名專業吉他手。

他穿著亮灰色西裝，頭髮長得幾乎觸到肩膀。鼻梁高挺，輪廓很深，像是混血兒的模樣，臉上還留著幾分稚氣，是一個年紀很輕的男子。

令我感到不滿的是，那個男人一坐下來，就很放肆地盯著佛蘿娜，而且，一直到表演開始，他的目光始終沒有離開過。

這個舞蹈團的吉他手及舞者都是一流的。聽說，他們在西班牙賺的錢，遠不如這裡的多。所以，西班牙藝人都喜歡到這裡來淘金。

主唱者打扮成吉普賽人模樣，他的聲音低沉而且有磁性。一開始，他先打量全場的人，很快地，他發現了觀眾席上和他國籍相同的佛蘿娜。

他對著佛蘿娜唱起來。

「妳是一位比亞歷山大的玫瑰還要美的姑娘……」

燈光師機靈地把燈光投向佛蘿娜，店內的視線一下子全都集中在她身上，並且不期然地拍起手來。佛蘿娜的臉孔飛上兩抹紅暈，但她仍大大方方地投給台上一個飛吻。

燈光移開了以後，還有兩道目光不肯移走，那就是鄰座的年輕男子。

他絲毫不想掩飾自己的舉止，這種表現根本就是無視於我的存在。

剛開始，佛蘿娜並不在意那個男子的注意，後來，她忍不住看了那男人一眼。他不但沒有避開佛蘿娜的目光，反而在嘴邊浮上了笑容，這個笑容令佛蘿娜低下頭羞紅了臉。

我很不高興，而且有一點嫉妒。那個男人的確比我年輕，也比我英俊。舞台上開始表演吉他獨奏，這時他才把目光調回舞台，聽了幾小節以後，他就搖搖頭，嘴裡發出「嘖」的一聲嘴角帶著點冷笑，好像對於吉他表演很不滿意。

終場的時候，我到洗手間一趟。買了包香菸後回到座位時，佛蘿娜呆呆地望著空的舞台，鄰座的男人也不見蹤影了。

「走吧，妳的朋友也走了。」

我隨口說說，佛蘿娜的臉色卻意外地驚慌起來。她抓著餐巾，結結巴巴地說：

「你，你這話是……是什麼意思？」

她的臉一下子就脹紅了。垂在她肩上的鬈髮，將她襯托得更有女人味。

5

第二天中午，大倉從大阪回來了。他的西裝發縐，頭髮凌亂，眼鏡片沾上一層厚厚的灰，就像是兩片毛玻璃，鞋子也像在泥巴裡浸過的樣子。

我叫石橋純子看守辦公室。然後帶大倉到新宿的三溫暖去。一邊往返於蒸氣澡堂及冷水澡堂之間，一邊聽取大倉的報告。

大倉在前天傍晚五點，拜訪正要開始營業的「巴塞隆納」。正如石黑所說，安達魯西亞的領班花田，在這間酒店當總經理。

花田是一位個子矮小，一頭白髮梳得很整齊，看起來是位非常高雅的人，年紀似乎不小了。他的外貌看起來很老實，所以大倉就坦白地對他說明來意，請他談談以前的事。花田一聽到「安達魯西亞」，馬上露出無限懷念的表情，興匆匆地對大倉追溯那些陳年往事。

花田說，井上先生很喜歡拉丁音樂，常邀請熱帶地方的舞團或探戈舞團來表演，格魯波佛拉明哥舞團也是常客之一。

這個舞團共有五人：吉他手山多斯（Santos）、安東尼奧（Antonio），歌手追分，舞者卡門（Carmen）、瑪莉亞（Maria），這一點與坂上的記憶一樣。

但是關於他們的本名，花田一時也想不起來。山多斯好像是叫做高木××或是高山××，總之有一個高字。至於其他的人，他更是一點印象也沒有。

據花田說，安東尼奧的吉他彈得不太好，而山多斯卻是箇中翹楚，即使是門外漢，也能聽出他的技術已經非常純熟。

追分的歌曲，花田不太能懂。但是第一次聽的時候，覺得是類似追分調的佛拉明哥旋律。而那兩位舞者，花田只記得她們長得非常美麗。

契約期滿以後，就沒有再聽說他們的消息，花田本來以為他們轉移到別的地方表演了，但是，一點傳聞也沒有。

三年前，花田在梅田電影院突然遇見十幾年不見的追分。大概因為兩人年齡相近，兩人相互看了一下之後，竟認出了對方。

追分穿著一件簡單乾淨的開襟襯衫，但是神色看起來似乎有些緊張，他自稱現在在法善寺巷子裡開了一間章魚燒的店。

兩人在路上閒聊幾句就分手了。

有一次，花田經過法善寺巷子，想起了追分的話，不免想去看看他。但是，當時忘了問他的店名，也不知道他的本名，只好到處找找看。

他找了幾家章魚燒店，結果都不是，最後只好打消念頭。

大倉向花田打聽到的消息，就是這些了。

大倉心想，他也應該照著花田的辦法，到法善寺橫丁一帶尋找追分的下落才對。

雖然，他一想到要在那些小巷子挨家挨戶探查所有的章魚燒店，就非常頭大，而且花田已經失敗過一次，他的希望可能更渺茫，但是事到如今，只好硬著頭皮走一趟了。

大倉到每一家章魚燒店，或是串燒店和居酒屋，打聽一位現年約六十歲，二十年前在佛拉明哥舞團演唱，名叫追分的歌手。

這項工作花了好長的時間。

有些店的老闆非常親切，為他向每一個店員詢問，但是沒有人聽過追分這個名字。飲食店協會的會長也不認識追分。

大倉在法善寺橫丁逗留到將近十一點，成果卻等於零。他拖著疲憊的身體，進入一家小酒店，想喝杯啤酒，歇歇腳，然後返回旅館。

他坐上吧台，不久，來了一位很胖像是酒店小姐的女人，一屁股坐在大倉隔壁。大倉後來才知道，她是附近酒吧的女侍，常在工作中，偷溜出來喝杯酒。

大倉抱著最後的一線希望，向小酒店的老闆娘打聽追分的消息。旁邊的胖女人一臉不感興趣的表情，繼續喝她的酒。

結果老闆娘表明她也不知道後，胖女人突然纏著大倉，問他佛拉明哥舞曲是什麼？大倉雖然很不耐煩，但也只好耐著性子，就他所知道的有限知識，說給她聽。

女人聽完大倉所說的話，喝乾杯中的酒，然後吁了一口大氣說：

「我不知道那是不是佛拉明哥舞曲，有一個老人，每次喝醉了酒以後，就會哼一些很奇怪的外國民謠，聽起來很像追分調。」

大倉一聽到「追分」，立刻抓住胖女人的手臂。

「什麼？妳說追分？」

「是呀。你不要看我這個樣子，我也是讀過女子大學、唸過英文的，我聽得出來那不是英語。」

根據胖女人的說法，她常在下班以後，到一個賣章魚燒的路邊攤打牙祭。

路邊攤？難怪我幾乎踏遍了整個法善寺也找不到他。他對花田說，是一家章魚燒店，別人自然而然聯想到普通的店面，誰知道……

他會這麼說，大概是為了維持自己的尊嚴吧。

幸承那位自稱唸過女子大學的胖女人的指點，大倉終於在離法善寺巷子稍遠的地方，找到追分的攤子。

追分是一個瘦削、頭髮發白的老人。剛開始，他矢口否認自己是追分，連大倉搬出花田的名字，他也不承認。

大倉於是說出拉墨斯的事，並且使出渾身解數，死纏爛鬥了好一陣子。

最後，追分終於有了開口的意思。他把攤子收起來，帶大倉到附近的麵店，在那裡將所有的事情告訴大倉。

追分生於大正年間，滿洲事變後，在一家飯館當廚師。他從年輕時代就喜歡唱歌，尤其唱起追分調，更是沒有人比得上他。

喜歡拈花惹草是他最大的缺點。從戰前到戰後，他已經在幾家知名的餐館工作過，但每次都是為了這個原因被解雇。

昭和三十年，他在心齋橋的大餐館當廚師，和一位顧客的姨太太發生曖昧的關係，使老闆對他產生反感。

正當他快待不下去的時候，有一位自稱為山多斯高井的年輕吉他手來拜訪他。那是昭和三十年四月的事。

山多斯對他表示，將組成一個佛拉明哥舞團，希望他加入，擔任演唱者的職務。大概山多斯是在某處聽過追分唱歌，覺得他的歌聲很好吧，追分聽說可以靠自己的興趣賺錢，不禁雀躍萬分。

舞團除了他們兩位，還有第二吉他手安東尼奧、舞者瑪莉亞和卡門三個人。雖然大家沒有明說，但是追分私下知道卡門和山多斯是夫妻，瑪莉亞和安東尼奧是夫妻。除了安東尼奧將近三十歲以外，其餘的人都是二十五歲左右。

追分加入以後，山多斯特地把唱片以及用片假名寫好西班牙語的歌詞給他，然後訓練了一個多月。

節拍方面，由於追分平素就很會唱民謠，所以難不倒他。追分自認，山多斯選上他，實在很有眼光。

追分雖然看不懂歌詞的涵義，但是聽到吉他的旋律配合舞者的律動，倒也能夠適當地表現出歌曲的情感。練習告一段落以後，他們就在「安達魯西亞」表演。

他們以「安達魯西亞」為起點，巡迴關西的俱樂部、酒吧表演佛拉明哥舞。

由於安東尼奧的吉他技術不好，常被山多斯派去跳他不喜歡的佛拉明哥舞。雖然安東尼奧的年紀比較大，但是反而是山多斯主持大局，日子一久，安東尼奧對這種不受重視的待遇，產生了不滿的情緒，經常以酗酒和惡意缺席來做無言的抗議。

過了一年，安東尼奧帶著他的妻子瑪莉亞退出舞團。他們不但沒有事先通知，而且幾乎是連夜逃跑的，使得山多斯非常憤怒，追分記得很清楚。

不久，有一位叫做馬諾羅・清水的人，接替安東尼奧的位置，他是一個二十出頭、瘦瘦高高的男人。

再過一年，追分也辭掉了舞團的工作。因為這種工作收入微薄，幾乎無法維持生活。退出舞團以後，追分開始擺攤子，販賣章魚燒。

過了三年，也就是昭和三十五年的秋天，有一天追分在千日前擺攤子時，馬諾羅・清水來他的攤子吃東西。他告訴追分，格魯波舞團已經解散了，現在他要去東京找工作。

從那次以後，他再也沒有見過格魯波舞團的團員。

追分所說的話，到此為止。

大倉想問出追分的本名及地址，但是，這一次追分說什麼也不肯透露。

洗過三溫暖以後，我們一起到餐廳喝啤酒。

這件事經過大倉不厭其煩地明察暗訪，終於露出一線曙光。其中有一件事，尤其使我興奮。那就是，山多斯的本名為高井××，他和卡門是夫妻，而安東尼奧和瑪莉亞是夫妻。這幾點人事背景，對日後的調查工作非常有幫助。

山多斯選擇追分做為舞團的歌手，的確是再合適也不過的了。當時在日本，會唱佛拉明哥舞曲的人非常罕見，至少得選一個擅長唱民謠的人，因為專家學者認為，日本民謠和佛拉明哥舞曲有許多共通的地方。

大倉喝下第三杯啤酒，很滿足地打了一個酒嗝。

「現在，剩下的最後一條線索就在十五年前到東京找工作的吉他手馬諾羅・清水身上了，事情好像愈來愈棘手啦！」

我吸了口香菸，清水這一條線索，是大倉調查出來的資料中，最具決定性的。

「那倒不盡然，事實上，我有一點清水的消息。」

大倉瞪大眼睛，上半身從帆布椅上撐起。

「真的？」

「是呀，我雖然不知道他現在在哪裡，但是兩年前，我在新宿的厚生年金大廳看佛拉明哥舞表演時，見過馬諾羅・清水。當時他看起來大約三十五到四十歲左右，是個個子高高的男人。」

「這就對了，年齡和身材都與追分所描述的相符合。」

大倉興奮過度，連手中的杯子都掉到地上了。

6

六本木的夜晚，仍然有許多人出入。

我在防衛廳前面下車，然後穿越馬路。

年代久遠的木板上用白色油漆寫著「艾爾・布愛多」字樣。法式窗櫺上，有一個環狀扣門器。木門裡面，還有一道玻璃門。

這是一個小巧玲瓏的餐廳酒吧，桌子排列在兩側，後面高起的地方是吧台。內部的設計，是瑞士山莊的風味，和它的西班牙店名很不相稱。而且氣氛寧靜，很難想像它是一個跳佛拉明哥舞的地方。

角落裡，有幾個戴著圓形大眼鏡的少女，在喁喁私語。

還有兩個身穿馬球衫，褲袋插著記事本，像是導播模樣的男人在吧台邊喝啤酒。

前面的座位，有一個喝得醉醺醺的中年男人，正向隔壁穿金戴玉、濃妝豔抹的女人，口沫橫飛地解說「白努利定理」。

我坐在靠裡面的吧台，一坐下，那幾個戴眼鏡的少女們驚訝地看著我。

我一邊用服務生送上來的毛巾擦手，一邊說：

「請給我一杯威士忌加蘇打水，馬諾羅・清水今天晚上會來這裡彈吉他嗎？」

「會的，你是他的朋友嗎？」

「不是，但我想和他交個朋友。」

服務生撫一撫他的飛機頭，然後為我調酒。

十分鐘以後，一個身材修長的男人手拿吉他，撩起後頭的門簾走了進來。他大約四十歲，眉毛很濃，目光像老鷹般銳利。

馬諾羅・清水腋下夾著吉他，坐上吧台的高腳椅，上身微微駝背，手指開始撥弦。過了一會兒，倫巴節奏的曲調，從他的指縫中流瀉出來，這首歌名是Café Rumba（咖啡・倫巴）。

清水所演奏的曲子，都屬於比較古老的。他把探戈、拉丁舞曲改成佛拉明哥風來彈奏。剛才那個一直吹噓「白努利定理」的中年人，此時以荒腔走板的調子跟著哼唱。清水一點反應也沒有，自顧自地彈著，彷彿他的彈奏純粹是為了自娛，和別人一點關係也沒有。

曲終，清水謙恭地向那些稀稀落落的掌聲回禮，然後走向門簾後面。

一分鐘以後，他走出來，在我旁邊坐下。酒保為他調一杯威士忌，清水舉起酒杯，一飲而盡。

我看了看清水。

「你怎麼不彈佛拉明哥舞曲？」

清水漠然地看了我一眼，半晌不開口，好像在思索什麼事情。我以為他想把酒杯摜到我臉上，還好什麼事也沒發生。

他聳聳肩，以平淡的語調說：

「在這種店彈佛拉明哥舞曲，等於在雜耍場進行選舉演說一般。」

我把名片放在他的面前。

「我想向你打聽一些事。」

清水面無表情地向名片瞟一眼。這張名片似乎不及破舊撲克牌來得吸引他。

「什麼事？」

「例如：關於山多斯的事。」

「山多斯？」

清水的表情仍然沒有改變。他淡然地說：

「就是二十年前，和你一起彈吉他的男人，我是向追分打聽出來的。」

清水慢慢將身體轉向我，目光流露出驚訝。

「山多斯？追分？」

「是呀，你不會全都忘了吧。」
清水將酒杯移近嘴邊，卻發現杯中已經滴酒不剩了。
我對酒保打一個手勢，轉頭對清水說：
「讓我請你一杯，如何？」
清水將酒保端來的酒，再度飲盡。
「你遇見了追分？」
「正確地說，是我的下屬在大阪的法善寺巷子裡，找到擺攤賣章魚燒的追分。」
清水拿起我的名片，重新端詳一次。我向他說明：
「ＰＲ的工作，就像是廣告宣傳一樣。」
「你為什麼對佛拉明哥舞曲有興趣？」
我請酒保再為清水斟滿一杯酒。
「說來話長，請你聽我慢慢講。」
「請。」
於是我把拉墨斯來到日本以後的事，簡要地向他說明一遍。
清水聽見我的話，立刻表現出濃厚的興趣，講到格魯波佛拉明哥舞團的時候，他也一副懷念的表情點頭了好幾次。
「追分現在還在賣章魚燒啊？我最後一次見到他，是十幾年前了。」
「應該是昭和三十五年秋天吧？」
「那是格魯波佛拉明哥舞團剛解散不久的事。」
清水目光呆滯地凝視手中的玻璃杯，思緒好像飄到遙遠的地方。

「我從追分那裡聽到了你的名字，所以才能找到你。兩年前，我曾經在新宿看過你的表演，我一向很喜歡佛拉明哥舞曲。」

「哦，那是佛拉明哥藝術節的事了。」

我點點頭。

「因此我在新宿的『娜娜』酒店，向貝倍・島野打聽到你在這裡彈奏吉他的事。」

「娜娜」是喜好佛拉明哥舞曲的人常去的地方，貝倍・島野就是常去那裡表演的吉他手，他很熱心地告訴我清水的行蹤。

我燃起一根菸，深吸一口。

「怎麼樣？你知道山多斯的下落嗎？」

清水很乾脆地搖搖頭。

「很遺憾，我不知道他的下落。自從舞團解散以後，我就沒有再看過他。我很佩服你從一點點的線索追蹤到現在，但是，我實在愛莫能助。」

我感覺自己像一只脹滿氣的氣球，突然洩了氣。我的肩膀垂下來，胃部升起一陣陣抽痛。

清水繼續淡淡地說：

「我的確是最後一個和他在一起的人，我會和他共事那麼久，完全是想從他那裡學一些吉他技巧。他的技術實在非常高明。但是，老實說，我對他的為人不太欣賞，所以，當舞團解散的時候，我並沒有因為眷戀而流淚。如今山多斯到哪裡去了，我一點也不清楚。我如果知道，一定會告訴你的。」

我拿起手帕，擦拭額上的汗水。

「倘若真如你們所說，山多斯是一個吉他高手，這麼多年來，不可能一直沒沒無聞。至少在你們吉他手間，應該會有人認識他，怎麼可能平空消失了呢？我真是想不透！」

清水默默地聳聳肩。

我也不知道該說些什麼，一種無力感貫穿我的全身，我失望地慢慢將菸頭捺熄。

突然間，清水望著天花板自言自語：

「山多斯的兒子，現在不知道怎麼樣了？」

我抬起驚訝的臉。好像又有一線生機了。

「什麼？山多斯有兒子？」

清水挑起眉毛看著我。

「是啊！」

我嚥了一下口水。

「我倒是不知道山多斯有兒子。」

「追分沒有告訴你嗎？」

「沒有。」

追分如果告訴大倉這件事，大倉一定會向我報告。這真是我始料未及的另一條線索！

清水將兩手交抱在胸前。

「他的兒子很可憐，山多斯是一個很可惡的男人。山多斯只要是為了吉他的事情，就會冷酷得有點不近情理。」

「怎麼了？」

「山多斯一點也不念及他只是一個三、四歲的小孩，常常逼他練習吉他，練得皮破血流。每天從早到晚，要他不停地彈，我們都很看不過去，但是也無可奈何，只好把他當成瘋子。」

「這的確有點違背常情。他的母親呢？難道她不會說什麼嗎？」

「他的母親卡門，是一位非常溫柔的女人，什麼事都讓山多斯全權處理。」

我為自己斟上一杯酒。

「山多斯大概是想把兒子也訓練成吉他高手。」

「是呀！事實上，他曾經讓他的兒子上台表演。」

「讓這麼小的孩子上台獨奏？」

「當然那只是餘興節目。但是，自從追分離開以後，山多斯經常叫兒子上台表演。當格魯波舞團解散的時候，他兒子已經彈得非常好了。那時，他只不過六歲大，如果到現在，山多斯一直在訓練他的話，那麼，他的技術一定沒有人能比得上。」

清水眼睛發亮，頻頻點頭。

「山多斯的本名，好像是高井什麼？」

「是呀，就是高井修三，修身養性的修，數目字的三。」

「他兒子的名字呢？」

清水停了一下。

「怎麼說呢？舞台上大家都叫他巴克（Paco），真實的名字是什麼，我也不清楚。巴克也只是當時隨便叫一叫的。」

「巴克？現在的年輕的佛拉明哥吉他手中，有一個叫做巴克的人嗎？」

清水眼睛往上看。

「沒有聽說過，如果他繼續走這一行的話，我們一定都會知道，因為他當時就很高明了。」

「也許他已經改名了，那些彈得很好的吉他手中，可不可能其中有一個人就是他呢？」

清水想了一下，搖搖頭。
「現在吉他彈得比較好的，就屬貝倍・島野了。但是，依照巴克小時候的程度來看，如果一直沒有中斷練習的話，貝倍的技術還差了一大截呢！」
我嘆了一口氣。
「那麼，我只好把山多斯和巴克都當作已經死掉啦。」
「隨便你。」
我並不是當真那麼想，但是看到清水的反應，不禁產生一種絕望感。
我一口氣把杯中的酒飲盡。
「老實說，事到如今，我只剩你這一條線索了。請你再仔細回憶一下，你還知不知道山多斯其他的資料。比方說，他的出生地、他的兄弟姊妹等等。」
清水做出思索的姿態，但是沒有多久就攤開雙手。
「很抱歉，我實在愛莫能助，如果日後我想起什麼事，一定會打電話告訴你。」
我又叫來一杯酒，清水慢慢啜飲。
「你也喜歡佛拉明哥舞曲啊？我真高興遇到同好。你會彈吉他嗎？」
「我只會彈單音而已，不過我倒是去過西班牙好幾趟。」
清水坐正身體。
「我一直活到這個年紀，才突然興起去西班牙的念頭。現在旅費存夠了，等護照辦好了就要動身。」
「你打算什麼時候去？」
「大概是九月中旬以後。」

我們聊了一會兒西班牙的事，演奏時間又到了。我向清水要了一張名片，他的本名是清水宏紀。

我走出酒店時，那幾個戴眼鏡的女孩看了我一眼。那個喝得半醉的中年人，不管穿著金絲洋裝的女人頻頻打哈欠，依然絮絮叨叨地向她解說著另一個定理——波義耳定理。

當天晚上，我打電話給人在日本大飯店的拉墨斯。

拉墨斯先謝謝我那天晚上帶佛蘿娜出去，但是聽得出，他話中的本意是下不為例。

我向拉墨斯報告這一個星期以來，我們調查的經過以及結果。拉墨斯對於我們能在短短的一個星期以內，調查出這麼多事，感到很滿意。但是對我而言，要是因此讓他抱著過大的期望，反而困擾。

為了不讓他抱太高的期望，我並沒有告訴他，山多斯有一個名叫巴克的兒子。

7

通常星期一不會有什麼好事。

而且，今天剛好是立春以後第兩百一十天，九月一日，也就是最常出現颱風的日子。中央新聞的生活版上，有一則令人很不舒服的報導。

〈當心集體授課的吉他教室〉

標題以粗黑的大字書寫，旁邊並加劃了黑框。這個頭條新聞還節錄了一位少年的投書。

少年說，他付了很高的補習費，在一家樂器店附設的補習教室學習吉他，教室內容納二十多個學生，上課時間三十分鐘，因此每個人單獨接受老師指點的時間，只有五分鐘左右。

報紙上並指出，有一家大樂器社為了拓展銷路，強行要求樂器店開辦吉他教室。樂器店方面為了自身的利益，招收的學生經常達到飽和狀態，根本無法悉心指導每一個學生。

到這裡為止，已經可以看出這篇報導別有用心，而且後段文字，更以偏頗的論點暴露他們的意圖。

「想學習吉他，不必到這種吉他教室，另有一種更為簡單而有效的方法，那就是利用函授方式學習，這種獨學的方式效果更好。」

報導武斷地做了這種結論，並且詳細地介紹函授的制度。

末了還有署名，上面寫著「家庭生活部　關原　一郎」的名字。

我把這段新聞拿給大倉看，順手端起桌上的咖啡。

大倉用手扶一扶眼鏡，匆匆掠過一遍，立刻大聲咆哮：

「太過分了，簡直把吉他教室當作養雞場看待。」

「上面雖然沒有指名道姓，但是明眼人一看就知道，這是衝著日野樂器社來的。」

我曾經多次幫忙樂器店籌辦吉他教室，其中日野樂器社贊助的佔絕大多數。因此，對吉他教室的批評，就等於是對日野樂器社的批評。

太陽樂器社在剛開始時，加入過附設吉他教室的戰線，後來，由於樂器店的數目敵不過日野樂器社，只好退出戰場。

大倉握緊右手，往左手掌心用力一捶。

「真是豈有此理！」
「對呀，尤其後段所讚揚的函授方式，就是指獲得專利權的日本吉他函授社。」
「日本吉他函授？」
「唔，那是退出吉他教室戰場的太陽樂器社想出的點子。為了實行這個方案，他們還設立了一家分公司，也就是吉他函授社。」
大倉推一下眼鏡。
「這麼說來，這段新聞一定是太陽樂器社在幕後主使的。」
「怎麼說？」
「太陽樂器社看到最近日野樂器的名字一直在大眾傳播媒體出現，因此不甘示弱地想出了這條計策。」
「這很有可能。」
大倉扭一扭脖子。
「說不定，這也是萬廣那位女ＰＲ人員的點子。」
「如果真是這樣的話，那麼她的技巧太不高明了。事情不是做得太露骨了嗎？」
大倉兩手抱在胸前，略微思索了一下。
「這件事實在令人很不舒服。」
「你認識關原這位記者嗎？他大概也是音樂記者俱樂部的一員吧。」
「我不認識他，中央新聞的記者都不容易打交道。」
當我們停止交談的時候，電話鈴響起了，石橋純子伸出手，準備拿起話筒。
我立刻伸手壓住電話。

「如果是新井先生，就告訴他我已經過去了。」

純子拿起話筒。

「喂，這裡是漆田事務所。」

她朝我點點頭。

新井的聲音，一直響到話筒外面，純子把話筒拿遠一點，皺著眉頭照我交代的話回答他。

電話掛斷以後，三個人不約而同地鬆了一口氣。

「讓那位性急的先生等太久不好，我大略向你們說明一下，禮拜五我和清水談話的結果。」

於是，我對兩個人說出清水告訴我的事情，還有那條最新的線索。

我指示他們，循著這條線索，繼續做電話作戰，然後立刻趕到日野樂器社。

日野樂器社的宣傳處，靜得像是點了燈的手術房。

裡面的職員個個都在埋頭苦幹。

新井一見到我，默默地把我帶進商量事情的小房間。他手中握的東西，一定是中央新聞報。

「你怎麼這麼久才來？我打電話過去的時候，他們說，你早就出來了。」

我才坐下來，他就對我發射一箭。

「啊！路上塞車呀，不要管這個，我問你，你看到今天早上的新聞了嗎？」

我趕快先發制人，新井露出不高興的表情，把報紙丟在桌上。

「看過了，所以我想聽聽你這位ＰＲ專家的高見。」

他的話中好像帶刺，大概太焦躁了吧！太陽穴旁邊的青筋隱隱膨脹起來。

我也裝出不高興的臉孔。

「這種報導，實在是低劣之至。身為全國性的報紙，竟然刊登這種無憑無據的新聞，未免太缺乏常識了。」

「何只缺乏常識！它的標題明明是惡意中傷我們。他們也沒有實際到這裡採訪，就在背後憑空杜撰。我們一定要向這位關原記者提出抗議，否則他還以為我們好欺負。你認不認識他？」

我在桌下擦拭手上的汗水。

「很不巧，我不認識中央新聞社的音樂部記者。但是，政治部的倒是有認識的朋友。」

「這又不是政治問題！」

新井咬牙切齒地說。

「說得也是。中央新聞社的記者，一向都很難打交道，這一點使我們ＰＲ人員感到很頭痛。」

新井照例拿出扇子，粗暴地用力揮動。

「如果新聞記者都像推銷百科全書那樣的推銷員一樣容易攀談的話，我們還需要ＰＲ人員嗎？你難道沒有想過這一點？」

我挺直腰桿，像是一個等著接受長官賞耳光的二等兵。

「是啊，我從來沒有想到。」

新井嘆了一口大氣，從椅子上站起來。

「愈想愈生氣，他們怎麼可以這樣寫？簡直是幫日本吉他函授社打廣告嘛！這個記者到底在打什麼主意？」

「這件事情的背後，有太陽樂器社全力支持。」

新井眼睛發亮。

「哦？怎麼說？」

「也許太陽樂器社花了一大筆廣告費，請中央新聞報為日本吉他函授社打廣告。」
「我們付給中央新聞報的廣告費也不少啊！不相信的話，你可以向博通廣告公司求證。」
我擦一擦太陽穴的汗水，不太甘願地告訴他另一件事。
「這件事很可能又牽涉到萬廣的ＰＲ人員。」
新井停下搖扇子的手。
「這話是什麼意思？」
「前一次問題吉他的事件，我已經告訴過你，是萬廣的ＰＲ人員在背後操縱，結果，由於槇村總書記被我們的一百萬圓收買，使得他們想破壞日野樂器社名譽的詭計無法得逞。現在，萬廣的ＰＲ又想出一個攻擊我們的方法，就是這個辦法。」
「你的意思是說，中央新聞社的關原記者，受到萬廣ＰＲ人員的煽動？」
「這只是我的猜測。」
新井不懷好意地笑。
「你剛才不是說，中央新聞的記者不太願意和ＰＲ人員打交道？」
「沒有錯啊，可是這件事另有隱情。」
「什麼隱情？」
「我可能忘了告訴你，萬廣的ＰＲ人員是一個女人。」
新井張大了口。
「女人？」
「是啊！而且是大家公認的美女。」
「美女？她——」

新井話說到一半就停下來，半晌才瞪著雙眼，不高興地說：

「就算她是一個漂亮的女人，那又怎麼樣？」

「新聞記者也是人，看到美麗的女人，難免會軟化的。」

新井抿著嘴，差點笑出來。

「你不要開玩笑了！」

「我不是開玩笑，明年起，我也打算雇用幾個美麗的女職員。」

「別作夢了，哪來這麼多美麗的女大學生去做ＰＲ人員？」

新井不以為然地反唇相稽。

不過奇怪的是原本火冒三丈的新井，現在好像怒氣全消了。

我抓住機會，提出幾個善後策略。例如：將吉他教室的現狀及學生的經驗談收集起來提供給記者，請他們刊登，並且為我們闢謠。

「雖然那條新聞不會造成軒然大波，也不會對我們構成很嚴重的影響，但是，如果我們一點反應也沒有，就等於是默認了。」

這件事情終於告一段落，我趕緊向他報告山多斯的事。

新井說，上週末，日野社長從美國打電話回來，河出常務董事向他提起拉墨斯委託我們尋找山多斯的事，社長聽了非常感動，鼓勵我們盡全力幫忙他。

我要離開的時候，新井正色問我：

「那位女ＰＲ人員，真的是美麗又可愛嗎？」

「他們是這樣說的啊！有什麼事嗎？」

新井笑一笑。

「沒什麼，我只是想，和一個美麗的PR人員一起工作也不壞！」

8

回到事務所，聽到一則很有價值的消息。

純子循著每個關係者的線索，逐一查詢是否有人認識一位名叫巴克、吉他技術非常高明的吉他手，終於找出了一個很有利的情報。

提供這個情報的人，就是佛拉明哥吉他界的中堅分子竹本進。

竹本在一個月前，到東大久保一家叫做「拉士．西達那士」（Las Gitanas）的西班牙酒店去，有一位名叫露絲（Lucia）的佛拉明哥舞者，向他打聽巴克的消息。

露絲告訴他，前一陣子在某個地方（竹本想不起來是什麼地方），聽到一個叫做巴克的無名佛拉明哥吉他手所彈奏的吉他，當時的感覺，像是猛然被重物敲擊一般，深深地受到震撼。目前，她想找一個吉他手，和她一起參加舞蹈發表會，若是竹本認識巴克，希望為她介紹一下。

但是，竹本並不認識巴克，所以他的敘述到這裡為止。他並且說，既然別人再三地提到這個技藝精湛的吉他手，他也想見見巴克的盧山真面目。

這條「沒沒無聞，但是技術很棒的吉他手巴克」的線索，雖然沒有令我感到很興奮，但有一種一箭中的的感覺。

傍晚我打電話到「拉士．西達那士」酒店。

店老闆告訴我，露絲現在到別的地方表演了，大概後天會回來，也就是星期三晚上。

當天晚上，我和大倉以打聽山多斯和巴克的消息為由，喝遍了新宿的每一家酒店。

得到的結果，只有一大堆帳單和宿醉。

翌日，當我在看晚報的第一版時，槇村真紀子突然打電話來。

自從七月底，交給她一筆贊助金以後，已經一個多月沒有見到她了。

「好久不見了，你好嗎？」

她的聲音依舊年輕、明朗。

「好久不見，妳好。但是我卻不太好。」

「哦，是嗎？今天晚上我本來想約你出來的。套句你說過的話，我有東西要給你看。不知道你有沒有興趣？」

「有啊！我可不會推說我已經另有安排。」

「那天晚上，我的確有事。」

這我也知道。

「只要不是有那位鷹鈎鼻工讀生在的地方，去哪裡我都無所謂。」

真紀子笑著指定靠近表參道的「大使」晚餐俱樂部。

「那晚上七點半，請你高高興興地來。」

掛上電話，大倉和純子同時對我聳聳肩膀。

我也以同樣的動作回應。

據說，「大使」俱樂部是仿照倫敦的社交俱樂部設計的。它那寬敞的座位，就是最好的證明。

桌上的小水晶燈，彌補了室內幽暗的光線。空間寬廣，並且氣氛寧靜。

店裡的顧客，很符合店名，多半是各國的大使階層的人，所以格調頗高。那些剛出道的演藝人員是進不了這種店的。

槇村真紀子穿著藍白混色的薄襯衫洋裝，態度隨便地倚在桌旁，胸前依舊垂掛著太陽眼鏡。

「妳每次都很早到，現在才七點零六分。」

「和你見面，我必須先準備一下呀。」

「那是在討好我嗎？」

真紀子撥一下頭髮笑了，金色的耳環閃閃發亮。

穿著黑色晚禮服的服務生，以優雅、熟練的姿勢，為我調一杯很濃的威士忌。等服務生離開之後我端起酒杯，淺嚐了一口。

「一看就知道，這是很高級的店。」

真紀子為香菸點上火，挑起一邊眉毛問：

「何以見得？」

「因為服務生穿得比客人好。」

真紀子縱聲大笑。

舞台上奏起了優美的樂曲，那是五重奏。

「你最近好像滿活躍的，日野樂器社從西班牙請來了吉他製造名手，準備向品質更精細的手工吉他進軍。這個消息，我在各大報刊雜誌上，都拜讀到了。這想必是你一手籌畫的吧！」

「好說好說。」

「你真是一個優秀的ＰＲ人材。」

「哪裡，我只是資料齊全而已。」

「你真謙虛。」

「ＰＲ人員一向是很謙虛的。」

真紀子嘴角含笑，向舞池看了一眼。

「你會跳舞嗎？」

「高手中的高手。尤其是探戈，就算舞王佛雷・亞斯坦也會相形失色。」

真紀子瞄我一眼，喝下一口酒，突然改變話題。

「我終於明白，為什麼日野樂器社願意付給我那一大筆錢。」

「為什麼？」

「你還裝蒜！如果日野樂器社不在記者招待會舉行之前擺平這件事，萬一事情洩漏出去，對他們就太不利了，所以才要你這麼做。」

我也喝一口酒。

「妳是嫌贊助金太少了？」

「我並沒有這麼說，只是覺得你的手段太高明了。」

「這不干我的事，我並不贊成付那筆錢。」

真紀子揉一揉脖子。

「總之，我輸了。」

真紀子自嘲的口氣中，聽不出生氣的成分。

「既然妳提到這件事，那麼我想請問妳，在記者招待會那天，有一個男子突然質問問題吉他的事，妳聽說這件事了嗎？」

真紀子倒抽一口氣，立刻接口：

「什麼？有這種事？」

「那些記者們聽到這個消息個個見獵心喜，我真想讓妳看一看，當時我在大庭廣眾之下，臉色變成什麼樣？」

真紀子粗暴地捺熄香菸。

「難道你認為，我和這件事情有關？」

語氣中充滿火藥味。

「怎麼會？我想妳應該不會反咬我們一口。」

「那個提出質問的男人是誰？」

「是一個樂器情報社的記者。」

「他是從哪裡得到這個消息的？」

「大概是和妳同一個地方。」

真紀子垂下眼簾，點燃另一根菸，對著天花板吐一口煙圈，好像在思考什麼事情。

拿起酒杯，她微微地顫動身體說：

「那些問題吉他的照片，是萬廣的ＰＲ人員交給我的。」

「原來如此。」

真紀子沒有喝口酒就把杯子放下。

「什麼原來如此？你這個人真無趣，一點也不會做出驚訝的表情。」

「我並不是門外漢，其實我心中早就有個底了。」

「原來像收買消費者團體這種事，是謙虛的ＰＲ人員習以為常的。」

她很不客氣地諷刺我。

「不，我認為這不是萬廣的ＰＲ人員自己作主的。我想，一定是日野樂器社的對手太陽樂器社在幕後穿針引線。」

「你認為是太陽樂器社玩的把戲？」

「是的，我想妳應該也有某種程度的了解。」

真紀子垂下眼睛。

「可是，萬廣為什麼願意受太陽樂器社的擺佈？」

「萬廣為了做太陽樂器社的生意，當然只有拿人錢財，為人消災了。但是，他們發現妳這條路行不通，只好另外找報社的記者，去攻擊日野樂器社。」

真紀子一口氣喝乾杯中的酒，這種舉動顯示出她內心的焦躁。

「那麼，昨天中央新聞的報導，也和他們有關囉？」

我也把杯中的酒飲盡。

「妳倒是很注意這些事，那的確是萬廣的ＰＲ人員所使的花招，他們的手段真是乾淨俐落。」

真紀子突然笑了起來。

「你這個人真奇怪，竟然稱讚你的敵手。」

「利用妳不成功，只好拚命地鑽別的路，這不是很可憐嗎？」

「聽你的口氣，好像你已經知道，萬廣的ＰＲ人員是女的。」

我實在很佩服她敏銳的觀察力。

「不錯！我是知道。如果我有機會見到她，我會告訴她，她犯了一個嚴重的錯誤。」

「什麼錯誤？」

「她把妳看得太簡單了。」
真紀子臉上浮起一個不自然的笑容。
「我也犯了一個錯誤，我也不該把你看得太簡單。」
「謝謝妳抬舉我，我是表裡如一的人，內在有幾分，就表現幾分，單純得很。」
真紀子端詳我一會兒，然後從手提袋拿出東西。
「我想讓你看一點東西，雖然不知道派不派得上用場。」
「如果是妳的泳裝照，我歡迎之至。」
她很難得地羞紅了臉，立刻把手伸進手提袋。那是三卷錄音帶，及一本薄薄的教材，她把它們放在桌上。
「這是什麼？」
書上寫著：「日本吉他函授指導初級教材」，也就是報上所吹噓的函授教材。
「這是我在偶然的機會裡得到的。日本吉他函授社是太陽樂器社的分公司，這一點，你知道吧？」
「知道。」
「這是消費者拿來給我的缺陷教材。」
「缺陷教材？」
「有一個消費者買了這份錄音教材，回到家中，卻發現是三卷空白錄音帶。」
我搖了搖頭。
「這太荒謬了吧！」
「日本吉他函授社也這麼認為，當這個顧客打電話去抗議時，他們很不客氣地駁回他的控訴，認為他是故意找碴。這個人氣不過，於是拿到全消同來，希望我們替他討回公道。」
我低下頭，看一看那些東西。
「妳要我做什麼？」
「我把它們交給你，隨便你怎麼處置。」
「為什麼呢？」
「就當作是我對那筆贊助金的回報吧，你可以利用這幾卷錄音帶，給太陽樂器社當頭棒喝。」
「在這個節骨眼上，突然發生這件事情，對我們來說，的確是反擊的大好機會。可惜若要把它當成缺陷教材處理，恐怕證據還不夠。」
「怎麼說？」
「雖然錄音帶下方有兩個洗掉裡頭錄音的小孔，但是只要用膠帶把小孔堵起來的話，就能把裡頭的錄音洗掉，另外，使用瞬間消磁器的話，不用十秒就能洗去兩邊的錄音。」
真紀子生氣地捺熄香菸。
「你的意思是說，這是我捏造的？」
「我只是說，也有這種可能性——」
我的話還沒說完，她已經憤怒地抓起桌上的錄音帶，扔進手提袋中。
「你這個人真是不知好歹。」
在真紀子舉起手提袋準備打我的時候，非常幸運地，服務生正好走過來為我們調另一杯酒。
「妳的好意我心領了，但是，也許這是妳做事情一貫的作風，我不願意這麼做，如此而已。」

她不屑地撇撇嘴。

「你是除了現金以外，不接受其他誘惑？」

我喝了口酒，

「我已經把那些錢還給日野樂器社的新井了，不信的話，妳可以問問看。」

真紀子一口把酒喝完，發出短促的笑聲。

「我是徹徹底底地輸給你了，我本來以為PR人員都是很現實的。」

真紀子到現在才想起應該點菜，於是她為自己叫了一客比目魚，我點了炸起司牛肉。

這裡的東西實在很可口。

用餐完畢，樂團奏起了慢板的曲子。真紀子對我打個手勢，然後站起來，她的身體有點搖晃。

我趕緊扶著她走到舞池。

步入舞池以後，真紀子很輕快地跟著音樂起舞，一點也不像喝醉酒的樣子。

我不小心踢了真紀子的膝蓋兩、三次。

「也許你跳探戈真的很行，但是跳布魯斯，卻是一塌糊塗。」

真紀子在我的耳邊說話，令我感到有點昏眩。

我把她輕輕拉過來，她整個人靠在我身上。

她的身材修長，但是我並沒有感覺出中年人的重量，她的大腿肌肉仍然結實有彈性。

「你仍是單身嗎？」

「是呀，妳怎麼知道？」

「我聞味道就曉得了。喔，你別誤會，你的味道並不是很難聞。」

我有點不自在，冒了一些冷汗。

「妳呢？也是單身嗎？」

「應該算是吧，我有一個兒子，他現在在西德留學。」

「妳的兒子多大了？」

「二十三歲，我十九歲結婚，二十一歲生孩子，你算算看我今年幾歲？」

「四十四歲。」

「你不會說，我看起來沒有這麼老。」

「對呀，一點也看不出來已經四十四歲。」

真紀子稍微離開我的身體，視線在我身上轉了一圈，然後緊緊地靠過來，用有點顫抖的聲音說：

「那是你在恭維我吧。」

「不，是真的。」

真紀子牢牢握住我的左手。

「這也是你的恭維吧！」

「『這』是什麼？」

「就是你碰觸到我的大腿的東西……」

9

次日下午，我到日本大飯店帶拉墨斯和佛蘿娜去六本木的帝都電視台。

我們坐在接待室等候時，「星期三客廳生活劇場」的導播安田穿著一雙拖鞋啪噠啪噠地走過來。安田參加前次的記者招待會以後，決定讓拉墨斯出現在他的節目中。

安田跟拉墨斯和佛蘿娜一邊打招呼，一邊將腳本交給他們進行簡單的確認，我在一旁做他們的翻譯，拉墨斯有點擔心地看著安田。

「你不用擔心，先生。一切的事情男主持人都會安排好，你只要照著做就可以了。」

安田一邊安慰他，一邊用手輕拍他的肩膀，毫不在意言語不通這回事。拉墨斯雖然聽不懂他在說什麼，但是看到他的表情和說話的語氣，似乎安心多了。

節目在三點開始。拉墨斯他們出場的時間是三點四十二分，大約訪問十分鐘。

主持人戶澤啟二，原本是二線演員，現在專門主持節目。戶澤以「來自西班牙，著名的吉他製造家，此次受聘為某樂器社的技術指導」的台詞，介紹拉墨斯出場。

不過，戶澤的興趣主要在佛蘿娜身上。他一再誇讚她的日語，甚至把身體靠過去，想要握住她的手。

佛蘿娜為拉墨斯翻譯時，兩次提到日野樂器社的名字，戶澤卻充耳不聞，繼續看他的腳本。可以想像得到，在公司看電視的新井現在一定樂歪了！在其他公司提供廣告的節目裡，免費替他們打廣告，他怎麼能不開懷大笑。

節目終了，安田要我在咖啡廳等他，然後跟著助理先行離開。我帶著拉墨斯和佛蘿娜，下到一樓。

一樓的咖啡廳有許多等著上節目的男、女明星。佛蘿娜一踏入，室內的騷動瞬間靜止下來，咖啡廳的氣氛整個改變。

佛蘿娜穿著深藍色和紅色相間的格子圓裙，以及抓縐的白色上衣，樸素淡雅，但是她的風采壓倒了在場所有的藝人。

坐在附近一位正在和初出道的女明星喝茶看起來像是導播的人，拋下女伴，一直盯著佛蘿娜。

隔壁三個年輕的樂團歌手，停止了高談闊論，目不轉睛地癡望著佛蘿娜，好像失了魂似的。

離我們稍微遠的地方，一個正在喝果汁穿著灰色西裝的上班族，也越過報紙，不停地偷瞄佛蘿娜。

過了三十分鐘，安田仍然沒有下來。

而拉墨斯祖孫已經安排要購物的行程，所以我請他們先走。

他們起身離去的時候，咖啡廳再次變得靜悄悄，所有的視線都集中在佛蘿娜身上。過了一會兒，那位穿著灰色西裝的上班族，也從座位上站了起來，但是沒有任何人注意他。

再過十分鐘，安田終於下來，發現拉墨斯祖孫已經先走了，露出了很遺憾的表情。

「他們在節目中兩度提到日野樂器社的名字，客戶打電話來抗議，所以我到現在才下來。」

「那個節目的廣告是洗潔精和食品方面的，和樂器並沒有利益衝突呀。」

「話是不錯，但是在自己提供廣告的節目裡，替別人宣傳，他們當然不願意。」

我如果告訴他，是我在事前叫佛蘿娜說出日野樂器社的名字，他一定很不高興。

安田叫了一杯果汁，兩三口就把它喝光了，還讓吸管發出吱吱的聲音。

「那個女孩子真是才貌出眾，難怪戶澤先生一直對她色眼迷迷。怎麼樣？可不可能釣上她？」

「不可能的，她的生活一向很嚴謹。」

「無論哪一國的女孩都一樣，抵不住金錢和甜言蜜語的攻勢，如果有人能夠不為所動，我倒想見識見識。」

安田除了這個節目以外，還製作深夜的色情節目，所以，他有一種讓新進女藝人在他面前脫光衣服的本領。

我們就電視能啟發大眾，或是讓大眾墮落的問題，討論了一陣。

安田說，大眾的潛意識裡，有一種渴望墮落的意願，電視節目以畫面替他們做到這一點，因此，電視可以防止人們墮落。

「想墮落的其實是節目製作人吧！他們以製作這種節目，來發洩自己內心的邪念。」我反駁他。

他想了三秒，然後同意了我的說法。

當我正要喝第二杯冰咖啡時，安田突然向前方招招手。

「喂，那智小姐，來，來這裡和我們一起坐。」

我抬起頭。離我們不遠的地方，有一位正要找位子坐的小姐，聽到安田的招呼，停止了她的動作，對我們粲然一笑。

她大約二十五、六歲，穿著米色的夏季套裝，揹一個同色系的皮包，領口別著七彩胸針。她的頭髮在垂肩的地方有點鬈，臉上只搽了口紅，白白淨淨的臉蛋，在炎熱的夏季，格外令人怦然心動，我的視線不知不覺停留在她那雙線條很美的小腿上。

安田向她招手時，她看了我一眼，本來有些遲疑，終究還是過來了。

「我來介紹一下，這位漂亮的女士是萬廣ＰＲ部門的那智理沙代小姐。」

我正起身一半，聽到這名字，趕快伸手扶住桌子的邊緣，以免倒下去，這真是太意外了。

安田用手肘撞一下我的腹部。

「怎麼一看到美人就變得這麼狼狽？」

他回頭向她介紹。

「這位英俊的男士是漆田亮先生，他是ＰＲ事務所所長，有一個很好聽的頭銜——ＰＲ顧問。簡單地說，就是和妳相同的ＰＲ人員。」

一聽到同為ＰＲ人員，那智理沙代流露出警戒的目光。

我們生硬地交換名片，安田叫來服務生，讓理沙代點飲料。

我看一下她的名片，的確寫著：萬廣營業部ＰＲ局宣傳部主任，和大倉調查的相符合。大倉的話，還留在耳邊。

「她是個很漂亮的女人……」

安田怪異地看看我們。

「怎麼啦？你們兩個人又不是在相親，表情幹嘛這麼嚴肅？難道說，ＰＲ人員是誰先笑誰就輸了嗎？」

我喝一口已經溫熱起來的冰咖啡。

「我還以為她是你旗下的女演員呢！」

安田苦笑了一下。

「我哪有這種本事？」

接著，安田滔滔不絕地向理沙代講述他的節目「在日本的外國人」，眼看他就要說出日野樂器社的名號，我急得真想把鞋子塞進他的大嘴巴。

果然，安田把佛蘿娜兩度說出日野樂器社的事情抖出來，並且向理沙代訴苦，說這件事如何使他頭痛等等。

理沙代一聽到日野樂器社，全身霎時僵硬起來。看她的反應，顯然她已經猜測出我和日野樂器社的關係。

「那智小姐是太陽樂器社的ＰＲ，如此一來，你們兩個人就是死對頭囉，有好戲可瞧了。」

什麼都不知道的安田，興致勃勃地唱獨角戲。

理沙代以手帕捂著嘴巴，輕輕咳嗽一聲。

「安田先生，你常和我們ＰＲ人員在一起，聲譽一定會下降。」

她的聲音細細柔柔的。

幸好今天沒有帶新井一起來，他若是看到了美麗的理沙代，一定會把日野樂器社的ＰＲ工作，轉交給萬廣的ＰＲ部門包辦。

安田問理沙代：

「妳今天怎麼會來這裡？」

「我和廣報部的淺利先生有約。」

「又是送宣傳的材料來嗎？」

理沙代看我一眼。

「是的，但是這次不是太陽樂器社的。」

這句話根本是多餘的。

安田長長地吁了一口氣。

「你們的工作真奇怪，好像無論什麼事情，都非插上一腳不可，所以隨時隨地都得提高警覺。」

他看一下手錶，驚叫起來，

「哎呀！導播會議開始了，不好意思，我先失陪了。」

他抓起帳單就起身。

「我也……」

理沙代也急急忙忙地站起來，安田卻按下她的肩膀。

「急什麼，你們兩個人都是單身，不妨在這裡多聊聊。那智小姐的果汁還沒來吧！」

說完，他穿著拖鞋啪噠啪噠地走出咖啡廳。

這時理沙代的果汁送來了，她失去了離開的機會。

兩人之間的氣氛很僵硬，彼此都覺得有點窘迫。

我抽著菸，理沙代埋頭在她的果汁裡，一直喝個不停。大廳的冷氣很強，把我腋下的汗漬吹得冰冰涼涼。

理沙代垂下眼簾猛喝果汁的模樣，好像想把果汁趕快喝完，以便趁早離開。

她已經知道我擔任日野樂器社的ＰＲ，如果我是她，一定會丟下還沒有喝完的果汁，趕快逃走。

理沙代努力奮戰著，表情也愈來愈緊張。相反地，我的情緒卻漸漸穩定下來。

她終於喝完了果汁，微微抬眼看我。

我緊迫盯人地問：

「這麼快就喝完了？我有沒有榮幸和妳一起吃晚餐呢？」

理沙代眼中閃過驚慌的神色，我們的視線第一次碰觸在一起，她像一隻受驚的兔子，正被獵人逼進死角。

我乘勝追擊。

「我們可以談談那位共同的朋友。」

「共同的朋友？我們有嗎？」

「如果我沒有記錯的話，槇村真紀子女士應該是我們共同的朋友。」

10

店裡面掛滿徽章。

從大門到牆壁、天花板，到處是大大小小的徽章。地板是鮮豔的橘紅色繪畫磁磚，白色的牆壁受到地板反射的光影，染成一片通紅。

狸穴的「布拉生」，無論是裝潢、餐點，都是道道地地的西班牙風味。

我們在僅有的六張桌子之間，選了一張桌子坐下來。現在時間還早，店內只有兩組客人。店內播放著低沉的吉他音樂。

我吃著炸花枝圈和西班牙火腿，喝著水果紅酒。理沙代的臉孔和牆壁一樣染成橘紅色。

剛開始，我們談一些無關緊要的話。理沙代進入萬廣已經六年了，這一段時期，她都是擔任PR部門的工作。太陽樂器社是他們最主要的顧客……理沙代毫無隱瞞地告訴我這些事情。

我也告訴她，我從大學畢業以後，就在一家大規模的PR公司工作。當時，廣告和PR是一體的兩面，誰也離不開誰。兩年前，接了日野樂器社的工作以後，我就自立門戶，開了一間PR事務所。

我們聊天似的閒扯了好一陣子，因為我們都是沙場上的老手，所以不會開門見山地直攻要塞。

理沙代理一理頭髮。

「你這麼年輕就開一間公司，實在不簡單。」

「這麼年輕這句話聽起來有些刺耳啊，我其實也不年輕，已經三十五歲了。」

理沙代趕快補上一句：

「比起我這個新手，漆田先生當然是PR界的老資格囉！」

「老資格並不是值得誇耀的事。這個世界千變萬化，如果單憑過去的經驗做事，很可能趕不上時代。必須像剛出道的一樣，隨時判斷周遭的情況。」

理沙代的目光向上眺望。

「談到判斷情況，我想起了布爾斯汀所著的《形象：美國假活動指南》一書中，曾經提到拿破崙說過的一句話。」

話題突然變深了，我趕快坐正身體。

「我也看過這本書，但是不記得拿破崙說過什麼。」

理沙代無意識地挺一挺腰桿。

「曾經有一名將軍，在作戰時對拿破崙進言，他說：『現在情況對我們不利，還是暫時按兵不動吧！』拿破崙卻回答他：『情況是人造成的，我也可以製造一個有利的情況。』」

服務生端來了西班牙番茄冷湯和西班牙海鮮飯。

我抓住機會進攻。

「叫槇村女士送來問題吉他的照片，也是得自拿破崙的啟示嗎？」

理沙代沒有抬頭只是停下了湯匙的動作，然後再慢慢地從西班牙海鮮飯中把蛤蜊殼挑出來。

接著她放下湯匙，抬起頭。

「那是日本吉他函授社把照片拿給太陽樂器社的。」
「日本吉他函授社是太陽樂器社的分公司。」
理沙代眨一眨眼睛。
「你的消息倒是很靈通，後來太陽樂器社把照片拿到萬廣來，指示我們，交給可靠的消費者團體。萬廣每年從太陽樂器社賺入將近七億的廣告費，所以我們只好……你應該了解吧？」
我點點頭，喝了一口番茄冷湯。
沒想到理沙代會這麼率直，反而使我有點不知所措。
「你們知道問題吉他的主人嗎？」
理沙代目光垂下。
「我不知道，但是我知道你的意思，你一定懷疑那是我們捏造的。」
「當然啦！問題吉他是真的出了問題，要確切的證據是很困難的，而且你們也沒有必要去查證，你們的任務只是使這件事在大眾傳播媒體披露出來。」
「我不予置評。」
我沉默不語。
理沙代也保持沉默。
過了一會兒，理沙代抬起頭。
「你一定認為我的手段很卑劣。」
令人訝異地，理沙代的眼中竟然含有淚水。
「廣告公司的立場我了解，我也曾經在那種地方待過。」
「你因為看不慣，所以才離開廣告公司，是不是？」

「這也不盡然。」
我掏出手帕，放在理沙代面前。
我實在沒有必要這麼做，一點意義也沒有。
如我所料，理沙代根本沒有使用我的手帕，她強行把淚水嚥下去。
我只好收回手帕，我的手帕有汗臭，理沙代沒有拿去擦淚水，實在是明智之舉。
「指定全消同也是太陽樂器社的意思嗎？」
聽我這麼問，理沙代拿出她自己的手帕輕輕擤一下鼻子。
「是的，但是我也很贊同，因為全消同是一個很敢說話的團體。我沒想到，槇村總書記是你的朋友，壞事實在是不能做。」
「她並不是因為我的拜託才沒做這件事情的，而且她原本不是我的朋友，我們也是因為這件事才認識的。」
理沙代一語不發，似乎對我的話感到懷疑。
「是照片本身有問題，那三張照片並不如你們想像的那麼具有說服力。」
理沙代反射性地看我一眼，我意會到她的意思，搔了搔耳後。
「對不起，不應該批評妳的能力。」
理沙代搖搖頭。
「不，沒有關係。槇村總書記已經說了，那三張照片無法確實證明是吉他本身出了問題，因為，如果故意放在陽光下照射，弦同樣會斷裂，所以，日野樂器社的人不接受威脅。我雖然百般鼓動她，終究還是失敗了，問題大概就是你說的那樣，是照片的問題。」
對於她坦白承認失敗，我感到很佩服。

我可沒有勇氣說出我們付給真紀子一筆錢的事。
大倉曾經向我報告，他看見真紀子和理沙代在「杜烈士丁」談話。照理沙代所說的話推算起來，那應該是在日野樂器社交給真紀子一百萬圓以前的事，可見真紀子早就向理沙代表明這件事的不可行性，並非完全是那一百萬的功勞。
雖然如此，我仍然感到很心虛。
為了掩飾我的心虛，我繼續向理沙代追問。
「在拉墨斯的記者招待會上，向我們質問問題吉他的男人是誰派來的？」
理沙代皺一皺眉頭。
「有這種事？」
「是啊！他是樂器情報社的記者，名叫西島。」
「我知道這個人，他經常出入太陽樂器社的宣傳部，但是我並不知道他怎麼會出席記者招待會。」
「日野樂器社當然不會送邀請函給他，一定是太陽樂器社派出來的爪牙。」
理沙代臉上浮現一個自嘲的微笑。
「大概是因為我失敗了，所以他們只好另請高明。」
「ＰＲ人員通常不會使出這種消極的手段，應該會做得積極一點，比方說，中央新聞的報導。」
理沙代咬一咬嘴唇。
「那好像寫得過分了一點。」
「是妳要他寫的嗎？」

「是的。」

「那個記者好像很喜歡妳。」

理沙代臉色大變。

「我從來也沒有想過，要利用我的美色工作。」

「至少妳承認自己很美。」

理沙代滿臉通紅，牙齒輕咬嘴唇，把手帕扭成一團。

「我也沒有想過，利用美色可以讓新聞記者寫出歪曲事實的報導——直到見到妳為止！」

理沙代不理會我話中的涵義，理直氣壯地說：

「他只是有點誇張，並沒有歪曲事實。」

「樂器店所設的吉他教室，本來就有點問題，那篇報導，剛好擊中日野樂器社的要害。他們暴跳如雷的反應，就是最好的證據。」

理沙代露出滿足的笑容，我接著說：

「就ＰＲ人員的工作來講，妳做得的確很成功，但是，就一個新聞記者而言，卻是一大敗筆。」

「為什麼呢？」

「他並沒有到樂器店實地採訪，只憑一封少年的投書就照單全收，而那封投書，很可能是妳或是日本吉他函授社偽造的。這種不負責任的態度，根本稱不上是新聞記者，一定是被女色迷昏了頭造成的。」

理沙代垂下眼簾，飲盡杯中殘餘的水果紅酒，然後抬起頭反駁我剛才說的話。

「我並沒有指示他如何去寫那篇報導，而且我也沒能力做到。」

我刮下黏在鐵鍋底的海鮮飯，這種有點焦黃的鍋巴，吃起來香脆可口。

「我想改變話題，有人給我一份情報，那是日本吉他函授社的函授教材，但卻是三卷空白的錄音帶。」

理沙代目光銳利起來。

「現在冒出問題錄音帶了。」

「我不知道是不是真的有問題，但是和問題吉他的情形相同，只是這次是有人拿了這三卷空白錄音帶，向日本吉他函授社抗議，卻受到他們嚴厲地駁斥，那個人才因此生氣得想把整件事情公開。」

「這些話是槇村女士對你說的吧？」

「基於職業上的道德，我不願意透露。」

理沙代也學我刮下鍋底的海鮮飯。

「你要把它公開囉？」

「沒有，我把東西還給提供我的人。這種清除錄音的事，誰都會做。我只想請妳轉告日本吉他函授社，對顧客的反應要多加留意，即使是枝微末節，也應該處理妥當，以免因小失大。」

「我若說你很厚道。這算不算諷刺？」

「不，不算，我很喜歡聽人家這麼說。」

我看一下手錶，已經七點多了。

我請理沙代稍等一會，然後到電話室打電話給「拉士‧西達那士」的露絲。

露絲來接聽電話時，我向她自我介紹，並說出竹本的名字，然後表明，有點事情想請教她，拜託她協尋一位名叫巴克的吉他手。

她的聲音聽起來有些沙啞。

「我是在青山路的『科多瓦』(Córdoba)酒店看到巴克的。一位朋友帶我去吃東西，巴克就在那裡彈吉他。」

「他的吉他彈得很好嗎？」

「豈只是好，簡直太不可思議了，我生平第一次聽到那麼棒的吉他演奏。」

「妳以前沒有聽說過他嗎？」

「就是沒有啊！我實在很想請他擔任我的舞蹈發表會伴奏，可惜不認識他，也沒有人可以為我介紹。真奇怪，他彈得這麼棒，為什麼沒有人認識他？」

確實很令人納悶。這個世界這麼小，誰的吉他彈得好，應該會很快地流傳開來。

「他現在還在那裡彈吉他嗎？」

「這我就不清楚了，我問過那家酒店的經理，他說巴克有時去有時不去。」

我問清楚那家酒店的地址，向她道謝後，就把電話掛上。

回到座位，理沙代以詢問的眼光看我。我以罕有的溫柔語氣對她說：

「時間還早，要不要再跟我去另一間店？」

理沙代看一看手錶。

「我還是失陪好了。誠如安田所說，我們是生意上的敵手，如果被別人看見我們在一起，對我們都很不利。」

我露出難得的微笑。

「妳不是認為，情況操縱在自己的手裡？」

11

我在車子裡面，對理沙代說出拉墨斯要尋找山多斯的事。

話一出口，我立刻後悔萬分。我為什麼要告訴她這件事？怎麼可以輕易地把任務洩漏給敵手知道？我實在不知道，自己為什麼要說出來。

其實，一開始我邀她共進晚餐就很沒有道理，而理沙代竟然莫名其妙地跟來了，命運之神在玩什麼把戲，實在令人費解。

理沙代很認真地聽我敘述整個故事。當我說完，她好像深受感動的樣子。

「如果能找到山多斯就太好了，這件事是很好的宣傳材料。」

「妳認為它是宣傳材料？」

「我也希望我能得到這麼好的宣傳材料啊！」

「它不是宣傳材料，也不是一件新聞，而是一項令我頭痛的工作。」

我們在青山學院大學附近下車。

左轉後的左邊有一棟五層樓的大廈，「科多瓦」就在這棟大廈的一樓。

木質地板，桌子是玻璃製的，配上舒服的皮椅。每一個座位上方，都垂吊著賭場風格的照明燈。

牆壁貼著紅綠色壁紙。座位與座位之間，用高高的盆栽相隔，使得整間店顯得狹窄。但是，優點是不必顧忌鄰座的人。

穿著黑色網狀褲襪的兔女郎，為我送來了一瓶酒，她好像是惡魔的新娘，帶有神秘的美。

我吃著水果拼盤，和兌水威士忌。

爵士樂團演奏一些爵士樂，間或有鼓手的獨奏。現在流行的這種音樂，我不太喜歡。

我們談了一些關於音樂的話題。

我不斷對理沙代吹噓佛拉明哥舞曲多有吸引力，多麼美好。她默默地聽著，最後才大膽地說出，她除了巴哈的音樂以外，其他都沒有興趣。

於是我又把戈西亞．魯加（Garcia Lorca）音樂中的魅力，以及佛拉明哥舞曲的魔力（編按：Duende）講解給她聽。

然後我又說，以前有一位年老的吉普賽舞者，第一次聽到巴哈的音樂時，大叫：「這個音樂真有魔力！」

理沙代用手肘頂著桌面，下巴靠在手上。這種動作有一種親密感，大概她對我的話發生了興趣。

「漆田先生，你的工作真是多采多姿，既可以增廣見聞，又可以享受樂趣，真羨慕你。」

這時候我看出理沙代有點醉了，她的眼角有些紅了。

她去洗手間的時候，腳步有點凌亂。

我叫兔女郎請經理過來。

經理就在附近，臉圓圓的，蓄著短髭。

「聽說你們這間店，有一個叫做巴克的吉他手，他彈得非常好，我是特地來聽他表演的。」

經理露出不自然的笑容。

「很抱歉，他今天晚上休假。」

他的聲音就像是「賽維利亞理髮師」裡頭彈奏管風琴的那位男中音一樣非常好聽。

「他什麼時候會來？」

經理困惑地搔搔頭。
「不一定，我們跟他訂的契約是，他想來的時候就來，沒有確定的時間。」
「這真是很奇怪的契約。」
「沒辦法，那是他的要求，還有即使他到店裡來，如果當天沒興致的話他也會不彈，是一個很奇怪的吉他手，但是的確彈得非常好。」
經理很抱歉地聳聳肩。
「他的薪水怎麼算呢？」
「我們都是在月底結算一次。」
「他的名字是巴克什麼？」
「巴克・津川。」
「他住在哪裡？你能不能告訴我？」
經理露出狐疑的眼光，警戒性地看我一眼。
「這一點請你直接問他本人，恕我無法告訴你。」
我拿出名片和五千圓，一起放在經理手中。
「我實在很想聽巴克的演奏。下一次他到店裡的時候，請你打電話給我，我沒有別的用意，只想聽一聽他的吉他表演。」
「這——」
經理正感到為難時，理沙代走過來了，經理手上的名片和錢一瞬間不見蹤影。
「是的！請你們慢用。」
理沙代看到經理離開，不解地問：

「怎麼啦？」

「沒什麼，我剛才對經理說，他們的大鼓太吵了，請他拿走鼓棒而已。」

理沙代粲然地笑起來。

「漆田先生，你的專長是，無論什麼時候都可以開玩笑。」

「大概是吧！妳的專長呢？」

理沙代抬頭看天花板，認真地想了一下。

「可以算是鑽石鑑定吧！我以前做過鑽石鑑定的ＰＲ，所以略具這方面的常識。」

「這種專長和我們貧窮的人沒什麼關係。」

我們又喝了一小時左右的酒。

等我起身的時候，已經十一點多了。理沙代並沒有我想像的醉得那麼厲害。

理沙代說她住在中野區野方一個名叫野方居的公寓大樓。

於是我叫車送她回去。

快到時，理沙代好像對司機有所顧忌似的，小聲地說：

「今天的事，非常謝謝，我會更努力學習的。」

「如果妳真的想學習，我還有很多事情可以教妳，有機會我們再見面吧！」

車子停下來，門打開了。

理沙代沒有回答我的問題，逕自下車。她對我揮揮手，然後說：

「還有一件事情要謝謝你，就是你的手帕。」

我還來不及說什麼，車門就關了。

接著車子就毫不容情地猛然前進了，害我倒向椅背。

第三章——青春和老殘

1

兩天以後，也就是九月五日星期五的上午——

我喝著純子泡的咖啡，一面看我向統計顧問公司訂閱的新聞剪貼。

自從上次的記者招待會以來，已經過了兩個星期。關於拉墨斯的各種報導，差不多快要刊登完了。這一件新聞，包括地方報紙共有十三家報紙另外還有週刊、雜誌報導過，可說成果輝煌。其實把廣告費和記者招待會所花的費用算進去，這項成果是理所當然的，這麼一來，相信日野樂器社對我們這邊提出的費用申請書應該沒有異議才是。

大倉幸祐遲到了七分鐘。

在我開口以前，大倉揮動著手上的報紙，搶先說：

「所長，這是你做的嗎？」

聽到他認真的語氣，我趕快接過報紙。那是一份專門揭露醜聞、賭博等的低級娛樂報紙——新聞日報。

斗大的標題，躍入我的視線。

〈真過分！空白錄音教材〉

我迅速看了一下內容。

一位住在台東區的A男，向日本吉他函授社訂購函授教材，結果發現錄音帶是空白的。他打電話詢問該公司，他們的反應缺乏誠意，一直顧左右而言他，最後才心不甘情不願地答應換給他新的錄音帶，一點也沒有反省的意思。

A男於是向新聞日報的記者投訴，新聞日報的記者打電話向日本吉他函授社求證，接電話的人卻以負責人不在為由，拒絕他的詢問。

這段報導並且指出，由於這家公司的態度缺乏誠意，令顧客非常沒有保障。因此，要學習吉他，最好到類似日野樂器社附設的吉他教室中學習，比較妥當。

我拿著報紙的手，變得沉重起來。

「這不是我做的。」

大倉好像覺得安心，但又頗為可惜似的放鬆了肩膀。

「這麼說來，這純粹是巧合囉！時間也太湊巧了吧。不過真是太好了，替我們報了一箭之仇。但是由這個新聞媒體來報導，價值並不高。」

我把報紙扔在桌子上。

「你別想用這個消息來清除你遲到的罪。」

我向大倉瞪一眼，然後走進我的房間。

拿起書桌上的電話，我撥了幾個號碼。

槇村真紀子已經來上班了。

她接起電話，以冷淡的口氣說：

「一大早打電話來，有什麼貴事？」

「妳看了今天早上的新聞日報嗎？」
「新聞日報？有什麼花邊新聞嗎？」
「不錯，今天早上列出了日本吉他函授社問題教材的新聞，就夾在裸體照和黃色小說之間。」
真紀子默默地聽著。
「我在言詞和態度上，都沒有暗示妳把這件事當成新聞發佈啊！」
真紀子沉默幾秒鐘，嘆了一口氣後，低聲說：
「我把錄音帶交給日野樂器社的新井先生了。」
我重新調整話筒。
「什麼時候？為什麼？」
真紀子笑了幾聲。
「第一個答覆是：我們一起喝酒後的第二天。第二個答覆是：那是我的作風。」
我盡量不使自己的聲調改變。
「好吧！我會問一問新井。」
「你生氣了嗎？你問新井先生有什麼用呢？」
「第一個答覆是：是的，我生氣了。第二個答覆是：那是我的作風。」
我把電話掛上。
我知道，把別人的電話掛掉，是一件非常沒有禮貌的事，但是我也要發洩一下我的怒氣。
撥通另外一個電話號碼，傳來一位年輕的宣傳處職員的聲音，我叫他請新井聽電話。
過了足足一分鐘，新井才來聽電話，他大概是猶豫著要不要接，最後終究沒有勇氣推說不在。

「什麼事？這麼早就打電話來。」

「早啊！你看過今天早上的新聞日報沒？」

「新聞日報？好像看了。」

新井不太確定地回答。

「沒想到你也喜歡看那種低級報紙！」

「什麼低級報紙，那也是合法的呀！」

「是呀，所以你讓讀者一起思考問題教材的事！」

新井乾咳一聲，知道隱瞞不過了。

「前天中午，全消同的槙村女士，交給我那三卷錄音帶，說剛好是消費者拿來的，讓我適當地處置。我想，這是她對於我們那一筆贊助金所做的回報吧。」

「你的推理能力真厲害。」

「怎麼樣？你對於我的做法有什麼不滿意的地方？」

新井立刻反擊，但是他的語調顯然氣勢不夠。

「她沒有告訴你，起初她是拿到我這裡來？」

「說了呀，可是你很不客氣地拒絕她。」

「她沒有說理由嗎？」

「說了，但是我認為你的理由太消極，這是一個反擊中央新聞的大好機會。」

「那種空白錄音帶的把戲，三歲小孩也會玩，根本不可能成為新聞。」

「現在不是成為新聞了嗎？」

「請你想一想，這個新聞媒體本身的評價如何？沒有想到你和那種報社的人有交情。」
新井故意乾咳一聲。
「那是我在大學時期的壞朋友。他打麻將輸了我十萬圓，因此讓我可以隨時利用他的報紙，做另一種償還債務的方式。」
「你既然有這種可以自由利用的新聞媒體，就不需要我這個囉唆的ＰＲ人員了。」
新井低吼起來。
「好了好了，你說教說夠了吧？為了這件事，我已經被河出常務董事刮了一頓，你以為我很得意嗎？別再唸了。」
我停了一會兒，然後說：
「我說完了，我認為這種說教服務也包括在你們每月支付給我的薪水中。」
掛上電話以後，我又點了一根菸。直到剩下菸屁股，才發現自己正在抽菸。
當天晚上，我正在書房聽安多列士・西戈比亞的吉他演奏時，電話鈴響了。
接過電話，是「科多瓦」的經理。
「今天晚上，巴克・津川會來店裡，你還是早點來吧。」
「好，謝謝你。」
我即刻換好外出服，奪門而出。
到達酒店的時候，還不到九點鐘。
一踏進店裡，一陣優美異常、扣人心弦的弦聲飄盪在四周。那是不尋常的樂聲，我立刻被震懾住了，心臟因為激動而猛力收縮。

經理從盆栽後面出現。

「歡迎，這邊請。」

「太神奇了，簡直是仙樂。」

我坦白說出內心的感覺，經理對我點了個頭。

「聽到你喜歡，我就安心了。」

他領我到裡面有一個小隔間的座位，並且愉快地對我說：

「這邊，你的同伴也來了。」

我還來不及問清楚，他已經消失在盆栽後面。

那智理沙代面無表情地看著我。

乍見到她，我躊躇了一會兒。其實，我應該毫不猶豫地掉頭就走的。

「這一次真是謝謝你了。」

理沙代慢條斯理地說著。我因為心虛，張口結舌說不出話來。

我在她對面坐下，掏出手帕猛擦汗，但那並不是因為熱而流的。

兔女郎為我送來一杯酒，我拿出預先買好的單子，理沙代制止了我，點頭意識桌上的洋酒。

「今天晚上由我請客。」

我提不出反對的意見。

「我知道一定會再見到你，但是沒有想到會這麼快。」

我給自己一點時間整理情緒。這時，理沙代為我調一杯兌水威士忌，她的表情並不顯得冷淡，但是也絕對不是唱搖籃曲的面孔。

我們對飲一杯，這真是很苦的一杯酒。

此時耳中又流進了美妙的吉他聲，那是自由奔放的塔蘭達斯（Tarantas）曲調。

我撥開棕櫚樹的葉子，朝舞台望去。

舞台上有一個全身穿黑色衣服的吉他手坐在椅子上，正側著頭彈吉他。兩腳著地，吉他放在大腿上，那是一種以前的彈奏姿勢。

手指似乎沒有轉動，卻不斷流瀉出動人異常的弦音。

他在一連串的下降半音程中，做了飛快的結束，然後抬起頭。我很清楚地看到他的臉孔，他的鼻梁高聳、頭髮長長的，像一個年輕的混血男人。

看到他的容貌，我想起了一個星期以前，在新宿的「艾爾．港」所見過的人。

「今天早上的新聞日報，你看了嗎？」

理沙代若無其事地問。

「好像看過了。」

她的話，把我的思緒從幻想中拉回現實。

我現在終於明白他的處境了。

這不是早上新井回答的話嗎？

「你有什麼感想？」

她那細細的聲音，使我覺得有點刺耳。

我回看理沙代。

她穿一件胸前有蝴蝶結的白色長袖上衣，深藍色長裙，耳朵戴一副白色大耳環。我垂眼往桌下看，她仍舊穿上一次那雙白色漆皮高跟鞋。

「如果能讓妳消氣，那妳拿起酒瓶往我頭上敲下來好了。」

理沙代低下頭，來回攪拌玻璃杯中的冰塊。
「那麼，你是承認把問題教材拿到新聞日報囉？」
「在妳氣消以前，我不想解釋什麼。」
理沙代看我的眼神，使我心口發痛。
「漆田先生，我並不是怪你把問題教材送到日報社去，那是ＰＲ人員都會做的事。」
「是嗎？」
「只是，你不應該在事前吹噓，說你絕不會做這種事，使得對方掉以輕心。」
「大概是因為我修養不夠吧。」
理沙代脹紅了臉，用力咬著嘴唇，手指狠狠地捏著玻璃杯，我很擔心那只杯子會被捏碎。
我喝了一口威士忌，不想再說什麼。
過了一會兒，理沙代恢復平靜的臉色，她真是一個自制力很強的女孩子。
「謝謝你讓我上了一課，我竟然妄想在這種工作中找出仁義道德，我真是太愚蠢了！」
對於她的話，我不想發表什麼意見，因為我沒有提出否定意見的立場。
理沙代音調不變地說：
「很可惜，太陽樂器社並沒有受到多大的傷害。」
我點了一根菸，理沙代的態度，擺明了要與我對抗。我嘆了一口氣。
「聽到妳這麼說，我就安心多了。」
理沙代訝異地看我一眼。
「今天早上，我懷著忐忑不安的心，拿著這份報導去找太陽樂器社宣傳部經理，他立刻打電話到日本吉他函授社，向那邊負責人指示了一些應付大眾埋怨的辦法，還趁著這個機會，設立一個受理顧客訴苦的服務窗口。至於那則新聞，他說不必在意，因為它只是刊登在評價很低的報紙上。」

「他的處理，倒是很貼切。」

理沙代愣了一下，搖搖頭。

「你說得好像事不關己的樣子，那不是你一手做出來的嗎？」

我把香菸捺熄，目光轉向舞台。巴克・津川閉上眼睛，正陶醉在自己的樂聲中。真令人難以想像，單憑幾根手指，就能撥弄出如此震撼人心的旋律。他實在是一個無人可與比擬的吉他手。

我再度把視線調回理沙代臉上。

「能發出這麼適切指示的宣傳部經理，卻會在對手的記者招待會上，派出爪牙，突然投下一個爆炸性的質問。他的手段實在是高深莫測。妳不覺得，ＰＲ人員的飯碗，愈來愈難捧了？」

理沙代用手指在桌上劃線，臉上擺著不置可否的表情。

「問題錄音帶的事件，到底存不存在？」

「和問題吉他一樣，沒有確實的證據。」

理沙代乾笑了一聲。

「漆田先生，你是一位不得不令人提高警覺的人。」

我把威士忌飲盡，搖一搖剩下冰塊的大玻璃杯。

「能不能再請我一杯？還是我自己點一杯？」

理沙代微微點了個頭做一個請用的手勢，她這一次沒有幫我調酒的意思，我只好自己動手。

我把酒瓶打開，替自己倒了一杯。

突然，店中響起了如雷的掌聲，我撥開盆栽，巴克已經彈奏完畢，正從椅子上站起來。

這種店能有這麼熱烈的掌聲，實在很罕見。由此可見，即使是門外漢，也聽得出巴克精湛的吉他技術。

巴克將吉他放進吉他盒裡，走下舞台，向我附近的一個位子走去。

那裡有一位穿著黃色洋裝的女人，鼓掌歡迎他。透過棕櫚葉的空隙，我只能看到她的側面。

雖然店裡的光線幽暗，但是，我絕對可以確定她是誰。

她就是——佛蘿娜．拉墨斯。

2

「你好像很注意那位吉他手。」

理沙代小聲地說。

我打直身體，一口氣喝下半杯酒。

「失陪一下，我去和他說說話。」

「好的，請便，但是他好像有同伴。」

「我是一個很不識趣的人，待會兒我就過來。」

走出通道，舞台上響起了爵士樂隊的演奏。

當我把頭探向他們的座位，他們正好抬頭看我。

佛蘿娜一接觸我的視線，立刻露出驚慌的表情，她站起來時，手上的紫色雞尾酒濺出了一點。

「妳好，佛蘿娜，我可以坐在這裡嗎？」

佛蘿娜脹紅臉，為難地看了巴克一眼。

「喔！好，好吧！」

我在佛蘿娜的旁邊坐下。

巴克仍然穿著上一次在「艾爾．港」時的灰亮西裝。他冷漠地看著我，顯然不記得我們曾經見過面。上一次，他的眼中只有佛蘿娜。

「真抱歉，打擾你們約會，我是佛蘿娜的監護人，我的名字是漆田亮。」

巴克不大起勁地開口：

「我是津川。」

「請告訴我全名。」

「津川陽。有什麼事嗎？」

他的體型修長，聲音卻如此低沉渾厚。在近處看，我發覺他只是一個二十幾歲的小夥子，但是他的態度卻顯得成熟老練。

「你們是在『艾爾．港』認識的嗎？」

「是啊！你怎麼知道？」

「當時我是和她在一起的，沒想到我只不過到洗手間幾分鐘，你就把她釣上手了，你的手腕連大情人卡薩諾瓦都比不上。」

佛蘿娜趕緊以西班牙話插口。

「你誤會了，當時他只是問我姓名和地址。」

「然後再慢慢向妳進攻，是不是？」

我以西班牙話回答。

佛蘿娜聳聳肩。

「他又不是壞人，而且他對我很認真。」

「卡薩諾瓦看起來也不是壞人，而且他調情的時候也很認真。」

佛蘿娜把她的黑色眼珠瞪得大大的。

「我不知道我在日本交朋友，也要經過你的許可。」

「我是無所謂，只是怕妳外公擔心。」

佛蘿娜聽我這麼說，立刻失去平靜。

「請你不要把這件事告訴外公，我怕他心臟病又會發作。」

我注視著她的臉。

「心臟病？他的心臟有問題嗎？」

佛蘿娜突然閉上嘴巴，低下頭，兩手在膝上交搓。

「對不起，我們隱瞞了這件事。因為我外公擔心說出這件事，會影響契約。」

我的腦海浮現拉墨斯紅通通的臉。

「他的心臟很差嗎？」

「不，他只發作過一次。醫生說，只要不受到刺激就沒有什麼大礙。」

我第一次聽說拉墨斯的心臟不好，但是，此刻我無暇顧及這件事。

「妳外公不喜歡妳在晚上出門，妳為什麼違背他的心意？而且又是和男人在一起。」

「外公今天晚上不在，他去八王子工廠，並且打算在那裡過夜。」

「所以妳就乘機溜出來了？」

佛蘿娜還沒開口以前，巴克把杯子重重地放在桌上，不高興地打斷我們的話。

「你們有完沒完，一直在說那些我聽不懂的話。」

佛蘿娜立刻用日語對他說：

「巴克，真對不起。漆田先生是日野樂器社的PR，我們在商量一點公事。」

巴克雖然聽不懂西班牙語，但他顯然不相信佛蘿娜所說的。

他對著我說：

「喔？那你們剛才提到卡薩諾瓦是怎麼一回事？」

「我是說，你調情的手腕和彈吉他一樣高明。」

佛蘿娜急急地看一眼手錶。

「我還是先回飯店好了，免得外公打電話回去找不到我。」

我乘機說：

「這樣最好。妳自己一個人回去，可以嗎？」

佛蘿娜點點頭，從座位上站起來。

巴克緊抿著嘴，並不加以阻止。

我站起來，讓佛蘿娜走出去。

「如果妳外出的事，被拉墨斯知道了，妳就告訴他，是和我一起出去的，我想他應該不會生氣才是。」

佛蘿娜再度點點頭然後對巴克說：

「對不起，我先走了。」

巴克坐著沒動，只輕抬起一隻手。

「我會再打電話給妳。」

佛蘿娜走了以後，我重新面對巴克坐下。

巴克露出厭惡的表情。

「你還有什麼事？」

「這是你們第幾次約會？」

「第三次，這和你有什麼關係？」

巴克說話的樣子，世故而老練，我非常不喜歡。我覺得年輕人還是莽撞、直率一點比較好。

我拿出名片，巴克只是瞄一眼就收進口袋裡。

「我想，你一定已經從佛蘿娜那裡知道她的祖父是拉墨斯。他們是因為日野樂器社的邀請在八月初來到日本。我是受聘輔助他們的ＰＲ。拉墨斯委託我們尋找一名中年吉他手山多斯，不曉得你有沒有聽過他的名字？」

當我說到山多斯時，巴克的眼神似乎動搖了一下，但也很可能是我的錯覺。

巴克面不改色地反問我：

「拉墨斯先生為什麼要找山多斯？」

我把事情的來龍去脈，向他和盤托出。

巴克默默地聽完我的話，顯得興趣索然的樣子。

「我不太懂你說的那些事情，可是，你為什麼認為我會認識山多斯？」

「根據我調查的結果，山多斯有一個兒子，從小就在山多斯嚴厲的督促下學吉他。如今，那個孩子下落不明，只知道他叫做巴克。如果他還活著的話，年紀應該和你相當。」

巴克露出不屑的表情。

「這麼說來，你認為我是山多斯的兒子囉？」

「我的確如此猜想。」

巴克突然縱聲大笑。

「你的聯想力太豐富了。這個世界上，叫做巴克的人不勝枚舉，而年紀和我相當的吉他手，更是多得不得了。」

「但是，吉他彈得和你一樣好的人，卻是少之又少。」

巴克垂下目光。

「過獎了。」

他嘴裡雖然這麼說，但顯然自己覺得受之無愧。

「我對佛拉明哥舞曲略知一二，也認識幾位吉他手，但是我到處打聽，都得不到山多斯的消息。按理說，他是把佛拉明哥舞曲引進日本的人，不可能沒有人知道他。」

「這和我有什麼關係？」

「你和他的情形很相似。你的吉他技巧可以說是爐火純青，可是，同業間也沒有人聽過你的名字，你好像拒絕和同業間的人交往。」

「這完全是巧合，我一向不善於和別人交往，尤其是同業的人，更談不上什麼交情。我在這裡不過隨興彈一彈，這比較適合我。」

我盯著巴克。

「你是說，你既不是山多斯的兒子，也沒有聽說過山多斯這個人？」

巴克不在乎地聳了一下肩膀。

「沒有錯。」

我深深吸一口氣。

「那麼，你的吉他技術，是向誰學的？」

我冷不防射出這一箭，巴克差點招架不住。他的呼吸變得不規則，慌亂地伸出手，想要把佛蘿娜剩下的雞尾酒拿過來喝，但是，手伸到一半就縮回了。

「我是自己摸索的。」

「剛開始一定有人指導吧？要達到這個境界，一定吃過不少苦頭，甚至要把手指練得皮破血流。」

巴克反射性地左手緊握，臉孔脹得通紅。

「我說自己學習的，就是自己學習的。」

「那你聽說過馬諾羅・清水嗎？他就是當年和山多斯一起組團彈吉他的人——」

巴克慢慢地從座位上站起來。

「夠了，你問得太多了，我沒有回答你的義務。上台的時間到了，我先失陪。」

我也站起了。

「請你不要生氣，我並不想帶給你困擾。這件事對你和山多斯都沒有壞的影響，如果你改變心意，請打電話給我。」

巴克不理會我的話，背對著我拿起吉他。

我在背後做最後一次試探。

「再見了，高井先生。」

巴克的肩膀變得僵硬起來，我更確信自己的猜測沒錯。

其實只要再試探一下我就能確定了，不過還是算了。我不了解，巴克為什麼會矢口否認他和山多斯的關係？也許是我問的方式不對。
我走回鄰座，理沙代正無所事事地用攪酒棒攪動杯中的冰塊。
「真抱歉，其實妳不必等我那麼久。」
理沙代把手放回膝蓋上，看著我。
「你不是說一會兒就回來。」
「啊?!老實說，我很高興妳還在等我。」
理沙代羞紅了臉，趕快低下頭調酒。
舞台上的爵士樂團已經結束演奏，又輪到巴克上台。他仔細地調一下琴弦，然後彈起孤獨（編按：Soléa）。
「剛才在那邊的女孩子是外國人？」
理沙代遞給我一杯酒。
「是的，就是我昨天向妳提的，拉墨斯的外孫女佛蘿娜。」
理沙代想了一會兒，然後點頭。
「她長得很漂亮，她是不是和你有約，所以在那裡等你？」
「不！她是和那個吉他手一道來的。」
「你們兩人在爭那個女孩子？」
「不可以嗎？我不能和他爭嗎？」
理沙代眼睛含笑。
「漆田先生，如果你和他爭，一定會輸的。」
我苦笑一下。

「謝謝妳的寶貴的忠告，乾杯。」

於是我們碰一碰杯子。理沙代只用嘴唇沾了一點酒，就把杯子放回桌上。今天晚上，她幾乎沒有喝酒。

巴克用嶄新的手法彈奏古老的孤獨（Solea），但是有幾處失誤彈錯，他雖力持鎮定，但是看得出來，他的焦躁不安。

「妳剛才說，妳認為還會在這裡遇見我，那是什麼意思呢？」

理沙代又用手指在桌上劃線。

「其實前天，你和經理的對話，被我聽到了。我不是故意偷聽的，只是從洗手間回來的時候，剛巧聽到你在問吉他手的事情。」

「所以，妳看了今天早上的新聞日報，就趕來這裡等我出現。」

理沙代不自然地笑一笑。

「大概是吧。」

我看一看手錶。不知道巴克什麼時候下台，大概快彈完了吧？

理沙代也看一看手錶。

「我也該走了。」

於是我順水推舟地說：

「那麼我不送妳了，我想在這裡多待一會聽他的吉他演奏。」

聽我這麼說，理沙代只好無可奈何地站起來。

「沒有關係，你慢慢欣賞吧！」

「很高興今天晚上能見到妳，這一次的帳單由我付！」

我把手放在帳單上。

「不，說好了的，我請客。」

她伸手想取回帳單，結果指尖碰到我的手。

「對不起！」

她好像碰到燙手的東西似的，倏地把手抽回去。

理沙代離開後十五分鐘，巴克的演奏結束了。我先走出去，在青山路的暗處等他，已經十點半了。

過了五分鐘，巴克抱著吉他盒出來，直接走到車道上。

我的手心不知不覺沁滿汗水。

真是粗心大意，我一直認為他會搭地下鐵，沒想到他竟然搭計程車。早知如此，我應該先叫好一部計程車在這裡等他。

從這個位置，我絕不可能比巴克先叫到計程車。而且，在這個時間，通過青山路的空車非常少，同時出現兩輛計程車的機率十分渺茫。看來，跟蹤巴克是不可能的事了。

我偷偷地繞到巴克面前，想要比他先搭上車子。但是，當我開始行動時，一輛空車駛過來，巴克立刻招手。

他先把吉他放到車子裡面，再坐進去。車門一關上，計程車就開動了。我仍然不死心地望著過往的車子，但是始終看不到空車。

眼看巴克的車子向左轉，我卻只能無能為力地目送他們經過「科多瓦」（Córdoba）。

路上連一個讓我洩憤的空罐子也沒有，我呆立在原地，瞪著逐漸消失的車燈。

突然間，響起了汽車的引擎聲，車頭燈唰地照在我身上。我連忙向後退一步，那輛車卻停在我面前。

副駕駛座旁邊的門打開，傳來一個緊張的聲音。

「趕快上來。」

握著方向盤的，正是理沙代。

3

我一關上門，車子馬上開動。

理沙代駕車的技術實在高明，短短的十秒鐘，巴克搭的計程車，已經捕捉進視線中。

「不要靠得太近。」

我簡短地說，理沙代什麼都沒說立刻放慢了速度，她操縱方向盤的姿態像是熟練的駕車好手。

車子駛進巷道，通過西麻布後，沿著高速公路，向六本木方向前進。

我們兩人都沒有開口。

我點上香菸，搖下車窗。

「我以為妳的特長只是鑽石鑑定。」

「開車是我的興趣，不是特長。不過現在我終於明白，為什麼你急著把我趕出店裡。」

「我哪有把妳趕走的意思，我只是沒有留妳而已。」

「是這樣嗎？可是你的臉上寫著：我不能送妳，妳趕快回去吧。」

我向窗外吐一口煙。

「妳會這樣想，大概是因為妳習慣了被人送吧？」

猛然間，我的頭差點撞上前面的擋風玻璃，下一瞬間，我又被重重地摔回座位。

這是因為理沙代急促地踩了一下煞車，然後又突然發動。

「對不起，路上有一個洞。」

她不疾不徐地說。

我撿起掉在車上的菸，把它丟進菸灰缸。腋下已經汗濕了一大片。

「地上哪有洞？」

我好不容易擠出這句話，理沙代不答腔。

車子沿著六本木開向溜池，路上的交通很順暢。

「妳能不能說明一下，怎麼會這麼巧？」

理沙代一面開車，一面回答：

「週五我通常都會開車上班，因為六、日休假，所以即使時間晚了也可以開車到處走，到較遠的地方也無妨。」

「然後有時在路上，順便載一些像我這種無聊的男人？」

理沙代咬咬嘴唇不說話。

車子在紅綠燈前停了下來，計程車就在我們的斜前方。

她突然開口：

「因為你的舉動很奇怪，所以我決定留下來看看，會不會發生什麼事？」

這次她很親暱地直接稱「你」，而省掉了「漆田先生」。

「會發生什麼事？」
「你那種急著想把我趕走的樣子，好像和那位吉他手的話還沒有談完，所以我想……」
「怎麼樣？」
理沙代笑了起來。
「你為了佛蘿娜爭風吃醋，準備埋伏在那裡突擊他或是什麼的。」
車子又開動了。
「那妳準備怎麼樣？」
「我想，如果你受傷了，我會送你到醫院。」
我沒有說話，雙方沉默了一陣子。
車子在溜池向右轉。
「我不想把妳捲入這件事。」
「你不希望讓我知道你的秘密，而破壞你的工作？」
「我的確有這種想法。妳不要忘了，妳是在用妳的時間和汽油費，幫助妳的對手進行工作。」
理沙代為了避免太靠近巴克坐的計程車，故意放慢速度讓一輛黑色轎車夾在中間。
「我也覺得我現在所做的事，很不合常情。」
「妳為什麼要幫助我？」
「那你為什麼要搭我的車？」
「妳不要用問題回答問題。」
我駁斥她。她卻繼續說：

「我知道，你當然是為了追蹤那名吉他手才搭我的車，並不是為了和我去兜風。」
「妳的車子突然停在我身邊，又把車門打開，就算是別人，也會跳上車子。」
「好。既然你不需要我幫忙，那麼，我現在立刻停止跟蹤，把車子開進另一條巷子。」
「如果是黑暗的小巷子，我當然歡迎。」
理沙代憤怒得握不緊方向盤，車身晃動了一下。
在內幸町，車子向左轉時，理沙代忿忿地說：
「我根本就沒有想到，我是在幫敵手做事。」
「哦？那麼妳是喜歡上我這樣的男人囉？拜託，請不要再踩緊急煞車。」
我用腳抵住地板，對她嘻皮笑臉。
其實我的內心一陣抽動。
我又燃起一根菸。
「我已經向妳提過，我要尋找山多斯，前面車子裡的年輕人名字叫做巴克•津川，如果我沒猜錯他應該握有山多斯的情報。」
「你不想說的事情不必勉強。」
她僵硬地回答。
於是我轉變話鋒。
「如果我找到山多斯，那麼關於拉墨斯的話題就多了起來，對於日野樂器社來說，是很好的宣傳。」
理沙代默默地聽著。
「但是，對太陽樂器社就很不妙了，所以妳大可出面阻撓我尋找山多斯，這樣太陽樂器社的宣傳部經理，就會增加萬廣的生意，做為對妳的回報。」

理沙代表情變得嚴肅，臉部出現陰影。

「你是在暗示我這麼做？」

「我只是傳授妳ＰＲ人員的心得。」

過了一會兒，理沙代才開口。

「其實，今天我已經把你的事情告訴大野經理了。」

「大野經理？」

「對不起，他是太陽樂器社的宣傳部經理，正確職稱是董事兼宣傳部經理，他的名字是大野顯介。」

「妳告訴他什麼？」

「我對他說我們在帝都電視台偶遇的事，還有你為日野樂器社工作的關係，正在幫助拉墨斯尋找山多斯。」

我沉默不語。

理沙代嘆了一口氣，繼續說：

「我本來不想把這些事報告大野的，但是，今天看了新聞日報以後，我改變了主意。」

「為什麼？」

「我認為你會告訴我山多斯的事情，是因為你把我當作朋友，而不是工作上的敵手，所以基於道義，我不能把那些事說出去。」

「後來，妳看了新聞日報，覺得商場上沒有道義存在，於是妳就對大野經理說了。」

理沙代點點下顎。

「可以這麼說。」
我側過頭看她。
「那麼，妳應該更努力阻撓我尋找山多斯才好，怎麼反而幫我的忙？妳這樣做不是對妳不利？」
理沙代沒有回答我的話，繼續盯著前面的車子。那輛車在神田小川町的十字路口向右轉。
我捺熄菸。
「好吧！我們姑且持續下去，看看誰先不信任對方。」
理沙代換了一個話題。
「巴克和佛蘿娜是戀人嗎？」
「我不知道，佛蘿娜來日本才一個多月。」
「現在的年輕人，很快就能情投意合了。」
「妳也包括在內嗎？」
理沙代搖下靠近自己的窗子，風把她胸前的頭髮和蝴蝶結吹向頸後。
「我今年二十八，已經不算年輕了。」
巴克乘坐的計程車開到上野，在交通開始阻塞以前，他在松坂屋對面下車。
理沙代無視於後面猛按喇叭的計程車，硬是擠入銀行前的排班計程車的行列中。
車子一停下來，我就推門而出。
「謝謝妳了，日後再回報。」
「我在這裡等你。」
「不，不用了，我不知道我會不會回到這裡，也不知道要花多少時間？」

「沒關係，十二點以前，我會留在這裡。」
我沒有時間和她多說，趕緊轉身追隨巴克的背影。
現在正是酒吧和俱樂部開始營業的時間，車子愈來愈多。
巴克馬上就拐進巷子裡，我對這一帶不熟悉，一下子就失去方向感。
巷子裡有更小的巷弄，巴克走入狹窄的小巷弄，那兒左右都是凸出的霓虹燈看板，他緊抱著吉他一直往裡面走。
途中，他碰到一個穿著紫色洋裝的女人，他們交談了一會兒，巴克把那個女人推開，走入左邊的「卡利奧加」酒吧。
我也走進小巷，那個女人立即向我走過來。
「這位大哥，你願不願意為我診斷一下？」
她低聲說著，用力扯我的馬球衫的袖子，好像要把它扯斷似的。
「很抱歉，我今天沒帶聽診器。」
女人發出低賤的笑聲，繼續糾纏我。
「今天的特賣品是新鮮的血蚶，才三千圓。」
我嚥一下口水，並非覺得價錢便宜，而是強忍住想要嘔吐的感覺。
「我不吃生食。」
我拉開女人的手，亮出兩千圓。
「剛才有個年輕的男人走進酒吧。」
「那又怎樣？」
女人盯看我手中的錢，呼吸急促起來。

「妳幫我看一下，他在裡面做什麼，和什麼人說話？」

女人眼睛發亮。

「如果是危險的事，我不要做，你自己為什麼不去看？」

「他是我的妹夫，這間店那麼狹窄，我一進去就被他發現了。妳拿這些錢進去喝一杯，順便看看他的動靜，出來後我會再給妳兩張。」

我的話還沒有說完，她已經伸手搶過我的錢，歪歪倒倒地走入「卡利奧加」。

我在小巷入口處，找到一個隨時可以隱身的地方。

那個女人久久沒有出來。我幾乎懷疑她從後門溜掉了，但是轉念一想，這種店不可能有後門，而且，她也不可能讓即將到手的兩千圓飛掉。

十五分鐘以後，女人喝得爛醉如泥出來。我快步走向她，她順勢把身體倒向我。

我把她推開，拿出兩千圓在她眼前晃。

「怎麼樣？快說給我聽。」

「裡面有一個瞎眼的老人。」

「什麼瞎眼的老人？」

她含糊不清地說。

「就是在裡面彈吉他的老人，大家都叫他西班牙。」

「西班牙?!」

我的心抽搐一下，再度推開想要摟住我的女人。

「他和那個年輕的男人說些什麼？」

「店裡面太吵聽不清楚，那個漂亮的小夥子好像纏著西班牙要求什麼事。」

「這間店是那個老人的地盤嗎？」

「不是，他是一個不折不扣的酒鬼，幾乎每天晚上都會來這裡彈最後一場。他的吉他彈得很差勁，只能算是幫吉他搔搔癢而已。我說了這些，可以了吧？」

說著，女人以不像喝醉酒的動作搶走我的錢，然後搖搖晃晃地往巷子裡走。

我擦一擦額頭上的汗水，走出小巷，站在稍微遠離的地方監視。

十一點五十五分，兩個喝得爛醉的人走出酒吧，在那後頭出現的男人顯然就是叫做西班牙的老頭子。

他穿著一身黑衣服，戴著黑眼鏡、黑帽子。滿臉皺紋，下巴橫七豎八地冒出白色的短髭，右手拄著白色枴杖，左手提著老舊吉他，肩膀像是背負著惡魔一般向一邊歪斜，是個看起來生活過得不是很好的老人。

巴克隨後走出酒店，他站在走路搖搖晃晃的老人背後，以陰險的目光目送老人的背影，然後猛然地轉過身朝相反的方向走。

我點上一根菸，想了一下。

我決定跟在老人背後，這時，有一個穿著灰色西裝、上班族模樣的男人和我擦身而過，往巴克走的方向前進。

我等那個男人走過去，然後追上老人。他既然被稱為西班牙，一定有什麼特別的理由。

西班牙走到馬路上，在一個計程車招呼站的隊伍中排隊。隊伍很長，空車卻很少。

我回到銀行的時候，理沙代站在對面的人行道上向我招手。我發覺她好像變矮了，仔細一看，原來她換掉高跟鞋，穿了一雙輕便舞鞋。

她的車子是金屬深藍色，Skyline二〇〇〇GT的硬頂跑車，不像是女人的車子。

她好像知道我的想法，我一坐上車子，她立刻說：
「我喜歡這類型的車子。」
「這種嗜好很好啊，妳怎麼會在這裡？」
「我不是說過，十二點以前我會在這裡等你。」
「妳說話的口氣，好像灰姑娘裡面那個會變魔術的仙女婆婆。」
理沙代看我一眼。
「你真愛開玩笑。」
「對呀，我從小就喜歡逗那些長得很可愛的小女孩。」
理沙代搖搖頭，注視著面前的擋風玻璃。
「怎麼樣？你不是在追巴克嗎？」
「不錯，可是我現在想跟蹤那個正在招呼站排隊、穿著黑衣服的老人。」
理沙代挺直背脊向前看，她的胸部相當豐滿，我幾乎快窒息了。
「就是那個拿白色枴杖的老人嗎？」
「是的。」
「他是山多斯嗎？」
我把菸蒂丟進菸灰缸，對於理沙代直線式的聯想，我感到驚歎。
「妳的聯想力真豐富。」
「男人對於他沒有想到的事，總是認為別人聯想力豐富，而不承認自己欠缺聯想。」
我默默地取出一根菸。
過了十五分鐘，輪到西班牙搭計程車了。理沙代以和停車時相同的強硬手腕，插入計程車行列中。

「如果說他是山多斯的話，年紀似乎太大了。我想，不可能這麼輕易就找到山多斯。」

過了一會兒，我才這麼說。理沙代把我的話當成自言自語，沒有理會我。

車子到了上野車站一帶，擁擠的現象才解除。

西班牙所搭的計程車向昭和路駛去，在三之輪前往左轉，到了常磐線通過的天橋正前方，又向左轉。

最後，西班牙在一條亂七八糟的小巷子下車。理沙代在後面不遠的暗處，熄掉車燈，把車子停下來。

計程車開走後，西班牙揹著吉他，拖著蹣跚的步履往前走，我們也下車，跟在他後面。

西班牙來到一間門板已經脫落，只剩下柱子的殘破公寓。他爬上建築物外圍的樓梯，途中休息了兩次，雖然只爬到二樓，卻花了很長的時間。

破舊的公寓是木造的，即使在夜晚也看得出已經有點傾斜。這棟公寓顯然早就超過了耐用年限，門柱上掛著一個牌子，上面寫著快要看不見的「曙光莊」幾個字。

我在下面看著西班牙把樓梯踩得嘎嘎作響，二樓並列著四個房間，他的背影消失在最後一間。在街燈的照射下，他的房間並沒有門牌號碼。

我走回停車處，從電線杆上的路標，看到這裡是荒川區東日暮里一丁目。

我請理沙代循著原路回去，順便將路徑記在腦海裡。

回到昭和路時，理沙代問我：

「你查出了他的身分嗎？」

「沒有，那間公寓像一棟鬼屋。雖然寫著：『曙光莊』，我卻覺得『黃昏莊』還比較合適。」
過了一會兒，理沙代又說：
「你住在哪裡？我送你回去好了。」
「我就住在事務所裡面，真不好意思，太麻煩妳了。」
「你的事務所在四谷吧？我正好順路。」
車子從昭和路走向靖國路。
理沙代以不大起勁的聲調說：
「有件事情想要拜託你。」
「什麼事？」
理沙代正色看我一眼。
她把頭髮往後撥。
「太陽樂器的宣傳經理大野先生想要見你。」
我點上最後一根菸，把空的菸包揉成一團，塞進上衣口袋。
「我以為妳會說出比較感性的話。」
「他要我為你們兩人介紹。」
「有什麼理由嗎？」
「我也不知道，我只是一個跑腿的，他想親口對你說。」
「妳說了些什麼使他對我感興趣的話？」
「沒有什麼啊！我只告訴他你是企劃拉墨斯記者會的人，還有幫拉墨斯尋找山多斯這件事而已。」

「妳有沒有提到問題吉他和問題教材的事？」
「沒有。還有，關於你和全消同槇村總書記私交很好的事我也沒有向他提起。請你不要對他說，即使他有問起也一樣。」
「為什麼？」
「我們和消費者團體沒有什麼交情，這是我們的弱點，如果被他知道了，恐怕我的工作都會被你的事務所搶走。」
「這樣剛好，日野樂器社宣傳經理正想與美麗的ＰＲ人員一起工作。」
理沙代撩一撩頭髮。
「你不要開玩笑了，我是說正經的。」
我捺熄菸頭。
「如果和他見面會使妳有面子，我只好照辦了。」
「真抱歉，對你提出這種無理的要求。你明天休假嗎？」
「沒有，我們事務所還沒辦法採用一個星期休假兩天的制度。」
「那麼，我明天打電話給你，可以嗎？」
我答應後，請理沙代把車子開到市谷八幡與四谷見附的交叉口。
理沙代還照我的指示，把車子停在歐陸別墅前面。
「能不能邀請妳進來坐一下？」
我企圖說動她，她扭扭捏捏地回問：
「你有甜的烈酒嗎？」
「找找看也許有。」

理沙代深深吸一口氣。

「如果你不介意，我覺得直接回去比較好。」

「好吧！那我還是保持一點紳士風度好了。」

4

「太過分了，我也想和那位美人一起喝酒。」

大倉幸祐臉紅脖子粗地向我抗議。

我趁石橋純子去郵局辦事的時候，向他透露這一段期間，我和那智理沙代之間展開的攻防戰。

「不是我故意去找她的呀！事情無形中就演變成這樣了。」

然後我把巴克．津川和佛蘿娜的事，以及尾隨名叫西班牙的老人的事一一向他說明。這一陣子，大倉為了忙別的事沒什麼時間和他談論到這件事。

等我說完，大倉正經八百地勸告我：

「所長，有件事我必須提醒你，千萬不要美色當前而昏了頭。她主動接近你，也許有別的目的，聽說她是一個很能幹的女人。」

我謝謝大倉的忠告，然後交付他新的工作。我要他到「科多瓦」監視巴克的行動。

「巴克雖然不承認他是山多斯的兒子，但是這個可能性仍然很大。你到那裡監視看他住在什麼地方？他和什麼人往來？調查出這些事情的話應該會有些頭緒才對，兩、三天後再向我報告。」

「可是，他又不一定什麼時候去那裡。」

「所以呀，你今天晚上就去。我在那裡有一瓶酒，你可以記在我的帳下，盡情地喝吧！」

我並且告訴他，巴克晚上十點半以後才會去，以及那個地方夜間很難叫到計程車等。

不久，純子回來了。

今天是週六，只上半天班。距離下班時間還有二十分鐘的時候，我決定結束工作，於是出錢讓大倉和純子去看電影。

兩人正要出門的時候，電話鈴響了。純子想要趕過來接，我搶先拿起話筒。

「喂！漆田ＰＲ事務所。」

「我是那智，請問漆田先生在嗎？」

「請妳等一下。」

我按住話筒，對站在門口兩眼發亮的大倉說：

「是推銷員，你們走吧！」

大倉不大甘願地被純子推出去。

「昨天晚上真謝謝妳了。」

「哪裡，你現在忙嗎？」

「不會，我剛把保險公司的人打發走。」

「昨天晚上要求你的事，你能不能答應？」

「妳指定時間、地點吧。」

她說晚上七點，在東銀座的「奧克士」，已經以太陽樂器社大野董事的名義訂了位。那間店是有名的牛排餐廳，我去過幾次。

「我有一個條件，妳必須一同出席，請妳轉告大野經理。」
「這種事我不好開口。」
「如果妳不去，那我也不去。」
「可是，這樣不是令他覺得奇怪嗎？」
「就讓他覺得奇怪好了。」
結果理沙代向我保證，一定會說動經理。
我吃過午飯回到事務所，電話鈴又響了。
是拉墨斯打來的。
「昨晚我回到飯店一個小時以後，佛蘿娜才回來，她說是和你一起出去的——」
這是我昨晚交代她說的話。
「是呀，昨天晚上她的確和我在一起的。她說你要在八王子工廠過夜，我怕她寂寞，找她出去走走。」
拉墨斯嘆了一口氣。
「真的是這樣，那我就放心了。我本來打算在八王子工廠過夜，因為擔心佛蘿娜，於是提前趕回來。」
我怕他追問我們昨晚的行蹤，連忙向他報告尋找山多斯的進展，不過其實也沒什麼進展可言。巴克和西班牙的事情，我還不打算告訴他，因為還沒有調查出一個結果。
拉墨斯又改變話題。
「這件事情慢慢來沒有關係。我想讓你看一樣東西，你能不能來飯店一趟？」
「可以呀，到底是什麼事？」

「那是日本報紙的剪貼，佛蘿娜剪下來後放在電視上，忘記收起來。」

「她現在人呢？」

「昨天晚上被我訓了一頓，今天一大早，她就出門了。我想她是去看電影，不到傍晚不會回來的。」

我答應他三點過去，然後掛上電話。

聽到我的敲門聲，拉墨斯走來開門。他穿著茶色長褲，黃色馬球衫，是輕便的家居服。房裡果然沒有佛蘿娜的影子。

他帶我到內部臥房的小起居室，才剛在沙發上，來不及寒暄，拉墨斯就急急地拿出新聞剪貼，攤開在桌上。

「就是這個。」

一共有四條新聞，其中三條是外電報導。

我拿起第一張，標題印著粗黑字體。是八月十四日的新聞。

〈西班牙激進派游擊隊ＥＴＡ，企圖暗殺正在養病期間的總統〉

ＥＴＡ為巴斯克語的「巴斯克祖國與自由」的縮寫，為主張西班牙北部巴斯克地方獨立的激進派民族組織。兩年前，ＥＴＡ將佛朗哥總統的得力助手卡雷羅．布蘭科首相暗殺。這個震撼西班牙全國人民的消息，我至今記憶猶新。

新聞記載ＥＴＡ的恐怖分子，準備謀殺靜養中的佛朗哥總統，但是事跡敗露，巢穴被西班牙政府攻破。

第二張新聞剪貼篇幅稍小，是八月三十日的報導。

〈巴斯克派的兩名罪犯被西班牙軍事法庭判處死刑——反佛朗哥運動再度點燃〉

ＥＴＡ兩名殺害治安警備隊員的鬥士，被軍事法庭判處死刑。根據報導佛朗哥並於八月二十七日，制定了消滅激進分子的「恐怖分子取締法」。

第三張報導很小，記載了ＥＴＡ鬥士的死刑判決所引起的示威行動，以及各地日益擴大的罷工情形，時間是九月二日。

最後一張是日本國內的新聞，昨天的晚報。

〈橫須賀公寓爆炸案——激進派分子製造炸彈過程失誤所致〉

目前有關單位已經查出，是激進派製造炸彈時不慎引爆的。三名激進分子被炸得支離破碎，另有兩名住戶遭受池魚之殃而喪生，此外還有許多受到輕、重傷的人，可見炸彈的威力非常猛烈。

「報導上說些什麼？」

拉墨斯迫不及待地靠過來問。

我將新聞內容逐一向他說明。

聽我說完，他紅潤的臉孔，霎時失去光采，身體軟軟地倒回沙發椅背。

「原來如此，她仍然關心著祖國的事情。」
「你說這話是什麼意思？」
拉墨斯好像提防隔牆有耳似的，降低聲音說：
「佛蘿娜在學校時，曾經多次參加學生運動，也就是說，她和反佛朗哥政權的人搞在一起。」
「現在的大學生，不都是這樣嗎？」
「話雖如此，但是校園裡面有秘密警察，如果他們覺得哪個人可疑，立刻會把他抓起來。我常常勸告佛蘿娜，不要陷得太深。」
「你本身的看法呢？」
拉墨斯反射性地察看了房內四周，然後堅決地說：
「我也反對佛朗哥體制。」
聲音微微顫抖，看得出他內心的緊張。這種話在西班牙恐怕是絕對不能說出口的。
他重新拿起剪貼。
「不過她剪下這一條爆炸事件的報導有什麼用意？是不是對同樣的激進分子有興趣？」
我想起十天以前，佛蘿娜談起日本列島解放陣線時，臉上那副專注的神情。
同時，我也記起了佛蘿娜說過，拉墨斯的心臟禁不起過度的刺激，我立刻安撫他：
「你不用擔心，佛蘿娜是一個很明事理的女孩子，不會出什麼差錯的，而且她快要回西班牙了吧？」
拉墨斯想了一下，肩膀緩緩放鬆了下來，不太好意思地摸摸鼻子。
「你說得對，而且她也已經不是小孩子了，說不定我該學著放手。她從小失去父母，是我一手把她帶大的，所以老是覺得她還很小。」

然後我們談了一會兒十月以後他在工作方面的事。他說，十天以後約九月中旬，他將搬到日野樂器社工廠所在的八王子市內的公寓。

回去的時候，我在大廳碰到佛蘿娜，她剛經過旋轉門走進來，她穿著白色喇叭褲，黃色T恤，抱著大包小包走進旋轉門。

她騰出一隻手和我打招呼。

「你好。」

「妳好，去買東西啊？」

「是呀，看完電影後就跑去百貨公司，你來看我的外公嗎？」

「嗯，他打電話叫我來，我向他證實，昨天晚上我和妳在一起。」

佛蘿娜安心地露齒一笑。

我們在大廳的沙發椅坐下。

「不過，他主要的目的是叫我來看妳遺忘在電視上的報紙剪貼。」

佛蘿娜的身體僵硬起來。

「我不知道妳在想些什麼，但是妳最好不要讓妳的外公擔心。」

佛蘿娜目光低垂，兩手牢牢抱住膝蓋上的紙袋，一張倔強的小嘴抿得緊緊的。

我換成西班牙語對她說：

「妳的目光不要轉向別處，有人在跟蹤妳。」

佛蘿娜吃了一驚抬起臉看著我，拚命抑制住視線不要轉向別處。

「這一段期間，一直有一個男人在跟蹤妳，他有時穿深藍色西裝，有時穿灰色西裝，看起來像是普通的上班族。他似乎在監視妳到過什麼地方，和什麼人在一起。」

「真的嗎？」

佛蘿娜也改用西班牙語。

「現在這個男人也跟著妳進來這間飯店大廳了，他坐在那邊假裝看報紙。」

佛蘿娜上半身僵硬地一動也不動。

「是西班牙人嗎？」

「日本人。我在我的事務所附近見過他，還有在『艾爾・港』以及帝都電視台都看過他。」

我並沒有把昨天晚上，那個男人跟蹤巴克的事告訴她。

「你為什麼不早點告訴我？」

「因為我始終想不通，他們為什麼要跟蹤一個短期停留在日本的外國人？」

佛蘿娜抿一抿嘴唇。

「他到底是誰？」

「我正想問妳呢！他現在好像沒有加害妳的意思，不過妳最好還是小心一點比較好，趁早回到西班牙吧！」

佛蘿娜咬著嘴唇想了一會，突然以嚴厲的目光向四周掃射一圈，然後站了起來。

「我會考慮考慮你的忠告，再見。」

她快步走向電梯。

我目送著她僵硬的背影。

5

「奧克士」店在歌舞伎座的後面。

我向女服務生報出姓名，她立刻把我帶到裡面一間單獨的房間。「奧克士」的裝潢是西式的，食物卻是日式牛排和燒肉。當廚房裡的香味飄出來時，我突然覺得飢腸轆轆。

我撥開珠簾，小巧玲瓏的房間內，擺了一張厚實桌子。那智理沙代和一位中年人相對而坐。

我看著那個男人，手心不知不覺沁出汗水。

理沙代連忙起身為我們介紹，那個男人客氣地站起來對我點點頭。

「真不好意思，勞駕你跑一趟。」

我們交換了名片。

名片上寫著：太陽樂器社董事兼宣傳部經理大野顯介。他是一個體格壯碩的男人，戴著黑框眼鏡，皮膚曬得發亮，臉上留著修剪整齊的鬍子。

這是我們第一次正式見面，但是，我曾經非正式地見過他，那就是在銀座的德國料理店「杜烈士丁」，他和槇村真紀子在一起談話的時候。

「麻煩你在百忙中抽空來這裡，真是抱歉，請你放鬆心情，讓我招待一下吧！」

大野圓滑地向我寒暄，然後坐下，理沙代帶著緊張的表情坐在旁邊，我也配合地坐下。她穿著白色上衣，米色喇叭褲。

「勞你招待，實在不好意思。」

「你太客氣了，我才覺得過意不去呢，你要求那智小姐也出席，其實我本來就打算這麼做，因為她是導引我們認識的橋樑。」

我正在玩味這句話的意思時，他向女服務生點了酒菜。

他那幾根稀薄的頭髮，用髮蠟梳理得很整齊。襯衫的鈕釦因為腹部凸出彷彿快要彈開，年紀大約四十歲後半接近五十歲左右，西裝是質料及剪裁都很講究的式樣，加上一條寬大、流行的印花領帶，搭配得非常好。

我們先互相乾了一杯啤酒。

「我實在很意外，你竟然這麼年輕。聽說你自己開了一間ＰＲ事務所，我還以為你的年紀和我差不多。」

以大野的年齡，能擔任這麼重要的職位，也算是非常年輕，但是我沒有把這句話說出來。

「在情報業中，四十歲是退休的年齡，所以算起來我也不年輕了。」

大野短促地笑一聲。

「漆田先生就是因為這種氣魄，所以能成為一個出色的ＰＲ人員吧！」

我們閒談了一陣。由於大野個性豪爽，我一下子就擺脫了侷促感。而且，他有意無意地讓理沙代加入談話。

喝過啤酒，開始喝兌水威士忌的時候，大野出其不意地說出他對樂器廠商的廣告和ＰＲ的想法，並詢問我的意見。

我指出，不僅是樂器廠商，所有的企業都應該把廣告活動和ＰＲ活動區別開來，分項進行。

大野推一推眼鏡提出反論。

「由宣傳部一併管理，不是更有效率嗎？很多宣傳活動已經有不少把這兩項合併管理的例子了。」

「從管理方面的觀點而言，的確是如此，但是那是站在企業那邊的論點，若是以消費者的觀點來說，這種做法失去超然的立場。」

大野同意地點點頭。

「這也正是日野先生和我們的做法不同的原因吧！」

理沙代的臉色變得緊張。

「怎麼說呢？廣告是營業方面的後盾，ＰＲ是經營方面的後盾，這是兩者最大的不同點，如何把握不同點來執行營業方針，才是最重要的。」

我使用了一點詭辯的技巧為日野說話，這大概是由於太陽樂器社沒有付我工資的緣故。

大野脫下上衣，並鬆一鬆領帶。

「最近日野的宣傳活動做得很好，可能就是運用得體的關係吧？」

「也許！」

我簡短地回答。

大野好像並不知道，我已經曉得在日野樂器社的記者招待會中，提出爆炸性問題的人是他們派出來的。至少理沙代對我說，她沒有向大野報告這件事，並且，看理沙代的表情也的確是如此。

「邀請西班牙名吉他製造家來日本做技術指導，這一個構想，並不是日野先生想出來的吧？」

大野若無其事地問。

「您說得沒錯，這只是老調重彈。」

「但是能把宣傳辦得有聲有色，的確是很不簡單，我非常佩服你的手腕。」

「我們這種獨立運作的ＰＲ，沒有廣告業做後盾，所以只好拚命地放手一搏。」

「那智小姐也為我們做得很好，之前的中央新聞你看了嗎？」

理沙代生硬地用手撥一下頭髮。

「我看了，我還生氣得把報紙撕破。」

大野放聲大笑，杯子裡的冰塊發出相互撞擊的聲音。

「日野先生也沒有輸給我們啊，昨天的新聞日報不是也做了反擊？」

理沙代垂下頭來。

「我承認我輸了。」

大野對我率直地承認失敗似乎很迷惑，他眨了幾下眼睛，然後直視著我。

「那不是漆田先生你做的吧？」

我為了給自己一點時間，故意自己調酒。

「你為什麼會這麼想？」

大野也停頓了一下。

「事實上，關於問題錄音帶那件事，早在一個月以前，就有一位消費者團體的幹部，拿到太陽樂器社找我。」

理沙代驚訝地看著大野，我也同樣感到很訝異。

大野繼續說：

「她以問題錄音帶做為要脅，要我們付出贊助金，我拒絕了，因為那問題錄音帶並不能證明什麼，結果對方表明要把問題錄音帶送去日野樂器社。」

大野伸手取杯子時，理沙代插口問：

「那你怎麼回答？」

「我說，隨便她怎麼處置，因為我作夢也沒有想到，這種問題錄音帶竟然能夠成為新聞！」

理沙代瞄我一眼，不再開口。

大野飲盡杯中的酒。

「然後這卷錄音帶到了日野樂器社手中，最後再登上新聞日報。我請人調查的結果，日野樂器社的宣傳處長和新聞日報社的經理是好朋友，一定是他交給報社的。所以我說，這件事不是你做的。」

對於這一點，我沒有表示意見。

也許我把大野看得太簡單了。說不定他和槇村真紀子一起併吞那筆日野樂器社的贊助金，而把問題吉他的事暗中了結了。

如果大野所說的話句句屬實，那麼，真紀子是一個比我想像中還要難應付的人。大野說，真紀子在一個月以前拿問題錄音帶去找他，很可能就是在「杜烈士丁」那一次。

大野展顏一笑。

「我們的話題太嚴肅了，不要談這些事情，我們先用餐吧。」

他揮手召來服務生。

這家店的牛排是以醬油做為主味，就是所謂的照燒牛肉，雖然這不是什麼特別的口味，但是這間店煮的味道卻是首屈一指的。

用餐的時候，大野興致勃勃地高談闊論，他的話題豐富得令人望塵莫及。從暢銷書籍的批評、演藝人員的花邊新聞到施萊爾馬赫的宗教理論。我只能呆呆地張大嘴巴聆聽。

吃過牛排以後，開始吃水果。

大野用水果刀熟練地削著哈密瓜。

「你們知不知道格雷厄姆・克爾？他是因為電視節目『世界料理秀』而家喻戶曉的料理專家。」

「我看過，就是每次都跳過椅子出場的傢伙。」

「那個男人，與其說他是料理專家，不如說是一個傑出的ＰＲ，我倒想雇用這個人。」

「他只適合在螢光幕上表演，當ＰＲ人員不見得稱職。」

大野吃完哈密瓜，把盤子推開，拿起餐巾擦拭嘴角。

我也推開盤子，在大野開始談另一個話題以前，搶先開口：

「大野先生，我們可以進入主題了吧，我相信你今天把我找來，絕對不是為了談格雷厄姆・克爾。」

理沙代停止調羹的動作。

大野推一推眼鏡，把背靠在椅子上，用手輕輕地捻著短髭，表情顯得有點緊張。

「是的，可以這麼說。我想告訴你一件很不尋常的事，請你不要太過震驚。」

「請說吧，我不是那麼容易就大驚小怪的人。」

「那智小姐告訴我，你要找一位叫做山多斯的吉他手。」

「是的。」

大野保持平穩的呼吸。

「這個人我以前認識，也許可以幫你一點忙。」

四周的雜音突然消失了，好像被一層無形的寂靜把我和現實隔開。餐廳的人聲、杯盤碰撞聲霎時離得我好遠。

理沙代瞪大眼睛注視大野的側臉。

我把香菸捺熄。

「老實說，我感到非常震驚。你說認識山多斯，這究竟是怎麼一回事？」

大野滿足地露出淺淺的笑。

「我所認識的山多斯，是二十年前在大阪的一家『安達魯西亞』酒店表演的吉他手，也是格魯波佛拉明哥舞團的團長，這是不是拉墨斯先生所要尋找的山多斯？」

桌下的我的手心沁出了汗水。我並沒有對理沙代說得這麼詳細，可見他真的知道。

「是的，他就是拉墨斯要尋找的人。」

大野嘆了一口氣。

「真是不可思議，我竟然擁有可以幫助敵手的情報。」

我注視著大野。

「你打算提供我這項情報嗎？」

「不錯！」

我以為自己聽錯了。

「對不起，我再求證一次，你是說，你願意協助敵手尋找山多斯？」

「不可以嗎？」

「你不要戲弄我，我還不至於幼稚到相信敵手的宣傳經理願意助一臂之力。如果說，你要加以破壞，那倒有可能。」

大野的眼睛在鏡片後面瞇成一條線。

「你會這麼想，那是理所當然的。我對你提供的情報是不是有用，我也不敢保證。但是，我有一個提供情報的交換條件，不曉得你答不答應？」

我慢慢地點上一根菸。

「原來有一個交換條件，這樣就比較合理了，至於我能不能答應，那要看你提出的條件是什麼而定。」

女服務生送來一壺茶。

大野整理一下桌上的東西，然後開口：

「先從我個人的經歷說起。昭和三十年，我在大阪的心齋橋附近，一家隸屬於太陽樂器社的『小馬樂器店』當店員。當時我並不是姓大野，而是川上，關於改姓這件事我以後再說。有一天，一個三十歲左右的男人到店裡買樂譜，他就是格魯波舞團的吉他手之一，叫做安東尼奧。這個名字你聽過吧！」

「嗯，我知道，但是我只知道他的這個藝名。」

大野聳動肩膀。

「我知道他的本名，他叫做佐伯浩太郎。」

我請他寫在記事本上。

然後他繼續說下去。

「我也會彈一點吉他，所以我和安東尼奧一下子就熟了起來。他邀請我到『安達魯西亞』觀賞他們的表演，之後我又去了好幾次。那時，我和安東尼奧的交情很好，常常在一起喝酒聊天。」

「他們離開『安達魯西亞』以後呢？」

「他們在大阪、神戶的其他俱樂部表演了好幾次，這段期間只要安東尼奧叫我去看我都會去。第二年春天，他離開那個舞團的時候，到我的店裡打過招呼，那是我們最後一次見面，從此以後，我就沒有他的消息了。」

他停下來倒一杯茶。

我乘機插入問題，

「你和山多斯沒有交談過嗎？」

大野思索了一下。

「很可惜，我和他不熟，他是一個只對吉他有興趣，對其他的事物都不熱中的人。」

「他沒有去過你的店吧？」

「幾乎可以說是沒有，只有一次，在安東尼奧離開舞團之後，他曾經帶著新進的吉他手到店裡來。」

「馬諾羅．清水嗎？」

大野眨動眼睛，縮回下巴。

「對，對，就是馬諾羅．清水。你也知道有這一個人呀？」

我把大倉到大阪調查的結果告訴他。

大野的面頰出現紅潮，興奮地說：

「真不簡單！這麼短的時間內，竟然能夠調查得那麼詳細！」

「只是運氣好罷了！」

他感動得直搖頭，再次說：

「真不簡單！對，的確有一個叫做追分的歌手，你說他現在在法善寺附近賣章魚燒？」

「嗯。而馬諾羅．清水就在東京。」

大野緊跟著問：

「真的嗎？清水在東京？」

「是的。我不久前才看到他，他在六本木一家酒店彈吉他，就在防衛廳前面一間叫做『艾爾・布愛多』，他現在應該還在那裡彈吉他。」

「喔，在東京啊，他還好吧？」

「他最近正計畫要去西班牙。過得好像還不錯的樣子。」

大野很感慨地說：

「我已經忘記他長得什麼樣子了，但是仍然很懷念他。」

我插口問他：

「關於山多斯呢？你有沒有他的消息？」

大野臉孔轉向我，推一推鏡架。

「沒有，我和他一向沒有什麼交情。但是，我這裡有一樣東西，也許可以讓你做為參考。」

他從上衣的口袋裡取出一張照片。

那是一張已經褪色了的古老照片，邊緣有些摺痕，但是影像還算清楚。

我不知不覺嚥了嚥口水。

6

那是一張佛拉明哥舞台劇照。

一共有五名男女。

中間兩位是舞者，她們背靠背坐著，臉孔朝前，後面站著一位年紀稍長的男人，露出頭和腳。

舞台後方兩側，坐著兩名吉他手。

「這是格魯波佛拉明哥舞蹈團的劇照，左邊那位臉孔往上看的就是山多斯，另一位是安東尼奧。」

山多斯臉上畫了淡妝，長髮向後梳，目光非常銳利。他的體型瘦削，但是骨架子很粗，由於他坐在後面，無法看得很清楚，不過，他看起來並不會很高大。他穿著黑色舞台裝，並且繫了一個領結。

安東尼奧穿著同樣的衣服，年紀稍長。他正在看琴弦，所以臉孔更不清楚，圓臉，但是感覺上，比山多斯矮很多。

我摩擦了一下脖子。

「這真是一張很寶貴的照片。」

兩個舞孃的裝束，以現代的眼光看來，不免覺得古怪。她們的臉塗得像在鄉下唱戲的人一樣，底妝很白，臉上花花綠綠。這是兩張沒有什麼特色的臉孔，很難想像她們卸妝以後的樣子。

舞孃後面的男人，臉孔全部塗成白色，只剩下兩顆黑眼珠，好像戴了一副面具。

大野說：

「這兩位舞者叫做卡門和瑪莉亞，但是我弄不清誰是卡門、誰是瑪莉亞。後面那個站著的男人就是追分。」

我一再端詳照片，然後把它放在桌上。

「你知道山多斯的本名嗎？」

大野點頭立刻說：

「知道，他叫做高井什麼，下面的字我忘了。」
他說的和追分以及馬諾羅所說的相符合。
我注視著照片上山多斯的臉孔，終於有一個實在的形體做為憑藉了。
我換一個角度說話。
「聽追分說，山多斯和安東尼奧處得不好，你知道這件事嗎？」
「我想，那是因為安東尼奧的吉他技術遠不如山多斯，本身有自卑感，但是，他又沒有辦法改善自己，所以常常被山多斯派去跳舞。這麼一來薪水當然不理想，他和我一起喝酒時，常會抱怨這一點。他離開舞團的主要原因，大概就是這個吧！」
「你知道山多斯和卡門，或是安東尼奧和瑪莉亞的戶籍或是出身地嗎？」
大野歪歪頭。
「可能是關西吧！我也不敢肯定。」
「山多斯有一個小男孩吧？」
「是呀，當時那個孩子還是嬰兒，而安東尼奧的孩子已經三、四歲了。」
我重新看著大野的臉。
「等一下，你說安東尼奧也有孩子嗎？」
大野好像很意外地皺皺眉。
「對呀！你不知道嗎？」
我突然覺得口渴，於是端起茶杯。
「我第一次聽到。」
「他們兩個人都有孩子。」

馬諾羅・清水只告訴我山多斯有一個兒子，並沒有提到安東尼奧也有孩子。這也難怪，他加入格魯波舞團時，安東尼奧他們已經退出了，所以或許他也不曉得。

我扳了一下手指。

「那時候三歲，現在算起來已經二十三、四歲了。」

「大概是吧。」

「山多斯很嚴厲地督促他的兒子學習吉他，那安東尼奧呢？」

「他說，絕對不讓他的兒子學吉他，大概是不想讓他步上自己的後塵吧！」

「你記得兩個孩子的名字嗎？」

大野搖搖頭。

「不記得了。」

我摸了摸下巴，大概無意中露出不高興的表情，大野臉上浮現尷尬的笑容。

「我的情報對你好像沒有什麼幫助，還不及你自己調查的詳細。」

「沒有這種事。現在，請你告訴我，你要我做的是哪一件事？」

大野把手肘頂在桌面上。

「我想拜託你一件事，在你尋找山多斯的過程中，如果有可能，請幫我找出安東尼奧。」

他的表情很認真。

「安東尼奧的行蹤，為什麼呢？」

「我剛才講過了，安東尼奧對我很好，常常請我去看他們的表演。以一個樂器店店員的薪水來說，到那種店欣賞表演，並有美女、美酒相陪，簡直像作夢一樣，而我卻能夠受到免費的招待。後來我才知道，我在『安達魯西亞』所花費的錢，全從安東尼奧的薪水中扣除，所以他才會常常沒什麼錢。」

大野把眉頭皺在一起。

「當時我對他說，雖然我現在只是一個小小的樂器店店員，將來如果能擁有自己的店，我一定送他一把西班牙製的最高級的吉他，這是當時的我對他做的約定。」

理沙代在旁邊感動得不斷眨眼睛。

「所以你希望找出安東尼奧，履行二十年前的諾言，對不對？」

「是的。」

「這和拉墨斯想要找出山多斯的理由相同，實在是很巧。」

「這我知道！我聽那智小姐告訴我的時候，就覺得情況相同，所以要求安排與你見面。」

「我之所以幫拉墨斯尋找山多斯，純粹是為了日野樂器社，你應該知道吧。」

大野閉一閉嘴唇。

「我知道，但是我沒有選擇的餘地。仔細想想或許有不太妥當的地方，但是我自忖，憑你的調查能力加上我的情報，一定能夠完成這件事，而且也不需要你額外花費時間，所以我現在依舊認為我的判斷是對的。」

「你為什麼不直接找徵信所？」

「幾年前我曾經找過，但是沒有下文。」

我再次拿起照片，大野以充滿自信的眼光盯著我。

「我好像沒有拒絕的理由。」

聽我這麼說，大野眼睛發亮。

「你答應了？」

「我想，在找山多斯的過程中，可能會找到安東尼奧，但是也可能找不到，我不能給你什麼保證。」

以我的立場，我不能對太陽樂器社的宣傳經理做什麼承諾。

大野不停地對我做九十度的鞠躬。

「謝謝你，這樣就夠了。」

我暗忖，如果此時談起日野樂器社記者招待會中，有人提出爆炸性問題的事情，大野不知道會有什麼樣的表情？

但是理沙代在場，我不便質問。

大野不知道我在想什麼，自顧自地說：

「如果安東尼奧感到懷疑，你可以說出小馬樂器店的川上正在找他。雖然小馬樂器店已經不在了，但他一定會想起川上是誰的。我改成大野是以後的事，他並不知道。」

「你什麼時候改姓的？」

大野露出自嘲的笑容。

「我跟安東尼奧失去聯絡後不久，認識了當時大野樂器社宣傳經理大野將吉的女兒，不久就結婚了。現在大野將吉已升副社長，我是被招贅的。」

「原來如此，你雖然沒有自己開店，卻因此飛黃騰達。」

大野苦笑了一下。

「以一個小小的樂器店員，要成為大規模企業的重要幹部，沒有運氣是辦不到的。」

大野的口氣雖然有點自卑，但是，他如果沒有相當的自信，也說不出這些話。

我把茶喝乾。

「好吧，如果有安東尼奧的消息，我會通知你。不過，這件事必須以不妨礙我找山多斯為前提。」

大野用力地點點頭。

「我不會妨礙你尋找山多斯的，甚至我會儘可能協助你。」

「除了今天你告訴我的以外，如果你想起別的事情，請打電話通知我。」

大野保證如果想起其他資料，一定會這麼做。

我在「奧克士」的店門口和他們分手，十分鐘後我到達附近三原橋的「法蘭西屋」咖啡店。剛才大野到櫃檯結帳時，理沙代遞給我一個「法蘭西屋」的火柴盒，背面寫著，三十分鐘後在這咖啡店碰面。

當我坐在法蘭西屋的咖啡店，正低頭審視大野提供給我的照片時，理沙代趕來了。

她一坐下就低下頭。

「今天的事真抱歉，我作夢也沒有想到會變成這樣。」

「他在事前都沒有提過嗎？」

「完全沒有，我只聽說他以前在樂器店工作，但是作夢也沒有想到，他竟然認識山多斯。如此一來，又給你添麻煩了。」

「我的確感到很驚訝。太陽樂器社的宣傳經理竟然要日野樂器社所雇用的ＰＲ人員為他找人。」

理沙代像是要看透我一般地注視我。

「你是不是還在懷疑什麼？」

「是啊，他不是一個簡單的人物，這一點，妳也不能否認吧！無論如何，我不能做出對日野樂器社不利的事。」

理沙代垂下眼簾。

「我了解。」

「妳知道他是入贅的嗎？」

「知道。以前他在社裡是一個無足輕重的人物，但是能有今天的地位，與其說是太太的庇蔭，不如說是他自己的努力。」

「他的確不是一個普通的招贅女婿。」

理沙代手肘靠在桌上，支撐著下巴。

「事情變得愈來愈複雜了，我們本來是敵對的立場，現在卻好像站在同一戰線上。」

「我也不知道，不過這樣一來，豈不是更有趣？」

「今天的會面，得到好處的是哪一方呢？」

「他得到我的應允，我得到他的情報，大概是平分秋色吧。」

理沙代抬起頭看我。

「你真的要幫經理找安東尼奧嗎？」

「不，我不會特地幫他找，只是在找山多斯的過程中，如果碰上了，會助他一臂之力，這一點他自己也明白。」

理沙代淘氣地笑了。

「這麼一來，應該算是你佔優勢。」

今天晚上理沙代是自己開車來的，我們一起走到銀座的地下停車場。

車子開到半藏門，理沙代開口說：
「你為什麼不把問題錄音帶的事情對我說清楚？」
「什麼事？」
「不要裝傻，就是關於昨天刊登在新聞日報上的事。那是日野樂器社直接安排的，你為什麼不說？」
她的口氣很嚴厲。
「這也只是大野經理的推測。」
「那麼，你承認是你做的囉？」
「我記得我說過我不想否認。」
「你好狡猾！」
理沙代把視線從前方的道路移開轉而看著我，我趕快將腳放好踩穩。
「拜託，不要撞上前面的車子。」
理沙代回頭瞪視前方。
「你替日野樂器社背黑鍋，默默地接受我的指責。為什麼要這樣？」
「妳不過是要我向妳解釋。」
理沙代不再說話，嘴唇微微顫動。
車子來到四谷時，已經十一點多了。
理沙代把車子停在入口處前面較暗的地方，粗暴地拉起手煞車。
「今天辛苦你了！」
她的聲音有些尖銳，我看一看她。

「我也不否認這一點。」

我把理沙代的上身抱過來，強行親吻她。

她的喉嚨發出聲音，想要推開我，我更加用力抱緊她。和她纖細的身體不同，她的嘴唇豐滿，身上微微散發出的香水味，使我意亂情迷。

理沙代咬緊牙齒，像緊閉的蚌殼一般，我的左手覆蓋上她的乳房，理沙代扭動上身，張開了口，我順勢將舌頭滑進她的嘴裡。

突然間，理沙代失去了抵抗的能力，她的舌頭變得非常柔軟，像是新鮮海膽般鮮美柔軟。

理沙代企圖用無力的右手撥開我的左手，她的力量軟弱，使我狠不下心用強，於是放開她的乳房。

理沙代的手怯怯地搭上我的肩，舌頭主動探向我，一頭柔軟的長髮也貼上我的臉頰。映入眼簾的，是一隻可愛動人的耳朵。

我放開她的嘴唇，把嘴貼在她臉上，她在我的脖子附近，不停地吐著熱氣，就像炎夏的瀝青般火熱。

我們不發一言，聽著彼此劇烈的心跳聲。

過了許久，理沙代離開我的懷裡，臉朝著窗外，柔嫩的脖子在月光下更顯得白皙。她梳理一下弄亂了的頭髮，生硬地拉一拉衣服。

「這是妳第一次接吻嗎？」

理沙代咬一咬大拇指。

「你別小看我，六年前也有一次。」

「喔，我是八年以來，第一次這麼認真地接吻。」

理沙代挺直背脊。

「晚安！」

「我在碗櫃裡找到又甜又烈的酒。」

「晚安！」

「我一開始就不想讓妳把我當作紳士。」

「晚安！」

我只好打開車門。

我一下車，車子就好像放開鍊子的狗，呼嘯而過，噴了我一身的灰煙！

7

這棟公寓位於國電的駒込車站附近一條安靜的巷子裡。

「長洲公寓」雖然不是高級住宅，建材卻是比較新的輕鋼骨。

昨晚理沙代送我回家以後，剛洗過澡喝著啤酒時，就接到大倉幸祐的電話。他向我報告昨晚跟蹤巴克・津川的結果，他已經查出了巴克住的地方。

那就是長洲公寓。

今天是星期日，上午八點住宅區的街道還很寂靜。我站在街道，一根又一根地抽著菸，拿不定主意是要先和巴克見一面，還是先監視他今天的行動。

我扔下菸蒂時，響起了汽車的聲音。我不慌不忙地走進小巷內，站在電線杆後面，讓車子開過去。

那是一輛白色豐田卡洛娜小貨車。兩個男人坐在裡面，他們慢慢地從我身邊開過。我無意間看到那兩人的臉孔，立刻把身體縮回電線杆後面。

坐在副駕駛座的是穿深藍色西裝的像是上班族的男人，就是常常跟蹤佛蘿娜和巴克的不明人士。

車子在長洲公寓不遠的地方停下來，車頭對著街道，看起來是隨時可以跟蹤巴克的樣子。

我取出記事本，把小貨車的車號記下來。也許根據這個車號，我可以查出它的車主。

我們在那裡等了將近兩個小時。

我不可能一整天都站在那裡，何況行人愈來愈多了！我正打算離開的時候，巴克從公寓走出來。

他穿著灰色格子櫬衫，大踏步走向街道，今天他沒有揹吉他。

那輛小貨車發動引擎慢慢跟在後面。

巴克走到駒込車站，跟蹤的男人也下車走進去，小貨車就開走了。

我們三人各自保持一段距離，先後買了山手線的車票進入月台。

巴克在目白下車，走出站以後，向目白路的環六路的方向走去。那位穿深藍色西裝的人跟蹤技巧高明，我只要盯住他就可以了。

抵達環六路之前，我們在一樓是超級市場的大廈向左轉。這條路是個沒什麼障礙物的緩坡，跟蹤很容易，但是也容易被發現。

我把手上的報紙舉高遮在頭上。

時序已經進入八月份的尾聲，夏季雖然即將結束，連續十天以來，氣溫卻高達三十度以上，比往年熱很多。在這麼炎熱的氣溫下，我用報紙遮頭的動作並不會顯得不自然，而且萬一前面的男人回過頭，我也可以把臉遮住。

巴克走下斜坡，在一個標示著下落合四丁目的一棟小樓房前駐足。穿著深藍色西裝的男人，若無其事地走進賣香菸的店舖。我則是彎進附近的巷子裡。

我探出頭看，那棟建築物顯得死氣沉沉，窗子用鐵網牢牢圈住，水泥磚牆上架了兩道鐵絲網。門的兩側，站著兩個穿鐵青色戰鬥服的男人。

巴克對那兩個男人說了幾句話，然後消失在裡面。我再把頭伸長一點，入口處有一個橫掛著的狹長招牌，上面寫著，「群青社」。

我把嘴唇舔濕，額頭冒出一點冷汗，我對群青社的印象很深。

群青社是左派激進分子集團，也就是日本列島解放戰線的總部，而且佛蘿娜曾經向我打聽這個地方。

深藍色西裝的男人，在香菸店用公共電話不知道打電話給誰。

然後我在這裡等了一個小時以上，那位同伴似乎習以為常，悠閒地打開地圖，吃著他自己帶來的麵包，一點也沒有不耐的表情。

隨後，巴克從群青社出來，向目白車站走去，搭山手線回到駒込。

深藍色西裝的男人，確定巴克走出剪票口以後，就中斷他的跟蹤，回到月台。

我也依樣畫葫蘆。

他搭上環狀線的電車，來到惠比壽，似乎一點也沒有察覺後面有人跟蹤。

他步行五分鐘，走到明治通的一個商業大廈，伸手在入口處的信箱裡掏取信件，那個信箱是左下角第二個。

我等他進去裡面一分鐘以後，走到信箱前。那信箱上面寫著：「東亞徵信所」。

吃過午飯，我回到事務所。

從分類電話簿裡面，我找到了東亞徵信所的電話。這家徵信所標榜精通英、法、德、西班牙、蘇俄等國的語言，可以為外國人做調查工作。

這是一家懂得西班牙語的徵信所。

我對東亞徵信所感到很有興趣。

當天晚上，我來到曙光莊的時候，時間已經十一點半了。我小心翼翼地爬上二樓，扶手已經殘破不堪、搖搖晃晃，地板只要有人踩上去，就會嘎嘎作響。

我盡量不發出聲音來到走廊盡頭最後一個房間。我輕輕地敲門，裡面沒有人回應，試一試門把，果然沒有上鎖。

我讓門不發出聲音地推開，一股臭氣撲鼻而來。那是混合著酒味、汗臭、霉氣、塵埃的氣味，非常令人難以忍受，我反射性地趕緊關上門。

裡面沒有人，西班牙出門的時候沒有上鎖，可見裡面沒有值得偷的東西。

我後退一步，手肘抵著扶梯。

猛然間，我的身體向前一彈，如果慢了半秒鐘，我一定從樓梯上滾下去。那個扶梯不僅木材早已腐朽，好像連鐵釘也朽爛了似的，被我輕輕一靠，就整個脫落了。

我把扶梯拉回原處，並且盡量不要使它脫落，然後快步衝到樓下，這才發現已是一身的冷汗。

我在外面守候，十二點多的時候，傳來了計程車的聲音，戴著墨鏡的老人從車上下來。他的腳步比之前的晚上更加蹣跚，幾乎是拖著吉他箱爬上二樓。

正當我準備向前跨出一步時，有一條人影閃進巷子裡。透過街燈的照射，我看出那個人是巴克・津川。他穿著和白天相同的服裝，只是肩上多了一把吉他。他大概是剛從「科多瓦」表演完畢。我吁了一口氣，偷偷地把手中的汗擦在長褲上。

巴克輕手輕腳地靠近門邊，大剌剌地注視西班牙爬上二樓，他一點也沒有把身體隱藏起來的意思，可見他非常清楚，西班牙的眼睛瞎了。

等西班牙的背影消失在房門口時，巴克將立著的吉他箱放下，低頭看一下手錶，然後時時抬頭看著西班牙的房間，看樣子是在計算時間的樣子。

約莫五分鐘以後，巴克拿起吉他箱毫不猶豫地登上二樓，朝西班牙的房間走去，然後推開房門，像是走進自己的住處一樣。

我在黑暗中觀察，並沒有人跟蹤巴克。

我抓著胸前的馬球衫衣領搧了搧風，對於巴克為什麼要闖進西班牙的房間，我感到很納悶。大約過了三分鐘，我還沒有決定是否要跟進去看時，西班牙的房門打開了。我沒料到，巴克會這麼快就出來。

巴克用力粗暴地踏著樓梯，飛快地跑下樓，抱著吉他箱奪門而出，一下子就不見人影。

我跟著也進入西班牙的房間。

窗子裡透出一點光。

我象徵性地敲一敲門，然後推開門，一股更強烈的酒臭撲鼻而來。

這個房間大約有三坪，玄關的左側，有個窗戶，窗戶下面是流理台，另外一邊的最裡面的窗戶底下是放置一個日式舊衣櫃，所有的家具只有這些。

衣架上掛著好幾套衣服，每一套都是又破又舊。拉門已經破舊不堪的棉被櫃前面堆放一個四角已經壓壞了的紙箱，裡面放一些古老的雜誌和樂譜。

房間正中央，是一張年代久遠的床鋪，上面鋪著薄薄的床單。西班牙橫躺在床上，腳向著門檻，右手緊緊握著床邊的吉他箱，黑帽子則是扔在榻榻米上。

西班牙熟睡得像是死去了一般，但是他胸前規律的起伏證明他還活著。

我脫下鞋子走上榻榻米，有點愧疚地在他房間搜尋。我沒有發現照片、信件、存摺等可以證明他身分的東西。

我試圖搖醒西班牙，但是他一點反應也沒有。他的前額已經禿了，只有側邊有著凌亂且花白的頭髮，沒有修剪的鬍子下是滿是皺紋的老人皮膚。

他仍然戴著墨鏡，我沒有勇氣摘下他的眼鏡。我絕不認為，山多斯已經這麼年邁了。

我打開吉他箱。禁不住吹了一聲口哨。那是一把整理得非常乾淨的佛拉明哥吉他。漆上一層明亮的黃色，形體較大，琴弦也很新。

我靜靜地取出吉他，響孔底部貼了標籤，是一把西班牙製的吉他，那是艾耳馬斯・康得（Hermanos Conde，康得兄弟）製造的吉他，製造日期是一九七三年。

最近，這種吉他雖然逐漸普遍，就佛拉明哥吉他這一塊來說，艾耳馬斯・康得的擁護者頗多，知名度甚至比拉墨斯來得高。在日本，這種吉他最低價格也要二、三十萬圓。

他雖然睡著了，右手仍然緊握著吉他箱的把手，以絕不離手的方式握著。

原來是艾耳馬斯・康得的吉他，難怪他會這麼珍惜。

第四章——卡迪斯紅星

1

星期一早上，我告訴大倉，上週末那智理沙代介紹我認識大野顯介的事。

我也說了大野託我找安東尼奧的事，大倉聽了，眼珠子像要從鏡片後凸出來似的。

「你能答應他的要求嗎？你和他見面已經很危險了，難道你還想幫太陽樂器社的忙，你不怕日野樂器社的生意泡湯？」

「他向我提供了那張照片，我好意思不答應他嗎？況且這是尋找山多斯的過程中順便幫他留意一下而已，你不必看得太嚴重。」

然後我對他說了有關佛蘿娜和巴克被東亞徵信所的人跟蹤，以及他們兩人似乎對日本列島解放陣線感到興趣的事，還有他們兩人見面的事情也一併說了。

「佛蘿娜為什麼要和激進分子接觸？」

「我也不知道，大概和她在西班牙參與反佛朗哥運動有關係吧！」

大倉難得地露出深思熟慮的樣子。

「她和激進分子接觸，一定會引起警視廳公安人員的注意，這非常不妥。而且那個徵信所的人，到底是誰派去的？」

「這個我也沒有查出來，我們還是注意一下比較好，今天你先去日本大飯店，監視佛蘿娜的行動。」

「這是無所謂，但是監視佛蘿娜也找不到山多斯啊！」

「找山多斯的工作由我進行，我一想到拉墨斯，就沒有辦法放任佛蘿娜胡跑亂闖。」

大倉搔搔頭。

「你這種好管閒事的毛病還是改不掉！」

「這也是我的興趣之一，如果我的猜測沒有錯誤，今天或明天，佛蘿娜一定會有所行動。她的背後有徵信所的人在跟蹤，你必須小心行事。」

「我知道了，只是為了方便行動，我想租一輛汽車，日野樂器社會不會承認這筆經費？」

「不承認也得叫他們承認！」

當天，我為兩、三家客戶，到報社和出版社跑了一趟，請那些次長等級記者們吃飯、喝茶。我拿出新產品的資料，請他們為這些公司廣為宣傳，或是請他們採訪這些公司社長。他們常常只把消息發佈出去，並不多做宣傳，所以，我必須利用人際關係，多活動幾次，才能達到我的目的。

途中我利用空檔，打電話回事務所。我已經請了石橋純子當我和大倉的聯絡人，但是一直到傍晚，那邊都沒有動靜。

七點多，我打算回公司前，打了最後一通電話。電話鈴響第一聲，純子就接了。

「幸好你打來了，你現在在哪裡？」

她喘息著。

「紀尾井町，發生了什麼事？」

「還好，就在附近。剛才大倉先生打電話來，說他在市谷等你，請你趕快過去。」

「市谷的什麼地方？」

「從車站出去之後往麴町的方向走，就在坡道上。他租的汽車是白色青鳥，車號五六四八。他是面對著下坡停車，所以請你從上坡過去。」

「好，我知道了。對不起，請妳待到八點，如果到那時我們沒有和妳聯絡，妳就可以回去了。」

我掛上電話，想要找一輛計程車，但是道路交通混亂，看不見一輛空車。

我走到新宿路，無視於交通號誌，硬是闖了紅燈，從麴町往市谷的方向跑，已經沒有時間慢慢找空車了。大倉等候的地方離這裡大約七、八百公尺，還是跑步比較快。

跑過日本電視台，我已經氣喘如牛，汗流浹背，整件短袖襯衫全濕透了。

終於抵達上坡道，我放慢腳步，藉著路過車輛的車頭燈光尋找白色的青鳥汽車，終於看見下坡路的地方停著一輛白色青鳥。

大倉打開副駕駛座旁邊的門，我坐進去。

「太好了，終於聯絡上你。」

「你趕快詳細說一遍吧！」

我一邊說著，一邊大口喘氣。

大倉指向坡路右側。

「巴克和佛蘿娜在前面那家『五番町』咖啡店。佛蘿娜六點半左右離開飯店，搭計程車來這兒，我打電話回事務所的時候，巴克也來了。」

我掏出手帕擦汗。

「有沒有人跟蹤他們？」

「巴克是一個人來的，但是佛蘿娜後面有人跟蹤，就是前頭的那輛白色小貨車。」

我確認一下。

「沒有錯，就是東亞徵信所那些人。」

「你來的前一分鐘，有一個奇怪的男人進入『五番町』。」

「怎樣奇怪的人？」

「是個年輕男子，他穿著黑色運動褲，灰色運動外套，裡頭穿了一件白色寬領襯衫，進入五番町之前，先在外面東張西望了一會兒。我不知道那是不是我神經過敏。」

我想並不是大倉神經過敏。

兩分鐘以後，巴克、佛蘿娜和那個年輕男子，一起從「五番町」出來。

「你看，我的直覺沒有錯，那個男人果然有問題。」

大倉為自己正確的判斷力吹噓。

男人穿著大倉所描述的服裝，手上沒有拿東西，皮膚白皙，下巴尖削。他用手示意巴克和佛蘿娜跟他一起走。看了看來往車輛，三人橫越坡道，坡道上方有我們的車，下方則是東亞徵信所的小貨車。

他們三人穿過道路，往市谷車站走。大倉沒有發動引擎，只拉開手煞車，讓車子自然地緩緩前進。

當那三個人經過小貨車旁邊時，一個穿著黑色衣服的男人下車跟蹤他們。然後小貨車開始發動，大倉也發動引擎。

到了下坡轉角處，佛蘿娜一行人向左轉，黑衣跟蹤者也向左轉。

過了一會兒，白色小貨車斜過車身，慢慢倒車。

大倉靠左停車。

「真糟糕，那是單行道，車子不能通行。」

前面的小貨車突然打亮右邊的方向燈，猛烈地來一個急轉彎。前後左右霎時響起了煞車聲和喇叭聲，然而小貨車依舊強行回轉，緊接著，飛快地駛向上坡。

「前面是單行道，小貨車一定是沿著鐵路，從坡道通往附近四谷車站，我們要怎麼辦？」

我走下車。

「我去跟蹤佛蘿娜他們，為了小心起見，請你在這裡等三十分鐘。如果我沒有回來，你就打電話回事務所，如果沒有我的留言的話，你和純子就可以去兜風啦。」

我小跑步下了坡路，那邊果然是單行道的出口。我在轉彎角探頭看，佛蘿娜他們和黑衣跟蹤者已經不見了，他們可能走上了右邊高出一個階梯的人行道。

我也走上了人行道，人行道是一條種滿了樹木的林蔭道路，下面有鐵路。人行道上街燈稀少，是情侶談心漫步的最佳場所。

我在黑暗中，向四谷走去。在我視線可及的地方，看不見任何情侶，也沒有佛蘿娜等人的影子。

走不到一分鐘，前面黑暗的地方傳來爭吵的聲音，接著是下階梯的凌亂腳步聲、像似飛快地跑向下面的道路。

我加快腳步，快跑了起來。

地上倒著一個人，透過街燈，我看清楚那是黑衣跟蹤者。

坡道下面，突然響起了汽車引擎聲還有緊急開車的聲音，我撥開樹叢，跳到下方的柏油路。車尾燈已經遠了，我趕緊跳出來，快步向前跑。

當我氣喘吁吁地跑到單行道出口時，車子早已杳無蹤影。

深吸入一口氣，我漫步走向大倉的青鳥車。

一坐進去，我馬上問大倉：

「剛才街道上開過一輛車子，你看見了沒？」

「看見了，怎麼了嗎？該不會是佛蘿娜他們吧？」

「正是他們，那輛車子是來接他們的，他們往哪個方向去？你知道嗎？」

「他們開往市谷見附的方向，但是現在號誌燈已經變了，要追已經來不及了。」

大倉很遺憾地敲敲方向盤。

我拿出手帕擦汗，不過手帕也濕了，擦了等於沒擦。

「東亞徵信所的人呢？」

「被佛蘿娜他們擺平了，你看，就是現在從街角走出來那個人。」

那個男人走出單行道，一路搖著頭，按摩頸部。他可能是被那個埋伏躲起來的尖下巴男人出其不意地劈了一掌。那個尖下巴的男人一定摸透了跟蹤的把戲，所以能輕易擺脫。

「現在已經沒有什麼事了，你可以走啦！不過，先替我打個電話給石橋純子，告訴她可以下班了，你也好和她一起去吃晚飯。」

「請你饒了我吧！上週六和她一起去看電影，現在又要我和她一起去吃飯，她會誤以為我愛上她了，我並沒有這個意思啊！」

「純子個性很好，頭腦又聰明。」

大倉皺一皺眉頭。

「我還不想定下來，你是不是急著把我打發走，好去找那個可愛女人？」

「我跟你說過多少次？我和她只不過是——」

話說到一半，單行道出口出現了東亞徵信所的小貨車，大概是從四谷繞過來的吧！黑衣服的男人招招手，車子停了下來。我看到他上車以後，立刻把大倉從駕駛座推出去，自己坐上駕駛座，發動引擎。向大倉揮揮手，然後追蹤那輛小貨車。

三十五分鐘以後，車子在惠比壽的東亞徵信所前停車，兩個男人匆匆下車。我把車子停在附近等候，看這個情形，他們很可能還要去別的地方。

果然，不到十分鐘，一個穿著灰色西裝、提著公文箱的男人走了出來。他並不是方才被打的倒楣鬼，而是剛剛開車的那個男子，就是昨天我尾隨在後的穿深藍色西裝的那位。

小貨車從明治路經過南麻布，開到有栖川宮紀念公園旁邊的南部坡道上，然後在快到元麻布前停車。左手邊有一棟面積不大，但是相當氣派的七樓大廈。

男人提著手提箱走進大廈，大大的玻璃門上用金色字體寫著：「洛華兒山莊」。透過玻璃門，裡面是鋪了彩色磁磚的大廳。

等那個人坐上電梯，我也進入大廳。右手邊有一間守衛室，但是裡面似乎沒有人。

電梯上到六樓後，指示器停止不動，過了一會兒，電梯又開始下降，我躲在樓梯上。電梯門打開時，我確定裡面並沒有人。

於是我從樓梯爬到六樓，流了一身的汗。

樓梯在電梯旁邊，正對著走廊。走廊很寬敞，北面是採光用的窗子，南面左右各有兩扇門，表示六樓一共有四個房間。

我躡手躡腳，審視每一個房間的門牌。右邊是齋藤登、宮下郁代。左邊是住田英明、荷安・洛多利凱士（Juan Rodriguez）。

我在每一間房門口，各豎立一根火柴棒，然後走回六樓和七樓之間的樓梯間。

三十分鐘以後，電梯又在六樓停止，有一個人走出來，並沒有通過樓梯口，直接轉向走廊右邊。我聽到高跟鞋以及鑰匙的聲音，然後是轉動門把的聲音。

再過二十分鐘，傳來開門聲，我探頭觀望，走廊左邊出現提著公事包男人的下半身，他穿過樓梯口，準備搭乘電梯。

等他坐上電梯離開，我走到走廊左手邊最後一個房間。洛多利凱士門口的火柴棒果然倒下了，雖然如同我剛剛預測的一樣，但是還是有必要確定一下。

然後我又再度回到樓梯間，等了大約五分鐘，才又走到洛多利凱士的門口按電鈴，門內響起了音樂電鈴聲。

裡面傳來西班牙語的問話。

「什麼人？」

是一個高亢的男聲，我也用西班牙語回答。

「我是日西友好協會的人，能不能耽誤你五到十分鐘？」

對方沉默了一下。

「有什麼事？」

「這是我們協會的活動之一，我們想對在日的西班牙人進行親睦活動，所以特地來拜訪。」

我聽到鏈條卸下的聲音。

洛多利凱士大約三十歲，是個平均身高的偏瘦男子。他從白T恤下露出來的手臂，卻顯得強壯結實。頭髮是帶點茶色的金髮，顴骨明顯，目光銳利。

「你從哪裡打聽到我的事？」

我已經料到他會提出質詢。

「就是同住這一層樓的齋藤先生，我和他很熟，他告訴我，這一樓住著一位西班牙人。」

他點點頭，目光依然帶著警戒性。

「你想和我談什麼？」

「今天我只是到這裡確定一下，所以沒有攜帶資料。我想邀請你參加親睦派對，方便的話，還想請你擔任西班牙語會話的講師。」

「我很忙，抽不出時間來參加這些活動。」

「你是西班牙人嗎？」

「是的。」

「請問你從事什麼行業？」

「我在貿易公司上班。我很忙，不好意思，失陪了。」

洛多利凱士想要關上房門。

我改用日語。

「你打算在日本停留多久？」

他的表情變得生硬。

「我聽不懂日語，對不起。」

他關上房門，並掛上鏈條。

我走向電梯。

洛多利凱士絕對不是貿易商，他的眼神說明了這一點。

那是全世界的警察共有的眼神。

2

翌日午後，我打電話到日本大飯店。

是佛蘿娜接的，她說拉墨斯一早就到日野樂器社了，兩點以後才會回來。

「那正好，我有話對妳說，能不能到妳那裡一趟？」

「可以啊！你要說什麼呢？」

「日本列島解放戰線的事。」

佛蘿娜默默地聽著。

「我在兩點左右過去。」

「請等一等，這種事我不想讓外公聽見，我們另外約一個地方見面吧！」

「到哪裡呢？」

「離飯店大約十分鐘路程有座公園，叫做清水——」

「清水谷公園。」

「對，我一點半到。」

我一點離開事務所，坐上大倉駕駛的出租汽車前往清水谷公園。

我們在公園附近隱蔽的地方停車，我吩咐大倉，注意四周有沒有人在監視我和佛蘿娜。

然後一個人進入公園，已經過了中午的休息時間，公園人很少，只有一些看似學生的人一小群一小群，還有一、兩個穿著制服的女職員。

我坐在長凳上等待。

佛蘿娜比約定的時間早到五分鐘，她穿著淡粉紅色的T恤跟牛仔垮褲，頭髮束成一個馬尾。

我們以西班牙方式打招呼。

佛蘿娜在我身邊坐下，打開肩背包，取出七星牌香菸。這是我第一次看到佛蘿娜抽菸。當然，在西班牙我也見過小學生抽菸。

我也把香菸點上火，用西班牙語對她說：

「昨天你們擺脫跟蹤者的手腕真高明。」

佛蘿娜身體僵硬起來，帶著警戒的眼神看我。

「你和他們是一夥的嗎？」

「不，我是在監視妳。昨天透過巴克的介紹，和妳見面的人是日本列島解放戰線的人吧？」

佛蘿娜把目光調向別處，沒有回答我的問題。

「拉墨斯先生告訴我，妳在西班牙參加反佛朗哥運動，但是妳為什麼要和日本激進分子接觸？他們是專門從事爆破鬥爭的恐怖分子集團，難道妳計畫和他們舉行一個親睦派對嗎？」

佛蘿娜心虛地站起來，向前走了幾步，我尾隨其後。

「妳的那幾張新聞剪報，其中有炸彈誤爆的事件，那個事件把和激進分子沒有關係的無辜市民炸死，害他們受傷，妳看到那些報導難道一點感覺也沒有嗎？」

「你實在是太保守了，對革命的事情一點也不了解。」

「使用炸彈任意殘殺無辜，妳認為這是革命嗎？我覺得這是一般的殺人。」

佛蘿娜仰望天空。

「你以普通的常識來推論，根本無法掌握革命的本質。」

「不顧別人的生命率性而為的人，等到被關進監獄，才大喊人權，這種人應該羞愧而死。」

佛蘿娜瞪著我。

「在日本還好，至少可以接受審判、上訴，但是在西班牙卻一律判處死刑，一點控訴的機會也沒有。你也看見了，那兩名ETA的鬥士在毫無申訴機會的情形下被判處死刑。」

我們走上緩階，來到假山。

然後並肩坐在一棵大樹下的長凳上。

「妳知道一位叫做洛多利凱士的男人嗎？」

「我不知道，他是西班牙人嗎？」

佛蘿娜臉上的表情沒有改變。

「上次我告訴過妳的那個跟蹤者，我已經查出來是誰了。他是民間的調查員，也就是私家偵探。他的雇主是洛多利凱士。洛多利凱士好像才剛從西班牙來日本不久，他好像聽不懂日語，所以雇了會講西班牙話的私家偵探。」

陽光從葉縫中照進來，灑在佛蘿娜臉上，她的表情十分憤怒，揚手把菸蒂丟在地上，用腳粗暴地踏熄。

「那些人真頑固，從那麼遠追到這裡——」

「依我看，洛多利凱士是西班牙的秘密警察，叫做什麼——」

「BPS。」

「對，就是BPS的人。」

佛蘿娜雙手交抱在胸前，牙齒咬著嘴唇。
我也把菸蒂丟掉。
「為了不讓拉墨斯先生擔心，妳的政治活動不要做得太過火。」
「為什麼你老要干涉我的事！我的政治活動和你的工作有什麼關係？」
「並非全然沒有關係。妳利用來和日本列島解放陣線聯絡的巴克．津川，和拉墨斯先生所要尋找的人有關。」
佛蘿娜看一看我。
「怎麼個有關法？」
「巴克可能是山多斯的兒子。」
她瞪大眼睛。
「真的嗎？」
假山後面突然響起了凌亂的腳步聲，好像有人踢散碎石子，從山上飛奔下來。
我反射性地回頭，看見四、五個頭戴紅色安全帽，穿著牛仔褲的男人朝我們衝過來，手上都握著纏繞紅膠帶的細長棒子。
我環顧四周，只有我和佛蘿娜兩人。
我迅速將她從長凳上拉起，推入長凳後面的樹叢中，佛蘿娜大叫一聲，滾進樹叢裡。
「快逃，朝有樹木的地方跑。」
我大聲斥喝，佛蘿娜立刻朝樹林裡狂奔，我跳過長凳，想要跟在她後面，卻不慎失足滑倒。
「追上他！」
「殺掉他！」

那群人像瘋狗似的，一路大叫著撲過來。最前面的男人高舉棒子，越過長凳，向我襲擊。我倒在樹叢中，反射性地舉起左手，想要擋住他的棒子。

紅色安全帽下，是一張用肉色褲襪套住的臉孔，露出的一雙小眼睛，像野獸般閃閃發亮。男人掄起紅色的棒子，在我頭上捲起一陣風。

我想，完了，這下一定要被他打中了。誰知道我頭上的樹枝救了我一命，那枝紅色棒子，由於用力過猛，被彈到空中。

我抬起膝蓋，使盡全身的力量，朝他的胃部猛力一踢，然後揮動拳頭，對準他的腹部用力一擊。

男人發出像是被踩扁的青蛙的慘叫聲，倒在雜草上，身體蜷縮成蝦子狀，痛苦地哀嚎。

我拾起男人掉落在地上的棒子，跳進樹林裡。棒子很重，冰冷金屬感，一定是鐵製的。

從旁邊衝過來的兩個男人，正在追佛蘿娜。

「不許動，我是警察。」

我大聲吆喝，男人立即停止追趕佛蘿娜，把身體轉向我。我舉起棒子，假裝要走向他們。佛蘿娜迅速地撥開樹叢，朝道路的方向狂奔。

我趕緊轉換方向，以斜線方向緊追著佛蘿娜。

跑到道路上，上面那端出現一個人，正發出奇怪的叫聲衝了過來，我把鐵棒高舉在頭上。

「所長！」

往叫聲看去，看到了由下往上跑的大倉，他正好抱住佛蘿娜，喊著：

「把那個給我！」

我把鐵棒丟給大倉，大倉護衛著佛蘿娜，我也跑過去扶住她。

從上頭衝過來帶著紅色安全帽的男人大叫著衝向大倉，朝他的小腿揮過去。大倉不知哪裡來的彈力，他那稍胖的身體輕輕地向上一躍，對方正好揮棒落空。

大倉一著地，立刻用雙手拿著鐵棒朝對方的肩膀重擊。

「一分。」

對方應聲倒地，褲襪下的臉孔，痛苦地扭曲著，同時發出哭喊聲，抓住肩膀在地上打滾。

大倉跳過那個人，迎向從樹叢跑出來的另外兩人。他握著鐵棒下段，先將最先攻擊過來的那個人的鐵棒打落，再反手擊打其中一人的手腕，那個男人慘叫一聲，向前倒在地上。

「一分。」

大倉又說了一次，然後向後退一步，將鐵棒在面前舉直。

剩下的一個男人完全失去戰鬥意志，被大倉打倒的兩個男人，互相攙扶著跌跌撞撞跑向樹林，另一個鐵棒掉在地上的男人，也像是火燒屁股一般，沒命地往樹林衝，先前被我打倒的男人理所當然地加入他們的行列。

我問佛蘿娜：

「有沒有受傷？」

「沒有。」

佛蘿娜驚魂甫定，怔怔地回答。她的牛仔褲膝蓋處和手肘都沾有泥土，但是並沒有受傷。

我稱讚大倉。

「嘩，你真要得！我還不知道你的劍術這麼高明。」

大倉得意地笑了。

「還好啦。不過，你不要說什麼劍術，是『劍道』！」

「好，好，我知道了。我們趕快走吧！我可不希望被警察碰上。」

大倉掏出手帕，仔細地抹掉鐵棒上的指紋，再丟回原處。

「我也不願意留下任何不良紀錄。」

沒想到大倉的思慮這麼周密。

走到下方的公園，那裡的人們，用狐疑的眼光瞄了我們一眼。

坐上車子，開始發動引擎時，傳來了巡邏車的聲音，一定是有人報了警。

我們趕緊離開現場。

走了一段路，佛蘿娜恢復平靜，從後方的座位上用日語發問：

「他們是什麼人？」

「我也不知道，我正想問妳呢！」

我剛說完，大倉一手轉著方向盤接著說：

「他們是革命青年民主主義同盟的鬥士。戴紅色安全帽，手持捆好紅色膠帶的紅色鐵棒，就是他們的標幟。」

「他們和日本列島解放戰線的人水火不容，經常明爭暗鬥，互相殘殺。」

「革青民的人，他們——」

我看一看佛蘿娜。

「妳知道這是什麼意思嗎？」

佛蘿娜聳聳肩。

「那就是，革青民的人已經知道妳和日本列島解放戰線的人接觸。西班牙那邊怎麼樣我是不清楚，但是在日本，雖然他們同是日本左翼組織，但是為了爭權奪勢，時常發生流血事件，如果妳再任意活動，我就沒有辦法擔保妳的生命安全了。」

佛蘿娜默不作聲，過了一會兒，突然開口：

「他們是不是洛多利凱士派來的？」

我有點驚訝，注視著佛蘿娜。

「有可能，這是很容易聯想到的。對革青民而言，有錢賺又有情報可得，他們何樂而不為呢？而且，對他們來說，妳是和敵人接觸的可疑分子，他們當然要除掉妳。」

佛蘿娜不再開口，垂下了目光。

拉墨斯用食指戳了戳他的孫女。

「佛蘿娜，妳明天立刻搭飛機回國。我為了不讓妳在西班牙受傷，才把妳帶到日本，沒想到妳來日本還在做危險的事。回到大學以後，也不可以再參加學生運動，聽到了沒有？」

佛蘿娜把臉孔轉向別處。

拉墨斯繼續責罵她。

「妳在西班牙活動得還不夠，來到日本，還要和極左分子接觸，妳到底是什麼意思？就算搞不清楚狀況也該有個程度吧，明天無論如何，我一定要把妳送回西班牙，就算把妳捆成包袱，也要送回去。」

佛蘿娜聳聳肩。

「我知道了，明天我回西班牙就是了。」

我們現在是在日本大飯店裡拉墨斯的房間。我雖然擔心拉墨斯的心臟，卻也不能把這件事隱瞞下來。

拉墨斯聽到佛蘿娜被激進分子襲擊，心臟病雖然沒有發作，但是顯然受了很大的刺激，難怪他強硬地命令佛蘿娜回西班牙。

我也對佛蘿娜說：

「如果妳回到西班牙不好好地待在家裡，那麼，西班牙並不比日本安全，妳要想清楚。」

佛蘿娜點點頭，但是她眼中流露出的反抗神色，令我感到很不安。

我把目光轉回拉墨斯。

「機票怎麼辦？我替你訂好嗎？」

「不用了，我會請日野樂器社幫我安排好開好票的機票，明天中午前會拿給我。」

「好吧，在離開日本以前，最好不要讓佛蘿娜亂跑，待在飯店裡，應該比較安全。」

「這一點我知道。」

佛蘿娜順從地說，臉上的表情沒有改變。

看她的反應，我可以確信一點，那就是她來日本的目的已經在昨晚達成了，所以，她才會心甘情願地回到西班牙。

「如果班次決定好了，請和我的事務所聯絡。明天我護送佛蘿娜去羽田機場。」

拉墨斯聽我這麼表示，綻開了笑顏。

「聽你這麼說，我就放心了。真不好意思，麻煩你這麼多事。」

我告別他們走下大廳，大倉正坐在那裡看報紙。我坐在他附近的沙發上，小聲地問：

「有沒有發現什麼可疑的人？」

「到目前為止還沒有。」

我們走出飯店，開車回事務所。

「如果把你剛才的英勇事跡告訴石橋，她一定會對你另眼相看。」
「打倒那種角色，有什麼值得誇口的？」
「你不要這麼說，他們也是受過暴力訓練的。」
「他們那種訓練只對他們自己內部有用，怎麼打得過日本劍道聯盟四段的我？」
我搖了搖頭。
「我看你辭掉ＰＲ的工作，去當保鑣好了。」
回到事務所以後，我把公園的事告訴石橋純子。出人意料地，她竟然哭了起來，然後把自己關在洗手間，半天不出來。
出來以後，她也不說明為什麼哭泣。
六點的時候，我們打開電視，收看新聞報導，一開始就報導反政府團體的內訌。
「今天下午在東京都內，發生了兩起激進分子的互鬥事件——」
我和大倉面面相覷。「兩起」？這究竟是怎麼一回事？
「首先，今天下午一點半左右，革青民襲擊在新宿區下落合四丁目的極左派組織日本列島解放戰線的總部群青社，他們先投入火焰瓶，然後硬闖內部。被突襲的解放戰線也以鐵棒、鐵鍊條應戰，立時，雙方展開街頭大戰——」
看來革青民同時襲擊我們和群青社。畫面出現了正在進行現場檢驗的群青社大廈。
「另外一件，今天下午兩點左右，千代田區紀尾井町的清水谷公園，發生激進分子的纏鬥。經人通報後，麴町分局的警察趕到現場，但肇事者已經逃逸，現場只留下鐵棒及紅色安全帽，所以警方判斷，襲擊的人是革青民，而被攻擊者因為不在現場，因此身分不明。」
此時畫面出現清水谷公園。

接下來是其他的新聞，我關掉電視。

「革青民同時襲擊佛蘿娜和解放戰線的總部，看起來，是想大幹一場。」

大倉的語氣顯得緊張。

「就像佛蘿娜所說的，這件事洛多利凱士主使的可能性極大。」

「那個人真的是西班牙秘密警察？」

「佛蘿娜並沒有否定，可見她心裡有數。」

「他們從西班牙追蹤到日本，難道佛蘿娜是一個大人物？」

「倒不如說是，他們對於佛蘿娜來日本的動機感到懷疑，所以派人跟蹤她，只是發現她和日本列島解放戰線的人接觸，立刻採取激烈行動，看樣子事情沒那麼簡單。」

「佛蘿娜到日本的真正目的是什麼？」

「反正不是只是跟著爺爺來玩的就是了。」

純子為我們兩人泡了咖啡。

「你們兩個人幫忙尋找山多斯，結果變成這麼熱中戰爭遊戲，要是被新井知道，一定又有意見了。」

3

第二天，也就是九月十日晚上，佛蘿娜準備從羽田機場離開。

送行的人包括拉墨斯、日野樂器社的新井、我以及大倉四人。

出發當天機場人潮擁擠，咖啡廳和餐廳都坐滿了人，我們只好站著等飛機起飛的時間。

當播報機播報出請旅客上機時，佛蘿娜正好去化妝室。

拉墨斯擔心地看著人群。

「太慢了，佛蘿娜快要來不及上飛機了！」

「我去看一看。」

我離開候機室，閃過人群走向化妝室。

走道附近，有一群人不是在排隊等公共電話，而是站在公共電話旁邊，視線集中在一對男女身上。

那對男女熱烈地擁抱在一起親吻。

正是佛蘿娜和巴克・津川。

我目瞪口呆地望著他們，好不容易，他們兩人終於分開了，巴克揹起吉他，目光依舊注視著佛蘿娜。

佛蘿娜轉過身來的時候，他們兩人同時發現了我。

巴克露出不高興的表情，轉過身去。

佛蘿娜像是惡作劇的小孩被逮到一般，對我聳聳肩，然後走過來。

「時間快到了吧？」

「是啊，是妳叫他來的吧？」

佛蘿娜轉過頭，看著漸漸離去的巴克。

「沒有啊！我只告訴他出發的時間。」

「那還不是一樣。妳去照照鏡子補個妝，口紅都抹到臉頰上了。」

趁佛蘿娜進入化妝室的時候，我追趕巴克，但是他已經消失在人群中了。

看來革青民的人似乎沒有襲擊巴克。

我和佛蘿娜一起回到候機大廳。

十分鐘以後，佛蘿娜向我們揮揮手，踏著紅色的地毯，步入海關，她看起來非常地平靜。

看不見佛蘿娜以後，拉墨斯彷佛卸下肩上的重擔，表情變得開朗起來。

「各位先生，我們去吃飯吧！順便讓我聽一聽，尋找山多斯的進展。」

我們坐上大倉駕駛的汽車，到四谷三丁目的「可莉雅」法國餐廳。點了紅酒以及料理。

大概是因為在羽田機場站了太久，我多喝了幾杯。大倉一副意猶未盡的樣子，但由於他要駕車，所以我只讓他喝了一杯。

我用西班牙語和日語，分別向拉墨斯及新井報告事情的經過，但是我把和那智理沙代、大野顯介認識的事情省略了。

他們兩人關心的焦點，同時集中在巴克・津川和西班牙的關係上。

「如果巴克是山多斯的兒子的話，那巴克跟蹤的那個老人西班牙一定是山多斯吧。」

新井單純地下斷語。

「本來我也這麼想，但是當年才二十五歲左右的男人，只不過過了二十年怎麼可能老得這麼快？他給我的感覺，是行將就木的老者啊！」

我從口袋裡掏出大野提供的舞台照片，放在拉墨斯面前。

拉墨斯仔細端詳照片，雙手微微地顫抖，呼吸變得急促。

「左邊那個男人就是山多斯！」

「對！你還記得很清楚嘛！」

拉墨斯仔細地看著照片。

「嗯，這一定是山多斯沒錯，老實說，本來我已經差不多忘記他的長相了。因為我的記憶力退化，而你們東方人又長得差不多，但是，現在一看到他的照片，我立刻就想起來了，這個男人一定是山多斯。」

然後，他很詫異地看著我。

「你從哪裡得到這張照片的？」

「從一個之前認識山多斯的人那裡借來的，可惜他現在也不知道山多斯在哪裡。」

新井從拉墨斯手中拿過照片，盯著照片上的人，好像要把照片盯出一個洞似的。

「這個人就是山多斯啊？」

我點頭對他做了同樣的說明，新井把照片還給我，望著我說：

「那個認識山多斯的人是誰？」

「是以前在心齋橋樂器店工作的男人。」

「你從哪裡打聽到他的？」

我沒有回答他的話，把照片收起來。

「看過照片以後，我更加確信，西班牙絕對不是山多斯，至少長得不像。」

新井不滿地凸出下唇。

「就算他不是山多斯，但是，也許他知道山多斯的下落，你為什麼不趕快查出他的身分？」

「他的身邊沒有可以說明他是誰的證件，而且，每次他都喝得醉醺醺，我根本沒有機會和他談話，這一點我也很困擾。」

拉墨斯著急地搖動酒杯。

「那個山多斯的兒子巴克，和你找到的巴克，是不是同一個人呢？」

「他本人至今仍然矢口否認，但是各方面的條件實在很符合，例如：他的名字、年齡，還有純熟的吉他技巧等，我認為他就是山多斯的兒子沒錯。不過，他如果不知道山多斯住在哪裡，對我們的尋找也不能發生什麼作用。」

拉墨斯喝乾杯中最後一口紅酒，用紙巾擦了擦嘴。

「能不能請你告訴我巴克住在哪裡，我想當面和他談一談。」

我看看手錶，十點十五分。

在羽田看到他的時候，他正提著吉他。

「好吧！巴克在一家酒店彈吉他，如果現在趕過去的話，也許可以見到他。」

我把拉墨斯的意願翻譯給新井聽，他馬上就答應了。

「我們趕快去吧！如果巴克不老實告訴我們，我就要好好地教訓他一頓。」

由於大倉把車子開得飛快，不到幾分鐘，我們已經來到「科多瓦」。我吩咐大倉待在車子裡，然後和他們兩人進入酒店。

舞台上正在演奏爵士樂。

經理從衣帽間旁邊向我們走來。

「巴克回去了嗎？」

經理興高采烈地說：

「還沒有，平常他只肯演奏兩次，今晚卻很稀奇地主動加演一場，他好像有什麼特別開心的事。」

任何人和佛蘿娜那麼熱烈地親吻，都會感到很興奮的。

「太好了，那表演開始之前，我想先和他說幾句話。」

「他就在裡面的那個小隔間裡。」

巴克坐在L形彎曲走道的一個小隔間，獨自飲酒。

「能不能借用你一點時間？」

聽到我的聲音，巴克抬起頭。他看見拉墨斯和新井，輕輕地皺皺眉頭，然後聳一聳肩說：

「好吧，但是我的時間不多了。」

我向經理點了酒，然後在巴克的旁邊坐下，新井和拉墨斯坐在對面。

「我來介紹一下，這位是日野樂器宣傳處長新井先生，這位是我前次向你提過的拉墨斯先生。」

巴克面無表情地點點頭，冷淡地說：

「我是津川，巴克・津川。」

新井僵硬地點頭，拉墨斯卻熱忱地伸出手。巴克遲疑一下，隨後握住拉墨斯的手。

我沒有向新井和拉墨斯透露，巴克和佛蘿娜的關係。佛蘿娜請求我不要說出來，以免事情變得更複雜。

兔女郎過來為我們調酒，於是我們舉起酒杯乾杯。

我率先引入正題。

「時間不多了，我先向你說明來意。拉墨斯來日本的目的之一就是尋找山多斯，這對山多斯不會造成任何不良的影響，而且應該對你也沒什麼影響才是，如果你知道他的行蹤，懇請你協助他尋找，他是無論如何，必須和山多斯見一面的。」

巴克垂下眼睛，把酒含在口中。

拉墨斯乘機說：

「你是不是山多斯的兒子？如果是的話，請你告訴我，你父親住在哪裡？我迫切希望和他見面。」

巴克看看我。

「他好像問我，是不是山多斯的兒子？」

「對呀！他說如果你是山多斯的兒子，請同情他的處境，幫他一個忙吧。」

巴克沉默下來，摸一摸灰色襯衫袖口和領口，然後調整了一下領帶。

半晌，他嘆了一口氣，皺著眉頭說：

「我知道了，我的確認識山多斯，他是我的吉他老師。」

「什麼時候？」

「在我小時候。」

「同時也是你的父親吧？」

巴克不悅地搖搖頭。

「我並沒有這麼說，我只說他是我的吉他老師。」

我再度把那張照片取出。

「這裡面有沒有你的吉他老師？」

巴克接過照片仔細看了一會，這期間，他的目光發亮，嘴巴不知不覺地張開。

稍後，他慢慢地把照片放回桌上，故意裝出無動於衷的語氣，說：

「我不知道。」

我的口氣轉強。
「你為什麼不肯承認，你是山多斯的兒子？」
巴克垂下眼簾，粗暴地灌下酒。
「你們主要是想知道山多斯現在的下落，和我是不是山多斯的兒子並沒有關係，不是嗎？」
我啞口無言，的確是如此。
新井咳嗽一聲：
「好吧！那我們直接問你，山多斯現在在哪裡？」
巴克嘴角浮現冷笑。
「很遺憾，我並不知道，我和他已經有十幾年沒見面了。」
新井挨了一記悶棍，但仍不識趣地繼續追問：
「你為什麼沒有和他見面？」
「這不干你的事。」
巴克生硬地頂回去，把剩下的酒一口氣喝完。
新井沒有辦法再說下去，抱著手臂，忿忿地瞪著巴克。
我出其不意地說：
「卡門呢？她現在在哪裡？」
巴克聽到卡門的名字，頓時失去了鎮定，目光陰鬱，鼻孔翕動。
我用手指一下照片。
「你應該知道吧，就是這個人啊！她是山多斯的妻子，很可能就是你的母親，你看一看。」
巴克瞄一眼桌上的照片，並沒有拿起來看的意思。他臉頰上的肌肉正在抽搐，顯然他力圖克制自己的情緒。

過了一會兒，他的表情恢復平靜，目光中的感情也消失了。他真是一個自制力很強的年輕人。

他僵硬地說：

「卡門死了。」

四周的空氣突然凍結起來，不知何時舞台上的爵士樂團已經演奏完畢。

我喝一口酒，現在我大概可以體會巴克不願意承認山多斯是他父親的理由了。

「就是因為這個原因，所以你不知道山多斯的下落？」

我委婉地問，巴克理解我話中的涵義，牽動一下嘴唇說：

「可以這麼說吧！」

在旁邊默默聽著的新井，著急地插口：

「什麼理由？」

巴克無視於新井的質問。新井脹紅了臉，繼續說：

「你跟蹤那個叫西班牙的老人，到底是誰？」

巴克目光一閃，不屑地睨視新井一眼。

「原來你們像間諜一樣地跟蹤我！」

新井不以為意地繼續追問：

「那個老頭子是不是山多斯？」

巴克突然笑了出來，使新井嚇一跳。巴克輕視地搖搖頭：

「你們真是太多疑了，山多斯哪有可能那麼老，而且，他的吉他技術也不可能那麼差！」

我把他們兩人一來一往的對話，用西班牙語說給拉墨斯聽。
拉墨斯聽完我的話，兩手一攤，聳聳肩膀。
「真奇怪，這個年輕人為什麼不願意承認他是山多斯的兒子？」
「大概是因為，山多斯和卡門在巴克很小的時候就離婚了，巴克幼小的心靈中，認為他和母親一起被父親拋棄，所以懷恨在心，不肯承認他和山多斯的父子關係。」
「有這種事？」
拉墨斯垂下頭，把下巴縮在胸前。
巴克看了他的表情，大概覺得有點過意不去，緩慢地從位子上站起來。
「我的時間到了，對不起，沒有幫上什麼忙。」
然後他從容不迫地走出去。新井不滿地發牢騷：
「這個年輕人鎮定得令人生氣！」
我把手搭在神色失望的拉墨斯肩上。
「你不要氣餒，我們還有其他的辦法。」
這是安慰他的話，其實我和他一樣地失望。
無疑地，巴克的確是山多斯的兒子，但是他既然不知道山多斯的下落，一切都是徒然。
舞台上傳來巴克調弦的聲音，這個角度看不見舞台，巴克大概是開始了第三次演奏吧。
新井無力地說：
「事情到這種地步，只剩下最後一步棋了——想辦法再查一查那個叫做西班牙老人的身分。」
「我也是這麼想，巴克在深夜三番兩次跟蹤西班牙，這其中一定有什麼特別的原因。」

巴克以西班牙舞曲（編按：Flamen風格）的方式彈奏日本曲〈黑田節〉，成為風格獨特的創新曲。不知道是不是我的錯覺，我總覺得吉他的音色比我上一回聽到的還要典雅、亮麗。

新井喝了一口酒。

「原來如此，他的吉他技術的確非常高明，我甚至想請他為日野樂器社做宣傳呢！」

新井的口氣顯得很不是滋味，但是看得出他的確很佩服巴克的技術。

突然間，我注意到拉墨斯異樣的反應。

他的眼神有些渙散，紅潤的臉色變成土黃色，手緊抓在胸前，不停地抖動。

「怎麼了？你還好嗎？」

我一開口，拉墨斯掙扎著想要從座位上站起來，新井趕快伸手攙扶他。

他的手在胸前劇烈抖動，緊抓著胸口，嘴唇漸漸轉為紫色，不停地痙攣著。

「山多斯——」

拉墨斯好不容易從嘴裡吐出這個字，接著身體就倒在位子上，新井趕快讓開，讓他橫躺在椅子上。

「糟糕！他發作了！」

我脫口說出，新井目光銳利地盯著我。

「發作？什麼發作了？」

我沒有回答他。

到底是什麼事讓拉墨斯的心臟病發作呢？

4

經過一個晚上充足的休息，拉墨斯的臉上恢復了血色，他有點不好意思地看看我和新井。

「昨天晚上醜態畢露，真慚愧，給你們兩人添麻煩了。」

新井對於拉墨斯隱瞞心臟病的事，感到很不高興，而我因為知情不報，也挨了他許多挖苦的話。

昨天晚上，我們立刻把拉墨斯送到距離「科多瓦」走路只要兩、三分鐘路程的港西綜合醫院。

醫生診斷的結果，斷定拉墨斯是勞動性狹心症。

他的病雖然不會直接危及生命，但是由於年紀的關係，很可能發生心肌梗塞。所以，醫生建議他最好住院觀察兩、三天。

一位胖胖的女護士走進來，她向我們嘀咕，言語不通實在很麻煩。她量一量拉墨斯的脈搏，並對我們說，一個鐘頭以後要做心電圖。

我把護士的話傳達給他。他從床上坐起來。

「我突然倒下去，一定讓你們感到很驚訝。」

「是啊！但是一定有什麼原因吧？」

拉墨斯垂下目光。

「是的，現在我想坦白告訴你們一件事，請你們不要生氣，聽我把話說完。」

我對新井說，等我聽完，我會詳細地轉告他，然後我請拉墨斯開始說。

拉墨斯閉起眼睛，深深吸一口氣。

「首先，我要向你們道歉，因為我撒謊。我找山多斯的理由並不是想送他一把吉他，而是有別的目的。」

我注視著他的臉孔，胃部愈來愈不舒服。他編了一個謊言，讓我們為他四處奔波。

「請你說詳細一點。」

我的聲音自然而然充滿不悅。

拉墨斯沒有看我，繼續說：

「山多斯從我的工作房，偷走了比我生命還貴重的吉他。我這次來日本，無論如何要向他追回來！」

「偷走吉他！這麼說來，這並不是美談，而是醜聞了。」

「沒有錯。那把吉他是我的師傅山多斯・艾爾南德士在一九三五年製造出來的最棒的傑作，山多斯卻把它偷走了。」

我嚥下口水。

山多斯・艾爾南德士是歷史上最著名的吉他製造家，他所製造的吉他，被一名也叫做山多斯的日本人偷走？

拉墨斯看我一眼。

「那不是普通的山多斯・艾爾南德士吉他，而是『卡迪斯紅星』，是一把非常貴重的吉他。」

「貴重的原因是什麼？」

「我一件一件告訴你，請你慢慢聽。」

拉墨斯的話摘要如下：

時間是四十年前，西班牙內戰開始之前，也就是一九三五年的事。拉墨斯已經結婚，並在卡迪斯開設一間工作房。

在卡迪斯鎮上，住著一位叫做唐・路易士・蒙帝斯・卡馬喬的貴族，唐・路易士非常討厭軍人和法西斯黨，並且公開承認是左派分子，常對左派給予資金的援助，因此他雖然身為貴族，卻受到市民的愛戴。

當時的共和國政府由右派掌權，因此，他們視唐・路易士為眼中釘，將他列入「赤色」名單，並且揚言，不久的將來，他的財產會被沒收，人也會被關進監牢。

唐・路易士雖然是個勇氣十足的男人，但也擔心事情真的會演變成那樣，所以想出了一條計策。他將大部分的財產換成寶石，然後從中挑選出八顆鑽石。接著，他帶著這八顆鑽石到馬德里找吉他名匠山多斯・艾爾南德士。

他委託山多斯，以這些寶石做為裝飾品，製造一把天下無雙的吉他。這八顆寶石並不大，但都是精品，尤其其中有一顆鑽石，閃爍著血一般紅色的光芒，這也就是「卡迪斯紅星」這個名稱的由來。

山多斯對於唐・路易士的請求，雖然感到很訝異，仍然答應下來。首先，他將帶有紅色光澤的鑽石內鑲在弦座的頂端，其餘六顆，依次鑲在六根弦的調節處，剩下的一顆鑲在吉他移調夾上。

早期佛拉明哥吉他的捲弦軸和小提琴一樣都是木製的，是用鑲嵌的方式做成的。吉他移調夾同是木製的，只要做得稍大，塞入鑽石並非不可能。山多斯用黑檀木磨成細粉，加入膠水，仔細地抹在鑲鑽處邊緣。他的加工精細得令人驚歎。

唐・路易士把製作完成的吉他帶回卡迪斯，並把它交給拉墨斯。他說，萬一他遭到不幸，希望拉墨斯把吉他獻給全西班牙的人民。

一九三六年二月的選舉，左派陣營的成員集合同伴，打敗了右派政權的政府，建立人民戰線政府。但是，右派軍人及法西斯黨，立刻著手籌備反政府運動。同年七月，佛朗哥將軍率領的右派軍人，在各地蜂擁而起，西班牙內戰因此爆發。

卡迪斯被反叛軍佔領以後，唐・路易士首當其衝被法西斯黨逮捕入獄，旋即判處槍決。

拉墨斯說到這裡，雙手顫抖著抓緊床單。

「唐・路易士去世以後，我更加小心翼翼地保護這把吉他。在反叛軍統治的卡迪斯，安分守己地生活，老實說我也不敢與他們正面衝突。但是，翌年十二月，我的太太維多莉亞上街買東西的時候，正好碰到法西斯黨發生內訌，結果不幸喪生在流彈之下，從此以後，我十分痛惡法西斯黨陣線的人，並且暗中幫助左派人民戰線的諜報活動。」

「原來你的太太是在內戰的時候去世的。」

拉墨斯的眼中閃著淚光。

「我和維多莉亞結婚才三年。當時法西斯黨黨員酒後互相攻打，竟使她喪命於流彈中。」

拉墨斯的聲音因憤怒而顫抖，我不知如何安慰他，只有默默地聆聽。

他壓抑住激動的情緒繼續說：

「我和維多莉亞生了一個女兒，叫做蘿西達，我獨自把她撫養長大。但是，命運捉弄人，蘿西達夫妻死於交通事故，留下襁褓中的佛蘿娜。我小心翼翼地看顧她，好不容易養到今天這麼大。萬一佛蘿娜遭遇到什麼不測，我死也不能瞑目。你能了解嗎？」

「我知道。」

拉墨斯好像想起什麼，抬起眉毛說：

「我的話題扯遠了，讓我言歸正傳。二十年前，山多斯遠從日本來到我的工作房，我被他的誠意感動，和他聊了很久，然後拿出『卡迪斯紅星』讓他彈。」

山多斯沉醉在吉他中，用他完美無瑕的技巧，將佛拉明哥舞曲的特色發揮得淋漓盡致，使拉墨斯大為傾倒。

山多斯彈完了以後，懇求拉墨斯將吉他賣給他。拉墨斯斷然地告訴他，那把吉他不是用來出售的。

「他雖然再三懇求，我也不能賣給他。普通的山多斯・艾爾南德士所製造的吉他，價錢就已經很昂貴，何況埋進了價值連城的八顆鑽石，我更是無法估計它的價值。唐・路易士把這把吉他放在我這邊二十年以來，我一直苦無機會把那把吉他貢獻出去。它雖然放在我身邊，但並不是我個人的財產，是全西班牙人民的財產，我沒有權利做決定，當然只能拒絕他。」

「你說吉他是山多斯偷走的？」

拉墨斯無力地點頭。

「我的女兒蘿西達當時十九歲，在卡迪斯街上一間酒吧跳佛拉明哥舞，山多斯知道以後，常和我女兒接近，有一次，趁我上山買原木，不在工作房時，對蘿西達花言巧語，騙她說在我回來之前借用一下，蘿西達不疑有詐，就把吉他拿給他，從此以後，他再也沒有回到西班牙。」

拉墨斯的手把床單抓得更緊。

「你有沒有報警？」

「來不及了，當我知道這件事的時候，山多斯已經離開了西班牙。而且，我一直被當作反政府運動的同情者，受到警察的監視，他們哪裡肯幫我忙。」

現在我終於明白拉墨斯不願意把尋找山多斯的消息公開的理由。因為，如果我們在報紙或是雜誌上刊登這個消息，山多斯非但不會自投羅網，反而會躲藏得更隱密。

拉墨斯看著我。

「山多斯偷走吉他的目的只在吉他本身，並不知道有八顆鑽石藏在裡面，所以，他既然那麼喜歡那把吉他，我可以送給他，只是，務必要把唐・路易士交付給我的鑽石還給我，因為那是西班牙人民的財產。我若是沒能把鑽石拿回來，就太對不起唐・路易士了，我希望你能理解。」

「如果山多斯把吉他帶回日本，那麼，海關人員怎麼沒有發現那些價值昂貴的鑽石？」

「那麼舊的吉他，誰會想到鑲著鑽石？一般人只會以為，那是幾顆玻璃珠而已。那把吉他流落到日本的事實，我已經掌握了證據。」

「什麼證據？」

拉墨斯肯定地看著我。

「昨天晚上，我已經親耳聽到了。」

我愕然地回看拉墨斯。

「你該不會說，巴克彈的那把吉他就是『卡迪斯紅星』吧？」

「正是如此，要不然，我的心臟病怎麼會發作！」

昨天晚上，我坐的位置看不見巴克，但是根據我前一次的記憶，巴克的吉他哪有什麼鑽石？連玻璃珠都找不到！我知道拉墨斯不可能撒謊，但我實在很難相信。

唯一確定的是，昨晚聽到的吉他聲，的確和第一次聽到的有點不一樣。

我抿一抿嘴唇。

「你會不會聽錯？」

拉墨斯苦笑道：

「我雖然年邁，但還沒有老到聽不出我師傅所製造出來的吉他的聲音。而且巴克所彈的曲子和二十年前，山多斯在我工作房中所彈的一樣，這可以說是神的安排。」

拉墨斯看我沒有接腔，於是繼續說：

「從這一點也可以證實，巴克的確是山多斯的兒子。」

我抹抹脖子。

「為什麼你不一開始就告訴我們實情？那樣對你並沒有什麼傷害，而且我們也不會有被欺騙的感覺。」

拉墨斯臉色有些為難。

「請你原諒我，對同是日本人的你們，我實在難以啟口說出你們同胞的醜行，所以才想造成一個美談，請你們尋找山多斯，我實在沒有惡意。」

我默不作聲，意義特殊到會讓拉墨斯心臟病發作的吉他！我想到這裡，肩上的擔子又加重了。

我把拉墨斯的話簡短地向新井轉述。由於混亂與憤慨，新井的臉色青一陣白一陣。

「怎麼變成這樣子！這麼重大的事，他為什麼不一開始就坦白說，我們一開始是好意幫忙，這樣簡直像是被背叛了一樣，現在我怎麼向常務董事報告！」

拉墨斯看到新井憤怒的表情，連連道歉，並請求我們，繼續尋找山多斯。

我把他的意思轉告給新井聽，新井怒氣未消地說：

「你告訴他，這不是我的能力所能決定的，必須看常務董事的意思如何？」

我在醫院門口和新井分開，然後來到駒込的長洲公寓。我必須和巴克見一面，確定一下他昨晚彈的吉他是不是「卡迪斯紅星」。

他的房間沒有人在。我在附近等了一個多鐘頭，再次敲門時，仍然沒有人應門。

沒辦法，我只好打電話回事務所，交代大倉幫我監視巴克，見到他時，立刻通知我，我會在事務所等他的消息。

回到事務所，石橋純子遞給我一張記錄電話號碼的紙條。

「大倉先生出去後不久，一位住在神戶的坂上先生打電話來，請你回電話給他。」

「這位坂上先生是不是透露山多斯消息給我們的那一位？」

「大概是吧！他說他來東京擔任吉他比賽的評審員，這個電話號碼可能是會場休息室的電話。」

電話鈴響第三聲，傳來一個女人的聲音。

「喂，請問坂上先生在嗎？」

「對不起，他正在比賽會場擔任評審。」

「比賽什麼時候結束？」

「大概是晚上七點以後，待會兒休息時間，我會告知他您有來電，請問您有什麼需要轉達的嗎？」

「我姓漆田，坂上先生剛才打電話給我，請妳轉告他，我在事務所等他回電話。」

電話那頭停了一下，我聽到吸氣的聲音。

「漆田先生果然是你，剛才我一接起電話，就覺得聲音在哪裡聽過。」

聽她這麼說，我也聽出來了。

那是那智理沙代的聲音。

5

坂上太郎是一位個子不高、微胖、三十歲後半的男人，他戴著老式的圓框眼鏡，頭髮往後梳。與其說他是一位吉他手，不如說像一個技術不高明的牙科醫師。

那智理沙代的穿著和第一次在帝都電視台看到的一樣，是一套米色的麻質的夏季套裝，戴著淡綠色的耳環，而頭髮則是罕見地用髮夾夾起來。

我們在銀座七丁目，坂上住宿的旅館裡的酒吧會面。評審委員慰勞會結束後，理沙代和坂上一起來。

坂上此次是為全國新進吉他手選拔賽擔任評審，這個活動是吉他界的新手打開知名度的機會，這也是太陽樂器社和日野樂器社的吉他教室相抗衡的大型活動。

理沙代是太陽樂器社的ＰＲ，自然得在會場中應付記者。

我把尋找山多斯的結果向坂上說明，因為由於坂上的指點，我們才能跨出第一步。

我把老照片拿給坂上看，他看了以後，感慨地搖搖頭。

「唉！真令人懷念，這的確是那個舞蹈團的照片，你從哪裡獲得的？」

「左邊那個男人是不是山多斯？」

「是呀！就是他，兩頰瘦削，像狼一般的臉，像是沒有吃飽似的。」

坂上把照片還給我，兩手交抱在胸前。

「我真佩服你，竟然能追查到這個地步。」

「哪裡！還不是因為坂上先生你提供了寶貴的線索，我們才得以下手。大倉有別的事情纏身，他託我向你問候。」

大倉今天一直在長洲公寓監視巴克，現在大概到「科多瓦」去了。

坂上看一看我和理沙代。

「漆田先生尋找山多斯，一定是受了日野樂器社的委託，而為太陽樂器社工作的我和那智小姐卻幫了你一些忙，這種關係真是微妙。」

理沙代乾笑幾聲，插進一些別的話題。我以為她會說出大野的事，沒有想到她隻字未提。她的口風可真緊！

坂上搖搖頭，喝了一口白蘭地。

「你有找出山多斯的把握嗎？」

我點點頭，說道：

「正因為如此，所以我想請你幫一個忙，我剛才向你提過的那個總是喝醉的老人西班牙，能不能請你去看一下？」

「你懷疑那個老人是山多斯？」

「我也不知道，不過巴克既然是山多斯的兒子，那麼，那個老人就有可能是山多斯。」

坂上凸出下唇。

「可是，依山多斯的年紀，不應該變得那麼老。」

「所以，請你和他見一面，以便確定一下。」

「我是無所謂啦！」

我請兩人稍等，然後起身去打電話給在「科多瓦」守候的大倉。

「到現在都沒有看到巴克的人影。」

大倉的語氣顯得很不耐，我看看手錶，已經十點三十五分了。

「好吧！今天到此為止，明天早上，你再去長洲公寓看一下，然後再到事務所來。」

「你真是把人差使得團團轉。」

「薪水低的人容易抽到貧窮的籤，這就是資本主義社會的構成，你就不要再抱怨了。一有巴克的消息，馬上打電話給我，知道嗎？」

我們坐上理沙代叫來的計程車離開旅館。

抵達上野時，已經十一點半了。我請計程車司機在大路上等候，然後走進巷子裡。

「卡利奧加」並不是適合帶著女伴進出的酒吧。

我一打開門，立刻傳來震耳欲聾的噪音，以及撲鼻的臭氣。這股臭氣和西班牙房中的味道相同，混合著酒精、塵埃、霉氣及地板蠟的臭味。

下一瞬間，店內的噪音戛然停止，一些不懷好意的眼光集中在我們身上，理沙代畏縮地向後退一步，我在後面推她一把，一起走進店裡。

荒腔走板的軍歌劃破了寂靜，穿著粉紅色短洋裝的女侍，露出鑲有銀白色的假齒招呼我們。

「請進來，請坐在這裡。」

她指給我們坐的位子是進門的第二個包廂，這間店呈L字形，比想像中寬敞。除了吧台外，有六個包廂。來這裡的客人，大部分像是當地商店的老闆或當地的不良分子。

在最後一個包廂彈奏西班牙軍歌的就是西班牙，他依舊穿著黑色衣褲，戴著黑帽子。

坂上和理沙代坐在一起，那位鑲著銀牙的女侍纏著我，勾住我的手臂。我向她點啤酒，她高舉一隻手臂，用英文叫酒。不一會，從煙霧彌漫中走來一個梳著飛機頭臉上長滿青春痘的服務生，粗暴地把啤酒往桌上用力一擺。

「我叫做明美，我們來乾一杯吧！」

我們只好先乾杯，她把自己的酒一口氣喝得精光後，馬上又為自己斟了第二杯，並且像澆花一樣，在每個人的杯子裡灌滿了酒。

理沙代的臉孔蒼白，緊緊握著杯子。連見過很多世面的坂上，也顯得很不自在的樣子。

我為了蓋過嘈雜的聲音，大聲對坂上吼：

「那邊正在彈吉他的老人就是西班牙，他戴了一副墨鏡，眼睛好像瞎了。」

坂上探出上身，整個店裡煙霧彌漫，視線很模糊，坂上搖搖頭。

「從這邊看不清楚，不過山多斯應該沒有那麼老，而且個子應該比他高。」

我阻止明美倒第三杯酒。

「請妳叫西班牙來這裡。妳去陪別的紳士喝酒吧！」

我拿給她兩千圓。她高高興興地離開了，並為我們叫西班牙過來。

五分鐘以後，西班牙從最後一個包廂走出來，步履不穩地向我們接近，胸前抱著艾耳馬斯・康得吉他，頭微微歪向一邊地向我們鞠躬。

「謝謝你們的捧場，我的伴奏價碼是四曲一千圓，你們喜歡軍歌、民謠還是演歌？」

他的口齒不清，聲音沙啞，昏暗的燈光下，他那幾根沒有修整的銀白色短髭像針一般發亮。

我拍一拍明美剛才坐的位置，請西班牙坐下來。

「你為我們獨奏一首孤獨調吧。」

西班牙略微吃驚地面向我這邊，舔舔嘴唇後，對我說：

「這位客人喜歡佛拉明哥舞曲啊？」

「是呀，你被人稱為西班牙，一定會彈西班牙的舞曲吧！」

西班牙的身體震動了一下。

「我已經很久沒有彈這種曲子了，因為我不太喜歡。不過，如果你想聽，彈給你聽也無妨。」

「只要彈一些精采的部分就可以了。」

西班牙抿一抿嘴唇，不大情願地拿起吉他。

「好吧！我彈一點為大家助興。」

西班牙把帽子戴好，從口袋裡取出吉他移調夾。那個稍大移調夾是用黑檀木做的，好像已經使用好久了。令我驚訝的是，移調夾頂部鑲嵌著一個發出白色亮光的東西。

坂上目不轉睛地盯著西班牙，理沙代的目光卻集中在吉他移調夾上。

西班牙把吉他移調夾定在高位置，再將吉他擱在右腳的大腿上。他所採取的姿勢和巴克相同，都是比較舊式的姿勢。

西班牙輕輕地撥弦，讓手指熟悉一下，然後開始慢慢地彈起來。

佛拉明哥舞曲包括很多種形式，其中以孤獨調最古老，格調也最高。有人說，只要這種舞曲不被遺忘，佛拉明哥舞曲就會永遠存在。

但是，西班牙彈得一點也不能令人感動。一個吉他手的衰老，最先反應在他的右手。西班牙撥動琴弦的右手顯得僵硬遲鈍，聲音像是缺了琴鍵的管風琴一樣，總是在半途就中斷了。他的拇指撥弦力量微弱，被其他四根指頭的音量掩住。

西班牙醜陋的扭曲嘴唇，鼻翼沁出了汗水。

一直默默盯著西班牙的坂上，突然把身體向前傾，大聲叫出：

「安東尼奧，你不是安東尼奧嗎？」

隨著坂上出其不意的嚷叫，孤獨調戛然而止。西班牙咬著嘴唇，身體不安地向後縮。

坂上的酒意全消，脹紅了臉看著我。

「漆田先生，這個人是安東尼奧，和山多斯一起彈吉他的安東尼奧！」

西班牙舔了舔嘴唇以沙啞的聲音問：

「你是誰？你怎麼知道我的舊名字？」

坂上看著西班牙的眼睛。

「很久以前，我在大阪的『安達魯西亞』看過你們的表演，我叫做坂上。」

西班牙傻傻地張大了口，臉頰上的肌肉放鬆，然後像是在品嘗上等的柯涅克白蘭地一樣，用舌頭來回舔了舔嘴唇。

「你的名字我沒有印象。但是，我對『安達魯西亞』還有一點印象，那是很久以前的事了。」

西班牙的話帶著點關西腔。

「安東尼奧，你到底是怎麼回事？怎麼老得這麼快？你的年紀不應該變得這麼老啊！」

坂上的話令西班牙——不，安東尼奧羞慚地把身體藏在吉他後面。

「請你不要再說了，這都是酒精的緣故，酒把我拖垮了，讓一個不到五十歲的人，看起來卻這麼老！」

坂上嘆了一口氣。

「真是令我太驚訝了，要不是看到你拿吉他的方法和聽了一小節孤獨調，我根本認不出你來。」

何只坂上感到驚訝，我也是詫異萬分。他現在的模樣，根本一點都不像照片上的模樣。他雖然比山多斯年長，但也不至於老到這種程度。
我將杯子裡加滿啤酒，讓安東尼奧用右手拿著酒杯，他把酒一飲而盡。
「你的眼睛什麼時候看不見的？」
聽我這麼問，安東尼奧用手按住墨鏡，說：
「大約是五年前吧！這也是因為酒的緣故。」
安東尼奧伸出空杯子要我再為他斟酒。我斟滿以後，按住他想要縮回去的手。
「在你喝酒以前，我想問你一些事情。你知道山多斯現在在哪裡嗎？」
聽到山多斯的名字，安東尼奧的手抖了一下，杯中的啤酒濺在桌子上。
「我不知道山多斯在哪裡，我已經二十年沒有看過他了，我也不想看到他。」
安東尼奧的口氣充滿怨懟。我放開他的手，他把酒杯舉到嘴邊。
「你的本名是佐伯浩太郎吧？」
他的酒杯靜止在空中。
「你知道得可真詳細啊，這位客人。」
「我從川上那裡聽來的，小馬樂器店的川上先生你還記得嗎？」
安東尼奧把酒杯放在桌上，用手背擦拭嘴角，若有所思地仰起頭。
「小馬樂器店，川上。樂器店的川上，喔，我想起來了。是有這麼一個人，我以前常常和他一起喝酒，他現在怎麼樣了？」
「他過得很好。現在他住在東京，希望能和你見一面。」
安東尼奧垂下肩膀。
「我現在這麼落魄，怎麼能見人？」

「他說，他想送你一把西班牙製作的吉他，這是他以前對你許過的諾言，雖然過了這麼久，他還是希望能實踐諾言。」

「有這麼回事嗎？我已經忘了，你告訴他，我已經有一把吉他了。」

我敲一敲安東尼奧懷中所抱的吉他說：

「的確，有了這把艾耳馬斯・康得的吉他就足夠了。不過，山多斯・艾爾南德士的吉他不是更好嗎？」

聽到最後一句話，安東尼奧突然坐正身體，墨鏡下的眼睛好像正盯著我看。

接著，他馬上又垂下雙肩，把吉他移調夾收到口袋裡，拿著吉他搖搖晃晃地站起來。

「我要先失陪，我已經喝醉了。」

安東尼奧喃喃地說著，歪歪倒倒地向門口走去。門邊的椅子上放著吉他箱和白手杖。

我對坂上說：

「對不起，我還有事情要問安東尼奧，我得走了。」

坂上相當體諒，只要求我，一有山多斯的消息，立刻通知他。

我叫明美來結帳，然後和他們一起走到門口。

我客氣地向坂上和理沙代道歉與道謝，理沙代似乎有話要對我說，但是我沒理她，轉身追趕安東尼奧。

我在計程車招呼站追上了安東尼奧，我走過去與他並排在計程車招呼站的行列中。

「我忘了付錢給你。」

聽到我的聲音，安東尼奧困惑地把吉他箱放在我們兩人之間。

「免費好了，你是不是有別的事情要問我？」

「是有一點事要問你，我會給你謝禮的，讓我送你回去吧？」

「隨你的便，我正好省下計程車費。」

6

一坐上車子，安東尼奧就開始打盹。

十分鐘以後，到達安東尼奧在三輪的住處，安東尼奧叫不太起來，我只好扛起吉他箱，扶著安東尼奧，爬上「曙光莊」的樓梯。

門照例沒有上鎖，我扭開電燈，屋內和四天前我進來時沒有兩樣。

我幫他脫下鞋子，將他抬到榻榻米上，費了一番工夫讓他坐在床鋪上，然後倒一杯水給他喝。他撥開帽子，咕嚕咕嚕把水灌下去。喝了水以後，他深呼吸了一下，似乎清醒一點。

我坐在榻榻米上，從錢包裡取出一萬圓放在他手上，他摸一摸紙幣，好像感覺出那是多少錢，更顯得清醒起來。

「你可以說話嗎？」

「可以啊！你到底是誰？為什麼要尋找山多斯？」

我報出自己的名字，並說出有一位西班牙吉他製造家想要找山多斯的事。

安東尼奧搔一搔他的白頭髮。

「我已經告訴過你，我不知道山多斯的下落，你問我也是徒勞無功的。」

這是真的嗎？我想從他墨鏡後面的眼睛求證，但是墨鏡阻斷我的想法。

「好吧！那我們改變話題。你是不是在不久以前擁有一把山多斯・艾爾南德士的吉他呢？」

安東尼奧挺直背脊。

「你怎麼知道？」

我沒有回答他。

「那把山多斯・艾爾南德士所製造的吉他，現在在叫做巴克・津川的年輕吉他手的手中。這到底是怎麼一回事？」

安東尼奧一聽到巴克的名字，立刻抓住我的膝蓋，顫抖著嘴唇說：

「你認識巴克嗎？他是一個小偷，偷了我的吉他，用他自己的吉他掉包。你如果認識他，請務必轉告他，把那把吉他還我，因為那把吉他比我的生命還重要。」

我盯著他的墨鏡。

「巴克用他的吉他和你的交換？」

「對啊！」

「他和你是什麼關係？」

「一點關係也沒有。兩個月以前，巴克偶然來到我彈吉他的酒店，那是比『卡利奧加』好一點的店。他發現我有那把吉他以後，就常常來糾纏我，說要以他的艾耳馬斯・康得吉他和我的老舊吉他交換。笑話，他竟然說我的山多斯・艾爾南德士吉他是老舊吉他，他以為我不知道山多斯・艾爾南德士吉他的價值嗎？真是太瞧不起人了！」

「你拒絕他了嗎？」

安東尼奧扭曲著臉孔。

「當然囉！那種艾耳馬斯・康得的便宜貨，怎麼可以和我的吉他相比。但是他一直不死心，終於有一天，趁我醉得不省人事的時候，把我的吉他掉包了，他這樣對待一個看不見又落魄的老人，不是太過分了嗎？」
他說得老淚縱橫，拚命搖晃我的膝蓋。
「你如果見到巴克，請你一定要叫他歸還我的吉他。」
「但是，我想先弄清楚一件事。你是從哪裡得到那把山多斯・艾爾南德士吉他的？」
安東尼奧放開抓著我膝蓋的手，胡亂地摩擦他那沒有整理的鬍子：
「是別人讓給我的。」
「誰？」
「那和你沒有關係吧！」
「是不是山多斯？」
他的身體抖動了一下。
「你既然知道了，又何必問我！」
「那把吉他對山多斯而言，應該是個從西班牙帶回來的寶物，他為什麼肯讓給你？」
安東尼奧凸出下顎，胸膛擴張。
「我的確是正式從山多斯手中承讓的。」
「多少錢？」
「沒有付錢，當時的估價不在五十萬圓以下，山多斯一開口就是一百萬圓，不管是哪一邊，我都付不起，就算是現在也一樣。」
他說著，露出卑賤的笑容。
我悄悄地吁了一口氣。這兩個人似乎並不知道，鑲在「卡迪斯紅星」上的是「鑽石」。
我繼續追問：

「不是錢，那是什麼？」

安東尼奧把身體往後仰，倒在床鋪上。

「這不干你的事，你想知道的話，自己去問山多斯。」

「如果你告訴我他住的地方，我就去問！」

安東尼奧沒有回答，把手上的一萬圓扔在枕頭上，打著哈欠說：

「你剛剛說，有位西班牙吉他製造家找山多斯，為什麼？」

「他是叫做荷西・拉墨斯的老人，自稱是山多斯・艾爾南德士的入門弟子。二十年前，山多斯從他的工作房偷走了那把吉他，現在，拉墨斯由於工作的關係來到日本，他希望能夠找到山多斯。」

安東尼奧張開沒有牙齒的口，笑出聲音：

「喔，他是從拉墨斯先生那裡偷來的？難怪，我就覺得奇怪，當時那麼名貴的吉他，他怎麼有能力買到手！」

「如果我向巴克要回那把吉他，你願意還給拉墨斯嗎？拉墨斯說，他會製造另外一把吉他送給你，做為回報。」

安東尼奧舔舔嘴唇，咳嗽一聲。

「如果能證實那把吉他的確是山多斯偷來的，我會考慮考慮。」

「你所使用的移調夾上有一顆玻璃珠，那把山多斯・艾爾南德士吉他上另有七顆，它們是一整套的。六顆藏在捲弦軸前端，另外一顆紅色的在弦頂端。對不對？」

安東尼奧不大甘願地點點頭。

「沒錯，巴克那個傢伙，偷走吉他卻忘了拿移調夾，大概是太慌張了。」

我想起四天前的晚上，目睹巴克神色倉皇地從安東尼奧房裡奪門而出的情景。他好不容易得到這把對吉他手而言最名貴的吉他，心情自然是興奮又緊張，難怪會遺漏了吉他移調夾。

我知道山多斯・艾爾南德士吉他的價值，所以能了解巴克三番兩次糾纏安東尼奧的心態。同樣地，我也能體會山多斯為什麼絞盡腦汁，不擇手段地從拉墨斯的工作房偷走那把吉他。山多斯他應該也是因為那位知名的吉他製造家山多斯，才會取這個名字的吧。

如果巴克知道那把吉他真實的價值，不曉得他會怎樣？一想到這點，我不禁冒出一身冷汗。

不知從什麼時候起，安東尼奧已經發出輕微的鼾聲。

我把他搖醒。

「對不起，請你告訴我，山多斯到底住在哪裡？」

安東尼奧的鼾聲停止，揮揮手很不耐煩地咕噥道：

「不是告訴過你了，我不知道他的下落。我因為和他意見不合才會離開舞團，我可不管他流落到什麼地方！」

本來我想再追問他的妻子瑪莉亞和小孩的事情，但是轉念一想，事實很明顯，他分明被妻子拋棄了。這大概也是因為他酗酒的關係吧！

鼾聲又再度傳來。

「小馬樂器的川上先生想見你的事，你決定怎麼樣？」

安東尼奧迷迷糊糊地動著嘴巴，好像是說「不」的樣子。

「巴克是不是山多斯的兒子？」

我最後再問一句，但是，他的胸部已經很有規則地上下起伏，他已經睡著了。

我將安東尼奧塞到棉被下面，再把丟在枕頭旁邊的一萬圓放進帽子裡面。我想從他的口袋取出吉他移調夾，但是遲疑了好久，終究下不了手，因為我覺得從一位睡著了的瞎眼老人身上偷走東西是不道德的，想想還是算了。

我想要的話，隨時可以向他拿。

熄了電燈，我走出房間，踩著嘎吱嘎吱響的樓梯來到一樓，從小巷往大馬路走去。

走出巷子時，停在右邊的車子的車門突然打開，我的心臟反射性地一陣收緊。

車內的人影動一下。

是那智理沙代。

「你要不要坐？」

當然要！我走向車子，理沙代挪到旁邊，空出一個位子。這是她在旅館叫來的計程車。

「妳怎麼知道我來這裡？」

「除了這裡，還會去哪裡？」

車子開始開動，理沙代吩咐司機開往四谷。

「坂上先生呢？」

「我已經送他回飯店，你不必擔心。」

「我何必擔心，那是妳的客人。」

理沙代默默地用手指輕輕地敲著我的膝蓋。接著，她好像突然驚覺到自己竟然做出這個舉動，於是很不自然地坐正身體。

過了一會兒，理沙代開口：

「真是太巧了，沒想到坂上先生竟是第一個向你提供山多斯情報的人。」

我向理沙代透露尋找山多斯的事時，並沒有提到坂上的名字。

「我事務所的人是在神戶見到他的，當時他說九月份要來東京一趟，我沒有想到，他是要來擔任太陽樂器社吉他比賽的評審。」

「他在車上問了我許多關於尋找山多斯的事。」

「哪一方面？」

「他問我，小馬樂器的川上先生是誰，為什麼會知道安東尼奧的本名等，我一概回說不知道。」

「這樣也好，反正事情那麼複雜，說也說不清楚。」

沉默了一陣，理沙代又問：

「你和安東尼奧談出什麼結果？」

「什麼也沒有，他一點也不知道山多斯的下落。」

理沙代嘆了一口氣。

「沒想到西班牙就是安東尼奧！這麼容易就找出安東尼奧，反而使我覺得沒什麼值得興奮的。」

「說得也是。」

理沙代略帶詫異地看我。

「你好像一點也不覺得驚訝。」

「也不是這麼說，只是我心裡早就有點懷疑了。」

理沙代點點頭然後看著窗外，她的頭髮束在腦後，露出了白皙的頸項。

我把雙手的汗擦在長褲上。

理沙代突然說：

「安東尼奧為什麼要過那樣的生活？把那個東西賣了，不就可以好好過日子？」

我捏著膝蓋上的長褲。

「賣什麼？那把吉他嗎？」

「不是，是鑽石。」

我慢慢地將視線移到理沙代身上，我手上的汗流得更多。

「鑽石？」

我的聲音像第一次上舞台的演員唸台詞般，緊張而且僵硬。

理沙代很乾脆地點頭。

「就是他所使用的可以調高音階的吉他移調夾，那上面鑲著一顆閃閃發亮的鑽石，我絕對沒有看走眼。」

理沙代的口氣充滿自信。

「那不是普通的玻璃珠嗎？」

「你太沒有眼光了，那是一顆真的鑽石，而且是切割非常完美的鑽石。如果可能的話，你在上午十一點以前，拿到朝北的窗子下鑑定看看。」

「為什麼要這樣？」

「那是鑑定寶石最理想的光線。」

我想起了以前理沙代曾經告訴我，她的專長是鑑定鑽石，看來她並不是開玩笑的。

「可是在那種地方妳怎麼看得出來？」

「我看它發亮的樣子就知道，玻璃珠不用說，就算是和它非常相似的水鑽，也發不出那種光澤。」

我點上一根菸。

「照妳這麼說，安東尼奧已經擁有一筆很大的財產了，難怪他對小馬樂器川上先生贈送吉他的美意不感興趣。」

「話是不錯，但是如果安東尼奧沒有發現那是鑽石，就另當別論了。」

兩人又陷入沉默中。

片刻後，我重新開口。

「不管如何，我已經找到安東尼奧了，我希望妳轉告大野先生，我們已經找出安東尼奧了，這是我和他的約定。」

「我知道，但是安東尼奧不願和大野先生見面啊！」

「這也難怪，任何人變得那麼落魄，都不會願意讓以前的朋友看到。何況安東尼奧已經有一把很好的吉他，再多給他一把也沒有用，他總不能一次彈兩把吧。」

理沙代沒有說話，她的表情告訴我，這件事得看大野如何決定。

我伸出手擱在理沙代的大腿上。理沙代的身體立刻僵硬起來，她的肌肉繃緊，用力把我的手推開，似乎很介意前頭開車的司機，然後以責備的眼光瞪我。

我和她的手在車內推來推去時，車子來到了四谷。

理沙代故意提高聲音向司機說明歐陸別墅的位置。這中間，她仍然牢牢地抓著我的手，不讓我摸她。

車子終於停下來。

我抽出手，臨下車前丟下一句話：

「我聽說鬥牛的肉是不能吃的，因為牠經過激烈的戰鬥而死的，肉會變得很硬。」
理沙代不甘示弱地反駁：
「真正的鬥牛士，不會讓他的牛痛苦地死去。」

7

「巴克昨天晚上好像沒有回去的樣子，我一直敲門都沒有人應門。」
大倉說完話，把嘴閉成一條線。
大倉在上班的途中，先拐到長洲公寓察看巴克的行蹤。自從拉墨斯在「科多瓦」昏倒以來，巴克就消失了蹤影，到底躲到哪裡去了。
我簡短地告訴大倉，昨天晚上由於坂上的幫忙，終於確定了西班牙的身分。並且告訴他，拉墨斯尋找山多斯的目的是要找回一把吉他，現在這把吉他落入了巴克手中，還有昨天叫他去監視長洲公寓的事情，全部都告訴他。
等我說完，大倉搖搖頭。
「事情怎麼變得這麼複雜，現在的演變不是我們能力所及了。如果巴克偷換了西班牙老人的樂器，那麼，就應該讓警察處理這件事才對！」
「到無計可施的時候再請警察幫忙吧！目前，我們還是以自己的力量去抓巴克。」
但是為了下週要提出的新客戶的ＰＲ活動企劃案，當天我和大倉都沒有時間離開事務所一步。
下午我叫石橋純子到長洲公寓一趟，可是巴克仍然沒有回去。

企劃書做完以後，大倉向我提出請假的要求，因為他們高中時代的同學，要在外房的御宿聚會三天，他打算從星期六請假到星期一的敬老節。

這一陣子也夠大倉忙的了，所以我允許他請假，順便也讓純子在星期六休假。

當天晚上我打電話到「科多瓦」。

我問經理，如果巴克不在長洲公寓的話，他可能去哪裡？

「巴克從來沒有向我透露過他自己的事情，我也沒聽說過他有什麼朋友。我想，不久以後，他又會來這裡吧！」

「巴克如果和你聯絡，麻煩請你叫他打電話給我。他現在惹了一點麻煩，能夠幫助他的人，只有你我，拜託你了。」

「什麼麻煩？」

「他偷走了別人的吉他。」

對方沉默片刻，然後又開口：

「巴克偷了別人的吉他？」

「不錯！」

「那不是應該找警察嗎？」

「我還不想麻煩警察，所以才請你幫忙。」

我遊說了半天，經理終於答應。

接著，我打電話到港西醫院的護理站，請他們叫拉墨斯接電話。

兩分鐘以後，拉墨斯精神飽滿的聲音從電話筒傳過來。經過兩天的檢查，醫生說，只要不受到刺激，應該沒有什麼好擔心的，所以他準備明天早上辦理出院回日本大飯店。

我把前天晚上發生的事情，簡單地向他報告。

我說，西班牙其實就是安東尼奧；現在山多斯・艾爾南德士吉他已經到了巴克手上。拉墨斯聽完，很擔心地問：

「那些鑽石是不是安然無恙？」

「至少到目前為止，還沒有人知道那是鑽石。安東尼奧說，如果吉他從巴克手上追討回來，他願意和你的作品交換。」

「那不成問題。重要的是，巴克現在到底到哪裡去了？」

「我一定盡力追查。必要的時候，只好請警察幫忙了。」

一聽到警察，拉墨斯的聲音變得有點猶豫。

「我們要對警察怎麼說呢？」

「不必說什麼，只要叫安東尼奧向警察報案就可以了。等警察找到巴克，再向他要回吉他，等拿回吉他之後，再請安東尼奧把吉他還給你。」

「安東尼奧真的願意還給我們嗎？」

我也不敢保證，但是我對他說，我會盡力而為，然後結束這通電話。

我決定再到長洲公寓走一趟，碰碰運氣。如果再找不著巴克，只好說服安東尼奧到警察局報案了。

由於大倉租用的車子已經還給租車公司，我只好步行到四谷車站坐計程車過去。公寓旁的暗巷，突然冒出兩個男人，他們的背後停了一輛車子。

在我來不及反應時，他們已經一左一右架著我的胳臂。

「你是漆田先生嗎？」

右側的男人操著東北口音問我。

「如果我說不是呢？」

「那也沒有用，我們已經記住你的臉孔了。」

左側胖胖的男人回答。有一個硬硬的東西抵在我的腰側，警告我不要輕舉妄動。也許那只是一枝鋼筆，但我暫時還是不敢採取任何反抗的舉動。

右側的男人又說：

「你最好乖乖地跟我們上車，我們要問你一些關於佛蘿娜．拉墨斯的事。」

聽到他們說出佛蘿娜的名字，我只好斷了反抗的念頭，任由他們擺佈乖乖地上車。何況這兩個人令我覺得，他們會毫不猶豫地在大庭廣眾之下殺人。識時務者為俊傑，我還是照他們的話做。

駕駛座上另有一個男人。我一上車，車子就發動了。我被那兩人挾持在後座。

胖男人亮出手槍，命令我把頭埋在膝蓋間。這是很令人屈辱的姿勢，幸好是埋在自己的膝蓋，這還好過一點。

他們扭開汽車內的立體音響，放出震耳欲聾的搖滾樂。大概是為了遮蔽我的視覺和聽覺，以免我聽出所在位置。

這三個男人一言不發。其實對於他們的身分，我已經心裡有數，只是不願意承認。因為，果真如我所料的話，很可能三天以後，會有人發現我吊死在郊外的樹林裡。

車子走了將近一個鐘頭，在我背部快要僵硬的時候，總算停車了。我偷偷瞄一眼手錶，時間是九點十五分。胖男人在我眼上蒙上一條像是眼罩的東西。

我被推到外面。眼睛雖然看不見，卻感覺得出，腳下是柔軟的泥土，鼻子嗅到青草的味道，遠處還傳來電車的聲音。我無法一下子就挺直背脊，只能微彎著腰喘氣，站立了一會兒，才慢慢地把腰桿挺直，有一個人從背後推著我向前走。空氣清新冷冽，我一直碰到像是樹枝的東西。

步行約三十秒鐘，聽到開門的聲音，而後我被人推進去，腳底踩在水泥地上。一股潮濕的霉味和灰塵撲鼻而來，然後是推開什麼東西的聲音。

「下樓梯。」

胖男人說。

下了十九層階梯後，在混合著泥土和腐木臭味的通路上走了二十一步。泥土濕軟，鞋子踏上去，好像陷下去似的。

前面傳來鐵門開啟的聲音，我被推進房間。

蒙在眼睛上的東西被拿了下來。這是十個榻榻米大的水泥房間，低低的天花板垂下一根電線，連接著一個燈泡。房間正中央有一個摺疊式的美耐板書桌，還有一張三腳椅。出入口只有一個，而最裡頭的牆壁上方有個覆蓋著鐵絲網的小換氣孔。

看起來，那個操著東北口音的男人，是這裡的領導者。他大約三十幾歲，小眼睛大鼻子，左眉上方有一道傷痕，一身深咖啡色的衣服。尋常得就像路上常看到的安分守己的小公務人員。

那個胖男人倒像成績惡劣、留級了好幾年無法畢業的萬年大學生。穿著帆布鞋、牛仔吊帶褲，像豬一樣動個不停。

第三個人，頭頂禿得只剩下一小綹頭髮，臉長得像猴子一樣，看不出年紀。他把車子的鑰匙向上拋，然後很做作地接住，以為自己是喬治拉夫特，其實看起來不過像是個小混混而已。不過他的拳頭強勁有力，似乎練過空手道。
那個有傷痕的男人坐在我對面的書桌後，水泥的地板上有乾掉的咖啡色的土。像豬的男人和猴樣的男人分別站在書桌的兩側，毫不客氣地上下打量我。
我搖搖肩膀，嘴硬地說：
「有什麼話快點說。我可不願意讓你們破壞我快樂的週末！」
「你還敢這麼囂張！這隻狗！」
像豬一樣的男人猛力拍桌子。這不過是他在虛張聲勢，看他柔軟多肉的手就知道。
「你說我是狗嗎？豬先生！」
下一瞬間，像是房間爆炸了一樣我受到了很大的衝擊，我連人帶椅子被打得彈起來。
好像失去意識了一陣子，當我回過神來，我的口裡有泥土的味道，臉頰貼在水泥地板上，後腦好像溶化的鐵一樣，滾燙發熱。
我坐在地上搖著頭。像猴子一樣的男人把倒地的椅子扶起，我艱苦地爬上椅子，房子裡的燈光忽明忽暗，這和我頭部抽痛的節奏相同。
那個像猴子樣的男人用力抬起我的下巴，像要把我撕裂一般。我甩甩頭，把他的手甩開。
「怎樣啦！我只不過是拍掉你脖子上的灰塵。」
他得意地哈哈大笑，露出比猴子更髒的牙齒。
那個有傷痕的男人說，
「你若不是狗的話，那就老老實實地回答我們的問題。」
「如果你們禮貌一點，回答你們也無所謂。」
我從口袋裡取出一根菸。我的手抖得很厲害，大約花了一分鐘才把香菸放到嘴裡。難得的是，竟然沒有一個人把我的菸打掉。點好菸，我深深地吸一口菸，頭痛得幾乎暈厥。

「你是和佛蘿娜一起在清水谷公園，受到革青民的走狗襲擊的人嗎？」

我再吸一口菸。

「聽你的口氣，你們是日本列島解放戰線的鬥士囉？」

有傷痕的男人沒有否認也沒有承認。用冷冷的語調說：

「回答我的問題。」

「如果我說『是』，你要怎麼樣呢？」

「根據我們的調查，那些革青民的懦夫沒有達到目的真的被你們打跑了？」

「是啊！」

他的小眼睛一下子發亮起來，那是一雙不會輕易相信別人的眼睛。

「那些懦夫人多勢眾，竟然沒有人能傷害你們，這不是太奇怪了嗎？」

「有什麼好奇怪的，只不過是我們比較強罷了！」

「是嗎？該不會是你們串通好了，扮演一齣戲吧？」

我盯著對方的臉。

「演戲？我們為什麼要這麼做？」

「你們在清水谷被攻擊的時候，我們的總部也受到他們的攻擊，你為了減輕嫌疑，故意叫他們攻擊你們吧！」

「你的想法太離譜了！」

「要不然，是誰提供他們情報，為他們穿針引線的？」

「我正想問你呢！你們的情報網比我的正確可靠多了。你不介意我把灰撣在地上吧。」

有傷痕的男人苦笑一下，自己也燃起一根菸。

「佛蘿娜對你說了些什麼？」

「什麼也沒有，我只知道她和你們接觸，卻不知道是為了什麼事，我還來不及問她，她就回西班牙了。」

「你是不是在說謊？」

「我沒有說謊。佛蘿娜找你們的用意到底是什麼？她拜託了你們什麼事情？」

像豬一樣的男人不停地交換兩腳的重心。旁邊的猴子則以左手包住右手的拳頭。

有傷痕的男人用夾住香菸的手指摸他眉毛上方的傷痕。

「在市谷附近跟蹤我們的人是你嗎？」

「大概是吧！」

「你為什麼要這麼做？你只不過是小小的ＰＲ人員罷了！難道說，你也是革青民的狗？」

「你不要亂講！我只是一個微不足道的ＰＲ人員而已。我之所以跟蹤佛蘿娜，完全是她外公拉墨斯拜託我的。他不希望外孫女捲入戰爭中。」

他把香菸丟在地上，用鞋子踩熄。

「那些革青民的狗，為什麼要襲擊我們和佛蘿娜？一定有人指導他們。」

「你與其質問我這個善良老百姓，還不如去刑求革青民的人。」

「還敢嘴硬！你這條狗！」

像豬一樣的男人又說出同樣的話，並且從我口中把香菸打落。

我最恨別人把我口中的菸打掉，於是我站起來，朝他的肋骨用力揮一拳。我的拳頭埋在他的肉團裡，他一點兒也不感到痛癢。

他像豬一樣地笑起來，把我舉起，往牆壁上扔。再加上那隻猴子的拳頭，我被打得趴在地上。他們兩人除了我的臉以外，其他的地方全部飽以老拳，我只有盡量保護兩腿之間。痛苦得幾乎窒息，兩手掙扎著緊抓地面。

不知過了多久，他們終於停止攻擊。身體像是被坦克車壓過了似的，連一根手指也動彈不得地趴在地上。

抬頭向前看，映入眼簾的是桌子的四隻腳，我覺得那四隻腳比我的強壯多了。

突然間，傳來了鐵門開啟的聲音，接著響起清脆的高跟鞋聲，不久，一雙白色的高跟鞋走進視線。

「你們是不是太過分了！」

亮麗的女聲，從我頭上傳來。

我艱難地把手肘頂在地板，死命撐起貼在地板的上半身。

透過淺咖啡色的太陽眼鏡，一道冷冷的目光射到我身上。

那是槇村真紀子。

8

「穿著奶油色的麻紗長褲套裝，咖啡色的喬治紗上衣。白色肩背包，白色淺口高跟鞋。全日本消費者同盟的總書記槇村真紀子，身材比實際年齡年輕許多。」

「那又怎麼樣？」

她兩手扠腰，冷漠地向下看。

聽到她的聲音，我才驚覺自己在無意中把腦裡所想的事情說了出來。

「妳不要介意，我只是在測驗我有沒有喪失記憶力和判斷力。」

真紀子蹲下來。

「你還好吧？臉色這麼難看。」

她的表情認真，並且伸出手，拍一拍我身上的灰塵。她的聲調是這麼地柔和，使我感動得想要趴在她的膝蓋上哭泣。

我掙扎著想站起來，於是真紀子向站在一旁的豬男和猴男打手勢。他們兩個人粗暴地把我拉起來，丟在椅子上。

「謝謝你們對編制外的狗那麼親切。」

我向他們道謝，然後努力坐正身體。

不曉得怎麼一回事，我的恐懼和憤怒全部一掃而空。是不是每個人在生死關頭，突然碰到以前熟悉的朋友時，都會產生這樣的反應呢？

「這個人交給我處置如何？」

真紀子對他們商量。我裝出不感興趣的樣子，不發一言。我稍微一動，全身就抽痛，差點從椅子上滑落下來。

有傷痕的男人終於開口。

「妳有把握讓他說出實情嗎？」

從他的口氣，聽得出他對真紀子有幾分顧忌。

「不知道，不過他這種人是吃軟不吃硬，你愈打他，他愈不肯說。」

真紀子充滿自信地說。

聽到她的話，我覺得有點不好意思，因為，如果他們再揍我，我就要投降了。

真紀子催促他們，有傷痕的男人乾脆地點點頭。

「十五分鐘以後，妳如果問不出結果，我們就要用原來的辦法逼問他。」

語畢，他帶著兩個小混混走出去。

鐵門關上後，真紀子繞過桌子，坐在對面的椅子上。

我身上的每一部分都在痛。我動動手腳檢視一下，後腦、腰腹，尤其是左邊的肩胛骨的下方全都痛苦難當。這一定是那個像猴子一樣的男子用鞋子踢我的結果，希望沒有發生骨折才好。

真紀子蹺起二郎腿，面無表情地說：

「你看到我時，一點也沒有驚訝的樣子。」

「PR人員的工作是要使別人驚訝，自己當然不能驚訝，不然怎麼做生意。」

「你這個沒有用的人，到現在還這麼嘴硬！」

在這樣的狀況下，女人無所謂地罵男人沒有用，她們一定不知道男人會比她們想像中的還要在意這句話。

我忍住痛從口袋取出一包菸，從中挑選一根還像樣的移近口邊，努力想點上火。

「你的手在發抖。」

真紀子說。其實她不說我也知道。好不容易點上火，我吸一口菸，頭又開始痛了。

「任何人被那個會空手道的猴子揍，都會傷痕累累——已經過兩分鐘了。」

真紀子反射性地看一看手錶，然後抬起眼睛。

「你為什麼對我在這裡出現的事，一點也不感到興趣？」

「有啊，但是這並不完全出乎我的意料之外。我早就風聞，全消同的幹部支援新左派。但是我沒有想到，妳不僅是支援而已，竟然完全是他們那一夥的。」

她好像說出兒子的服務單位似的自然。

「我的兒子是日本列島解放戰線的鬥士。」

「妳的兒子？妳不是說他在西德留學？」

「留學是騙人的。他加入西德的游擊隊，現在好像很活躍的樣子。」

真紀子也點上一根菸。我趕快整理一下思緒。

「我知道了，妳向企業界索取的贊助金，不是要給全消同，而是將其中一部分或全部提供給日本列島解放戰線，或給妳兒子做為活動資金。」

真紀子沒有回答，大膽地把煙圈吐向我。

我繼續說：

「妳向日野樂器社收取的贊助金也可能流到這裡來了，難怪全消同的職員說，他們不知道問題吉他的事。原來妳從萬廣的ＰＲ人員那邊拿來問題吉他的照片，獨自接手處理這件事。」

她還是不說話，以很有趣的表情看我。

「還有，妳在交給我日本吉他函授社的問題錄音帶以前，曾把錄音帶拿到太陽樂器社去，結果吃了閉門羹，對不對？」

真紀子表情變得比較緊張，嘴角浮上淺淺的笑容。

「你的消息真靈通，你從哪裡探聽出來的？是不是那個萬廣的小姐？」

「我們的消息來源是不可以隨便告訴別人的。過了七分鐘了，沒有關係嗎？」

「這要看你啦，我一點也不著急，反正被修理的是你不是我。」

「說得也是，但是妳不是說，我是愈被修理愈不開口的人嗎？」
真紀子撥一撥頭髮，像男人一樣地縱聲大笑。
「你認為我真的這麼想嗎？再過一會兒，你就要把全部的事情抖露出來了，你自己不是最清楚嗎？」
我啞口無言，丟掉菸蒂，肩膀又開始一陣陣地抽痛，眉頭不由自主地皺了起來。
她的口氣轉為強硬。
「是誰引導革青民的人攻擊日本列島解放戰線的總部和佛蘿娜？他們怎麼會知道佛蘿娜和我們組織的關係？」
「不是我引導他們的。」
「但是在這種情況下，你很自然地受到懷疑。你雖然警告過佛蘿娜，有人在跟蹤她，不過，這仍然無法替你洗清嫌疑。」
我點上另一根菸，這一次，手不再抖得那麼厲害了。
「她的確被人跟蹤。」
「是革青民的人嗎？」
「不是。」
「那麼是誰呢？」
「妳如果想知道，我們來交換一個條件。」
真紀子下巴微縮。
「什麼條件？」
她把身體靠向椅背。

「我告訴妳是誰跟蹤佛蘿娜，妳也要告訴我，佛蘿娜為什麼要和日本列島解放戰線接觸？」

真紀子考慮了一下，接著把香菸捺熄在桌面上，然後輕輕聳聳肩膀。

「好吧！反正那個孩子現在已經回西班牙了。佛蘿娜是西班牙激進組織ＦＲＡＰ的非正式成員。」

我的背脊發涼。

ＦＲＡＰ（反法西斯愛國革命戰線）和ＥＴＡ都是西班牙極具代表性的左派恐怖分子。ＥＴＡ是打著巴斯克地方獨立口號的組織。據說這兩個組織共同的目的是反佛朗哥體制。基於這個目的，這兩種組織常常聯合起來作戰。難怪佛蘿娜會剪下有關ＥＴＡ的新聞。

「佛蘿娜來日本是為ＦＲＡＰ做聯絡人？」

「可以這麼說吧！」

「她到底提供什麼訊息給日本列島解放戰線？」

對於我的追根究底，真紀子遲疑了一下，她用食指把太陽眼鏡往上推了一下。

「請妳坦白告訴我。我並不是警察，也不是革青民的狗，這一點妳應該很清楚。但是，我不否認自己是資本主義的爪牙。」

真紀子苦笑一下。

「ＦＲＡＰ向日本列島解放戰線求助，希望我們派遣爆破專家到西班牙協助他們。」

我稍微動一下肩膀，背部一陣抽痛。爆破專家？佛蘿娜的剪貼浮上眼前。

「原來如此。你們的意思呢？」

「我們經過幹部會討論的結果，否決了她的請求。因為要日本列島解放陣線派一個人到那麼遠的地方協助他們，是不可能的。沒想到，我們組織的名氣，竟然傳播到那麼遠的地方！」

日本極左組織的首腦，加入巴勒斯坦游擊隊，並在世界各地斡旋的事實，已經是眾所皆知了。FRAP的人著眼於這點，遠從西班牙派人來找他們，並不是一件很不可思議的事。但是，佛蘿娜要求要一名爆破專家的事，使我有一種不祥的預感。

至於真紀子所說，佛蘿娜的請求被拒絕的事，我很難相信，因為，佛蘿娜在離開日本那一天，一點也沒有流露出任務失敗後的挫折感。

真紀子豎起食指，吸引我的注意力。

「現在換你了。你趕快說出我們想知道的事，時間不多了。」

我抽完最後一根菸，隨手把菸蒂扔到牆角。

「跟蹤佛蘿娜的是徵信所的人。」

真紀子把腳放下來。

「徵信所的人？」

「是的。叫做東亞徵信所，他們的地址在惠比壽附近。」

「是誰雇用他們的？」

「佛朗哥總統。」

真紀子脹紅了臉。

「你不要開玩笑！」

「不是開玩笑。那個雇用人叫做荷安・洛多利凱士，十之八九是佛朗哥政府的秘密警察。」

真紀子看著我。

「那個男人住在哪裡？」

「他住在元麻布附近的洛華兒山莊。他可能是因為這個目的，而被送到日本來的。佛蘿娜在日本的一舉一動，大概全部都在這個秘密警察的掌握中。」

真紀子變得緊張起來。

「你說，他們遠從西班牙來監視佛蘿娜？」

「對呀，如果佛蘿娜真的是ＦＲＡＰ的一員，那些秘密警察當然不會善罷干休。」

她的表情變得更冷峻。

「這麼說來，這一次革青民使出撒手鐧，完全是洛多利凱士安排的？」

「應該是吧！洛多利凱士透過東亞徵信所，向革青民透露佛蘿娜與日本列島解放戰線接觸的事，讓他們襲擊你們。當然，洛多利凱士可能也付了一筆錢。」

真紀子咬著嘴唇沉思。

我聽到鐵門開啟的聲音，那三個人走進來了，我沒有回頭看。

有傷痕的男人走到真紀子面前，側過頭看我。

「怎麼樣？這個人有沒有招供？」

真紀子站起來。

「我已經問出革青民的背後主使人是誰了。」

「是誰？」

「這些事我等一下再向你報告，我現在要先送他回去。」

「不行，說不定他還有什麼事情沒有說出來。」

說這句話的是那個像猴子一樣的男人。真紀子目光銳利地瞪著他。

「要問的事情，我都已經問出來了，難道你們不相信我嗎？」

猴子閉上嘴巴。

臉上有傷痕的男人，把他的小眼睛瞇得更細。

「好吧，這個人交給妳處置。我們也不想做太絕，讓妳的立場為難，但是，我們不想讓這個地點洩漏出去，還是幫他戴上眼罩。為了小心一點，讓工藤和你們一起走吧！」

大約一個小時以後，真紀子的車子停在某一條街的街角。

像猴子一樣的男人替我取下眼罩。我雖然不知道他的本名是什麼，但是，至少知道他的姓是工藤。

街上的霓虹燈使我覺得很刺眼。車子正停在高速公路附近的人行道旁。

工藤在我臉上吐著臭氣。

「如果你想平平安安地繼續做你的工作，最好不要把這次的事情洩漏出去。」

我用手肘推開他。

「下一次見面，我一定要練好空手道。」

工藤發出卑劣的笑聲。

真紀子截住他的笑聲，用不容拒絕的口氣對他說：

「趕快下車，我要獨自送他回去。」

工藤停止了笑。

「什麼?!妳叫我下車，不是應該叫他下車？」

「當然是你下車。你以為我要跟你去兜風嗎？」

真紀子的口氣冰冷僵硬。

「妳對我真冷酷。」

工藤不滿地嘀咕著，心不甘情不願地下車。我挪一下身體，搖下車窗。

看到這個情形，工藤彎下腰。

「你好好練習空手道吧，也許我還有機會修理你。」

「我很樂意奉陪。」

我說著，從車窗伸出右拳，對準他的鼻子用力揮一拳。工藤哀號一聲往後倒，結果撞到人行道的欄杆，整個人翻了過去倒在人行道上。

我催促真紀子，

「趕快開車吧！」

真紀子笑出聲音，開始發動汽車。我倒向椅背，擦一擦右拳。這一記右鈎拳真厲害。

真紀子換檔到最高速時，還在笑個不停。

「什麼事那麼好笑？」

「那一記右鈎拳真符合你的脾氣，但是，你現在一定要學好空手道，因為下一次再碰到他，他絕對不會放過你。為什麼要自找麻煩？」

「我不是給他一拳，就是向警方報警。我不願意報警，只好這麼做了。現在到哪裡了？」

「在涉谷附近。你要不要到我那裡休息一下？洗個澡，喝杯酒一定會比較舒服。」

我舔舔嘴唇。

「我看還是免了，我還沒有恢復人的尊嚴，享受不起人的待遇。」

「何必這麼客氣，難道你怕我把你拖上床？」

「都有吧！」

真紀子又笑了。

「你要不要到醫院檢查一下？」
「不用了，妳不是已經叫他們手下留情了嗎？」
「你怎麼知道？」
「妳出現的時機太過巧合了，而且這是很常見的伎倆，為了套一個人的口供，先叫別人把他修理一頓，等他快要忍受不住了，再乘機出來為他解危，這樣做往往很容易得逞。」
我告訴真紀子歐陸別墅的位置，請她送我到那裡。
真紀子把一根香菸點上火，越過椅背遞給我，我接了過來，再倒向椅背，深深吸一口，尼古丁的氣味刺激了我的喉嚨，感覺到嘴唇留有口紅的味道。
「妳在日本列島解放戰線的權力好像很大，是不是因為妳的兒子是他們的首腦之一？」
「這只是其中之一，另一個原因是，我是他們重要的資金來源。」
「這種話妳怎麼可以這麼公開地說出來？」
「因為對方是你，所以我沒有什麼好顧忌的。」
「難道妳不怕我報警？」
「你不會那麼做的。你不願意你住的地方爆炸吧？而且如果警方知道了，佛蘿娜的事情就會暴露出來，到時候，拉墨斯、日野樂器社全都上報，變成一種始料未及的宣傳。」
真紀子言之有理，所以我應該以打那個像猴子的男人一拳為滿足。
我改變話題。
「佛蘿娜直接和妳見面的嗎？」
「沒有，我從來不在那裡露面，今天晚上是例外。」
「像佛蘿娜那麼可愛的女孩子，根本不適合和革命、炸彈、暴力扯上關係。她的外祖父拉墨斯非常擔心他唯一一個孫女的安危，難道佛蘿娜一點也不念及這一點嗎？」

「革命是不允許親情存在的。你看過哪一個左派的鬥士屈服在親情之下？」

「妳呢？妳兒子和妳也斬斷親情關係了嗎？」

真紀子打開儀表板取出一樣東西，我接過來看，那是一張放在小相框裡的照片。真紀子和一個年輕的男子並肩而站，年輕人個子很高，和真紀子有幾分神似。

「我兒子，叫做優，優雅的優。」

「槇村優。很好的名字，很適合激進分子。」

真紀子無視於我的諷刺。

「我們之間的親情已經斷了，現在我只剩下他這一張照片。雖然他是我的兒子，但是我不會干涉他，他也不可能讓我干涉。」

我把照片還給她，出其不意地射出一箭。

「佛蘿娜的請求，並不是真的遭到拒絕吧？」

真紀子微微地握緊方向盤。

「你為什麼會這麼想？」

「從佛蘿娜的態度上看出來的。」

我們沉默了一陣，車子開到四谷附近。

真紀子再度開口。

「你不要再深究下去。如果你知道得太多，到時候我也庇護不了你。」

看來，佛蘿娜已經成功地挖掘到一位爆破專家了。

9

翌日，平常生龍活虎般的我，仍然動彈不得。

雖然沒有嚴重到要煩勞醫生診治，但是我的身心都必須休養一段時間。雖然他們下手並不算狠毒，可是我已經不是二十幾歲的年輕小夥子了，所以仍然覺得吃不消。

我把事務所的電話全都轉接到住處，幾乎都是躺在床上接的。今天只有兩通客戶的電話。我的客戶大部分採用一週工作五天的制度。我想，事務所在不久之後也得跟上潮流週六要休息才對。

今天的氣溫仍然很高，氣象報告說，這種氣溫已經持續十八天了。

晚上，我稍微恢復了一點元氣。光吃一點泡麵，實在不足以裹腹。

我努力起身換衣服，然後打電話叫計程車。

我到新宿的三溫暖洗澡，流了滿身的汗以後，叫按摩師幫我按摩。年輕的按摩師看到我的身體青一塊紫一塊，連眉毛都不皺一下，視若無睹地執行他的工作。

等按摩師把我散開的筋骨，重新排列好以後，我立刻奔向一間牛排館，吃了五百公克一分熟的牛排。我的食慾非常好。

除了還有一點疼痛以外，身體的狀況大約痊癒了八成。

那兩隻豬和猴子沒有傷害我的臉孔實在很難得，如果臉上有傷痕，走在街上，一定會遭警察質詢。

他們不打傷我的臉，也可能是顧慮到這一點，或是槙村真紀子特別吩咐的。

事後想起來，他們並不是真的要置我於死地，只要警告我不要多管閒事。這一點從他們肯輕易地放我走，就可以看得出來。至於得到革青民主使者的消息，是附加的收穫。

十點左右，我從新宿打電話到「科多瓦」。

經理說，仍然沒看到巴克的蹤影，連聯絡都沒有。

十一點多，我回到上野前往「卡利奧加」。

很難得地，明美竟然還記得兩天前給她小費的英俊男士，我坐在煙霧之中，她三番兩次跑來糾纏我。

等到十二點，安東尼奧始終沒有出現。

咪咪說，以前無論多晚，西班牙都會來一趟，這兩天卻一直沒有來，不知道是不是生病了？

我走出酒店，坐上計程車到三輪。

安東尼奧的房中沒有燈光。

我敲敲門，沒有人應門。伸手試試門把，果然如我所料，沒有上鎖。我走進房中，探尋牆上的電燈開關。

很意外地，安東尼奧在房子裡。

他照例穿著黑衣黑褲，直挺挺地躺在床上，吉他箱放在榻榻米上，帽子滾落在附近。

唯一不同的是，安東尼奧的胸口不像往常上下鼓動，這種氣氛，靜得令人毛骨悚然。

我站在原地，久久無法動彈，最後終於下定決心，脫掉鞋子，走到他的身旁。

他的墨鏡掉落半邊，露出的白眼珠瞪著天花板。

房中除了以往的臭味以外，還有一股奇怪的惡臭。我一直作嘔，脈搏快速跳動，體溫急遽地下降。

安東尼奧，也就是佐伯浩太郎，不僅無法向警方報備失竊吉他，也無法向警方提出自己的死亡證明了。

我用手指的背部觸摸他的太陽穴，和冷凍鮪魚一樣冰冷僵硬。外行人也看得出，他已經死了十幾個鐘頭。

我的身體微微地顫抖起來。他雖然沒有流血，脖子上也沒有纏著繩索，但是我仍然有一種邪惡的感覺。

我戰勝恐懼，伸手摸一摸他的口袋。裡面有一個小錢包、一副鑰匙、一個磨損的皮夾，一張一萬圓及兩張一千圓的紙幣，還有兩張揉得發縐的收據。

我把這些東西放回他的口袋，然後拿起吉他箱。

那把艾耳馬斯・康得的吉他並沒有什麼異樣。我把吉他拿出來，打開吉他箱裡裝小物件的盒子，裡面只有三根舊的弦，和小型的音叉。

我四處找不著那個鑲著鑽石的吉他移調夾。

一瞬間，巴克的影子閃過我的腦海。如果巴克發現了鑲在吉他上的玻璃珠是鑽石，他會怎麼做？

為了謹慎起見，我把摸過的東西都用手帕擦乾淨。扭熄電燈走出房間。每踩一步樓梯，就發出鬼屋般的嘎吱聲。

離開曙光莊，我才發現自己冒了一身的冷汗。我快步走向昭和路。最好不要在這附近叫計程車。

我把一個孤苦無依的瞎眼老頭的屍體，在這種季節裡棄之不顧，實在有點過意不去，但是我又不願意惹上不必要的麻煩。

我走了十分鐘的路才坐上計程車，然後在淺草下車。

下車後，我尋找電話亭。我實在狠不下心就讓他的屍體這樣腐爛掉。

我撥了荒川警察局的電話，通知他們曙光莊二樓有一個老人死亡，並在對方發問以前，立刻掛上電話。

我另外叫一部計程車回家。

我覺得自己好像剛從墓場出來的殭屍。

星期天的早報沒有刊載盲眼老人死亡的消息。

大概是來不及發佈吧！或者是這件事不足以當成新聞來刊登？希望不是警察以為通報的人在惡作劇，而置之不理。

我仍然覺得全身懶洋洋的，不過身上的瘀血已經快要消了。我看到電視上的格雷厄姆・克爾正在大展身手地烹調地中海風味的炸鮮魚，以及用爐子做成的西班牙風味的煎蛋捲。

當我關上電視，正在收聽卡士德尼波・特德士可（Mario Caspelnuovo-Tedesco）的吉他協奏曲時，電話鈴響了。

是那智理沙代打來的。

「不好意思，假日還打電話，昨天晚上我打了一整晚的電話，但是都沒有人接。」

她的口氣好像在責備我，到哪裡去遊蕩了。

「對不起，我去洗三溫暖了。」

她沒有反應。

「喂！喂！我洗三溫暖去了，並不是洗土耳其浴。」

「我聽到了。今天我是以大野經理的代理人身分打電話給你的。」

理沙代特別加強「代理人」三個字。

「他自己為什麼不打？他在電話裡不會講話嗎？」

理沙代不理我的嘲諷。

「我向大野經理報告，我們已經找出安東尼奧的消息，並且對他說，安東尼奧現在很落魄，所以不願意和以前認識的人見面。」

安東尼奧的白眼珠浮現在腦海。

「哦。」

「然後昨晚大野經理打電話給我，說他想拜託你一件事。」

「什麼事？」

「他說，依照安東尼奧目前的情形，他還是不要親自拜訪他好了，但是，他想送安東尼奧一把新的吉他，並且看看他需不需要其他的援助？」

「他自己為什麼不打電話來？」

「他如果直接打電話給你，立場上恐怕有點不方便。所以他叫我先問問你的意思，然後再和你聯絡。」

理沙代的聲音漸漸變得微弱，大概有些疑惑吧。

「他好像很喜歡使用代理人，但是他沒有弄清楚，我可不是幫他跑腿的人，他想怎麼報恩，就自己去做吧！」

「大野經理大概不願意讓安東尼奧看到他現在飛黃騰達的樣子。」

「那他就不要再找安東尼奧好了，依照目前的情形，這是最好的辦法了。」

現在安東尼奧需要的不是一把吉他，而是一個墓碑。

過了一會兒，理沙代只說：

「那我就這樣告訴他吧。」

「大野經理提供我照片，我也為他找出了安東尼奧，彼此互不虧欠，請妳告訴他，不久以後，我會把照片還給他。」

「我知道了。」

我們兩人之間，出現了令人難耐的沉默。

「那天晚上真對不起，我的舉動像是繁殖期的貓頭鷹。」

「所以你每到了晚上，就特別有勁，是不是？」

在我來不及回答以前，電話就被掛斷了。

我把玩電話好一陣子，然後掛上電話。

卡士德尼波的協奏曲放完了，留下唱針的吱吱聲。

我拿起尼紐•利卡多（Niño Ricardo）的獨奏唱片。這是一位風格獨特的吉他手，在他高興的時候，他會一邊彈吉他一邊隨興所至地哼唱幾句。唱片很忠實地錄下他的歌聲。

大野顯介知道我拒絕他的要求以後，是會自己去找安東尼奧呢？還是派理沙代做他的代理人？

我一想到理沙代面對陳屍的房間所產生的反應，不覺冒出一身冷汗。

無論是大野或是理沙代，如果在現場被警察發現，一定會被查詢他們和安東尼奧的關係。

只要安東尼奧的死因有一點可疑之處，他們就會追查到我身上，到時我將受到警方嚴厲的盤問，最後不免暴露出拉墨斯、日野樂器社等的事情，這不是真紀子所說的「一個始料未及的宣傳廣告」嗎？

我應該坦白告訴理沙代，安東尼奧已經死了，叫她說服大野，不要再去找安東尼奧，但是這麼做仍然不妥。

傍晚，我特意注意新聞，結果仍然沒有佐伯浩太郎的死訊。

我躺在沙發椅上，不知不覺地睡著了。

突然間，電話鈴響起，我扭開燈，牆上的鐘指著九點三十分。

我拿起電話筒，傳來熟悉的男中音。

那是「科多瓦」的經理。

「巴克打過電話來。」

我的睡意全消。

「什麼時候？」

「剛才。」

「你有轉告他要他打電話給我嗎？」

「有啊！但是他可能沒辦法打給你。」

「為什麼呢？」

「因為那通電話是他從羽田機場打來的，他正要去西班牙，要求我讓他休息一段時間。」

我的後腦袋好像被人搥了一下。

「他要去西班牙！真的嗎？」

「是的。他拜託我不要告訴別人，但是我認為最好還是告訴你一聲。」

「的確是羽田機場嗎？」

「應該是，因為我聽到擴音器用英語催促旅客上飛機。」

「你有沒有對他說吉他的事情？」

「沒有。他好像很匆忙的樣子，所以我來不及說別的事。本來我也想確認——」

話筒幾乎從我的手中滑落。我向他道謝後，茫茫然地掛上電話。

巴克・津川突然下這一步棋，幾乎令我招架不住。是佛蘿娜要他去的呢？還是他未經佛蘿娜同意，自作主張跑去的？

無論如何，巴克已經離開我伸手可及的地方。

「卡迪斯紅星」就這樣飛走了。

10

第二天是敬老節，全國放假一天。

社會版一個小小的角落，刊登了安東尼奧死亡的消息。

〈一位年老的吉他手，孤獨地死去！〉在這個標題下，記載了以下的內容：

「十四日深夜十二點多，有一不知名的男性，打電話到荒川警察局，通報荒川區東日暮里一丁目曙光莊二樓有一具屍體。警察前往該地調查，發現吉他手佐伯浩太郎（現年四十九歲）陳屍房中。經判斷，死亡時間已逾二十小時。死者衣著整齊，並無外傷。解剖的結果，死因為酒精中毒引起的心臟麻痺。佐伯先生雙眼失明，身邊並無親人，因此以彈奏吉他維生。平素嗜酒如命，故斷定為喝酒過多所引起的意外死亡。」

為了再確定一下，我到四谷車站附近買了好幾份報紙，到附近的咖啡店閱讀，每一份的記載全都大同小異，有的報紙甚至沒有報導。

我回到住處，電話鈴正在響。

是大野顯介打來的。

「對不起，在你休息的時候打電話打擾你，本來我是想，請那智小姐替我打——」

「不，還是你直接打給我比較好。今天早上的早報你看了嗎？」

大野嘆了一口氣。

「我就是為這件事打電話的。那個過世的吉他手真的是安東尼奧嗎？」

「應該不會錯，他的本名不是叫做佐伯浩太郎嗎？」

他又嘆了一口氣。

「真是令人遺憾。本來我想當面向他道謝，但是聽到他不願意見我，使我有一點遲疑，沒想到，現在竟成了我一生的遺憾！」

「你沒有立刻和他見面是你體恤他的表現。反正他已經知道你的心意，他的內心一定很感激你。」

「聽你這麼說，我就好過多了——。如果可以的話，請你來上香吧，雖然他的身邊沒有親戚朋友，但是政府單位應該還是會幫他舉辦葬禮吧。」

我的情緒很低落。

感覺像是要出席自己的葬禮一樣。

中午以前，我抵達日本大飯店。

拉墨斯已經在星期六上午出院。日野樂器社的新井進一郎剛才打電話邀我一道來探望拉墨斯。

我因為有事情要向他們報告，所以就應允了。身體已經復元得差不多，只剩下幾個地方還會隱隱作痛。

我和新井在飯店大廳碰頭，新井穿著輕便的馬球衫和高爾夫球褲。

在進入拉墨斯的房間以前，我先在飲茶室向新井報告這幾天發生的事情。

我告訴他，叫做西班牙的老吉他手是安東尼奧，而不是山多斯。而且，今天早上的早報刊登了安東尼奧死於心臟麻痺的消息。

那把「卡迪斯紅星」是以前山多斯讓渡給安東尼奧的，後來被巴克・津川以自己的吉他掉包。

昨天晚上，巴克已經跟在佛蘿娜後面，飛往西班牙去，那把「卡迪斯紅星」想必也一起帶走了。

新井聽完我的報告，眉頭緊緊地皺在一起。

「這件事情變化得太快了，什麼時候起，巴克和佛蘿娜搞在一起？」

我把從「艾爾・港」至今的事情說出，新井的嘴唇抿成一條線。

我嘆一口氣，接下去說：

「還有一件事，我必須向你報告。佛蘿娜其實是FRAP極左組織的一員。她跟隨拉墨斯來到日本的目的，是請求日本列島解放戰線的協助。她利用巴克對自己的迷戀，讓巴克成為她和日本列島解放戰線的聯絡人。」

新井瞪大眼睛，挺直身體。

「等一下，你是不是在談論武打電影的劇本？」

「這是千真萬確的事。佛蘿娜的任務是挖掘一位爆破專家到西班牙去。她的目的可能已經達成了，因為她離開日本的時候，顯得心滿意足的樣子。」

新井瞪大眼睛盯著我的臉，好像要看穿我的臉，半晌，他按著額頭垂下臉。

「你從哪裡想出這些夢囈一般的言詞。尋找山多斯怎麼又扯上了爆破鬥爭事件?!」

「我自己也搞不懂。」

新井後悔萬分地抱著頭。

「早知道會變成這樣，當初如果不和拉墨斯訂契約就沒事了，應該要事前調查清楚才對的。」

「現在說這些也沒有用。儘管牽扯出這麼複雜的事，但是並不損及拉墨斯吉他製造家的評價。」

新井抬起頭。

「這些事，你告訴拉墨斯了嗎？」

「還沒有，我打算等下上去再對他說。」

新井的粗眉毛挑動一下。

「也許讓他出院得太早了。」

室內出現了一股快要令人窒息的沉默。

最後拉墨斯把桌上的杯盤推到旁邊，目不轉睛地注視我。

「這是我一生中最大的要求，拜託你到西班牙一趟，把佛蘿娜救出來。」

一瞬間，我懷疑自己是不是聽錯了！他叫我到西班牙去？

由於硝化甘油的作用，拉墨斯的心臟病沒有再度發作，但是他的臉孔發紅，呼吸急促，我們都替他捏了一把冷汗。

拉墨斯講完他的請求，表情變得和緩下來。他把上半身從長椅上挺出，帶著哀求的眼光看我。

新井看我難以答覆的樣子，用手肘碰碰我。

「他到底說了些什麼？」

我無可奈何地看著新井。

「他要求我去西班牙一趟。」

新井傻傻地張大了口。

「什麼?!他要你去西班牙？為什麼呢？」

「去解救佛蘿娜。」

拉墨斯抓著睡袍的帶子。

「如果早一點知道這件事，我絕對不會讓佛蘿娜回到西班牙。因為那個秘密警察洛多利凱士一定已經把佛蘿娜回國的消息傳回馬德里，到時候，參加FRAP爆炸戰爭的佛蘿娜，一定會發生生命危險，早知道，還不如讓她留在日本比較安全。」

「你的心情我了解。但是，我們查出這些事情，是在佛蘿娜回到西班牙以後。」

「能夠說服佛蘿娜不要牽涉那些事情的人只有你，所以，我希望你去西班牙勸誡她。」

我覺得很困擾，伸出叉子吃一口放在桌上變冷的俄羅斯酸奶牛肉。

拉墨斯仍在絮絮叨叨。

「如果巴克和佛蘿娜接觸，秘密警察一定會盯上巴克。萬一『卡迪斯紅星』落在他們手中，那些鑽石被他們沒收，那麼，西班牙人民的財產就會落在佛朗哥的手中，我將來要以什麼面目去見唐・路易士！」

我放下叉子。

「請你等一下。」

拉墨斯不理會我的話，繼續說：

「還有一件事情。我絕對不承認佛蘿娜和巴克的感情，他們瞞著我偷偷交往，實在太不應該了。我要在西班牙另外幫佛蘿娜找一個對象，這一點請你告訴他們。我絕不答應他們兩人在一起。」

拉墨斯說得口沫橫飛，情緒激動。

「你要我去西班牙拆散他們兩人嗎？」

拉墨斯垂下眼睛。

「我非常不喜歡巴克，他從一個孤苦無依的瞎眼老人那裡，偷走『卡迪斯紅星』，這種卑鄙的手段，就好像山多斯以頑劣的方法從我的女兒那裡騙走吉他。看到這種行為，更可以斷定巴克是山多斯的兒子。你不認為如此嗎？」

我搖搖頭，目光轉向新井。

「他要我去西班牙做三件事情：第一，從秘密警察的手中解救佛蘿娜；第二，向巴克取回吉他；第三，拆散巴克和佛蘿娜的感情。」

新井一副受不了的表情皺著眉頭，兩手抱在胸前。

「真是得了便宜又賣乖，只想到他自己不顧他人。你告訴他，你是日野樂器社的ＰＲ，不是他個人的跑腿。」

「說得也是。」

雖然向新井這麼說，但是，心裡有一種奇異的感覺；去西班牙這個構想莫名地吸引著我，使我失去了冷靜。

「這件事先暫緩答覆他，明天再考慮之後的處理對策吧！如果現在斷然拒絕他，他心臟病發作就糟了。」

新井態度堅決地說完，然後吃了一口一塊冷掉的烤雞肉。

今天是連休假期結束的星期二。

從御宿回來的大倉幸祐，以及去湘南玩衝浪板的石橋純子，都曬出漂亮的小麥肌。

我把這幾天發生的事告訴大倉，剛好新井來電。

「不得了了，看來還是得請你去西班牙一趟了。」

他劈頭就是這一句話，我不知不覺緊張起來。

「這是河出常務董事的意思嗎？」

「不是常務董事，是日野社長。社長說，無論拉墨斯要求什麼，都盡量答應他。昨天，拉墨斯透過翻譯，直接向社長請求這件事。」

「直接請求？那麼常務董事一定很不高興！」

「剛好相反，常務董事本身也很同情拉墨斯的處境。他說這樣也好，免得他還要再向社長報告一次。」

我握緊話筒，心情很複雜。

「你讓我考慮一下。」

「不用考慮了，到你最喜歡的西班牙去，還有什麼好考慮的！」

「話不能這麼說，我也要顧慮到身為ＰＲ事務所所長的立場。我的客戶並不是只有貴公司一家，這一點你應該知道。而且，我還有兩個職員，我不能就這樣丟下日本的工作不管。」

新井對著電話筒大聲咳嗽，差點震破我的耳膜。

「你的意思是不是要求我們要對叫你去西班牙一事做金錢的補償？」

「是啊！不然我的事務所如何經營下去？」

「我們可也不願意陪社長不務正業。剛才，我們把和拉墨斯訂定的契約，稍微修改了一下，把他在契約期間回國度假的經費，挪為你去西班牙的經費。拉墨斯也同意這一點。」

「真的嗎？」

「是的。現在，請你本著當初受託尋找山多斯的態度，把它當成正式的工作。就算是你去西班牙進行市場調查好了。」

我掛上電話，大倉和純子不約而同地回頭看我。

「最近我會因為業務的關係到西班牙一趟，我請你們好好守住事務所。這段期間，你們兩人一個是臨時所長，一個是輔助所長，全權處理所有的事。」

我宣佈完畢，趕快躲進書房裡，但是仍然感到很愧疚。

11

那智理沙代表情嚴肅地來到店裡。

她穿著有荷葉邊的白色上衣，深藍色短窄裙，頭髮依舊束在腦後，包裹在偏白色絲襪裡的腿，顯得格外動人。

她一點笑容也沒有地坐在我對面。窗外的霓虹燈將她的白嫩肌膚映照得非常地美，那一雙明眸，帶著明顯的警戒心。

「九月已經過了一大半，天氣還這麼熱，大約有三十四·一度吧！」

「是嗎？」

理沙代以冷淡的口氣回答。並向送來冷毛巾的女侍點了一杯冰咖啡。

「昨天馬德里的新聞報導說，有五個巴勒斯坦游擊隊佔領埃及大使館，要求廢除西奈協定。」

「有這種事？」

「今天晚報報導好像說事情已經解決了。他們以大使為人質，把他們帶到阿爾及利亞。這一次沒有引起流血事件，實在很難得。」

「是啊！」

理沙代拿起冷毛巾，擦一擦沒有任何髒污的手指。

「我今天並不是為了向妳報告天氣，和解說新聞而來的。」

「是嗎？」

「妳只會回答『是嗎』、『是啊』這些話嗎？」

在理沙代回答以前，冰咖啡送來了。

理沙代放了將近一半的糖漿，然後把牛奶全部倒了進去。她全神貫注地做這些事，好像這是她目前最重要的工作。

「我要到西班牙一趟。」

理沙代的睫毛像蝴蝶般閃了一下，然後又若無其事地撕開吸管的套子。

「什麼時候？」

「十九號，星期五晚上，坐ＪＡＬ往北航線。」

「為什麼這麼快？」

她以僵硬的聲音問，並喝一口冰咖啡。

「護照和健康檢查合格證書都在有效期限以內，所以不必辦很麻煩的手續。」

理沙代突然抬起目光。

「你找我來，只是為了告訴我這件事？」

「是的。」

「那麼你在電話裡也可以說。」

理沙代的語氣，像電鑽一樣地尖銳。

「難道妳希望我只在電話裡通知妳？」

理沙代垂下眼睛。

「但是我現在很忙。」

我一口氣把咖啡喝光，拿起桌上的帳單。

「難道我碰一下喜歡的女人就罪不可赦了嗎？」

我怒吼著，從座位上站起來。

我把錢丟在櫃台，大步走出咖啡店。頭頂像有烈火在燃燒，耳朵快噴出火來了。

我在銀座的巷子裡，咬緊牙關用力快走。

這附近有一家我以前常去的酒吧「克爾頓」，那個女老闆叫什麼名字，我已經不記得了。只記得她好像永遠都是一副醉醺醺的樣子。她曾經對我說，無論我什麼時候去找她，她都肯陪我睡覺。

當我正在尋找招牌的時候，突然與人撞上。

「混蛋，走路不長眼睛！」

沒頭沒腦被罵一句，抬頭一看，一個穿著黑色襯衫，白色西裝，頂著一頭電棒燙的鬈髮，上頭還架著一副太陽眼鏡的小混混，正擋在我面前。

「我看著旁邊走路，那你是看著哪裡走路的？」

小混混聳聳肩。

「我當然是看著前面走路，你這個蠢貨！」

這個小混混罵人蠢貨，但是我懷疑，他是不是寫得出「蠢貨」這兩個字，不過我想就不用問他了。

「我看著旁邊走路，所以會不小心撞上人，而你看著前面走路居然還讓我撞上，你到底打什麼主意！」

我的心情惡劣到極點，口氣粗暴，小混混好像察覺我不好惹，有一會兒張口結舌，過了片刻才聳聳肩膀。

「下次不要讓我碰上！」

他丟下這句話推開我的肩膀，從我旁邊走過去，我胸中的怒氣無法宣洩，想揍他一拳，於是轉過身體面向他。

理沙代突然抓住我的手臂。

「拜託，不要。」

她的臉色蒼白。

我甩開她的手，理沙代重新抓緊我的手臂。

「我知道了，妳放開手吧！」

「不。」

我快步向前走，理沙代仍然抓著我的手臂，小跑步跟上來。

「你走慢一點，又不是在練習競走。」

「妳講話的口氣犯不著帶刺！」

「對不起。」

「如果妳要這樣的話，為什麼又要答應見面？」

「我說過對不起了嘛！」

我腳步放慢，因為我看見熟悉巷子，裡頭有一家烹調技術很高明賣關東煮的店。

這家店依舊是門庭若市，櫃台上顧客大排長龍，我走了進去。理沙代看到店又窄又髒，露出遲疑的表情。

等她坐下來嚐了第一口，表情霎時改變。

「嘩！我從來沒有想到，關東煮竟然這麼好吃！」

理沙代嘖嘖稱讚，又點了兩份特製魚丸。

當我吃下用海帶汁高湯蒸的鱈魚豆腐時，突然想起「克爾頓」酒吧女老闆的名字，她叫做高子。

「什麼事這麼好笑？」

「沒什麼。如果不是妳適時制止我，我一定會把那個小混混的足踝，連褲腳綁在一起！」

這家店沒有裝設冷氣，我們兩個人馬上吃得滿身大汗。

走出店外，晚風吹拂，全身覺得舒暢極了。兩人一共喝了四瓶酒，其中一瓶是理沙代喝的。理沙代的皮膚白皙，喝了一點就滿臉通紅。

「真不好意思，我的臉一定很紅。」

「對呀，像關公一樣紅。」

我們走到新宿末廣亭附近的一間小酒吧。

這是一間單純的酒吧，專供上班族喝酒聊天放鬆的，里沙代討厭坐在吧台所以我們坐進雙人座位的包廂。

站在吧台裡的酒吧的經理是一個長得像馬場的壯碩男人。他分發兌水的工具給坐在包廂裡的客人，包廂裡的客人都得自己調酒。

我調了兩杯兌水威士忌。理沙代一口氣喝下一半以上。

「不要喝得這麼猛，妳的酒量並不大。」

「我今天晚上不必開車，沒有關係。」

「還是喝慢一點比較好。」

「你不要擔心我喝多少，男人對這種小事，應該不要太過在意。」

「妳如果喝醉，我就麻煩了。」

理沙代突然安靜了一下，低下頭問：

「你去西班牙要多久？」

「我不知道。也許一個禮拜，也許一個月，最久也不會超過一年吧。」

理沙代一口氣喝完剩下的威士忌。

「也是為了尋找山多斯嗎？」

我點上一根菸。

「從廣義上看，可以這麼說。」

「那麼，狹義方面呢？」

我連續吸了兩口菸。

「二十年前，山多斯從拉墨斯的工作房偷走一把價值不菲的吉他，那把吉他是山多斯・艾爾南德士製作的。拉墨斯這一次尋找山多斯的真正原因其實是想取回那把吉他。」

理沙代大吃一驚，上半身直挺起來。

「這麼說來，這並不是美談了。」

「是啊！我們被他騙了。」

「這和你去西班牙又有什麼關係？」

「山多斯不知什麼時候把吉他讓給安東尼奧，現在巴克又從安東尼奧手中拿走吉他。前天晚上，巴克帶著吉他，坐飛機到西班牙去了。」

「所以你要去西班牙取回吉他？」

「是的。」

理沙代為自己調了一杯兌水威士忌，她摻威士忌的濃度，比我想像中還高。

「這和安東尼奧的死，有沒有什麼關係？」

「沒有直接的關係。——妳已經知道安東尼奧死亡的消息了嗎？」

「是的。大野經理告訴我了，我也從報紙上看到。」

我捺熄香菸。

「剛才我沒有告訴妳，佛蘿娜上週已經回西班牙了，巴克是去找她的。」

「他們兩人相愛嗎？」

理沙代的口氣耐人尋味。

「巴克被佛蘿娜迷住了。」

理沙代喝得喉嚨發出聲音。那細白的喉嚨令我心跳加快。

她把杯子放下來。

「我不認為你有非去西班牙不可的理由。」

「沒辦法，他們是我的顧客，我無法拒絕。」

理沙代臉上浮出寂寞的笑容。

「是你自己想去西班牙的吧，你並沒有充分的理由一定要去。」

理沙代戳到我的痛處了。我沉默不語，她也不開口。

我從口袋取出一根菸，理沙代伸手奪過去。

「你抽得太兇了，對身體不好。」

「妳也喝得太兇了！」

理沙代把香菸折斷，丟進菸灰缸裡，目不轉睛地瞪著我。

「你剛才為什麼要在大庭廣眾之下對我咆哮，使我覺得又羞又怕。」

「我要說真心話的時候，是不管旁邊有沒有人的。」

我一這麼回答，理沙代雙眸閃著淚光。

「你要說出真心話必須挑旁邊沒有人的時候。」

車子來到野形大廈的時候，理沙代已經醉得沒辦法一個人下車了，我把錢丟給笑得很曖昧的司機，扶著理沙代下車。

幸好大廳空無一人。

理沙代努力想站直身體。她的意識好像還很清醒。

我們搭上電梯，理沙代按了四樓的指示鈕。她靠在牆壁，手伸進皮包取出鑰匙。

我伸出手，理沙代猶豫了一下，然後把鑰匙交給我。她的臉色發白，眉毛痛苦得皺在一起。

「你是不是蓄意把我灌醉？」

她打著酒嗝說。

「我不否認，但是妳應該有警覺。」

理沙代把臉別過去。她的鬢毛被汗水黏貼在兩頰。

我轉動鑰匙的時候，理沙代一直靠在旁邊的牆壁上。

短短的走道，通向一個五坪大的起居室兼廚房。我讓理沙代躺在長椅上，到廚房的流理台倒一杯冷開水給她喝。

其中一面牆壁，掛著大大的浪漫主義畫風的風景畫。畫的下面是一組立體音響，兩個喇叭箱上面，各放一個色彩鮮明的裝飾壺。

長椅後面是一個高達天花板的書櫃，裡面排列著石川淳全集、夢野久作全集、霍夫曼全集以及阿伯特・貝根的著作。

碗櫥、桌子、流理台整理得非常乾淨，可以看出她認真到有些神經質的個性。

突然間，理沙代挺起身體，很痛苦地看著我，一直猛嚥口水。

「我快吐了。」

一說完，她搖搖晃晃地站起來。

我趕緊攙住她。

「浴室在哪裡？」

「走道前面。」

我扶她到浴室。在浴室門口，理沙代用柔弱的手企圖把我推出去。

「請你到那邊去。」

我不理會她，扭開浴室的燈。拿了一塊墊子讓她跪在上面。

「拜託——」

理沙代聲音哽咽。

我左手支撐理沙代的背部，右手壓一壓她的胃部。理沙代向前傾，一瞬間把胃裡面的東西全部吐出來。

我再給她喝一大杯水，並撬開她的口，把手指伸入她的喉嚨，讓她吐得更乾淨。

我把理沙代抱回寢室，讓她躺在床上，然後把浴室打掃乾淨，做完這些事，我才倒在長椅上休息。快要遺忘的瘀傷，現在又開始隱隱作痛。已經是深夜一點了。

我抽完一根菸，拿起披在椅背上的外套站起來時，臥室的門正好打開，理沙代從裡面出來。她沒有換衣服，那一件發縐的上衣下襬從裙子上露出。她的臉色還很難看，沒有看我一眼，步履不穩地朝浴室走去。

當我抽完第二根菸的時候，理沙代握著毛巾走過來，她的眼中含有淚水，嘴唇顫抖著。

「你幫我把浴室清洗好了？」

「那沒什麼，我常在家做這種事，已經習慣了。」

理沙代瞪我一眼，把毛巾丟向我。

「你好過分，害我醜態百出。」

我撥開毛巾，把理沙代抱到長椅上。理沙代拚命轉動頭部，不讓我親吻。我耐心地追逐著，她終於放棄掙扎。

她似乎刷過牙，我聞到清香的牙膏味。她柔軟的舌頭纏住我。我把手按在她乳房上，她扭動一下身體，並沒有把我的手推開。

理沙代的胸部比外表上看起來還要豐滿。她的身體開始在我身下發抖。

我抱起理沙代走向臥室。理沙代把手按在額頭任我搬動。她的嘴唇微啟，露出漂亮的貝齒。臥室沒有點燈。透過客廳的燈，我看見一個加大單人床。

理沙代的皮膚白皙，而且像嬰兒般柔軟光滑。我壓在她上面。她呼吸變得急促，雙手怯生生地搭在我的背部。

我把臉孔埋在她的胸前，她的乳尖在我舌下變得硬挺。我把她緊緊地抱住，這麼用力抱緊一個女人還是頭一遭。

我突然說：

「上一次妳為什麼不讓我摸妳的大腿？」

理沙代重重地喘息，聲音沙啞地回答：

「因為上一次有司機在。有別人的時候，我不希望你那樣做。如果只有我們兩個人，隨你怎麼撫摸，我都不會拒絕。」

我貼上她的唇，繼續下一個動作。

理沙代夾緊膝蓋，不容易打開。最後終於張開到可以進入一個頭的寬度，她一定是想證明剛才的話，而努力戰勝羞怯。

當我要進入的時候，理沙代呻吟了一下，身體往上挺，費了一段時間，她才完全接受我。她一旦接受我，就完全拋開一切，任我恣意活動。剛開始她咬緊牙關，露出痛苦的表情，最後才發出小小聲甜蜜的呻吟，我盡情地在理沙代身上享樂。

不久，我終於按捺不住興奮了，我不願意在這種毫無防備的情形下帶給她麻煩，於是下意識想起身。

理沙代卻緊緊抱著我的腰，把我壓回她身上，低聲地說：

「沒關係，做你想做的。」

我呼吸著理沙代的髮香，忘我地扭動身體，享受著心跳幾乎停止的高潮。下一瞬間，我終於射入理沙代的身體裡。不自主地喊出她的名字，身體裡面全部的快樂都傾注在這一個動作裡。

隨後理沙代發出高亢的叫聲，劇烈地扭動身體，她的內部緊緊地圈住我，我也回應她的動作。理沙代用牙齒啃嚙我的胸口，指甲緊緊地掐住我的背部，發出極度興奮的啜泣聲，在我的身下，身體像蝦子一樣地跳動著。

我們合而為一持續了好長的時間。

我似乎在這個晚上體驗了人生最美妙的經歷。

12

我和日野樂器社正式訂立契約。

這對於獨力經營ＰＲ事務所的所長和職員來說，是最低限度的保證。

出發前一天，我到日本大飯店向拉墨斯告別。兩天後，他就要搬到八王子的公寓，他已經把所有的行李收拾好了。

拉墨斯的身體狀況恢復得差不多了，但是原本精力旺盛的他，現在卻顯得無精打采。他眉頭深鎖，握著我的雙手，對我接受到西班牙一事一再向我致謝。

我把拉墨斯告訴我的馬德里工作房的地址和電話號碼，仔細地抄下來。他對於佛蘿娜和FRAP的聯絡方式一點也不清楚。

我問他，如果佛蘿娜需要幫助時，可以向誰求助，拉墨斯立刻回答我：

「我在格拉那達（Granada）有一名姪女，在卡迪斯的時候她曾經像母親一樣地照顧佛蘿娜。」

「請你告訴我她的名字和地址。」

「她的本名是茵卡娜恩・卡莎莉絲，雖然是普通人，但唱得一手好歌，那些佛拉明哥同儕都稱她為貝爾拉・德・拉伊絲拉（島上的珍珠）。」

拉墨斯用潦草的字體寫下她的住址。為了謹慎起見，我順便請他寫下卡迪斯工作房的地址。

「我聽說那個地方已經重新規劃過。教會可能還留著。每個週日，我都會帶佛蘿娜去做禮拜。教會好像在一個市場後面。」

拉墨斯再度重申他的三個要求。

「我必須向你申明，我不能給你任何保證，但是我一定會盡力而為努力說服她，但如果佛蘿娜執意要做那種危險的事，我也沒有辦法，我可不願陪她一起玩命。同時，如果巴克和佛蘿娜深深相愛，我也沒有辦法將他們兩人拆散。我頂多只能為你取回那把吉他而已。」

「不，佛蘿娜一定會聽你的話。那個孩子並不是不明事理的壞女孩，這一點我可以肯定。」

拉墨斯頑固地堅持著。

正因為拉墨斯的這份頑固，才能說動日野樂器社的社長，甚至說動我為他跑一趟西班牙。拉墨斯的頑固，有一種令人無法抗拒的力量。

九月十九日。

早報上的外電報導：前天西班牙軍事法庭將一個月以前殺害治安警備隊員的五名嫌疑犯，全部判處死刑。

這一項判決是以新制定的恐怖分子取締法為依據，五名被告都是ＦＲＡＰ的成員，其中包括兩名懷孕的婦女。

這則新聞報導最後又指出，今年內，ＦＲＡＰ及ＥＴＡ暗殺了十三名治安人員，而因此被判處死刑的多達十人。

在一旁看著我的報紙的大倉，擔心地推一推眼鏡。

「這太危險了，所長如果和他們一起被逮捕，一定會被槍決，怎麼辦呢？」

「那你當所長，不就好了嗎？」

「聽你這麼說，我就安心了。你最好是順便把公寓的產權證書一併交給我，那我會更高興。」

我苦笑一下，心中突然湧上莫名的恐懼。

「不要再說這些不吉利的話了。事實上昨天我已經委託附近的徵信所調查一些事。」

大倉瞪大眼睛。

「你太不夠意思了。不先找大倉偵探事務所，卻讓別人搶走我的生意！」

「這一次的調查工作還是需要專家的知識。調查的內容我暫時不能告訴你，如果他們寄來了調查結果，請你把它鎖在保險櫃裡，等我回國再處理。」

我獨自到了羽田機場。

我對新井說，不需要任何人送行。

我在機場的餐廳用餐。當我正在喝咖啡時，有一位高個子、粗眉毛、皮膚白白的男人走過來。我們的視線接觸在一起的時候，他好像忘了我是誰。

「清水先生。」

聽到我的叫聲，馬諾羅・清水停下腳步仔細端詳我，然後驚訝地叫起來。

「這不是漆田先生嗎？你是來機場幫人送行的嗎？」

「喔，不是。你請先坐下來。」

清水在我對面坐下，把點菜單遞給服務生。他穿著不知道洗了幾次的棉襯衫和牛仔褲，一副輕便的旅行裝束。

我記得清水曾經說，九月中旬以後，他打算到西班牙去。

「你要去西班牙嗎？」

「是啊！你呢？」

「我也是。有一點工作上的事情要處理。」

清水挑動一下眉毛。

「喔，你搭幾點的飛機？」

「九點四十五分的ＪＡＬ四二三班次。我打算在倫敦轉搭英國航空的飛機繼續飛行。」

「嘩！完全和我一樣，真是太巧了。」

我們掏出機票對照，雖然座位不在一起，但的確是同一個班次的飛機。
清水的啤酒送來了，我也多追加了一杯，兩人互相乾杯。
清水說，他這一次去西班牙，並沒有特定的目的，打算花一個月到處去流浪。
「真羨慕你，可以到處旅行。」
「你是因為工作而去的。這個頭銜才真叫人羨慕。」
「其實這也和尋找山多斯有關。」
清水皺一皺眉頭。
「山多斯到西班牙去了嗎？」
「不，其實是——」
我覺得一言難盡。
這一次偶然碰到清水，我完全沒有心理準備，所以還不打算把事情說出來。
清水沒有繼續追問，默默喝著啤酒。
擴音器傳來催促旅客上飛機的播報，我們一起站起來走出餐廳。
大廳一樣還是人聲喧嘩，一群為新婚夫妻餞行的人，旁若無人地高呼萬歲。新郎非常緊張，新娘卻頭向旁邊，用手套捂著嘴，強忍住笑。
海關入口處也有一群人。一個高頭大馬的男人站在紅色地毯上向人群揮手，他好像是一位愛擺臭架子的政治家。
清水看不慣地搖搖頭。
在土產店的柱子旁，我看見一個熟悉的臉孔，心跳陡地加快。
我碰一碰清水的手臂。

「你先過去。我去買一點東西。」

目送清水離開，我才走向土產店。

那智理沙代佯裝在注視櫥窗裡的照相機。她穿著大開領的白色上衣，亮灰色長褲套裝，腰間繫一條金鍊子。

她察覺我向她走過去，於是轉身走向通路，我也默默地跟在後面。

走過成排的公共電話亭以後，理沙代駐足回首。這裡是上一回巴克和佛蘿娜熱烈親吻的地方。

我們避開人群，靠在牆壁邊。理沙代的頭髮飄著洗髮精的香味。

「你真無情，為什麼要走也不打電話給我？」

她杏眼圓睜地責備我。

「我不知道拿什麼理由告訴妳。」

「為什麼要有理由？」

「我沒有勇氣告訴妳。」

「你不要再玩文字遊戲了！」

我伸手摸索香菸，理沙代按住我的手。

「你只要坦白說『妳來送我』就好了。」

「妳希望我這樣說嗎？」

理沙代咬緊嘴唇。

「我希望。」

「我已經告訴妳出發的時間和班次了呀！」

「你好狡猾！你是不是覺得對不起我，所以才不敢要我來送行？」
我摸了摸脖子。
「妳是處女！」
理沙代狼狽得連脖子都羞紅了。她顫抖著嘴唇說：
「這種事你怎麼可以在這裡嚷嚷。」
「沒有人會聽到的，妳放心吧！」
理沙代退了一步。
「我不會向你要求什麼，我壓根兒也沒打算這麼做！」
「妳這樣說，我就放心了。我不會忘記妳的。」
理沙代又離開我一步，她的心好像遠離了我。我以為她的眼角就要滴出血來。
「妳是不是說，我抽到了壞籤？」
「如果你認為那是抽籤的話！」
理沙代背向著我，朝樓梯飛奔過去。
我注視著她的背影，直到她完全從我的視線中消失，我還傻愣愣地盯著樓梯。
我失魂落魄地過了海關，走進旅客休息室。清水從免稅商店抱著一瓶洋酒回來。
他看到我，錯愕地說：
「怎麼了？好像是被女人甩掉的表情！」

第五章——格拉那達的落日

1

希斯洛機場內的咖啡廳，光線昏暗。

我的視線駐留在《泰晤士報》的外電報導上。

「西班牙，未來一週不執行死刑——

「根據西班牙政府當局發表的聲明指出，過去三個星期間被宣判死刑的激進分子，在未來一個星期內還不會執行判決。佛朗哥（Francisco de Franco）總統於十九日表示，即將在馬德里近郊的巴爾多宮殿，召開定期幕僚會議，討論有關死刑的問題。而這個會議預定下個星期五召開，在這之前，西班牙政府絕不會執行死刑——」

「有什麼新聞呢？」

清水背微彎，手中捧著一杯咖啡，探著頭問。

「看樣子，馬德里的形勢，又有新的變化了。」

「是不是關於那些激進分子的死刑問題，又有了糾紛？」

「是啊！如果佛朗哥簽上名，死刑就能夠確立。但是，這件事遭到西班牙內部左派分子的激烈反對，而且歐洲各國醞釀的抗議運動也不斷地擴張。」

「要是到了那兒，剛好遇上他們內戰，就糟了。」
我將報紙摺好，放在桌上。
「我記得你說過，這趟旅行並沒有什麼目的。」
「是啊，擬定計畫，對我來說，實在是件苦差事，所以乾脆不想了！」
我這才問出考慮許久的話。
「這也許會破壞你難得的旅遊，但是，我還是想問你，願不願意幫我忙？」
清水把一邊的眉毛挑得老高。
「幫忙？」
「沒錯，如果你願意的話，我可以負擔你在西班牙的經費，回到日本後，我還會好好地酬謝你，如何？」
清水以彷彿洞察人心的眼神盯著我。
「可是我不太想被人束縛啊！這件事是不是和山多斯有關係呢？」
「大概是吧！我盡量不讓你花太多的時間。」
清水咬了一大口三明治，再將咖啡一口氣喝完，用手背擦擦嘴。
「先說來聽聽，如果和山多斯有關，也不能說完全與我無關就是了。」
我點了一根菸。
「前次我已經告訴你了，有個叫做拉墨斯的吉他製造專家來到日本，他想要找尋二十年前在卡迪斯遇見的日本吉他手，名叫山多斯。其實，這還有一段後文，山多斯從拉墨斯的工作房中偷了一把很有價值的吉他，你大概聽過吧，就是山多斯‧艾爾南德士製造的那把。」
清水嘟起兩片唇，咻一聲吹了起來。

「他也真大膽，山多斯偷了山多斯，還真絕！」
我將這件事的來龍去脈詳細說了一遍。清水沒吃東西，專心地聽著。當他聽到巴克的名字，眼睛突然一亮。
我將香菸丟入菸灰缸中捺熄。
「這把問題吉他由山多斯的手中傳給安東尼奧，如今卻落在巴克的手中。而巴克在一個星期以前，帶著那把吉他飛到西班牙來。為了拿回那把吉他，我不得不暫時擱下尋找山多斯的工作，跟著巴克來這兒。」
清水聽完後，搖著頭說：
「那太難了吧！西班牙這麼大，找一個人談何容易，即使我幫忙，也未必能找到啊！」
我再掏出一根菸，點上火。
「當然不會完全沒有線索，當時拉墨斯帶著他的孫女佛蘿娜來日本，而巴克愛上了佛蘿娜，因為佛蘿娜先回國了，所以巴克也跟著追到了西班牙。」
清水微微地點了兩三次頭，說：
「原來如此，那麼如果我們去找佛蘿娜，就一定可以找到巴克囉！」
「表面上就是這麼簡單，但是，做起來卻有些問題。原先我以為你會因而退縮，所以隱瞞了一些事情。」
而後，我才將佛蘿娜是極左派組織的一員，以及西班牙秘密警察緊盯著她的情形，大致說明一下。
清水反射性地搖搖頭，臉頰繃得緊緊的。
「那確實令人害怕，聽說西班牙的警察很恐怖。」

「我們可以向警察檢舉佛蘿娜和巴克啊，並要求他們把吉他還給我們，不就得了。」

「大家都這麼說。」

看他說得那麼簡單，我不由得苦笑。

「但是，拉墨斯還拜託我幫忙佛蘿娜。萬一她參加恐怖活動，生命就危險了，所以拉墨斯拜託我說服佛蘿娜遠離那些恐怖活動。」

清水將剩下的三明治塞進口中，慢慢地咀嚼。

「唉，你的任務還真麻煩，要我整天跟在你後面，我可吃不消，而且我還想到處看看。」

「你不必整天跟著我啊！如果需要你的幫忙，我會告訴你的。來，我介紹馬德里一家相當不錯的旅館給你。」

「啊，這正是我想要拜託你的。」

我將香菸捺熄。

「你的西班牙話怎麼樣？」

清水不好意思地搔搔鼻梁。

「一、兩句還過得去啦，我想比手畫腳應該可以吧！你呢？」

「日常會話，我倒是應付得來。」

「那麼，我幫你忙，你幫我翻譯，怎麼樣？」

清水向我眨眨一隻眼睛。

2

午後兩點過後，我們到達馬德里的巴拉哈斯機場。外頭天氣悶熱。辦好入境手續，我們走向機場的服務中心訂旅館。那家「米蓋旅館」正好有空房，我預訂了兩間。

馬德里的計程車，不要命的開法像極了東京的計程車。「米蓋旅館」位於馬德里市中心，從通稱格蘭比亞的荷西·安東尼奧路轉入洛杉磯街坡道就是了。司機只花了三十分鐘，就將我們送達那兒。

這個旅館採用旋轉式大門，玻璃門上的金色招牌字早已消褪，不可辨識，光看它的外表，絕對猜不出是間旅館。裡頭房間不滿二十間，其中還有幾間被長期逗留者佔據了。平常的住宿客以定期出差到西班牙的外國貿易商，以及公司的職員為多，普通的觀光客大多不會來此。這兒還是我在哥本哈根時認識的，一位身高一百九十公分、尚比亞籍的女大學生告訴我的。

我們進入昏暗的大廳，走近正對面的櫃檯，店主人米蓋·地亞士·馬丁尼茲古銅色的臉龐浮上一抹親切的微笑，並且張開手臂表示歡迎。

「先生，看到你真好。以後請你記得，只要是你，我們隨時歡迎，實在不必叫機場的女孩打電話來預約啦！」

「精神飽滿哦，米蓋。那也沒什麼關係，先在機場練練西班牙語也不錯啊！況且，我也想看看他們的工作效率如何。」

我越過櫃檯和他握手打招呼。同時，也將清水以朋友的身分介紹給他。

「把這兒當成你的家吧！保證你們輕鬆自在。」米蓋伸出手來，握住清水的手。

「你好。謝謝你。」清水以不太流利的西班牙語回答。

還好嘛，不會差到哪兒去。

我們在住宿簿上登記後，便拿出護照，遞給米蓋。米蓋親自提著兩個行李箱，帶我們到各自的房間。這兒的電梯是手動式，入口和出口不在同一個地方。

我們的房間在最上層的五樓，窗口面對著大馬路。我將行李放下後，便走進隔壁清水的房間。

「你又要到安達魯西亞玩嗎？」

米蓋打開房間內的窗簾，回頭看著我。

「哦，不！我這次來是辦些事，日程還沒安排好。」

「無所謂，你愛住多久就住多久。秋天時人會多點，但現在空得很，歡迎你長住。你們晚餐打算幾點用呢？」

「早一點，可以嗎？大概在八點左右好吧？對了！你的莉娜達還好吧？」

莉娜達是米蓋的妻子，據我所知，她是個西班牙料理的高手，而且是最棒的一個。

「她呀，好得不得了，又胖了，我們的廚房對她來說，是愈來愈狹窄囉！她剛好出去買東西不在，待會兒她一定會來和你打招呼的。」

等米蓋出去後，我便和清水聊起我和米蓋認識的經過，還有莉娜達的高明手藝，以及兩個兒子充當服務生的點點滴滴。

清水用電動刮鬍刀刮著鬍子，邊說：

「這旅館在日本，應該算是有點大間的民宿。」

走出陽台，向外看。照在建築物上的日光，與陰影下的街道，形成強烈而鮮明的對比。

「我受不了了，我要睡覺睡到傍晚，我想八成是時差問題在作怪！」
清水抱怨的聲音從後頭傳來。
我回過頭，對清水說：
「我等等會到街上走走。」
回到自己的房間，我著手整理行李。其實，也沒什麼東西，為了避免累贅，只帶了些必需品罷了。
我掏出拉墨斯所交代的事項，再次確認。雖然在飛機上已經將所有的事情全部記在腦海中，但以防萬一我再度複誦一遍，而後，將紙撕成碎片放在菸灰缸中燒掉，紙灰倒入馬桶中，沖得毫無蹤影。
接著，我打開馬德里的市區地圖，攤在床鋪上。拉墨斯的工作房位於聖地牙哥街，從旅館出去，大約再走六、七分鐘就到了。
有人敲門，我應了一聲。門被小心地打開，露面的是眼睛大大、圓圓臉龐的女人。
「莉娜達，好久不見了。進來吧。」
那女人聞聲踏進房間內一步，她似乎想要使母牛般的龐大身軀顯得嬌小點，忸怩地將雙手放在胸前交握著。
「怎麼啦？是不是生病了？都瘦了一圈囉。」
「真的嗎？你這句話真應該讓老頭子聽一聽。」
莉娜達臉龐發紅，不好意思地撫撫身上的花洋裝。看來，她是在匆忙之中上了點妝，口紅都跑出唇形外了。
「今晚吃燉肉吧！我正好買了一塊上好的肉，怎麼樣啊？」

「太棒了！一切拜託啦！啊！對了，這有個東西要送給妳。」
我從行李箱中掏出超小型的電子計算機。
「妳買東西的時候，常常要計算，很辛苦吧，所以我買了這個給妳。」
「太好了，謝謝，這個，很貴吧！」
「在西班牙可能貴了些，但在日本很普遍，就像小孩子的玩具一樣，到處都可以買到。」
我教了她一下使用方法。
而後，她在一連串的道謝聲中走出房間。待門一關上，我趕緊拿起話筒。
「米蓋，麻煩你幫我接個電話，市內的。」
報上拉墨斯工作房的電話，我放下話筒，一分鐘後，電話響了起來。
「我幫你接通了。」米蓋的聲音傳來。
接著「咔」一聲，線路接在一塊了。
「喂。」有個女聲簡短地回應。那女人小心的程度，可由聲音、語調中清楚地得知。
「喂，佛蘿娜，是妳嗎？」
話筒那端傳來倒抽一口氣的驚訝，過了一會兒——
「誰？」
對方壓低聲音簡短地問。
「漆田。」
我的回答也很簡潔。這次過了許久，都沒有反應。
「喂——喂！」
我忍不住再叫一下。話筒那端傳來了掛斷電話的聲響。

掛上話筒之後，我將攤在床上的地圖摺疊好，準備些紙鈔和零錢放在口袋中，戴上一副太陽眼鏡走出房間。

米蓋的兩個兒子，貝多洛以及利卡多，在櫃檯前為了那個電子計算機相互爭吵著。兩個人都在二十歲上下，哥哥貝多洛，體型矮壯，像極了米蓋，而弟弟利卡多的體型則是瘦瘦高高的長髮年輕人。

我們正在握手寒暄時，米蓋由裡頭走出來。

「你送我們這麼好的東西，實在太不好意思，唉，這下莉娜達的工作又減少了，只希望她不要再胖下去就謝天謝地囉！」

「別再挑剔莉娜達了，你還不是都有了白頭髮！」

「可是，先生，死的時候，白頭髮還能讓人尊敬，如果太胖了，連個棺材都塞不進去啊！」米蓋將拉丁民族特具的俏皮發揮得淋漓盡致。

惹得我不禁開懷大笑。

「我想出去散步，過會兒就回來，麻煩你照顧一下我正在睡覺的朋友，謝謝你。」

走出旅館，沿著坡道往下走。

在建築物的陰影中，石板路有點陰涼，但在陽光下時，卻又熱得很。順著坡道走下去是馬約路，在馬約路的前方有個叫做艾爾廣場的十字路口，往右轉就是聖地牙哥街，再往前走就是王宮了。

在聖地牙哥街中段的左側，突出一塊古銅色的金屬看板，上頭還殘留一些白色的油漆，寫著：「荷西·拉墨斯，吉他製作」。

我將太陽眼鏡朝上挪開點，觀察觀察四周。來往的行人並不多，而王宮前是單行道，路上的車輛也較少。在過去不遠的地方，有個戴著墨鏡的老人靠在牆上，上衣的領子和口袋夾了一堆獎券，正扯開喉嚨大嚷：

「大獎在這兒等著您——」

拉墨斯工作房的百葉窗和百葉門都蓋上了。在它左邊的服裝店，門口也掛著「休息中」的牌子。

右手邊是棟大廈，與工房中間有個狹窄的門，上面貼著個金屬名牌，寫著：「J・拉墨斯・巴爾德斯」，用木框框起來的大概是對講機吧。

我按下按鈕。

不久之後，對講機中傳來拿起話筒的聲音。

「哪一位？」

是佛蘿娜的聲音。

「漆田。我有話跟妳說，讓我進去，好嗎？」

我用日本話小聲地說。接著沉默了好一會。

「你找我幹嘛？」

佛蘿娜依舊用西班牙話回答。

「這算什麼嘛！我大老遠從日本跑到西班牙來，妳卻用這種方式打招呼，算什麼待客之道！妳以為我來做什麼的呢？趕快打開門，讓我進去！」

我一說完，話筒掛上的聲音從對講機中傳來。緊接著一連串的腳步聲，開鎖聲，門打開一道細縫。

「趕快進來。」

佛蘿娜小聲地以日本話說完，迅速從門邊退開。我趕緊閃身進入，眼前有個陰暗的玄關，還有座樓梯通向二樓。左手邊有個門，大概通往工作房吧。

佛蘿娜一關好門就突然轉身，撲進我的懷裡。

3

「對不起，我很害怕。」

佛蘿娜伏在我的肩頭上小聲地說。我輕輕地拍拍她的背。

「妳外公叫我來幫妳的，不用害怕。」

「拜託你小聲點，那些人正在聽。」

「哪些人?!」

「ＢＰＳ（秘密警察），那些人正在偷聽我們的談話。在樓上的房間有個小小的麥克風，就貼在桌子的背面。」

「把它拿掉不就得了！」

「我不想讓他們發現我已經知道了，可能連電話也被竊聽了，所以剛剛很對不起。」

「我就知道一定有什麼原因，才使妳這樣。那麼，我們到外頭談談。」

「不行！有人會跟蹤，我已經被他們盯得緊緊的。我們上樓去好了，待在下面太久，他們會懷疑的。」

佛蘿娜拎著牛仔長裙的下襬，走在前頭，爬上樓梯。

二樓的客廳並不大，面臨馬路的窗子，早已拉上白色蕾絲製的窗簾。一張四腳漆成黑色的桌子，周圍擺著幾張皮製的長條椅和沙發。角落邊有個高腳西洋櫃子和餐具櫃，感覺很狹窄！

佛蘿娜不說一句話地指指桌面，皺皺鼻子，眨眨一隻眼睛，故意清楚地用西班牙話說：

「我外公身體還好吧！」

「他精神很好，現在大概已經搬到工廠附近了，我們相信他一定能替我們做出很好的吉他。何況，他還是西班牙屬一屬二的知名吉他製造家。」

我順著佛蘿娜的口氣回答。她滿意地點點頭。

「你喜歡聽佛拉明哥舞曲吧，我正好有卷卡馬隆的最新錄音帶，聽聽看如何？」

她從餐具櫃上拿下一台錄音機，放在桌子的中央，惡作劇地笑笑，按下錄音機的按鍵。

卡馬隆・德・拉・伊士拉（島的小蝦），是當代極負盛名的年輕歌手。

配合著帕可・迪・魯西亞華麗的吉他伴奏，卡馬隆獨特的歌聲由錄音機中流瀉出來。這麼一來，竊聽器完全無效，就算將耳朵貼在牆上，也聽不到我們的談話。

我將兩張沙發椅拉至窗旁，兩人相對斜坐著。佛蘿娜蒼白的臉以及白色的上衣上，模糊地印著窗簾上的蕾絲花紋。

「沒什麼時間，我直接進入主題。」

我將身子盡量靠近佛蘿娜，小聲地開始敘述。

「拉墨斯先生並不是像我剛剛所講的很有精神，其實，他心臟病發作了，住了好些天醫院。」

「真的嗎？」

佛蘿娜用手掩住口，眼睛睜得大大的，背脊也僵硬起來。

「檢查的結果，雖然是暫時穩定了，但是如果讓他太過操心，可能會有生命危險。」

佛蘿娜將食指的關節，彎曲地放在口中輕咬著，一直盯著我。

「發生什麼事了？」

「唉，一大堆事情接踵而來，難怪他無法負荷。當然妳參加極左派組織也是理由之一。」

佛蘿娜眼光低垂著，望著握在膝上的雙手。

「你說你是受我外公之託，才來到西班牙，是真的嗎？」

「是的，拉墨斯先生拜託我來西班牙辦三件事。第一，就是說服妳放棄反佛朗哥的活動。相信妳在回國後，已經發現事態的嚴重性了。妳一回來，就被人監視、竊聽、跟蹤，政府當局很明顯地盯上妳了！」

「一定是洛多利凱士向他們報告，說我從東京回國的。」

「大概是吧，所以妳的行動完全掌握在他們的手中。連我都知道，妳向日本列島解放戰線要求派遣一位爆破專家前來西班牙。」

佛蘿娜驚訝得幾乎要站起身來，連忙將視線轉向桌子。錄音機中播送著卡馬隆配合著拍子所唱的熱鬧的探戈舞曲。佛蘿娜擔心地坐直身子。

「你怎麼知道的？」

「我是從解放戰線的人那兒聽到的，我們兩個在清水谷公園被襲擊的時候，他們的巢穴也同時被人偷襲了。他們認定是我玩的把戲，所以把我抓了去，嚴刑拷打，弄得我渾身是傷。」

佛蘿娜搖著頭，淚光閃閃，愧疚地說：

「我不知道會發生這種事，對不起。」

「沒關係，過去的就算了。我問妳，妳和他們到底協議些什麼？要不然拉墨斯先生叫妳回國，妳一定不會這麼心甘情願地回西班牙的。妳和他們到底達成了什麼協議呢？」

佛蘿娜把頭轉向另一邊，偷偷地拭拭眼睛。

「我不能說。」

一首曲子唱完了，我們默默地等待下一首的出現。

「最起碼，妳可以不做危險的事吧？我和拉墨斯先生有著同樣的心情和希望。」

佛蘿娜激動地甩著頭髮。

「不行，我已經無法回頭了！」

「妳不必回頭啊！只要放棄不就得了！」

「不行，這不僅僅是為了我，還有我的同志以及西班牙！」

我向後靠在沙發背上。

「妳的理想可真遠大——聽說妳還是FRAP的一員呢！」

佛蘿娜咬緊下唇，歌曲又停了。

佛蘿娜並沒有回答我的問題，反而從沙發椅上站起來，走到櫃子旁，掀開門簾走了進去。不久，便聽到一陣磨咖啡豆的大響聲。我從桌上拿個菸灰缸過來，點上一根菸。

卡馬隆的歌曲又變了，正唱著輕快的喧戲調（編按：Bulerias）。這時佛蘿娜端著咖啡回來，放在茶几上。

「有關日本極左派組織的事情，妳是從哪裡知道的？」

佛蘿娜一邊倒咖啡，一邊眼睛向上盯著我瞧。

「馬德里大學的日本留學生。」

「那麼妳又為什麼被警方盯上了呢？」

「自從台拉維夫事件以來，日本的激進派聲名大噪。大學中的日本留學生，全被人監視著，而大學附近的咖啡廳也常有間諜出入，和那些日本人談論的學生都在他們的注意中。」

「所以妳的名字也在黑名單裡！」

佛蘿娜在歌曲中斷時，啜了一口咖啡，並向我要了根香菸，我禮貌地為她點上火。

佛蘿娜吐了一口煙，說：

「如果你明瞭佛朗哥的作風，一定能夠了解我的心情。他認為殺了治安警備隊隊員的人，應該一律判處死刑，沒有例外。而普通人只要有一點點的嫌疑，就可以隨時抓來拷問，完全漠視人權，甚至連替人辯護的律師都連帶處罰。你想，律師和新聞記者對這些事情完全插不上手，這算是什麼社會呢？」

「這的確太過分了。」

「還有更不人道的，前天又有五個ＦＲＡＰ同志被宣判死刑，其中有兩名是女性，都懷孕了，但佛朗哥依舊如此判決。」

佛蘿娜激動得很，眼中燃燒著怒火。

「這個我在報上看過了，但是就算是佛朗哥，應該也不會殺害懷孕的婦女吧。」

「就算他想，也沒辦法！歐洲其他國家都反對執行死刑，所以如果那些婦女被判死刑，佛朗哥的政治生涯就結束了。反正，他也活不長了——」

佛蘿娜沒有把話說明白，我喝了口咖啡，等著下一首歌曲出現。

「那是什麼意思呢？佛朗哥最近會去世嗎？」

佛蘿娜將菸捻熄。

「佛朗哥將在一九七五年，也就是今年的十一月十九日死亡。」

我也將菸蒂丟進菸灰缸中。心臟感到微微的疼痛。

「那是兩個月以後的事情，妳怎麼可能知道呢？」

「佛朗哥發表叛亂宣言是在一九三六年的七月十八日，而正式宣告內戰結束是在一九三九年的四月一日。一九三六年和一九三九年合起來就是七五年，七月加四月為十一月，十八日加一日就等於十九日。所以，佛朗哥會在一九七五年的十一月十九日死亡。」

佛蘿娜就像在解說房屋物件的房屋銷售員般地認真解釋。我聽了這種解釋法，不禁錯愕地盯著她，但看看她認真的表情，我只能硬將笑意吞回肚子去。

佛蘿娜聳聳肩。

「你大概覺得很可笑吧。但是，我相信，就算我們沒有下手，佛朗哥也必死無疑！」

「雖然他的年紀大了，可能會因年邁老去，但我不認為，他會在十一月十九日死亡。看他樣子，大概能活到一百歲。」

佛蘿娜猛盯著我，然後將眼光垂下。

「你還是沒辦法了解我們的心情。雖然你是個好人，但卻不是一個適合從事革命運動的人。」

「既然如此，妳為什麼還要告訴我這些呢？妳不怕我向警方告密嗎？」

「你雖然不是我的革命同志，但你卻是個可以信任的人，我相信你一定不會背叛我和外公的。」

「我保證絕不會如此，但請妳改變一下想法，好嗎？」

我再要求一次。但，佛蘿娜只是一個勁兒地搖頭。

「不要再提這些了。你說外公拜託你辦三件事情，其餘的兩件是什麼事呢？」

就在這個時候，錄音帶已經播送完畢，我制止佛蘿娜再說下去。

「真好聽，請妳換背面，再讓我欣賞欣賞，好嗎？」

佛蘿娜將錄音帶換了一面後，回到沙發上，以眼光催促著我未完的話。

「再來就是巴克的事情。雖然我答應過妳，不洩漏妳和巴克的事情，但我還是告訴拉墨斯先生了，對不起！」

霎時，佛蘿娜的臉紅了起來。

「是不是因為這件事，外公才心臟病發作的？」

「並不是如此，但是拉墨斯先生的反應，顯示他對於巴克這件事不怎麼愉快。他拜託我的第二件事情，就是不讓巴克與妳接近。」

佛蘿娜沉默不語。

「我知道巴克已經來到西班牙了，是不是妳叫他來的？」

聽到我的質問，佛蘿娜嚇了一跳，看著我。

「我沒叫他來啊！」

她反射性地否定。

「但是，妳一定告訴過他妳的地址和電話吧？我想他一定跟妳聯絡過了才對。」

佛蘿娜的手無意識地拉拉上衣的衣領，卡馬隆的孤獨曲調結束了，房間一片寂靜。不久後，錄音機又傳來亞列格里士（Alegrias）的旋律。

「他沒有來過這裡，倒是有打過電話給我。」

佛蘿娜語氣淡然地回答。

「他是不是和我的命運一樣，妳不說一句話就掛斷了？」

「我對他說，別接近我。」

「只有這樣嗎？」

「只有這樣。請你回去吧。」

她突然站了起來。

「我還沒說完，還有第三件事情。」

「我不想聽了！」

佛蘿娜低沉而斷然地說。她目光中顯示出毫不為所動的神情。

沒辦法了，我也從沙發上站起來。

「能不能透露一下巴克的住處？」

「我不知道，沒有問他。」

「妳相當頑固。」

「別再接近我了，如果你再接近我，就會被警察跟蹤的。說不定，你從這兒出去，馬上就會被逮捕。」

我走近窗邊，透過窗簾望著聖地牙哥街，並沒有什麼可疑的人影。

「我會在洛杉磯街的『米蓋旅館』住一陣子，如果有事，請打電話到那兒給我。」

然後我走到桌邊，按下錄音機「停止」的按鍵。

「這些曲子都相當好聽，謝謝妳。不過我必須失陪了，還有些工作等著我呢。」

「希望你的工作順利。」

佛蘿娜頑皮地伸伸舌頭。原來，佛蘿娜成熟的模樣中，竟也有孩子氣的一面，著實讓我吃了一驚。

佛蘿娜隨著我走下樓梯，小聲地說：

「我知道你為了我刻意來到這兒，但是我不能聽你的話，請你原諒。回日本去吧，對外公說不用擔心我了，我會照顧自己的。」

「這個還不大確定。就執著這點來說，我可不輸給妳喔。」

我再度戴上太陽眼鏡，跨出門口。

背後傳來關門、上鎖的聲音。

4

顯然並沒有人想逮捕我，於是我從容地走著。街道上，只有賣獎券的聲音傳來。從聖地牙哥街右轉，便是馬約路了。

我一路散步，來到太陽門廣場，瀏覽著商店的櫥窗。我隨時提高警覺，注意背後，但我實在無法辨別究竟是否有人跟蹤我。

這個廣場，就像是東京的銀座四丁目的十字路口，相當繁榮。來來往往的行人以及交通毫不遜於東京，而人們的活力卻較東京略勝一籌，人與人之間完全沒有競爭的氣氛，到處充滿了溫暖人情味。也許是因為西班牙歷史歲月以及沉靜的街景塑造出來的吧。

有十條道路圍繞在廣場的四周，從格蘭比亞大道的中段，有一個通往卡列歐廣場的緩坡道，坡道盡頭的兩側，各有一棟磚紅色的大廈，便是「加利西亞」百貨公司。

已經五點半了，午休結束，百貨公司再次開店。我走進新館內，搭著電扶梯，上上下下來回了幾次，裡頭的商品、氣氛、顧客都與日本的百貨公司無多大的差異，真有趣。

好像沒人跟蹤我嘛！走出百貨公司，我朝旅館走去。

電視中白色的畫面，將光線投射在陰暗的大廳。正是播報新聞的時間，我隨便找了張沙發椅坐下來。

新聞播報員正在傳達巴塞隆納軍事法庭的判決，ＥＴＡ（巴斯克祖國與自由）的成員將以殺害治安警備隊員的罪名判處死刑，這是極左派組織被宣判死刑的第十一個人了！

米蓋告訴我，清水在我回來的十分鐘前，一手拿著地圖跑出旅館。

我打算先睡一會，於是上樓回到房間。

也許是太過疲倦了，睡得非常熟，直到八點整，米蓋打電話來，我這才清醒過來。

「晚餐已經準備好了，你的朋友也在餐廳等著你囉。」

「我知道了，馬上下去。噢，對了！不穿晚禮服沒關係吧。」

好不容易從床上爬起來，打開窗簾，天空還亮著。在這個季節，太陽下山的時間通常都在九點左右。也許就因為如此，西班牙人的晚餐時間也比較晚。

我走進地下一樓，像是地窖的餐廳。清水穿著整齊西裝，一個人在餐廳的一角獨自喝著葡萄酒，桌上擺著一瓶酒和超大的橢圓形麵包和約克火腿。另外還有一對美國來的老夫婦正喝著酒。

據清水說，他在格蘭比亞大道上的一家唱片行逛了半天，買了張唱片。而後又替一位可愛的小姐拍照，另外還在自助餐廳內吃了哈密瓜以及鳳梨，吃完後才回旅館來。

我和他喝著葡萄酒，然後將我與佛蘿娜見面的情景告訴他。當他聽到佛蘿娜被人監視、竊聽時，頓時喪失了食慾。

「我有個不祥的預感，我來到西班牙是因為純粹的旅行，可不是來和佛朗哥打架的！」

這個時候，米蓋的大兒子貝多洛穿著白色工作服來到一旁為我們服務。我們從西班牙番茄冷湯開始進食。

清水接著說：

「我們在一起算是有緣，所以我沒有拒絕幫助你的要求。只是，我希望做些較安全的工作，因為我的膽子相當小。」

莉娜達的燉牛肉，真是天下的美味。她以橄欖油烹調，技術之好就連喜愛清淡食物的我，也不由得垂涎三尺。清水的想法與我相同，認為這是獨一無二的美味。

「我們繼續剛剛的話題吧，佛蘿娜已經承認巴克曾經打過電話給她，但堅持不肯透露他的住所。你想有什麼方法可以找到巴克呢？」

「巴克打算在西班牙待多久，我們並不知道，但是，如果他沒有工作，就不能填飽肚子，所以，我想他一定會先找份工作吧。」

「有道理，憑他出神入化的吉他技術，在西班牙相當吃得開，或許他正在某個酒吧演奏也說不定。」

「我有門路，有兩位我認識的吉他手也來到西班牙。這點由我來負責。」

第二天上午，我和清水個別出門。因為是星期日，除了餐廳和咖啡館外，其餘的商店都休息。

經過伊莎貝爾二世廣場，從與前一天相反的方向轉入聖地牙哥街，正前方是聖地牙哥廣場。從那裡可以看到拉墨斯的工作房，距離大概四十公尺左右。

賣獎券的依舊在那兒大嚷大叫，附近還有個水果商人將手推車停了下來，在溫暖的日光下看著雜誌。我點上一根菸，靠在牆壁上，打開手中的地圖，就像個觀光客初來乍到的模樣。

水果商人的手推車時時有顧客湊上來，聊聊天或買些水果，並沒有什麼特別可疑的地方。

十二點不到，佛蘿娜出來了。

她將頭髮綁起來，穿著黃色T恤，白色的喇叭褲。她鎖上大門，朝著我這個方向走來。我趕緊從轉角離開，跑進廣場附近寫著「山達・克拉拉街」的巷子中。

佛蘿娜手中拎著一個小袋子，進入聖地牙哥廣場。而在佛蘿娜後面幾公尺遠的地方，有個頭髮稀疏、圓臉的矮小男人跟著，那個男人剛剛還與水果商人講過話。

佛蘿娜穿過廣場，走進一個小小的食品雜貨舖。那個矮小的男人，雙手插在褲袋中，不斷在店舖前走來走去，有時還停下來，望望店舖裡頭。

不久，佛蘿娜抱了一大紙袋的東西出來，對面前的小個子男人視若無睹，走回來時的方向，小個子也跟在後面。這種溫吞的方式根本算不上跟蹤，似乎擺明是要挑戰佛蘿娜的神經忍受度，在這種情況下，佛蘿娜即使是在戶外也無法打任何電話。

我回到方才的轉角，佛蘿娜正好走進拉墨斯的工作房。我注意到小個子與水果商人互換個眼神，然後揚長而去。

而後，佛蘿娜再也未曾踏出戶外一步。像這樣嚴密的監視下，佛蘿娜根本做不了什麼事。

七點，我回到旅館。米蓋告訴我，清水在五點的時候，曾經回來等過我，後來他等得不耐煩了，又跑了出去。

一整天盯著佛蘿娜，實在是有些累，我將晚餐時間改成九點，然後睡了一覺。

八點半，一陣敲門聲吵醒了我。

是清水，他看著我的臉笑著說：

「慶祝一下吧！我打聽到巴克的住所了！」

我一邊喝著酒，一邊聽清水的報告。

據清水說，他先去拜訪所認識的日本吉他手，告訴他們這件事然後請他們協助。他們建議，可以到上帝之愛那探聽看看，並交給清水一個地址。上帝之愛是個相當出名的佛拉明哥舞蹈街，我曾聽過這個名字。

而後，清水去上帝之愛街打聽，那裡的其中一間舞蹈工作坊有一位來打工做吉他伴奏的日本年輕人，因而打聽到巴克的消息。據說巴克在五、六天前曾來這兒，要求介紹一份工作。在講師們的要求下，巴克彈奏了一小段的喧戲調，而他們尚未聽到十小節，就看出巴克的技術高超絕妙，馬上寫了封介紹信給「艾爾・阿爾拜辛」酒館，那是間還不錯的中等酒館。

「既然已經知道店名了，那今天晚上去看看，怎麼樣？」

清水說完後，瞇著一隻眼，將酒一口氣喝乾。

「艾爾・阿爾拜辛」酒館剛好隔著格蘭比亞大道，正好位在與洛杉磯街反方向，離聖洛蓋街有段距離。

我們到達那兒時，是凌晨零點。

西班牙的酒館通常都是在日本一般酒吧打烊的時候開店。而且，一開始也只表演一些簡易的舞蹈給觀光客欣賞，正統的佛拉明哥舞蹈則是在深夜才看得到。在這個時間，普通的觀光客大多回旅館休息了，留下來的是一群熱愛佛拉明哥舞的舞迷們。

當天雖然是週日晚上但是人卻相當多。好不容易，我們才有個後頭靠牆的位置。

以鬥牛壁畫為背景，一位穿著白底大紅圓點洋裝，年紀稍長的舞者，正頭髮散亂地跳著斷續調（編按：Siguiriyas）。在她的背後，有兩個伴奏的吉他手，其中一個正是巴克・津川。

巴克以銳利的眼光緊盯著舞者的腳步，然後用手指輕快地伴奏。

「那個年輕人，就是巴克啊？」

清水附在我的耳邊嘀咕。

「對！你還記得他嗎？」

「這──，有些困難，當時他還只是個小孩子。」

我挺直背，緊緊盯著舞台。

「巴克手中彈的那把吉他，不是『山多斯・艾爾南德士』啊。」

「用那把吉他替舞者伴奏易受損，所以他才不用。說不定他將那把吉他放在旅館或別的地方了！」

舞蹈結束後，舞台上暗了下來。等燈再亮的時候，舞台上就只剩下巴克一個人。頓時，店內滿是掌聲、口哨聲，熱鬧極了！

「他相當受歡迎嘛。」

清水對著我的耳朵大叫，半是佩服、半是羨慕地搖搖頭。巴克坐在舞台中央的椅子上，抱著一把吉他。

儘管那把吉他音質不太好，但這卻難不倒巴克卓越的技巧。

巴克先後彈了孤獨調以及喧戲調，博得聽眾瘋狂的反應。看得出來，他們並不是因為巴克是個外國人，卻能彈得那麼好而稱讚他，完全是以吉他手本身彈奏技巧的立場給予巴克相當高的評價。

鄰桌一位看似吉普賽人的年輕男人知道我們是日本人後，特地伸長身子，大聲嚷著：

「真讓人驚訝，這是一個奇蹟。為什麼一個日本人能夠將我們的吉普賽樂器彈得那麼棒呢？我連續來這兒三天了，我還是不能相信這個事實。」

然後，他又將手指放在唇上，做出感激不盡的動作。

就驚訝這點而言，清水的感受似乎相同。他雙手抱胸，皺著眉說：

「真棒！日本也有這麼傑出的吉他手啊！如果山多斯的兒子順利地成長，應該就是這樣的年輕人。不，一定是巴克，沒錯，看他拿吉他的方式，跟山多斯一模一樣。」

巴克毫不忸怩地接受聽眾的如雷掌聲，店內再次大放光明。我將服務生叫來，塞給他一些小費，麻煩他跟巴克說，有位日本客人想見見他。

一分鐘以後，巴克撥開後台的簾子，走了過來，在走到我面前為止，都還沒察覺是我。

「津川，好久不見了！」

我站起來迎接他，巴克一聽到聲音臉頓時沉了下來，腳像生了根一樣，一動也不動。

「來，坐著。」

「你怎麼會來這？」

巴克彷彿喪失自己意志般地慢慢坐了下來，眼光盯在我的臉上。

我也坐下，將服務生端來的酒杯裡倒了葡萄酒，放在巴克的面前。

「我來這兒的原因，你一定知道吧。」

經我這麼一說，巴克完全喪失了原有的穩健，眼神來回在我與清水之間。

「我來介紹一下，他是以前山多斯組成格魯波佛拉明哥舞團中的一員，馬諾羅・清水先生。你有沒有印象？」

足足有十秒鐘，巴克與清水互相對望著。

清水微笑著打開僵局，說：

「好久不見了，巴克，想不到你的吉他變得這麼高明。」

突然，巴克彷彿挨了一耳光似的，上身往後傾。

「我不認識你，你認錯人了吧。」

巴克說著，還瞪著我看。

「你這個人也太固執了吧，追到西班牙來！」

「還不是因為你從西班牙那個老頭的身上，拿走了『山多斯・艾爾南德士』，我才不得不追到西班牙來。」

聽了這話，巴克的雙唇微開，吁了一口氣。

「你不要告訴我，你將那把吉他留在日本了。」

我又說了一句，巴克不怎麼高興地說：

「我用我的吉他跟那個西班牙老頭換來的，現在，那個老頭也擁有我的『艾耳馬斯・康得』，他應該沒什麼話好說才對。」

「據我所知，好像不是這樣，那個叫做西班牙的老頭告訴我，他根本不要那把『艾耳馬斯』，他希望拿回『山多斯』。你是在他喝醉酒的那一晚，沒有徵得他的同意，偷偷交換的，這可是我親眼看到的，你不要再狡辯了。」

巴克臉色鐵青，太陽穴附近不斷地淌出汗水來。

「那種醉鬼老頭憑什麼擁有『山多斯・艾爾南德士』這麼好的吉他。對吉他來說是個冒瀆，只有我才配擁有它！」

「終於說出真心話了，那也只是你個人的想法而已，西班牙那老頭可不這麼想。你捫心自問，四十年前製作的吉他，在今天還能擁有這麼美的音質，不就是因為他悉心照料、保養得來的嗎？」

「但是吉他在那老頭的手中，根本就是浪費。有了我的彈奏，它才有生命、活力！」

「你知道嗎？就因為這個緣故，那個老頭死了。」

巴克大吃一驚，扭頭看著我。

「當初，你在交換吉他的時候，忘記把吉他移調夾拿走。所以在你出發到西班牙的前夕，又潛入那老頭的家中，對吧？」

「不對，從那次以後，我就沒有再去過。」

巴克低聲地說。

「那老頭的死因，也許是因為酒精中毒引起心臟麻痺，但也可能是遭受吉他被奪，甚至連吉他移調夾都不見的打擊，所以他的死亡可以說是你造成的。」

「不！我根本不知道移調夾的事情，我沒有害死他。」

巴克的聲音突然高了許多，對著我來。他忿忿地拍了一下桌子，周圍的顧客都看著我們。

我喝口葡萄酒，潤潤喉。

「現在爭辯這些無濟於事，我們先到你住的地方吧。」

巴克用手背擦了擦太陽穴，深深地吁了一口氣，不情不願地說：

「我還得表演一場，等我一下。」

「無所謂，反正晚上還長得很。」

巴克站了起來，垂著肩膀走向後台。

清水彷彿看不慣似的撇撇雙唇，

「真是太令人驚訝了，現在的年輕人真是——」

不久，舞台上燈光大亮，新的節目又開始了。

舞台中央站著一個吉他手，但，並不是巴克。我急忙抓住剛剛的服務生，問他有關巴克的事情。

服務生聳聳肩膀。

「聽說他突然不舒服，從後門走了，大概是十五分鐘以前吧。對了！你們要不要吃點水果啊？」

5

翌日上午。

清水說要去普拉德美術館，等他出門後，我再度前往拉墨斯的工作房。

我在聖地牙哥街的十字路口，找到一個監視工作房的好地方。那兒有條下坡路，那路上有一部分是個小小的廣場，站在那兒往下望，整條街道的情形全在眼底。

陽光投射在小廣場上，有四、五個孩子正在玩球、跳繩。每個小女孩耳朵上都掛著小小的耳環。就連週歲不到的小女嬰，細小的耳朵上也有著相同的耳洞。這是一種風俗習慣。

這天，賣獎券的老人以及水果商人仍在。依我判斷，這兩人必定是在監視佛蘿娜。撇開水果商人不說，一般的賣獎券的根本不可能會來這種小巷子的。其實，賣獎券是西班牙政府照顧盲人的一種措施，但是，眼前這個戴著墨鏡的老人，卻不時將手放在頭上，遮住陽光觀察周圍，他偽裝盲人的可能性極大。

十二點過後，從反方向的聖地牙哥廣場那邊，巴克正一步一步地靠近。他穿著奶油色的襯衫，深藍色的喇叭褲，兩手空空地停在工作房的門前，並伸手按了對講機。他絲毫不曾遲疑，看來他並不是第一次來到這兒。

巴克將嘴湊近對講機說了一些話。十秒鐘後，門打開了，巴克消失在門縫中。

跟著巴克後面，走來一個頭戴貝雷帽、工人模樣的男人。他也站定腳步，將耳朵貼在門上，企圖偷聽巴克他們的談話。而後，不知怎地，他晃到水果商人那兒，開始交談。他伸手拿起一個蘋果，朝褲子上擦了擦，連皮往口中塞。

三十分鐘後，巴克走了出來，臉孔佈滿了緊張。他望望賣獎券的老人以及水果商人，緩緩地移動腳步，他並不是朝著他來的方向走去，而是朝我這兒走來。而那個戴貝雷帽的男人也離開了水果商人，繼續跟在巴克的後頭。

我站著的廣場，沒有可隱藏的地方，我只能盡量向後退，完全不理會孩子們好奇的眼光，打開地圖將視野遮住，不久，就有兩個腳步聲從我身邊通過。

摺疊好地圖後，我也追在兩個人身後。巴克從艾爾廣場朝著伊列拉士街走去。

一轉入伊列拉士街，巴克突然回過身來，他的視線越過戴著貝雷帽男人的頭上，與我的視線撞上。

剎那間，巴克轉過身去，飛快地奔馳起來。我大吃一驚，然而，那個戴貝雷帽的人顯然比我還吃驚，愣了一下，才追了過去。當然，我也跟在他們後頭。

巴克穿過聖馬丁廣場，跑進另一條小巷中。貝雷帽距離我有十公尺，而巴克又在貝雷帽前面二十公尺的地方。我們之間的距離愈拉愈大，因為巴克還年輕，腿又長。

我也搞不清楚，究竟繞了多少路。當我和貝雷帽追到卡門廣場時，巴克早已不見蹤影了。

那個工人模樣的男人，氣得將貝雷帽從頭上摘了下來，忿忿地丟在石板路上，一面聳動著雙肩大聲喘息，一面恨恨地瞪著我。

我走近他，並彎腰撿起那頂貝雷帽，撣撣帽上的塵埃。

「你，這個，掉了。」

我故意將西班牙語說得蹩腳極了，然後將貝雷帽遞給他。那個男人的頭上剛好有個和貝雷帽大小形狀相同的圓形禿頭。

他搶走我手中的貝雷帽，仔細地戴在頭上，並像看著鏡子般地盯著我。之後他一言不發地離開。

目送他離去後，我往反方向走去。不久，我走到了格蘭比亞大道，進入一家自助餐廳，吃了份西班牙煎蛋捲，外加一份哈密瓜、鳳梨，以及一杯咖啡填飽肚子。

直到我吃完了，才覺得真的鬆了口氣。也在那時，我才發覺自己全身累極了，只盼望能洗個熱水澡，舒服一下。

十分鐘後，我回到洛杉磯街的旅館。當我伸手推旋轉門時，突然感到後頭有個視線盯著我。猛然一回頭——

在距離二十公尺外的雜貨店門前，站著那個頭戴貝雷帽的男人，當我們視線相遇時，他還對我露出白色的牙齒。

拿了米蓋遞給我的鑰匙後，我回到房間。打開窗戶從陽台往下望，那個戴貝雷帽的男人已經消失了。

泡在浴缸中，疲倦漸漸浮現昏昏欲睡，然後整個人就窩在被窩裡睡覺。

後來被敲門聲吵醒，手錶時間指向四點四十分。

「你還真能睡啊。」

清水佩服地走進房間。

「普拉德怎麼樣？」

「太棒了！一點也沒有日本美術館那種拘束的感覺，我非常喜歡。他們還讓我拍了張『裸體的瑪哈』的照片。」

「時間一定不夠你逛吧。」

「是啊，我打算再去一次。對了，事情進展得如何？」

我將巴克進入拉墨斯工作房，以及後來讓他逃跑的事，都告訴了清水，但是卻隱瞞了那個貝雷帽男人。

「昨天晚上已經失敗了，今天又讓他跑掉，真沒面子。」

「那也沒辦法啊，昨天晚上那家店，我們再去一次，怎麼樣？」

「他不會笨得還去那裡了，我想今天晚上再去找佛蘿娜問問，這次一定要打聽到巴克的住處。」

清水用食指摸摸鼻梁，然後靦腆地豎起小指頭。

「我有點想試試那個……但是，他們看來相當恪遵道德，不會有那個吧？」

「有啊！」

我將地圖攤在桌上，指出弗萊明醫生街。

「在這有阿拉丁、賣弄風情等專門的俱樂部。你到那兒喝一杯，選一個你中意的在那裡徘徊的女子，然後叫到你位子來，就可以成交了！」

我們在八點整到餐廳用晚餐。先以雪莉酒刺激味蕾，再向淋滿橘子醬四百公克的龍蝦挑戰。飯後，我滿足地坐在樓下的大廳。清水穿著整齊、帥氣的西裝緩緩走來，我朝他眨眨一隻眼。

「那我出門囉。」

「你也穿得太漂亮了，反正不久還不是要脫下來。」
我調侃他。但清水卻一本正經地回答：
「不，我可不想讓他們以為日本人是穿著和服，頭上綁個髮髻的人。」
我回到房間，換了一套黑色的衣服。窗外的太陽，終於落下地平線了。來到大廳的櫃檯，貝多洛正在那耍弄一個銅板（打公用電話的）。他用拇指將銅板往上彈，再用拇指接住，如此不斷地反覆練習。
「我想從後門出去。」
我低聲地說，貝多洛立刻將銅板丟在櫃檯上。
「怎麼了？先生。外頭有什麼人是嗎？不管有什麼事，我都會幫你的。」
「還不要緊，謝謝你。」
「我聽老爸說，你這次來，好像不是來旅行的，如果有什麼危險，我和利卡多一定會幫你的。」
「米蓋擔心過度了，但是還是謝謝你們。」
我輕拍貝多洛厚實的肩膀，往後門走去。
「先生！」
聽到貝多洛的呼喊，我回過頭，一枚銅板向我飛來，我反手一接，接住了。
「接得好，請把它當作護身符吧。」
向貝多洛揮揮手，我將銅板丟進口袋中，從後門走出來。
後門面對的，正是與洛杉磯街連接的拉斯・康傑士街。藉著昏暗的街燈觀察一下四周，沒有那個貝雷帽的影子，於是我才邁步向前。

繞了一些遠路，再次來到馬約路。左手邊是馬約廣場，走了一會之後向右轉，便是聖地牙哥街的中央部分。我在這兒向左轉，一口氣走到拉墨斯工作房的門前。在不遠的前方，路燈照不到的陰影中，似乎有個人躲藏在那兒。

我按下對講機。明亮的窗口證明佛蘿娜在家。

「誰？」

佛蘿娜壓低的聲音流瀉出來。

「漆田。能不能讓我進去？」

「不行！」

佛蘿娜不假思索地拒絕。

「為什麼？我有些話一定得告訴妳。」

「我沒有話跟你說。」

「我知道巴克白天來過了，他來時和回去的時候，都有人跟蹤他。說不定哪天我也會被那些監視妳的人逮捕，到時即使我全部供出來，妳也不在乎嗎？」

十五秒鐘之後，佛蘿娜將門打開讓我進入，而後關上門，然後一言不發地走上樓梯。

佛蘿娜穿著黃色的T恤，緊身的牛仔褲。進入房間後，佛蘿娜所做的第一件事情，便是拿出小型收音機，尋找一個歌唱節目的頻率，並將音量調高，頓時房內滿是歌聲。

「我不是叫你不要再來了嗎？」

佛蘿娜咬牙切齒地用西班牙語說出這句話。

「那時我也說過，在執著這點上，我是不會輸給妳的。我今天來，無論如何都要拿到巴克的地址。其實，昨天晚上我在一家酒館曾經看到他，但是卻讓他跑了，今天白天我也再次失敗。不能再這麼下去，我一定得逼他出來。」

「你說巴克被人跟蹤了嗎？」

佛蘿娜擔心的神色溢於言外。

「對！那個跟蹤的男人和我一樣跑得不快，不久以後，我們兩個人都被巴克遠遠地拋在後頭。」

佛蘿娜這下才鬆了一口氣。

我坐在窗邊的沙發上。

「我先告訴妳，上次沒來得及說出口的第三件事情。妳也知道妳外公急著找一個名叫山多斯的日本人，但是其中真正的原因，並不是一個令人感動的故事。」

我說起二十年前，山多斯從拉墨斯工作房中，偷走名吉他「卡迪斯紅星」的經過，但略過了鑽石那一段，並將那把吉他流落的情形以及現在落入巴克手中，都仔細地敘述一遍。

佛蘿娜興味索然地聽著，但，當她聽到山多斯從她母親蘿西達那兒騙走吉他時，皺了皺眉。

「所以，巴克手中的吉他，本來就是拉墨斯先生的。也因為這樣，他才委託我將吉他拿回給他。這就是拉墨斯先生拜託我辦的第三件事。」

結束這段敘述後，佛蘿娜向我要了一根菸，點火，她輕輕吐出一口煙，再用手揮散。

「如果巴克的技術配得上那把吉他，我們又何必拿回它呢？乾脆由我送給他好了。」

「那也得要拉墨斯先生同意才行。至少在他承認以前，妳連摸它的權利都沒有。」

我稍稍加強語氣。佛蘿娜聳聳肩，瞄了一眼手腕上的錶。

收音機中，一個男歌手正配合著曲調唱著佛拉明哥風的歌謠，襯底音樂是首古老的交響樂曲。

佛蘿娜兩手一攤。

「我明天會打電話到你所住的旅館，告訴你巴克的地址，所以今晚請你先回去。」

「為什麼不現在告訴我？」

「今天巴克來的時候，也告訴我關於你的事情，當時他一再拜託我不要洩漏了他的地址。」

「那，明天就可以說了嗎？」

佛蘿娜焦躁地離開沙發，將菸按熄在桌上的菸灰缸中，再度眼睛盯著手錶。

「我現在不想說這個，拜託你，請你回去。」

我也從沙發上站了起來。

「依我看，妳又要像在東京利用巴克一樣利用他，例如：在組織的聯絡上，或其他什麼的，對吧？不要要我了，妳整天被人監視著，電話也被人竊聽，妳倒說說看，要怎麼聯絡我？」

佛蘿娜態度有些退卻。

我再補上一句：

「妳怎麼能將巴克對妳的愛意，利用在這種地方呢？」

「有什麼關係，我也喜歡巴克啊，況且他也知道我——」

佛蘿娜話說到一半突然停止，她將臉轉開，坐在沙發上，開始咬她的手指關節。

「原來是這麼一回事啊。」

我點點頭。我走向廚具櫃，拿起水瓶倒些水來喝。那兒攤著一本火車時刻表，正翻開在「馬德里——格拉那達」那頁。

我敲了敲放在廚具櫃上的電話話筒，轉身面對佛蘿娜，她不安地望著我。

「馬上打電話給巴克，叫他拿著吉他來這兒。」

「可是，電話有人在竊聽啊！」

「有什麼關係呢？這件事讓他們知道也無所謂。」

我回到沙發上，與佛蘿娜面對面坐著，佛蘿娜的眼睛低垂著。

「叫他拿來以後，你會怎麼處理？」

「放在樓下工作房的櫃子裡鎖起來，由我來保管鑰匙。」

「可是，如果巴克不願意的話——」

對講機的響聲打斷了佛蘿娜的話。一瞬間，佛蘿娜立即彈起，再看看腕上的錶。

「妳等的人好像來了，該不會是巴克吧。」

佛蘿娜走近廚具櫃，先將攤開的時刻表闔起來，再拿起對講機的話筒。

「誰？」

過了一會，這次她則用日本話說：

「我馬上開門。」

她放下話筒，彷彿想要跟我說些什麼，但什麼也沒說，便趕忙奔下樓梯。房間內僅僅留下收音機的聲音。

佛蘿娜在樓下待了很長一段時間，等她上來時，卻靠在門口瞪了我一眼，然後移開身子。

在佛蘿娜之後，門口突然出現一個個子高大、蓄著長髮的日本人。他是個眼神銳利的傢伙，看來只不過二十歲前半的年輕人。

我從沙發上站起來，朝兩人的方向邁前一步。

「正如我所料，槙村先生，你特地由西德出差到這，真辛苦你了！」

6

突然，那個年輕人的眼中滿佈著警戒和緊張，銳利的眼光游移在我與佛蘿娜之間。

佛蘿娜也大吃一驚，眼睛瞪得大大的直盯著我看。

「我姓漆田，在東京開了家ＰＲ事務所。因為工作上的關係，認識了你母親。我不但看過你的照片，也從你母親那知道許多有關你的事情。」

他一言不發地走入房間，背倚著牆壁站著，肩上揹著一個皮製的背包，除此之外他什麼都沒有帶。身上一件洗得發白的開襟襯衫，一條棉質長褲，穿著簡單。

「我母親告訴過你，我會來這裡？」

槇村優的聲音低沉、粗啞，隱含著不符合他年齡的沉穩以及魄力。

「她沒說，你會來這只是我自己猜想罷了。」

我看著佛蘿娜。

「妳曾向日本列島解放戰線要求介紹一位爆破專家，於是他們聯絡西德那邊，因此送了這位槇村先生來到馬德里。中間的經過我不大清楚，但大致說來，事實就是如此，對吧？」

佛蘿娜這才完全意識到眼前的狀況，她雙手往前一攤，無可奈何地說：

「這跟你沒關係吧，我從來不會指望你能夠了解我們的革命，甚至幫助我們，但至少你可以做到不妨礙我們吧。」

她對槇村使使眼色，一手拍了拍沙發，他們兩人突然合力將沙發推向門口，讓它滾下樓梯。沙發因為是皮製的，落下時並沒有很大碰撞聲，著地時也只傳來一聲沉重的悶響。

接著，他們倆又將我剛剛所坐的沙發推下去，就連那把長條椅也不放過。

我只能驚愕地站在逐漸空曠的屋內。

「你們打算在這裡做困獸之鬥嗎？」

槇村將桌上的收音機拿走，佛蘿娜也從桌子背面用力拆下竊聽器扔下樓梯，然後，又幫槇村將桌子搬出去。

十分鐘以後，樓梯已經變成一堵堅強的防禦要塞。佛蘿娜將房門一角的立燈打開，關上了主燈。我走向窗邊，拉開些許的窗簾往外看，街燈將聚集的幾個男人的身影投射在門前。

我回頭望著佛蘿娜。

「這是我最後的忠告。妳千萬不要亂來，想想妳的外公他會有多傷心。」

「我外婆就是被那些法西斯黨人殺害的，我相信外公一定能夠了解我的心情。」

這個時候，對講機又響了。佛蘿娜表情嚴肅地將話筒拿至耳邊，幾秒鐘後，她像是誇耀勝利般誇張地揮揮拳，大叫：

「別讓他們通過！」

在我的記憶裡，「別讓他們通過」是昔日西班牙內戰時，共和國方面所使用的著名口號，最初是由共產黨的女中豪傑朵洛列斯•伊巴路利提出的。

佛蘿娜放下話筒的同時，下面也傳來一陣陣激烈的敲門聲。我走近佛蘿娜，抓起她的手腕。

「你們別再做蠢事了，你們只有兩個人，能做些什麼呢？」

「如果你幫我們，那就是三個人了。」

佛蘿娜絲毫不畏懼，反瞪著我看。

「不管兩個人或三個人都一樣，到了這個地步，只好打開門讓他們進來，別再將事情鬧大了。」

正當我這麼說的時候，佛蘿娜的臉孔突然浮現哀傷的神色，視線也由我移到我的背後。

胃部突然感到一陣收縮，我想要回頭，但已經來不及了。在日本受傷的脖子，又被重重地一擊。

在意識喪失之前，槇村優和真紀子的臉孔在眼前重疊。

我作了個夢，夢見自己毫無遮蔽地走在暴風雨中。

回過神來自己正躺在地板上，臉頰又冷又濕，張開眼睛，天花板上吊個水桶，正慢慢傾倒在我的身上。

我扭動身體，試圖躲開倒下來的水，但不管我躲到哪兒，那盆水也跟到哪兒，始終灑在我的脖子上。就是這種冰冷迫使我清醒過來。

我只覺得被人抓了起來，扔進一個沙發中。雖然沙發放置的位置有些不太相同，但是剛剛被佛蘿娜他們扔下樓梯的家具，全都搬回來了。

搖搖頭，我將手放在脖子上，但是就像摸到別人的腳底一樣，沒什麼知覺。

這個房間內有三個男人。

一個正坐在我對面的沙發上，臉龐圓圓的，額頭寬廣，是個中年男人，有著一對意志堅強的黑眼珠。

他將食指按在鼻下的短髭上，沉穩地開口：

「我是治安警備隊的桑傑士少校，你聽得懂西班牙話吧？」

他的聲音柔和得似天鵝絨。身上一套整齊的西裝，看起來非常的優雅有品味。

「聽得懂，我叫漆田。」

桑傑士微微地點點頭。

「你從哪來？又為什麼來到馬德里？」

「我在東京從事公共關係的工作，這回來馬德里也是因為工作的關係。」

「做些什麼？」

「吉他買賣，我的客戶是樂器製造商，我受託來到這邊調查。」

「你和佛蘿娜‧拉墨斯有什麼關係？」

「我的客戶為了聘荷西‧拉墨斯做吉他的製作指導，於是與他簽定契約，且特地在八月份請他去了一趟日本，當時他曾經帶著佛蘿娜一起到日本。」

我盡量誠實地回答。看桑傑士的樣子，還頗通情達理，但站在他身後的兩個男人則不太牢靠。

其中一個，有著西班牙人極稀罕的淺亮金髮，眼珠子則是接近透明的藍色，身上穿著一件深粉紅色的襯衫，脖子上圍著一條黃色方巾。就是這個傢伙，將水倒在我身上的。

另外一個人，一看就能分辨出是個阿拉伯人。黑色的鬈髮頂在頭上，高高凸出的顴骨，正是那個監視佛蘿娜的水果商人。

桑傑士遞了根菸給我。

「另一個也在這兒的日本人是誰？他們為什麼把你扔在這裡自己跑掉？」

我吸了口菸，情緒才稍稍緩和。

從桑傑士的話中可以斷定，佛蘿娜他們已經平安無事地從這裡逃脫了。

「那個日本人今天是第一次看到，我不知道他是誰，我也不知道他們為什麼把我放在這裡，說不定他們倆想要私奔，嫌我累贅吧。」

桑傑士微微一笑。

「他們為什麼要逃？是不是做了什麼不可告人的壞事？」

「這件事情應該是由我來問你才對，你們治安警備隊為什麼要監視佛蘿娜？她只不過是個吉他師父的孫女。」

原本默默靠在長條椅、穿著粉紅色襯衫的男人，輕輕地聳聳肩。

「那個小姑娘是FRAP的爪牙，他們愚蠢得很，企圖反對總統，製造叛亂。你真的不知道嗎？」

他的聲音與外貌完全不搭調，像砂紙般粗糙，而他的口氣相當狂妄、自大，我猜他大概是二十五歲，但也可能是四十五歲。

「FRAP是什麼呢？」

我反問。

「反法西斯愛國革命戰線。當然，那是個非法組織。」

「你也是治安警備隊的人嗎？」

我不太客氣地望著他。那個男人彷彿被我傷了自尊心般，皺起眉頭。

「我是西班牙右翼激進聯盟JEDRA的攻擊隊長，人人都叫我羅哥（狂人）。」

而後，他又以下巴指指那個阿拉伯人。

「這是我的隊員，馬達利法（殺人狂）。你知道我們名字的意思吧！」

「知道，你母親叫做姆耶路德（死）是吧。」

聽我這麼說，羅哥才滿足地將他薄薄的嘴唇閉上。

在一旁的桑傑士，伸出夾著香菸的手指，將我的注意力引回。

「我們暫且不論你是不是他們的同夥，你知道他們用什麼交通工具且往哪跑嗎？」

「如果我知道，他們就不會把我丟在這裡了，如果我洩漏他們的行蹤，不就全完了。」

「說得也對。」

桑傑士摸摸短髭，透出一個深謀遠慮的微笑。

「你們能不能告訴我這場騷動的原因？」

我一問，接著桑傑士將菸仔細地在菸灰缸中捺熄。

「佛蘿娜・拉墨斯，在日本疑似曾與革命分子接觸。而且，她在大學中也常與日本留學生在一塊，所以我們才對她有所警戒。」

「為什麼？」

「這點我也想知道，日本的激進派組織，以台拉維夫事件為始，今年八月又在吉隆坡鬧事，他們的動向實在不穩。不知從哪時候FRAP和ETA竟然開始合作。現在，我們又因為激進分子的死刑問題，國內秩序發生一些相當微妙的變化……」

這個時候，櫃子旁邊的電話突然發出極大的聲響，那個叫做馬達利法的阿拉伯人接了起來，然後朝著桑傑士點頭。桑傑士離開沙發，接過話筒。

在極短的通話時間中，他還特意瞄了我一眼。掛斷電話後，他重新坐回沙發，再度叼著一根菸。

「你住哪裡？」

「你們應該知道吧。」

「回答我的問題。」

「洛杉磯街的『米蓋旅館』。我的護照就寄在那裡的櫃檯，相信你們應該看見了。」

桑傑士吐出雪茄味道的煙霧。

「你的西班牙語說得流利極了，可惜太多話。」

「還沒你多。」

桑傑士彷彿還想說些什麼，但被後面房間內所發出的聲音阻止了。櫃子旁邊的門簾後頭出現了一個紅髮的肥胖男人，他的領帶早已歪七扭八，身上的襯衫、長褲上全是泥巴，還散發著一股異臭。

「他們逃亡的路線已經知道了。樓下工作房中工作檯的後面有個暗門，通到下水道。他們的足跡，一直到東方廣場附近的人孔蓋才消失。比克多正在那附近打聽。」

桑傑士聽到報告後，以相當銳利的眼光看著我，而後，皺了下鼻子說：

「原來是從下水道逃走的。斐南度，去將你一身的臭味處理一下，豬都比你還香。」

「又不是我自己喜歡到下水道去的。他媽的！都是那些傢伙——」

斐南度口中嘀咕著進入裡頭。桑傑士摩擦了一下他的鼻子，在沙發上動了動。

「我想聽聽看你之後的打算。」

「我沒有什麼特別的打算，只想到幾個吉他製作的工作房看看，大概一個星期後，工作就可以完全結束了。」

我只能配合一開始的謊言胡扯著。桑傑士以銳利的眼神望進我的眼中。

「在我尚未許可以前，你絕對不能遷出『米蓋旅館』，你必須協助我逮捕那些逃脫的人。」

「我是因為工作的關係才來到馬德里的，我並沒有義務協助你們國家的逮捕行動，也沒有這個時間。」

桑傑士看看食指與拇指間夾著的變短的菸，確定大概還能吸多久，其實，那根菸早已燒到濾嘴了，桑傑士卻依然收縮著臉頰，慢慢地再吸了一口。

等他吐出煙後，才滿足地將菸捺熄，然後，像丟棄什麼重要東西似的，捨不得地放入菸灰缸中。

「在我們的法律中，明文規定著，對於庇護從事恐怖活動嫌疑的人，可以運用各種手段搜索，你知道嗎？」

「我好像聽過。」

「這也就是說，無論什麼時候，我們都可以把你叫來，進行調查。」

「我並不是什麼恐怖分子，我也沒庇護他們啊。」

「可是，那個佛蘿娜・拉墨斯卻有幫助恐怖分子的嫌疑。」

「對警備隊員的恐怖行動嗎？」

「這個也有，還有一個更重大的嫌疑，是在兩年前暗殺了卡雷羅・布蘭科首相。」

這件事情，我在日本的新聞報導中看過。

「這事件的兇嫌還沒抓到？」

「我們並沒有放棄，以後也不會放棄。在這兩個星期內，我們抓了將近兩百個共產黨員和無政府主義者，一一審問，我就不相信問不出什麼。」

「這件事情和我無關。」

突然，羅哥離開了長條椅，從桑傑士背後走到我的身旁，就彷彿是隻夜行的動物，冷靜而迅速。

「桑傑士是個相當有能力的人，就是做法太過溫和了，不會做出超出法律允許的範圍。但我們可不是政府官員，你知道這個意思吧。」

羅哥的聲音確實令人不寒而慄，被他那雙淡色的眼珠盯著，就如同被一把刀子刺入身體一樣，感覺非常令人厭惡。

「我不想知道。」

我看著桑傑士回答，桑傑士眼中不帶一絲感情回看著我。

「羅哥的父親，內戰時是長槍黨的黨員之一。一九三六年，他在巴塞隆納被一群無政府主義者殺害，兩個眼珠子被挖了出來，塞在嘴中。」

羅哥兩手緊握著腰際的皮帶。

「那時我才剛出生，從我三歲開始，我母親每天都提醒我這件事。從此以後，我的人生就決定了。而當時共和國的國際軍團中有個日本人，叫做傑克・白井。」

「也許真有這個人，但我可以確定他不是我父親。」

羅哥無聲地笑了，眼睛盯著我，回到長條椅。

長槍黨是右派的政治組織，內戰時是站在佛朗哥反抗軍那一邊，擔任了重要的角色，但是之後佛朗哥漸漸與他們疏遠，長槍黨現在已經失去以往的勢力了。羅哥所屬的ＪＥＤＲＡ，可能是由長槍黨中分出來的。

桑傑士將雙手按在膝蓋上，站了起來。

「你可以回去了，我再叮嚀你一句，別想玩什麼花樣。」

而後，他走出房間，下了樓梯，我正想跟著他走的時候，馬達利法從後頭悄悄地逼近，我不得不退後，抵在牆上，瞪著馬達利法。

這個阿拉伯人從背後取出一把大刀子，並在我眼前示威似的揮舞，還露出一口的黃板牙。

「你知道這要幹嘛嗎？」

他的西班牙發音實在難聽。我強作鎮靜。

「削你賣的蘋果吧。」

羅哥發出刺耳的笑聲。

「你最好別跟他開玩笑。他是一個將刀子突然插進你肚子當作打招呼的人，你最好不要反抗他。」

馬達利法用右手將刀子壓在我的喉嚨上，左手伸向我戴著手錶的手，同時以手指熟練地將錶帶卸下。

「嘿！嘿！精工錶。不錯！我會好好收藏。」

他笑著將手錶掛在自己的手腕上。我突然出手，將他的手腕抓了起來，剎那間，他的刀子也抵在我的耳下。

「幹什麼？日本人！」

馬達利法呼出令人作嘔的氣息。

「我只不過想知道，這只錶和我分離的時間罷了。」

剛剛還是我所擁有的手錶，正指著十二點十七分。

7

桑傑士並沒有派人跟蹤我。

他大概認為我身上沒錢，也沒有護照，只能回旅館，而且想必旅館的四周早已被嚴密地監視著。

繞了一些遠路，穿過太陽門廣場，來到一個公用電話前，貝多洛扔給我的銅板正好派上用場。

接電話的是米蓋。

「我是漆田，有沒有人來打聽我的事情？」

「你到底怎麼了？剛剛來了好些個警察，一直在查問你的事情。」

「給你添麻煩了，對不起。請你不要問我理由，幫我一個忙，好嗎？我沒時間了，我的護照還在嗎？」

「你的護照已經拿回來了。」

住宿的人的護照，都必須送到警察局登記。

「那能不能麻煩貝多洛或利卡多將我的護照和旅行支票拿來給我，至於那些行李就暫時寄放在你那。」

「你在哪裡？」

「十分鐘以後，我會去格蘭比亞大道旁的丁吉拉小路。在那裡的一間二十四小時營業的『亞爾・凱特』咖啡廳等著。」

「我知道了，我會叫貝多洛去的。」

「你告訴他別讓人跟蹤了，旅館的四周大概都在他們嚴密的監視下了吧。」

「可是，你的朋友怎麼辦呢？他剛剛才回來。」

「那麼麻煩你將電話接到房間內。」

一個銅板只能講三分鐘，我已經用掉一分半了。

「怎麼了？你現在在哪裡？」

清水緊張的聲音傳了過來。

「對不起，我現在要去南方，我們就在這裡道別吧。」

「怎麼這麼突然，到底發生了什麼事？」

「我沒有時間說明，我也不能請你幫忙了，因為這件事牽涉到治安警備隊。」

「這好像有點不太對勁，請告訴我原因。」

「我不能連累你，麻煩你對貝多洛說，還要一份火車時刻表，請他一定得帶來。你跟他說『幾亞・得・特列尼斯』（Gia de Trenes，西文中的火車時刻表），他就知道了。」

「雖然我不知道你發生了什麼事，可是我答應過要幫助你的。你到底在哪裡？」

「對手可是惡名昭彰的治安警備隊，你還是不要知道的好。說不定他們已經知道我們是同伴了。我會再打電話——」

電話斷了。

我從巷道裡走到丁吉拉小路，直到看見「亞爾・凱特」綠色的霓虹燈，才在對面的暗處隱藏起來。

幾分鐘後，貝多洛矮胖的身材，從格蘭比亞大道那過來。貝多洛先抬頭望望「亞爾・凱特」的霓虹燈，而後再看了看小路的前後，才進入店中。

等了一分鐘，確定貝多洛沒被人跟蹤後，我橫過小路，進入店內。

這是只有一個櫃檯的小酒館，給附近舞廳的歌手及吉他手，在休息時間來這歇憩。

貝多洛坐在最裡頭，正啜著咖啡，我在他身旁坐下，叫了一杯同樣的咖啡。

「對不起，麻煩你了！」

我壓低聲音，貝多洛緊張的臉孔馬上湊了過來。

「你的朋友很擔心你，我們也一樣。我老爸叫我盡量幫助你。」
「謝謝你們，可是我不能連累你們。對了，我麻煩你帶的東西呢？」
貝多洛從桌下拿出一個茶褐色的紙袋，放在我的膝上。我看了看，裡頭有我的護照、錢包以及火車時刻表。
貝多洛再從口袋裡掏出一個黑色的摺疊式手提袋，他拉開手提袋的拉鍊，示意我將紙袋扔進去。
「可是，你以後要怎麼辦呢？他們那群人相當難纏，一旦咬上了你，就絕對不會放棄。」
貝多洛很擔心地說。
「我打算離開馬德里一陣子。我並沒有觸犯法律，他們也不能逮捕我，只能監視著我，但是，我並不想讓他們監視。」
「可是，現在這個時間已經沒有火車行駛了。」
「這個我知道。——貝多洛，你知不知道哪裡可以住宿？飯店不行，一旦護照拿走了，我就會被他們發現。」
貝多洛了解地點點頭，向服務生要了一枝筆及一張便條紙，飛快地寫了一些字。
「你拿著這個，到聖伊莎貝爾街一二三區，我老爸的弟弟，在那兒開了一家賓館，他叫做馬利奧・地亞士・馬丁尼茲，他會幫你的。」
我接過他手中的便條，紙上寫著：
「漆田先生是我老爸重要的客人，無論他提出多麼無理的要求，都請您務必幫助他，也不要問原由，拜託您了！馬利奧叔叔。貝多洛。」
我輕輕握住貝多洛的手。

「你們的恩惠，我永遠不會忘記，我的朋友就麻煩你們照顧了。如果我沒有回飯店，那他一定會被他們叫去偵訊，你跟他說，只能承認我們是在飛機上認識的，又湊巧同住一家旅館而已，記得一定要他這麼告訴他們，知道嗎？」

「我知道了，你自己要多小心。」

貝多洛將手伸出，用力地握著我的手。

「以後，我會好好地謝謝你們。」

「那個無所謂啦，對了！我在你的錢包中放了一些現金，如果身上只有旅行支票，是相當不方便的。」

二十分鐘後，我從計程車下來。這兒便是聖伊莎貝爾街一二三區。

「馬利奧賓館」位於小巷的入口，立著一個白色霓虹燈招牌。外圍的鐵柵欄是關著的，用手一推，發出一聲沉重的聲響就開了。裡頭是個中庭，在街燈的照射下，庭內一盆盆花木隱約可見。

旁邊的門打開了，一道耀眼的亮光直趨中庭，門口逆光的人影看來有著和米蓋一樣的體格。馬利奧彷彿是米蓋年輕五歲的模樣，頭髮並不像米蓋一樣花白。他看過貝多洛的紙條後，眨了眨眼，一副了然於胸的樣子。

他並沒有多問一句，就帶我到二樓的單人房內，然後送來葡萄酒以及玻璃杯。

這個房間雖小，但是床上的床單卻非常地潔白乾淨。

我啜著葡萄酒，一邊研究時刻表。

時刻表中也記載了飛機的班次時間，到格拉那達的飛機早晚各有一班，而且僅要一個小時就可以到達了。可是，如果他們早已派了人手在機場，想要通過是不可能的事情。看來，坐火車是唯一的希望了。

佛蘿娜將火車時刻表攤在廚具櫃上，也許只是一個單純的偶然。我判斷他們逃到格拉那達，或許太過自信，但是，據拉墨斯說，在格拉那達佛蘿娜可以投奔一個親戚，因此，除了那裡以外，我也沒有別條線索了。

白天前往格拉那達的直達列車，是下午一點從阿托查火車站出發的「拉比多號」，也僅此一班而已。

不知不覺地，我已喝光了一瓶葡萄酒，醉意、疲倦一時全湧上來，我直接倒在床上。

我不知道自己睡了多久，突然被一陣固執的敲門聲吵醒。我急忙起身，昨天夜裡被擊中的脖子卻陣陣作痛。我反射性地看看房間四周，但是這裡沒有一個可以逃跑的地方，連像樣的武器都沒有。

敲門聲依舊在響。

我從床鋪上滑下來，赤著腳不發一聲地走近門邊。

「誰？」

「是我，清水！」

我趕緊拉開門鏈，打開房門。

清水手中拿著一個小小的行李袋，微彎著腰站立著。而在他背後，站著穿著睡衣外罩睡袍的馬利奧。他看著我聳了聳肩膀。

「他是我的朋友，吵醒你很抱歉。」

我向馬利奧道歉，並讓清水進入房間。

清水眨眨一隻眼。

「我從貝多洛那聽到消息來的，你別擔心，我沒讓人跟蹤，那都是因為貝多洛帶路帶得好。」

我回到床舖邊穿上鞋子。

「因為你的敲門聲打斷我的美夢，這是第幾次了？」

清水發出短暫的笑聲，而後，滿臉正經地說：

「我來這兒，是不是會妨礙你？」

「沒這回事，倒是治安警備隊訊問過你了吧？」

清水從牆邊拿了張椅子，感覺有些拘束地坐了下來。

「我剛剛才從那兒回來。他們確定你不會回來後，就將目標對準我，那個人叫做桑傑士。」

「我有請貝多洛傳話給你，你有聽他說嗎？」

「嗯！我說我們是在飛機上認識的，在這以前，彼此從未見過面，他們是否相信，我就不得而知了。我這口破西班牙語，他們能聽懂一半，就不錯啦。」

我瞄了瞄清水的手錶，剛好六點整，離日出還有一段時間。

我將在拉墨斯工作房內所發生的事情，告訴了清水，包括了桑傑士、羅哥以及馬達利法那個阿拉伯人拿走我的手錶的事情。

聽我提起槙村優，清水一臉難以置信的表情。

「佛蘿娜打算借用槙村的爆破知識從事某項行動，而桑傑士他們好像老早就得到消息了，所以嚴密地監視著佛蘿娜。但是，今天晚上，佛蘿娜他們卻從容地逃走。那些警備隊員一定會極力搜捕他們。而由於他們的逃走，更可以確定他們一定策畫了什麼。」

清水的粗眉動了動。

「他們到底想做什麼啊？」

「不太清楚，無論如何，我都得找到佛蘿娜，阻止她參加任何恐怖活動。」

「照你這麼說，巴克的事情得暫擱一旁了？」

「巴克也牽涉在這件事情內，他可能負責聯絡的工作。說不定，巴克正和佛蘿娜他們在一起。」

清水誇張地嘆了一口大氣。

「我們的運氣實在背得很！來西班牙旅行，卻碰到一大堆事情。」

「我也不希望你被捲入這場紛爭中，所以你可以就此撒手不管，也沒關係的。」

「我在面對桑傑士訊問的時候，的確很害怕，後來自己想想，都已經插手了，就管到底吧。」

聽他這麼說，我才略微安心。看清水的外表，實在想不透他真正的想法，但是卻給人一種信賴感。

我將時刻表遞給清水看。

「我要搭下午一點的火車到格拉那達，在那兒，佛蘿娜有個從小照顧她的女親戚。」

清水將七星牌香菸，以及我身邊經常帶著的一些東西拿給我。我點了一根菸叼著，並拿出電動刮鬍刀刮鬍子。

吃過早餐，我請馬利奧將我的旅行支票折換成現金，並拜託他買了幾樣東西。

一個小時過後，馬利奧就回來了。

他買了兩張到格拉那達的火車票，以及成衣西裝、襯衫、領帶、太陽眼鏡、巴拿馬帽等，還有一個郵差包。

雖然馬利奧對於服飾流行的趨勢不大敏銳，但在尺寸方面，還算合適。
過十二點半後，我與清水彼此間隔一段時間，相繼地離開賓館。

8

到達格拉那達，已經是晚上八點半了。
說也奇怪，以往常常坐在火車上，頭戴三角帽，身穿橄欖綠制服的治安警備員，整整一天，都不見蹤影。而列車到達的時間也意外地準時。
走到站前廣場，落日的晚霞將天空染成橘紅色。
我們叫了一輛計程車，直往列亞魯門。
從卡爾柏・索特洛大道直走，順著科隆大道下去兩公里處，就是市中心伊莎貝爾廣場。由這再往下去大約三百公尺，即是列亞魯門。
下了計程車後，經過荷西・安東尼奧路一家旅館前頭，進入一條小巷。在這兒有一家我曾住宿過的「雅士多利亞」小賓館。
「雅士多利亞」的老闆，像極長了手腳的保齡球瓶的老人。
對方表示雖然無法讓我們長期住宿，但是兩三天的話倒是無妨，於是我們租了間雙人房。
換上輕便的衣服，我與清水相偕來到街上。而後，就在荷西・安東尼奧路上的旅館的餐廳解決了晚餐。
燉煮的帶骨小牛肉中，加了許多橄欖油，油膩得很，實在很難下嚥。但是，清水卻毫無感覺，連我剩下的部分也吃掉了。

酒足飯飽後，清水說他想到聖山區的洞窟看看吉普賽著名的佛拉明哥舞蹈。雖然我沒有阻止他，卻給了他一個忠告，告訴他一定會失望而回。

「他們現在很會對外來的觀光客打馬虎眼，實在沒什麼好看，還不如你彈吉他，我唱歌還比較好。」

「有這麼糟糕啊。」

「是啊，不過在這鎮的郊外，有間相當大的表演餐廳，好像叫『湼布杜諾』，聽說那裡常常會有不錯的表演。」

清水一副大失所望的模樣。

「如果連格拉那達都只是這樣，那佛拉明哥舞不就完了嗎？」

「其實，這些舞者待在這種鄉下地方，也賺不了多少錢，所以這也是難免的。真有點名氣的，早就去馬德里或巴塞隆納了！」

根據拉墨斯告訴我，他的姪女茵卡娜恩·卡莎莉絲的住所，是在靠近「雅士多利亞」賓館的聖地牙哥街十二號。

我對清水說明如何到「湼布杜諾」後，便一個人拜訪茵卡娜恩。

聖地牙哥街位於離這個鎮的南邊稍遠的巷道裡，滿是古老的歷史痕跡石板路，在明亮的路燈照射下顯得寂寞冷清，我向坐在路旁椅子上吸菸的老人問路，輕易地就找到我的目的地了。

這棟建築物有座拱門，經過拱門後，便是一個中庭。孩子們在薄暗的燈光下，玩著跳房子。但他們一見到我，全都靜止下來直盯著我看。

我走近他們，向其中一位年齡較大的少女詢問茵卡娜恩的住所。

那個女孩眨眨眼睛，就像石像開了口似的，以相當快速的西班牙語指著最頂樓。

我爬上最高的四樓，逐一確定門廊下的名牌。一家家走過，直到最後頭的一扇門上，才發現刻著「茵卡娜恩・卡莎莉絲・拉墨斯」的名牌。我將耳朵貼近門邊，沒有一點聲音，只有不知何處傳來的電視機或是收音機的聲音。右手邊的窗子也是漆黑一片。

我抓住拳頭形的叩門環敲門，等了一會兒，沒有人來應門。我再敲了一次，結果我後頭，有扇門打開了。

「不管你來幾次都沒用，貝爾拉不在。」

我回頭，那扇打開的門縫中，探出一個穿著黑衣服、滿頭白髮的老婆婆，正蠕動著沒剩幾顆牙的嘴。

貝爾拉・德・拉伊絲拉是茵卡娜恩的藝名。我走近那個老婆婆。

「她到哪去了呢？」

「五天前，她就到摩烈達祭神了，要到明天傍晚才會回來。」

老婆婆一說完，就「砰！」一聲關上了門。

我走到樓梯，想起拉墨斯說，貝爾拉是佛拉明哥舞中的歌手。當人們有祭典或宴客時，常找她去助興，所以有時還得到別的城鎮演出。

而且看來我的判斷並沒出大差錯。因為老婆婆說「不管你來幾次」，可見得在我之前，已經有人拜訪過貝爾拉了。

第二天早上，清水打算逛逛阿爾罕布拉宮（Alhambra），我也和他一道。

阿爾罕布拉宮的價值能在近代廣為世人所知，都是因為華盛頓・歐文這個人。他曾在這座宮殿中免費借用一個房間，然後寫了一本阿爾罕布拉宮的傳說以及所見所聞的書籍，賺了筆版稅。然而，這筆錢比起日後阿爾罕布拉宮因為這本書，賺取大量觀光金額的數目，實在是小巫見大巫。

在這，只有綠草，赤紅棕的城牆，藍色的天空，整個地區就是這三種顏色構成。其他刺目而花稍的色彩，則是那些團體旅行的美國人所穿著的顏色。他們跟著一個說著怪腔怪調英語的導遊，像一群牛一樣，時而往左，時而往右。

我們爬上城堡的最頂端，越過北邊斷崖下的達洛河，可以看見阿爾貝辛街道的房子，赤褐色的屋頂，白色的牆壁，密密地擠在一起，彷彿正訴說著，阿拉伯人最後一個歐洲城市——格拉那達的歷史。

阿爾貝辛的對面就是聖山區丘陵，這片丘陵像極了被蟲蠶食了好些個洞的葉子，到處都是洞穴。

阿爾貝辛（山坡小鎮），的確名副其實，是個山坡很多的地區，這兒也住著相當多的吉普賽人。當地最為貧窮的區域，要算是緊鄰小鎮東側的聖山區的山丘了，那裡的居民多半住在山洞裡。

清水用右手在空中畫個半圓。

「如果佛蘿娜真的來到格拉那達，那她躲在阿爾貝辛或聖山區的可能性相當大吧。」

「是有這個可能性，不管如何，只要我們循著貝爾拉的線索找，一定能夠找到佛蘿娜。」

「獅子中庭」，是個用繩子圍繞迴廊四周的庭院，中央有好幾頭石獅子排成圓陣，背上還揹負著噴水盤。可惜，此處禁止遊客進入，我們只能站在外圍遠眺。

等清水拍完照片，我們來到卡洛斯五世宮殿。

這座宮殿是以環繞廣場的圓形柱廊為支柱，由二樓往上蓋的環形建築，站在廣場的中央往上看，可以看到被切成圓形的藍天。

我們走上二樓，靠著欄杆望著下方的廣場，宮殿的影子投射在沙地上，留下一個橢圓形的日照處。而在這之中，一群群的美國人就像熱帶蝴蝶般，成群地到處飛舞。

清水再次舉起照相機。

「這裡意外地大啊，大概有後樂園的一半吧！」

就在這個時候，在廣場反方向的陰影中，出現一個身穿白色襯衫、黃色喇叭褲的女人。我挺起身體，仔細地看。

隨後，那女人背後的圓柱陰影中，出現一個穿著黑色衣服、個子高高的男人，走到女子身邊。兩個人並排而立，往我這個方向看來。

橢圓形陽光的部分太過刺眼，一時無法判斷清楚。但在那瞬間，他們的視線與我相遇時，我確定他們突然靜止不動。

「失陪一下！」

我對清水喊。我的視線依然盯著他們兩個人，拚命地在迴廊上跑著。

跑了不到十步，那兩人便連忙躲進圓柱後頭。我更加賣力地跑著，好不容易跑到樓梯口。在樓梯口旁有個美術室，美術室門口站著一位警衛，而他就站在我面前，張開雙臂阻止我再向前。

「發生什麼事了？這個地方是不准跑步的。」

這下我才察覺，自己的跑步聲敲在走廊上，發出相當大的聲響，我只得停下腳步，克制住往警衛的胖胖肚子上撲去的慾望。

「可是，觀光手冊上面寫著，卡洛斯五世也在這兒跑過啊！」

我隱藏起焦躁，這麼說。警衛收起攤開的雙手，讓開道路，頂頂頭上的帽簷笑了笑。

「不好意思，但是平民是不能在這兒跑步的。」

「以後我會特別注意。」

通過警衛後，我盡量輕輕地走下樓梯。

但是，還是遲了一步。阿爾罕布拉宮建築物本身的構造與地形都相當複雜，能夠藏身的地方，不勝枚舉。況且，通往外頭的城門也不只有正義門一處。

為了確認，我走到正義門，仔細地觀察外頭的街道，並沒有那兩人的蹤影！

回到卡洛斯五世宮殿，清水剛好迎面走下樓梯。

「怎麼了？你發現了佛蘿娜嗎？」

「我也不太清楚，可是我好像看到佛蘿娜和巴克的影子，那黃色的喇叭褲我記得佛蘿娜有一件。」

清水懷疑地蹙起眉頭。

「他們怎麼可能跑到人多的地方來？」

「這也很難說。也許是我看錯了吧。」

我相當乾脆地同意清水的想法。

9

清水獨自繼續前去赫內拉斯斐離宮。

我一個人回到市內。在新廣場附近的一家餐廳中，與一群活潑的墨西哥觀光客一同吃午餐。

為了換套衣服，我又回到賓館。當我叫住坐在櫃檯後面，正埋頭在報紙裡的老闆，要求拿回我的護照時，他的反應一如往常，沒有特別的地方。大概格拉那達市的警察還沒收到我的通緝令吧。

換了西裝後，我拿著帽子以及太陽眼鏡走出賓館。

來到聖地牙哥街十二號，入口處有兩位老人倚著椅子，正舒服地享受陽光。他們兩人都穿著洗得相當乾淨的舊襯衫，努力地仰著頭，像是想讓陽光曬到喉嚨裡頭一樣。而他們的襯衫鈕釦全部扣齊，那滿是皺紋的額頭，早已浮現一顆顆的汗珠。

「午安！」

我的打招呼聲，使他們兩人同時睜開眼睛。而且，就在這個時候，兩人手指上所夾的香菸灰也應聲掉落石板路上。

「午安！」

兩人一起回答。那兩人朝上看著我的眼中都佈滿了警戒的神色。我摸摸太陽眼鏡的鏡框。

「對不起，因為我的眼睛有點毛病，不太方便把太陽眼鏡摘下來。我是日本來的觀光客，如果你們方便的話，能不能告訴我有關這個小鎮的故事呢？」

老人們的眼光這才緩和些，其中一個禿頭的老人，抬抬他的下巴，指指拱門那兒。

「那邊有張椅子，你拿一把來坐吧。」

這個禿頭老人叫做湯馬斯，另一位白髮老人叫路易斯。他們兩人是兄弟，都已經八十好幾了。我從口袋中掏出七星牌香菸，請他們抽抽看，開始聽他們說故事。

老人們說，當他們還是小孩時，曾遇到幾位由日本來到格拉那達的觀光客，同時還拿到了畫有聖山的明信片。我想大概是富士山吧。

湯馬斯還驕傲地展示，二十年前由一個日本人那兒買的錶。我看了看，那是一只老舊的星辰錶。儘管錶面早已泛黃，但他依舊沾沾自喜。據湯馬斯說，只要一天上兩次發條，再將分針往前調整四格，它還是挺有用的。

一九二二年，馬奴耶・德・法利亞（Manuel de falla）和格羅西亞・洛魯加（Garcia Lorca）兩人帶頭在當地創辦佛拉明哥舞蹈歌唱大賽。

湯馬斯告訴我，當時他在東部的礦山工作，沒趕上這場盛會，而路易斯則幸運得很，在格拉那達目睹了這場大賽。

「那次得到優勝的，居然是個七十歲老頭，叫做艾爾・德諾沙斯（El Tenazas）。其實比賽當天還算精采，但最讓人過癮的卻是比賽的前一天晚上。那時，在這個小鎮上有一家『坎德咖啡廳』，那晚聚集了這場比賽所有的評審以及來賓，大家熱熱鬧鬧地狂歡。當然，我也在那兒。另外，佛列里亞、羅爾卡以及畫家斯洛亞格等有名的人都是座上客。而一些職業歌手也參加這次的比賽，有馬奴艾・多烈（Manuel Torre）、安東尼奧・恰肯（Antonio Chacón）、尼挪・德・洛士・貝湼士（Niña de Los Peines）等，你可能不知道他們吧！他們可是當時西班牙一等一的歌手噢！他們各個卯足了勁，將他們最得意的歌曲，以最棒的歌聲表現，真是一次難得的耳福。就在歌唱帝王恰肯唱完絕妙的馬拉蓋尼亞舞曲之後，突然，有個戴著西班牙舞帽沒看過的老人站了起來，並開口唱歌。他的歌聲棒透了，所有在場的人都大吃一驚，就連歌唱帝王恰肯的臉色也蒼白。所以，艾爾・德諾沙斯的獲勝，早在前一天晚上就已經決定了！」

路易斯的話剛說完，遠遠那端有個小孩慢慢向我們走來，並停在我們的身旁。看起來是個十歲左右的吉普賽小孩，他的雙手插在幾乎快破的短褲口袋中。

「請問你們知不知道十二號的茵卡娜恩・卡莎莉絲小姐的家在哪？」

「她住在那邊的四樓，不過她現在不在。」

湯馬斯用食指指向拱門。那小孩禮貌道聲謝後，就走了進去。在他手插入口袋的一角，我看到了一個信封。

「大概又是哪家宴客吧。」湯馬斯小聲地咕噥。

「她是一位歌手，聽說參加摩烈達盛會，還沒回來。」路易斯馬上補充說明。

正當我告訴他們，日本也在盛行佛拉明哥舞時，那個小孩走下了樓梯。他看都不看我們一眼，又朝著剛才來的方向走去。口袋裡的那個信封不見了。

剎那間，我有個衝動，想追上那個小孩，但遲疑了一下，還是待在原地。

「我想到那中庭看看，先失陪了。」

我從椅子上站了起來，對兩位老人說。湯馬斯和路易斯只是默默地點頭，再次閉上眼睛，繼續享受和煦的陽光。

我沒有進入中庭，而是躡手躡腳地爬上樓梯。

在貝爾拉的門縫中，我發現了那個信封。看了看四周，這時正是午休時間，沒有半個人影。

我用指甲輕易地將信封挑了出來，那封口只是簡單地用漿糊黏住而已，裡面有張摺疊的紙片，上面以相當漂亮的字寫著：

「今晚十二點，請到『拉斯・塔蘭達斯』，有要事拜託。佛蘿娜。」

我將紙片放回信封，用舌尖舔了舔封口，上頭有股淡淡的香水味道，再次封好信後，將信塞回門下原來的地方。然後，慢慢拾階而下。

那兩位老人雙手正擱在肚子上，張著口酣睡著。向他們揮揮手後，我才轉身離開這個地方。

回到賓館，清水還沒回來。於是，我又來到街上閒逛，一直走到列亞魯門廣場。此時的氣溫依然很高，即使脫了上衣，還是熱得難受。

我在廣場對面的咖啡廳坐了下來，叫了一杯橘子汁，順便問問送果汁來的服務生，「拉斯・塔蘭達斯」究竟是什麼地方。

那位服務生邊將白色工作服的下襬拉好邊回答：

「那是一家酒館，剛新開半年。」

「原來是酒館啊，那你知道在哪嗎？」

「在聖山區前面的地方，那是吉普賽人開的店。」

「是洞窟那嗎？」

「沒那麼高，你只要從新廣場，沿著達洛河上去，左邊有個查比士坡道，從那向上走個兩百公尺左右，右邊就會出現一條通往聖山區的坡道，『拉斯・塔蘭達斯』就在那裡。」

晚上十一點三十分，我和清水站在聖山區的入口處。

那天晚餐時，我將這件事告訴了清水，並請清水協助我。

「我進入店裡，你在外頭把風，好嗎？」

「當然可以，但是我不認識佛蘿娜和貝爾拉啊。」

「你只要盯住巴克就可以了。而且，這家店就只有一個出入口，應該不用擔心漏看的事情。」

我將清水一人留在那兒，獨自爬上坡道，來到「拉斯・塔蘭達斯」門前。穿著制服戴著帽子的門房替我開門，裡面倫巴的熱鬧節奏一波一波地傳送過來。

店內比我所想的還大，可以放十張桌子。在正面有個較高的舞台，四周塗著白漆，並以牛的頭骨、裝葡萄酒的皮袋以及銅製的食器裝飾著。

舞台上的牆邊有幾把椅子，坐著一些穿著五彩繽紛舞衣的舞者，正替一個在中央跳著舞的舞者，熱情地打著拍子，服務生帶我到中間地帶的一張桌子坐下。

那個女舞者跳完後，便回到自己座位上，換另一個女舞者上場。這就是所謂的cuadro佛拉明哥舞的形式，舞者一個個交替上台，展示自己的舞藝。

佛拉明哥裡的倫巴樂曲，是由中南美洲傳入的，但卻與拉丁樂曲截然不同，是兩拍的明快節奏。這種簡單明快的旋律頗受人歡迎，最近每場舞蹈的終場，總會表演一段倫巴。

舞台上的舞者，將貼在大腿上的洋裝往上拉，然後腰部前後擺動著，性感地繞了舞台一周，然後所有的舞者一擁而上，這時就是熱熱鬧鬧的終場了。

表演結束，舞者們紛紛穿過後頭的布簾，一一消失在舞台上。觀眾席上的燈光亮了些。店內已經坐了八分滿，大部分是美國觀光客。

我若無其事地觀察店內，沒有一張眼熟的面孔。有些客人已經離開，但那些美國人似乎還意猶未盡，沒有離去的意思，甚至還替舞台上兩位正在調音的吉他手熱烈地鼓掌。

快十二點了，我啜著葡萄酒耐心等候。

舞台上有位上半身異常發達的歌手出現，在兩把吉他的伴奏下，開始唱起塔蘭達斯（Tarantas）歌曲。塔蘭達斯歌曲是起源於東部礦工們哼的曲子。吉他伴奏時採用不諧調的音調，更襯出歌曲中的淒涼、悲哀。

這位歌手的肺活量實在驚人，她可以將一個音節拉長至花腔部分，而且不斷氣地唱完。

塔蘭達斯唱完後，歌手一面答禮，一面將手伸向觀眾席的後方。

「各位來賓，現在我要為你們介紹一位本鎮最棒的歌手，貝爾拉・德・拉伊絲拉（Perla de

la Isla）。」

所有的客人都回頭，當然我也不例外。聚光燈在觀眾席中來回梭巡，最後停在門口，光圈中是位穿著白上衣、黑色喇叭褲的女人。

顯然她是生長在安達魯西亞的中年女性，此時雙手抱胸地站著，毫無怯場的模樣。她小麥色的臉上沒有化妝，長長的黑髮簡單地綁起來。儘管腰圍上已經出現些贅肉，但她的身材卻依然相當標準。

「貝爾拉，今天晚上，這兒有許多美國，甚至遠從澳洲來的客人，請妳為他們高唱一曲，以做為他們來到格拉那達的紀念，怎麼樣？」

舞台上的歌手熱情地起鬨著。台下的觀光客彷彿聽得懂似的，開始熱烈鼓掌，一波又一波。

貝爾拉鬆開雙手，大步走向舞台，而聚光燈也在桌子與桌子之間追尋著貝爾拉。

貝爾拉站上舞台，聳聳肩，說：

「我是因為別的事情來到這的，不過，既然有遠道的客人在，那我就獻醜了。只是，我今天才從祭典上回來，喉嚨有點沙啞——」

她的聲音中帶著頗具魅力的沙啞。只聽到聲音觀眾就感受到她的魅力，一瞬間，觀眾的喧譁就如同潮水般迅速退去，安靜無聲地等待著。

貝爾拉給吉他手一個簡短的指示，然後微微打開雙腳站好，那些吉他手調整呼吸後，相互配合地彈出清脆悠揚的喧戲調前奏。站在後頭的歌手則一面用手打拍子，一面以喊聲回應。貝爾拉自己也用手打著拍子，低著頭等待歌唱。

就在這時，有種奇特的臭味傳了過來，而這個味道在我記憶中不甚愉快，背脊一冷，我連忙轉看四周。

突然，有個比西班牙內華達山脈的雪還要冰冷的東西，輕輕壓在左邊的脖子上。

「不要動，日本人！」

來人小聲地吼。如同猛獸般的臭味再度撲向我的鼻子。不用回頭，就可以確定那是阿拉伯殺手馬達利法。霎時，呼吸幾乎快停了，我感到身體正由那把刀鋒抵處一點一點地冰凍起來。

馬達利法再次湊近我的身旁，說：

「我最喜歡佛拉明哥舞曲了，我們一起享受，如何？」

「一起享受？好！」

我回答後，刀鋒離開了脖子，接著頂著我的腹側。刀子藏在上衣的下襬中，透過薄薄的襯衫，刀鋒的冷銳依舊強烈地威脅著我。

我靜靜地轉動脖子，店內已不像先前那麼暗。在右手邊的牆邊，有個穿著搶眼的粉紅色襯衫的男人靠著，羅哥輕輕地向我點個頭，並將食指與中指放在太陽穴上向我打個招呼。

我回過頭，身體僵硬地聽著貝爾拉唱的喧戲調。說聽歌曲是騙人的，歌聲根本是從我右耳進左耳出。貝爾拉的確是一位很棒的歌手，只是現在不是欣賞的時候。

不知道馬達利法是否真的陶醉在貝爾拉的歌聲中，所以才沒有做更進一步的行動。我這才稍微冷靜下來，也才有心情欣賞貝爾拉的歌聲。此刻我若是亂動的話，也只是危及自己的性命而已，馬達利法顯然不會對用刀的場合感到遲疑。

貝爾拉唱著唱著，興致漸濃，開始一邊用手打著拍子，一邊用腳發出踢躂聲。雖然，她並不是個專業舞者，但腳下的踢躂聲毫不遜於正規的舞者。

但是，不久之後，她的拍子漸漸有點不對，和吉他旋律無法配合，喧戲調再怎麼複雜，也不該出現這種格格不入的踢躂聲，那些吉他手困惑地望著貝爾拉，並盡量地趕上她的拍子。

觀眾席中，有人笑出聲，引起些小騷動。

貝爾拉似乎也察覺了，停下踢躂聲，深深一鞠躬，便向舞台的後方退去，消失在布簾中。彷彿就在等她這個行動似的，突然店內燈光全滅一片黑暗。

我想都不想，反射性地將身體往前衝，逃離馬達利法的刀子。我隨著桌子一起倒在地上，隨後傳來一陣酒瓶與杯子碎裂的聲音，男人的叫罵聲，女人的驚叫聲四起，店內立即陷入一片大混亂中。

我趴在地上慢慢往前爬，朝著記憶中的舞台方向前進。在一片混亂中，有人踢到我的頭，還有人踏上我的背。店內完全漆黑，什麼也看不見，就像被搗亂的蜂窩一樣亂成一團。有人大叫：「電燈呢！」也有人怒喊：「不要動！」還有女人尖叫：「不要摸我！」

我好不容易到達舞台，趕緊爬上去，然後彎著腰慢慢地摸索後台的方向。不久，我終於摸到了布簾，趕緊閃身而入。

用腳探探地板，我知道左邊有個下去的階梯。我兩手扶著牆，一步一步走下石梯，下到第十個階梯就是一片平地了。我待在那兒一陣子，想看看情形如何，再採取行動。

突然有一些微微的光亮透過來，我發現右側有個門，便輕輕地將手放在門把上。

結果剛剛微亮的燈光馬上又熄了，在一片黑暗中，我毫不遲疑地轉動把手。打開大約一個身體的間隔，我移動著腳步，進入另一個完全黑暗的環境。

在一剎那間，我感到旁邊有人的呼吸聲，還來不及出聲，頭部又再度遭到重擊。

霎時，我墜入一個比周圍更黑暗的空間內。

10

胃在翻騰，忍不住吐了出來。

但吐出來只有胃液。而正是胃液的苦，刺激我完全清醒。

張開了雙眼，灰白色牆壁上垂著一只昏黃的油燈。我躺在地上，嘴鼻有股奇怪的味道。看來，我被人打昏後，被人擦了什麼藥物之類的吧。

我忍住胃裡的翻攪，支撐著身體爬起來。這兒是個相當大的地窖。裡頭只有一張老舊的木桌，和兩把椅子，一扇門，門上還有個裝了鐵格子的小窗，可以看到外頭。

我慢慢站了起來，走到門邊向外望。外頭是一條泥巴路，好像沒人的樣子。門鎖著，而門板比我的拳頭還硬。

我坐在椅子上，靠著桌子，身體相當不舒服，頭痛欲裂，耳朵後頭腫了起來，還好，沒有流血。

不知不覺我趴在桌子上睡著了，睡得相當熟甚至還睡到流口水。等我醒來，胸中的噁心感已經完全消失，雖然感覺到胃在蠕動，但是是因為肚子餓了。

我站起來，活動一下筋骨。

這時，門邊傳來開鎖聲，隨後，門被打開了。

進來的是佛蘿娜、槇村優、巴克以及幾個不認識的年輕人。

佛蘿娜依舊穿著那天在阿爾罕布拉宮所見到的黃色喇叭褲，手上抱著麵包和葡萄酒瓶。她將那些吃的放在桌子上，走離桌邊，雙手抱胸點著頭說：

「你的確是個相當頑固的人！」

我毫不客氣地吃下一口大麵包，將酒瓶就口喝著葡萄酒，我的胃餓得幾乎伸出手來迎接食物了。

「你怎麼知道我在這兒呢？」

佛蘿娜再說。

「幹這行的，必須具有預知的能力，否則生意永遠別想成功。」

這時，與佛蘿娜並排站的一個精明的年輕人，突然伸出一隻毛茸茸的手臂。

「不管妳怎麼說，這個男人一定是佛朗哥的走狗，絕對不會錯的。」

「不是！安黑爾，這個人不是你說的那種人。」

「就是他才引來一大堆警察的，不是嗎？要不是貝爾拉通知我們，我們早就被抓了。」

那個叫做安黑爾的年輕人激動地揮舞著手臂，拚命地向佛蘿娜提出抗議。

我再喝下一大口葡萄酒，還打了個嗝。

「貝爾拉怎麼通知你們的？」

「很簡單，摩爾密碼。」佛蘿娜聳聳肩。

我點著頭，再咬口麵包。的確，使用摩爾密碼，喧戲調的旋律當然會格格不入了。

佛蘿娜突然焦躁地鬆開雙手。

「你為什麼要一直跟著我呢？你知道我不會聽你的。」

我終於將麵包和葡萄酒解決了，從胃開始整個身體熱了起來。

「如果妳堅持的話，我絕不會強迫妳跟我走。但是，巴克得交給我。」

巴克頓時緊張起來，死命地抱著吉他的箱子，佛蘿娜瞄了一眼巴克。

「如果我把巴克交給你，你保證不再跟著我嗎？」

巴克已經聽出端倪了，他臉色大變，並向前踏近一大步，說：

「佛蘿娜，我絕不會離開妳的。妳不會把我交給這個男人吧。」

我瞪了巴克一眼。

「你太不乾脆了吧，巴克，你手中的『山多斯・艾爾南德士』，原本就是荷西・拉墨斯的東西，也就是佛蘿娜外公的。」

巴克嚇了一大跳，手中的吉他差點掉下去。

「你——你不要亂說。」

「我沒有亂說。」

安黑爾不耐煩地攤開雙手大嚷：

「閉嘴！如果你們還要講，用西班牙話說。」

佛蘿娜毫不畏懼地反擊：

「沒有你們的事，這是我們私人的問題，你別插嘴，至少，你不要在那兒大嚷大叫。」

「什麼私人問題！我們偉大的革命，沒有私人問題插入的餘地！我們有我們的使命，而這個使命的領導者就是我，安黑爾・索多馬喬！」

安黑爾用拇指指著自己的胸口，然後用左手做出切斷談話的手勢。

佛蘿娜還想說什麼，但終究沒說出口，只是咬著嘴唇，而後誇張地吁出一大口氣。

「知道了。」

「妳並不知道！否則幹嘛還在這拖時間，我一開始就反對帶著這個吉他手，剛好趁這個機會，把他們兩個留在這裡，我們出發吧。」

「可是，因為有巴克的聯絡，我們才能安全地離開馬德里啊。」

「所以，我並沒要他的命，而且，這個男的不是有事找他，那麼把巴克交給他，不是正好。」

安黑爾做個簡單的手勢，等待在他身旁的兩個年輕人馬上大步跨上前，其中一個來到我的身後，另一個則抓住巴克的手腕。巴克當然拚命反抗，其他的人便一擁而上，搶走巴克手中的吉他箱子，並毆打他的肚子。

我們被拖到牆邊，用手銬銬在深埋於牆壁中的鐵環上。

「太過分了吧，佛蘿娜！為了妳，我千里迢迢追到西班牙，而妳卻這樣對待我。」

巴克扭著身體大叫。佛蘿娜走近巴克，以她柔軟的雙唇抵在正抗拒不已的巴克臉頰上。

「我喜歡你，巴克，但是，原諒我，你跟著我只有危險，你還是回去吧。那把吉他送給你，快回日本去吧。」

「不！我絕不會離開妳的，不管發生什麼事，我都要跟著妳。」

佛蘿娜並沒有回答，狠下心走回去。

我搖著手銬叫嚷著：

「怎麼？妳不向我吻別嗎？」

佛蘿娜回過頭來瞪了我一眼，但她的腳步依然向前跨，沒有停下來的意思。她走近一直沉默不語的槇村優，兩人小聲地交談著。最後，槇村優將我和巴克輪流掃視一下，彷彿是沒有異議地點點頭。

安黑爾將手銬的鑰匙丟給一個個子矮小的吉普賽男人。

「一個星期後，再放他們走。」

小個子男人敲敲塞在他皮帶的手槍，很有自信地笑了。

我咳了一下，想引起安黑爾的注意。

「你還真溫順啊，安黑爾（西文中是天使之意），名字取得真對啊。」

「趁現在多說些你想說的話也好，不過那些法西斯黨可不喜歡聽笑話！」

「可以透露點你們的行蹤嗎？這樣就算他們來了或許還會饒我們一命。」

安黑爾慢慢走近我身邊，可以清楚地看見他異於常人、特別發達的下巴肌肉正一抖一抖地振動著。而我右手被銬在頭上二十公分高的牆上，如果他要動手的話，我絕對躲不開。

但是，安黑爾並沒有出手，只在唇邊浮現一絲冷笑。

「你還真有膽子，我差點就想把地點告訴你了。」

然後，他回頭，對著那邊的同伴們發出空洞的笑聲，但沒有一個人笑。

安黑爾再次面對我，笑聲停止。

「明天星期五，佛朗哥就要召開內閣會議了。他一定會同意我們同志的死刑判決。雖然十一個人裡頭已經減了幾個人的刑責，但是半數以上的人一定會被判死刑。」

「可是，歐洲各國不是都在抗議嗎？在這些壓力下佛朗哥怎麼可能同意死刑的判決？」

我忍不住插嘴，然而，安黑爾卻嗤之以鼻，說：

「他為什麼要否決，歐洲各國並沒有責備佛朗哥的資格，當初西班牙內戰時，那些國家對我們見死不救，還幫助佛朗哥成立政府，現在，他們怎麼會有責備佛朗哥的資格？」

「可是，現在情勢並不相同，西班牙正在請求加入EC，佛朗哥不該得罪各國才對！」

「你等著看吧，佛朗哥為了保持他個人的威嚴，一定會同意死刑的。一旦同意了死刑，二十四小時之內就會執行這項判決。也就是說，星期六中午一定會執行。」

我舔了舔嘴唇。

「你們該不會是想救回那些死刑犯吧。」

安黑爾兩手扠在腰上，發出一陣陣的笑聲，隨後立即恢復原本嚴肅的表情。

「好了，我們的談話到此為止。如果你運氣好的話，一個星期後你就能恢復自由，到時你將可以帶著這個吉他手回到日本。」

安黑爾催促著佛蘿娜和槇村優等人走出門口。巴克使勁喊著佛蘿娜，但是沒有任何作用。最後，地窖中只有那個留下來看守的吉普賽人而已。

小個子男人撫摸著皮帶上掛著的手槍，慢慢地朝我們走來。

他的黑髮，像極了剛被老鷹襲擊過的鳥巢，亂亂地堆在頭上，而他的眉毛竟然長到太陽穴上，從臉頰一直延伸到下巴，都是一片沒有修剪的濃密鬍子，只有唇邊的鬍子剪得還算整潔。

「我叫法尼多，如果你們乖乖的，我會讓你們活著逃命去。但是，如果想玩什麼花樣，我不會客氣的。」

他的聲音與他體型實在不搭調，粗啞並帶有濃重的安達魯西亞腔。

「我知道，我們也不想因為抬著右手送命，說不定還會被人誤認我們是法西斯黨。」

我促狹的毛病又來了。但，法尼多似乎不能領悟出我的言外之意。

法尼多只是將他像是黑曜石的眼珠子瞇得細細的，慢慢往後退。

「我要去吃飯了，你們如果乖一點，我會帶葡萄酒回來給你們的。」

而後，法尼多打開門出去了，在他關上門後，傳來上鎖的聲音。

我對著背著我的巴克說：

「提起精神來，一個星期後，就能夠恢復自由了。」

巴克轉過身來，用背部靠著牆壁，兩腳張得開開地站著。我的右手幾乎完全伸直，不過巴克比我高些，所以這個姿態對他來說，大概比我輕鬆點吧。

「就算我恢復自由，也絕不會跟你一道回去，我要跟著佛蘿娜。」

巴克看著右邊牆壁上垂掛下來的油燈，再望望躺在那正下面的吉他箱子。

「能不能告訴我現在是幾點了？」

巴克將視線移到自由的左手手腕。

「下午一點十三分。」

這麼說來，從昨晚到現在已經超過十二個小時了。

「這是什麼地方？是不是『拉斯‧塔蘭達斯』的後面。」

「我也不太清楚，這些路好像迷宮一樣轉來轉去，而且還是互通的。我想大概是在聖山區的山腰吧。」

我想到了清水，不知道他是不是也被抓了，但在這種情況下，即使清水趕來也無濟於事。

「你剛剛所說的，都是真的嗎？」

巴克用下巴指指躺在地上的吉他箱。

「是真的。那是在二十年前，山多斯來到西班牙，從拉墨斯的工作房中偷走的。山多斯回到日本以後，就和一個名叫安東尼奧的吉他手組成佛拉明哥舞團。但是，他們兩人個性不合，不到一年，安東尼奧就退出了。後來才加入馬諾羅‧清水，就是我在馬德里介紹給你的那個日本人。」

「那……那把吉他怎麼會落入那個叫西班牙的老頭手中呢？」

「那個老頭就是落魄的安東尼奧，安東尼奧說他是從山多斯那兒買來的。」

巴克扭著脖子看我。

「那個老頭就是安東尼奧！」

「沒錯。」

巴克搖搖頭，抬起頭看著天花板，心不在焉地張著嘴。

過了一段相當長的時間，巴克才低頭看那個吉他箱，深深地吁了一口氣，然後沉重地開口：

「山多斯曾經是我的老爸。」

他用的是過去式。

我將右手的手指一開一合，右手的血液整個往下流。

「這個我知道，但是你為什麼要否定他是你的父親呢？」

「我不願再提到他，他教我彈吉他，我很感激，但是他的方法太過嚴厲，我就像活在地獄中。即使我左手的手指磨破了，右手的指甲剝落，他也不許我放下吉他。一直到現在，我還常被這種惡夢驚醒。」

「可是，也是因為他這種訓練方式，你才會有今天的彈奏技巧。」

巴克看著地上，粗暴地踢著腳下的泥土。

「所以我才更恨。不管我怎麼努力，我所彈奏的佛拉明哥曲子始終都有他的影子，再怎麼彈，都脫離不了他！」

「剛才你用的是過去式。」

「沒錯！現在我不認為他是我的老頭了！他和我的母親在我六歲的時候離婚，那個時候他的行為幾近瘋狂。他要我和他一起上台，彈奏二重奏，但是，每次他都彈奏和練習時不一樣的變奏曲，故意把我的調子弄亂。然後，回到後台，他就拚命地打我。母親決心跟他分手，我想這也是原因之一吧。母親曾經對我說，他之所以會這樣虐待我，是因為嫉妒我的吉他天賦……」

地窖內的空氣突然冷了起來。

「你和他沒有聯絡了嗎？」

「對，我沒有再見到他，也沒跟他聯絡。」

「那——卡門呢？也就是你的母親。」

他又開始踢土。

「她前年死了。離開我老頭以後的十二年中，為了養育我，她付出相當大的代價。她曾經做過餐廳的女服務生、酒吧的女侍，可能還做過更難堪的事情。」

11

右手臂變得相當沉重，也失去了感覺。

我動一動手，手銬彷彿陷進手中，我只感覺到遙遠的地方傳來一陣陣的刺痛。如果有個東西墊腳，會舒服多了，但是我搆不到任何東西，桌子、椅子都在遙遠的那端。

「我們必須銬在這兒一個星期嗎？」

巴克也覺得有點痛苦了。

「這總比死好吧！」

巴克好像急了，突然用力地拉扯手銬。

「可惡，我被銬在這裡的時間，佛蘿娜又不知道會跑到哪裡了。」

「冷靜點，巴克，佛蘿娜他們會去哪裡，你心裡有沒有底？」

「我不知道，他們……包括槇村優那個傢伙在內，都小聲地說他們自己的話。根本就把我當成外人。」

「槇村優年紀雖然還很輕，可是，他卻是個極左派組織的職業爆破殺手，他們一定有什麼企圖。巴克，你聽到什麼沒有？」

「我又不像你一樣，聽得懂西班牙話。我知道的，也只是些地名而已，聽安黑爾和佛蘿娜的對話裡，提起好幾次巴塞隆納的名字，還有艾爾西達。」

據我所知，巴塞隆納並沒有佛蘿娜的朋友，至於「艾爾西達」，我就更沒印象了。

「你知道貝爾拉吧，昨天你們還在一塊的。」

「今天早上一大早，她就出門了。」

「去哪裡？」

「不知道。不過我聽到她說，如果搭不上車就糟了，大概想坐火車去哪裡吧。」

就在這個時候，門打開了，法尼多走進來，手中還拿著葡萄酒瓶以及皮袋。

「很好很好，你們都很乖。馬上給你們獎品！」

看來，法尼多的心情相當好。他先走到油燈旁，從皮袋裡倒出油來補充燃料，接著他兩手交替著把玩葡萄酒瓶，朝我們走過來。他的腳步有點踉蹌，油燈的光變得明亮，可以看出法尼多的兩眼充血。

「喏！喝吧！」

他用牙齒咬開瓶塞，吐到一邊，而後，將瓶子朝我這伸過來。

我左手接住這酒瓶，喝了一口。儘管是種低廉的葡萄酒，味道還不錯。我一面喝，一面觀察著。法尼多也很小心，他絕對不走進我左手可以搆得到的地方。

喝了三口以後，將酒瓶遞給巴克，但是，巴克卻搖搖頭，於是我毫不客氣地再喝了一口，才還給法尼多。其實，我的目標不是他的手，而是他的頭。可是，法尼多卻不給我任何有機可乘的空隙。

「你能不能將我們的手銬解開啊？」

我佯裝輕鬆。法尼多齜牙一笑。

「不行！你這個人不能信任。」

他坐在椅子上，手肘抵著桌子，又喝起葡萄酒。

「我看哪，你一定不是安黑爾同夥的，八成是他花錢雇了你吧。」

法尼多以手背擦擦嘴。

「那又怎麼樣？有的人是為了主義而死，有的人可是為了金錢而活！」

「你說的話還真有哲學意味呢，但是，我看你不像個哲學家嘛，倒像個歌唱家，你的聲音不錯哦！是不是能唱坎德・赫特（編按：Cante Jondo深沉渾厚的歌）呢？」

法尼多驚訝地眨了眨眼，咳了幾聲。

「你一個日本人，怎麼懂得我們的歌曲？」

「當然啦，現在我們日本佛拉明哥舞的水準比你們西班牙還高啊！」

「亂講！」

法尼多生氣了，他那原本就大的鼻孔，這會兒掀翕得更大。

「我才不是胡說，就以這個巴克來說吧，他的吉他技術比起你們的吉他手，實在好太多了！」

「比馬洛德還好嗎？」

何安・麻亞・馬洛德（Juan Maya Marote）是聖山區出身的優秀吉他手，聽說也是吉普賽人最引以為傲的人物。

「馬洛德的確是很高明，他來日本表演時，我也曾經欣賞過。但是，他的技術實在還比不上巴克。」

法尼多重重地將酒瓶放在桌上，朝我的方向走來。

「你別胡說。就算是在馬德里相當受歡迎的巴哥・德・魯西亞，也還比不上馬洛德。更何況這個日本來的年輕人呢？別笑掉我的大牙了！」

「你不信的話，自己不會確定一下啊，油燈下面的那個箱子裡有巴克的吉他。」

於是，法尼多走向那把吉他，並打開箱子檢查是不是正如我所說的。

趁這時間，我低聲地對巴克說：

「他一定會叫你彈吉他，你知道吧！」

巴克默默地點頭。

法尼多拿起那把吉他，放在桌子上。

「既然你這麼說，那我就叫這個年輕人彈彈看。」

這是我第一次看見「卡迪斯紅星」，的確名不虛傳。在昏暗的亮光下，吉他的七顆鑽石依舊發出燦爛的光彩，其中一顆毫無疑問地發出晶瑩血紅光芒。

「我先警告你們，如果敢耍什麼花樣，我這把槍可不會客氣！」

說完後，法尼多將鑰匙扔給巴克，同時也拔起手槍，退到桌子後頭坐在椅子上。

巴克試了好些把鑰匙，才將手銬打開。

「還給我！」

法尼多命令，巴克將鑰匙扔還給他，並揉著右手手腕，慢慢地走近桌子。

「手，很痛。吉他，不能彈。」

巴克用相當蹩腳的西班牙話堆積出一串不完整的句子，還搖著頭做為補充。

法尼多動動他的槍口。

「你坐在那裡休息一下，好好地揉揉手腕！」

於是，巴克坐在桌子對面的椅子上，一會兒揉著右手腕，一會兒甩動肩膀。法尼多伸直手來抓起葡萄酒瓶，喝了一口。但即使在他喝酒的時候，視線也不曾離開過巴克。

「好了沒？」

法尼多催促著。巴克這才不情不願地拿起吉他，轉動手腕，先輕輕撥了幾個音階，讓指頭習慣一下。然後練習一下和弦琶音（Arpeggio）以及顫音。

法尼多等得不耐煩了，揮動著手槍。

「快點啊！」

巴克將吉他拿好位置，靜靜地彈奏格拉納狄斯（Granadinas）舞曲。起初，氣勢相當薄弱，大概手指頭還有些麻木吧，但過了不久，整個地窖中充滿了巴克的吉他聲。而原本掛著一抹輕笑的法尼多，也隨著巴克的吉他聲愈來愈緊張，最後終於放開握著葡萄酒瓶的手，滿臉嚴肅地聽著。

格拉納狄斯舞曲原本是阿拉伯色彩濃厚的曲調，然而，巴克以琶音和顫音將曲子交織成一片華麗的網子，緊緊抓住人心。這把名吉他「山多斯．艾爾南德士」，在巴克的超絕技術下，彷彿真有生命力般地，連我都忍不住想叫聲「好」！

演奏結束，法尼多才回過神來，他挺了挺背，然後聳聳肩，故作輕鬆地說：

「還可以啦，可是，只彈一首曲子，還看不出他的程度。能不能彈伴奏歌曲呢？年輕人。」

巴克察覺了他的意思，點點頭後將吉他小心地倚在椅子的靠背上，兩手交叉地揉揉手指。

「那──我唱段斷續調（Siguiriyas），你伴奏看看？」

巴克聽懂了。

「伴奏，要移調夾，在裡面。」

巴克指指箱子。

法尼多的手槍依然指著巴克，站了起來，他的酒意大概快發作了，腳步有點不穩。他左手搭在桌子上，一再叮嚀巴克：

「你不要亂動！」

法尼多走到箱子旁，眼光看著巴克然後摸索著打開箱子。他的上身，連同槍口都在左右晃動。

左手的汗水一直滴了下來，我偷偷地將汗水擦在褲子上。看得出來，法尼多已經醉了，但是，巴克離他還有段距離，我懷疑巴克有這種冒險的膽子。

法尼多大概也這麼想吧，為了找出吉他箱中的移調夾，他的視線短暫地離開了巴克。

就在這一瞬間，巴克使盡全力將桌子朝法尼多的方向翻倒。

法尼多回過頭來，馬上扣扳機。雖然是小型的手槍，在地窖中聽來，槍聲就如同大炮般駭人，厚厚的桌子頓時木屑齊飛。

巴克將桌子連同法尼多推到牆壁上，法尼多發出一聲慘叫，小小的個子完全覆蓋在桌子的陰影中。

槍聲的回響停了，地窖內又恢復靜寂。

桌子底下露出法尼多的兩隻腳，一動也不動。巴克小心地將桌子搬開。

法尼多的後腦大概撞到牆，嘴張得大大地昏了過去。
「幹得好！」
巴克回過頭來笑了一下。那是個相當緊張的笑容，他的臉孔完全沒有血色。
巴克從法尼多的手中拿下那把手槍，插在自己的腰際上。然後，將裝吉他的箱子從法尼多的身子下拉出來，並仔細地將吉他收入箱子中。
「你怎麼還在那裡慢吞吞地。這個槍聲不知道會引出什麼人來，趕快將我的手銬——」
我停下說到一半的話，看著提了吉他箱來到我身邊的巴克。看樣子，巴克並沒有從法尼多那兒拿鑰匙過來。
我盡量使臉上浮出溫和的笑容。
「你不會想一個人跑走吧！這個玩笑也開得太過分了！」
巴克蒼白的臉上，浮現一絲困擾的神色。
「對不起，漆田先生，我必須一個人走。」
「你別開玩笑了，你的手銬能夠解開，可都是我的功勞啊！」
「可是，打倒他的人卻是我！」
巴克轉身朝門走去。不安和恐怖頓時充塞在我胸口。
「等等，要是法尼多清醒了，你想過我會怎麼樣嗎？」
巴克並沒有停下他的腳步。
「至少請你用手銬把他銬在牆壁上吧！」
我幾乎已經在哀求他了。但巴克始終沒有回頭，他只是拿著吉他箱，靜靜地打開門，走出去。在門關上的那一瞬間，最後的希望也消失了。

我使勁地和牆上的手銬奮鬥了好一陣子，以發洩我的怒氣。其實，這早在我意料之中，也如我想像般的可怕。巴克這時的腦海中只有他和佛蘿娜，他是絕對靠不住的。我求助於巴克根本就是個錯誤。

也許是不幸中的大幸吧，並沒有任何人過來，現在就死心還太早。我兩手抓著鐵環，死命地上下搖動。

不久，牆壁上已出現了一些細小的裂痕，一片片的泥塊也開始剝落。

胸中再次燃起希望之火，於是，我專心地搖著鐵環。額頭上的汗水滴了下來，流進了雙眼。累了，就靠著牆稍微休息一下。

好不容易，鐵環的根部已出現了一個洞，儘管落下的泥粉嗆得難受，我還是一個勁地上下左右搖動。

「他媽的，你居然敢跟老子耍花樣！」

突然，有個聲音從背後傳來。

猛一回頭，法尼多站在那兒，他的臉因憤怒而扭曲著。霎時，原有的精力消失無蹤，我感到渾身發冷。

「是你的主意吧！」

我擦擦額頭。

「如果真是我的主意，他怎麼會把我丟在這兒呢？」

因為急促的喘息，我的聲音頻頻發抖。再想到，差一點就可以自由了，而今卻……心中更氣。

「那不干我的事，現在我就要從你身上要回這筆債！」

法尼多拿起一個葡萄酒瓶，朝椅背上敲了一下，酒瓶隨聲裂成兩段，裂口在燈光下發出冷銳的寒光。

我的背緊靠著牆，兩腳張得開開的。陰冷的牆似乎刺痛了我的脊椎，大概是恐懼吧！背對燈光的法尼多，此刻在我的眼中，變成了一個宣告死亡的黑色小鬼。

法尼多彎著背，將酒瓶的裂口向我伸來，齜牙咧嘴地慢慢逼近。

首先他瞄準我的腹部，但那只不過是一種單純的牽制罷了！正如我所料，法尼多又退回去，冷笑了一下。

冷汗早已浸濕了身子，臼齒也因為咬得太緊，隱隱發痛。

當我倒抽一口氣時，法尼多的手朝著我的下腹捅來，我想用右腳將他手中的酒瓶踢落，沒想到，他竟然敏捷地一轉，又朝我的臉部攻來。當我意識到危險，扭頭避開時，下巴已被割了一道血痕。

法尼多立刻迅速地跳回，滿足地露齒一笑。他再一次向前彎，採取攻擊的姿勢。全身濕透的我只能以左手全力抵抗。

法尼多像一條蛇般地襲擊而來。我兩手握著鐵環跳了起來，兩條腿死命地將法尼多的上半身夾住，但是，他手中的酒瓶卻也割到我的腹側，我感到一股刺痛。

我用盡吃奶的力氣將兩腿夾緊，法尼多低吼著，想再次揮舞手中的酒瓶，卻受到我的牽制，不能動彈。法尼多依然扭動著手肘企圖脫困，左手也努力地朝我的股間伸來。如果在這一刻間我鬆懈下來，那我就完了。

法尼多拚命地往後退，我的身子也隨他退後，銬在牆上的手也幾乎撕裂了。突然我將緊夾住法尼多身子的雙腿放鬆，在他還來不及反應時，用力地用腳朝他的臉踢過去，法尼多被我這麼一踢，整個人飛到地窖的中央，而我也因為後座力而撞上牆，右手差點斷了。

法尼多跳了起來，再次緊緊握住瓶子。他全身充滿了殺意，一步一步逼近來。

就在這個時候，門就像暴風吹襲般地被打開。

昏暗的燈光下，我看到一隻男人的腳踢了出來。法尼多回頭的同時，有道光線從門口射進來。

下一瞬間，只見法尼多往後仰，心臟插了一把有飾柄的小刀。

鮮血慢慢染紅了法尼多的襯衫。

12

羅哥緩緩踏進地窖中，淺亮的金髮在燈光下，就像一把黃色的火焰。

他來到法尼多的身旁，一腳跪在地上，抽出插在法尼多身上的小刀，並用屍體上的襯衫仔細地擦拭上面的鮮血。

羅哥站了起來，走到我這兒，一手用拇指摸著刀刃，眼睛則毫無表情地盯著我瞧。

「你在這兒做什麼呢？」

「你看我是在幹什麼？」

我沒好氣地反問。貼著牆壁站真的很累，我趕緊檢視我的左腹側，還好只是上衣割裂了，並沒有出血。

「你可真狼狽！」

羅哥戲弄著我。

「我還以為只有馬達利法會用刀。」
「馬達利法是我的徒弟，是個相當優秀的徒弟，但是，還是不如我！」
我再次張開雙腳，微弱地轉動右手腕。
「如果你能解開我的手銬，我保證在今年冬天會寄張耶誕卡給你！」
羅哥臉上浮上一抹淺笑。
「看來還滿有精神的嘛！你先回答我幾個問題，我就會讓你輕鬆的。」
「拜託！簡單一點的。」
羅哥這才停止他試驗刀刃的動作，把刀子收到腰後的刀鞘內。
「把你關在這兒的是誰？」
「一個叫做安黑爾的男人。」
「佛蘿娜也跟他們一道吧！」
我舔舔嘴唇看著羅哥。
「嗯。」
「其他的人呢？」
「就是在拉墨斯工作房的那個日本人，還有幾個沒見過的西班牙人。」
羅哥以他幾近透明的眼珠子，冷冷地瞪著我。
「他們在這兒做些什麼？」
「不知道。如果我知道，他們會讓我活著關在這裡嗎？」
羅哥用鼻子哼了哼聲。

「你在馬德里也是這麼說。好吧！換個問法好了，你猜他們想做什麼？」

「如果你想問我的意見，抱歉！說實在的，我也沒什麼意見。他們只是講些死刑犯的事情罷了！他們說總統在明天的內閣會議中一旦同意死刑判決，在星期六一早就會執行判決。這是真的嗎？」

「大概是吧，看來他們也不笨嘛，然後呢？」

「然後就是我的想像了，他們也許計畫想要搶回那些死刑犯。」

羅哥將眼睛瞇成一條細縫，歪著嘴說：

「那是不可能的，不過也沒有關係。執行死刑的地方有馬德里、巴塞隆納以及博戈斯，他們打算在哪個地方動手呢？」

「這我也不太清楚，但是，在他們的談話中曾經出現巴塞隆納這個名稱，另外還有個『艾爾西達』。」

羅哥皺著眉。

「艾爾西達？沒聽過這個地方。」

「也許不是地名，在西班牙話中是什麼意思呢？」

「艾爾西達是種除雜草的藥。」

「那可能是我聽錯了。」

但在我心中並不認為巴克會聽錯，艾爾西達既然是除草劑，那麼他們的計畫，我大概已經猜得出來了。

有段時期，日本的激進派分子以除草劑做為炸彈的原料。這麼看來，槇村優在安黑爾的拜託下製造炸彈，以除草劑做為原料是十分可能的。

羅哥咳了一聲。

「他們想在巴塞隆納大幹一場嗎？這些呆子，那根本沒用——」

「可是，那個叫安黑爾的男人好像很有信心的樣子。」

羅哥嗤之以鼻，然後退了兩、三步。

「你呢？你說你到西班牙是做生意的，選這種地窖來買吉他，還真是奇怪啊。」

「如果有必要的話，我還會去更奇怪的地方做生意。」

羅哥將他黃色的領巾從領口拉出，再仔細打個結，然後將領巾在脖子上摩搓了幾下，舒服地說：

「他們好像很討厭你，這是他們第二次丟下你了吧，為什麼？」

「這個我也不知道，或許他們認為我會妨礙他們。」

「你又為什麼要跟著他們呢？桑傑士不是命令你不可以離開馬德里的旅館嗎？」

「桑傑士少校只不過是叫我不要遷出那家旅館，而我也還沒遷出啊！」

「你還想狡辯。不服從治安警備隊的命令，處罰可是相當嚴重噢。」

「話說回來，你們怎麼會來格拉那達呢？莫非……安黑爾的同夥中有你們的間諜？」

羅哥的笑聲非常刺耳。

我真的很累了，搖搖頭，再度靠在牆上。

這時，越過羅哥的肩，看見馬達利法的臉在門口出現，遠處似乎人聲鼎沸。馬達利法無聲無息地潛進來。

但，羅哥依然感覺得到他的接近，回過頭去。

「吉普賽人們來了，隊長，快逃吧！」

馬達利法說完後，看到了我。他露齒一笑，彷彿丟了玩具的小孩再次尋回般的興奮。

他交替地看著我和法尼多的屍體。

「隊長，走吧，我來殺這個日本人。」

遠處的人聲慢慢地接近。羅哥阻止馬達利法拿著刀子的手。

「我們趕快走吧，這個人留給吉普賽人處理。只要他們看見同伴的屍體，這個人就活不長了。」

馬達利法彷彿有點捨不得地看著我。

羅哥還是一副冷漠的表情，只在唇端浮現一抹冷笑。

「如果你運氣好的話，我們也許還能見面。在這種情況下，說後會有期，還不如說再見！」

臨走時，他將油燈關熄，地窖內一片黑暗，只有門口還有些許亮光。

但在羅哥和馬達利法無聲走出地窖，帶上門後，最後的光亮也消失了，我再次陷入黑暗中。

我馬上轉身，繼續鬆動鐵環的工作。儘管我使盡全力，這個鐵環依然牢牢地嵌在牆裡。但是，滿頭都是泥屑的我，卻仍然拚命地搖動。雖然有時會聽到人聲逼近，但還好沒有人突然闖了進來。

不知道是一分鐘後呢，還是一個鐘頭後，鐵環終於有了些許的鬆動。

我鼓起勁，跳了起來，試圖把兩腳抵在牆上，死命地往後拉。失敗了三次之後，終於在第四次成功了。我把兩腳儘可能地往上挪，整個體重都掛在鐵環上，彷彿在和大力士海克力士拔河一樣。

當我以這種姿勢將鐵環左右搖動時，我可以清楚地感到鐵環一點一點地鬆開。就在那一瞬間，我的身子隨著一陣沙塵跌落地上。

儘管堅硬的地面刺痛我的背脊，但比起身體自由的安心感，實在算不了什麼。

早已麻木的右手腕拖著手銬以及鐵環，在黑暗中摸索著。終於找到法尼多的屍體了，我從他的腰際取出一串鑰匙，站了起來。

就在這時，地窖外頭有了一些聲響，從門縫下，可以看到一個手電筒的燈光正一步一步地靠近。我繃緊著身子，悄悄地朝透出些許燈光的門口走去，躲在開門後的門的另一邊，然後留意對方的腳步聲。

手電筒的光線以及腳步聲都只有一個。我用恢復些許感覺的右手握住鐵環。

腳步聲在門口停止，來人打開了門，圓圓的光線突然進入地窖中。首先光線射在我與巴克被銬的牆上，而後，圓光中出現法尼多的屍體。

「可惡。」

來人在門外罵了一聲。

手電筒的燈光在地窖中巡視了一圈，來人就急急忙忙往回跑。

我跟著腳步聲走出門口。在前面有個黑影，黑影的前方有道光芒，正隨著黑影逐漸遠去。

我將光芒經過的道路，迅速地記在腦中，腳步也不停地追趕著。這是個大約兩公尺寬的地下通道，周圍並沒有任何修飾，只是粗糙地以木樁固定土牆而已。

走到一半，我隨手將一個掛在牆上的油燈取了下來，並進入另一個通道。我拿掉手銬只握著鐵環，慢慢地找尋出口。

通道中又另有通道，是個像極了迷宮似的複雜地下通道。大約有兩個鐘頭了吧，我在通道中繞來繞去，好幾次還經過同樣的地方。我盡量往朝下的方向行走，換句話說，我應該是朝著聖山區的山麓方向前進才是。

我在油燈快要燃盡以前，來到一個木門前，那兒掛著一個已經生鏽的大鎖，靠近木門發現門隙間流進陣陣的冷空氣。

我將油燈放在地上，用鐵環敲著門鎖。

就在油燈熄滅的同時，鎖也彈開掉在地上。

而後，我全身沐浴在日落前的霞光中。

在這門後大約三公尺處有個洞口，位在腳下的是一片染成赤紅的阿爾貝辛建築，我從未這麼懷念過格拉那達，它竟是如此美麗、可愛。

我在充滿瓦礫的崖坡上或滑或滾的，五分鐘後，我終於站在阿爾貝辛的街道上了。一位正巧路過的白髮老婆婆，張著沒牙的大口愣在那兒，彷彿是初次見到惡魔一般地望著我。

我想這時的我，大概跟被釘在十字架上的吸血鬼沒有兩樣，甚至有過之而無不及。

正當我走下陡峭的坡道準備往市中心走的時候，有輛計程車剛好開了過來，我堵在路中攔截了這輛車子。

一個四十歲左右的司機探出窗口，皺著眉看我，然後，他厭惡地揮揮手，用他那破鑼嗓子大叫：

「走開！你這個醉鬼！」

「我才沒喝酒！我是被吉普賽人攻擊了，你載我一程。」

「真的嗎？那你應該去警察局。」

「我之後會去。你還是先載我回賓館好了，我付你小費的。」

司機聳聳肩，打開了車門。我在進入車內的同時，也報上了賓館的地址。

每回來西班牙，計程車的基本費用都在漲，沒有一次是相同的。不過，二十一元西幣相當於日幣一百圓，而且每跳錶一次，也只有一元西幣而已，算起來是個相當便宜的交通工具。

其實，我身上原來帶有兩千五百元西幣的，但都被拿走了，現在是身無分文。

當我們來到「雅士多利亞賓館」時，那司機一言不發地走下車，用拇指指了指賓館的大門，說：

「去拿錢吧！」

我苦笑著走下車。

「我看起來就那麼沒錢的樣子嗎？」

那司機只是聳聳肩，說：

「在那裡被吉普賽人攻擊，而又能留下一塊錢的話，我都可以去競選格拉那達市長了。」

我走進賓館，櫃檯後的老闆跳了起來。

「你怎麼變成這樣了！你想要夜遊是可以，但也不要叫你的朋友擔心啊！」

「我的朋友在房間裡嗎？」

「中午就出去找你，一直到現在還沒回來。」

我回房間拿了一百元西幣遞給司機。

「剩下的資助你競選市長！」

司機邊搖著頭，邊走了出去。

我終於可以舒服地躺在浴缸中，將一身的污穢洗乾淨了。右手腕也靈活許多，但是體力實在消耗太多，脖子還有些痠痛，而腹側法尼多留下的割傷也還在。

在馬德里買的西裝，全是泥巴，也不能再穿了，只好拿出以前的長褲和馬球衫。接著到餐廳去，盡所能地將能吃的東西都吞下肚，將肚子填滿。

回到房間，躺在床上，打開時刻表，不到一分鐘我就陷入了沉睡中。
感覺有人在搖動我的身子，費了好大的勁才清醒過來。
等把視神經的焦距調好，清水那張焦慮的臉，一直盯著我。
「我本來不想叫醒你，但是我真的很擔心。昨天晚上你到底發生了什麼事？」
清水皺著眉。我爬了起來，時刻表由胸口掉了下來。
清水從地板上撿起時刻表，繼續說：
「昨晚在那家店外，羅哥和那個討厭的馬達利法一起出現。我正在想該怎麼辦時，店裡突然發生騷動，客人們一個個跑了出來，可是我沒看到你，到底發生了什麼事？」
「我被佛蘿娜他們抓住，關在地窖內。他們好像已事先跟吉普賽人老闆講好了，事先就躲在那間店裡了。」
清水睜大了眼。
「會有這種事情，那你怎麼跑出來的呢？」
我將昨晚的情形大略地說了一下。清水搖著頭，一副難以置信的表情坐在自己的床鋪上。
「我真不敢相信，難怪今天一整天，我在聖山區以及阿爾貝辛來回的找尋，都找不到你。」
「那些吉普賽人一定也在找我吧，雖然殺死法尼多的是羅哥，但是他們並不知道。」
「可是，羅哥他們怎麼知道那裡的？」
「大概是馬達利法有什麼特別的管道吧。」
清水吁了口大氣，站了起來。
「那現在怎麼辦呢？如果依照你的話，現在我們得去巴塞隆納了。」
「按理來說應該是這樣——」

我拿起時刻表，查看早上從格拉那達出發的火車班次以及時間。有班快車在八點三十五分出發，經過博巴迪拉、馬拉加、阿爾赫西拉斯；另一班是在九點二十五分出發，經過穆西亞、阿利坎特。只有這兩班火車而已。

「巴克說貝爾拉一大早就出門搭火車。如果她打算要去巴塞隆納的話應該會搭飛機而不是火車。如果是火車的話，她並沒有理由往穆西亞以及阿利坎特方面去。照這麼看來，她八成搭上八點三十五分那班火車。」

清水挺直上半身。

「所以她應該是往馬拉加或阿爾赫西拉斯方向囉。」

「我想貝爾拉是先去替佛蘿娜他們做點準備工作吧，如果真是這樣，那她一定是到卡迪斯去，因為她是在卡迪斯出生的，那兒是她的故鄉，那兒的人、物對她都不陌生，也好辦事。」

「卡迪斯，但是他們要怎麼去？從馬拉加還是阿爾赫西拉斯出發？」

「從阿爾赫西拉斯有沿著海岸行駛，直達卡迪斯的巴士，我想貝爾拉一定是走這條路線。」

清水雙手抱胸，連點了兩、三次頭。

「那麼，我們也去卡迪斯囉？」

第六章——大聖堂的攻防戰

1

翌晨，我們避開格拉那達車站，坐計程車到十公里遠的比諾士．普恩提車站，搭上由格拉那達出發的火車。

下午兩點半過後，火車準時到達阿爾赫西拉斯。

轉搭巴士來到卡迪斯，已經是晚上七點了。

我們從西班牙廣場附近的終點站，走到面對卡耳波．索特洛廣場的「法蘭西亞旅館」，那兒有個寧靜的大廳以及古色古香的酒吧，正是我最喜愛的風格。

天雖然還亮著，卡耳波．索特洛廣場的影子拖得長長的。

清水望著旅館潔白的牆壁說：

「這個旅館真不錯，但是，我們能住這嗎？」

「現在擔心羅哥他們也沒什麼用了，說不定他們已經到達巴塞隆納了，也或許還沒去，反正我想他們的命令應該還沒到達這裡的旅館吧。而羅哥能夠追到格拉那達，一定有其他的情報吧。」

「你是說，佛蘿娜他們內部有間諜？」

「極有可能。」

在櫃檯，我們訂了間雙人房。

那是位於三樓最深處的房間，窗子面臨廣場，空調運作沒有問題，舒適極了。

從阿爾赫西拉斯到卡迪斯的一路上，是一片荒野，沒什麼人家。中途只在一個小中繼站休息一下而已，前一天的體力消耗，至今還未補回，全身骨頭依然痠痛不已，我實在很想馬上躺在床上舒服地休憩一下，但是卻被清水吃晚餐的提議給否決了。

從旅館出來，走了大約十分鐘的路，來到了卡迪斯的中心街，聖・荷安・德・迪奧士廣場。窄窄的石板路與其他安達魯西亞城鎮的街道沒有兩樣，但卻多了港口小鎮特有的潮濕空氣，以及海潮的味道。

卡迪斯面臨著大西洋，是位於一個鉤狀小岬的頂端。這個岬角成扇形，而其頂端僅有五百公尺寬而已。

聖・荷安・德・迪奧士廣場就是位於這個頂端的中央部分。廣場開口向著卡迪斯的內港，後頭則是一棟有著新古典風的市政大樓。

鎮上的人似乎都悠閒地在街道中咖啡廳所擺放的桌子上度過他們晚餐前的時刻。

我們走上轉角一家「米凱」餐廳的二樓，這間店擁有四個叉匙（Top class comfort），屬於當地一流的餐廳，但因為在西班牙，人們的晚餐通常都是在日落後才進行的，所以餐廳裡只有像是外國人的兩對情侶而已。

坐在面臨廣場的桌面，先喝了杯雪莉酒，接著強烈的飢餓感襲來，於是我從雞湯開始、接著香煎比目魚、燉豬肉香腸、一人份的西班牙海鮮飯，以及三十公分的麵包一條，全部一個人吃完。

餐後，我們舒適地喝著咖啡，清水滿臉認真地說：

「我們終於到了卡迪斯，下一步該怎麼走呢？」

我點了一根菸。

「先找到佛蘿娜再說，這鎮不大，如果他們來到這兒，我們一定找得到才對。」

「那麼我來找巴克好了。巴克應該也來這兒了吧。」

「有可能。他雖然告訴我巴塞隆納的事情，但是他是個相當狡猾的傢伙，我想他自己絕對不會去那兒的。他主動告訴我，他是山多斯的兒子，但卻在我信任他的當口，把我丟在那麼危險的地方，這小子。」

「不過他還滿有膽子的嘛，居然敢跟拿著手槍的吉普賽人拚命。」

「那根本不算是大膽，只能說是魯莽。他大概是一心想去找佛蘿娜吧。」

「所以他才會認為有你在的話，只會妨礙他，所以才把你丟在那裡不管，真是太過分了。」

「從這次的事情，還有山多斯‧艾爾南德士的事情看來，巴克是個只為自己以及自己所愛的人事物著想的人。換個方式想，其實這也是種令人羨慕的生活態度啊。」

清水搖搖頭，喝了口咖啡，然後像是突然想到般地開口：

「這個鎮上有酒館嗎？」

「只有一家，叫做『艾達酒館』，就在新市區那，從這裡坐車只要五分鐘就可以到了，你可以去看看，不過我很累，就不陪你去了。」

在廣場與清水分手後，我直接回到旅館。

大廳內燈光昏暗，裡面的會客室有許多人，連櫃檯經理也在那裡。

我走了進去，他們正盯著電視議論紛紛，不知在討論什麼。

畫面中那個光頭男人的影子消失了，四周響起一陣陣深深的嘆息。

一個留著小鬍子、金髮矮個的年輕人正滔滔不絕地陳述些什麼，用語似乎是法文，只見他怒氣沖沖地比畫著，似乎在向他周圍的人控訴某件事。

而那些原本在他周圍和他講話的人們，一個個搖著頭，無言地從人群中離去。年輕人馬上張開兩臂，這次則用西班牙話大聲怒罵：

「這種事情實在是太過分了，怎麼可以這樣，沒有任何審判就宣判死刑。難道你們對這件事情一些反應都沒有嗎？」

我順手攔下正要回櫃檯的經理，問他究竟發生什麼事了。經理搔搔太陽穴，聳著肩回答：

「政府已經發表了死刑的決議，那是今天早上內閣會議中通過的。」

果真如安黑爾所料。

「什麼時候執行死刑？」

「明天早上吧。」

「十一個人全部死刑嗎？」

「沒有，只有五個人被判死刑，其他的人減刑。」

我用拇指比比背後。

「那個金頭髮的男人是誰？」

「他昨天才住進來的，是個法國的新聞記者。他在那裡對這件事情大聲嚷嚷，只會增添我們的麻煩。」

經理面有難色。

「報警不就得了。」

經理的臉色突然緊張起來，並退了一步說：

「我不是密告者！」

目送著經理回到櫃檯，我才進入酒吧。

金髮男人正坐在吧台上喝著啤酒，我坐在他身旁，也叫了杯同樣的啤酒。酒保馬上把玻璃杯與酒瓶放在我的面前。

我將杯子倒滿啤酒，向身旁的金髮男人示意，並以西班牙話說：

「我是漆田，日本來的新聞記者。」

他看了我一下，然後聳著肩說：

「喬治・波杜烈。雷士波華爾報駐馬德里特派員。」

我們握了握手。

「你對佛朗哥總統同意死刑的決定，似乎很憤慨。」

「我實在忍不住了，但現在想想，說這些又有什麼用呢？」

「幸虧沒有被BPS（秘密警察）聽到。」

波杜烈喝下一大口啤酒。

「這個星期一，伊娃・門坦、列吉士・杜布列來到馬德里，並帶來了法國文化界的聲明，要求佛朗哥給予那些人一個公正的審判。但在飯店召開記者會的同時，闖入了許多治安警備隊的隊員，並逮捕了二、三十位特派員，雖然沒多久後就馬上釋放了，但是門坦他們卻被驅逐出境。隔天所有的特派員都向當局抗議，但一點用也沒有。」

波杜烈將啤酒一飲而盡，再向酒保做個手勢，不久，他的面前又出現一瓶新的啤酒。

「不過聽說他已經免除六個人的死刑。」

「就算佛朗哥再專制，也不能判處懷孕婦女的死刑。否則，西班牙將永久被國際社會唾棄，連長久以來想要加入ＥＣ（歐洲共同體），以及ＮＡＴＯ（北大西洋公約組織）的夢想也將隨之幻滅。」

波杜烈再度將新的啤酒飲盡，繼續說：

「西班牙政府想用免除六個人死刑的新聞吸引大家的注意，而忽略了五個人的死刑，這實在是種很令人極度不愉快的詭計，你說是不是？」

我也將啤酒喝完。

「這個時刻，你還在這個港口小鎮做什麼呢？難道你不必到馬德里或巴塞隆納採訪執行死刑的新聞嗎？」

波杜烈嗤之以鼻。

「執行死刑時又不准新聞人員採訪，我還不如留在卡迪斯這個小鎮，蒐集當年內戰的資料。這個小鎮可是佛朗哥指揮下的摩爾人部隊，最初從非洲登陸的地方。」

「你蒐集到什麼新消息嗎？」

他搖搖頭。

「今天一整天全都浪費了，參與過內戰，大約四十歲以上的人們，不知道怎麼搞的，全部都耳聾了，甚至連話也不會講啦！」

我將酒杯倒滿啤酒，喝了一口。

「我們這些外國人好像都習慣用自己的價值觀來判斷西班牙的內政。但是，我們也沒有西班牙人全部都否定佛朗哥總統的證據，又有什麼理由急著評論他們的內政呢？」

波杜烈目光犀利地瞪著我。

「你是不是偏袒那些殺人的法西斯主義？我以為發揮國際輿論的力量，幫助西班牙獲得自由，是我們新聞從業人員的責任！目前不但是法國，連義大利、英國、德國，都已經開始進行對佛朗哥政府的抗議行動。而你卻說這些是多餘的。」

「不！我是覺得這些多餘的行動在西班牙內戰時，或許真的幫過忙，而，你所說的那些國家，在內戰時也的確直接或是間接地幫了佛朗哥不少忙，因而讓他獲得勝利。現在這個時候才來責難佛朗哥，不是多此一舉，也很不合理嗎？」

波杜烈半天答不出話來，臉脹得通紅。隨後，他從口袋中掏出鈔票用力拍在吧台上，說：

「日本果然還是個法西斯主義的國家！」

說完，他經過我的面前，走出酒吧，留下香味過甜的古龍水味道。

我的話竟然和安黑爾・索多馬喬在格拉那達洞窟中所說的一模一樣。

不知道什麼時候我的面前多了一杯新的啤酒。

我望了望酒保。

「請你喝一杯！」

酒保將毛巾搭在手腕上。

「那是我請客的，別客氣，請喝。」

我拿起啤酒。

「一起喝吧！拿個杯子來。」

我們彼此碰了碰杯緣。

「你覺得哪邊比較合理呢？是我還是他？」

酒保眨了眨眼，說：

「我也不知道，大概你們兩個人都對吧，我不認為正義只有一個！」
「看來你才是最正確的！」
我付了錢，走出酒吧。

2

第二天早上，下到大廳時，竟然找不到半張報紙。
櫃檯經理，在聽過我的抗議後，才從櫃檯下面拿出一份縐巴巴的報紙。
「若這個可以的話，請看這一份，這是我從家裡拿來的。」
「謝謝，今天早上的電視新聞怎麼說的？」
經理聳聳肩。
「聽說今天一大早就執行死刑了。」
「沒發生什麼事情嗎？」
「即使有，電視上也不會發佈吧！」
我點了點頭，拿著報紙進入餐廳。清水昨晚很晚才回來，現在還躺在床上呼呼大睡。
報紙以斗大標題報導五個恐怖分子死刑判決的同意案，但也正如喬治・波杜烈所說的，媒體用了極大的篇幅報導另外六位恐怖分子的減刑。
而政府當局面對反對執行死刑的歐洲諸國提出反駁。表示西班牙政府自一九六〇年以來，只執行了八人死刑，而法國政府自一九六四年來，已經送十個人上死刑台了。
吃完早餐，正喝著咖啡時，清水一副尚未睡飽的面容進入餐廳。他穿著白色的長褲，深藍色的襯衫，鬍子修得乾乾淨淨。

「『艾達酒館』怎麼樣？」

「太棒了，連好久不碰的吉他，也忍不住彈了起來，真過癮！回來都已經是凌晨四點了。」

清水用拇指與食指捏捏眉頭，坐了下來，同時也向服務生點餐。

「我本來以為可以找到巴克的，但……沒有。」

「即使他來到卡迪斯，也不會到酒館去了吧，他沒這麼不小心才是。」

我將昨天佛朗哥同意死刑判決，並在今天一早已經執行的事情告訴清水。

「嗯，這位佛朗哥先生真是了得，不愧是歐洲最後一位獨裁者。」

我趁上午去買了新的內褲、襯衫、長褲等東西。而髒了的西裝，已經請經理趕緊拿去請人清洗了。

中央市場位於普里莫・德・里維拉大道附近，與我下榻的旅館只相距幾分鐘的路程而已。魚、肉不用說，從蔬菜到零食類等幾乎所有的食物，都是由這個市場供應的。剃了毛的豬和羊的頭跟腳，以及其他臟器等都到處散置，著實令人無法忍受。

市場後頭，有個較高的小教堂，牆上貼著彩色的基督畫像瓷磚。這裡一定是佛蘿娜小時候常來的教堂吧！

直直走過去就是海岸了。堤防下的海灘是個海水浴場，有很多海灘遮陽傘，到處是享受著日光浴的人們，以及熱中玩著細沙的小孩。

在我的左手邊有個石造的棧橋，也是防波堤，一直延伸到大西洋中。聽說那裡是從前腓尼基人的古老港口，而今已是西班牙的軍事要塞。

大西洋的波浪不可思議地平靜，只有日光無聲地反射閃耀著。

街上沒有佛蘿娜、巴克的蹤跡，但也沒有羅哥、馬達利法的影子。

我還是常常發現治安警備隊員的制服，但是，他們似乎沒有什麼特定的任務，尤其不像在搜尋一個狼狽不堪的日本人。

我再次回到旅館，吃過午餐後，依照西班牙的習慣，睡了個午覺。

睡了兩個小時後，洗了個澡。清水一早說要去趟美術館，到現在還沒回來。

走出旅館，沿著洛沙里奧街走向聖．荷安．德．迪奧士廣場。在這途中，有家造型相當古樸的居酒屋，我忍不住跑進去，喝了杯雪莉酒。那兒有個小小的吧台，擠著一群港口的苦力，高談闊論著足球的賭注。

在小鎮上繞了一圈，沒什麼收穫。

回到旅館時，經理從櫃檯下拿出一份剛才送來的報紙，放在我的面前。

坐在酒吧中，攤開報紙。

第一版記載著五位恐怖分子死刑執行的報導。在這五個人當中，有三個是ＦＲＡＰ的成員，在馬德里的郊外執行槍決。另外兩名ＥＴＡ的成員，則是在巴塞隆納執行。行刑的場所，正是羅哥所說的地方。

以往西班牙是以絞首台做為執行死刑的工具，而這次的死刑卻沒有採用絞刑，也應該是佛朗哥總統對國際輿論的讓步吧！

我請酒保回喝一杯，並敲敲報紙說：

「今天我到街上繞了一圈，都沒聽到有關這些的談論，你們對這個毫不關心嗎？」

酒保撇撇嘴唇。

「也不是，只是我們不在外頭談論而已，雖然這是件相當遺憾的事情。」

我喝了口啤酒。

「你的想法如何呢？這裡就只有我一個人，我只是個國外來的觀光客罷了。」

「你昨天不是說是新聞記者嗎？」

「那是為了和那個法國記者說話，亂講的。」

酒保將自己的酒杯注滿啤酒，然後一口氣喝完。

「ＥＴＡ已經跟馬德里政府戰爭了幾十年，我們也很同情他們，而且他們殺的警備隊員都是該殺的。但是ＦＲＡＰ就不同了，他們只要看到警備隊員，不管三七二十一，都是先下手為強，實在不值得我們同情。」

他再斟了一杯啤酒，又喝完。

「我們對於政府的審判也有些不滿，但是因為這件事，而使得我們的總統備受外國人的責備，更使我們無法忍受。你想想，如果有外國人去責備你們的天皇，說他應該負起第二次世界大戰的責任，你們日本人民能夠接受嗎？這是相同的道理啊！」

酒保確實說的天皇兩個字！

西班牙安達魯西亞的一個居民，居然也知道日本天皇，這簡直是個奇蹟！

我給了小費，走出酒吧。

那晚十點過後，我帶清水去附近的「艾爾·安德沃荷」餐廳。

我們喝著雪莉酒，吃著炸蝦、燉肉和一些特製的蛋料理。

飯後吃著冰淇淋，清水說：

「巴克和佛蘿娜真的會來這個城鎮嗎？我怎麼一點感覺也沒有。」

「來或不來機率各百分之五十。」

明天星期日應該就會有答案了。

「如果他們是去了巴塞隆納怎麼辦呢？難道你要放棄那把吉他和佛蘿娜嗎？」

「不，那只好到巴塞隆納了。」

清水一副受不了我的神情，搖了搖頭。

第二天我起了個大早，獨自一個人到街道上。

西班牙早上的日出和日落一樣時間都很晚，街道上還很暗，空氣中帶著幾分涼意，宣告秋天即將到來。

我走到中央市場，沿著周圍無人的石板路慢慢地走了一圈，然後走上可以看得見教堂那扇黑木大門的地方。大概因為星期日市場不開業，除了我之外沒有一個人影。

不久天空開始出現金褐色的光芒，教堂頂上的塔以及建築物的屋頂都接受了陽光的洗禮。之後，穿著黑色衣服的老婆婆、帶著孩子的母親們，相繼走進教堂的大門。

其中也有幾個年輕的女孩，但是她們很少是自己單獨前來，不是和母親，就是兄弟姊妹們一道來。

有人走進教堂，也有人走了出來。我站著的位置並不是頂好的，大部分進去的人也只能看見背影，而在那沒有攜伴前來的年輕女孩的背影中，就是沒有一個眼熟的。

時間不斷地過去，天色已經大亮了，我的胃也開始抗議了。

我不敢確定佛蘿娜是否會來到卡迪斯，但如果她來，那她今天一定會來這個教堂，這點我可以確信。

我差點錯過了她！

有個牽著小男孩的年輕女孩，從大門出來後，不經意地抬頭，是佛蘿娜！她穿著咖啡色樸素的洋裝，而且我在下意識排除帶著小孩的女人，所以她進入教堂的時候根本沒注意到她。

我在襯衫上擦擦雙手的汗水，跟在佛蘿娜後面。

佛蘿娜牽著那小男孩的手，漫步在石板路上。我將頭上的巴拿馬帽壓低，在二十公尺外慢慢地跟著，如果佛蘿娜回頭，一定會馬上發現我，那麼到時我只有用武力抓住她了。

她來到大聖堂前的比奧十二世廣場，停下了腳步，彎著腰遞給小男孩一些錢，現在只剩佛蘿娜一個人了。那小男孩只是她偽裝的一部分。

我想此時的佛蘿娜一定會再巡視一下，於是躲進一家書店中，待我數到五才探出頭來。

佛蘿娜不見了！

我趕緊衝到大聖堂旁的阿西魯街看看。大聖堂現在因為內部的整建工程封鎖了，但是附屬的展示廳還是開放的，而入場券發售的地方就在阿西魯街。

在我到達入口處時，普里莫・德・里維拉大道附近的展示廳入口前，有個深褐色洋裝的裙襬翻動一下。我急忙跟過去，越過柵欄探看。堆積著工程用材料的空地對面是大聖堂的石牆。

佛蘿娜真的不見了！

我把手搭在柵欄上，沒想到柵欄竟輕易地打開了，我順勢進入，抬頭一看，大聖堂的圓圓屋頂在日光的照射下，如同一個巨大的橘子，正閃耀著光輝。

在這一大片石牆中有道快要腐爛的木門。我迅速地檢查一下木門的隙縫，沒有堆積塵埃，可以斷定這個門最近被人使用過。

我連門都沒摸一下，便轉身離開，回到阿西魯街，展示廳的入口處是關閉的，旁邊有個告示牌，寫著星期日的參觀時間是十點半到一點半。

據我所知，大聖堂原是一七二二年，由大建築家文森・阿西洛所建的巴洛克式教堂，但在一八三八年完成時，受到當時新古典主義強烈的影響，便將兩者折衷，成為目前的建築。而這幾年西班牙政府為了修復大聖堂，禁止參觀內部。

我走進聖・荷安・德・迪奧士廣場附近的一家咖啡廳中耗時間，十點半一到便回到展示廳前，步下石階，在地下道的入口處買了張入場券，那天入場的人只有我一個。

一位瘦小的解說員，用他那蹩腳的英語帶著我到處參觀。玻璃箱中排列著破爛的法袍以及刀劍，還有慕里歐和蘇魯巴爾的宗教圖畫等，在昏暗的燈光下或隱或現，因為解說員每解說完一間房間就會關上電燈。

我們走過一個彷彿天空就是屋頂的大圓頂屋，穿過一個狹小的洞窟，來到地下墓地。這兒安置著歷代大主教的遺體，其中也包括了出生於卡迪斯的馬努魯耶・德・法利亞。

在這兒我感到陣陣冷氣逼來。我說了出來，那個解說員得意地點頭解釋，因為此地位於海平面下四公尺，而且為了防範海水的滲透，他們做了特別的工程，他還用笨拙的英語叫我別擔心。

我看了看四周，以西班牙話說：

「地下室就只有這麼一個嗎？還有沒有別的呢？」

解說員嚇了一跳，伸手扶住眼鏡。

「你懂西班牙語啊，早知道我就不必那麼辛苦地用英語跟你講了老半天。」

「對不起，我不想剝奪你練習英語的機會啊！」

解說員朝著天花板乾笑了一聲。

「你還真愛捉弄人。這麼說來，你不是第一次來，以前一定來過了吧！」

「的確，這是我第三次來到這個地下室了。」

「那你一定覺得很無聊吧！嗯，對了對了，這裡當然還有其他的地下室，但是，因為那裡很危險，所以不能進去，而且都已經封鎖了幾十年了，那邊不像這裡有進行補強的工程，海水不會滲透進來，其他的地下室可不是這樣喔。」

3

月光的明亮度益增，大聖堂圓形的屋頂在皎潔的月光下，發出潔白光輝。海風吹來，身體感覺愈來愈冷。街道上已經沒有什麼聲音，只有海浪打在堤防上的聲音愈來愈大。

晚上十二點，我與清水一道潛入大聖堂的空地中，躲藏在那些土木材料的陰影下，已經一個小時以上了。

清水豎起襯衫的領子。

「你說他們潛伏在大聖堂下面，真是難以置信。像這種建築，在日本來說，可以算是國寶，或是重要的文化財產，而他們竟然把它當作巢穴，藏身在這裡。」

「利用修復工程做為屏障，一般參觀者不會來到這來，而西班牙人做事又向來溫吞，這件工程也不知道得拖多久才能完成。這一定是貝爾拉的主意，除非對當地相當熟悉的人，否則絕對想不出這麼絕妙的地方。」

「我們得一直在這裡等嗎？很無聊，如果佛蘿娜和巴克不出來的話怎麼辦？要一直等到早上嗎？」

「我們等到兩點吧！如果他們還不出來，我就闖進去。」

「我還是把風嗎？」

「你只要盯著巴克就好了，不論使用什麼方法，都得把吉他搶回來。」

兩點很快就到了。

清水用手肘頂頂我。

「已經兩點了。」

這時剛好月亮被雲遮住，四周一片黑暗。

「那後面就拜託你了。」

我拿起早已準備好的手電筒和鐵鉤站了起來。

清水跟著我來到門前。我將手電筒交給清水，然後檢查門。沒有門把，也沒有鑰匙孔。用手指輕敲，還發出了厚重的聲音，看來這扇門挺厚實的，不是輕易可以打破的。

我將鐵鉤伸進門縫中左右搖動，鐵鉤的前頭部分插入一半後，慢慢地從外側試著撬開，木板傳來一陣陣嘎嘎聲，塵土飛揚。

不斷地搖動著鐵鉤後，終於聽到金屬繃裂的聲音。門開了，裝在裡頭的門閂連同鏈條一起卸了下來。

「幹得好！」

清水低聲誇讚。我從清水手中接過手電筒，小心翼翼地進入，在後頭的清水靜靜地將門關上。

這是個鋪著石板的狹小廳堂，在正面有個下去的階梯。站在階梯口，一股股寒冷、潮濕略帶霉味的空氣，無聲地從下方吹了上來。我試著將手電筒關熄，四周霎時一片黑暗，沒有一絲的光亮。

為了避免手電筒的燈光外洩，於是我將燈轉小到只能照著腳邊的範圍，然後走下階梯。階梯靠牆的邊緣堆積了許多塵埃，但在階梯的中央部分卻留有許多鞋子踏過的痕跡。

走了三十二個階梯，來到一處平台。在這平台的左側，又有個階梯往下延伸。盡頭處有微弱的亮光。

我趕緊關掉了手電筒，並把它插在腰際上。右手拿著鐵鉤，左手扶著牆壁，一步步地走下階梯。

我站在階梯的最底層，亮光是在右手邊，而左手邊的牆壁變得潮濕，弄濕了手指。

在右邊延伸通道的途中，有盞油燈，燈下的牆邊有個男人靠坐在那裡。

那個男人屈著膝，頭就枕在膝上，右手握著的手槍，看來隨時都有掉落的可能。

我默默地從一數到一百。等我數完，那男人的姿勢仍舊沒變，應該是睡著了，但也可能只是正在進入睡眠的階段。

我屏氣凝神地拿著鐵鉤走進通道中，我的腳步聲被泥土吸收，那男人完全沒察覺我的接近。我右手高高舉起鐵鉤，左手迅速地去搶他手中的槍。

男人吃了一驚，睜開雙眼的同時也跳了起來。但在他尚未來得及出聲前，左邊的太陽穴早就遭我鐵鉤敲了一記，後腦勺撞到牆壁，而後悶聲不響地癱在牆角。

這個男人確實是安黑爾一夥的，我在格拉那達見過，是個毛還沒長齊的年輕人。現在我只能祈禱他的頭蓋骨堅硬些了。

調整一下呼吸，再往前進。

愈往裡頭，牆壁、地板也愈來愈濕，有時候水滴還會由上頭滴下來。

從那男人的位置進去約二十公尺處，還有個彎道。走過彎道，在前面不遠的地方出現一扇門。

我再次關熄手電筒，靜靜地用耳朵聽，突然聽到陶器碰撞的聲音，我回過頭去，那個把風的男人依然躺在油燈下，一動也不動。

走近門邊，眯著眼睛湊向門縫，裡頭有著微弱的燈光。

我打開手電筒，照向石壁，以免光線射進門內。在與我眼睛同高的位置，有條細長的凹洞。我關掉手電筒，連同手中的鐵鉤一起塞入凹洞中。

手中就只剩下一把槍，手上滿是汗水，滑滑的，我不得不用襯衫頻頻擦拭。

深吸了一口氣，將槍拿好。

才踏出一步，木門突然打開了，我連隱身的時間都沒有。

我將手槍抵住站在門口的人，並推那人進去。

我迅速地進入裡頭，背倚著門，掃描整個室內。

「不要動！」

「漆田先生！」

被我推了進去的佛蘿娜，一手握著葡萄酒瓶，一手拿著三明治愣在那兒。

這是個石壁砌成的房間，室內有一張大木桌以及兩張小桌子，牆角有些已經堆積了厚厚塵埃的廢棄物，石壁上掛了三盞油燈。

在中間那張大桌子上，放著一些藥品粉末、裝有液體的玻璃瓶、燒杯、漏斗、乾電池、銅線等等，亂七八糟地堆了一桌子。

而倚在桌子一角，手中拿著白色乳鉢和調和棒盯著我的人正是槇村優，在他的身旁站著的，是將襯衫袖子捲至手肘的巴克，也就是津川陽。

嗆鼻的強酸臭味迎面而來，有那麼一瞬間，我感到頭昏腦脹，脖子和背脊頓時冒出冷汗。他們在做什麼，不用問也清楚得很。

「卡魯士怎麼了？他不是在把風嗎？你殺了他嗎？」佛蘿娜的聲音顫抖著。

「我並沒殺他，不過他暫時是不需要這些食物了，他睡得很沉。」

佛蘿娜一身黑襯衫、牛仔褲，相當樸素的裝扮，長髮束在腦後，以免妨礙了她的行動。

她將葡萄酒以及三明治，胡亂地丟在小桌子上。

「你居然能追到這裡來，真不得不令人佩服你的能耐。你怎麼知道這裡呢？」

「巴克不是也來了嗎？」

我的眼睛有些刺痛，強酸彷彿已經滲透入眼中。

「巴克是聽到我和貝爾拉的談話才知道的啊，但是，你應該沒有那種機會才對。」

佛蘿娜突然看著巴克。

巴克似乎察覺了她的意思，連忙用日本話大叫：

「我沒有告訴他，我甚至還暗示他，你們到巴塞隆納去了呢！」

我狠狠地瞪巴克一眼。

「對！那不是你的錯，但是，我有筆債要跟你討，你居然把我丟在那裡不管，害我差點喪命！」

巴克滿臉脹得通紅地垂下眼睛。

在一旁始終默默無言的槇村優，慢慢地將乳鉢以及調和棒放下，開口：

「你真是個相當固執的人，早知道這樣，在格拉那達殺了你，就省事多了。」

他的聲音依舊低沉粗糙。

「那就不用費心了，難道你就不能對你的同胞說些稍微溫暖的話嗎？」

「那種東西在我離開日本時，就已經全部拋棄了。你仗恃一把槍想做什麼呢？扮演向風車挑戰的唐吉訶德嗎？」

「不行嗎？他也是流芳萬世啊！」

就在這時，從裡面石壁的三個拱形小洞中鑽出了幾個人，是安黑爾、貝爾拉以及另外三個男人。他們之中除了貝爾拉以外，全都舉著手槍瞄準我。

我趕緊移到佛蘿娜的身旁，而安黑爾卻滿不在意地走近槇村和巴克。貝爾拉手扠著腰站在原地。其餘的男人，全都沿著石壁散開。

安黑爾用槍口畫畫臉頰，撇撇嘴說：

「你真的很讓人佩服，居然有那種運氣逃出聖山區的洞窟。而今只憑著一把槍也敢闖到這兒來，你的膽子還真大，也很厲害，可是，你現在卻像個縮頭烏龜，躲在女人的後面，真是令人太失望了。」

「我沒有拿她當盾牌的意思，我只是要她跟我一起回去罷了！如果要用槍，我一個人當然打不過你們。不過，我只要朝你們做好的炸彈開個兩、三槍，那你們的計畫就會連同這座大聖堂飛散到空中了。」

安黑爾瞇著眼，慢慢地將手槍握好，再用槍口撫摸著手腕上的毛。

「你別嚇唬人了。如果真是這樣，你和佛蘿娜不也是死定了嗎？」

「那也是沒辦法的事，還好死在卡迪斯的海邊，也是我的希望之一！我死而無憾。」

的確，這只是我嚇唬他們的。安黑爾他們本身有弱點，如果真在這兒展開一場槍戰，一定會引起眾人的注意，這麼一來，他們的計畫就會受挫，雖然到目前為止，我還不清楚他們的計畫是什麼。

「如果我們把佛蘿娜交給你，你怎麼說呢？」

「佛蘿娜和巴克。如果你們把他們兩人交給我，不管你們要做些什麼，都與我無關，你們大可放心地去製造這些煙火！」

「我不要！」

佛蘿娜大叫，想要離開我。我抓著她的手臂，並對巴克說：

「一起走，不要忘了那把吉他。」

巴克遲疑地望望槙村以及安黑爾的臉孔。

「別再蘑菇了。現在你可以和佛蘿娜在一起了，還有什麼事呢？」

我大聲地催促他。巴克趕忙拉下捲起的袖子，走近牆邊，拿起放在吉他箱上頭的外套。接著再用右手拎起吉他箱，憤怒地來到我身邊。我伸出手想要接住吉他箱。

一瞬間，巴克的眼神變了。

我急急回過頭，但還是晚了一步。

叫做卡魯士的把風男人手持鐵鉤，正好敲在我拿著槍的手上。槍應聲而落，我整個身子也往前傾，而我的手麻痺頓時失去任何感覺。

其他的人一擁而上，牢牢地將我綁在一把老舊的椅子上。

卡魯士的太陽穴紫了一塊，顯然他的頭蓋骨比我預期得還要堅硬。

卡魯士一語不發地站在我的面前，突然掄起鐵鉤。我為了避免他的一擊，整個身子往後傾，連同椅子倒在地上。

就在同時，卡魯士的身子也飛了起來，撞到了石壁才落下來，安黑爾竟然攔腰踢了卡魯士一腳。

「你想幹什麼？卡魯士，你有什麼資格打他？你應該好好反省一下。叫你把風，你卻睡覺，還有什麼話說，眼睛張大點，回去你的位置。」

卡魯士慢慢地站了起來，對安黑爾聳聳肩，而後丟下手中的鐵鉤，大把抓起桌上的葡萄酒瓶和三明治走了出去。

我全身都是冷汗。當卡魯士掄起鐵鉤時，我敢打賭，他一點都沒有想過我的頭蓋骨，是不是禁得起他的一擊？

有人把我從地板上連同椅子扶了起來，安黑爾站在眼前，以悲憐的眼光俯視著我。

「我怕嚇著了法利亞先生，所以才手下留情的。」

「真可惜啊！差那麼一點點就成功了。」

安黑爾眨了眨眼。

「法利亞是誰？」

我苦笑著回答：

「就是從大聖堂圓頂跳下來的那個男人啊！」

受到強酸的刺激，眼淚不停地溢出來，但是我沒有辦法去擦拭，我全身，連同腳都被牢牢地綁在椅子上。

槙村就像沒發生過剛才的事一樣，繼續進行製造炸彈的工作，而巴克也不情不願地在一旁幫忙。

佛蘿娜走到貝爾拉的身旁，低聲地說了些話。貝爾拉拍拍佛蘿娜的背，並且忿忿地瞪著我。

不久，槙村完成了手上的工作，便低聲指示巴克收拾好桌子。而安黑爾則倚在牆上，看著巴克的動作。

我咳了一聲，說：

「安黑爾，你們做好的炸彈要運到哪裡呢？死刑都已經執行了——」

安黑爾用力敲了一下牆，打斷了我的話。

「對！佛朗哥把我們的同志像捏小蟲一樣殺死了，所以我們為什麼不能也同樣地殺死他呢？」

他的眼光燃燒著憤怒之火，握緊的拳頭也微微顫抖。

「根據你們的算法，佛朗哥不是應該在一九七五年的十一月十九日死嗎？就是內戰開始與結束的日子加起來的日期不是嗎？」

我原本想開個玩笑。但安黑爾卻一臉正經地回答：

「的確，但是我們不想讓他活那麼長，而且也不希望他安穩地死在床上。」

看來，他也相信那種無稽的預言。

「你們打算利用炸彈嗎？」

安黑爾這下好像突然清醒一樣，離開了牆壁。

「不干你的事，反正你會比佛朗哥早死！」

這時，門無聲無息地打開了，卡魯士出現在門口。

「怎麼了？」

正當安黑爾問話的同時，卡魯士彷彿被人推了一把似的向前傾，然後手腳筆直地撲倒在地，臉部撞擊在地板上發出不舒服的聲響，背後的襯衫有個十字的大裂痕，卡魯士就像揹負血淋淋的十字架般，趴在那兒一動也不動。

安黑爾的臉色頓時大變，手按在腰際的手槍上。

彷彿應眾人期待，羅哥出現在門口，安黑爾就像被冰凍似的動彈不得。

羅哥手中的自動手槍，正瞄準了安黑爾的胸口。

4

沒有一個人敢動！

包括安黑爾在內，在這裡頭的人都在羅哥的監視下。其實不是不動，而是不能動，就連天不怕地不怕的這些恐怖分子，竟然也能從羅哥一吐一吸的呼吸中嗅到死亡的氣味。

羅哥背倚著石壁，用他那幾近透明的眼珠子，毫無表情地巡視每一個人。那條黃色的領巾漂亮地繫在粉紅色的襯衫上。

「哦？你們這些瘋狗也會做化學實驗啊。」

他用那依舊嘶啞的嗓子說道。

「你果然是佛朗哥的走狗！」

安黑爾慢慢地移開原本想要拔取手槍的手，恨恨地瞪著我。

我沒有回答，因為我實在沒有辦法回答。

羅哥卻替我回答了。

「和他無關，這都是因為你們自己笨，太輕視我們ＪＥＤＲＡ（西班牙右翼激進聯盟）了！」

「ＪＥＤＲＡ——你們是攻擊隊？」

安黑爾的聲音竟然有些顫抖。我感覺得出其他的人也產生了同樣的恐懼感。

門口又出現一個人影，桑傑士少校靜靜走了進來。他西裝筆挺，雙手還交叉握在後頭，一副悠然自得的模樣。他環視一下室內，看到了我，便做作地抬一抬眉。

用食指摸了摸鬍子，帶著遺憾的口吻說：

「收購吉他的工作好像又失敗了啊。」

我本想擠個笑臉回應，但也只能咬緊牙根，牽動一下嘴角罷了。

桑傑士繼續說：

「你好像很惹人嫌，不是被他們丟在那兒，就是被他們綁在這兒。」

我咳了一聲，撇撇唇角。

桑傑士似乎這時才感受到強酸的刺激，連眨了幾次眼。

突然，我對許多不明白的事豁然開通，用下巴指指門口說：

「把我的朋友介紹給大家，怎麼樣？」

羅哥笑著說：

「進來吧！清水先生！」

個子瘦長的清水走了進來。

在他的後頭站著馬達利法，而馬達利法的右手正炫耀似的，把玩著一把沾著血跡的刀子。

桑傑士回頭望著清水，攤開雙手，用有些粗暴的口吻說：

「你快完成你的工作出去，趁我們還沒改變主意之前。」

清水自我解嘲地笑了笑，不以為意地環顧室內。

發現巴克背後的牆角，正躺著那把吉他箱，清水筆直地走過去。

巴克臉色一變想要阻止他，但羅哥的槍口像蛇一樣瞄準他，巴克只好咬著嘴唇放棄保護吉他的行動。但他的眼光卻憤恨地追著清水的一舉一動。

清水拿著吉他箱走向門口，突然好像想起什麼似的停了下來，回過頭來看著我。

「實在很對不起！對於欺騙你的事情，我一直很過意不去，但是我更愛惜我的生命。而且，這把吉他的魅力實在太大了，我也抵擋不住。山多斯・艾爾南德士有這個價值。」

「你什麼時候和他們達成交易的？」

「就是他們在馬德里旅館內訊問我的時候，我只需要緊跟著你，將你的行動詳細地報告給他們，代價則是我的性命和這把吉他，你說我能拒絕嗎？」

「那麼，你的西班牙話還是相當不錯的嘛，但是你卻隱瞞了這點，看來你是一開始就打好主意的囉。」

「可是，要我幫忙的可是你啊。」

一陣刺痛由手腕傳了過來，我才發現在下意識中，我竟然想掙斷手腕上的繩子。那些繩子幾乎快勒進手腕中了。

我放鬆肩膀，用西班牙話說：

「無論如何，我一定會拿回這把『山多斯』的，在日本，你等著。」

從羅哥的嘴中發出低沉刺耳的笑聲，他自動手槍的槍口也隨之上下晃動。

「你這個傢伙真有趣，還不知道你是不是能活著離開西班牙，竟想回日本。就算你有這個運氣，你也不能馬上回去。」

桑傑士咳了一聲，焦躁地揮著雙手。

「快滾吧，我不喜歡看到叛徒，祝你好運！」

清水聳聳肩，拎好吉他箱，快步地走了出去。

馬達利法讓開通道，目送著清水的背影。我原以為馬達利法會在清水的背後出刀，但他只不過是露齒一笑而已。

在格拉那達時，對於清水的懷疑，我實在該認真地檢討一下的，而今落到這個下場，只能自認倒楣了。羅哥之所以能追到聖山區，完全是因為清水的協助，並不是安黑爾的同伴中有了間諜，都怪我。

桑傑士朝著安黑爾的方向直視，他的眼光中充滿著情理。

「你大概就是安黑爾吧，我們的名單上並沒有你的名字，因此你的資料對我們來說是相當地陌生。你能不能告訴我們一點，你所屬的組織是ＥＴＡ，還是ＦＲＡＰ？」

「我沒有回答的義務！」

安黑爾的口氣相當強硬。

羅哥迅速地以槍口瞄準安黑爾的腹部，他的眼睛幾乎瞇成一條細縫，臉頰上的肌肉不停地跳動著。

「你這個人渣，注意你說話的口氣。」

桑傑士舉起右手制止了羅哥。

「我勸你別惹火他，安黑爾。反正，你們已經完全被包圍了，這個房間通往地下墓地的各個通道全被封鎖了，連一隻螞蟻也別想跑出去。」

「我們絕不會投降的。」

安黑爾斬釘截鐵地說，但聲音有些乾澀。

羅哥冷笑。

「不管你有幾把手槍，絕對敵不過我手中的這把，要不要試試看！」

羅哥說著，伸直手中的自動手槍。

這個時刻，一直站在桌旁的槙村優靜靜地抬起了手，手中握著一個裝著液體的綠色玻璃瓶。

槙村的眼光銳利，絲毫看不到恐懼。

「如果你們要是敢動槍射我，我手中的火焰瓶就會掉落地板破裂，那麼，堆放在那邊一百公斤的炸藥，馬上就會引起大爆炸，半徑五十公尺之內的東西，全都會炸得粉碎。」

槙村的日本話，桑傑士和羅哥當然是聽不懂，但是，可以確知的是他那種平淡而又不明意義的話語，帶給他們兩人一種不安的感覺。

桑傑士望了一眼槙村，而後將視線移到我身上。

「他說什麼？」

「他手中的火焰瓶一旦破裂，我們所有的人連同這座大聖堂都會被炸到摩洛哥那裡去！」

桑傑士輕輕地皺了皺眉頭，又將視線移回槙村的身上，再看看羅哥。

羅哥還是那副表情。

「他們只是在虛張聲勢而已，不足為慮。」

我用日語替他們翻譯。

槙村轉向羅哥，說：

「那我們來試一試好了，如果你們有這個勇氣的話！」

我舔舔乾燥的嘴唇，趕緊對羅哥說：

「我們日本人從不嚇唬人的。而且這個男人是佛蘿娜請來的爆破專家，他說會爆炸，就一定會爆炸！」

這時，站在門口的馬達利法被人推開，一個顴骨高聳的男人走了進來。

這個男人曾經和我在日本見過面，他自稱為荷安・洛多利凱士。

「他說得沒錯，他是日本列島解放戰線激進派的成員之一，的確是個爆破專家。因為被日本警方盯住了，才飛到西德去的。」

洛多利凱士的聲音依舊高亢。他目不轉睛地盯著我，我注意到他右額到臉頰有道很長的傷痕。

洛多利凱士大步走向我，一言不發地打了我一個耳光。

等疼痛過後，我嚐到口中的血腥味。

「八天前元麻布的大廈中，被丟進一枚炸彈，一定是日本列島解放戰線他們幹的。是你派他們做的吧！」

「我不知道。如果真是這樣，你們彼此也就扯平了。你當初不也是利用對抗的勢力想要殺死佛蘿娜嗎？」

在洛多利凱士反駁以前，桑傑士插了進來。

「你們別再爭論了，如果這個男人說的是真的，那我們就得考慮考慮了。要我跟這些人一塊死，我可不願意。」

「可是，我差點死在日本，如果那個炸彈的威力再強一點的話——」

洛多利凱士生氣地陳述時，桑傑士轉身阻止了他。

「我承認你在日本的功績，ＢＰＳ也一定會嘉獎你的，但是現在請你閉嘴，別再討論那些了！」

我差點噗哧地笑出聲，到了這個緊要關頭，西班牙人的氣質還是沒變。

桑傑士走向安黑爾，食指依舊摸著他的短髭。

「我們來談個條件吧，我也不想做這種沒有好處的殺戮。你們的目的是什麼？做這些炸彈幹什麼呢？」

安黑爾放鬆全身的力量，稍稍活動一下筋骨。因為槇村的機靈，使得他有了談判的籌碼。

「我沒有必要回答你的問題。我們的要求只有一個，就是你當前導，讓我們出去。」

桑傑士以對待一個淘氣孩子的眼光望著安黑爾。

「你的意思是要我當你的人質嗎？」

在安黑爾開口的同時，地板發出一個聲響。

羅哥開始離開門口慢慢移動，他幾近透明的眼中在油燈的燈光照射下，燃起黃色的火焰。

「別再拖時間了，桑傑士，我的手指快要按捺不住了，你就讓我和這個日本的炸彈狂比個高下吧！」

聽到羅哥這麼說，洛多利凱士慌張地跑到門口。

「我不反對你們拚命，但請你們在我出去以後再幹吧。」

桑傑士背對著安黑爾，走到羅哥身旁，轉個身，用手蓋住羅哥自動手槍的槍口。

「給你們三十分鐘的時間考慮，在這個時間內我們會等在外頭。如果你們舉著雙手走出來投降，我保證會給你們堂堂正正的調查過程，以及正當的判決。但是，三十分鐘一過，我們就會毫不客氣地闖進來，我們有手榴彈，也有催淚瓦斯，你們一定打不過我們的。如果你們想自爆的話，我也無法阻止，雖然我不喜歡看到國寶級的大聖堂成為一堆瓦礫。」

桑傑士的手離開槍口，望了一眼羅哥。

羅哥沉下氣來，交替地望著安黑爾和槇村一會，抬抬暫時不能隨心所欲的自動手槍，抿著嘴說：

「讓你們多活三十分鐘，也沒多大的差別。」

羅哥說話的同時，還將卡魯士的屍體踢到牆角，安黑爾只是緊握住雙手，什麼話也沒有說。洛多利凱士、馬達利法、桑傑士陸續走出門口，羅哥再次將手槍拿好，背抵著門說：

「如果你們有自爆的膽子，儘管試試看，或許那樣對你們會比較好。桑傑士是個溫和的人，我可不一樣，我保證會用ＪＥＤＲＡ的方法，好好地修理你們，不管是男還是女！」

羅哥的身影消失了。

腳步聲逐漸遠去，緊張的空氣才紓解下來。佛蘿娜趕忙跑到卡魯士屍體旁，等她確定卡魯士早已氣絕時，不禁雙手掩臉地哭了起來。

安黑爾召集了同伴，拿著手槍集合在門口的周圍。

巴克有點茫然地靠在桌邊。

槇村拿著玻璃瓶，繞過桌子，來到我身邊。

他用另一隻手抓抓他的頭髮。

「你也知道火焰瓶的可怕。」

「誰知道你們這些極左派的分子會做出什麼事來。」

槇村看著我笑了，然後他在我面前將手中的瓶子鬆開，任由它掉落地上。

我慌張地收起雙腳，身子往後仰。瓶子破裂了，液體濺在我的褲子上。

槇村笑出聲來。

「不用怕，這只是蒸餾水而已。謝謝你的幫忙，我嚇唬他們的企圖才能夠成功。」

5

玻璃瓶的碎裂聲，使得安黑爾一群人為之清醒。
他們開始快速而低聲地交談，我怎麼聽都聽不清楚。
貝爾拉拍拍手，引起安黑爾他們的注意。
「你們在那邊討論什麼都沒有用的，安黑爾，你打算怎麼做？」
她的聲音粗糙沙啞。
安黑爾揮揮他的右手，說：
「抱著這些炸彈，連同外面那些雜碎一起，只有這個辦法！」
佛蘿娜站了起來。
「那我們的目的怎麼辦呢？放棄佛朗哥嗎？」
一個留著鬢角的年輕人說：
「我們在這兒抵擋一陣子呢，諒他們也不敢隨便往炸彈裡闖啊，怎麼樣？」
安黑爾立刻反駁：
「不，那個白髮男人可是不能預料的，他是個殺人不眨眼的職業兇手，別人我不敢說，但是我打賭他一定敢衝進來，還有那個把卡魯士砍死的阿拉伯人也是。」
貝爾拉有點看不過去了，她搖搖頭。
「你們實在都是一群少不更事的小夥子，應該設法逃走才對。」
「怎麼走呢？地下墓地的通道已經堵起來了啊。」
一個耳朵大大、臉型細長的年輕人不以為然。

貝爾拉豎起食指，左右晃動一下。

「既然我答應幫助你們，就不會有任何的疏忽發生。這裡有個通到海裡的秘密通道，是我父親在內戰時期挖掘的。快！過來幫我忙。」

貝爾拉帶著安黑爾他們消失在一個小拱形洞中。不久，傳來陣陣的挖土聲以及碎石聲。

佛蘿娜走近槙村，並以日語說明現今的情勢。

槙村點點頭，而後指示巴克蒐集所有的紙袋，放在拱形洞的裡頭。紙袋上都寫著：「除草劑」。

巴克漫不經心地開始搬運紙袋，大概吉他被奪走，連他的魂也跟著被奪走了。佛蘿娜彷彿也了解巴克的心情，走上前幫忙巴克搬運。

槙村從桌子底下拿出一個小小的箱子，打開蓋子，將手伸進裡頭。大概在裝置什麼，我看到了一些銅線及一個像開關模樣的東西。

我嘗試動動手腳，但綁得實在太牢了，想要掙脫這些繩子，似乎是不太可能的事。

不一會兒，槙村抬起頭，拿出一個有刻度的計時器讓我看。

「我要讓他們見識見識我的技術，只要長針移動了二十分鐘，就會爆炸。雖然不能把大聖堂炸得粉碎，但至少這個房間也會面目全非的。」

「這裡低於海平面，如果海水流進來，怎麼辦呢？」

「炸死還是淹死，反正你的後果都是一樣。」

「你就看在都是日本人的分上，至少替我解開這些繩子吧，我坐在這裡就像坐在電椅上，非常不舒服。」

「不行！」

槇村斷然地搖搖頭。他順手將這枚定時炸彈放在桌子底下，然後，看著由拱形洞鑽出的佛蘿娜和巴克。

「這是幹什麼？」

佛蘿娜慌張地質問。她的日語有些混亂。

「把那些傢伙炸個粉碎。」

「可是漆田先生也會一起死啊！」

「那有什麼關係，為了革命是不准有個人私情的。私情，妳知道什麼意思吧！西班牙話怎麼說的？」

佛蘿娜的表情漸漸變了，對著槇村吐出了一句話：

「你自己本身就是一顆炸彈，根本沒有心。這是我這一個星期以來所認清的事實。」

槇村冷笑了一下。

「對！我就是炸彈。革命的進行需要炸彈。所以哪個地方需要我，我就會到那裡。革命並不是一種遊戲。我是聽說妳從遙遠的西班牙來到日本，只為了請求我們的協助，所以我特地從西德飛來，可是等我來到之後才發現，所謂的同伴只有一個以魯莽見稱的安黑爾，還有一個始終黏著情人的小女孩。我很想問問你們，是不是真心地想幹一場革命？」

佛蘿娜滿臉通紅地大喊：

「我打倒佛朗哥的決心絕不會變。」

此時，安黑爾從拱形洞中鑽出。

「準備好了嗎？我們沒有多少時間了！」

佛蘿娜回過頭。

「這個人裝了一個定時炸彈。」

「幹得好！這一定會讓他們大吃一驚吧！」

佛蘿娜咬著下唇，看著我。

不過在我開口前，她別過頭，抓起巴克的手。

「我們走吧。」

兩人並肩往拱形洞鑽去。

槇村來到我的背後。

他的意圖很明顯，為了不要我出聲警告桑傑士他們，準備封住我的口。

儘管我知道他的企圖，但是我阻止不了他。我深吸了口氣，用盡全身的力量想要掙脫那些繩子。

沒有任何效用！

我一點都沒有求饒的意思，他們也不是會理會的人，那樣只會讓我覺得自己很窩囊而已。

但是，我也克制不了內心的恐懼，想要開口大聲叫。

我還是慢了一步，張開的口中突然塞進了一條毛巾，槇村還用膠帶封死才罷手。

安黑爾催促著槇村，兩個人消失在拱形洞中。

我聽到裡頭紙袋拖曳的聲音，以及傾倒泥土的聲音。一分鐘後，地下室中完全靜寂無聲。

我馬上把重心放在左邊，頓時側倒在地上，顱骨撞到石頭，腦袋頓時失去知覺，但想到再過十幾分鐘後，身子就會被炸得粉碎，也管不了哪裡受傷了。

我挪動著綁在後頭的手，企圖找尋玻璃瓶的碎片。那些原本潑灑在地上的水慢慢浸濕了襯衫，與汗水混合，全身濕透。

為了尋找碎片，整個身子連同椅子拚命地移動著。

由於我把心思全放在找尋碎片上，因此完全沒注意到已經走到我身邊的腳步聲。等到我意識到時，心臟幾乎停止跳動，絕望的感覺使得胃痙攣疼痛。

進入視線中的是一雙包裹在牛仔褲中，形狀美好的腿。

佛蘿娜探頭進入桌子底下，把定時炸彈的裝置拿了出來，她湊臉過去，在裡頭動了些手腳，不久，銅線被卸了下來。

佛蘿娜將那些銅線扔在一旁，把小箱子再放回原處。霎時，我的身體整個鬆懈下來。

她又從桌腳陰影下撿起一把槍，那是卡魯士敲打我的手而掉落的那把槍。

「請妳順便解開這些繩子好嗎？」

我很想這麼說，但喉嚨半天擠不出一點聲音。

佛蘿娜把手槍拿給我看。

「我只不過是回來拿這個，花太多時間，他們會懷疑的。」

她返身鑽回洞中。我又回復摸索玻璃碎片的工作。終於找到了一片，我急忙地割著繩子。

幸虧這只是條麻繩，並不算粗。一秒鐘割一道，我一邊數著一邊割著繩子。算到五百一十六時，終於割斷了一條，我用力掙開，兩手還是無法動彈。不得已只好再進行第二條的切割。數到五百五十三下，第二條繩子才斷，但是身體依舊不能自由，時間卻一分一秒地溜走。

我耐心地割第三條繩子，汗水滴進眼睛中，指尖感覺到血液的濕滑。

第四百八十下，緊閉的木門下，一陣陣的白色煙霧湧了進來。煙霧沿著地板、石壁靜靜地在室內擴散。眼睛有些刺痛，喉嚨受到刺激不由自主地咳了出來，是催淚瓦斯！

好不容易第三條繩子也斷裂，繩子也終於可以活動了。我緊閉著雙眼，停止呼吸地與椅子格門。

終於掙脫後，我拿出塞在口中的毛巾，往石壁爬去，接著打壞了兩盞油燈，拿著第三盞油燈往拱形洞走去。

就在這個時候，木門打開了，臉上戴著防毒面具，穿著粉紅色襯衫的羅哥出現了。

「不准動！」

羅哥隔著防毒面具怒喊。我把油燈往後一扔，急忙鑽入拱形洞中。

自動手槍的槍聲，回響整個地下室，而油燈在空中散成碎片，火焰飛散，石壁的碎片落得我滿身都是。

在槍聲回響尚未停止前，我已經滾進拱形洞內。地下室在那瞬間一片黑暗。

然而，在油燈火焰尚未散去之前，我已經瞥到裡面的小房間的石壁上有個黑洞。

「拿燈來，馬達利法，快點！」

羅哥的聲音響起。我就像個看見紅布的公牛，往黑暗中衝進去，踢散石塊與土堆，然後一鼓作氣地鑽進那個黑洞中。顧不得喉嚨以及眼睛那火燒般的疼痛，一個勁地用手摸索著黑暗往前進。

這個極為狹窄，站立就會撞到頭部，到處都是櫟木的通道，我必須一邊先用手確認才能往前進。

通道是傾斜往上的，腳下的泥土飽含水分，而且，海潮的味道也愈來愈強。

後頭沒有人追來。

不知道前進了多久，我向前伸的手碰到一個圓圓的鐵板，在它的旁邊還有個把手，有些生鏽，我輕輕一轉，很輕易就能轉動。

我壓了壓鐵板。

突然，一股強大的水流由鐵板後頭衝了進來，我差點就被沖走。

我抓牢把手，咬著牙撐住身子。

再度壓了次鐵板，這次就沒那麼大的衝力了。

剛剛打進來的是波浪，我人位在堤防下方成堆的消波塊裡。

我迅速地從消波塊中跳進海裡。

浮在水面上回看，隔個堤防可以看見大聖堂圓頂。街燈下有一些背對著海面的治安警備隊隊員。

我將全身沉入海中只露出頭部，然後沿著堤防在黑夜的海水中游著。天氣雖然不算寒冷，但深夜的海水依舊冰冷。

大概游了兩百公尺後，治安警備隊的影子已經看不到了。再游一百公尺，我才爬上消波塊，上到普里莫·德·里維拉大道。

街上沒有一個人影，我快步通過，進入黑涅拉爾·凱波·德·拉洛街。濕透的衣裳，像鉛塊那樣重。

這條街道全長大約有一公里，像平緩的弧線，劃開了舊市區。沿著這條街道直走，出口處就是「法蘭西亞」旅館。

在途中我發現了治安警備隊的制服，只好走進橫巷中，從反方向來到旅館前的廣場，我在那裡觀察了一下，他們好像還沒來到旅館的樣子。

東方的天空已經漸漸泛白。我穿過廣場，推開旅館的大門，大廳黑暗，只有櫃檯前有盞小燈泡，但沒人在。

我看看櫃檯後面，三〇一號房的鑰匙就在那裡。我抓起那把鑰匙，一股作氣地跑上樓。

室內整理得很乾淨，清水的東西已經不在了。

我走出房間，打算先把櫃檯人員叫醒，取回我的護照。

走到二樓階梯轉角時，樓下大廳傳來一陣腳步聲，我連忙躲在欄杆後往下看。在櫃檯前那盞微弱燈光下，正好看見馬達利法那像動物般的側臉。

我趕緊往上跑，隱身在三樓與四樓之間的階梯轉角處的平台。

馬達利法並沒有發現我，他直直地往三〇一號房走去。我輕輕地走下樓梯，躲在角落盯著他。

馬達利法彎著腰，將耳朵貼在門上，試圖聽些什麼。在他的身後腰際，我瞥見有把刀鞘。

我將手伸入上衣的口袋，作出手槍的形狀。

「不要回頭，馬達利法。如果你的脊椎射進一顆子彈，這輩子你就別想再走路了。」

馬達利法僵硬著身子，慢慢挺起背來。

「兩手舉起來。如果你想要碰那把刀子，我會把你的手指一根一根地打掉的。」

馬達利法依舊保持背對著我的姿勢。

「日本人，你沒有槍，少唬人了！」

「你可以試試看！」

馬達利法動了動手指，但始終沒法下定決心。我趁馬達利法遲疑的瞬間，走近他的背後，拔起了那把刀，他的肩膀頓時像消氣的氣球一樣垮了下來。

「你以為你能逃出卡迪斯嗎？」

一個聲音從後頭傳來，我的身體瞬間冰冷。

我把刀子從走廊上打開的窗戶扔下去，然後才緩緩地回過身。桑傑士和羅哥並排站在樓梯口。

桑傑士接著說：

「所有的道路都已經封鎖了，火車站、公車站也一樣，你打算怎麼辦？」

突然，馬達利法向我撲了過來，我往後一仰，避開了他的攻勢，同時抓住他的左臂往後扭，馬達利法哀叫了一聲，一些罵人的阿拉伯髒話全都出籠了。

桑傑士和羅哥都吃了一驚，卻沒有採取什麼行動。

我把馬達利法拉了過來，對桑傑士說：

「我並不認為我跑得出去，也沒有這個打算，反正我只是個普通人，不過想從這個人的身上拿回我的東西而已！」

我從馬達利法的手腕卸下手錶，戴回我的手腕上。

6

馬達利法還想撲向我，卻被趕過來的桑傑士賞了一個耳光。

桑傑士用食指指著羅哥：

「你帶著馬達利法馬上去搜捕那批人，這個日本人交給我，快去！」

羅哥冷冷地看著桑傑士，然後對我說：

「就算你能騙過桑傑士，我也不會放過你，有一天，我一定會找你算總帳的，你等著！」

馬達利法也口沫橫飛地大叫：

「對！殺死你，拿回手錶！」
桑傑士打開三〇一號房，讓我先走了進去，留下羅哥和馬達利法在走廊，而後關上了門。
我們在椅子上面對面地坐下，有好一陣子，兩個人都沒開口。
桑傑士點了一根菸，小聲地開口：
「他們兩個是以殺人為樂的冷酷男人。」
「說他們冷酷，也太客氣了。」
桑傑士苦笑了一下。
「不管他們，我們先談談你的事情，你應該想和我交換條件吧。」
「我想先聽看看，我的朋友怎麼會背叛我的？」
「我們威脅他說，如果他不協助我們，他就永遠回不了日本。而他連考慮的時間都沒有，馬上告訴我們你此行的目的是帶佛蘿娜和那把吉他回去，他還說只要我們給他那把吉他，他願意毫無保留地協助我們。看樣子，那把吉他真是吉他手夢寐以求的樂器。」
如果桑傑士知道那把「山多斯・艾爾南德士」上面，還鑲著七顆上等的鑽石，不是吉他手的他也會想據為己有吧。
「你還真是信任他啊。」
「這句話該問你，你為什麼會信任他呢？」
「我們都是日本人啊，況且，又是我請求他幫忙的，我怎麼會懷疑他別有居心呢？」
桑傑士將菸蒂丟進菸灰缸中，又點起第二根菸。
我望了望窗外，廣場那邊的天空已經微亮了。
「你真的放他走了嗎？」

「這是約定，他搭上五點四十五分由卡迪斯出發的普通火車，十點五十分在塞維爾有班伊比利亞航空飛往馬德里。任憑你再怎麼行，也追不上他了。」

我看看錶，已經快七點了。

「在格拉那達，羅哥沒有殺我，讓我有機會逃跑，也是你的主意？」

「是我要羅哥去救你的，但是，我沒想到羅哥那傢伙居然把你丟在那裡。當我從你朋友口中聽到你平安無事，才鬆了一口氣。」

確實，清水無論是在格拉那達或是卡迪斯，都有自由打電話的機會，因此對桑傑士而言，他並不需要在賓館和旅館部署人員。

桑傑士這時才突然發現我像個落湯雞似的坐在他的對面。

「沒想到大聖堂下面還有出口，竟然讓他們逃走了。」

「他們雖然是一群亡命之徒，但還是有些頭腦的，知道先在堤防下安排一艘小船。」

「然後他們就上了這艘小船，到外海後再換大型船？」

桑傑士再次把菸蒂丟入菸灰缸中，雙手抱胸。

「你沒派人去追嗎？」

「我已經在皇家港、聖魯卡等鄰近的港口發出通緝令了，而且卡迪斯的水上警察也已經全部出動。但是，想要抓住他們可能不太容易，說不定他們已經跑到馬拉加那邊，也可能向葡萄牙的地下組織請求協助了。」

桑傑士的口氣並沒有什麼變化，但是他的目光有些黯淡。

我站了起來，走近窗邊看著廣場，太陽還未升上來，街道上已經有人影在活動了。

「我可以告訴你我所知道的，連同我猜想的。」

「我會保證你的安全。」

「那不夠，你必須把佛蘿娜也交給我。」

桑傑士搖著頭拒絕。

「佛蘿娜不行，但，那個叫巴克的年輕人可以。」

「不！佛蘿娜是我第一個考慮的條件。沒錯，她的確參加了反佛朗哥的運動，但她的本性並不是恐怖分子，她只不過是被安黑爾利用了而已。」

「我可不這麼想，她還到日本帶了個炸彈狂來。」

「這點我不否認，但是，她現在已經後悔了，她說她已經知道那個自己請來的男人是個沒有思想的炸彈狂。」

「那她又為什麼跟他們一起逃走呢？」

我鬆了一口氣，頓了下再說：

「難道你們沒在大聖堂下頭，發現一枚定時炸彈的裝置嗎？」

桑傑士挑了下眉。

「有，可是銅線被拆下來了，電流通不過去。」

「那是槇村——就是那個炸彈狂，為了將你們炸得粉碎才安裝的，他想連我也一起炸死。而今我們之所以能夠活著，都是因為佛蘿娜又跑了回來，把銅線給拆了下來。」

桑傑士思考了一會兒，食指又摸了摸短髭。

「她大概是想救你吧！」

「也許吧！但是也因為這樣，才救了更多人的生命，而國寶級的大聖堂也才得以保存下來。」

我再度回到椅子上。我的鞋因為泡水的結果，發出一連串的怪聲。

桑傑士挑起一邊的眉毛。

「可是，要我放過佛蘿娜，有點困難。即使我睜隻眼閉隻眼，那些ＪＥＤＲＡ也不會放過她的。」

「治安警備隊為什麼要顧慮ＪＥＤＲＡ，老實說，我對於羅哥他們會介入這次的搜查事件，無法了解。」

這次換桑傑士站了起來，走近窗口，雙手放在背後，俯瞰著廣場。

「告訴你也沒什麼用，簡單來說，現在在我們國內已經有一些革新的勢力正在抬頭，例如：民主主義聯合組織、民主勢力結集組織等等都是，當然，它們並不是合法的團體。而且，在軍中一些年輕的將領，和教會中一部分的僧侶也有這種共識，這些情勢都意味著現在是佛朗哥總統即位以來最大的危機。而這些恐怖分子卻想伺機引起暴動，使西班牙再次陷入紊亂中。所以我們只有先借用極右派組織的力量剷除他們，因為西班牙實在沒有辦法再經歷第二次內戰了。」

「恐怖主義的確不是個好東西，但是逼使他們採取恐怖行動的，卻是佛朗哥政府的責任。而今佛朗哥的時代已經完了，我說得沒錯吧。」

桑傑士緩緩地回過頭來，由於逆光的原因，他的臉龐看來陰沉黝黑。

「評論政府並不是我們的工作，更不是你們外國人所能干涉的。」

「但是你們ＢＰＳ的洛多利凱士，在日本時卻差人想要殺死佛蘿娜和我，你說我沒有權利插嘴嗎？」

桑傑士回到椅子上，看得出來，他有些不高興。

「那個男人雖然說是ＢＰＳ，其實是了ＪＥＤＲＡ的爪牙。他沒有氣度，也沒有腦子，只想著算計與升官而已，是個沒用的男人。」

「聽你這麼說，你們西班牙的警察中好像都沒有人才嘛。」

桑傑士苦笑地摸摸短髭。

「我們回到本題吧，接受你的條件雖然有些困難，但是我會盡量想辦法。無論如何，我都必須阻止他們的恐怖行動，請你協助我們。」

我也點了一根菸。

「我認為他們會回到馬德里。」

桑傑士用他深慮的眼睛看著我。

「他們的目的是什麼呢？」

「佛朗哥總統的生命！」

一瞬間，桑傑士的眼睛睜得老大，而後慢慢縮小。

「這是什麼意思？」

「就是字面上的意思，他們打算暗殺佛朗哥。」

桑傑士彷彿聽了天大的笑話似的笑出聲。

「他們有這個膽子嗎？」

「卡雷羅．布蘭科首相在被人暗殺前，也是這麼說的。」

桑傑士的臉孔這下才認真起來。

「那個時候的警備和現在大有不同，而且，這種有勇無謀的計畫怎麼可能實行呢？」

「這很難說，你們的取締工作的確做得不錯，他們想要拿到武器、炸藥也相當困難。所以，他們才會到日本找來一個爆破專家。從這點不難看出，最近他們即將進行大計畫。」

桑傑士緊閉著雙唇，似乎在考慮著我話中的可能性，食指依然無意識地撫著他的短髭。

「那個叫做槙村的日本人，他做的炸彈的威力能到達怎樣的程度？」

「我不是這方面的專家，我也不太清楚，但是，他做出來的炸彈是相當正規的，這點我看得出來。在大聖堂的地下室中，我想你們一定曾經發現一些紙袋吧，那些紙袋上都寫著除草劑。據我所知，除草劑中含有大量強力氧化作用的藥物，他們用這些除草劑就可以做出炸彈。過去在日本曾經發生過這種事。」

「藥物，你是指氯酸鉀？」

「我想應該是，我曾聽過氯酸鉀只要加上硝酸或是什麼，馬上就會產生化學作用，發生爆炸。」

桑傑士點點頭。

「那是硝酸和稀硫酸，如果再加上些硫磺或燐，只要加熱或遇到撞擊，就會引起大爆炸。」

「你應該知道，他們這次是玩真的了吧！」

我把香菸捺熄，桑傑士的眼神中多了份焦慮。

「你說他們打算在不久的將來，用炸彈暗殺總統？」

「沒錯！而且就是這兩、三天內吧，你仔細想想，有沒有什麼他們可乘的機會，最近有舉辦什麼活動或是例行公事之類的，例如：總統要到郊外走走，或是到皇家劇院觀賞表演之類，或是其他容易被攻擊的機會。」

桑傑士臉色慢慢變了，眼神有些狼狽。

「後天十月一日是總統就任三十九週年紀念日。」

「你們有什麼活動呢？」

桑傑士喉頭動了動。

「每年的這一天，都會有幾十萬的市民聚集在王宮前的東方廣場上，總統也會站在王宮的露台上對民眾發表演說。」

「這是個好機會，他們一定會在那時暗殺佛朗哥。」

桑傑士從椅子上跳了起來，用食指指著我。

「這根本就不可能，我們為了這個慶典，還在一個月以前就做了萬全的準備。何況六萬五千個治安警備隊員總動員，我就不信他們闖得進來！」

「那——好吧！你再想想，除此之外，最近總統還有哪些預備在公眾面前出現的活動呢？」

桑傑士盯著我好一陣子，而後無力地坐下來。

「沒有。」

「那就對了。」

「但是他們能夠做什麼呢？想在露台上裝個炸彈嗎？就算是總統夫人也不可能做得到。」

「萬一安黑爾和槇村，抱著炸彈混在群眾當中呢？如果無法安裝炸彈，那麼自爆總可以吧。」

「如果他們真是這麼打算，要隨身帶著相當龐大的炸彈才能由廣場炸到露台上，那是不可能的。」

我站了起來，再度走近窗邊。黑夜過去了，廣場西側的建築物已經接受到陽光的洗禮。

「如果他們站在王宮對面的皇家劇院屋頂上，用巨大的石弓投擲炸彈呢？雖然這聽來好像是天方夜譚，但是也不無可能。」

桑傑士走到我身旁。

「這種事根本用不著你提醒。當天我們打算動員一萬個治安警備隊員，在東方廣場的各個入口設立崗哨，檢查每個進出的民眾。另外，我們也安排了兩千個隊員混在群眾中。而在廣場的四周還有五百個便服隊員。至於廣場本身，我們在一個星期前開始，每天檢查一次，絲毫不曾疏忽，他們沒有可乘之機的。」

他的口氣好像在說服自己而不是我。

「下水道也沒忘了吧？」

「當然。為了防備那些激進分子的襲擊，我們在各個銀行、官方機關中都投入了相當的人力，他們絕對沒有機會。」

「儘管你們防備得再完整，也不能絕對保證總統的安全。當然，想要完全避免被暗殺只有一個方法。」

桑傑士停頓了一下，才看著我。

「說來聽聽看。」

「只要總統不要走出露台就好了。演講可以利用電視轉播。」

桑傑士失望地垂下肩來。

「這個辦不到，尤其今年的慶典，關係著總統，不，全西班牙的威信。你想想，一個無視於全歐洲各國輿論、斷然執行恐怖分子死刑判決的總統，怎麼可以因為害怕恐怖分子的報復，像個龜孫子一樣躲起來，所以，不管可能發生任何危險，總統依舊會像往年一樣出現在露台上，誰也不能阻止他。」

「你們試著說服他啊，即使沒有任何效果。」

好一陣子，桑傑士無言以對。

而後又自言自語：

「他們實在很傻，以總統這種年紀，即使不發生什麼事，早晚都會去世的，何必這麼急躁呢。」

「他們不想讓他安穩地死在床上吧。」

「那只是一種單純的意氣用事，和他們標榜的革命、愛國心根本毫無關係。況且，暗殺總統等於判了自己絞刑，我不信他們會笨到這種地步——」

我默默地俯看著下面的廣場。

其實，我可以了解桑傑士內心的掙扎。就他來說，對佛朗哥總統的忠心，就是對祖國的忠心。但是，現在他的心中已經產生了相當微妙的變化，在下意識中，時代的潮流慢慢侵入桑傑士的思想中了。

桑傑士做個深呼吸，對我說：

「你先淋浴一下吧，然後我們馬上出發，搭八點四十分的特快車。」

7

米蓋・地亞士・馬丁尼茲古銅色的臉孔緊張地在我與桑傑士之間交替梭巡。

「嗨，米蓋，我來介紹一個新朋友，這是治安警備隊的桑傑士少校。」

聽我這麼說，米蓋才聳聳肩。

「我們已經見過面了。」

桑傑士的兩手按在櫃檯上。

「你能不能向我保證，你做為一個善良的市民，會協助我們治安警備隊的工作？」

米蓋的喉結動了動，瞄我一眼。

我點點頭。

「沒有關係，米蓋，你向他保證吧，這位少校是位善良的治安警備隊員，他不會叫你做間諜的。」

米蓋也將兩手按在櫃檯上，回答：

「我可以向你保證，但是必須不違背神和良心。」

「好，那我就先把這個日本人寄放在你這邊，不能未經我的許可，又讓他逃跑，否則你和你的家人都會犯法被捕的，知道嗎？」

其實，桑傑士這句話並不是針對米蓋，而是警告我。

桑傑士看著我，把手伸出來。

「為了慎重起見，請你把護照交給我。」

我只好按他所說的辦了。

他將我的護照收到自己的口袋裡後，吩咐米蓋撥個電話。

桑傑士走到電話亭中，米蓋也拿出了房間的鑰匙給我。

「你的朋友怎麼了？他不是去馬利奧的賓館找你了嗎？」米蓋小聲地說。

「是的，謝謝你，他因為有事，先回日本了。桑傑士的事情你別擔心，我不會給你們添麻煩的。」

「你的臉怎麼受傷了，是不是他們打你？」

「不要緊的，別擔心。」

桑傑士走出電話亭。在昏暗的大廳中，我依然可以看出他的臉色不太好。

「到房裡談。」

他只撂下短短一句話，便帶頭走向電梯。

房間整理得相當乾淨，只有我的行李孤零零地放在地板上。

桑傑士拉開窗簾，打開窗戶，然後坐在床上，鬆鬆束在脖子上的領帶。

我拉了把椅子坐下。

「巴塞隆納的一家福利機構被搶了三千萬西幣。我剛打電話回總部才知道的。」

三千萬西幣相當於日幣一億五千萬圓，是筆大數目！

「什麼時候，什麼人幹的？」

「就在剛剛，犯人是三男兩女，五個人。」

我們有好一會兒都沒有出聲。

桑傑士吁了一口大氣，說：

「據他們說，有兩個人變裝成醫生和護士先混進去制伏住大家，然後其他三個人才進入，他們有輕型機關槍以及手槍的裝備，還將兩名警察打成重傷。」

「你認為是安黑爾他們嗎？」

「我不知道，但是，兩個女的，人數一樣……」

「人數雖然符合，道理上卻說不通。你想想，今天早上天還沒亮他們才從卡迪斯逃了出去，怎麼可能中午就在巴塞隆納進行搶劫呢？」

桑傑士不得不點頭。

「如果這是ＦＲＡＰ幹的，那他們一定想把我們的注意力全引到巴塞隆納去，他們才好進行原來的計畫，是個調虎離山之計。」
「也許真是如此，他們打算一石二鳥。」
桑傑士站起來，將領帶拉好。
「我該回總部了，我必須緊急調派一些人手逮捕安黑爾他們，另外，警備的體制也有再檢討、編制的必要。」
在他踏出門口的同時，回頭又加了一句：
「我並沒有扣留你的意思，但是你如果輕舉妄動，可別怪我手下無情。關於佛蘿娜的事情，我一定會盡力而為，你也別忘了你對我的承諾，會協助我逮捕他們。」
「如果你守信，我也絕不會食言。」
桑傑士走後十分鐘，外頭響起敲門聲。我一面使用電動刮鬍刀，一面回答。
站在門邊的是米蓋，關上門後，他一言不發地望著我。
「怎麼了？米蓋。」
我收好電動刮鬍刀，指指一把椅子，但米蓋一點也不想坐下來。
「到底發生了什麼事？漆田先生，現在這裡只有我們兩個人，你能不能告訴我，這到底怎麼回事？」
我拿了一根菸，含在口中。
「米蓋，我非常感謝你的關心，但是，我不能把你們捲進來。你別再問我了，好嗎？」
「可是我不能讓你在我們國家內，碰到一些不愉快的經驗，即使對方是治安警備隊，我也不在乎。不巧得很，我的兩個兒子都去旅行了。不過，我也能夠幫上忙的。」
在這一瞬間，米蓋那矮胖的個子中充滿了力量，現在這種情況下，我所能信賴的也只有米蓋一個人了。因此我將事情一五一十地告訴他。

「我這趟來西班牙，是為了要幫助一個叫做佛蘿娜的女孩，以及一個叫巴克・津川的日本年輕人。但是，他們兩個人現在和ＦＲＡＰ的恐怖分子一起行動。」

「什麼？ＦＲＡＰ！」

我把他們兩人和ＦＲＡＰ的關係，向米蓋解釋清楚。

「他們可能會在十月一日的慶典上暗殺佛朗哥總統，如果不設法阻止的話，將會有很多人死亡。」

米蓋的臉色大變。

「怎麼會有這種事，他們真的打算這麼做嗎？」

「甚至他們還雇用了一個日本的炸彈狂。我不管他們是怎麼想的，我可不想讓佛蘿娜和巴克成為殺人兇手！」

「雖然我不支持佛朗哥，但我也反對採用暗殺的手段。如果真的發生這種事，那西班牙就會永遠被排除在歐洲各國以外了！」

「就是因為這樣，我們必須協助桑傑士少校。雖然我也聽了不少有關治安警備隊的惡評，但他還算是正直守信的人，你暫時遵從他的指示，如何？」

米蓋交握著兩手說：

「我知道了。不過，那些恐怖分子現在就在馬德里嗎？」

「我想應該沒錯，他們一定會在後天佛朗哥演講的東方廣場上，裝置好炸彈。」

「這麼說來，沒有多少時間了嘛！今天右派組織派人到處宣傳，希望群眾都集合在東方廣場上，我想那天一定會有十萬以上的人擠在那兒。如果真有個炸彈在那裡爆炸的話，不只是佛朗哥就連很多市民都會喪生的。」

「沒錯，所以無論如何我們都必須在事情發生前抓到他們才行。」

米蓋用力地點頭。

「我有個老朋友是個情報販子。你把那些恐怖分子的事情仔細告訴我，我叫他幫我們查查。」

我不認為現有的警力可以抓得住安黑爾他們，也不以為米蓋的提議有成功的可能性。但，即使機率只有萬分之一，我也不能放過。

我將他們的特徵寫下來交給米蓋。

「這兩個日本人之中，有個比較年輕、長相端正的就是巴克・津川，對他說出我的名字，他也許會幫助我們，因為他本來就不是恐怖分子，而且他為了佛蘿娜，不惜做任何事情。」

我在旅行支票上簽了名，遞給米蓋，米蓋執意不肯收。經過我一番努力，告訴他沒錢是買不動情報販子的，他才勉為其難地收了下來。

這夜，我飽食了一頓莉娜達精心調製的燉肉，然後走出旅館。

我走進聖地牙哥街，在拉墨斯工作房的前面，站著一個紅髮胖胖的男人。我記得第一次跟他見面時，是他進入排水溝搜索之後。桑傑士叫他斐南度。

穿過馬約路，我進入一家櫥窗內有著各式各樣蛋糕的咖啡廳。

喝著咖啡時，我發現在櫃檯旁，坐著一位頭戴貝雷帽，工人打扮的男人。

我拿著咖啡移到那男人的身旁，那男人看也不看我。

「你在練習跑馬拉松嗎？」

那男人不發一言，只是把手搭在帽簷邊，好像在確定帽子是否還戴在他的頭上。

他看看我，眼神彷彿是看座磚牆似的，毫無表情。

我拿了根香菸咬在口中，也遞給那個男人一根。看來他對這根日本香菸滿有興趣的，但他並沒有接。

我只好把那根菸收了起來，將口中的菸點上。

「說句話吧，還是要我把你頭上的貝雷帽打下來？」

他並沒有答腔，只是默默地把咖啡湊到唇邊。我耐不住性子，用手肘輕輕地撞了下他的手腕，咖啡灑了些在櫃檯上。

他把杯子放下，再用手背擦擦嘴。

「有什麼事。」

他的聲音有些破碎，說得又快，我差點以為他只是在咳嗽，而不是講話。

「回去告訴桑傑士少校，要監視我一個人就綽綽有餘了，其他的人還是去搜捕那些恐怖分子吧！」

「桑傑士是誰？」

「就是治安警備隊的馬拉松教練啊！你不知道嗎？」

他只是默默地聳聳肩。

我把菸蒂扔在地上，掏出五十元的硬幣放在櫃檯上。這足夠付兩杯咖啡外加小費了。

「我不會再到處跑了，我會直接回旅館睡覺的，謝謝你陪我到處走。另外，對不起，剛剛還把你的咖啡灑了出來。」

我話一說完，回身就離開。

走了一段路後，回頭一看，那個貝雷帽還是跟來了。

才一跨進旅館的大廳，站在櫃檯後頭的米蓋便叫住我。

「那個少校在房間裡頭等你，他叫我把鑰匙給他。」

「沒關係！」

桑傑士坐在椅子上，正飲著雪莉酒。他在空的杯子裡注入了些酒，遞給我。

「去哪裡了？」

「這個你可以問那個戴貝雷帽的。你的人員都安排好了沒？」

桑傑士笑著點頭。

「我們打算對馬德里所有左派的團體以及公司行號做完整的搜索。登記在案的激進派分子大約有五百名，我們也曾一一詳加訊問。另外，我們也以馬德里大學周邊為中心，進行各種調查。」

「只剩下明天一天，來得及嗎？」

「非來得及不可。」

「現在情形如何？」

「我們不斷地接到來自日本大使館的抗議，說他們的觀光客連同住在本地的人民，夜以繼日都有人在監視他們。」

我將手中的雪莉酒喝完。

「安黑爾為了這次的計畫，一定會事先準備好一個新的巢穴。就算投入你們整個治安警備隊，搜索的範圍還是有限，怎麼不利用電視發表這個新聞，讓所有的市民協助尋找？」

桑傑士慢慢地搖了兩下頭。

「在舉行慶典之前，動搖市民的信心是最要不得的。如果透過電視轉播，又找不到他們時，該怎麼辦呢？你想想看，慶典當天，佛朗哥總統演講時，面對著空無一人，只有一群鴿子的東方廣場，這像話嗎？因為勢必沒有一個人會跑到隨時可能會爆炸的地方。」

桑傑士從椅子上站了起來，打開窗戶，涼風吹來，蕾絲的窗簾無聲無息地隨風飄動。

桑傑士背對著我，說：

「羅哥吩咐JEDRA的攻擊隊總動員，一定要找到安黑爾他們。對於卡迪斯的事件，他一直耿耿於懷，不抓到他們，由他親手殺死，我看他是不會甘心的。」

「這個『他們』之中，是不是也包括我在內？」

桑傑士足足停了兩秒鐘才回答：

「關於你，我可以想辦法保護，但是對於佛蘿娜和巴克，我就沒什麼把握了！」

「那不就違反了我們的約定嗎？難道治安警備隊只負責逮捕極左派的分子，而對極右派分子的無法無天卻不聞不問？」

「話不是這麼說。」

我走到桑傑士身邊。

「你太狡猾了，桑傑士。你說不希望再發生內戰，可是JEDRA的攻擊隊才是內戰留下來的餘毒，其實，你也知道這一點，只是不敢承認罷了。或許你本身就怕JEDRA這個組織。你說你會阻止羅哥殺人，但是，你明明看著他殺人，卻沒有阻止。看來，我和佛蘿娜終免不了被羅哥殺了。」

桑傑士關上了窗，同時也拉上窗簾。他慢慢地轉過身來，略禿的前額，隱約地有著細細的汗珠，兩頰突然瘦削了許多，手掌一會鬆開，一會握緊。

我知道桑傑士想揍我。如果他敢碰我，我一定毫不客氣地反擊，即使被扣留也在所不惜。

但是，桑傑士並沒有動手。的確，我說中了他的痛處。如果被人指摘出弱點就喪失理性，表示他根本沒有理性可言。

桑傑士強忍著怒氣，從我身邊走過，拿起酒杯，一口氣把雪莉酒喝乾。

「我可以用污辱政府官員的罪名逮捕你，但是我不會這麼做，因為你說得也有道理。」

他也有他的苦惱，這點我相當了解，但我還是什麼都沒有說。

桑傑士彷彿在做個重大決定似的將酒杯放下，默默地步出了房門。

8

翌晨，我被電話鈴聲吵醒。

手錶指著八點。電話的那端是米蓋，他說有事情要向我報告，希望我與他一道吃早餐。

莉娜達一大早就給了我一塊一百五十公克的牛排。

據米蓋說，昨天夜裡，情報販子的一個手下，曾經與巴克．津川有過接觸。

「你的備忘錄中寫著，這個巴克是個吉他手，曾經在『艾爾．阿爾拜辛』表演過幾天，受到很大的好評。而情報販子的這個手下，是個佛拉明哥舞迷，他也記得在『艾爾．阿爾拜辛』看過巴克。」

「艾爾．阿爾拜辛」是巴克來到西班牙後打工的地方，他在那家酒館待過一段時間。

「他說他在波達斯格車站附近一家二十四小時營業的餐館中見到巴克，而巴克好像是去買些食物的。他很想和巴克說話，但巴克卻急急忙忙地走了出去。他追在巴克的後面，按照你的指示，叫他打電話到『米蓋旅館』找漆田先生你，但是巴克有沒有聽到，就不得而知了。」

我握著米蓋的手腕。

「謝謝你！米蓋，老實說，我原本不敢寄望你這邊有任何消息。如果那個人看見的真是巴克的話，就能確定他們那群人的確來到馬德里了。我們馬上可以進行調查。波達斯格是在哪裡呢？」

「在馬德里市中心的東南方，也就是在阿托查火車站以南七、八公里的地方，是地下鐵的終點站。」

米蓋把如何到波達斯格車站，以及看到巴克的那家二十四小時營業餐館的名字告訴我。

我走出旅館，心臟跳動得相當快速。

巡視周圍，在道路斜對面的牆壁，戴著貝雷帽的男人靠在那兒。早晨的陽光還未照射到那邊，他只有縮著身子抵擋寒冷。

我走到他身旁。

「趕快聯絡桑傑士少校，我有急事找他。」

他壓壓頭上的貝雷帽，朝道路左右望了望。他的眼睛充滿了血絲，鬍子都長了出來，這傢伙八成守了我一夜。

「他命令我不可以離開這裡。」

原本破碎的聲音更難聽得懂了。

「你叫什麼名字？」

「馬奴耶・塞萊斯提諾，治安警備隊的少尉，不是跑腿打雜的。」

「請恕我有眼不識泰山，塞萊斯提諾少尉。那麼你打電話的時候，我替你在這看著吧。」

塞萊斯提諾苦笑著用下巴示意了一下，跨出步伐。

我跟著他的後頭走，在離大道不遠的地方停著一輛黑色的小型車。塞萊斯提諾敲敲車窗。

裡頭一位正打著盹的年輕男人一副睡眠不足的表情打開車門。

「比克多，快聯絡桑傑士少校，這位日本老闆想和他說聲早安。」

塞萊斯提諾這麼吩咐。那個叫做比克多的男人，用手指抓了抓他的濃眉，然後拿起無線電。

等到桑傑士回答，我才伸手從比克多那拿過無線電。

「早安，少校。我剛剛得到了一個情報，有人看見巴克・津川在波達斯格，要不要過去看看？」

「你等著，我五分鐘就到。」

依據塞萊斯提諾的話，桑傑士在太陽門廣場那的治安總局裡成立了慶典特別警戒總部。

一分也不差地，五分鐘後，桑傑士與部下分乘三輛車子趕到。

桑傑士剪裁合身的西裝有些縐摺，看來，他也是一夜沒睡，下巴長出鬍碴，臉上滿是倦容。

我把米蓋打聽到的消息告訴他。

桑傑士用手掌摸了摸嘴邊。

「這個情報販子能夠信任吧？」

「大概可以吧，他們應該不知道是為了你們治安警備隊做事。」

塞萊斯提諾有些激動地對我說：

「你這話是什麼意思？」

「別理他！」

桑傑士制止塞萊斯提諾，然後讓所有的部下全都上了車。我和桑傑士一道坐在塞萊斯提諾的車子中。

車子在早上交通繁忙的街道中行駛，通過太陽門廣場，轉入阿托查路。

「你有沒有先派人到波達斯格附近看看。」

「還沒，誰知道這個消息來源可不可靠，如果是真的，人一多，反而打草驚蛇，我們先過去看看。」

這麼說也沒錯。

「這個波達斯格是個什麼樣的地方？」

「那是一個舊的中產階級，以及新的中上層階級混雜的住宅區。他們並沒有彼此仇視對方，但也沒有親密的交流，對恐怖分子而言成了最佳的潛伏場所。」

我們進入一家面臨著大馬路叫做「費里比諾」的餐館。

夜班的服務生剛好工作做完回去附近的住家了，桑傑士要求老闆打電話給服務生。

我們喝著咖啡等待，不到三分鐘，一個瘦瘦的男人快要倒下去似的衝了進來。他的襯衫鈕釦全扣錯了，褲子下面還露出一截睡衣下襬。

他大概二十歲左右，叫做路易士・索貝亞，大口喘息著回答桑傑士的問題。

「昨天晚上很晚的時候，是不是有個日本人來這？」

「有的，不過應該算是今天早上的事情了，我也不知道他是不是日本人，但可以確定是個東方人，個子高高，頭髮長長的男生。」

「什麼時候來的？他說了些什麼？」

「大概是在三點過後來的。他在吧台喝了一杯咖啡，吃了煎蛋捲和麵包。另外，他還買了很多夾心麵包、水果、乳酪等。」

「他用西班牙話說的嗎？」

「他只懂一點點，大部分是比手勢。」

「他大概是買了幾人份的食物？」

「如果要一次全部吃完，大概是六、七個人份吧！」

「然後呢？」

「當那個日本人抱著紙袋要出去時，在吧台那邊有個看起來像是工人的男人問他說，是不是吉他手巴克，但是，那個日本人也不知道是聽不懂呢，還是沒聽到，沒有回應很快地跑了出去。」

「接著呢？」

「那個問他的男人也追了出去，同時還在後頭大聲嚷嚷。」

「他說了些什麼？」

「我也沒聽清楚，好像叫那個日本人打電話到哪裡去的樣子。」

我告訴桑傑士，那個男人就是米蓋所說的情報販子的手下。

桑傑士將視線轉回路易士身上。

「在這段時間前後，有沒有其他人出入呢？」

「沒有，店裡只有三個定時經過的卡車司機而已。」

「那個日本人有沒有提到他從哪裡來，要去哪裡，類似這類的話呢？」

「他什麼都沒有說。」

「他有沒有什麼奇怪的地方？」

路易士想了想。

「他的褲子很髒，沾了好多泥巴。」

桑傑士眼睛閃著希望的光芒。

「那是乾土還是濕土？」

「好像是乾土。」

問過路易士話後，我們回到車子那邊。桑傑士在引擎蓋上攤開一張這附近的地圖，他的部下都圍攏過來，等待他的指示。而後，桑傑士下令以「費里比諾」為中心，在半徑一百公尺以內，展開地毯式的搜查。

一個小時後，搜索毫無成果。

桑傑士以無線電再聯絡一個治安警備隊的中隊出動，在附近展開更徹底的搜尋行動。

桑傑士將指揮搜索的工作交給紅髮的斐南度，而後坐上車，吩咐塞萊斯提諾回到旅館，然後整個人靠在椅子上。

等車子一發動，我立刻開口：

「他們大概已經不在這附近了吧。」

桑傑士閉上雙眼。

「我也不知道。第一次有他們的線索，必須仔細點。」

「有沒有其他可能潛伏的地區？」

「哪裡都一樣，老百姓們雖然本身不是激進分子，但在心裡頭大多是同情左派分子的。現在最重要的事情是那個日本吉他手會不會打電話給你。」

「如果他聽到那個情報販子手下的話，說不定會打來，不過我也沒有百分之百的把握。」

桑傑士張開眼睛，吁了氣，嘴角浮起一抹自嘲的笑容。

「如果你想暗殺總統，你會採取什麼手段？」

經他這麼一問，我突然想到了。

「空中防範得怎麼樣？用小型飛機之類的，飛到王宮上空再投下炸彈的可能性你們有想過嗎？」

桑傑士揉揉他的眉頭。

「這我們也想過了。而且，從今天早上開始，巴拉哈斯機場除了定期航線外，禁止其他任何飛機起飛，一直等逮捕了他們才解禁。就算是必須花一個月的時間，也絕不讓一架飛機飛上空。」

「可是，在馬德里附近還有好幾個可以起飛降落的平原啊。」

「所以我們也要求陸軍和空軍的協助。任憑他們再怎麼厲害，也別想碰總統一根寒毛，不用擔心。」

桑傑士嘴裡固然這麼說，表情卻正好相反，顯得有點坐立不安，所以我沒有再開口。

到達旅館後，桑傑士讓我下來，若無其事地說：

「雖然我並沒有抱很大的希望，但是，如果巴克打電話來，請你馬上通知我。塞萊斯提諾馬上就會回來這，希望你不要離開旅館。」

9

巴克・津川打電話來，已經是十幾個小時以後的事情了。

米蓋匆忙地叫醒我。看看手錶，已經超過凌晨兩點。

米蓋用震耳欲聾的聲音大叫巴克打電話來了，同時房間內的電話也響個不停。

「漆田先生，快來救我！」

巴克的聲音很遠，很難聽得清楚。

「你在哪裡？佛蘿娜沒事吧？」

「佛蘿娜被他們關起來了，她現在很虛弱，你再不快來，她恐怕——」

「鎮靜點！把話說清楚！」

「他們知道大聖堂中裝置的定時炸彈是佛蘿娜拔掉的，所以安黑爾非常生氣，就把佛蘿娜給關了起來。」

「你在哪裡？我馬上趕過去！」

「我在波達斯格地下鐵車站附近，一家叫做『費里比諾』的餐館裡。」

我在不知不覺中握緊了電話筒。

「什麼？你們真的在那裡！」

「是的，可是安黑爾——」

巴克的話突然中斷了。

話筒的那端，傳來一陣陣爭吵的聲音，還有玻璃破碎的聲音，我抓著話筒大叫著巴克的名字。

然後，那端有個喘息不已的粗啞聲音傳來。

「我們是治安警備隊，你是誰？」

我這才鬆了一口氣。

「我是漆田，就是今天早上和桑傑士少校在一起的日本人，你呢？」

「斐南度，我要把這個男人帶到總部去，你也馬上來。」

「我看還是把少校叫去那間店比較好，他們應該就在那附近。」

「你是在命令我吧？」

「如果你要這樣想，我也沒辦法。不過，我可以告訴你，這個男人不懂西班牙語，如果我不去，你們什麼都挖不出來的。」

「我必須問問看少校——」

沒等他說完，我就重重地掛上電話，急忙換穿衣服，飛快地跑下樓梯，衝出旅館。

街道上沒有塞萊斯提諾的影子。

我沿著石板路，來到一輛停在路旁的黑色車子前，而後一言不發地猛踢車子的保險桿。

塞萊斯提諾從方向盤後頭跳了起來，馬上開門跌跌撞撞下車。他扶著快要掉下來的貝雷帽，眼睛睜得大大的。

「幹嘛？這個時候？」

「你還想選時間啊！」

我把塞萊斯提諾推回車上，自己也坐上副駕駛座。塞萊斯提諾似乎想說什麼，但無線電在這時響起。

「塞萊斯提諾，我是桑傑士。快帶那個日本人來『費里比諾』，我也馬上過去！」

我從塞萊斯提諾手中搶過無線電。

「你太慢了，少校！我牙都刷好了，正抽著一根菸呢！」

塞萊斯提諾完全不理會路上的交通號誌，車子在深夜的街道中飛馳著。這個人是我所知道，技術最差勁的司機，說不定這途中就已經撞倒四、五個人。

八分鐘後，我們到達了「費里比諾」。

才剛要下車，桑傑士也到了，他還帶著五輛車子。紅髮的斐南度從店內走了出來，他先狠狠地瞪我一眼，才走到桑傑士身旁。桑傑士阻止了他，迅速地抓著我跑進店內。

店裡頭有三個警備隊員，那個濃眉的比克多也在其中，另外一個人就是巴克了。店裡沒有任何服務生與客人，只留下一組桌椅，剩下的全部被推到裡面去了。

巴克戴著手銬坐在唯一的椅子上。他一見到我，就站了起來，同時將雙手伸到我面前。

「漆田先生，這是什麼意思啊，快叫他們替我鬆開。」

靠在吧台邊的比克多又把巴克壓回椅子上，並將巴克的護照交給桑傑士。

桑傑士摸著他的短髭，快速地看過護照，然後放進口袋裡。

他用眼神對我示意了一下。

我走到巴克的面前。

「這副手銬你就暫時忍耐一下吧，其實，這也是你自作自受，怨不得別人。快告訴我佛蘿娜他們在哪裡？」

「沿著這條坡道上去，左邊有個防空洞，就在那裡面。但是，安黑爾和槙村都出去了，只剩下佛蘿娜和一個監視的男人，叫做貝倍。」

「你說佛蘿娜被關了起來，先把詳細情形告訴我，從你們離開卡迪斯後說起。」

巴克用手背擦擦嘴。

「我們離開大聖堂以後，在漁船上待了兩個多小時，才在一個海邊上岸，貝爾拉事先已經備好的兩輛車子等在那兒，我是在那裡和她分開的。」

斐南度搖晃著圓滾滾的大肚子，插了進來。
「你們說了那麼久，到底在講些什麼？趕快問他，其他人藏在哪裡？」
桑傑士抓著他的鬍子，用食指頂著斐南度的肚子。
「我想喝咖啡，去泡幾杯咖啡來！」
斐南度忿忿地瞪了我好一陣，才不甘不願地走進吧台，把那些瓶瓶罐罐弄得震天價響。
巴克接著說：
「我們是在前天晚上才來到馬德里的，然後就一直躲在防空洞中。昨天早上，安黑爾叫一個人監視我和佛蘿娜，他自己和槙村，以及其他的人一起出去了。」
「他們帶著炸彈去嗎？」
「是的！」
「你知道他們去哪嗎？」
突然，巴克倏地站了起來。
「不知道，也不想知道。趕快去救佛蘿娜，我會帶你們去！」
「監視的人只有一個嗎？」
「沒錯！可是他手上還有一把自動手槍。」
「你來這兒做什麼？昨天晚上也是買吃的嗎？」
「嗯，我不能把佛蘿娜丟下來，一個人逃走，昨晚有人叫我打電話給你，所以我才想到打電話向你求救。」
斐南度在吧台上面排好六個咖啡杯。
我拿了一杯，遞給雙手銬著手銬的巴克。

「先喝點，冷靜一下，我來對他們說明狀況。」

我把巴克的話簡單扼要地告訴桑傑士。

桑傑士啜飲咖啡靜靜聽著，直到他知道安黑爾和槙村已經不在時，才顯現出不高興的神色，但是馬上恢復平靜。

「總之我們就先抓住佛蘿娜和那個監視的吧，說不定他們知道安黑爾他們的藏身處以及暗殺計畫。」

斐南度一把把巴克抓了起來。

「快！帶我們走！」

我和桑傑士、巴克一道坐上第一部車。

走了大約有五百公尺，巴克就用雙手打出左轉的手勢。

塞萊斯提諾轉著方向盤說：

「這是往新貯水場的路，聽說在那附近有很多內戰當時政府軍所挖的戰壕。」

轉過彎，再往前行駛了三百公尺左右，可以看到左手邊有個黑漆漆的建築物高高聳立著，是貯水槽。貯水槽的前面有條右轉的道路，在車燈的照射下，可以看到路旁逐漸倒塌的石牆。

「就是那邊的空地！」

巴克叫道。我將意思傳達給桑傑士。

桑傑士趕緊叫車停了下來，打開車門走了出去，隨後，我們也出了車門。

「前面那塊空地中，有個紅磚砌成的房子地基，那裡有個入口。可是，貝倍現在一定把槍抵在佛蘿娜的身上，我們怎麼——」

我打斷巴克的話，翻譯給桑傑士聽。

桑傑士馬上回頭，叫那些集合的部下把照明燈和擴音器拿來。

不久，在已經崩塌的石牆間已經架好兩個照明燈，兩道白色的光束，來回地在雜草叢生的空地上搜索著。

在二十公尺外的一個紅磚地基中，二道光束成V字形固定在那兒。桑傑士的部下都拿著自動步槍或手槍，全副武裝，躲在倒塌石牆的後頭，或是壕溝裡。

桑傑士把擴音器湊近嘴邊，大喊：

「我們是治安警備隊，你們同伴中的日本人已經被我們抓到了，而且這塊空地也被包圍了，你們逃不掉的，快點出來棄械投降！」

他的聲音消失在黑暗中，沒有任何反應。

同樣再呼喊一次，依舊如此。

一旁的斐南度耐不住性子，插嘴說：

「我們先發動攻擊，怎麼樣？」

桑傑士沒有回答，只是再將擴音器拿起來。

「如果你們不投降，就必須依照恐怖分子取締法，交由軍事法庭立即判決。所以，你們趕快出來投降，我等你們三分鐘，在這段時間內，希望你們能丟出武器，舉著雙手出來。如果三分鐘以後再不出來，我們就會發動攻擊！」

桑傑士將擴音器放下，叫斐南度準備催淚彈。

斐南度遵照他的指示，從車子上拿了幾顆催淚彈，桑傑士把手放在斐南度的肩上。

「你到入口處旁邊等著，一看到我的訊號，就扔進去。」

斐南度馬上通過崩塌的石牆，往空地走去，他避開投光燈，往旁邊一轉，就消失蹤影了。

「還有一分鐘！」

桑傑士大叫。但，還是沒有任何反應。

令人心焦的一分鐘終於過去了。桑傑士再度拿起擴音器。

「斐南度，時間到了！」

斐南度的人影出現在白色的光束中，飛快地拉開一顆催淚彈。霎時，微弱的聲響和白色的煙霧冒了出來，他把手中的催淚彈丟到紅磚地基的後方。

三秒鐘過後。

「那個瓦斯有沒有毒？」

「別擔心，那只會讓他們的眼睛暫時不舒服而已，不會留下什麼後遺症的。」

就在桑傑士回答的同時，地基那邊把一個冒著白煙的催淚彈丟了回來，掉在後面的草叢中。

「不要開槍——我投降！」

地底下斷斷續續地傳來幾聲喊叫，那是男人的聲音。

桑傑士緊緊抓著擴音器。

「好！把武器先丟出來！」

斐南度迅速拔出手槍，再從光束中離開，躲藏在黑暗中。催淚彈的瓦斯順著風朝著我們相反的方向飄去。

在地基那頭的洞中出現了一隻手臂，接著一把自動手槍被丟在前面不遠的地方。

「高舉雙手，出來！」

桑傑士大叫。

出現在光束中的，是在大聖堂地下室曾經看過的那個留著鬢角的年輕人。大概是因為催淚彈的關係，他的臉孔扭曲成一團，全身都是泥。

他踉蹌地從地基中爬出來，突然舉起握拳的雙手大叫：

「革命萬歲！佛朗哥去死吧！」

就在這個時候，左邊的黑暗中閃出一道橘紅色的光芒，自動手槍尖銳的響聲在深夜中格外刺耳。

男人的身體就像風中的草一般地向前趴倒，而剛才由草叢中鑽出來的斐南度見狀，又趕緊躲進草叢中。

警備隊員中有人罵了出聲。

「他媽的——」

桑傑士半天才擠出一句。照明燈在黑暗中找尋槍聲的來源。

在貯水槽的後面，有座很高的石牆，站在那頂端拿著自動手槍的是穿著粉紅色襯衫的羅哥。

羅哥放下拿著自動手槍的手，得意揚揚地笑著。

照明燈就在他淡金色的頭髮中跳躍。

第七章——暗殺佛朗哥

1

桑傑士往石牆走了過去。

我和塞萊斯提諾也追在他的後頭，沿著石牆轉到貯水場的側面。石牆下，有幾個穿著黑衣的男人，個個都拿著武器，其中一個向我們走了過來。

「洛多利凱士，是你把羅哥帶來的吧！我不是叫你到大學街那邊搜索的嗎？」

桑傑士的口氣相當嚴厲。

洛多利凱士的臉孔，在水銀燈光的照射下，浮現了一抹冷笑，臉頰上的傷痕更顯得猙獰。

「既然已經知道了他們的藏身地，又何必浪費時間去搜索不可能的地方呢？我為了防止有萬一的發生，才特別請求羅哥來協助的。不對嗎？」

「協助？他已經殺了我們重要的嫌犯。這麼一來，我們就沒有辦法問出安黑爾的潛藏的地方了，這個責任，我一定會向他要回來。」

羅哥無聲無息地從石牆上跳了下來。他整理一下脖子上的領巾，然後慢條斯理地走到我們的面前。他的眼睛閃著非比尋常的光輝。

「桑傑士，你應該謝我啊，那隻狗雖然丟掉了自動手槍，但在他的褲袋後頭還藏了一把手槍。如果我不殺他，被殺死的就可能是你了！更何況，我又不知道安黑爾不在那裡頭。」

斐南度推開我，走上前。

「那個男的根本沒有藏什麼手槍，不管是他的口袋，或是耳洞裡頭都一樣。」

羅哥的表情絲毫不為所動。

「那太不巧了，我是這樣看到的啊。」

斐南度忿忿地向前踏進一步，卻被桑傑士給攔了下來。

「現在防空洞裡頭只有佛蘿娜一個人，你實在錯得太離譜了！」

羅哥努努嘴說：

「要讓那個女人開口，實在是件很有趣的事啊！」

這下可換我推開斐南度了。

「說點人話行不行啊！如果你還是一個人的話。」

羅哥挑起一道眉，彷彿剛發覺我在場似的盯著我。

「看見你精神那麼好，我就安心了，你不要離開我身邊，有一天我一定會好好地謝謝你的。」

「儘管來吧！別忘了再帶著十把小刀，最好磨利點！」

我回嘴後轉身。其實，我也不知道怎麼會冒出這麼一句話來，雖然，我沒有想到後果可能是被賞了顆子彈，但是，我全身的確是冒出了冷汗。

我走回巴克的身旁。

這時，佛蘿娜正好被比克多扶了出來，她的臉上、手上都是泥巴，黃色的襯衫早已變成黑色了，而牛仔褲的膝蓋上，還刮破了道裂縫。

巴克走了過去，卻被挑動粗眉的比克多一把推開。巴克高高舉起銬著手銬的雙手，想要攔住比克多。

我抓住他的肩膀，把他拉回來。

「鎮靜點，和他們打架根本無濟於事。」

「可是佛蘿娜會怎樣呢？會不會也和前陣子那些人一樣被判死刑？我絕不讓他們這麼做！」

「現在要擔心的人不只是佛蘿娜了，還有一個你。」

但是，巴克什麼也聽不進去。就當我抓著他肩膀的同時，他還死命地瞪著比克多。

「裡面真的只有一個佛蘿娜嗎？」

桑傑士的聲音從我的身後傳來。比克多挑起毛蟲般的濃眉。

「是啊！她被綁在一根大柱子上，後路早就被堵塞了，沒有人能逃掉的。」

「那個被槍打中的男的呢？」

「當場死了。」

桑傑士望著地面搖搖頭。

「把佛蘿娜帶回總部。」

「是。另外守在治安總局那的記者們已經發現我們出動了大批的人力，現在正等著想採訪一些消息。」

「擋住他們，就算是驚動了長官們也要把這個消息封鎖住。」

「但是，那些外國報社的特派員可沒這麼容易擋住的，前不久才發生的伊娃・門坦事件，他們還咬住情報處的處長不放——」

桑傑士皺了皺眉，習慣性地摸摸他的短髭。

羅哥突然出現在桑傑士的後頭。

「帶到我們總部審問好了，那裡保證一個外國特派員或是大使也進不去。」

桑傑士緩緩地轉過身來，面對著羅哥說：

「如果把佛蘿娜帶到你們ＪＥＤＲＡ的總部去，可能還沒說話就會被人殺了，我可不能讓你們再這麼橫行下去。」

「那你說到哪裡才好呢？」

桑傑士沒有回答，只是看著我，然後說：

「你會幫忙我們訊問巴克一些問題吧？」

「如果你肯遵守你的承諾──」

桑傑士馬上點點頭。

「好，那走吧。」

「去哪裡？」

「旅館，那裡比較不會引人注意，況且，米蓋也保證過他會協助你們的。」

我和桑傑士還是坐在第一輛車子內，依舊由塞萊斯提諾開車。

後面兩輛分別載著巴克和佛蘿娜，由斐南度和比克多保護著。

桑傑士允許羅哥在旁邊聆聽訊問的經過，但有一個條件，其他的ＪＥＤＲＡ攻擊隊員必須全部撤走。

羅哥不情不願地答應，然後一個人開著車跟來。

其他的警備隊員接到不准洩漏這項消息的命令後，直接回總部去了。

我們剛到旅館，米蓋就從大廳迎出來。

桑傑士告訴米蓋，這是緊急事件，從現在開始三十六個小時內，整個旅館暫時為他們所接收。

「在這段時間內，你不要接受新的房客，而現在住在這裡的房客，不管是要外出，或是退房間，都必須經過許可才能進行，連電話都在管制範圍內。」

大廳只留下塞萊斯提諾、比克多等四個人，其餘的人跟著桑傑士到五樓。

從電梯出來後，桑傑士命令斐南度和羅哥留在隔壁房間裡監視著巴克。

而後，桑傑士帶著我和佛蘿娜進入房間。

佛蘿娜從被救出來到現在，一句話都不說。

只是緊閉著雙眼。催淚瓦斯的效果大概還在，她的眼中不斷地有淚水溢出來。

「你先讓她洗把臉吧，能不能打開她的手銬？」

我這麼說，但是桑傑士搖著頭。

「銬著手銬還是可以洗臉，浴室的門必須開著。」

我拉著佛蘿娜的手臂，把她帶到浴室中。

洗了臉之後，她的眼睛才終於張開，眼淚也才停止。但是，佛蘿娜的表情卻相當頑固，緊閉著雙唇，一副死也別想要我開口的模樣。

桑傑士坐在床邊，用眼睛示意著佛蘿娜坐在椅子上。佛蘿娜默默地坐下，銬著手銬的雙手緊緊壓在膝蓋上。

我倚著門站。

桑傑士拿起一根菸，慢條斯理地點上了火。

「佛蘿娜，妳大概知道沒有什麼時間了吧！現在我只想知道兩件事情，一是安黑爾和槙村潛藏的地方，另外就是明天你們暗殺總統的詳細計畫。我想妳應該可以回答我吧。」

他的口氣就像父親規勸女兒一樣溫柔。

但是，佛蘿娜還是面無表情，連眉毛都沒動一下。

桑傑士繼續說：

「我知道妳曾經在卡迪斯的大聖堂地下室中，將槇村安裝的定時炸彈破壞了，不但救了很多人的性命，同時也使得國寶級的建築免遭破壞。但是，妳卻為了這件事情被安黑爾關了起來。因此妳現在才會落到我們的手中，妳還有什麼理由要庇護安黑爾他們呢？」

佛蘿娜嚴肅地瞪著桑傑士。

「我並不打算救大聖堂，或是你們治安警備隊。我只是想救漆田先生而已。」

桑傑士聳聳肩說：

「這個我了解，但是，不管妳的動機是什麼，破壞了定時炸彈，就等於背叛了妳的同伴！」

佛蘿娜的臉孔脹得通紅。

「我並沒有背叛他們。安黑爾之所以把我關起來，只是一時的衝動，如果你想離間我們，使我成為你們治安警備隊的走狗，別想！」

桑傑士面對佛蘿娜來勢洶洶的回答吃了一驚，眼睛不知不覺地睜得老大。

「如果妳被帶到治安總局或是ＪＥＤＲＡ的總部，一定會受到更嚴厲的拷問。而我之所以帶妳來這裡，就是希望妳能協助我們，我們也好減輕妳的罪行。」

「要我領你們治安警備隊的情，還不如讓騾馬一腳踢死算了！」

這時，隔壁傳來微弱叫聲，接著「砰」的一聲，好像有個重物落了下來。

佛蘿娜嚇了一大跳，背脊不知不覺地挺直。

桑傑士故意裝作沒聽見，只是一味地盯著手中的菸頭。

佛蘿娜突然將雙手向前伸，同時大叫：

「你們不要對巴克動粗，他跟這件事完全沒有關係，而且，他什麼也不知道！」

桑傑士抽了最後一口香菸，把菸捺熄。視線在我和佛蘿娜之間游移著。

「你有聽到什麼聲音嗎？」

我挺起背稍稍離開了房門。

「讓我說幾句話——日本話。」

桑傑士考慮了一會兒，然後聳聳肩。

「好吧！如果你說完後，翻譯給我聽的話。」

我雙手抱胸，望著佛蘿娜。

「妳雖然不能跟這個人說，最起碼可以告訴我吧！」

佛蘿娜看著我的眼神，與看桑傑士的眼神並沒什麼差別。她斷然地用日本話說：

「不！我也不會告訴你的。我在卡迪斯救了你，只是還你一份人情而已。」

「這根本不是借與還的問題，這是個良心問題。妳告訴桑傑士少校怎麼樣？」

「為什麼？我立志要打倒佛朗哥，而他卻站在保護佛朗哥那邊，我們之間並沒有什麼好談的！」

「其實，你們想要打倒佛朗哥，並不需要用到炸彈，這點我想妳一定知道。況且，槇村正如妳說的，根本算不上一個革命家，而是一個炸彈狂，和羅哥一樣的殺人狂。如果你們藉他的手殺了佛朗哥，也只是ＦＲＡＰ的恥辱罷了。」

佛蘿娜的表情有些動容，因為她最不想承認的事實，卻被我指了出來。

「沒這回事！他也有革命的思想！」

「就算他有好了，他對於內戰時期的西班牙，以及後來的西班牙，有什麼認識呢？他在完全不了解西班牙的狀況下，就來到這兒計畫進行大量屠殺的行動。他不是殺人狂，是個什麼？」

「我們才不會大量屠殺，我們的目的只是佛朗哥一個人而已。」

走廊上有腳步聲響起。

我離開了房門，這扇門馬上被人推開，巴克、羅哥和斐南度陸續走進來。巴克的左頰紅腫，唇角還有一絲血跡。

羅哥用腳關上了門，將他的領巾重新綁好。

「這個小傢伙真沒辦法，我們根本不能溝通，而且，他好像什麼都不知道的樣子。」

儘管巴克的手臂被斐南度拉住，但他還是傾著身子問佛蘿娜：

「妳不要緊吧？他們有沒有對妳怎麼樣？」

佛蘿娜擔心地望著巴克。

「我沒怎樣，倒是你怎麼了？」

「那個男的打了我！」

巴克狠狠地瞪著羅哥。

羅哥見狀，挑著眉毛說：

「日本話實在很難聽，人家說德國話像是在對馬說話，日本話更糟，我看像是在對青蛙講話。」

我面對著羅哥。

「那麼你說西班牙話是對什麼說的話？」

「當然是神啊！你不知道嗎？」

我嗤之以鼻。

「你和神講過話嗎？我很懷疑！」

斐南度手指插進他的紅髮中笑出聲，桑傑士則是一臉的苦笑。

至於羅哥呢？他睜大那像是盯住青蛙的蛇的眼睛瞪著我，但是什麼話也沒說。

而後，他轉向桑傑士問：

「那隻母貓說了些什麼？」

桑傑士看看我，我搖搖頭，他也跟著搖搖頭。

「還沒有。」

羅哥保持原來的姿勢看著天花板，然後慢慢地轉過身來，一言不發地就給了佛蘿娜一個耳光。

佛蘿娜發出一聲哀叫，由椅子上滾了下來，她那用髮夾固定的頭髮散落一地。

「你幹什麼？」

巴克大叫。他掙脫斐南度的手，跪在地板上，扶起佛蘿娜，讓她坐在椅子上，佛蘿娜的左臉頰一片紅腫。

巴克一副恨不得吃下羅哥的表情，狠狠地瞪著他。

「你有沒有點羞恥心，殺人狂，你以為打女人那麼有趣嗎？」

羅哥臉上浮現一抹淺笑望著我。

「這個少爺又說了些什麼？」

「不能翻成西班牙話，太髒了！」

羅哥的臉通紅。

桑傑士站了起來，擋在我與羅哥之間。

「羅哥，你有完沒完，雖然我允許你一起來，可沒同意讓你動手。這個地方由我來。」

「怎麼能讓你來呢？我很了解他們這種人，除非你打得她吐血，否則絕不可能招的。如果你一直把她當作女人而手下留情，她一定會更加放肆。」

「我說過這裡由我負責，你馬上出去！」

桑傑士與羅哥兩人對峙著。

而後，羅哥迅速地亮出他手中的刀子。

「桑傑士，算你有種，敢這樣對我說話。你聽著，我有好幾個朋友在治安警備隊的高層，只要我一句話，就會把你調到鄉下去當個崗哨衛兵！」

「就算是當個崗哨衛兵也不錯，可是如果你殺了已經投降而且毫無抵抗的人，就不免得吃上官司，在監獄中待上一陣子了，我想你應該知道吧。」

羅哥一如往常冷笑。

「即使我殺了一隻瘋狗，你們也碰不到ＪＥＤＲＡ攻擊隊長一根寒毛。」

斐南度往前踏一步，他的手中多了把手槍。

「把小刀收起來，羅哥！如果你真想幹一場的話，我可以代表治安警備隊接受你的挑戰。」

斐南度的聲音雖然平靜，但眼睛中卻滿是憤怒。

羅哥交替看著桑傑士和斐南度，低低地笑出聲，但他的眼睛中卻絲毫沒有笑意。他把刀子往上一扔，然後反手接住。

「好吧，隨你。你要知道，如果總統遭受什麼危險，你一個人可擔待不起。」

羅哥說完後，從桑傑士身旁經過，並用肩膀頂開斐南度，走出房門。

2

羅哥不在，房間內的緊張才消除。

佛蘿娜把她的亂髮束了起來。她的臉頰依然紅腫，但是目光中卻透著鎮靜，她已經穩定下來了。

巴克站在佛蘿娜的身旁，手搭在她的肩上看著我。

「安黑爾他們藏在哪裡，我和佛蘿娜真的都不知道。昨天早上，他們突然把我們兩個綁起來，就出去了，這對佛蘿娜來說，也是一個很大的打擊。」

我把巴克的話告訴桑傑士。

桑傑士一直看著佛蘿娜。

「如果這是事實，我也希望能從妳口中聽到。」

佛蘿娜一直看著地板，銬著手銬的雙手緊抓住膝蓋，手指的指關節因用力過猛而泛白。

不久，她吁了一大口氣。

「巴克說得對，安黑爾因為受到槙村的唆使，把我排除在計畫之外。」

桑傑士依然捏著他嘴上的短髭。

「那個日本人不是不會講西班牙話嗎？」

「他們兩個人都會講一些英語。」

「他們把妳關起來，是因為妳在卡迪斯拆了那枚炸彈嗎？」

「可以這麼說，但是，真正的原因是我討厭那個炸彈狂。」

我忍不住插話：

「可是，他是妳叫來的啊。」

佛蘿娜垂著臉，把雙手按在額頭上。

「我根本沒想到他會是這樣一個人，滿腦子裡只有炸彈，他完全不曾考慮到我們西班牙人的心情，他真的就如你所說的。」

「他們認為妳會妨礙計畫？」

「嗯，他們已經被暗殺佛朗哥的想法沖昏頭了。」

桑傑士搔了搔他的太陽穴說：

「關於這點，妳大概也相同吧。」

佛蘿娜這才抬起頭來。她一直看著桑傑士，上身不自然地搖動著。

「我跟他們不一樣。他們兩個人根本不是為了革命，而是為了虛榮心以及瘋狂的意念才要殺佛朗哥的。他們甚至還打算向報社宣稱，是ＦＲＡＰ與日本列島解放戰線聯合打倒了最後一位獨裁者。」

桑傑士拿出一根菸，含在口中，再點上了火，順手將火柴扔在房間的一角。

「他們可能躲藏的地方，妳心裡有沒有個譜？在市內，他們一定還有其他的巢穴吧！」

佛蘿娜垂下雙眼，她的臉色不太好。

「不知道，即使知道我也不會說的，壞的是安黑爾一個人，並不是我們的組織。」

「但是，結果是你們都變成他殺人的助手了，不管妳說了再多冠冕堂皇的革命理論也一樣。」

佛蘿娜突然站起來大叫：

「一切都已經來不及了，反正，佛朗哥死——」

她的身體搖晃得相當厲害，差點跌到地板上，幸虧巴克及時抱住她。

我幫著巴克，讓佛蘿娜躺在床上。

「怎麼了？」

桑傑士有些慌張，他看著我們。

我摸摸佛蘿娜的額頭。

「不好，她發燒了。」

巴克把我推開，銬著手銬的雙手握著佛蘿娜的手。

「佛蘿娜很虛弱，這兩、三天她幾乎都沒睡。」

我看了一眼桑傑士。

「佛蘿娜的體力已經透支到極限了，讓她休息一下吧，請把她手銬打開。」

桑傑士點點頭，對斐南度示意了一下。

斐南度從口袋中掏出鑰匙，不一會兒，佛蘿娜的手自由了。巴克也伸出他銬著的雙手，但斐南度沒有理會。

我和巴克合力讓佛蘿娜在床上躺好，佛蘿娜的呼吸有些急促，她的額頭上冒出許多汗珠。巴克連忙跑進浴室，拿條打濕了的毛巾出來。

桑傑士命令斐南度留了下來，自己和我走出房間。

我們搭乘電梯下到大廳。

在落地燈昏暗的光線下，塞萊斯提諾和比克多窩在沙發中喝著啤酒。

我們也坐在沙發上。

「怎麼樣？佛蘿娜說了沒？」

塞萊斯提諾將貝雷帽往後推了推說。落地燈燈罩的影子遮住了他半個臉。

「還沒有，她已經病倒了。她也才不過是二十歲的小女孩，這一個星期夠她受的了。」

桑傑士的聲音中滿是疲勞，但他的口氣卻充滿著溫暖，說不定他也有個像佛蘿娜那麼大的女兒。

比克多挑動著他的兩道濃眉。

「可是，已經沒有時間了，那個女孩是我們唯一的線索。剛剛羅哥下來時，口中還直嘀咕著什麼少校的責任之類——」

米蓋拿著兩瓶啤酒過來，放在我們面前。

「謝謝。」

桑傑士禮貌地說，並從口袋中掏出一張一百元的紙鈔。米蓋望望我，然後聳聳肩，收下了錢。

在米蓋走了後，桑傑士手中的香菸幾乎碰到了塞萊斯提諾的鼻子。

「你們別想在這裡白吃白喝！」

塞萊斯提諾心虛地坐直身子。

「我們打算以後再一起算嘛！」

香菸的煙霧在寧靜的大廳中彌漫著。

我默默地喝著啤酒，比克多則神經質地頻敲沙發的扶手。

米蓋又出現了，這次是拿來找給桑傑士的錢。

「不用了，再拿兩瓶到樓上吧！」

經桑傑士這麼說，米蓋點點頭走了回去。

我突然想起一件事，叫住了米蓋。

「你順便看看有沒有阿斯匹靈之類的，佛蘿娜有些發燒。」

等米蓋坐上電梯後，桑傑士對我說：

「你認為佛蘿娜真的不知道安黑爾的藏身處嗎？」

「嗯，既然把她丟了下來，又怎麼會讓她知道他們的行蹤。」

「如果真是這樣，那佛蘿娜是不是也不知道具體的暗殺計畫？」

「很有可能。」

桑傑士手中的菸已經短得燒到指頭了，他趕忙拿來菸灰缸捺熄，而後查看著自己的手指。在落地燈的逆光下，他眉頭攢蹙著，我想那不僅是因為燒到指頭，一定還有別的原因。

桑傑士一口氣把啤酒喝完，自言自語：

「但是，他們一定知道一些線索吧，不管如何必須打聽出來。」

我閉上眼睛，想好好思考時，竟不知不覺睡著了。

等我再張開雙眼，桑傑士正搖著我的肩。

「我們上去看看，走吧。」

我查看時間。

已經過六點了。窗外還是一片黑暗。塞萊斯提諾和比克多躺在沙發上，睡得很熟。

我立刻站了起來，而桑傑士伸出一隻手，敲了塞萊斯提諾的膝蓋一下。

塞萊斯提諾張開眼睛，趕緊站了起來，原本放在胸前的貝雷帽，因而掉落在桌子上。

「天快亮了，我們要上去看看，守著！」

桑傑士一說完，塞萊斯提諾點頭，並將貝雷帽好好地戴回頭上，一隻腳則對準比克多的腳，用力踢了一下。

回到房間，斐南度坐在椅子上，握著手槍的雙手夾在雙膝之間，正在跟睡神奮鬥。

巴克的手銬則是銬在佛蘿娜的枕頭旁的欄杆上，他上半身靠在床上，倚著佛蘿娜睡著了。

我拿走放在佛蘿娜額頭上的毛巾，摸摸她的額頭。她的臉色還是不太好，但熱度已經稍減了。

佛蘿娜張開眼睛的同時，巴克也抬起了頭。

斐南度眨著雙眼從椅子上站了起來，慢慢地將手槍插回腰際的槍套中。

桑傑士走到床的另一側，看著佛蘿娜。

「妳覺得怎麼樣了？好點沒？」

他的口氣相當溫柔，但並不像故意做作的，而是出自內心的體貼。

佛蘿娜的喉頭動了動，目光垂了下來。

「不要緊的。」

她的聲音虛弱而有些哽咽。

桑傑士隨手將斐南度剛坐過的椅子拖了過來，坐在佛蘿娜的旁邊。

「要不要吃點什麼？我們也餓了。」

過了好一陣子，佛蘿娜才微微地點頭。

桑傑士回過頭看著斐南度。

「到樓下去，叫他們準備一些早餐來，你順便也跟塞萊斯提諾他們一起吃一些。手銬的鑰匙由我保管。」

斐南度將鑰匙交給桑傑士後，轉身走出房間。

我倚著緊閉的房門站著。

桑傑士從口袋中掏出一根菸，過了一會兒，他又收回口袋中。

他用相當平靜的語氣開口，：

「其實我父親也和我一樣，是個治安警備隊隊員。內戰開始時，他在巴塞隆納執行勤務，那時他和其他大部分的隊員一樣是站在共和國那邊，他沒有選擇的餘地，當時那個小鎮中，社會黨、共產黨以及無政府主義者的競爭相當激烈，尤其是無政府主義者的恐怖行動更是駭人，羅哥的父親就是那時被殺的。當然，你們稱為法西斯黨的叛亂軍，在他們所佔領的地方，對於共和派的人也實施相當殘暴的行為。所以大家都是一樣，誰也不能責備誰。而佛朗哥總統在戰勝以後，居然還採取報復行動，殺了很多共和派的人，這是個很大的錯誤，我也不得不承認這一點。」

桑傑士頓了頓，繼續說：

「然後，你們殺了警備隊員，而被我們處以死刑，如此循環不已，永遠沒有解決的時候。即使你們暗殺了總統，結果還是一樣，只會使政府加強抑止反動勢力的體制而已。所以，我們何不停止這種報復行動？大家都是同胞。另外，現在國內還有一股民主勢力正在抬頭，它與你們激進派大不相同。雖然他們也是不合法的團體，但事實上，這種團體已經存在於這個社會中，他們還公然地設立辦事處，連軍隊中都有了這種組織。而今，總統也沒有力量去壓制他們了。因此，不管總統的生死如何，在這一年內，西班牙勢必會走上民主化。你們的奮鬥的確是加速了這一點，這個貢獻我們是無法否認的。但是，如果總統在今天被你們暗殺了，你們就必須為了這個小目的，而付出相當大的代價，值得嗎？」

桑傑士閉上了嘴。

這一席話究竟有多少說服力，我也不知道，事實上，佛蘿娜的眼光中，並沒有絲毫被說服的跡象，但也沒有顯出反駁的神色。她也許是在桑傑士的話中，感受到身為一個人所該有的誠實吧！

佛蘿娜嘆了口氣，舔了舔唇。

「可是，佛朗哥確實該死。至少今天在大家面前慶祝三十九年的恐怖政治，我就不能原諒。如果怕死的話，他可以取消慶典，躲在王宮的地下室，在你們這些治安警備隊的披風下發抖！」

桑傑士掏出菸，這次點上了火。

「妳的話實在有檢討的必要。即使總統知道自己會被狙殺，他也必須站在王宮的露台上。雖然外國的大使、領事拒絕參加這場慶典，但馬德里大半的市民都希望總統能精神奕奕地出現。如果辜負了市民的期盼，就算你們沒殺死總統，他也和死了一樣。」

「那麼，他就站在露台上，堂堂地領死吧！」

佛蘿娜昂然放言時，走廊上傳來一連串的腳步聲。

門打開後，莉娜達站在那兒，在她身旁還有一個擺滿早餐的手推車。

「你們的早餐——」

莉娜達怯怯地開了口，後半句話還是吞進了肚子裡。

「謝謝妳，放在那裡就好了，我們自己來，麻煩妳了，對不起！」

「不，你別這麼說，不論什麼時候、什麼事，我們都站在你這邊。」

莉娜達把她小小的手環抱在胖胖的身體前，義無反顧地說。我眨眨一隻眼，將手推車拉進來後，將門關上。

桑傑士把鑰匙遞給我，讓我打開巴克的手銬。

我撥出兩人份的果汁、培根蛋、麵包等，放在床邊的小桌子上。

桑傑士和我圍著手推車吃了起來。巴克扶起佛蘿娜的上身，餵她吃飯。

在進食的時候，沒有人說話。

桑傑士一會兒就吃飽了。他點上一根菸，踱到窗邊，拉開窗簾，窗外已經有些許的光亮了。除了偶爾想起，而把菸湊進嘴邊外，他幾乎一動也不動，默默地看著自己映在窗上的影像。菸愈來愈短，眼看就要燒到手指了，桑傑士才將菸蒂扔進桌子上的菸灰缸，然後，靜靜地轉過來。

「一九三九年一月的下旬，數十萬的難民擠在快被攻陷的巴塞隆納裡，而佛朗哥的空軍卻針對港口的船隻空襲，逼得難民不得不在法國的邊境排成一長行的隊伍。在當時有很多治安警備隊員溜走了，也有一小部分為了歡迎佛朗哥軍隊而留在市內，我的父親卻保護著那些難民向法國邊境推進。在那年的二月二日，佛朗哥軍隊不斷地轟炸邊境，我的父親就是喪生在那場炮火下，而他的身子下卻保護著一個六歲的女孩。這件事還是過了十幾年後，從那個女孩口中得知的。」

室內完全寂靜。

佛蘿娜把盤子遞給巴克，同時說：

「這麼說來，佛朗哥是你的殺父仇人，你為什麼不恨他，甚至還當了他的爪牙呢？我實在不敢相信。」

桑傑士一直望著佛蘿娜。

「在我父親離開巴塞隆納以前，已經將我和母親託付給一位支持佛朗哥的朋友代為照顧。其實，我父親的思想並不傾向於共和派，反倒是偏向佛朗哥這邊。可是，他認為既然身為一個共和國的治安警備隊員，而且立誓要盡忠政府，就不能背棄市民。也因為這樣，他才事先安排好我們。一旦沒有了後顧之憂，他就可以無牽無掛地死去。我加入治安警備隊雖然是很多原因促成的，但我最近才了解都是因為血緣的關係。據我母親表示，我的笨拙和固執完全承襲了我的父親，但是，諷刺的是我與父親的立場完全相反，而今卻也同樣地陷入左右為難的矛盾中，不知如何取捨。」

佛蘿娜咬咬下唇。

「你的意思是說，你雖然同情我們，但是你效忠佛朗哥的心是絕對不會改變的，是嗎？」

桑傑士依然一直望著佛蘿娜。

然後，他短短地回了一句：

「不，是對西班牙的忠誠！」

3

佛蘿娜緊閉著口，考慮了很長一段時間。

她的決心有些動搖了，在一旁觀看的我清楚得很。

佛蘿娜舉起雙手將頭髮往後攏，而後，似乎做了什麼很大的決定，她開口說：

「我並沒有聽到他們的計畫，我只不過是安黑爾沽名釣譽的一顆棋子罷了！」

她的眼眶中頓時蓄滿了淚水，霎時，大顆大顆的眼淚滴了下來。在寂靜無聲的房內，彷彿聽得到那一顆顆淚珠滴落的聲音。

巴克趕忙掏出一條手帕，溫柔地擦拭佛蘿娜的雙頰，而佛蘿娜也像個小孩似的，任由巴克照顧著。

桑傑士又捏捏他的短髭，咳了一聲，在窗前走來走去，等著佛蘿娜心情平靜下來。

不久，佛蘿娜吸吸鼻子，再次開口。

她說自己在大學就讀時，曾有一陣子與一個激進派的學生很要好，透過他接受了一些左派思想，而後，他介紹佛蘿娜認識安黑爾，並加入了ＦＲＡＰ的組織。

當她決定與拉墨斯一道前去日本時，安黑爾特別指示她與日本的極左派組織接觸，並請他們派遣一位爆破專家前來……她把事情的所有經過源源本本地說出來。

她說的這些其實都與安黑爾隱藏的地方，以及暗殺的計畫沒有什麼直接的關係，但是，桑傑士卻像是在這其中找尋線索似的豎耳傾聽。

窗外漸漸亮了，已經可以聽到街上傳來的聲音。

桑傑士用手背摸摸他下巴剛長出的鬍子。

「這個安黑爾到底是什麼人呢？很遺憾，我們手上沒有任何有關他的線索，也完全沒有他的資料。我們只知道他不是一個什麼重要的人物，但這更使我們棘手，妳知道他的出生地，或有些什麼經歷嗎？」

佛蘿娜聳聳肩。

「他從來不談個人的私事，他只是說平常他都是扮演一個普通的上班族，但是，卻沒有人知道他在哪裡工作。」

桑傑士的眼中有了生氣。

「安黑爾．索多馬喬是他的本名嗎？」

「我也不知道，或許他在社會上用的是另一個名字，但是，我可以確定安黑爾這三個字的確是他的本名，因為我曾經看過他掛在胸前的項鍊墜上，刻著：『我心所愛的安黑爾』。」

桑傑士抓著這點一直問。

「還有沒有其他事情妳想得起來的？」
佛蘿娜搖頭弄亂了頭髮，她兩手往前攤，瞪著桑傑士。
「我已經在盡力協助你了，別再催我啦！」
桑傑士的臉孔稀罕地紅了。
「如果他只是要殺總統一個人的話，我也不會這麼擔心了，因為我有很多方法可以保護他，我也有保護他的自信。但是，他們帶了那麼多的炸彈，我們不得不猜測，他們是想要拉市民做陪葬。事實上，如果炸彈在東方廣場爆炸，犧牲的人一定不止一、二十人。他們才不管誰是總統，誰是市民，這種屠殺，如果妳還見死不救，那妳與羅哥、馬達利法並沒什麼兩樣，都是不配稱為人的殺人狂！妳說妳是這種人嗎？」
佛蘿娜兩手緊抱住頭，猛烈地搖著，她的雙眼緊閉，牙齒咬緊下唇。
巴克趕緊將佛蘿娜的頭拉到胸前。
桑傑士將肩膀的力量放鬆，看著我。
「我得去加強警備了，你幫我看著他們吧。」
他說完話，便由房間內出去。
巴克幫著佛蘿娜躺在床上，並把被子拉好。
「他也太過分了吧，佛蘿娜還沒有完全康復，他就這樣大聲地責備——」
「那是他的職責。」
我打開落地窗，走到陽台上。
外頭已經大亮了，陽光早已照射在遠處高聳的大廈上頭，早晨的寒風有點刺骨。
十月一日終於到了。

我俯瞰下頭，街道上停著三輛黑色的車子，而從旅館旋轉門出來的桑傑士，爬上了其中一輛。

車子駛上坡道，朝著格蘭比亞的方向前進。

門打開了，紅髮的斐南度走了進來。

我回到房間，順手把窗關好。

「這裡交給我，你下樓和塞萊斯提諾一起吧！」

斐南度望著我說。

我默默地走出房間。

大廳內，塞萊斯提諾和比克多看樣子已經填飽肚子了，正抽著菸，桌上散亂著好幾個人吃剩的食物。

我一言不發地坐在沙發上，塞萊斯提諾把手放在脹起來的肚子上，而比克多依舊焦躁地敲著沙發的扶手。

從旋轉門那邊，有個鬢毛長長的年輕隊員走了進來。

「少尉，少校要我聯絡你到街上看看情形，請你用十一號車。」

塞萊斯提諾趕緊戴好貝雷帽，很有精神地從沙發上一躍而起，而比克多則在一旁羨慕地挑動他的濃眉。

「我也去吧。」

「你還是留下來比較好。」

塞萊斯提諾用慣有的破碎的聲音簡短地回答，然後離開了大廳。

我也趕緊從沙發上站了起來，追著塞萊斯提諾出去，一直到車旁我才追上他。

「馬奴耶・塞萊斯提諾少尉，請你帶我一道去，好嗎？」

「為什麼？」

「我認得安黑爾他們，說不定能幫上忙，更何況，桑傑士不是叫你要一直盯著我嗎？」

塞萊斯提諾聳聳肩，替我打開車門，我一屁股坐進駕駛座旁邊。

東方廣場的周圍，有條隔著廣場與王宮的倍連大道，現在警戒甚嚴。白色鋼盔、深藍色制服的市警，以及橄欖綠披風、三角帽的治安警備隊員排列著，正在檢查來往的車輛、行人。

現在人還算少，但群眾一定會愈來愈多的。

塞萊斯提諾亮出了身分證明，才獲准駛上倍連大道。王宮的旁邊、廣場的旁邊到處都是治安警備隊員，正準備進行檢查的工作。

「到了中午，這裡會聚集幾十萬的市民，場面相當熱鬧。」

塞萊斯提諾的西班牙話依舊講得相當快，很難聽得懂。

「如果在這裡發生爆炸，一定會掀起大騷動。」

聽我這麼說，塞萊斯提諾笑得極不自然。

「他們真的會這麼做？那炸彈到底要怎樣帶進來？就算能帶進來，在這種戒備下，他們又怎麼能夠把炸彈安裝好呢？這是不可能的事情啊。」

「如果真是如此就好了。」

塞萊斯提諾加速車子的速度，通過西班牙廣場，轉到格蘭比亞大道。

車子在街道上慢慢地前進，我們仔細觀察左右兩旁的景象，但兩旁都是警備隊員的制服，並沒有什麼變化。

我們來到卡里奧廣場時，後面有輛車子猛加油門地超過我們，車頂上的喇叭還不斷傳出廣播：

「各位市民，十二點整到東方廣場吧！讓我們一起慶祝總統就任三十九週年！」

「我們絕不屈服在外國的壓力下！總統萬歲！西班牙萬歲！」

車身上貼滿了宣傳，還有一面三角旗迎風飄揚著。

塞萊斯提諾抬抬他的下巴，說：

「那是後備軍人組織的宣傳車，他們是佛朗哥的忠實擁戴者。」

另外，還有一群騎著機車的年輕人，也高喊著同樣的口號，不斷地在各個街道中來回奔馳著。據塞萊斯提諾表示，那些人是以長槍黨員為中心的右派青年團。

無線電響了，桑傑士的聲音傳來。

「塞萊斯提諾，在大學街附近發生一起左派分子的示威遊行，你那裡怎麼樣？」

「我正在格蘭比亞大道上，一切都還好，要不要我趕到大學街那呢？」

「沒有那個必要，警員已經趕過去了，你還是繼續巡視吧，聽說那個日本人和你在一塊？」

「是的，他一定要跟著我，所以——」

「你最好用手銬把他銬在車子上。」

「我已經銬了。」

塞萊斯提諾切斷無線電，對我挑起一道眉。

我苦笑一下。

「看來，他好像不太高興。」

車子由格蘭比亞大道轉入阿爾卡拉大道，經過西貝列斯廣場，沿著普拉德行人步道走。越過中央的綠地，左邊是利爾塔特廣場，裡頭有一大群人在那裡大聲喊叫。

穿過樹縫，可以看到一群人手拿著一幅橫聯，口中叫喊著口號，慢慢地向卡諾巴斯廣場前進。

「不行，這是左派的示威行列。」

塞萊斯提諾連忙拿起無線電，呼叫桑傑士。

「我們在卡諾巴斯廣場附近碰到一個左派的示威行列，請你派一個小隊過來，他們好像是朝著國會議事堂走去。」

「知道了，你先到那邊了解一下情況。」

塞萊斯提諾稍稍倒車，然後將方向盤右轉，進入一條標示著「索列爾」的街道。

車子在國會議事堂的後頭左轉，停在聖黑洛尼莫街的一棟建築物旁邊。

我們下了車，準備走向議事堂前面的廣場，這時從卡諾巴斯廣場那頭走來二、三十個男人的集團，他們手中的橫聯用大紅字寫著：「還西班牙自由！粉碎紀念儀式！」

在議事堂前警戒的十幾位治安警備隊員，全都拿著槍對著示威者。

「趕快解散！否則我們要開槍了！」

警備隊員異口同聲地威嚇著。然而，示威行列絲毫沒有後退的意思，反而大喊著橫聯上頭的口號，兩派人馬形成對峙的局面。

就在這個時候，街道那傳來一陣引擎聲，出現了十幾個騎著機車的男人，像一陣風似的飛過我們身邊。等治安警備隊員發現他們的企圖，慌慌張張想阻斷路時，已經來不及了。他們還是從治安警備隊員中間飛嘯而過，衝進示威行列中，一時橫聯倒塌，怒罵聲四起。

轉瞬間，兩群人混打成一團。

塞萊斯提諾把頭伸進車窗內，以他那破碎的嗓音向無線電麥克風大嚷著：

「議事堂前面的廣場，左派示威隊伍與右派集團發生衝突，請趕快派人來支援，我們人手不夠。」

警備隊員因為右派和左派混在一起，不能開槍，只能對空鳴槍，但是這種舉動只是火上加油，完全沒有成效。

幸虧乘著裝甲車的一個治安警備隊中隊到來，他們以棍棒和佩刀分開混打中的群眾。十分鐘以後，示威的行列被鎮壓了下來，當然，右派的分子也同時被捕。然而，被槍托打中、被人踢倒在地的都是示威者，他們流著血倒在馬路上。

裝甲車走了，那些看熱鬧的群眾也散了，只剩下一些警備隊員。他們走到廣場中，將機車，鐵管、扳手、鎖鏈等全都集中在一塊，而染了血的橫聯則隨便揑成一團，扔進廣場旁的垃圾桶中。

我望著塞萊斯提諾，說：

「你一定覺得很痛快吧，少尉！」

他完全無視我的話，只是拿起無線電。

「示威隊已經被鎮壓了。」

「好，你可以回旅館了。羅哥他們的舉動相當奇怪，殺氣騰騰的，你必須小心，不可以讓他們進旅館內。」

桑傑士的口氣相當嚴厲。

塞萊斯提諾簡短地回答，並切斷無線電。

車子回到阿爾卡拉大道，往太陽門廣場駛去。在我的左手邊有幾家大銀行並立著，這裡的治安警備隊員特別多。

前方的空中，有架直升機不停盤旋。

塞萊斯提諾望著那架直升機說：

「原本我想當個空軍的飛行員。」

「後來怎麼改變心意了呢？」

「發生了一些事情，使得我頂多只能在後援的輸送部隊中當個直升機的駕駛員，也正因為這樣，在我加入治安警備隊時，才被派到那裡去。」

他用下巴指指直升機，原來那是治安警備隊的空中警備隊。

「只是高度和速度不同而已，一樣都是在空中飛不是嗎？」

「可是我有懼高症，而直升機飛行的高度，正是我最害怕的，但是同樣的高度，坐在飛機中，我卻會忘了高度的存在，很不可思議吧。」

塞萊斯提諾的表情非常認真，不像是開玩笑的。

我點了根菸。

「聽少校說，飛機除了定期班機外都禁止起飛，那直升機呢？」

「我們也沒有疏忽，不論是市內或是郊區，每個直升機場都配備了一個分隊的武裝警察隊，如果沒有治安警備隊的許可，一架也不能起飛。」

「可是，如果他們使用炸彈，十幾二十個武裝警察也是不堪一擊的，你們應當再增加一些警備人力。」

「這實在沒辦法了，市內的警備以及搜索安黑爾他們的任務，已經派出相當的人手了，而且應該監視的激進分子不止安黑爾他們，ＥＴＡ、ＦＲＡＰ總部都包括在內，甚至是極右派組織，我們也得有所戒備。」

市內的交通量慢慢增加了，人群也愈來愈多。

太陽應該早已高高掛起，但天空滿佈著雲朵，是個陰天。

4

八點半左右，桑傑士再度來到旅館。

我正在五樓的房間內，和紅髮的斐南度說著話。

桑傑士把斐南度由椅子上趕下來，自己坐上那把椅子。他身上的西裝多了許多縐摺，但是，鬍子已經刮過了，臉上乾淨許多。

「我把所有該做的都做了，不管是安黑爾或是任何一個人，都別想碰總統一下。」

他的口氣雖然自信，但依舊能感覺到其中有些許不安的成分。

佛蘿娜把臉埋在被子裡，只有眼睛空洞地望著天花板。

我對巴克打了個訊號。

「聽佛蘿娜說，安黑爾平時都裝成一個普通的上班族。如果我們能夠知道他的工作是什麼性質，或許就可能找到他了。你和他們在一起時，有沒有聽過什麼能夠猜到他工作的話呢？」

巴克想了一會兒，搖搖頭。

「我想不起來。」

「他們也是人，總不能一天到晚都不說話吧。」

「話雖然是這麼說，但是我只懂得一點點西班牙話，他們說些什麼，我根本聽不懂啊。」

巴克的抗議也很有道理。

於是，我閉上嘴靠在門上。

「怎麼了？」

聽桑傑士這麼問，我便將剛才與巴克的對話告訴他，而他只是聳一聳肩做為答覆。

房間內瀰漫著令人窒息的沉默，斐南度好像受不了地走到陽台上，靠著扶欄。

巴克則獨自生著悶氣，把玩超出床舖範圍的床單。

他把玩了好一陣子之後，提不起勁地說：

「你知道一個羅貝多·卡巴嗎？我想這大概是個人名吧。」

「羅貝多·卡巴，沒聽過。」

我問桑傑士同一個問題。

桑傑士卻捏著短髭，歪著頭回答：

「好像是個有名的攝影記者，但是已經去世了。」

我點點頭。

「你說的是羅拔特·蓋巴吧。」

羅拔特·蓋巴是個相當著名的攝影報導記者，一九五〇年在越南戰場上被炸死的。他在西牙班內戰的時候加入軍隊，留下很多的傑作。

我轉頭面向巴克：

「你說的或許是羅拔特·蓋巴，他是個很有名的攝影記者，你問這幹嘛？」

「我聽安黑爾用英語對槙村提了好幾次這個人的名字，我不太清楚他們說些什麼，好像在說照相機、照片之類的。」

「主要是誰在說話？」

「安黑爾，他還用手做成一個圓圈，然後湊進臉，像是看著鏡頭調焦距，而且還相當熱中。」

我的身子突然覺得熱了起來，趕緊把巴克的話告訴桑傑士。

桑傑士的表情也跟著緊張起來，眉頭皺了起來。

「照相機，這代表什麼意思？」

「由此可以想到兩件事情，一個是他們說不定想把炸彈裝在照相機中。」

「你的意思是，按下快門，炸彈就爆炸？」

「可以這麼說，但是這種方式不太可能能暗殺總統，除非他站得很近，否則很難。」

「那是不可能的，我們對於記者的限制以及檢查也都很嚴格。另外一件事情是什麼？」

「說不定安黑爾不小心把自己的興趣，或是工作透露出來，說不定安黑爾從事與攝影有關的工作。」

桑傑士馬上站了起來。

「如果安黑爾是個職業攝影師，那他的身分就不難查到，連他的照片也可以拿到手。」

「他說自己是個上班族，可見他並不是一個自由工作的攝影記者，一定是在某個報社、雜誌社甚至廣告公司等需要攝影記者的地方工作。我們可以對這類公司中所有叫做安黑爾的人做一次調查，一定可以找到他的。」

桑傑士臉部潮紅，走到床邊的小桌子那拿起電話，叫塞萊斯提諾來聽。

「我是桑傑士，現在將我所說的話仔細聽好。每一個要到現場採訪的記者，都必須經過嚴格的搜身，有了總部的准許才可以放行。他們如果抗議，一概不受理。特別注意照相機和相關器材，一旦發現可疑的東西，一律沒收，連持有者也扣押起來。另外，到各個報社、雜誌社、廣告公司、電影公司，將名叫安黑爾的攝影記者找出來，並將他們的長相照片收集回來。對，全部。時間不多了，先從左派的報紙雜誌開始調查。」

他把話筒用力地放回原處，轉頭對著斐南度說：

「你在這等電話，我到大廳去。」

我跟著桑傑士來到大廳，原本待在那裡的塞萊斯提諾和比克多早已不見蹤影，有個鬢角長長的隊員跑來報告他們趕去處理照片的事情。

我走到櫃檯，米蓋相當稀罕地穿著西裝，打著領帶。

「對不起，妨礙了你的生意。」

米蓋無所謂地聳聳肩。

「沒關係，反正這段時間的客人也不多，只是我對那些原本住在這裡的客人有些過意不去而已。」

在這家旅館內，還住著幾個愛爾蘭的學者、印度學生畫家等，他們都是長期居住的客人。而在這三、四十個小時內，他們每次進出都必須由治安警備隊員搜身，才可以通行。

「還好這些事在今天就可以結束了，而且佛蘿娜在你們的照料下，也逐漸康復，真是非常感謝。」

「這筆帳我會向佛朗哥要的。」

米蓋小聲地說，還對我眨了眨一隻眼。

不久，街道上開始熱絡，前方的街道不時有右派的宣傳車經過，呼籲大家到東方廣場集合。來往的行人也愈來愈多，而空中直升機的螺旋槳聲也愈來愈頻繁。

桑傑士站在面臨街道的窗前，望著川流不息的人潮，他的雙手交疊在背後，手指焦躁地動著。

我走到他的身旁，說：

「聽塞萊斯提諾少尉說，直升機的升降已經完全禁止了。」

「關於直升機這方面，我們已經有了萬全的準備，派去的人都相當老練，他們絕不可能有機會靠近直升機的。」

桑傑士似乎還想繼續說下去，但由旋轉門出現的比克多卻吸引了他的注意，比克多的手中拿著好幾個寫著公司名稱的紙袋。

「我們先弄來了幾間公司的，這些主要是與雜誌社相關，我還得再去。」

把紙袋遞給桑傑士後，比克多又飛也似的跑了出去。

我們將紙袋一一倒在桌上，有些只有照片，有些則是連調查報告都有。安黑爾・卡洛斯、安黑爾・謝拉諾、安黑爾・貝穆德斯……一下子桌子上都是名叫安黑爾的攝影記者的照片，但沒有一個是我們要找的人。

而後，塞萊斯提諾跟好幾個隊員也送了一批批的照片，他們的辦事效率快得令人驚奇，但是，安黑爾・索多馬喬的照片依然不見蹤影。

有幾個容貌與安黑爾略微相似的人，經過我們打電話到公司詢問的結果，竟然沒有一個在過去一個星期內休假或出差的。

不久，塞萊斯提諾再度回來，他的手中還有一些照片紙袋，看得出來他已經有點筋疲力盡了。

「這裡已經包括了所有的左派以及中立的大眾傳播機構在內了。」

我們不斷地檢查，一直到最後一張照片，安黑爾・索多馬喬的照片依舊沒有出現。桌子上堆積著各個公司的信封，從《坎比爾十六》這種反體制的週刊，到屬於王黨派的報紙《ＡＢＣ》都有。

塞萊斯提諾看看手錶。

「現在正往保守派那個方面著手調查。可是，都快十點半了，一點線索也沒有，我們會不會找錯方向了？」

「無論如何，我們都得盡力才行。」

桑傑士的口氣相當強硬，手也不斷地敲著桌子，而桌面上的一堆紙袋，就像雪崩一樣，紛紛掉了一地。

我蹲下來，幫著塞萊斯提諾撿起那些掉落的紙袋。

突然，我想到一件事，看著桑傑士。

「我這麼說可能囉唆了點，你說直升機都在控制下，對吧？」

「我剛剛也說過了，除了治安警備隊的直升機以外，其他的都不能起飛，當然——」

桑傑士突然說不下去了。

「該不會那些採訪的直升機還是可以飛？」

桑傑士的臉上掠過一絲不安。

「的確是這樣。國營電視、ＣＩＦＲＡ（國營通信）的轉播直升機，還有『拉．西翁』報社的採訪直升機都獲准起飛。但是，他們想要搶這些直升機不太可能。」

「在這些直升機中，總得有個攝影記者吧，如果安黑爾本身就是個攝影記者，他根本犯不著劫機啊。」

桑傑士倏地從沙發上站起來。

「可是，國營電視和ＣＩＦＲＡ都是政府管轄的，而『拉・西翁』則是右派系統中最有力量的報紙，即使安黑爾裝成一個認真的上班族——」

塞萊斯提諾也跟著從沙發上站起身來，盯著桑傑士。

桑傑士突然抓住塞萊斯提諾的手臂。

「這兩個地方是誰去查的？」

「國營電視以及ＣＩＦＲＡ是由比克多去查的，而『拉・西翁』報社則沒人去過，那裡是右派的，我們以為那裡絕對不會有問題。」

塞萊斯提諾面紅耳赤地回答。

桑傑士咬著嘴唇。

「走，我們去！」

他話才說完，就跑到旋轉門那了，我和塞萊斯提諾急急忙忙追在他的身後。

我們一起跑進那位長鬢角隊員的車子中。

「亞先修，用最快的速度載我們到卡斯蒂利亞大道的『拉・西翁』報社。」

亞先修馬上發動引擎。

「今天到處都是人，不知道能不能開得快。」

「如果有人存心擋路，可以把他撞死！」

亞先修呆了一會，才甩了甩頭，警報器打開的同時踩下離合器。

車子猛然衝了出去。

桑傑士用無線電聯絡總部。

他快速地下達命令，要他們聯絡「拉・西翁」的人事部，將名叫安黑爾的攝影記者照片準備好，同時派人去封鎖屋頂上的所有直升機。

格蘭比亞大道的交通比平常更為混亂，前往東方廣場的群眾，都已經走到車道了。事實上，車頂上的警報器幾乎完全沒有效用。

車子到達「格列里士・普雷西亞德斯」百貨公司前面就走不下去了。

桑傑士由駕駛座旁的窗子伸出了半個身子，叫來維持秩序的警察，要他馬上將人和車子趕走。

車子好不容易來到阿爾卡拉大道，又堵在西貝列斯廣場前。車子就好像塑立在中央噴水池中的大地女神像一樣，進退不得。

這回警報器終於有點用了，有幾個警察走了過來，並設法讓我們由廣場的左側通過。

這條路是卡爾柏・索特洛大道，再前進五、六百公尺便是科隆廣場。穿過廣場，就是卡斯蒂利亞大道。

那一帶全是政府機構，就像東京的霞關地帶。

越過總理府以及經濟部，車子在林蔭大道上緩緩前進。穿越這條大道的行人似乎對迎面而來的警報聲充耳未聞，塞萊斯提諾忍不住抓下頭上的貝雷帽，猛敲著車窗，口中還不斷地冒出一些不堪入耳的話。

好不容易，車子才來到「ＡＢＣ」報社前，從這裡開始人和車就少了很多。亞先修猛踩油門，一口氣衝過去，而後他一直沒有降低速度，只是將方向盤飛快地轉來轉去。前進了兩、三百公尺，右前方便出現了國營電視台的大廈。

「拉・西翁」報社就在那前面不遠處。

我們根本等不及車子停下來，紛紛衝下車。

在那棟老舊的紅磚建築入口處，有幾個穿著制服的治安警備隊員，其中一個人見到我們，連忙遞上幾張人事的檔案夾。

「就這些了！」

桑傑士趕緊搶過檔案，快速地翻閱。

在那些警備隊員的後頭，還站著一個戴著眼鏡、個子高高的男人。

「我是攝影部的主任比凱，發生了什麼事，你們這麼急，是不是我們的攝影記者有什麼問題？」

桑傑士低吼著，把檔案夾遞給我。

「裡頭沒有！」

我匆匆地將檔案夾翻過一遍。

安黑爾・索多馬喬不在這裡頭。塞萊斯提諾在旁看著，插口說：

「那麼，不是ＣＩＦＲＡ，就是國營電視。」

桑傑士看著比凱：

「今天要乘坐直升機的攝影記者是誰？」

「歐路德，安黑爾・歐路德。航空攝影正是他最拿手的。兩個星期前，我們已經把他的檔案資料送到治安警備隊，而且你們也准許了。喏，就是這個人。」

比凱指指我手中一疊照片的最上面那張。

這個安黑爾・歐路德戴著一副無框眼鏡，留著大鬍子，但是，依然可以看出是個相當年輕的男人。

照片拍得並不好，看起來是有些相似，但是，我們所知道的安黑爾並沒有留鬍子。

「這個人最近請過假嗎？」

「上個星期他休假，昨天才回報社上班。」

桑傑士的眼睛閃爍著希望之光。

「他現在在哪裡？帶他過來。」

「他大概已經到屋頂去了吧。」

桑傑士的臉色一下大變。

「不是要你們全面封鎖了嗎？」

「可是，再不讓他們飛，就來不及拍紀念演講的照片了——」

桑傑士從一個穿著制服的治安警備隊員手中槍過一把自動手槍，朝著建築物的方向急忙跑去，我們也追在他的後面。

我們跑到電梯口，桑傑士趕忙按下電梯的按鈕，命令其他的警備隊員從樓梯上去，同時還要其餘準備搭乘電梯的乘客都靠牆邊站。

老式的電梯慢慢地下來，門打開了，從電梯中出來三個男人。桑傑士忍不住推開他們，一腳踏進電梯內。

塞萊斯提諾按下上去的按鈕。

在電梯門快要關閉的一瞬間，有把自動手槍擋住了門，硬是把門撬開，一個男人擠了進來。

「桑傑士，我不允許你獨佔這個功勞。」

羅哥整理著脖子上的領巾，無聲地笑了。

5

電梯大大地晃動一下，才發出惱人的聲音緩緩上升。

桑傑士和羅哥彼此默默地對望著。

不久，桑傑士先開口：

「好吧，讓你跟來，但是你不能亂開槍。」

羅哥臉上浮上一抹冷笑。

「都這個時候還說這個，總統的性命才是最重要的。」

桑傑士把槍袋裡的手槍拿出來遞給我。

「知道怎麼用吧？」

我反射性地點點頭，手中突然沉重起來。其實我只在去年去關島時，有過一次試射的經驗而已。

羅哥晃晃手中的自動手槍。

「你就算搞錯，也別把槍口對著我，我和我的手指可都是很急躁的喔。」

電梯晃動了一下才停止，已經到達最高層的七樓了。

門打開後，我們持著槍走進大廳，廳內一個人都沒有。在大廳的左手邊有個上去的樓梯。

「上去就是屋頂了！」

桑傑士帶頭跑了上去。這兒看不到半個警備隊員。

樓梯的上頭有扇沉重的鐵門，塞萊斯提諾試著轉動把手，那扇門發出聲響開了。

「你們都退後！」

羅哥握著自動手槍，將塞萊斯提諾一把推開。羅哥的臉孔在門上方的日光燈的照射下，顯得相當蒼白。

門慢慢地打開，一個水泥的起降場出現在眼前，我們往後退開，羅哥充當前鋒地跳出去，桑傑士、塞萊斯提諾也跟在後頭。

我則深吸了一大口氣，跟了出去，但是腳卻有些不聽使喚。

正對面是停機棚的側面，辦公室在右邊，並沒有安黑爾的影子。

辦公室中有兩個戴著工作帽的男人看著我們。

桑傑士示意我和他走向辦公室，而羅哥則和塞萊斯提諾往停機棚走去。

桑傑士推開玻璃門，將辦公室大略地看了一下。

「我們是治安警備隊，安黑爾・歐路德在哪裡？」

一個古銅色皮膚的男人從位子上站了起來，他強迫自己不去看桑傑士手中的自動手槍。

「這到底是怎麼回事？我們已經得到許可了啊，而且直升機再不起飛，就拍不到總統演講了。」

「閉嘴！我只問安黑爾在哪裡？」

桑傑士一副恨不得撲上去咬他的神情，舉起自動手槍。古銅色皮膚的男人慌張地後退。

「他在停機棚裡，和駕駛員一道。」

桑傑士一言不發地從辦公室跑出去，我也跟在他後面。

「羅哥、塞萊斯提諾，安黑爾現在在停機棚內。在還沒確認是他本人以前，不可以開槍。」

桑傑士在他兩人後頭大叫。

這時，停機棚裡傳來直升機螺旋槳轉動的聲響，我們還來不及跑過去，一架藍色的直升機從停機棚內滑了出來，帶來一股強風。

「等等！」

羅哥的自動手槍幾乎和桑傑士的大叫同時發出。

隨著手槍發射的一瞬間，直升機駕駛席前的擋風玻璃飛散在空中。

桑傑士立即撲向羅哥，硬是把他的槍口壓了下去。

「別開槍，萬一裡頭裝著炸彈，你有沒有想過會有什麼後果？」

直升機的門砰地被打開了。

一個男人頭下腳上地倒了出來，他白色的飛行服早已染成刺眼的紅色。

塞萊斯提諾深吸了一口氣說：

「你竟然把駕駛員殺了！」

羅哥甩開桑傑士的手，冷笑了一下。

「稍微打偏了點，不過，至少他們已經不能飛了。」

後座有個戴著眼鏡、滿臉鬍子的男人走了下來，他的手中拿著像是電瓶的東西在頭上揮舞，

「媽的，敢打就試試看，我馬上把這棟大樓夷成平地！」

這個大叫的男人雖然長了滿臉鬍子，但的確是安黑爾・索多馬喬沒錯。

桑傑士垂下手中的自動手槍，以壓過螺旋槳的聲音大喊回去：

「安黑爾，你已經沒有希望了，投降吧。」

安黑爾撕掉臉上的假鬍子，摘下眼鏡。那副假鬍子隨著風在水泥的地面上轉動。

「我絕不放棄，停機棚中還有一架直升機，你們馬上給我找其他的駕駛員來！」

羅哥慢慢舉起自動手槍，說：

「你別傻了，還是乖乖領死吧。」

這時我突然感到背後有個人影，是槇村優，他把自動手槍抵著羅哥的背後，我們剛剛的注意力都集中在安黑爾的身上，完全沒有發現槇村不在的事實。

「叫他們把槍全都丟掉！」

槇村對著我說。他的目光充滿兇暴。

我把手槍握得死緊。

「別再做無謂的抵抗了，這棟大樓已經被治安警備隊包圍，你們沒機會逃出去的。」

「噢，是嗎？我已經把七樓樓梯的鐵捲門拉上，也讓電梯停止運作了，短時間內是不會有人上來的。」

原來就是因為如此，才沒有警備隊員的影子。

槇村再次催促我，將他的話譯成西班牙語。

桑傑士有些躊躇，但槇村卻將槍口再次抵了抵羅哥的背部，他只好緊閉著嘴把槍丟在地上。

我和塞萊斯提諾也將槍丟掉，唯獨羅哥還緊握著手中的自動手槍，他的臉頰肌肉繃得很緊。我的背脊發冷，他該不會想一槍殺了安黑爾，自己也死在槇村的槍下吧。

槇村大概也意識到這點，槍口突然離開羅哥的背，接著槍托倏地敲在羅哥的脖子上。

霎時，羅哥向前趴倒，自動手槍也離了手，在水泥地板上朝安黑爾的方向滑了過去。

安黑爾將羅哥和桑傑士的自動手槍撿起，一揚手越過鐵網丟下大樓。

安黑爾以手勢夾雜著英語，指示槇村將炸彈搬到另一架直升機上頭。

槇村將手中的自動手槍遞給安黑爾，開始搬運炸彈。而安黑爾則把手中的小型炸彈綁在腰際，另一手穩穩地拿住槍。

「快，到辦公室去帶個駕駛員來！」

「他們都只是普通的作業員，駕駛員全在下面，禁止行動。」

桑傑士的臉色固然不太好，但他並沒有死心。

「那麼，由你來駕駛！」

「我不會開。」

安黑爾焦躁地晃了晃手中那把自動手槍。

「你們之中有沒有人會駕駛直升機的？」

我偷偷看看塞萊斯提諾。

塞萊斯提諾的喉頭動了一下，但一句話也沒說。

剛剛倒下的羅哥醒了，掙扎著想站起身來。槙村從原來那架直升機中，小心翼翼地搬下一個鋁製的大型照相機套。

安黑爾用槍抵住好不容易才站穩身的羅哥。

「你怎麼樣？會不會駕駛直升機？」

羅哥尚未站穩，顛了兩、三步，手指抓抓一頭的亂髮，恨恨地吐出了幾句話：

「我當然會，但是我絕不會為你們動一根手指。」

桑傑士向前踏了一步。

「羅哥根本不會駕駛直升機，安黑爾，他只不過是在戲弄你們罷了。」

安黑爾滿臉怒氣地退到槙村的身旁。

「既然如此，我只好先把你們殺了，然後把所有的炸彈一個個往下丟！」

桑傑士浮現激動生氣的表情。

「你瘋了嗎？這麼做對你又有什麼用？」

「管他有沒有用，就讓後代的歷史學家去評定好了。走，到停機棚去。」

安黑爾轉到我們背後，用槍押著我們，迫使我們不得不朝著停機棚走去。

停機棚內還有兩架同型的藍色直升機。

我們並排站在工作檯旁的牆邊，槙村已經將裝著炸彈的照相機套搬了過來，與安黑爾站在一塊。

「你們覺悟吧，怕死的可以面向牆壁。」

安黑爾得意地嘲笑著，同時慢慢地將手中的槍口瞄準，槙村則一語不發。

那槍口就像死神空洞的眼睛，來回巡視著我們的身體。

「等等！等等！」

塞萊斯提諾從喉嚨喊出破碎的聲音。他蒼白的額頭，冒出一顆顆的冷汗。

「我會駕駛，但是我有個條件，不要傷害他們！」

羅哥抓住塞萊斯提諾的肩膀。

「膽小鬼，你這麼怕死嗎？」

「囉唆，我才不要白白死在這裡，如果活著還有抓到他們的機會。」

塞萊斯提諾甩開羅哥的手。

「你別傻了，一旦你失去利用價值，他們會殺了你的！」

安黑爾用自動手槍將兩人隔開。

「如果你幫了我們，我保證你們的安全，但是，你真的會駕駛嗎？」

「嗯，我在進入治安警備隊以前，曾在軍中的輸送部隊待過。如果我不會飛這個東西，你可以先把我殺了，我絕對沒有半句怨言。」

「那麼，趕快上去。」

塞萊斯提諾把他頭上的貝雷帽摘了下來，丟給桑傑士，然後走向直升機。

桑傑士對塞萊斯提諾的決定始終沒有表示任何意見，這時他緊握著剛剛接到的貝雷帽大叫：

「沒有用的，只要你們一起飛，總統就不會站在露台上，一定會馬上進入王宮避難的。」

槇村小心地搬運照相機套，而安黑爾則是不在乎地說：

「如果真是這樣，我就在東方廣場的正中央，把炸彈丟下去，那麼，佛朗哥就變成一個犧牲人民性命，只知保住自己的膽小鬼，這麼一來，他的政治生命也就完蛋了。」

塞萊斯提諾幫槇村將炸彈全部搬到直升機內，確認好了之後，安黑爾也跑向直升機。

螺旋槳開始旋轉。

我們三個被直升機的風掃開，從停機棚走了出來。

塞萊斯提諾巧妙地避開另一架直升機，朝寬闊點的地方駛去。

就在這個時候，後頭傳來一個很大的聲音。

我回過頭，那個鐵門被打破了，治安警備隊員全都擁了出來。

羅哥馬上朝警備隊員跑去。

螺旋槳的聲音愈來愈尖銳，直升機已經離開地面。

羅哥奪下一個隊員的自動手槍，回過頭，馬上抬起槍口，扣扳機。刺耳的槍聲在空氣中爆裂。

直升機離開屋頂後，曾下降了點，有一陣子還從視野中消失，隨後以相當驚人的速度朝著天空飛去。羅哥將槍舉直，發洩似的直扣扳機，直到所有的子彈都用完了才停手，但直升機始終沒被打下來。

桑傑士趕緊撿起自己的手槍往樓梯口跑，我也跟著出去。

七樓大廳的鐵捲門已經弄破了一個洞，我們穿過那個洞，亞先修迎面而來。

「快回總部，亞先修。」

桑傑士進入打開的電梯門中，將緊急停止鈕扳回原處。

大樓門口停放著兩輛裝甲車，警備隊員們正忙著驅散看熱鬧的人群。

我們一進入車中，桑傑士立刻拿起無線電。

「我是桑傑士，請總統立即取消演說。」

「不行，你得說出理由。」

那頭傳來粗啞的聲音。

「上校，那些恐怖分子已經從『拉・西翁』報社的頂樓駕著直升機起飛了，在我說可以之前，請中止慶典進行。」

「知道了，你馬上回來，我會聯絡空中警備隊。」

我從後座探出身子來。

桑傑士掛斷無線電。

「你怎麼不發出緊急避難的命令呢？」

「沒用了！」

他簡短地回答，同時咬著嘴唇。

看看手錶，差十五分就是十二點了，的確，在這麼短的時間內，要疏散幾十萬的群眾是不可能的。倘若告訴民眾真相，請求他們緊急避難，民眾一定會陷入大恐慌，甚至因而發生更大的慘劇。

街上的交通已經好多了，行人也稀稀落落，大概馬德里的市民一半以上都擠在東方廣場了吧。

亞先修巧妙地將車子在巷子中彎來彎去，十分鐘後，車子就在太陽門廣場前治安總局停了下來。桑傑士馬上跳下車，口中還大嚷著：

「亞先修，馬上趕去東方廣場，看看現場有沒有什麼狀況！」

亞先修默默地點頭，立刻開車。

「我會讓你在途中下車的，你應該還不想死吧。」

「沒有關係，我跟你一道去。」

緊張過頭，反而使我的精神有種奇異的鬆弛感。

亞先修穿過阿烈那路，往東方廣場前進。途中，車子在伊莎貝爾二世廣場再次碰到壅塞的人群，完全無法前進，我們只有下車，向群眾裡頭擠進去。

我和亞先修馬上被人群衝散了，我擠到皇家劇院的後面，到我再也無法往前時，已經是十二點過一分了。

抬頭望著天空，治安警備隊的直升機正緊張地飛來飛去警戒著。我四處張望，想要找尋那架藍色的直升機。

但是，始終沒有發現它的影子。

在群眾的叫罵聲中，我推開人群，往廣場裡頭擠去。那種擁擠絕非東京的交通可以比擬的。

我站在廣場的邊緣，一眼望去，人山人海還不足以道出現場的情況，這是我一生中第一次看到那麼多人聚集在一塊，我不禁懷疑是否所有的西班牙人都聚集在這裡了。

離開廣場兩、三百公尺的前面，就是王宮，那裡有個裝飾著國旗的露台。而在那上空，正有兩架警備直升機盤旋著。

我跑進旁邊一棟小小的樓房，從陰暗的樓梯爬上三樓，打開面臨廣場的洗手間的門，走了進去。

那兒有個清潔夫打扮的老人，正站在倒扣的水桶上頭，從窗子往外看。

「我們一起看，好嗎？」

聽我這麼說，那老人稍稍挪了一下身子，留一個空間給我。

廣場中突然傳來一陣大聲響，在那瞬間，我的背脊發涼，心想該不會是炸彈爆炸了吧。

佛朗哥總統出現在王宮的露台上。

6

廣場上的群眾紛紛高舉著右手，口中也大喊著。

那些聲音如同波浪般不斷地回響，使得廣場周圍的建築物、樹木因這聲浪而微微震動。那些高舉的橫聯，此刻也像暴風雨中的小船，左右晃動著。

不一會兒，那些聲浪逐漸凝聚成一首旋律，大合唱覆蓋著整個廣場。

「仰望著太陽，

我穿上了征衣，

那是妳昨日替我縫的——」

那是長槍黨的黨歌。

佛朗哥總統身穿有著背帶的藍色軍服，戴著墨色眼鏡，那小小的個子，好似踮著腳尖，高舉雙手回應群眾的歡呼。在總統的身旁站著高高的范・卡爾羅斯王子，另外還有總統夫人以及幾個幕僚人員。

塞萊斯提諾駕駛的直升機始終沒有出現。

或許在他們飛行的途中被警備直升機攔截而逃亡了吧，如果是被擊落，應該可以聽到爆炸聲才對。

總統摘下頭上的軍帽，站在麥克風前，再一次舉起雙手制止群眾的歡呼。廣場上的聲音突然像退潮般退去。

從好幾個喇叭中，有個費神仔細聽的細細聲音傳了出來。

站在我身旁，清潔夫打扮的老人，緩緩搖著頭低聲地說：

「真了不起，沒想到巴基多會有這麼高的地位，真是作夢都沒想到！」

我轉頭望著有著古銅色皮膚，臉上滿是皺紋的老人。

巴基多是佛朗西斯哥的暱稱，而佛朗西斯哥正是佛朗哥總統的名字。

「你認識總統嗎？」

「嗯，我們是托萊多陸軍士官學校的同學，說來那都是將近七十年前的事情了。」

我忍不住望望老人身上那套髒兮兮的工作服。

老人也回看我。

「你不相信嗎？」

「不是，我認為能活得這麼長是件相當美好的事情。」

我的目光再次回到廣場。

「歐洲各個國家對我國的抗議，對我們西班牙人民來說，反而是件值得誇耀的大事。我國已經成為幾個具有邪惡政治企圖國家的攻擊目標，由於左派分子以及反對黨的陰謀，也使得我國陷入空前的危機中——」

總統的演說緩緩地繼續著。

「——可是，我們西班牙的和平，是由我國的警察、軍隊來保衛。我們可以向全世界高喊，以身為西班牙人為榮，這個信念永遠不能喪失——」

最後，總統以「起來吧！西班牙！」的高喊，結束了這場演說。雖然只有短短的三分鐘，但對這些群眾而言，已經足夠了。

群眾也高舉右手，狂熱地高喊著：「起來吧！西班牙！」、「總統萬歲！西班牙萬歲！」

老人一語不發地盯著王宮，我總覺得他的眼光似乎在更遠的地方。

我悄悄地離開洗手間，下樓梯，走出大樓，再次穿過擁擠的人群，離開東方廣場。

群眾的熱情和炸彈的爆炸同樣令人吃驚。那些擠到廣場的群眾，如果說是被總統花言巧語騙來的，抑或被治安警備隊用槍炮逼迫而來，任誰也不會相信。

通過伊莎貝爾二世廣場，來到洛杉磯街，人群漸漸少了，遠處管樂團吹奏的樂曲以及鞭炮聲依稀可聞。旅館附近一輛停車都沒有，也沒有警備隊的影子。

進入昏暗的大廳，米蓋正在櫃檯後看著報紙。

「治安警備隊那些人怎麼了？」

「大概十一點半左右，他們全都慌慌張張地跑出去了。」

「那看守佛蘿娜他們的隊員呢？」

「也跟他們走了，到底發生了什麼事情？我完全搞不懂。」

「那些恐怖分子的身分查出來了，就差那麼一點，他們的暗殺行動就得逞了。」

米蓋的眼珠子轉了轉。
「那太好了。當然，我不是為了佛朗哥，而是為了整個西班牙。那那些人抓到沒？」
「還沒有，他們駕著直升機跑了，也不知道跑到哪裡去。佛蘿娜他們還好吧？」
「我不知道，她說如果有人上去，她就要開槍殺人。」
我趕緊跑進電梯，上到五樓。
衝進房間時，突然一個枕頭迎面而來。我撥開枕頭，望著站在床邊的佛蘿娜。
她縮著身體，啃著指關節。
「對不起，我不知道是你——」
巴克趴在佛蘿娜的腳下。
「怎麼了，有人藏在床鋪底下嗎？」
巴克頓時面紅耳赤，抬起他的右手。
「你看看！」
佛蘿娜配合著巴克的動作，也將牛仔褲的褲管拉起來。
巴克的右手和佛蘿娜的左踝竟然銬在一塊。
「都是那個紅毛隊員幹的。下面叫說有電話，他就急急忙忙跑出去了。」
「原來如此，這麼一來，你們絕對逃不掉，真聰明。」
「你別幸災樂禍了，快點想想辦法。」
佛蘿娜嘟著嘴，坐在床上，把腳抬起來，讓巴克坐到她的身邊。
「我很想幫你們的忙，但是，鑰匙在桑傑士那裡。」
一聽到我喊出桑傑士的名字，佛蘿娜的臉馬上緊張起來。

「聽你這麼說，佛朗哥的演說平安無事囉，廣場那的騷動，連這裡都聽得到。」

廣場那邊，群眾們還在高唱著長槍黨的黨歌，歌聲隨風飄散過來。

巴克焦躁地打斷我們。

「拜託你們用日本話說好嗎？結果如何？安黑爾和槇村失敗了嗎？」

我坐在椅子上，含著一根香菸。

「嗯，他們失敗了。安黑爾在一年前就以攝影記者的身分混進『拉・西翁』報社。」

「什麼！那是右派的報社啊。」

佛蘿娜的吃驚不像是裝出來的，看來她是真的不知情。

「沒錯，而且，他還用假鬍子、眼鏡偽裝起來，和他從事地下活動的真面目有很大的區別。這種做法跟普通做法相反，可見他早已經有所計畫了。」

巴克眼中閃著欽佩的光芒。

「你們只憑那麼一丁點的線索就查出來了嗎？」

「我們也是豁出去的。『拉・西翁』是唯一被允許空中採訪的民營報社，如果安黑爾真是個攝影記者，那麼結論就只有一個。我不知道他的暗殺計畫是在什麼時候完成的，但是他的身分掩護得好極了，誰都不會想到，一向支持佛朗哥的報社直升機，會突然向總統丟下一個炸彈。」

佛蘿娜身子向前傾。

「那麼，漆田先生，你也到『拉・西翁』了嗎？」

「是啊。」

接著我把在「拉・西翁」屋頂上所發生的事情，全都告訴他們兩個。

「安黑爾他們所搭乘的直升機確實飛走了，但是卻沒有在東方廣場出現。也許他們被空中警備隊的直升機盯住了，而不得不改變路線吧。」
「這麼說來，他們兩人還沒抓到囉？」
佛蘿娜的表情相當複雜。
我將手中的香菸捺熄。
「不知道，治安警備隊的塞萊斯提諾少尉被他們當作人質，所以警備隊有所顧慮吧。」
巴克看著我：
「那麼，我們會怎樣呢？桑傑士回來，會不會把我們關進拘留所中？」
「他是一個守信諾的人，相信他不會這麼做的。」
「我絕不相信治安警備隊所說的話。」
佛蘿娜做出一副嘔吐樣。而一旁的巴克則是不安地皺著眉頭。
「有什麼可以逃走的辦法呢？至少先得把這副手銬打開——」
「如果你是個倒立的高手，想要逃跑就絕對沒問題。」
巴克和佛蘿娜兩人你看我我看你的，兩個人同時洩了氣，像極了一對受父母怒斥的兄妹。
「好吧，我有點餓了，你們應該也是早餐之後就沒吃東西了吧，我請他們送點吃的上來好嗎？」
兩個人無力地點點頭。
我繞過床，拿起電話貼近耳朵，等了好久，沒有人接電話，平常米蓋一定馬上接的。
我再按按聽筒架催促，但是，還是沒有人回答。
「他們大概正忙著吧，我下去看看。」
我對著他們兩人這樣說，正想放下話筒時，突然聽到電話接通的聲音，我連忙將話筒再次貼近耳朵。

「米蓋嗎？我是漆田，我想請你送餐點上來，看看有什麼肉什麼的，送三人份——」
「沒有肉，但如果你要切肉的刀子，我這正好有十把，而且磨得利得很。」
我的耳朵像被人突然塞進冰塊似的發涼。
那種粗聲粗調完全不是米蓋。

7

「怎麼樣？你聽到了吧。」
羅哥戲謔地在那一端笑著。
「聽到了，你把米蓋怎麼樣了，你不會把他殺了吧。」
「他和他老婆都綁在廚房中，我才不會殺他，因為，我不希望我的刀沾上多餘的血。」
「你打算怎麼樣？」
「我不是告訴過你，總有一天會找你算帳的嗎？怎麼，你怕了嗎？」
「我才不怕，只是這裡不太好吧，治安警備隊的人隨時會來妨礙。」
「別擔心，桑傑士他們正全力搜尋著安黑爾，沒有人會來妨礙我們的。」
我望望巴克和佛蘿娜。
他們兩人臉上的血氣一瞬間都消失了，只是默默地回望著我。我想我的臉色大概也好不到哪裡去。
「我們做個交易怎麼樣？我陪你玩，但是你不能傷害巴克和佛蘿娜，必須把他們交給桑傑士。」

「不行，如果你打不倒我，他們兩個也和你一樣的命運。我已經把安黑爾讓給桑傑士去處理，你們三個人當然就是我的獵物了。」

「你有點良心吧，我們也曾幫忙阻止暗殺總統的計畫，要是沒有我們的協助，總統早已被炸得粉碎了。」

現在我只能盡量地拖時間了。

「如果沒有你們，暗殺計畫根本不會發生。」

羅哥的口氣從容不迫。

「這個旅館中還有其他的客人，他們可以作證，指出你是殺人兇手。該不會連他們你都想殺了滅口吧。」

羅哥發出奇怪而刺耳的笑聲。

「如果有這個必要的話。你也別想逃出這個旅館，因為這裡已經被我們JEDRA的攻擊隊員團團圍住了，沒有一個人可以出來，也沒有人可以進去。你有什麼武器？」

「我怎麼會有殺人的武器？」

「我也這麼想，所以剛剛在電梯裡丟了一把刀子，你可以去看看。」

羅哥似乎很高興。而我因為汗，幾乎拿不住話筒。

「要是你順便送個烤乳豬就更完美了。」

「別傻了，難道你不知道嗎？肚子裡如果有食物，又挨了一刀的話，是非常痛苦的噢。我想至少要讓你死得痛快些呢，那麼待會見囉。」

接著電話突然掛斷。

我把話筒慢慢放下，這真是我有生以來拿過最重的話筒。

「是不是羅哥？」

佛蘿娜的聲音有點顫抖。其實，她不僅是聲音顫抖，連身體也微微抖動。

我沒有回答，只是走向窗戶，來到陽台，往下俯視。

在熙熙攘攘的人群中，有十幾個穿著黑衣的男人守在那兒。他們堵在旅館的大門，還監視著街道來往的行人。

我回到房間，把窗子拉上，並上了鎖。

「我們被包圍了是吧。」

佛蘿娜小聲地嘟囔著。

巴克突然把佛蘿娜的腳壓住，使勁地扯，想把手銬拉斷。

可是，怎麼可能拉得斷。

「你快想辦法啊！我們這個樣子，怎麼能跟他拚命呢？」

巴克一副慷慨赴義的表情。

我看看四周，企圖找到一些武器。桌上還有一些雪莉酒與杯子，但如果想完全克服我的恐懼心理，那點量還不夠。

我打開旅行袋，把裡頭的東西全都倒在床上。

能夠稱得上是武器的，大概只有一雙穿過的襪子吧，但是，把這雙臭襪子塞進羅哥的鼻子，他大概還不至於昏倒。

「聽好，我一出去，你們就把床抵住門，知道嗎？」

我走近門邊。

巴克扭動著身體大喊：

「你要去哪裡？」
「你覺得我要去哪裡？」
「你不要把我們丟在這裡。」
我做個深呼吸，壓抑住膝蓋的發抖。
「我會想辦法逃出去，並聯絡桑傑士，你們在這裡盡量拖延時間。」
「要是你逃不出去呢？」
「那我們三個人就只有死路一條。」
說完，我走出房間。
聽著他們兩人移動床舖的聲音，我小心翼翼地走在走廊上，右邊的房門大開，而左邊的房門卻鎖著，敲了敲門，沒有人應答。
五樓的六個房間裡，有人的只有我們那個房間而已。
走到電梯前，看了看電梯的指示燈，顯示停在五樓。我看看旁邊的樓梯，沒有人影。上下樓靠的只有這座電梯和旁邊的樓梯了，連個緊急逃生的太平梯也沒有。
我按按電梯的按鈕，趕忙退到一旁的牆邊躲了起來。
五秒鐘後，電梯門發出沉重的聲音緩緩地打開，裡頭沒有人影。
電梯的地板上的確有把大型的開山刀，我跑進去撿起來，這把刀的刀柄部分是木頭製的，相當沉重。
我按下緊急停止的按鈕，讓電梯門開著，然後從電梯中出來。
正如羅哥所說的，他確實給了我一把刀當作武器，但這並不表示羅哥有紳士風度，只是更襯托出他的冷酷罷了。他想享受殺人的樂趣，而且還相當有自信。

我觀察著下面的情況，慢慢地走下樓梯。

既然他送了一把刀子給我，看來他是不會用槍與我決鬥，這麼一來，我還有一絲希望。雖然我並沒有自信能夠撂倒他，但至少也有與他打成平手的可能性吧。

四樓的走廊也沒有人跡，我繼續走下三樓，但沒有任何人上樓。

我突然想起三樓的最邊間，住著一個愛爾蘭學者。以前我住宿的時候碰過他好幾次，甚至還跟他打過招呼。

走到門邊，我一邊注意著樓梯，一邊敲門。

不一會兒，門內傳來一連串的腳步聲。

「誰？」

一句低沉的西班牙話。

「我叫漆田，就是你之前在這碰過幾次面的日本人，我能不能進去和你談談？」

門開了一條縫。

「我的西班牙話不怎麼行，你找我有什麼事嗎？」

門內那張臉孔，我記得他曾經聽著廣播裡的喜劇節目大笑。

我只好改用英語說：

「右派的恐怖分子想要殺我，你能不能幫個忙？」

這個愛爾蘭人咳了一陣子，才改用英語回答：

「我不想捲進政治案件中，你還是另外找人幫忙吧。」

「這不關什麼政治，對方只不過是個殺手罷了。」

「那麼，你可以叫警察。」

愛爾蘭人的口氣拒人於千里之外。

「我們與外面的聯絡完全被切斷了，如果你有槍的話，至少借我一把吧。」

「我沒有槍。」

門「砰」的一聲關上了，腳步聲也逐漸遠離房門，我氣得猛踢門大叫：

「難道你的紅髮只是好看的而已嗎？」

但是他沒有任何回答，或許他聽不懂日本話吧。

罵過以後，不知為何心情穩定了點，我握緊手中的刀子，一步一步走下樓梯。

二樓依舊沒有人，我偷偷地走到樓梯轉角的平台上，小心地觀察通往大廳的通路。

有個穿著黑色襯衫的男人，手持著槍，靠在牆上，直愣愣地盯著我這邊，大概是因為樓梯太暗了，他並沒有發現我。看樣子，想從這下去似乎不太可能。

我趕緊爬上樓梯，跑回五樓，電梯一直下到一樓。即使是再老舊的電梯，只要壓下緊急停止的按鈕，應該就無法動了才是，一定是有人解除按鈕的設定。

奇怪，羅哥為什麼遲遲沒出現？

走回三樓時，突然聽到電梯的聲響，看看指示燈，電梯已經由五樓慢慢下來了。

可是，五樓就只有巴克和佛蘿娜。

我快速跑回房間，敲敲門。

「巴克、佛蘿娜，你們在嗎？」

門內有些聲響。

「在，你不要緊吧？」

是巴克的聲音。

我擦擦額頭上的汗水。

「到目前為止還好。你們聽著，不管外頭發生什麼事，千萬不要開門，知道嗎？」

我往回走向電梯。

途中的走廊上有個洗衣籃，裡頭有條髒床單，我拿了出來，用左手抱著。

看著電梯的指示燈，電梯已經開始上升了，看樣子途中並沒有停下來過。

我將床單纏繞在左手臂上，躲在電梯門的左側。

電梯停止了，門靜靜地打開。

我將手中的刀子拿好，

但電梯內空無一物。

我走進去，再次按下緊急停止的按鈕。這麼一來電梯門應該無法再關閉，電梯也應該不能動才對。

突然，我的身子僵住了，因為我突然聞到一股野獸般的體臭。

我慢慢由電梯中走出，往房間方向的走廊走去。

當我走到前一個房間時，事情就發生了。

門唰地打開，馬達利法就像頭豹子般撲了過來。

其實，在我聞到臭味的那一刻起，就有了心理準備，所以馬達利法一出現，我立刻將纏著床單的左手敲在他拿刀的手上，同時我的刀子也由上往下揮去。

然而，馬達利法不愧是個職業殺手，他迅速將兩手平舉著，整個人跳到牆邊，避開了我的攻擊。

馬達利法露出骯髒的牙齒笑著。

「幹得好，日本人！」

我沒有回答，只是將口水吞回肚子。馬達利法雖然瘦小，但是他卻有強健的肌肉以及敏捷的反射神經。我用左手護著身體，握好刀子，但刀柄上都是汗水，很難握得住。

馬達利法踏出左腳，右手拿著一把刀，他輕輕握著，彷彿想要測量刀子重量似的上下晃動。他的眼睛一動也不動。突然，斜斜地朝我放出一道白色的閃光。我左手受到衝擊，床單出現了一道裂縫垂了下來。

馬達利法口中發出一聲「咻」，而後以目不暇給的速度扔出刀子，我手中的床單一片片地掉落地上。沒一會兒，我就被逼到樓梯口了。

他終於停止了動作，露齒一笑。他就像一個正等著在受傷的牛隻身上補一劍的鬥牛士，眼中閃著渴求鮮血的光輝，嘴角還冒著泡泡的口水。

一瞬間，馬達利法的臉色有些恍惚，接著他的身子就像飛鼠一樣撲了過來。

我把刀子向他擲過去，身子則向樓梯那邊倒下，腳朝著馬達利法的腹部踢去。他的身體越過我，掉在樓梯轉角的平台上，而我滾了兩圈後頭先壓在馬達利法的背上。

我沒有時間調整姿勢，馬上將手中剩餘的床單纏在他的脖子上，死命地拉著。

馬達利法發出野獸般的吼聲，拚命將右手伸直，在他面前大約三十公分的地上，躺著一把刀子。我把馬達利法拉了起來，兩手同時用力絞緊。

不久，他的喉嚨發出極其細微的聲音，手指拚命往脖子和床單插去。我慢慢地把他拉到樓梯的扶手旁。

突然間，馬達利法的掙扎失去了力道，反而用腳踢著地板，用背部直朝我撞來。我用膝蓋抵住他的腰際，一個扭轉就把他扔出樓梯的扶手，而左手上的床單也隨馬達利法墜了下去，但我並沒有任由床單掉落。

馬達利法就這樣吊在欄杆與欄杆之間，脖子上還纏著轉緊的床單，然後發出怪鳥似的叫聲，他的手腳不甘心地亂踢，我左手上的床單也一點一點地開始裂開。

突然，脖子上有個冰冷的東西抵著。

我全身不由得發抖起來。

8

「你做得很不錯嘛！」

耳邊輕輕地響起粗啞的嗓音。

我把手的力量放鬆，床單立刻由指尖滑落。

在遙遠的下面，傳來一個悶響，像極了肉舖前掛著的牛肉，被人甩下來的聲音。

「你從哪裡上來的？羅哥，該不會穿著隱形斗篷吧。」

「笨蛋，你難道不知道電梯還有個天花板嗎？」

「原來如此，可是我萬萬沒料到你會跟孩子一樣用這種方法誆我。」

「我只是想快快樂樂地玩這場遊戲而已。」

「這麼說來，你已經充分享受過快樂了吧。」

羅哥從喉嚨發出笑聲，他把刀尖慢慢地在我耳朵下移動，我感覺到刀尖正一點一點地吸取我的體溫。

「我還沒打算讓你這麼早死，那兩個人在哪裡？怎麼沒來幫你？」

「逃走了，他們身上突然長出了對翅膀，從窗子飛出去了。」
羅哥愉快地笑了。
「你還真有趣，我非常喜歡你，我向來就欣賞在死前還能說笑的人。走，我們回房間去吧，你保持後退的姿勢，慢慢地上樓梯。」
我不得不依照他的意思做，他手中的那把刀子像個磁鐵似的緊貼著我的耳下。
「就是這樣，慢慢地走，我這把刀可比我性急噢！」
羅哥輕輕地將刀子立起來，我不禁擔心腦袋快要搬家了。
我也曾想過將身子向前臥倒，遠離他的刀尖，但是思想和實行之間，始終有個叫做恐懼的深淵。羅哥手中那把刀的殺氣，可比馬達利法的有過之而無不及。
我們來到房間門前，羅哥小聲地說：
「叫他們開門。」
我吞了吞口水，全身冒汗。羅哥晃動手中的刀子催促著，我感到既冷又尖銳的刺痛。
「巴克！」
我的聲音相當高亢，而且帶著抖音。
「現在你要仔細聽著，打開窗子，走到陽台上大叫，隨便叫什麼都可以，快！」
羅哥用力地把我拉了回來。
「用西班牙話說，剛剛你到底講了什麼？」
「我說如果不開門就會被殺。」
可以隱隱約約地感覺到兩個人在房間內移動著。
羅哥把我壓在門上，自己豎著耳朵聆聽房內的一舉一動。房內傳來窗戶鎖打開的聲響。

「他們到底在幹些什麼？」
羅哥依舊小聲地問。
窗戶打開了，佛蘿娜尖銳的聲音在空氣中爆裂。
「殺人了——救命啊——有人要殺人了！」
那是西班牙話。
羅哥開罵了，他把刀子抵在我的喉嚨上，在我的耳朵旁大叫：
「快打開門，否則我就割開這個日本人的喉嚨，讓他在血海中游泳。」
他的叫聲正好被佛蘿娜的叫聲蓋過。
羅哥再次大喊：
「聽到了吧？如果想救這個日本人，就得把門打開。」
我也跟著大叫：
「不要開門！佛蘿娜，反正都是要死的，妳繼續叫！」
羅哥把刀子用力抵進我的喉結。
「閉嘴，你再叫，我就要你永遠不能再說話！」
羅哥的力氣實在與他瘦長的體型不太相配，出乎意料地強，於是我閉上嘴。我很懷疑自己怎麼還能活著。
佛蘿娜的叫聲停了，門內只剩一些聲響。
「你不要緊吧？」
佛蘿娜用日本話說。
我還未回答，羅哥大喊：

「閉嘴！妳這隻母貓，趕快開門，否則等我處理了這個日本人後，就破門而入，妳自己看著辦吧！」

門內突然一陣沉默，而後傳來了搬動床鋪的聲音。

我把額頭貼著門板，緊閉雙眼，喉嚨異常乾燥，連嘴也麻痺了。

門鎖卸了下來，門隨即打開。

羅哥小心地先推我進去。床鋪斜斜地靠在牆上，旁邊還堆了桌子、椅子。

佛蘿娜將左腳跨在床鋪上，巴克則蹲在一旁。

羅哥看著手銬銬著的兩人，低沉地笑了。

「這實在是很有趣的姿勢，你們在日本都像這樣把自己和愛人綁起來嗎？」

然後，抵在我喉頭的刀子稍稍用力，我被逼得退到浴室的門旁。突然，一陣金屬的碰撞聲，我右手被一個東西緊緊拴住。

是手銬。羅哥把我銬在暖氣管上，刀子離開我的喉嚨，身體也可以自由活動了。

靠著牆壁，這是今天第一次正面看羅哥。他穿著黑襯衫、黑長褲，但是黃色領巾依然沒變。

羅哥把刀子收進腰際後頭的刀鞘裡，往佛蘿娜走去。他雙手抱胸，兩腳分開站著。

「現在聽好，我並不像桑傑士那麼好說話，你們應該也知道，我想知道一件事，安黑爾在哪裡？他們的暗殺行動雖然失敗，但總有個躲藏的地點，趕快告訴我，一旦我知道這點，就可以贏過桑傑士了。」

「不知道。即使知道了，我也不會告訴你的。」

佛蘿娜一副欲嘔的模樣。她的臉色雖然蒼白，雙目卻燃燒著憎惡的神情。

我偷偷地拉拉手銬，假如我是部推土機的話，就能扯掉它了。

「妳這個頑固的女人，雖然不管怎樣還是得讓妳死，但妳若說出來，我保證讓妳活得長久些。」

「要我在這裡看著你，還不如現在就死掉！」

佛蘿娜忍不住破口大罵。

羅哥的耳朵轉紅了。

「瞧妳伶牙俐齒的，不看我可以啊，把妳的眼珠子挖出來不就得了。」

在羅哥還未有所行動前，我猛甩著手銬，企圖發出聲音來吸引羅哥。

「你有沒有腦筋啊，羅哥，既然安黑爾把佛蘿娜排除在暗殺計畫外，又怎麼會告訴她他們藏匿的地點呢？」

羅哥回過頭，對我笑了笑。

「在我尚未問她身體以前，當然還不知道啊。」

這時不知道巴克從哪借來的膽子，突然抬起上半身。

我沒有阻止他的時間。

巴克伸出的長腿，往羅哥的後腰一掃，羅哥叫了一聲，往我這邊倒來。

現在已經完全沒有考慮的餘地了，我只好伸出自由的左手，緊緊抱住羅哥的身子。我把頭緊埋在他的下巴下，我的腳也纏住了他的腳。

「媽的！放開我！」

羅哥大罵。他的右手繞到後頭，摸索著他的刀子。

我也在他的腋下大叫：

「巴克，快幫我忙！」

巴克跳了起來，但卻被佛蘿娜的左腳拉住了，於是兩個人一起倒在床上，纏在一塊。

羅哥低吼，企圖掙開我的環抱，他的力氣相當大，右手抵著我的臉，死命地想要推開我。當我的注意力集中在這個舉動時，他的左手拳頭朝我的腹側揮出一拳，一剎那間，我的呼吸幾乎停止了，但左手依然緊緊勒住羅哥的身子。

佛蘿娜跳了起來，拖著巴克朝羅哥的背部撲過來，巴克也拉起羅哥的腳。

佛蘿娜的雙手朝著羅哥的臉頰抓去，羅哥低吼一聲，揮動著雙手，佛蘿娜受了他的反擊，跌倒在地，巴克的手也離開了羅哥的腳。

我知道羅哥的右手已經從腰際掏出了刀子，事到如今，別無他法了，我只有將身子往下拉，儘可能握住他的腰部。

肩膀後頭，有股令人窒息的刺痛，我不知不覺呻吟出聲，膝蓋也跪倒在地，整個房間在我的視野中搖晃著，也因為如此，羅哥才得以離開我的左臂，而他的身子，就像電影中的特寫鏡頭，在我面前慢慢放大、逼近。

羅哥的臉突然爆出血筋，上半身往後仰。我不知道他發生了什麼事。

等我意識清醒時，只見佛蘿娜的雙手抓住羅哥的金髮，以想要扭斷他脖子的力氣死命地拉。羅哥的眼睛往上吊，眼尾好像快裂開似的。

倚著暖氣管好不容易站起身子，我的左肩非常疼痛，手臂整個麻木。

羅哥轉過身，面對抓著他頭髮的佛蘿娜。

佛蘿娜趕緊放手，退到床舖邊，和巴克一起趴在床上。

「羅哥，不可以！」

我在後頭大叫。但羅哥頭也不回，只是握著沾了血的刀子朝著佛蘿娜走去。他把挺起身子的巴克踢開，高高舉起刀子。

佛蘿娜倒在床上，她的手好像抓到了什麼東西，突然往羅哥的臉上丟去。

白色的粉末飛散在空中，羅哥掩著臉向後倒退了幾步。

「媽的，妳這個臭女人！」

他粗啞地叫出來，還連續咳了好幾聲。

佛蘿娜撒的正是我旅行袋中的合成洗衣粉。

好不容易壓抑住咳嗽，羅哥用左手擦擦臉孔，重新把刀子拿好，這次連他的背部都充滿了殺意。

就在這個時候，走廊上響起了一連串的腳步聲，是朝著這個房間衝過來的。

羅哥也嚇了一跳，忍不住望向房門。

衝進來的是桑傑士，他的手中還握著一把槍。

「羅哥，丟掉你手中的刀子！」

桑傑士大叫。

我的兩個膝蓋砰地跪倒在地，整個身體都無力了。

可是，我的鬆懈顯然太快了點。

樓下突然傳來三、四發槍聲，桑傑士的注意力稍稍受到牽制。

羅哥絕對不會錯過這個機會。他往前跨了一大步，左腳毫不遲疑地抬起。

一瞬間的躊躇，成了桑傑士的致命傷。在他即將扣扳機以前，羅哥的鞋子正中他拿著槍的手腕。

霎時，槍飛舞在半空中，桑傑士也往後踉蹌了幾步。

在間不容髮的時間內，羅哥的腳再一個迴旋踢，正中桑傑士的頭側。

桑傑士悶聲不響地倒在地板上。

「桑傑士！」

我忍不住大叫。但桑傑士可能因為腦震盪倒在那裡，一動也不動。

巴克抬起身子，想要撲向手槍飛落的地方。羅哥發現了，他趕緊拉住佛蘿娜，把巴克也拉了回去。

巴克的手受佛蘿娜腳的限制，在手槍前十公分的地方抓了個空。

羅哥得意地笑了。

但是，巴克還不死心，他扭轉著身子，換成腳尖去勾手槍。手槍受到他的撥弄，在地板上滑動，朝我這兒飛過來。

羅哥低吼一聲，朝巴克揮出一拳，巴克應聲倒地，他還想再次爬起，終究沒有辦法。羅哥順手把佛蘿娜的身子推倒，撲在巴克的身體上。

我伸出麻痺的左手，好不容易，終於將它弄到手中。

瞄準了羅哥的腿，拿穩手槍，這個扳機很緊。

羅哥髒污而白皙的臉孔，突然像個魔鬼般歪邪，他的右手高高舉起，眼看著刀子就要飛了過來，我想都不想地扣了扳機。

槍聲轟然響起，我的左手受了很大的衝擊，手槍也因為後座力掉落在地板上。在火藥嗆鼻的煙霧中，我依稀看見羅哥的身體轉了幾圈，倒在床邊。

我想蹲下去，再拿起手槍，但是，身體卻不能動彈。

這才發現一把刀子刺進我的腹側，連同襯衫一起釘在後頭的牆上，一個尖銳的刺痛貫穿全身。

羅哥慢慢地爬了起來，他的右胸染得血紅。我原本只是瞄準他的腿部，沒想到因為槍枝本身的反彈跳了起來，反而命中了他的胸部。

羅哥吐了混雜著血液的口水，步履蹣跚地朝著我走來。佛蘿娜想要用腳踢他，但是卻因為巴克身體的重量而失敗了。

我決定放棄那把槍了，反而彎著左手，握住刀柄，屏住氣息把刀子由牆壁中拔出來。一陣激烈的疼痛使我眼前一黑，等我恢復視力時，羅哥已經又朝我踏進一步了。

我拚命握著刀子，朝羅哥的腹部刺出。他的右手緊緊抓住我的手腕。他的力氣大得驚人。每次呼吸他都會發出奇怪的聲音，口中還淌著血泡。

現在羅哥的臉上，就像個天使一般，面無表情，我想他大概快死了吧。而我像是惡魔般露出牙齒拚命使勁，想要甩開他的手，但他的手卻一動不動。

最後，我還是敵不過他，他從我的手中奪下那把刀子。我緊貼著牆，仰視著羅哥的臉，他淺藍色的眼珠中，滿是嘲弄。

一瞬間，槍聲震撼了整個房間。

羅哥的身體也應聲倒向一邊，撞上壁櫥，而後又轉了一圈，朝窗外那頭衝去。他的頭撞破了玻璃，上半身也打碎了木窗框。

羅哥的身體撒滿了玻璃碎片倒在陽台上，他想要抬起頭來，但終於耗盡力氣，一動也不動。

房間內完全死寂，只聽到遠處管樂隊的吹奏聲。

桑傑士一個膝蓋跪在地上，一手緊握著手槍不動，然後他才慢慢地搖了搖頭，站起身來，把槍插入槍套中。

走廊上響起一連串的腳步聲，紅髮的斐南度和濃眉的比克多衝了進來。

9

米蓋叫來的醫生是個身材魁梧、頭髮花白的男人。

腹側只是些擦傷，沒什麼大礙，而肩膀部位雖然沒有傷及骨頭，但是肌肉卻被削去了七、八公分。

醫生馬上決定肩膀的傷口必須當場縫合。不知道是他忘了使用麻醉藥，還是麻醉藥不管用，我只覺得他的動作相當粗暴。

我死命地掙扎，所幸床沒有被我弄壞，而且多虧了桑傑士和斐南度汗流浹背地抓住我的手腳。我就像製造榻榻米的店裡，被壓住的榻榻米，任由這個鬼才知道的名醫試驗他的縫合技術。反而是他回去後所留下的安眠藥，非常有效，讓我不知不覺地睡著了。

在我再張開眼睛時，床邊圍著桑傑士、斐南度、巴克，沒有看到佛蘿娜的影子。

我大概睡了很長一段時間，窗外一片漆黑，只有幾盞街燈亮著。

桑傑士可能是回去了一趟再來，他不但換了套新西裝，連下巴的鬍碴也刮得一乾二淨。

肩膀以及腹側還有些悶痛，身體也不能動。

我問巴克：

「佛蘿娜怎麼了？」

「她在隔壁的房間內休息。」

巴克看來也是相當疲憊，但是他的聲音還算明朗。

「嗯，也真難為她了。」

對個年輕女孩來說，這是相當難捱的經驗。
我再望望斐南度，一時竟不能用西班牙話開口。
「下頭發生過槍戰嗎？」好一陣子我才找回聲音。
「那批ＪＥＤＲＡ的人都不聽我們的話，只好將他們全部逮捕。包括馬達利法在內，有好幾個人受傷。」
「馬達利法還活著？」
「我捏住他的鼻子，他的嘴巴還會打開啊！但是，他絕對無法再玩刀了，因為他的右肩以及手臂完全粉碎，是不是你幹的啊？」
「不，是他自己從五樓的欄杆上跳下去的。」
斐南度抓抓他的紅髮。
「什麼？五樓！他是掛在二樓的欄杆間啊。」
桑傑士開口：
「你們三個人都銬著手銬，還能奮力抵抗，真不簡單，更何況對方還是殺人不眨眼的羅哥。」
「我們實在豁出去了，只能祈禱你早點趕來。」
「我們人手不夠，出動了所有的人出去搜索安黑爾了。」
我不由得抓緊床單。
「他們怎麼了？還有塞萊斯提諾少尉呢？」
桑傑士垂下目光。
「不久前，我才從空中警備隊那兒得到報告。塞萊斯提諾從『拉・西翁』那起飛後，便馬上上升到相當高的空中，並且以相當快的速度朝北飛。那是和王宮完全相反的方向，這當然不是安黑爾的命令，而是他自己的判斷。」

他頓了頓，看著牆壁。

「空中警備隊的直升機尾隨在後面一公里的地方，他們飛到距離這兒有一百公里的高地的岩石地上空，突然，直升機直線下降，然後就撞到地面爆炸了。」

桑傑士的眼睛有些濕潤。

「現場焚燒得草木不剩，地面上只留下一個很大的洞。目前我們正在找尋他們的屍體，但是照這個情況看來，可能連個碎片也找不到。」

他把手深入口袋，掏出貝雷帽。

「當塞萊斯提諾把這個帽子丟給我時，我知道他已經決定這麼做了，因為這頂帽子從未離開過他。」

「安黑爾看錯了塞萊斯提諾。」

「我想，他們一定打算在塞萊斯提諾不聽話時，連直升機一起自爆算了，即使不能到達王宮上空，至少找個能夠打擊現行體制的地方，可是，他們萬萬想不到塞萊斯提諾一開始就故意升高高度，然後快速遠離市區，完全阻斷了他們的企圖。」

桑傑士緊握著貝雷帽，低頭看著。

他一定是在塞萊斯提諾決定駕駛直升機時，就看出他的意圖了。

可是，桑傑士並沒有阻止塞萊斯提諾，為了拯救大多數的人命，只能保持沉默，而今，這件事正重重地壓著桑傑士的心。

桑傑士將貝雷帽放在口袋裡，掏出香菸點火，他的手微微發抖。

他又接著說：

「或許正如你所說的，佛朗哥總統的時代已經結束了吧。」

「這點剛剛你自己就親身證明了，你不是殺了羅哥嗎？」

桑傑士的目光轉向陽台，羅哥的屍體已經被抬走了。

「羅哥確實是個跟不上時代的殺手，但是，殺了他的我也沒什麼差別。」

他自嘲地說。

我對桑傑士是有些同情的。

「不過，也是因為你我們才得救的。有你這種人在治安警備隊中，對我們、對所有的西班牙人而言，就是一種救贖。」

這時，門打開佛蘿娜走了進來。她的頭髮梳理整齊，也換了件白色喇叭褲與上衣。

巴克從椅子上站起來，讓位給佛蘿娜。

「你覺得怎麼樣？傷口還疼嗎？」

她擔心地皺著眉，她的樣子看起來已經恢復成普通的女孩子了。

「那個蒙古大夫好像把一個鬥牛士縫在傷口裡。妳呢？有沒有受傷？」

佛蘿娜微笑地握住我的手。

「嗯，我沒什麼事，我只是個壞小孩，替你惹了那麼多的麻煩，卻連個道歉或是感謝都沒表示，對不起。」

「我才該向妳道謝，要不是有妳和巴克奮力抵抗羅哥，我可能就不只受了這點傷。」

紅著臉的佛蘿娜看了巴克一眼。

「請你不要把這件事情告訴外公，他心臟不太好。」

「倒是妳，妳的心情穩定多了吧？」

佛蘿娜咬著唇，她的眼中燃起些許火焰。

「我很後悔。但是，並不是因為暗殺佛朗哥計畫失敗，而是後悔被安黑爾所騙了。原來他一開始就打算利用我，所以才會連來歷也不告訴我，甚至還隱瞞了具體的暗殺計畫。我對他而言，只不過是個到日本叫來炸彈狂的跑腿罷了！想到這我就很不甘心，也因為如此造成你和巴克的麻煩，我真的很對不起你們。」

她的眼淚從兩頰落下。

「沒有關係，雖然安黑爾和槇村死了，但是革命的精神卻永遠不死，你們還是可以重新再來。」

桑傑士在一旁苦笑。

「好不容易，這個孩子才回復本來的溫柔，你可別再煽動，這種騷動我可不想再見識一次。」

然後，桑傑士請他們三人離開房間。

房間裡只剩下我和桑傑士兩個人，他把椅子拉近我身旁。

「剛剛在總部有個報告會議，明天中午以前，我還得在幕僚會議中再報告一次，而且是當著總統的面。」

他的口氣相當認真。

「你打算怎麼報告呢？」

「十月一日，兩名恐怖分子企圖擾亂市區，駕著一架滿載著炸彈的直升機起飛，但是由於一名治安警備隊員抱著必死的決心而阻止了這項恐怖行動，警備隊員與恐怖分子一同炸死了。就只是這樣。」

「你打算把暗殺佛朗哥總統的大膽計畫當作不存在？」

「我是打算這麼處理。」

「對於那些被認為是恐怖分子的同伴的人，你又打算怎麼處理呢？」

桑傑士低著頭，像是在尋找手掌上的灰塵似的。

「雖然我們知道似乎有這種人存在，但是他們的身分、長相始終還是個謎，這點一直要到明天的傍晚時分才會明朗。明天下午六點，有個姓名不詳的西班牙女人，和兩個日本人的畫像，會出現在全國各地。如果六點以後，你們還在機場蘑菇的話，就會馬上被逮捕，同時以恐怖分子取締法嚴格審判！」

我舔了舔嘴唇。

「明天傍晚？可是，醫生說我至少得在床上躺三天，你不是也有聽到！」

「我不知道什麼醫治你的醫生啊。」

他笑也不笑地回答。

現在我才知道桑傑士為什麼不送我去醫院。倘若把我公然地送到醫院，那我就逃不成了。雖然不知道這之後他打算如何擺平這件事，不過他依舊信守承諾。

他從口袋中掏出護照，放在床邊的小桌子上。

護照有三本。

「佛蘿娜暫時還是別回西班牙比較好，之後這裡的情勢應該也會有所變化吧。」

「茵卡娜恩會怎樣呢？就是在格拉那達的荷西・拉墨斯的姪女。」

桑傑士摸摸他的下巴。

「她雖然幫過他們，可是，她跟ＦＲＡＰ完全沒有關係，我們會當作沒看見。」

聽他這麼說，我才安下心來，相信佛蘿娜聽了，也會鬆一口氣吧！

「還有一件重要的事，就是這次的事件，實在替這間旅館的米蓋夫婦惹了很多麻煩，我們能找到巴克和佛蘿娜，還是因為米蓋的協助。我並不要求你們頒贈勳章給他們，但至少要付房間的修理費吧，不然，他們可能不會再讓我住這了。」

桑傑士苦笑地摸摸他的短髭。

「知道了，我會考慮的。」

他把手按在膝蓋上，站了起來。

我伸出右手。

「謝謝你，少校。」

桑傑士毫不遲疑地握住我的手。

這是我們之間第一次也是最後一次握手。

桑傑士走到門口，突然回過頭，捏著嘴上的短髭。

「我決定以後在街上碰到日本人，一定馬上跑到巷子裡。你多保重。還有，就算搞錯也別寫信來。」

我向他保證絕對不會寫信給他。

第八章——山多斯的光與影

1

十月三日，星期五的夜晚，飛機到達了羽田機場。從這離開已經是兩個星期前的事了。在離開西班牙以前，我曾打電話回日本。日野樂器社的新井進一郎和荷西・拉墨斯，以及事務所的大倉幸祐與石橋純子四個人都到機場來了。

當他們看見左手掛著三角巾的我時，一個個眼睛張得老大。就連新井也忍不住流露出擔心的神色，但一見到我的步履穩健，他又忍不住要挖苦我了。

「這兩個星期，你連一通電話都沒聯絡，也太不像話了吧，你又不是不會打國際電話，昨天不是才剛打了通電話回來嗎？」

「其實，我是真的沒時間打電話，你看我這個狼狽相就知道了吧。」

「可是，對委託你的客戶在工作途中都沒有報告進度，直到快要回來時，才突然一通電話，叫客戶到羽田機場來接機，也太誇張了吧！」

「報告我在下週會整理好啦。」

一旁的拉墨斯老淚縱橫地緊緊抱住佛蘿娜，反而是佛蘿娜一直安撫他。

巴克・津川無所事事地發呆望著大廳川流不息的人群。

大倉擔心地說：

「真的沒關係嗎？你的臉色不太好。」

純子也皺起眉頭。

「你到底在西班牙發生了什麼事？該不會變成鬥牛士的弟子吧。」

「等等，謝謝你們兩個人的擔心，但是，現在我還沒有心情告訴你們詳細的情形，下個星期吧。」

大倉推推他的眼鏡。

「明天也可以啊，明天是星期六。」

「以後我們事務所都採取週休二日的制度，什麼事都留在下星期一再說，還是你們有什麼事情一定得在今天跟我報告的？」

純子的眼睛淘氣地轉了轉說：

「重要的電話是有好幾通，其中還包括那個全日本消費者同盟的槙村總書記。你不在的時候她打了好幾通電話，當她一知道你到西班牙出差後，就叫我要你一回國就馬上打電話給她。她真的相當嘮叨，受不了！另外，今天——」

「我知道了，這些還是等到星期一再說。」

大倉從口袋中拿出一個厚厚的信封。

「這是你出國前交代調查的報告，這個星期一就送來了，他們那些專門人才手腳還真快。」

「那是他們的本行啊。」

我接過信封，放進上衣的口袋。

「我沒有拆封過，這到底是關於什麼的調查？」

「我以後再向你說明，在我還沒看過報告之前，我也沒辦法說什麼。」

拉墨斯已經搬到八王子的公寓居住了。當他沉浸在與佛蘿娜再度相聚的歡喜之後，他拉著我沒有受傷的右手，絮絮叨叨地訴說著感謝。

「要不是你，佛蘿娜都不知道會變成什麼樣了，這份恩情我會永記在心的，謝謝你。」

「不，我也要感謝佛蘿娜他們的幫忙。但是，可惜的是『卡迪斯紅星』被另外一個日本人，從巴克的手中拿走了。詳細的經過改天再慢慢向你報告。」

拉墨斯雖然皺了一下眉，但隨後馬上浮現笑容。

「在這種情況下，吉他的事情是次要的了，佛蘿娜沒事已經是萬幸，其他的都無關緊要。」

「不，我們還是有希望的，那個男人把吉他帶回日本了，只要給我一段時間，我一定會取回來還給你的。」

拉墨斯回頭望了望在不遠處正在說話的佛蘿娜和巴克，他的嘴唇又不太愉快地撇了撇。

「那個年輕人怎麼還纏著佛蘿娜。」

他不高興地輕喚著佛蘿娜，佛蘿娜輕輕拍拍巴克的手臂，走了過來。

「佛蘿娜，妳不要再和那個男人來往了，他打算偷走我的吉他啊。」

「你別在這個地方做這件事情啦，何況，巴克根本不知道那把吉他是爺爺的啊。」

「可是，我——」

我沒聽他們再說下去，就走到巴克的身旁。

「今天你就先回去吧，我會替你想辦法的，別擔心，也會叫佛蘿娜打電話到『科多瓦』找你的。」

巴克順從地點點頭。

「可是，馬諾羅‧清水的事情怎麼辦？他裝成你的朋友，博得你的信任後，卻奪走吉他，實在是太過分了，不能原諒。不過，我也沒有責備別人的資格。」

「這件事情就交給我好了。」

而後，新井送拉墨斯他們回八王子。

大倉和純子也提出送我回公寓的建議，但是卻被我拒絕了。

「從現在開始到下個星期一為止，請讓我一個人靜一靜吧。如果星期一到事務所還不見我的人影，你們儘管踢破我的門。」

外頭飄著細雨，有些微寒，我突然覺得去西班牙前的酷暑似乎從未存在過，披在肩膀上的外套還擋不住迎面而來的寒意，身子不禁有些顫抖。

我們一行人在機場計程車招呼站分道揚鑣。

等我向計程車報上目的地後，整個人靠在椅墊上。我的身子有點疲倦，還帶著熱度，而肩上的悶痛依舊。

西班牙發生的事情，在回到日本的現在，那彷彿像是一場夢，也像是剛看一部特長電影後的感覺。

回公寓之前，我先到四谷的三丁目，那裡有間外科醫院，是我高中時候的朋友赤松所開的。

請計程車在外頭等候，我走進醫院的大門。

我猛按著門鈴，其實，我早就知道診療時間已經過了。

門鈴一直沒間斷，最後赤松也不得不認了，打開玄關的門。

赤松口中嘟囔著帶我進診療室，他照例是全身酒臭味。看看四周，我八成是他許久不見的病人吧。

我脫下上衣，讓赤松檢查我肩膀上的傷口。

「這個刀傷還真乾淨俐落，是誰傷的，流氓嗎？」

「這都多久以前的事了你還在講，這個傷口怎麼樣？多久才能好？」

「這個傷沒什麼大不了的，是哪個醫生縫的？技術還真不賴哩。」

我大吃一驚。

「是個西班牙的蒙古大夫，他真的縫得好嗎？」

「嗯，反正他已經把傷口縫好了就是。」

我只好苦笑著再把上衣穿上。

赤松遞給我化膿的傷藥，吩咐我四、五天以後再來。

「你還是戒不了酒啊，再這麼喝下去，你會變成假日醫生的。」

赤松打了個酒嗝。

「假日醫生？什麼意思？」

「就是只有休假日才有病人的醫生啊。」

接著向他借本電話簿，找到號碼撥了電話。

鈴響十八聲，沒有人接。

我付了錢離開赤松醫院。計程車司機正張著嘴呼呼大睡。

一直到見著歐陸別墅的建築，我的心才踏實些。能夠活著回來，實在是種相當奇妙的感覺。

目送著計程車離開後，我拖著行李箱走上入口。

走進大廳，突然想起米蓋旅館的電梯，羅哥的臉孔也浮現在腦海中，那實在是個惱人的回憶。

走入電梯中，正想回過身按電梯的按鈕，大廳中突然傳來一陣鞋跟敲擊著地板的聲音。
我竟然毫無理由地感到一陣寒冷。
電梯前，站著一個穿著白色上衣、深藍色套裝、頭髮短短的女人。
是那智理沙代。
我們兩人只是默默地對望著。
門快關上了，我想按住打開的按鈕。但理沙代的動作比我還快，她從門縫中鑽了進來，一語不發地緊緊摟住我的脖子。
一瞬間，電梯間的地板好像不見了，我感覺整個身子彷彿飄浮在空中，四周都是理沙代的體香，受傷的肩膀似乎是另一個人的，我完全忘了痛的感覺。
過了好一會，我才按下五樓的按鈕，讓電梯緩緩上升。一直到電梯停住為止，理沙代緊摟著我不放。
「妳怎麼沒問我傷勢怎麼樣了？」
理沙代這才稍稍離開我，也因而發現吊著三角巾的手臂。
「只要你還活著，一切都無所謂。」
她那種坦然的口吻，使我不得不再次看著她的臉。這和我預料的完全不同，她的臉上完全沒有眼淚的痕跡。
理沙代露齒甜甜地一笑。
「我不願再扮演悲劇中的女主角了，從此以後，我要以莎莉・麥克琳的作風生活著。」
「她也演過悲劇的女主角吧，不過妳沒有又哭又鬧真的讓我鬆了一口氣。」
理沙代替我提著行李箱，帶頭走出電梯。

「妳知道怎麼走？」
「剛剛就先來看過了。」
「妳知道我今天回來？」
「早上我打過電話到事務所，他們告訴我你今天晚上回國。」
我想起剛剛在羽田，純子提起今天的電話，原來……
走過事務所，我們停在房間的門前，理沙代從我手中搶過鑰匙，自己打開了門。
進門後的第一件事，就是打開電燈。
兩個星期不在，房內的空氣相當沉悶，甚至還有些許的霉味。
理沙代趕緊打開窗戶，讓新鮮空氣透進來。另外，她還打開瓦斯爐，煮了一壺開水。她打開冰箱看了一下，忍不住嘆了口氣。我為了把電源切掉，早就將冰箱中的東西清掉了。
「什麼都沒有，你不餓嗎？」
「不餓。餐具櫃裡面有酒喔，又甜又烈的那種。」
「那先喝點咖啡吧。」
理沙代紅著臉瞪著我。
於是我們隔著桌子坐在沙發上喝著咖啡。
「肩膀受傷了？」
「是啊，沒什麼大不了的，如果妳擔心的話，我等等可以讓妳看看。」
她完全無視我的話，只是垂下眼睛，以像是喝抹茶般的漂亮姿勢讓手中的杯子傾斜。
「對不起，在你出發那時在機場抓著你不放。」她依舊垂著臉。
我啜了一口咖啡，做了個呼吸。

「我並不是去西班牙玩的。」

「你希望我知道這點嗎？」

雖然我不常這麼做，但面對理沙代，我不得不老實點。

「不，這和妳一點關係都沒有，我只是這樣說服自己而已。」

很久一段時間，理沙代沒說一句話。

沒辦法，我只好招認了。

「老實說，剛剛在外頭我還打過電話到妳的公寓，但是響了十八下，就是沒有人接。雖然是我自己要打電話給妳的，但是那種感覺很不舒服。」

「為什麼？」

「我想妳是不是和其他的男人出去玩了。」

理沙代又不說話了。

她別過臉，慢慢地拿起皮包，靜靜地走出起居室，門關上了。

我喝完手中的咖啡。

過了很久，理沙代並沒有回來。

但是外頭的門並沒有打開的聲音。

不只是因為寒冷，我的身子不由得微微發顫，我從沙發上站了起來，走出起居室，通往玄關的走道很暗。

洗手間沒人。

浴室的旁邊有個洗臉台，再進去就是熱水器了。

理沙代就蹲在熱水器下方的暗處，一動也不動地蹲在那裡，就在這一瞬間，我鬆了口氣。

「怎麼了？假睫毛掉了嗎？」
話一出口，我就後悔了。
她的背微微地顫抖，浴巾都快被她咬破了。
我走到旁邊抱住她。
理沙代的眼睛哭得紅紅的，沒辦法一個人站起來。
我用右手攙著她。
「為什麼把頭髮剪了呢？表示對我的不滿嗎？」
「我最討厭你了。」
她的鼻音很重。
我默默地不發一語。
過一會，理沙代反而抱住我。
「我亂講的。」
「我知道。」
她環著我脖子的手抱得更用力了。
「『回憶是詩人的專利，不是歷史學家所擁有的。』這句話是保羅・朱拉弟說的。」
理沙代把我的手從她的大腿上撥開。
「你為什麼嘴巴說得那麼高雅，手卻又這麼低俗。」
「這麼說來，妳不反對我的嘴做出低俗的事情囉。」
「討厭。」
我們倆糾纏著回到起居室。我感到體內有股火焰燃燒，然後我將理沙代帶到寢室。

臥室充滿著冷冷的汗臭味。

「對你的身體不太好吧。」

理沙代口中雖然這麼說著，但她的雙手卻把掛在我肩上的三角巾拿了下來。

我用沒受傷的右手把理沙代的衣服脫下，今天她沒穿褲襪，腿上的絲襪是用吊襪帶固定。我的手忍不住伸進吊襪帶與絲襪之間那片白皙柔細的肌膚中，手指微微抖著。

我仰躺在床上，理沙代也靜靜滑進我身邊，為了保護受傷的肩膀和腹側而側躺著。理沙代送上一個長吻，直到我嚐到血的味道。

也許是因為頭髮剪掉了，理沙代露出的耳朵、脖子特別敏感，沒有多久，她已經忘我地趴在我身上。

我以右手回應著理沙代的愛撫。不久，理沙代等不及了，她伸手捉住了我，怯怯地打開她的大腿，把我引進自己的體內。

她的喉嚨微微發出一些呻吟，並把腰部放低。她雖然還是有些許的抵抗，但比起第一次，是容易多了，不久，我完全進入她的體內。我的耳朵旁，有個深沉炙熱的嘆息吹過。

我把理沙代的腰部強拉過來。

「我已經忍了兩個星期，我實在忍不住了。」

「沒關係，來吧！」

理沙代輕聲地回答，開始擺動腰部。

她生硬的動作，抓住了我的心，我不由得地緊緊抱住她，拚命地往頂點衝去。

突然間，在我眼前火花四散，體內的沸騰也一個勁地噴出。我們任意地叫喊著，讓自己完全解放。

彷彿就等待著這一刻似的，理沙代的手臂突然加重了力量，體內的肌肉也開始絞緊，她的腰部就像是另外一種生物般，激烈地向左右晃動。

理沙代叫著我的名字，哭喊著。

她似乎想奪走我的一切，毫不容情緊緊地攀著我。那勻稱豐腴的大腿緊緊地夾住我的腰，腳後跟則是踢著我的膝蓋內部，而她的乳房則在我的胸前跳動著。

理沙代的喜悅又長又深又感動地持續著，雖然我已經有點吃不消了。

不久，理沙代彷彿昏死地從我的身上滑落下來。她的肌膚染成美麗的櫻花色，一粒粒的汗珠閃著耀眼的光芒。

過了許久，她把眼睛微微睜開，用濛濛的瞳孔望著我。

「我以為我快要死了。」

「我也是這麼想，我的傷口完全裂開了。」

她的眼眶紅了起來。

「對不起，我原來也想慢慢來，可是……是不是我太敏感了？」

「敏感是對那些感覺遲鈍的人說的。」

理沙代臉上浮現有些憂鬱的微笑後閉上眼睛。

那是個讓人感到幸福的微笑。

不久，理沙代深深嘆了一口氣，閉著眼睛說：

「你把人生當作一場遊戲。」

「妳說我嗎？」

「是的。不論你面對怎麼緊急的情況，總會很客觀地看著自己，也從容地享受著自我，所以，你常會在緊要關頭，說些教人哭笑不得的玩笑話。」

「或許真的就像妳所說的。」

「你這種生活，不是笨拙、為生活拚命的人，所能追趕得上的。」

「妳是說妳自己嗎？」

有一陣子，我們的談話沒有繼續。

「笨拙的人很難改變自己的生活方式。」

我什麼也沒說，只是深深地吻住理沙代。

經過了這一晚，我想我的生活方式或許將有所改變。

2

夜間，風吹得更強了。

第二天早上醒來，已經是九點半了。

打開電視，新聞畫面正好出現發出颱風十三號的警報，還說颱風目前正在沖繩附近，關東地區也開始受到影響。攤開報紙，全是天皇初次訪問美國的新聞。

天氣已經變了，理沙代還是堅持出去買些東西。趁她出去的空檔，我打開徵信所送來的調查報告。

過目一遍後，我到廚房燒些開水。這時，理沙代全身滴著水地回來了，奇怪的是她的身體圓潤多了，而且生氣蓬勃。

她從紙袋中掏出很多的罐頭湯和可樂餅麵包，全都放在桌子上。

「你還有沒有其他想吃的東西啊？」
「這些夠了，因為昨晚我吃太撐了。」
理沙代把紙袋朝我扔過來，然後轉身去泡咖啡。
「你的傷口怎麼樣了？我知道你還沒完全好。」
「不要緊的，我馬上就得出門，怎麼能在這裡喊痛呢？」
理沙代突然緊張地回頭望著我。
「你要去哪裡？你的身體……」
「我必須去馬諾羅•清水的公寓一趟。」
昨晚我已經將在西班牙所發生的事情，大略地說給理沙代聽了。
理沙代似乎還想說些什麼，但是欲言又止。她回過頭繼續沖泡她的咖啡，然後簡短地說：
「我開車送你去。」
她告訴我，她把車子停在這棟大廈後頭的巷子裡。
在理沙代的幫忙下，我套上一件毛衣，三角巾也取了下來，只要左手不要動作太大，肩膀的疼痛還能忍得住。
颱風似乎還沒影響到這裡，但是，仍有一陣陣挾著雨的強風猛敲著車子的擋風玻璃。
清水在六本木「艾爾•港」時，曾給了我一張名片，上頭寫著港區三田一丁目清和住宅，我翻閱地圖，那是在一橋交流道的附近。
十一點半，我們到達目的地——清和住宅。
那是片米色外牆，以及藍色陽台所構成的四層樓小棟公寓。

「妳在這等，如果他在的話，我可能得花上一個鐘頭。」

「都等了你兩個星期，這點時間算什麼。」

我抓了她的大腿一下，理沙代沒有反抗。

下車，進入公寓的大廳，從信箱上得知清水住在二樓。

按了三次對講機，但始終沒有人出來，我試試門把，竟然很簡單地打開了。

背脊突然有點發涼，面前浮現我在曙光莊發現安東尼奧屍體的那一幕。

門打開後，狹隘的玄關上有一雙鞋子，呈八字形丟在那裡，上頭沒有被雨淋過的樣子，周圍也沒見到傘的影子。

在這道短短走道的盡頭，是個廚房兼餐廳外帶起居室的空間，沒有人在那，而空氣中飄著微微的酒精味。

打開電燈，環視房間，裡頭有兩個坐扁的沙發，小型的電視、音響，還有一個放著樂譜的書櫃，它們只是在那雜陳著。

鋁門窗半拉開著的窗簾旁邊有個樂譜架，那下面躺著一個吉他箱。

我趕緊把它放在沙發上，打開蓋子。

是把國產的吉他，並不是「山多斯‧艾爾南德士」。

旁邊有扇門，微微開著。

我調整一下呼吸，然後才輕輕推開門。

起居室的燈光流瀉進來，照出一個俯臥在床上的男人，他的左手從床上垂下，手指幾乎碰到地毯。

我足足站著想了三十秒。

然後鼓起勇氣，踏進房間，伸手摸了摸彎曲身體而從睡袍下頭露出的一截小腿。
嚇得我心跳差點停止，並不是因為這截小腿冰冷，而是觸碰的那一瞬間，那小腿居然動了。
我不由得退到門邊。
清水翻了個身，同時抬起頭來，他的臉因為光亮的緣故，皺了起來。
「誰？」
他咬字不清地說。
我吁了口氣，摸了摸左手。
「你旅途中的同伴。」

我走回起居室，等著清水出來。
清水在睡袍上繫了條帶子，便搔著頭髮出來，他的眼睛充血，鬍子也沒整理。我第一次注意到他竟然有這麼高。
清水甩了甩睡意，將一根菸叼在嘴上，並點上火，才瞄了我一眼。
「你還活著，恭喜。」
「聽你說出這句話，我都快要流出眼淚了。」
清水搓了搓下巴，坐在沙發上。
「我記得羅哥說不會讓你活著離開西班牙的，不是嗎？你坐下來啊。」
「不用，我站著就好了。」
清水輕輕地聳著肩，面無表情帶著覺得有些麻煩的態度。
「佛蘿娜他們怎麼了？我還特別注意報紙，但並沒有佛朗哥被人暗殺的外電報導。」

「我並不是為了向你報告這件事來的，你心裡有數，我今天是來要吉他的。」

清水徐徐吐出煙霧，看著香菸，而後以相當平板的聲音說：

「那是我的吉他。」

我把右手搭在沙發背上，支撐著身體。

「你也未免太天真了吧，無端拿了別人的吉他，又喝醉酒，裝作沒發生過什麼事似的，然後又說『那是我的吉他』，如果我回答『我知道』，就此離開，那就不需要警察了。」

「你想報警，儘管去吧。又沒有證據說那把吉他是你的或是巴克的，而且也沒有我搶走吉他的證據。」

「至少可以證明那把吉他是安東尼奧的。」

清水把手中的香菸捻熄，站起來走進臥室。

他再次出來時，手中多了個裝了威士忌的杯子，他遞給我一杯，我搖搖頭拒絕，他就默默地把那杯喝完。

然後將空的杯子放在桌子上，另一個有酒的杯子，他則是小心地捧著，重新坐回沙發上。

「沒差，反正那把吉他已經不在我手中了。」

「到哪裡去了？」

「賣了。」

「賣給誰？」

「另外一個吉他手。」

「你賣了多少錢？」

「還可以的價錢。」

我不知道為何突然覺得很想笑，於是笑了出來。但是我感覺，那像是遠處的某人在笑。

清水把另一杯威士忌一口喝乾。

「對你這種每個月都有固定薪水、獎金的人來說，大概會覺得很可笑吧。」

也沒有什麼理由不想笑，我卻停止了笑。

清水的眼神黯淡陰沉。

「像我這種每天疲於奔命的人，始終和你們那種安定生活無緣，只能賺一天過一天，我之所以租這個公寓，都是因為虛榮心作祟。你想想看，一個以教授吉他為業的人，如果住在髒亂的地方，會有學生嗎？你能了解我過著這樣的生活，因此日夜盼望能拿到一大筆錢的心情嗎？」

「現在你拿到一大筆錢了，卻在這兒酗酒，你不覺得自己很淒涼嗎？」

清水臉上浮起了自嘲的笑容。

「你相信嗎？如果我是個天生的吉他手，就算在我面前堆了多少金塊，我也絕對不會放下『山多斯』的，真的！現在我很後悔，但是什麼都來不及了。」

我的心情突然覺得沉重。

以前對於清水，只有憤怒，沒有厭惡。

但是現在我突然厭惡清水了。

「坦白說，如果是你自己想把『山多斯』佔為己有，我還能原諒你，但是，你並不像巴克那樣只是個單純的吉他手，我實在很失望。」

「隨你怎麼說，我自己知道我是個什麼樣的人。」

清水把手伸進電視機下頭的雜物箱中，拿了整疊的錢丟在桌上，那是連封條都尚未撕開，面額一萬圓的紙幣。

我忍住笑說：

「這些就是用『山多斯．艾爾南德士』換來的嗎？」

「沒錯。在西班牙的時候，你替我付了好幾次錢，處處照顧我，而我卻欺騙了你，想必你也覺得很不爽吧，這樣好了，你想要多少自己拿吧。」

我俯視著桌上的鈔票，如果一疊一百萬圓的話，那他是以兩百萬圓的價格賣掉「山多斯」了。

「那我就把這些錢全部帶走好了，你把買主是誰告訴我，我用這些錢再買回來。」

清水吸吸鼻子。

「他用兩百萬買的東西，怎麼可能再賣還給你，就算你出雙倍的價錢也未必買得到。」

「你到底賣給誰了？」

清水摸著下巴笑了。

「原來的所有人啊，山多斯。」

我把身體的重心由右腳移到左腳，偷偷地將手上的汗水擦在沙發背上。外頭雨的聲音突然變大、變急了。

「你不是說已經有十多年沒見到山多斯了嗎？」

「在我要去西班牙前，他突然來找我。」

「這未免太巧了吧，然後呢？」

清水慢慢地搖著頭。

「我已經說得太多了，我答應過山多斯了，我不會向你透露什麼的。」

「你要多少錢才願意說？」

他原本蒼白的臉突然變得兇狠，眼睛忿忿地瞪著我好一會，但是沒多久，他開口說：

「無論你說什麼，我都沒有反駁的資格。反正，你向我打聽山多斯的事情只是浪費時間而已，因為我連他住哪裡，現在在做什麼工作都不知道。」

「那你們是怎麼聯絡的呢？」

「我回到日本當天，他打電話來的。我曾經告訴過他我的電話號碼。」

「這也是巧合嗎？」

「這個我就不知道了。請你回去吧，這些錢你要就拿去吧！」

我往後退了一步。

「不，我不想讓你損失太多。」

清水的眼睛瞇成一條縫。

我默默地轉身，走向大門。

清水的聲音在後頭響起。

「剛剛你說不要讓我損失太多，有什麼特別的意思嗎？」

我再次面對他。

「在羽田機場的海關，你有為那把吉他申報嗎？」

「怎麼可能，他們那些人連『山多斯・艾爾南德士』的價值都不知道，連蓋子也沒打開過。」

這時我的臉上突然露出笑容。

「哦，那真是太好了，那你應該會以走私的罪名被逮捕。」

「走私！」

清水立刻從沙發上彈了起來，他的眼睛露出急切的光芒。

「你低估了那把『山多斯・艾爾南德士』，居然以兩百萬圓的價錢賣了出去。那把吉他上可是鑲了七顆上等的鑽石啊。」

清水一瞬間目瞪口呆。

「怎麼可能，那些只不過是普通的——」

「普通的玻璃珠嗎？不知道真相的人都是這麼以為的。」

清水抓著沙發的手把，整個人向前傾，他連吞了好幾口口水。

「你說的，都是真的嗎？」

「真的。特別是那顆鑲在柄端的紅色鑽石，更是難得一見的珍品，只要那一顆，就可以買下一整棟你現在住的這種大廈。」

清水的眼神中閃著異樣的光芒。

雙方沉默了好一會，而後他像是自言自語地說了句話：

「山多斯知道這點嗎？」

「當然，現在他一定抱著肚子取笑你吧！」

清水愣愣地望著我，但是，我知道他看到的並不是我。

或許出現在他眼前的是已經離開他手中的那夢幻的鑽石吧！

3

雨並沒再加大，但是，風勢卻更強。

我要理沙代把車子停在能夠監視清和住宅的入口，且又不容易被人發現的地方。

「請妳再陪我一陣子。」

「沒關係，我們得在這兒等多久呢？」

「快的話，也許只要三十分鐘，慢的話，可能得等到天黑。」

「能不能告訴我，是什麼事呢？」

我把和清水的談話一五一十地告訴理沙代。

理沙代聽了我的敘述後，轉轉她那聰明伶俐的眼珠。

「他說他把吉他賣給了山多斯，是真的嗎？我總覺得事情沒那麼簡單。」

「所以我最後就在那裡丟下了餌，逼他採取行動。即使外頭下的是子彈，他今天也一定會去找山多斯的。」

「可是，他不是說不知道山多斯住在哪裡嗎？」

「那一定是謊話，我可以跟妳打賭。」

但是之後清水一直都沒有出來。

四十分鐘以後，有個女人開著車進入公寓的停車場。

理沙代若無其事地說：

「其實，他不必自己出來，他也可以叫山多斯來這裡啊。」

我馬上停止點菸的動作。

「這也很有可能，我差點疏忽了。」

「可是，那個山多斯不會是個女人吧。」

「我也不太清楚，不過我想應該不是才對。」

之後，連前來這棟公寓的車子，我都加以留意。

我們在這裡已經等了一個半鐘頭以上，清水依舊沒有出現，也沒發現有可疑的訪客。

過了兩點。

「會不會是我們判斷錯誤，白白浪費時間？」

「或許。」

「那我們回去吧。」

理沙代想了想，而後說：

「我想等到三點看看，反正都已經等那麼久了。」

「肚子有點餓了，妳呢？」

「我去買點吃的。」

我還來不及阻止，她就從後座拿起一件雨衣套上，並打開車門，在雨中跑了起來。

五分鐘以後，她抱著一個麵包店的紙袋跑回來，有些上氣接不了下氣的。

「牛奶和可樂餅麵包。」

「又是這些，今天早上才吃的啊。」

理沙代笑得相當愉快。

「有什麼關係，我最喜歡吃這個了。」

吃完後，剛好是兩點四十分，有輛計程車經過我們旁邊，停在清和住宅的大門前。有把黑傘打了開來，一個穿著茶色外套的男人走下車。他把衣領高高豎起，戴上同色的雨帽，而戴著太陽眼鏡的臉，馬上就被傘的陰影遮住。

我把紙袋揉成一團，擦擦擋風玻璃上的霧氣。那個男人朝著清和住宅走去，他走過去時所發出的沙石聲，連在這頭的我們都聽得見。

理沙代將背脊挺直。

「是這個人嗎？」

「不知道。」

「要不要確定一下？」

「我們等個十分鐘，如果他確實是山多斯，那麼我們得抓準時間進去。」

這十分鐘就像是十個鐘頭般難捱。

「我們走吧。」

理沙代緊張地望著我。

「我也要去嗎？」

「對，如果剛剛那個男人確實是山多斯的話，那麼我就需要有個證人。」

我們下了車，逆著風雨，跑進公寓。

上到二樓，我們躡手躡腳地往清水的房間走去。

門旁放著一把黑傘，雨傘的尖端在水泥地板上，形成一小攤水。

理沙代緊抓著我的右手臂。

我打開門。

脫掉鞋子以後，我們一口氣走完那條短廊。

打開起居室的門——

隔著一張桌子對坐的兩個男人，正慌張地想從沙發中站起來。

「漆田先生！」
清水依舊是那件睡袍，但卻一句話也說不出來。
另一個男人也停止他的動作，只是將摘下太陽眼鏡後的眼睛睜得老大地看著我。
「終於見到你了，山多斯。或許我應該叫你高井修三先生？」
我抓著理沙代，走進去。
理沙代起初是以怯怯的眼神望著他們，隨後，她的臉上浮現了驚愕的神色。
她倒抽了口氣叫出聲：
「你在這裡做什麼？大野經理。」

4

那是太陽樂器社的董事兼宣傳部經理大野顯介。
他雙頰的肌肉僵住了，慢慢坐回沙發，雙肩無力地垂下。
清水也無力地坐回沙發上，兩手插進頭髮中。
他的臉上再次浮現自嘲的笑容。
「看樣子，我完全是被你設計了。」
理沙代的手指幾乎勒進我的右手中。
「你該不會說大野經理就是山多斯吧？這個玩笑也未免開得太大了！」
「會嗎？妳可以問問他本人啊。」
理沙代默默地看著大野。

而大野卻將臉轉向清水，用僵硬的聲音說：

「那智小姐，這件事妳未免管得太多了。」

「我只是剛好跟著漆田先生來的而已。」

「妳拿的是太陽樂器社的薪水，卻跑去替日野樂器社工作。」

理沙代一時懾於大野的氣勢，半天說不出話來。

實在看不過去，我介入他們之間。

「你少避重就輕，更何況你根本沒有責備別人的資格。」

大野心虛地舔了舔唇。

桌上有個小小發亮的東西，大野企圖將我的注意力引開，偷偷把那個東西放進口袋中。

拿了把圓椅子給理沙代坐，我自己則靠牆站著。

「大野先生，你這場詭計之所以能夠得逞，就是因為有她。這使她成了重要的證人，所以，我才要求她跟我一道。這麼一來，萬廣就不會再跟你訂契約了，當然，這還是有個前提的，如果你還待在太陽樂器社的話。」

大野從口袋中掏出太陽眼鏡，再慢條斯理地戴上。

「你有什麼證據說我是山多斯？即使我真是山多斯，也沒做過什麼犯法的事情啊。」

他打開雙腿，換個輕鬆的姿勢。

我把手伸入口袋，將大野先前借給我的格魯波佛拉明哥舞團的相片放在桌上。

「那麼，你不妨聽聽我的推測吧！你從那智小姐那聽到拉墨斯拜託我找尋山多斯的事情，就想賭賭自己的運氣，因為你知道經過這麼多年，自己的容貌已經有了很大的改變，所以決定利用這張照片接近我。這個構想實在大膽，絕對不會有人懷疑自己所要找尋的人就在身邊。」

接著，我又從另一個口袋中掏出徵信社調查報告的信封。

「在我出發到西班牙以前，已經請徵信社做了兩、三個調查。你說你以前是在大阪心齋橋的小馬樂器服務，那家店也的確是在十年前關閉的，但是，調查員卻在梅田的另一家樂器行中找到以前也在小馬樂器工作的一個叫做三木的男人，他作證確實以前是有個叫做川上的同事在小馬樂器服務，而且還跟安東尼奧交情很好。可是，你絕對不是川上，因為川上早就病死了。」

大野的喉頭動了一下，但是他沒有開口。

我繼續說下去。

「你一定知道這個人吧，所以你才裝成川上。如果這些話不夠清楚的話，我還可以再告訴你，你在被大野家招贅以前，也就是還沒改名為顯介以前，你的本名是高井修三。怎麼樣？你想看看這份報告嗎？」

大野雙手抱胸，整個人靠在沙發椅背上，他的臉色陰沉，額頭上青筋暴露。

「你這個人也未免太好奇了吧，把錢花在這些無用的調查上。我其實也沒有打算一直裝成川上，只要裝到找到安東尼奧為止就可以了。」

「原來如此，原來你是為了達到自己的目的而不擇手段的人。難道你對於欺騙了蘿西達，要她從拉墨斯工作房中偷拿『山多斯·艾爾南德士』的事情，沒有受到一點良心的譴責嗎？而今，你又為了從安東尼奧那兒拿回『山多斯』，又再度不擇手段。你的執念還真是令人害怕，你這種伎倆確實令人佩服，但是你那些漂亮的花招，全都是利用謊話和虛偽構成的。」

「你不要胡說，那把『山多斯』本來就是我的，是蘿西達送給我的。可是，安東尼奧卻在離開格魯波時偷了它，所以我才花了那麼十幾年找尋他。」

「也就因為這樣，你才會在我找尋山多斯時，要我也幫你找到安東尼奧，對吧？」

「不錯，萬一你能夠找到的話。」

「的確，這個萬一也發生了，我找到安東尼奧。而這麼一來，你也就會以殺人罪，至少是傷害致死罪被捕。」

大野鬆開抱在胸前的雙手，看著我。

「你這麼說太過分了吧，請不要把莫須有的罪名加在我頭上。」

「你很了解這不是莫須有。當你從那智小姐那得知安東尼奧住址的同時，也知道那把吉他已經不在他的手中，只剩下一個吉他移調夾。另外你還得知鑲在吉他移調夾上的並不是玻璃珠，而是真的鑽石。這件事情她在『卡利奧加』已經將詳情都向你報告過吧？」

我將視線轉向理沙代，她用力地點點頭。

視線轉回大野身上後，我繼續說：

「憑你那個聰明的頭腦，不消說馬上可以發現不僅是吉他移調夾，就連『山多斯』身上的七顆玻璃珠都是價值連城的鑽石。原本不知道有七顆鑽石存在時就很喜歡那把吉他的你，這下可非得把它弄到手不可了。所以你才趕緊跑去逼問安東尼奧『山多斯』的下落，我說得對嗎？」

他似乎有些坐立不安，一再地調整坐姿。

「你是指控我殺了安東尼奧？」

「以結果來說是的。你聽了她的報告後，一定馬上前往安東尼奧的公寓。剛剛你從桌上偷偷放進口袋中的，不就是吉他移調夾嗎？那就是最好的證據，也就是你從安東尼奧的吉他箱中偷走的。」

「你怎麼知道的？」

「因為發現安東尼奧屍體、報警的人是我。在他活著的時候，我親眼看過他拿著那個吉他移調夾。」

大野與清水吃驚地看著我，而理沙代更是倒抽了口氣。

「你透過她要我去一趟安東尼奧的公寓，以及在安東尼奧死亡新聞登出的當天故意打電話給我。你希望我以為你和安東尼奧沒碰過面，但是，安東尼奧卻因為你，變成了冰冷的屍體。」

大野並沒有回答，甚至連動都不動。

「我的推論不會太離譜吧！現在，請你把吉他移調夾拿出來。」

大野下意識地壓住口袋。

在一旁始終沉默的清水忍不住開口：

「你拿出來吧，反正你剛才跟我說話的時候也已經拿出來過了。」

大野忿忿地瞪著清水，用力將吉他移調夾丟在桌上。

「這怎麼能算是證據，何況，安東尼奧的屍體也已經解剖過了，他的死因是因為心臟麻痺，說不定現在都已經埋葬了。」

我把吉他移調夾拿到燈光下照了照，然後收進口袋內。

「但是，如果你在他喝醉的時候，曾經對他動過粗，那麼事情就完全不是這樣了。事實上，你的行為與安東尼奧心臟麻痺之間，在法律上可以構成因果關係。這些消息對於專門採訪社會新聞和雜誌週刊的記者來說，可是一個大好的新聞啊。」

大野搖擺著他的肩膀，將身子往後靠，一句話都沒說。

「我還是繼續說下去吧，那時你也一定打聽到那把吉他從安東尼奧的手中，換到一個名叫巴克的年輕吉他手了。而這個吉他手的身分，當然你也查得一清二楚，他就是你的兒子津川陽——他從母姓。」

這時大野的太陽穴有些浮動，但他還是一言不發。

「或許是因為血緣的關係吧，二十年前父親所做過的事，現在兒子也跟著做一次。也許是偶然，巴克也完全繼承父親對『山多斯．艾爾南德士』的執著。」

我看著理沙代。

理沙代放在膝蓋上的雙手緊握著，正仰著蒼白的臉頰看向我。

「妳把我要到西班牙去追回巴克和佛蘿娜的事情，也告訴了大野經理吧？」

理沙代遲疑地點點頭。

「妳是不是也把出發的日子以及飛機的班次都告訴他了呢？」

她垂下眼睛，小聲地回答：

「是的，因為經理很熱心地問──」

我再度面對大野。

「如此一來，事情的經過都很明顯了。在我第一次見到你時，無意中透露了清水在六本木『艾爾．港』表演的事情，以及最近他也會到西班牙的消息。所以你得知我也要去西班牙時，就趕緊去找清水，或許你連敘舊的時間都沒有，就直接說服清水和我搭同天同班的飛機一塊去西班牙，為的就是乘機搶回『山多斯．艾爾南德士』。你能不能告訴我，你到底怎麼收買清水的？」

清水突然笑出聲，他張著大嘴仰天大笑。

「我實在很佩服你，漆田先生。以你的智慧以及手腕，真的可以稱為名偵探，一切事情的經過確實如你所說的。我的條件是山多斯必須負責我所有的經費，不管是機票、住宿以及其他的開銷，我就這樣被他雇用了。而我的工作就是秘密地跟著你，然後，伺機搶走那把吉他。然後把吉他平安帶回日本後，我可以得到兩百萬圓的酬勞。老實說，我為了如何找出跟著你的藉口，還真傷透了腦筋，但是，你卻先發現了我，甚至還提出要我幫忙找吉他的要求，因此我可是費了不少功夫假裝事情有些奇怪，覺得很是困擾呢。」

想不到我還有對著清水笑的心情。

「想到你從西班牙離開後的事情，就覺得真是太好了。你是個非常好的吉他搬運工呢。原本我還擔心如果巴克一直拿著那把吉他，不知道能否平安地帶回日本呢。」

清水聳聳肩，而後，好像想起什麼似的說：

「跟你確定一件事情，你在出發到西班牙前就已經委託徵信社調查，是不是早就懷疑他就是山多斯了呢？」

「老實說，其實這個結果的確出乎我意料，我只是覺得他找尋安東尼奧的動機有些疑問罷了。為了以往的承諾，想送把吉他給老朋友的理由，未免太過牽強，也太過美麗了。」

「這麼說來，你也花了不少腦筋嘛。」

清水這句話是針對大野說的。

大野晃動著肩膀，臉上也浮現了自嘲的笑容。

「你還真是個了不得的ＰＲ人員，這是在表現自己有個可以媲美名偵探的頭腦，是吧？可是這些在我看來，只不過是個愛誇耀的小孩在自吹自擂罷了。」

「實在很可惜，居然得不到你的讚賞。」

大野那在太陽眼鏡後頭的眼睛瞇成一條細縫。

「我剛剛已經告訴過你，那把吉他是轟西達送我的，至於轟西達有沒有得到她父親的許可，根本不干我的事，就算我承認是我欺騙了她而拿到吉他的，那也已經過了追討的時效。」

「既然你要這麼說，我也可以告訴你，安東尼奧從你那拿走吉他，到現在也過了追討的時效。不管怎麼說，你都沒有那把吉他的所有權了。」

「可是，現在我是用錢從清水的手中買到的，而且，吉他現在也確實在我的手中。你根本無法證明吉他不是我的，我說得對不對？」

大野的口氣恢復以往的從容不迫。

我也改變了戰略。

「如果要以竊盜罪或侵佔罪，把你關進監獄裡的確不太容易。但是，如果你一再強調吉他的所有權，我會站在拉墨斯那邊，對你提出民事訴訟。我可以找到好些個證人，而你卻一個也沒有，即使你收買了清水，我和她可沒那麼簡單被你收買。」

大野把眼鏡往上推。

「你還真是有自信。那智小姐應該有她的意見吧，做為一個萬廣職員的意見。」

沉默了好一陣子。

理沙代堅定的聲音劃破這場寂靜。

「大野經理，你是以太陽樂器社宣傳經理的立場計畫這件事情的嗎？」

清水再次仰天大笑。這對平日總是面無表情的他而言，真是件稀罕的事。看來這比他得到一大筆錢，反而使他的心情愉快多了。

「山多斯，你現在可真狼狽，我也不是那麼簡單可以收買的啊。」

大野嘴唇抖動，看著清水。

「我已經給你兩百萬了。」

「那是場正式的商業交易，雖然便宜了點，但還是成立的。反正東西已經到你的手上，以後就沒有我的事了。」

清水把雙手放在頭後交疊，輕視地看著大野。
大野握著拳頭，恨恨地回瞪清水。
我伸出食指，引回大野的注意。
「其實，你還是有個收買我們的方法，只要你把『山多斯．艾爾南德士』還給拉墨斯，那麼我們就什麼也不說。」
大野的喉頭動了動。
「如果我拒絕呢？」
「我在新聞界還算有人緣，雖然我不喜歡這麼做，但是我會對新聞界坦白一切的事情，這麼一來，你當然不能再待在太陽樂器社，就連其他的工作大概也很難找得到了吧。」
「只要我手上還有那些值錢的鑽石，又何必擔心這些小事？」
「你以為警視廳，以及國稅局會放過你嗎？更何況人不能只靠金錢和財產生活。或許你是個例外吧。」
大野垂下眼睛，專心思考。
把現今的生活、社會的地位和鑽石的誘惑相比較，的確需要一段相當的時間做個抉擇。
不久大野抬起頭，右手無意識地摸摸他的鬍子。
「我已經說了好幾次，那把吉他是蘿西達給我的。」
「對於一個沒見過幾次面的陌生外國人，她會毫無條件地將父親的寶貝送給他，這可能嗎？」
「這是真的。」
「那麼，事後你馬上離開卡迪斯，回到日本，是為了什麼呢？是不是因為你做了什麼虧心事？」

大野只是聳聳肩，雙手抱在胸前。

「你到底有完沒完？二十年前到卡迪斯的人是我，又不是你，你這個第三者知道什麼！」

我一直瞪著大野。

「沒辦法了，那只有讓你和拉墨斯兩個人對質了。」

5

大野慢慢地將手放下，緊握著膝蓋，吁了一大口氣說：

「好吧，這樣拖下去，我也覺得困擾。」

「那麼，我們走吧。」

「去哪裡？地點呢？」

「八王子，就在日野樂器社工廠的旁邊，拉墨斯住的公寓。」

大野搖搖頭。

「八王子，不行。這種天氣下，叫我到那麼遠的地方，辦不到。更何況我傍晚跟人有約。」

我也開出條件。

「如果你願意帶著那把吉他，就到四谷我的公寓好了，怎麼樣？」

大野挑著眉說：

「到四谷去，可以，但我並沒有帶吉他的必要，我不打算把它交給你們。」

「不管你要不要交給我們，讓拉墨斯看看總不會有什麼損失吧。」

大野有些猶豫，最後，還是不情不願地答應了。

向清水借了電話，我撥電話到新井進一郎的住家，接電話的人正是新井。

「抱歉打擾你的休息，我想和八王子的拉墨斯先生聯絡，你是不是能告訴我公寓的電話號碼？」

新井說完號碼後，突然說：

「我已經把你平安回國的消息告訴了河出常務董事，他要我替他向你傳達他的謝意，另外，還請你在下個星期盡早提出詳細的報告，當然也包括經費在內。」

我向他保證會這麼做以後，才掛斷電話。其實，原本我就打算在下個星期提出報告的。

撥了新井給我的電話號碼，接電話的是佛蘿娜。

她先問起我的傷口，等我回答沒關係後，她才去叫拉墨斯聽電話。

過了一會兒，拉墨斯的破嗓子從那端傳過來，只是他還在嘮嘮叨叨，淨說些感謝的話。

我讓他說了好一陣，才找個適當時機插話。

「拉墨斯先生，現在有件事，我想請你好好聽著，可不可以麻煩你要工廠派輛車子，送你和佛蘿娜到四谷，也就是我的事務所來。要你在這種天氣中出門，實在對不起。」

「到底有什麼事呢？」

「我想你可以看到山多斯和『卡迪斯紅星』了。」

拉墨斯倒抽了口氣。

「你——你說什麼？你真的找到山多斯以及那把吉他了嗎？」

「是的，佛蘿娜知道我的事務所在哪裡。」

拉墨斯老半天沒說一句話，我還以為電話斷了。

而後，拉墨斯簡短地回答：

「知道了，我馬上過去。」

五分鐘後，我們留下莫名表情放鬆的清水，走出了清和住宅。雨停了，陽光從厚厚的雲層中露出臉來，但，風依舊強勁。

理沙代開車，我和大野坐在後座。

大野說那把吉他放在他的公寓中。

「我住在小田急線的千歲船橋車站附近，那智小姐應該很熟，好幾次都是她用萬廣的車子送我回家的。」

他的口氣有些諷刺的意味，但是理沙代並沒有理他，一言不發地發動引擎，只是她的臉色不太好。

沿著高速公路三號線，經過涉谷，進入玉川通，這期間，沒有一個人說話。

快到達三軒茶屋時，大野沉重地開口：

「剛剛你說，安東尼奧的屍體是你發現的，那麼你怎麼沒到警察局說明真相呢？」

「我並不想牽涉進去，當然，如果是明顯的他殺就另當別論了。」

大野挺直他的背脊，快速地說：

「他是在我們談話時發作的，我不否認逼問時的口氣是嚴厲了些，但是，我真的沒碰過他，何況，我也不是那種墮落到會對瞎眼的男人做出暴力行為的人。」

「你這麼說還是解脫不了你的罪，在安東尼奧倒下的時候，只要你叫醫生，他或許就不會死了。更何況你還有個偷了他的吉他移調夾的罪名。那個東西我和她在他活著的時候就見過了，這可還在追討時效期裡。」

大野坐正身子。

「不管怎樣，那把吉他和移調夾本來就是我的，我只不過是拿回屬於自己的東西而已，有什麼不對？」

「好，就照你說法來看，你也沒有那把吉他不是安東尼奧的證據，我記得安東尼奧說過，是你把吉他讓給他的，但是，不是以金錢，而是其他的東西。」

大野雙手再次抱胸，將臉面向窗外。

「別開玩笑了，你想想看，一個吉他手有什麼寶貝可以和『山多斯・艾爾南德士』交換的？」

我偷偷看著大野的側臉。

安東尼奧的變化已經夠令人吃驚了，而山多斯的變化更有過之而無不及。摘掉眼鏡，剃掉鬍子，光是臉頰到下巴的線條就跟那張照片完全不同，體型也較福態，在他的身上，完全找不到二十年前的一絲一毫。

從高井修三變為大野顯介，不僅是名字的不同，就連外貌以及生活也起了很大的變化。

但是，無論是再怎麼厲害的人，還是無法根本地改造自己的性格。

車子經過三軒茶屋，進入世田谷通。不久，停靠在小田急線千歲船橋車站附近的住宅街一角。

大野家外圍是用大谷石圍牆包圍，佔地很廣的大房子。對於身為董事兼宣傳部經理的大野來說，似乎太豪華了些，也許是因為他的岳父，太陽樂器社副社長大野將吉才能擁有的吧。

大野消失在門後，理沙代也將引擎熄掉，她一直望著掉落在擋風玻璃上的樹葉。雨又開始下了。

「現在說這些可能太晚了，但是我還是要說，我沒想到會把妳給拉進來，我實在應該站在妳的立場上多想想。」

理沙代的側臉浮現一絲寂寞的笑容。

「事到如今，萬廣與太陽樂器社大概無緣了吧。」

我找不出可以回答的話。

理沙代從後視鏡中看著我。

「你盡量利用我好了，不必顧慮我，我會照顧自己的。」

我舔舔嘴唇。

「妳在氣什麼？」

「沒有啊！但是，我希望你將大野經理就是山多斯的事情先告訴我。」

「我也沒有十成的把握，都怪我不好，對不起。」

「馬上道歉代表你根本就沒有反省。」

「是我的錯，對不起。」

理沙代莫可奈何地嘆了口氣。

「我請求妳幫忙，並不是因為妳是太陽樂器社的PR人員，更不是因為妳會開車。」

「我不要聽這些不是理由的理由！」

就在理沙代冷淡地說出這些話時，大野在門口出現了。

我把車門打開，接過吉他箱，放在副駕駛座。大野默默地坐進車內，理沙代發動引擎。

直到我們到達歐陸別墅，大野始終一言不發。他的表情愈來愈沉鬱，看得出來，他的心情也愈來愈沉重。

理沙代把車停在大廈後頭的巷子中。

我們頂著強風進入大廳。

當我掏出事務所的鑰匙時，裡頭的電話正好響起。我趕緊打開隔間門，但是，在我走到桌子旁時，電話聲就停了。

脫下外套的大野和理沙代也進來了，他們兩人好奇地看著我的事務所，所幸石橋純子整理得相當乾淨，就連大倉的桌上也很整齊。

我走進廚房燒了壺開水，準備泡些咖啡。

大野把吉他箱放在櫃子旁，自己坐進沙發中。理沙代則遠離大野，背對著他，假裝瀏覽書架上的書。

由於我只能用一隻手做事，總是會將咖啡杯弄得嘎嘎作響，每響一聲，理沙代就望向我這邊。

當我再次弄響時，大野開口了。

「妳去幫他吧，那智小姐。」

頓時，理沙代滿臉羞紅，愣了一會，才將手中的書趕緊放回書架，走到我身邊。

我把咖啡壺遞給理沙代，自己慢慢走近大野。我們隔著桌子坐在沙發上。

「他們從八王子趕來，即使是走中央高速公路，還是得再等段時間，如果你不介意，能不能再告訴我一些事情？」

「我沒有什麼話可以對你說。」

大野的態度相當冷淡。他把視線轉向窗外，默默地點了根菸。

理沙代把咖啡送了過來。

我在咖啡中加了些糖，慢慢啜飲著。而大野既不碰咖啡，也不看理沙代。放下手中的咖啡杯，我像是對著牆壁似的開口：

「當你知道我受人委託尋找山多斯時，也大膽地要我替你找尋安東尼奧。當時，在你的心中一定猜測我是不是真能找到山多斯，這對你來說，是一種樂趣。不過當時你並沒有想到你能從安東尼奧那拿回吉他。至於你後來會決定這麼做的原因，是在你知道鑲在吉他上面的不是玻璃珠，而是鑽石以後吧！我說對了嗎？」

大野把手中的香菸在菸灰缸裡捺熄，喝了口咖啡，似乎想將自己的情緒平穩下來，先含在口中一陣子，再吞下去。

看著我說：

「你這個人真囉唆。不管鑲的是玻璃珠還是鑽石都沒有關係，那把吉他二十年前就是我的了，以後也會是我的。我可以讓拉墨斯看看，但絕不允許他拿走，這些話我必須事先聲明。」

他的聲調聽起來已經完全恢復冷靜。

即使在真相被我揭穿以後，大野還是不改初衷地一意孤行，我不得不承認他確實是個意志堅強的傢伙。

6

四十分鐘以後，門鈴響了。

我穿過辦公室的隔間門，把入口的大門打開，拉墨斯一個人拿著滴著雨的雨傘站在門外。

「真是抱歉，這種天氣還要你跑一趟。佛蘿娜怎麼沒一道來呢？」

拉墨斯走進門內。

「時差還沒適應過來，有些疲倦，所以沒讓她跟來。」

「你知道路嗎？」

「佛蘿娜把路線詳細地說給司機聽，所以才能夠找到這兒。回去時你也不用擔心，我讓司機在外頭等著。」

「心臟好些了吧？」

「我沒關係，倒是你的傷勢呢？」

請他不必擔心後，我把拉墨斯帶進辦公室內。

大野和理沙代都由沙發上站起來，緊張地面對拉墨斯。

我把大野介紹給拉墨斯。

大野似乎有點愧疚，他緊收著下巴。拉墨斯只是目不轉睛地盯著大野，而後緩緩地伸出右手。

「我是荷西・拉墨斯，你是山多斯嗎？」

大野有些躊躇，但還是伸手握住拉墨斯。

「是的，我就是山多斯。」

雖然語調有些生硬，但確實是西班牙話。看來他懂得一些簡短的會話。

拉墨斯仍舊盯著大野不放，好一會，他才困惑地看著我說：

「我一點也認不出來，在我的記憶中，他是個瘦瘦、個性好強的男人，當然那時候他也沒戴眼鏡、留鬍子。」

「都過了二十年，不管是誰都會變的。」

拉墨斯居然能對山多斯伸出手來，實在出乎我意料之外。對拉墨斯而言，山多斯是個可恨的小偷不是嗎。

接著，我把理沙代介紹給拉墨斯。

我和拉墨斯坐在大野對面的沙發上。而理沙代又進入廚房替拉墨斯泡咖啡。

電話響了，我從沙發上站起來，走近桌邊。

「我是漆田。」

「你終於讓我抓到了吧！你什麼時候回來的？」

是槇村真紀子的聲音。

「昨天晚上。」

「我記得我交代過你辦公室裡的那個女孩，叫你回來馬上打電話給我，她沒告訴你嗎？」

「她告訴我了，只是我一直沒空。」

「算了，這又是個藉口吧，聽說你去西班牙了？」

「是。」

真紀子嘆了口氣。

「反正找到你就好了，那等會兒見。」

「喂！喂！」

我叫著。電話卻已經掛斷了。

其實，我心裡明白真紀子打電話來的用意，也就因為如此，我有種不祥的預感。

理沙代把咖啡放在拉墨斯的面前，自己悄悄地坐在純子的位子上。

我也回到沙發上。

拉墨斯似乎等不及了，說：

「放在那邊的，是『卡迪斯紅星』吧！」

「是的。」

拉墨斯把眼光轉向大野。

「你承認你偷了那把吉他吧？」

大野困惑地望著我，似乎不了解拉墨斯的意思。

聽了我的翻譯後，大野不快地皺著眉頭。

「請你向他說我剛剛講了好幾次的事情，我已經厭煩再說一遍了。」

我把大野的意思傳達給拉墨斯。當然，大野有主張自己立場的權利。

聽完後，拉墨斯的臉色一變。

「胡說，蘿西達怎麼可能會把吉他送給他，別開玩笑了。蘿西達知道那把吉他是我最寶貴的東西，怎麼可能送給剛認識的外國男人呢？更何況是還沒經過我的允許。」

他激動得嘴角都噴出了口水。

當我把這些話翻譯出來後，玄關處的門鈴響了，我只得中斷對話，走到玄關處。

為了謹慎我從門孔中看出去，果然不出所料，正是槇村真紀子。

我趕緊開了門出去，再關上門。

「我剛好在這附近就來了，想進來看看你，會不會打擾你啊？」

真紀子穿著一件樸素的茶色編織洋裝，手臂上掛著一件淡綠色的外套，頭髮、眼鏡上都是水珠。

「老實說，妳的確是打擾我了，妳來之前為什麼不先問問我呢？現在裡頭有客人。」

「我不會耽誤你太久的，我好不容易才找到你。你能不能告訴我一些西班牙的事情？」
我不得不壓低聲音快速地說：
「我真的是有客人在裡頭。改天再和妳聯絡，好嗎？」
真紀子眼光銳利地看著我。
「外頭風雨那麼大，你忍心叫我出去？」
她臉頰緊繃，一步也不肯退讓，口氣中有著強硬的執著。
現在再和她爭論都是無用的。
「好吧，既然妳那麼堅持，妳先到一進去的右邊那間小房間裡等著，但是，我必須事先告訴妳，我和那些客人可能還需要一段很長的時間。」
「沒關係。」
於是我將門打開，讓真紀子進入。
這個房間是堆積舊報紙和雜物的貯藏室。我替她打開一張摺疊式的椅子。
真紀子突然靠近我說：
「你在西班牙遇見優——我的兒子嗎？」
「這件事，之後我會告訴妳的。」
推開真紀子後，關上門。
回到辦公室，大野離開位子站在窗前，望著窗外。而窗外正是一片強風大雨。
他看見我回來，才坐回沙發。
「有客人嗎？」
「不，是推銷員。」

我說了謊。

大野繼續說：

「你跟他說很遺憾，不管他怎麼說，我絕對不會改變我的主張。」

在翻譯這句話前，拉墨斯先開口：

「蘿西達告訴我，在我去購買木頭，外出兩、三天的時間內，這個男人向她借了那把吉他，而他卻辜負了蘿西達的好意，把吉他偷走了。我想他一開始就是這麼打算的。」

大野從我口中得知了這些話，嘆了口氣，雙手抱胸。

「這樣一來，就都是各說各話，只是在浪費時間罷了。」

我決定改變整個談話的方向。

「這樣好了，我先將『山多斯・艾爾南德士』之所以會鑲著珍貴鑽石的原因告訴你，或許你會感到很無聊，但是你聽過以後，也許就能了解拉墨斯的心情了。」

於是，我把從拉墨斯那聽來，有關唐・路易士・蒙帝斯・卡馬喬的事情說出來。

唐・路易士是個貴族，內戰時支持共和國政府，而他未雨綢繆，事先將所有的財產換成寶石，以免他萬一被捕後，他的財產被佛朗哥所利用。同時，他也從那些寶石中選出八顆最好的鑽石，委託當時頗負盛名的吉他製造師山多斯・艾爾南德士做把吉他，並把八顆上好的鑽石鑲在吉他和吉他移調夾上。後來，為了能將這把吉他留給西班牙的後代利用，才將吉他交給了拉墨斯。

「拉墨斯一直遵照他的遺志，保護著吉他。這件事情經過了二十年，也就是到你出現為止，西班牙一直是在佛朗哥強大勢力下生存著，拉墨斯根本找不到利用那把吉他的機會。後來，你把吉他帶離西班牙，又是一個二十年，合起來它也有四十年的歷史了，而這個漫長的四十年中，唐・路易士的遺志也隨著吉他在人間流傳著。現在西班牙的情勢有了很大的轉變，佛朗哥的政體開始動搖了，正是吉他回到西班牙人民手中的時刻。不是為了拉墨斯，而是為了西班牙所有的人民，請你把吉他還給他，好嗎？」

大野站了起來，走近吉他，並把吉他箱緊緊抱住，那是無論你說什麼都不放手的姿態。

「不管這把吉他的由來多麼感人，都與我無關。我有權利主張我擁有這把吉他，如果拉墨斯還要堅持的話，那只好請我的律師來談了。至於剛剛給你的那個吉他移調夾，就送給你好了。」

我從口袋中掏出吉他移調夾。

「那些話應該是我們說的才對！」

拉墨斯用顫抖的雙手接住我遞過去的吉他移調夾，眉頭皺在一塊，將吉他移調夾仔細地在眼前翻來覆去觀察著。

然後他感動地哽咽，過了好久才說出一句話：

「沒錯，這正是我師父做的吉他移調夾。」

「山多斯說，這個東西可以還給你。」

聽我這麼說後，拉墨斯握緊吉他移調夾，直直地瞪著大野。他的表情雖然憤怒，但還是耐著性子說：

「我有我的立場，你也有你的說詞。至於蘿西達是把吉他借給你還是送給你，都已經死無對證了。如果我們再各說各話，勢必永遠沒完沒了，所以我可以退讓一步，提出一個建議，這把吉他可以給你，但是，那些鑽石必須還給我。因為起初你根本不知道有這些鑽石的存在，你要的只是那把吉他，對吧？」

拉墨斯望著我，用目光催促著我翻譯。

我搖搖頭。

「請你考慮清楚，就算你們的想法是平行線沒有交集，但你並沒有把吉他送給他的必要。」
拉墨斯反而點頭說：
「沒有關係，我早就有這種心理準備了，要他把所有的東西都還給我，那這個如意算盤也未免打得太好了。快，快把我的話說給山多斯聽。」
不得已，我只好轉向面對著大野。
「現在他提出了最大限度的讓步，也是你唯一的妥協機會，你要知道他並不是可以任你討價還價的人。他的意思是吉他可以給你，但是鑽石必須還他。更何況你從蘿西達那兒拿到吉他時，根本就不知道這件事情。這麼一來，你還有什麼話說！」
大野反而更用力地抱緊吉他。他晃動肩膀，舔舔嘴唇說：
「開什麼玩笑，想把吉他和鑽石分開，他難道不知道嗎？缺少了一樣，就沒有價值可言了。你告訴他，吉他給我，鑽石歸他的說法，根本不能算是一種讓步。當然，如果反過來的話，那還有話說。何況，你們也沒有我不知道這些鑽石的證據啊！你們怎麼沒想到，蘿西達把它給我時就已經告訴我了呢？」
我已經快壓不住心中的怒火了。
「那你有蘿西達告訴過你這些鑽石的證據嗎？」
「沒有，可是也沒有不曾說過的證據。這又是各說各話了。至少，我可以主張蘿西達曾經告訴過我。」
大野的眼神愈來愈銳利，或許他已經決定捨棄現在的所有，賭一賭未來吧。老實說，如果訴諸法律，並沒有什麼對拉墨斯有利的證據存在。
突然，我擔心起拉墨斯是否帶著硝化甘油的藥片，但是，照這種情況看來，我似乎比他更需要這些藥片。

我看著拉墨斯。

「蘿西達可能向山多斯提起鑽石的事情嗎？」

「不可能的，蘿西達根本不知道鑽石的事情，她一直以為那些只是普通的玻璃珠。那個男人說他從蘿西達那知道鑽石的事情嗎？」

「沒有，他只是說他可以這麼主張，遺憾的是他說得對。」

拉墨斯原本紅潤的臉頰正一點一點地失去血色，他的嘴唇開始慢慢地顫抖，口角也流下了口水，我趕緊從椅子上站起來，走近他的身旁。

「拿杯水來！」

我對理沙代說，然後趕緊拍拍拉墨斯的背。

「──不要緊，你別擔心。」

拉墨斯虛弱地將我的手推開。

「你身上帶著硝化甘油的藥片嗎？」

「在胸前的口袋裡。」

喝了口水和藥一起吞下後，理沙代跪在拉墨斯的背後，輕拍著他的背。

兩、三分鐘後，拉墨斯的臉上逐漸出現了血色。

在這場騷動中，大野一直是一旁冷眼旁觀著拉墨斯的情況。

而我也以相同的心情看著大野。

「如果你還有一點良心，看到這種情形，總會有些不忍吧。」

大野撇撇唇，我知道他根本不曾憐憫過。

他用平板的聲音說：
「現在我們談的是所有權，而不是良心的問題。」
我看著拉墨斯搖搖頭。
拉墨斯回過頭向理沙代點頭表示沒有關係。理沙代這才微笑地回座位上。
拉墨斯輕咳了幾聲，出人意料地以平穩的口氣對大野說：
「看來不管我怎麼說，你都不會接受了。那我改變個話題——你大概也知道蘿西達死了吧？」
我馬上將意思傳達給大野。
「事到如今，蘿西達的死，對你來說，大概沒有什麼特別的感慨吧。或許她死了對你反倒有好處，反正死無對證。」
大野把眼鏡扶好，喉頭動了動。
「我該說我很難過嗎？」
拉墨斯似乎已經知道這句話的意思了，他搖了搖頭。
「蘿西達是個不幸的女孩，她還未嘗到人世間的幸福，就蒙主召喚了。那一天是我這輩子永遠忘不了的日子。一九五五年，就是二十年前的十二月。」
拉墨斯閉上眼睛不說話了。
在翻譯以前，突然有個念頭閃過我的腦海。
今年十二月，佛蘿娜就滿二十歲了。如果拉墨斯說得沒錯，那麼佛蘿娜出生和蘿西達死亡幾乎是同個時期。
「你不是說佛蘿娜的父母，也就是蘿西達夫妻倆是車禍死亡的嗎？所以是佛蘿娜生下來不久後的事情囉？」

拉墨斯用黯淡的目光看著我。

「蘿西達並不是因為車禍死亡的，而且，她也沒有結過婚。」

「你的意思是——」

「你還聽不出來嗎？佛蘿娜的父親就是站在那裡的山多斯。」

7

遠處傳來些許聲響，或許是雨聲。

我屏住呼吸。

「山多斯是佛蘿娜的父親？」

我的聲音就像回聲似的在室內響著。

「是的，他不僅是拿走了我的吉他，就連我唯一一個女兒的貞操也被他奪走了。」

我啞口無言，只能盯著大野。而大野張著口，眼睛一眨也不眨地望著拉墨斯，看來他似乎已經瞭解我們的對話了。

拉墨斯繼續低聲說：

「突然說出這件事，可能很難讓人相信。可是你可以想想佛蘿娜，那個孩子身上流著日本人的血。黑髮黑眼珠，當然不是絕對的證據，因為安達魯西亞的女孩也都有這些特徵，但是，她對日本的事情特別關心，以及對日本話有驚人的理解力，這些要怎麼解釋呢？佛蘿娜在大學專攻日語，又常和日本公司員工親近，這些都不是我指示她的，而是她自己選擇的。我想這是因為她體內的血液在作怪，那孩子體內的日本人的部分，要求她回故鄉。」

他稍停頓了一下，嘆了一口氣。

「——一個未婚的獨生女，肚子卻隨著日子愈來愈大，看在父母的眼中，那種心情我不知道你能不能了解。而且，在我們國家，是不允許私生子出生的。」

拉墨斯的眼神更黯淡了，臉上也刻上了苦澀的皺紋。

我拿起已經冷了的咖啡，一口氣喝完，喉頭乾得幾乎燃燒。

「蘿西達說起過對方的名字嗎？」

「她和我一樣，是個相當固執的女孩。不管我怎麼脅迫、哄騙，她就是不透露那個傢伙的名字。即使將佛蘿娜生下來後，她也不肯說。她在生佛蘿娜時難產，胎兒生下後，出血過多，三天後就因為休克死了。——就在她快嚥氣時，才第一次告訴我，嬰兒的父親是山多斯，她還請求我，等孩子長大，要帶著孩子和她的父親見面。這就是她最後的遺言。」

大顆大顆的淚珠由拉墨斯的眼眶中滾落，我只能默默地望著他。

「我登記了佛蘿娜的出生證明和蘿西達的死亡證明後，同時也辦理收養佛蘿娜的手續。但是，一個大男人又怎麼會帶小孩呢？所以我才把佛蘿娜交給我的姪女茵卡娜恩。」

拉墨斯斷斷續續地敘說，並且垂下頭。

將事情仔細推敲了一下，總算了解事情的來龍去脈，而心中的疑團也終於解開。

拉墨斯來日本找尋山多斯的執著，不僅是為了拿回吉他而已！

難怪拉墨斯對於巴克和佛蘿娜的交往相當敏感。如果真如拉墨斯所說的，他們兩人就是同父異母的兄妹。

理沙代站了起來，遞給拉墨斯一條手帕，拉墨斯感激地接過，並擦擦眼淚。

理沙代回座位前，曾瞄了我一眼。她也許不太了解我們在說些什麼，但是看到這種情形，大概可憑著她的直覺猜出一、二。而在那一眼中就已敘說出她的心情了。

我把目光移向大野，他的臉呈現死灰色。像是得到熱病一樣，額頭上出現一顆顆汗珠。

「你好像已經知道我們的談話內容。佛蘿娜是你和蘿西達的女兒。有關佛蘿娜的事情，你一定聽過了吧。」

大野喉頭又動了一下，聲音有點像呻吟地說：

「我聽過，也在電視上看過。但是——」

他說不下去了，突然，他的臉部表情相當奇怪，不知道是哭還是笑。

「這也太可笑了吧，根本是毫無根據的指控。又有什麼證據可以證明佛蘿娜是我的女兒？」

「你口口聲聲都要證據，其實，證據就在你心中。你說還有什麼證據可以比蘿西達死前的一番話更真實呢？」

「你們胡說——」

大野把吉他放在地板上，身子崩潰地坐進沙發中。

「你心裡一定有數吧？是不是？」

我一刻也不放鬆。大野用手背擦擦額頭上的汗水，抖著唇說：

「不，不可能。」

「那麼你把不是的證據拿出來吧。」

大野抓住沙發扶手，用相當驚人的聲音大叫：

「我說不是就不是！」

藏在眼鏡後頭的眼睛，閃著瘋狂的光芒。他突然有這樣兇暴的行為，拉墨斯嚇了一跳，而理沙代小聲叫了一聲，將身子挺直。

「你不必那麼大聲嚷嚷，我只不過是學你，要你拿出證據罷了。」

我毫不服輸地反吼回去。然而，我內心對於大野激烈的反應著實吃了一驚。面對別人突然的指責，並且說那個人是你的孩子，當然是會大驚失色。但是，大野的變化也太不尋常了。

大野慢慢地將手離開扶手，一直看著自己的膝蓋，而後將汗濕的雙手覆蓋臉部，陰沉地說：

「佛蘿娜怎麼可能是我的女兒呢？我是個性無能。」

即使在這瞬間發生大地震，震垮了這棟大廈，我想我們一定還是一動也不動，只能屏住呼吸站在原地。

理沙代轉動著眼珠子望望我，而我也看著她，在這靜寂的一刻中開口，似乎是件罪惡。就在這個時候，大野又開始敘述了。

「昭和二十七年，我和津川佐枝子結婚。第二年，因為喝醉酒在路上被車子撞了，那個肇事司機一直沒找到。我的傷勢並不嚴重，但是，從此以後，我就變成性無能了。」

他停一停，將手肘抵在膝蓋上。

「三十六年，我和佐枝子分手，以後我為了生活，在一個樂器行做個專屬吉他講師。那雖然不是小馬樂器，但卻是大阪道頓堀太陽樂器社的連鎖店，而且還是大型的。那時，樂器行的店長剛好去世，而大阪本社宣傳部經理大野將吉與去世的店長是相當好的老朋友，所以他才帶著女兒──也就是我現在的太太，來到店裡。然後在三十八年，我入贅大野家。你們一定會想，以我一個身分不明、只會彈吉他的人，怎麼可能入贅大野家呢？就算他女兒看上我，堂堂一個大公司的經理，以後便是董事身分的人又怎麼能夠接受我呢？」

大野深吸了一口氣，不等我們回答就繼續說：

「也許你們不會相信，原因竟是因為我的性無能才招我入贅的。所以說，人生在世，幸與不幸是很難有個界定的。原本這些話是相當難啟齒，但是現在已經無所謂了。我現在的太太，出生後就是個生殖器官有缺陷的人。她不能懷孕，說得更具體點，她完全不能有性行為。所以，除非是我這種男人，否則絕對沒有一個男人會要她。」

大野臉上浮現一抹自嘲的微笑，繼續說：

「她雖然有些缺陷，但還是會對男人產生好感，而她也喜歡上我，所以大野鄭重地求我娶他的女兒。他是在我一次喝醉酒中，得知我在那個方面也不行。他說他會給我金錢、地位。那時我也有三十幾歲了，總不能一輩子彈吉他，於是我答應了他，從此以後，就開始我的新生活了。為了告別吉他手時期的高井修三，在入籍時，也將名字改成顯介。在進入公司以前，我先在原來的樂器行當了半年的推銷員，三十九年，我被調往太陽樂器社的宣傳部。十年以後，也就是去年，我才升為董事兼宣傳部經理，也才能勉強說有了些許的成就。——這些就是我鮮為人知的歷史。我和現在這個太太並沒有孩子，這點那智小姐相當清楚。」

大野抬起頭看看理沙代，而她似乎也受他影響地點點頭。她的眼神中混合著責難和同情，表情非常地複雜。

拉墨斯焦躁地將身體向前挪挪。

「快點告訴我那個男的說了些什麼，怎麼講了這麼久，是不是辯解他不是佛蘿娜的父親？」

我把手上的汗水擦在扶手上。

「他確實是這麼說。」

拉墨斯馬上挑著眉說：

「什麼？到了這個地步，還想找謊話來搪塞。他該不會說蘿西達死前撒謊——」

「請你冷靜下來聽我說，山多斯說他在年輕的時候發生過車禍，也因此喪失了性能力。而今他雖然再婚在樂器公司工作，但是對方也是個性無能，所以他們才結婚的。這些話可能是種託詞，我們只要拿到醫生的診斷書就可以明白了。」

「一定是他亂編的，我的女兒——」

拉墨斯還想反駁，但是卻被我制止了。

我面對大野，還有些事情必須澄清。

「關於你這些話是否屬實，只要醫生檢查一下就知道了。但是在那以前，有些事情必須要你確認一下。如果你說的是事實，那麼你的兒子巴克應該是在車禍發生以前生的，也就是說，他是在昭和二十八年以前懷孕的囉！剛剛你說你是在三十六年離婚，而巴克說那時他是六歲，照這麼算來，巴克應該不是在昭和三十年以前出生的才對啊！這個矛盾，你又打算怎麼解釋呢？」

大野把頭垂在兩膝之間說：

「巴克，也就是陽，你說得沒錯，我們分手時他是六歲。其實，這也沒什麼好奇怪的，陽又不是我們親生的孩子。」

外頭的風雨猛烈地打在鋁門窗上。理沙代挺直背脊，不知道是受到外頭風雨的驚嚇，抑或是由於大野的話。

我將自己的驚訝隱藏下來，平靜地對大野說：

「實在搞不過你，在這麼短的時間內，你居然能想出這麼多的主意。看來，如果我不仔細點，搞不好都會被你弄成是沒有血緣的兄弟。」

大野並不理會我的諷刺，只是低頭一直望著自己的手。

我彎著身體問大野：

「你的話中有著太多的謎題，能不能說得更明白點，如果巴克不是你的兒子，會是誰的孩子？」

「是安東尼奧的兒子。」

一霎時，我和理沙代彷彿被丟進颱風中，搞不清楚東南西北，而大野一個人卻像位於颱風眼中一樣平靜。

「原來如此！」

久久我才擠出一句話。

大野嘆了口氣，又開始低聲說：

「在我知道終其一生不能有孩子以後，我都快瘋了，所以，我希望能有個孩子，尤其是能夠繼承我的兒子。在那以前，我曾和安東尼奧夫婦合組格魯波，對他們的幫忙也很感激。我發生事情時，他們已經有兩個兒子了，而年紀較小的那個，還只是一個不滿一歲的小嬰兒，於是我就請求安東尼奧把那個嬰兒給我當養子。我的妻子也非常想要小孩，想趁著小孩還小的時候把他當作自己的親生兒子養育，他們夫婦禁不住我們再三地要求，才把嬰兒交給我們，所以陽變成了我的養子，事情就是這麼一回事。」

大野只要一開口，就往我們無法預料的方向發展，但是，他說的又不無道理。如果這些都是信口雌黃亂謅的，那真是連吹牛大王也自嘆弗如了。

我把身子坐直，加強語氣說：

「清水曾經告訴我，你對巴克並不好，巴克本人也是這麼說。而且，他離了婚的母親又死於勞苦之中，所以巴克非常恨你。但是，在你那麼期待一個養子的心情下，又怎麼會這樣對待巴克呢？」

大野看著自己打開的手掌。

「我不記得我有虐待過他。我只是希望陽能成為一個夠資格——不，全日本第一的佛拉明哥吉他手而已。這也是我這一生的目標，而我自己起步太晚，因此我理解到必須從小就開始學習才可以，不是用理解的而是用身體去記住。尤其是佛拉明哥的樂曲，並不是光看樂譜就可以彈奏的音樂，還得用耳朵、用心去記住。所以，我在陽小時候開始鍛鍊他。那絕對不是折磨、虐待。還有，離婚是我們夫妻間的問題，管他人什麼事。」

「對你來說，巴克始終是個外人吧？」

大野還是望著他的手，並沒有回答。

拉墨斯等不及了，插口說：

「你們談到巴克的事情吧，能不能告訴我，他說些什麼？」

於是，我把大野的話告訴拉墨斯。聽了我的話後，拉墨斯的身體又顫抖了，他趕緊靠在椅背上，企圖穩定自己。他把手壓著嘴，聲音由指縫間斷斷續續地傳出：

「這麼說來，他真的沒有性能力——這到底怎麼回事呢？先生，如果他說的是真的，那佛蘿娜又是誰的孩子？蘿西達在死前，怎麼還能對我撒謊呢？」

擦擦額頭，不知什麼時候，我的臉上全是汗珠。

「我也不知道，我沒辦法說什麼。」

我只能這麼說。

我重新整理一下自己，再面對大野。

「巴克知道自己的父親是安東尼奧嗎？」

「不知道，而且我想佐枝子不會告訴陽的，因為她把他當成自己親生的孩子。」

當時戶籍登記的情形不知道如何，但是，巴克應該有很多機會看到戶口名簿，況且，申請護照時也需要戶籍謄本。

可是巴克應該不知道那個叫做西班牙的安東尼奧是他的親生父親，如果他知道，就絕不可能搶走吉他才對。

大野挺起身子，看著我。

「我已經把事情全都說出來了，如果你們還不相信，可以去看戶口名簿，也可以去拿醫生的診斷書，到時你們就可以明白我說的全都是實情。」

我也挺起身子，回看大野。

「這樣看來，除了請律師以外，別無他法了。但是，希望你有個心理準備，因為這不僅是法律上的爭議，更是道德上的爭議。而大眾傳播界對這種問題是相當敏感的，你的社會生命或許會就此斷送。希望你記住這點。」

「最後判決的不是道德，而是法律。對於個人人身攻擊，可以以脅迫罪、名譽誹謗提出告訴，最後都是以法律判決。」

大野的語氣不像剛開始那麼有力，但是，依舊沒有喪失自信。

這時，突然有個女人的聲音響起。

「其實，社會並不是對你這麼有利！」

所有的人都回過頭。隔間門靜靜地被打開，槇村真紀子走了進來。

「你真是不見棺材不掉淚啊，山多斯！」

8

突然間，時光停止了。
我彷彿變成一尊蠟像，傻傻地看著真紀子。
雖然我幾乎忘了在隔壁等著的真紀子，但是她要上場，應該是更後面的事情啊！
她似乎想把我們的視線還給我們，甩甩頭髮，蒼白的臉上，太陽眼鏡特別突出。
「並不是我存心偷聽你們的談話，只是聽到了熟悉的聲音，所以忍不住過來看看。但是，沒想到那智小姐也在這裡。」
理沙代這才恢復自我，不自在地低下頭。
我轉頭看看大野。
大野的面色如土，身體僵硬地癱在沙發上，那表情像是臉上眼鏡的鏡片發出聲音飛散了一樣。
我把眼光調回真紀子身上。
「妳和大野先生到底有什麼關係呢？妳剛剛的確是叫他山多斯吧？」
「沒錯。」
真紀子經過書架，坐在大野身旁的沙發上。大野此時彷彿完全失去原有的精神，眼睛的焦點飄浮在空中。
理沙代走進廚房，再泡杯咖啡。
真紀子用誇張的動作坐進來，並把腳蹺起來。她的手也未曾閒著，正掏出菸，用打火機點上火。

我就像個等待舞台上帷幕拉開的觀眾，直盯著真紀子。

真紀子朝著天花板吹了幾口煙。

「看來，我還真嚇了你們一跳。其實，這些事也不是完全與我無關，就是因為這樣，我才闖進來。更何況，這個老朋友山多斯又想藉機行騙，我怎麼看得過去呢？當然不能再沉默了，所以我就出來啦！」

腦海中，拼圖的最後一片，一直在滾。

「這麼說來，山多斯，不，安東尼奧是——」

「是我的前夫。」

「那妳是瑪莉亞囉。」

真紀子噴出一大口煙霧。

「在那個時候，他們的確這麼叫我。」

我一句話也說不出來，只能呆望著真紀子。

如果這世上真有操縱命運的線，這時的我就是被這些線牽引著。這位全日本消費者同盟的總書記槙村真紀子，居然是格魯波佛拉明哥舞團的舞者瑪莉亞。一下子，我的腦子被搞得一團糟，差點連呼吸都忘了。

好不容易找回我的聲音。

「我完全不知道妳和大野先生有這種關係。」

「一年前，我在通產省的走廊遇見他時，也差點認不出他來，當時要不是因為他低聲說了句『瑪莉亞』，我一定認不出他。他外貌改變得真大，但是，我一看到他的耳朵，馬上就認出他了。他的耳朵左右形狀不一樣。當然，你們只不過和他見過兩、三次面，不會發現這點的。」

仔細觀察後，我才發現大野的耳朵的確與常人不同，左耳比右耳扭轉些，但也不是一眼就能看出的。

真紀子聳聳肩膀，拿著香菸的手轉了圈接著說：

「二十年前一起工作的夥伴，再次重逢時，竟是分別敵我的時候，實在是件相當諷刺的事。我並無意特別要將山多斯的過去暴露出來，但是他似乎很怕我這麼做，於是他捐出一大筆贊助金給全消同，對我一些過分的要求幾乎全部答應，當然也有一些拒絕，有缺陷的錄音帶就是一個例子，雖然所用的材料確實粗製濫造。」

我想起在銀座的「杜烈士丁」曾經看到他們兩人，那時，大野充滿怒氣的臉孔後頭，或許就與過去的秘密有關吧！

理沙代把咖啡放在真紀子面前，她的側臉相當僵硬。真紀子道過謝後，極富興趣地看著理沙代，而理沙代則迴避她的視線，回到自己的座位上。

如果我先前對真紀子透露出要找尋山多斯的消息，事情又會是個什麼局面呢？一定和現在大不相同吧！

其實，我的確有很多機會可以詢問真紀子。如果可以不說出拉墨斯，直接問她山多斯的話，我絕對不會放棄這種大好良機的。

想到這裡，我的背脊癢了起來。

深吸一口氣，我再打起精神。說：

「我必須把妳的事情，先告訴拉墨斯。」

我告訴拉墨斯，真紀子是安東尼奧的妻子——瑪莉亞。拉墨斯搞不清楚狀況下，還是伸出手來和真紀子握手，算是打招呼。

真紀子對我說：

「我從你那裡聽過拉墨斯的事情，但是萬萬想不到他會是因為這個理由尋找山多斯。」

「我也是一樣呀，如果早知道妳是瑪莉亞，說不定這件事情早就解決了。」

真紀子微笑著。

「很難說，其實我並不想提及過去，而且我也不一定會站在你這邊啊。」

這句話的確像是真紀子的作風。

「但是，妳在這個時候露臉，就不能不說出來了。請妳告訴我，剛剛山多斯說的，真實的成分有多少？」

真紀子將香菸捺熄，看著大野。

「這也是個緣分吧！山多斯，我剛剛到洗手間一趟，要不是因為聽到你的聲音，我想我們又會錯過一次見面的機會，這麼一來，你的謊話就不會被人拆穿了，你的運氣可真背啊！」

我有點不耐煩地動來動去，而真紀子似乎也看出我的情緒，她輕咳一下。

「他的確是失去了生殖能力，而陽也確實是我的次子。那時，他非常希望有個子嗣，就要求我和安東尼奧把我們的次子過繼給他。我和佐伯，也就是安東尼奧都很不願意將陽交給別人，但是，在當時想要養活兩個孩子，並不是容易的事，因此我們不免想，少了一個孩子，日子或許會過得好些。正當我們猶豫不決的時候，他亮出最後一張王牌，於是陽就成為他的養子。」

大野緊抓著沙發的扶手，喉頭動了動。

真紀子不予理會繼續說：

「他告訴安東尼奧，他打算用從西班牙拿回來的『山多斯・艾爾南德士』交換陽。」

屋內充滿了暴風雨的聲音，沒有任何人開口。

原來安東尼奧告訴我他是金錢以外的東西換取吉他，而這樣東西居然是他的兒子——陽。

真紀子是優，也是陽——巴克的母親。這個事實壓得我喘不過氣來。

真紀子若無其事地嘆口氣。

「我想你們從這件事情可以得知他多麼希望有個孩子，才會將比自己生命還重要的吉他拿出來交換。雖然安東尼奧的吉他技術比不上山多斯，但是他對於『山多斯．艾爾南德士』的喜愛也絕對不比山多斯差，所以他強迫我把陽給山多斯，任憑我怎麼哭泣，怎麼反對，安東尼奧都不改變他的決定，結果逼得我不得不遵從。」

她從皮包中拿出一條手帕，壓壓鼻頭，深吸一口氣，再緩緩吁出。

「那時，安東尼奧還提出必須訂下交換證書的條件，內容是一方把兒子過繼給對方，而對方也以『山多斯．艾爾南德士』讓渡，一旦交換後，不管發生什麼事情，雙方都不得提出異議。」

大野的喉頭像動物般動了起來。

「安東尼奧是個酒鬼，我實在無法忍受了，所以在九年前與他離婚。他擁有『山多斯．艾爾南德士』，我則帶著長子優離開。前一陣子，在我整理舊信件時，居然還翻出剛剛所說的證書來，可能是安東尼奧與我分手時，忘記拿走的吧。或許他連證書的事都忘記了，他就像個廢人，什麼都不在乎。不過這種小紙片，在法律上有效力嗎？」

一陣沉重的靜寂，充滿整個室內。

大野抓緊膝蓋的手有些發抖。

我開口：

「對大野先生來說，那張小紙片就是他的致命點，因為它否定了他對吉他的所有權。」

真紀子瞄了一眼大野，再重新點上一根菸。

「另外還有件事情也必須澄清一下，他說他因為車禍而失去了性能力，雖然是真的，發生事故的時間不是結婚後馬上，而是他從西班牙回來以後才發生的，也就是昭和三十年的春天。在這以前，他們之所以沒有孩子，是因為他們避孕的關係，根本和那件事扯不上關係，這件事還是卡門告訴我的。喔！卡門就是他的老婆。」

大野的頭無力地垂著。

我再次問真紀子：

「如果我們提出民事訴訟，妳願意為現在說的每一句話上法庭作證嗎？」

真紀子伸出手撥撥眼前的煙霧。

「雖然我不喜歡這麼做，但是如果他要上法庭的話，我也不能推辭，誰叫我欠你一份人情呢。」

我看看大野。

他原先有的強悍，此刻都不見了，就像鬥敗的公雞，縮在沙發中。

「你都聽到了吧，現在你完全沒有獲勝的可能了，你還是放棄吧。」

大野並沒有回答，只是一直盯著自己的膝蓋。

坐直身子後，我把真紀子的一番話全都告訴了拉墨斯。

說完後，拉墨斯的表情並不像我所期望的明朗。他把雙手抱在胸前，嘆了一口氣，閉上眼。

「這麼一來，『山多斯・艾爾南德士』不就又回到你手中了嗎？你還有什麼不滿意的呢？」

我接著問，而拉墨斯姿勢不變地回答：

「吉他並不算什麼，現在我考慮的是佛蘿娜。」

「山多斯到西班牙去時，仍然保有生殖能力的事情，我們可以調查事故的相關紀錄，再來只要和佛蘿娜一起做個血液鑑定就可以了。」

拉墨斯睜開眼睛，激烈地搖著頭。

「不，已經沒有這個必要了，因為我決定不讓山多斯與佛蘿娜見面。原先我就打算等我見到山多斯本人以後再做決定，所以，今天我才沒帶佛蘿娜來。我可以原諒他騙走了我的吉他，因為他曾經和蘿西達親密過，或許那把吉他真是蘿西達送給他的。但是，我絕對無法原諒他卑劣的行為，為什麼他要撒謊，否認佛蘿娜是自己的女兒呢？他是怕我會向他要求賠償嗎？要我對佛蘿娜說這個男人就是她的父親，萬萬辦不到！即使是違背了蘿西達的遺言，我也在所不惜，我真希望這個男人不是佛蘿娜的父親。」

他一說完就閉上眼睛，緊閉著的眼皮不斷地震動著，眼角蓄著淚水。我找不到可以安慰他的話。

拉墨斯之所以與日野樂器社簽約來日本，不只是拿回「山多斯・艾爾南德士」，最重要的是找尋佛蘿娜的父親，拉墨斯的執著最後卻換來這樣的結果。

拉墨斯再次使用理沙代先前遞給他的手帕。

「他不但奪走了吉他，也奪走了我可愛的女兒，更是佛蘿娜的親生父親，我已經仔細考慮過，只要他承認，我可以把二十年前的舊帳完全忘懷。但是，這個男人卻相當可恥，只想一味地歪曲事實，逃避責任，一點人性都沒有，這麼也好，我只好放棄我的決定。佛蘿娜的父母還是跟以前一樣因為車禍事故而死了。」

突然，室內響起一聲垂死野獸般的痛苦的嘶吼。

那是從大野的口中發出的。

大野掙扎著從沙發上站起來，膝蓋突然跪在地板上。他以沙啞的聲音斷斷續續地大叫著：

「讓我見見她，拜託！佛蘿娜，讓我跟我的女兒見面。」

大野的臉幾乎完全扭曲，臉色發青，眼鏡早已滑落到鼻頭，額頭上浮現出一顆顆的汗珠。他的手臂彎曲向前伸出，就好像佛蘿娜正抱在他的懷中。

拉墨斯嚇了一跳，趕緊靠回沙發的椅背。他嫌惡地望著大野，而後聳聳肩，彷彿告訴我，他不知道大野發生了什麼事。

我轉向大野。

「大野先生，拉墨斯先生似乎對你相當失望。原先他想從你的態度，決定要不要讓你和佛蘿娜見面，而今他決定不讓你與佛蘿娜見面了，我想他為什麼會這麼做，你心裡一定有數吧！」

大野並沒有看我，他好像什麼也沒聽到似的，只是以他的腹部抵著桌子，而桌上的咖啡杯也被他弄得嘎嘎作響。

「我的女兒——佛蘿娜——請——讓我見見她。」

他斷斷續續的西班牙話，顯然是在向拉墨斯哀求。突然之間，他彷佛老了許多，皮膚鬆弛，臉上滿是皺紋。

拉墨斯把眉毛皺成一條線，激憤地回答：

「不行，你沒有資格做佛蘿娜的父親！」

大野翹子抖動一副可憐兮兮的模樣看著我。雙手用力抓著桌子。

「求求你，幫我說服他好嗎？佛蘿娜是我的女兒啊，你告訴他，吉他、鑽石我都不要了，只希望他讓我見見佛蘿娜，求求你！」

一剎那間，我也變得無情了。

「你的態度改變得還真快，剛剛不是才說那是不可能的嗎？」

「那是因為事出突然，我才那麼說，現在不同了，我承認拉墨斯說的都是真的，求求你說服他，讓我見見佛蘿娜，拜託你安排一下，好嗎？」

他口沫橫飛地要求，眼睛向上，一副必死的表情。

真紀子粗暴地將香菸捺熄，好似責備地說：

「別再演戲了，已經沒有人會相信你了。」

可是，大野完全不理會她，只是把我當成一個萬能的神似的下跪哀求。

「你能不能試著了解一下我的心情？我，一個被人宣告這生中已經無法有子嗣的男人，在過了那麼久之後，才突然得知自己確實有個孩子，一個流著自己血液的孩子，那種感受你能想像嗎？求求你，這是我這一生唯一的願望，我不會以父親的名義站在佛蘿娜的面前，只要讓我看看她就好了。」

大野實在是個難以捉摸的人，剛剛還是一副傲慢無人、自信滿滿的態度，而今卻來個一百八十度的改變。

「我不能接受你的要求，今天要不是有槇村女士出現，揭穿你的謊言，你一定還死不承認。一旦你知道自己在法律上站不住腳後，態度就完全不同。我可以告訴你，不管你怎麼哀求都沒用！」

大野死命地用牙咬住嘴唇，他的手指緊緊抓住桌子，臉上太陽穴也青筋畢露，像是幾乎要噴出血來似的。

這可以說是我這生中最漫長的十秒鐘。

大野雙手壓著桌子慢慢地起身，然後坐在沙發上，兩隻手肘抵在膝蓋上撐著身體，低著頭說：

「想不到就那麼一次的激情，卻產生這種結果——。當我在拉墨斯工作房看到『山多斯・艾爾南德士』時，我就暗暗下定決心，非得把它拿到手不可。所以我聽說蘿西達在一家餐廳表演佛拉明哥舞時，就決定要親近她。老實說，剛開始我確實想利用她拿到『山多斯』，但是，當我第一眼望見蘿西達，卻完全忘了我的目的。她是那麼美、那麼可愛，那時我只想要蘿西達，根本沒有想到吉他。但是我發誓我絕沒有使用任何暴力，就是這麼自然發生的。那是神的指示，我和蘿西達本來就該是結為夫妻的兩個人，我想蘿西達也一定是這麼以為吧！否則像她這樣的女孩，又怎麼會將自己的終身託付給一個剛認識的外國人呢？但是事後，我恢復冷靜，而且，天殺的我又湧起擁有『山多斯』的慾望。所以，當我聽到拉墨斯要出遠門，就要求蘿西達把『山多斯』借給我幾天。蘿西達雖然很愛我，但她還是拒絕了我，後來我一再保證，告訴她我會回到西班牙永久居住，並且打算請求拉墨斯允許我們結婚，她禁不住我的勸說，才答應的——」

大野的肩膀抖了抖，深吸了一口氣。

「但是，我辜負了神的指示，所以報應馬上就來了。才剛回國就遇上車禍，從此喪失了生殖能力。然後就如瑪莉亞所說的，一切都是我自作自受。我為了拿到『山多斯』，失去了蘿西達，而今，為了再次拿到『山多斯』，又放棄了佛蘿娜。我彷彿被『山多斯』的靈魂附身，不，是惡魔，我不知道自己為什麼會這麼做，真的，我不知道該怎麼辦，我已經一無所有了，唯一的希望只是見見佛蘿娜，求求你讓我看看她，拜託。」

大野抬起頭，將室內的人一個個看過。

但是，沒有一個人說話。

「拉墨斯先生！」

大野的聲音哽咽著。

拉墨斯應該聽不懂大野長長的自白才對。然而，他的眼中突然有了份憐憫。
但是，也就只有那麼一瞬間而已。
拉墨斯斷然地搖搖頭。

9

大野慢慢地站起身來。
他像個傀儡似的站起來，沉著地整理弄亂的衣服，聳聳肩面對著我們。
而後，他平靜地說：
「那智小姐，不好意思能不能請妳開車送我回家。」
這種口吻彷彿是個輪椅患者，請求護士的幫忙。
理沙代對這個出乎意料的請求愣住了。她看了我一眼，在我尚未有所表示前，就站起身來。
「好，我送你回去。」
大野把視線移到沙發旁，一直盯著放在那裡的吉他箱，他大概在考慮是否該拿走吧。
最後，他還是斬斷那份慾望，搖搖頭，回過身，經過真紀子的後頭，走到門口。
「山多斯。」
拉墨斯從沙發上站起來，叫住他。
大野回過頭來，眼睛中閃著期盼的光芒。
拉墨斯把吉他移調夾拿出來，說：
「你把這個當成蘿西達的遺物，好好地收著。但是，請你把佛蘿娜的事情完全忘了吧！」

大野困惑地望著我。

我把拉墨斯的意思傳達給他，他的眼睛浮現出失望的神色，但是，他還是打起精神接受了吉他移調夾。

「謝謝你，先生。」

大野一邊的臉頰歪斜地浮現一抹笑容，那是個令人擔心的笑容。

他走出隔間的房門，理沙代沒有特定方向地向大家點點頭，也朝門口走去。

我裝出若無其事地跟隨在她的後頭。大野不發一語地走出玄關。

我等門關上後，趕緊拉住理沙代，把她推入一旁的貯藏室。

「送他回去後，就回來。」

我把嘴抵在她的耳邊。

「可是我想先回公寓一趟，你明天再打電話給我吧。」

「那麼，明天我去妳那，怎麼樣？」

理沙代氣息有些不穩，小聲答了聲好。我抱緊她親吻著。為什麼會這麼做，我始終弄不明白，只知道非這樣不可。不可思議的是理沙代也允許我的手在她身上游移著。

放開她以後，理沙代趕緊將口紅補好，追在大野後頭走出玄關。

洗把臉後，我再回到辦公室。

真紀子好奇地盯著我，而我則努力著不讓臉上的肌肉洩漏出什麼。

我對拉墨斯說：

「你把吉他移調夾給他，不要緊嗎？」

「嗯！其實，我很了解他的心情。算了，趕快把吉他拿來看看吧！」

他興奮地指指吉他箱。我把桌上的咖啡杯收好後，把吉他箱放在桌子上。

拉墨斯雙手顫抖著將吉他箱的鎖打開，掀起蓋子。

他深深地吁了一口氣，臉頰泛紅，眼神閃著生動的光輝。

「沒錯！就是它，『卡迪斯紅星』！」

他像是自言自語似的說著，然後就像個初次抱起嬰兒的父親，小心翼翼地將吉他捧出吉他箱。

出世至今已有四十年歲月的「山多斯・艾爾南德士」，外表的光澤早已褪去。表面板上的亮光漆也有細細的龜裂，而那應該重貼過的賽璐璐的敲板上頭也有無數的指甲留下的刮痕。指板上頭因為手指的油污與灰塵，弄得有些髒兮兮，而生鏽的銅條上因為押弦的關係清楚地留下了刻痕，但是，它還是保存得很好。看來，就算是嗜酒如命的安東尼奧，也相當小心地保養著這把吉他。

拉墨斯摯愛地看著吉他，溫柔地用指尖撫摸著。而吉他上的七顆鑽石，則閃耀著與老舊吉他完全相反的燦爛光輝，那一定是大野天天磨亮的結果吧。

真紀子看著吉他說：

「我到現在還不敢相信那些是鑽石，第一次看到它時，我還在想，怎麼有人品味這麼差，居然在好好一把吉他上鑲了七顆玻璃珠？這把吉他到底值多少錢呢？」

她的口氣聽來就像是在問蘿蔔價錢一樣，她可能已經偷聽我們談話有好一段時間了吧！

「沒有值多少啊！」

真紀子彷彿看透我一樣地笑了。

「你的臉就像被強盜用刀子抵住一樣，你放心，我不會要求它的所有權的。」

我苦笑著掩飾。

拉墨斯把吉他收回吉他箱中，蓋上蓋子，然後面對我說：

「受了你那麼多的照顧，我不知道該怎麼道謝。你的恩情我一輩子都不會忘記的。老實說，當我知道山多斯是這種人以後，的確很失望，但是，認識你也算是我這次來日本的收穫，我真是衷心感謝你。」

「你真的不打算讓山多斯見見佛蘿娜嗎？」

我知道這句話是多餘的，但又放心不下。

拉墨斯垂下雙眼。

「雖然我違背了蘿西達的遺言，但是，我認為這麼做才是最正確的。我無法相信山多斯，所以我還是打算跟以前一樣，為了佛蘿娜，你能不能保證不跟她提起這件事？」

我向他做了保證。

「那沒什麼問題，現在還有件事還沒解決。你打算怎麼處理佛蘿娜和巴克的關係呢？你已經知道巴克並不是山多斯的親生兒子了，那麼也就沒有妨礙他們兩人交往的阻礙了吧。」

拉墨斯的眉間，出現了苦澀的神情。

「雖然我還是不太願意，但是，年輕人有他們自己的想法。」

他婉轉地承認了那兩個年輕人的關係。

外頭的風雨再次敲在窗上。

「我想你還是早點回去吧，如果颱風再強點，就回不去囉。」

「說得也是，佛蘿娜一定也在擔心。」

拉墨斯打個電話給佛蘿娜，告訴她馬上就要回去了。

我要真紀子等著，自己送拉墨斯出去。

工廠派來的車子，等在大廈的門前。拉墨斯回過頭遞給我他一直握在手中的手帕，那是理沙代借給他的。

目送著車子遠去，我才回事務所。

真紀子抽著菸等我回來。

我把桌子整理好，重新泡壺咖啡。

她再一次問我找尋山多斯的經過，我也簡短地回答。

真紀子聽完我的敘述後，將香菸的煙霧高高吹起，然後抖落掉在胸前的菸灰。

「人的命運，真難預料！」

「或許是現在我才能說出口。在我第一次遇見妳時，就預感到會有這麼一天。」

「什麼意思？」

「第一次在日野樂器社的接待室看到妳時，妳就像現在這樣蹺著腳。當時，有個直覺告訴我，這雙腳一定從事著某種運動。因為腳踝細細的，小腿肌肉結實，還有妳在『大使』俱樂部跳舞時候的樣子，但是我作夢也沒想到妳居然是個舞者。」

真紀子輕輕挑著眉，把蹺起的腳放了下來。

我接著說：

「山多斯借了一張照片給我，但是看不出那就是妳，因為照片上的妳塗了太多的油彩。」

真紀子似乎相當佩服的樣子。

「山多斯還真夠大膽，如果你把照片拿給我看，他的真面目馬上就會暴露出來。」

「他一定不知道我們認識，而我一樣不知道妳和他有這層關係，如果這些都沒發生，那他的企圖就成功了。」

「這都是因為那把吉他的關係，而山多斯對吉他的執著也真讓人佩服。從以前就是這樣，到現在還是沒變，人的性格似乎是很難改變的。」

啜了一口咖啡後，我又開口：

「妳和安東尼奧是在九年前分手的？」

「是啊，在昭和四十一年的春天。我們結婚十六年了，我還真有耐性。」

「妳知道安東尼奧已經死了嗎？」

真紀子皺著眉。

「知道，報紙上有個小篇報導，我至少還是記得他的名字的。他就如同我的想像一樣，悲慘地死去。」

從她的口氣中，我找不到一絲憐憫。

真紀子彷彿讀出了我的心聲。

「你一定覺得我的口氣很冷淡吧！但是你是沒辦法了解我的心情的。你知道卡門嫁給山多斯，日子過得很苦，其實我的生活也好不到哪裡去。一個只會跳舞的女人，要怎麼養活一個沒有工作、整天只會喝酒的丈夫，以及嗷嗷待哺的小孩呢？尤其是在離開格魯波以後的十年間，我從來沒有一天過得像樣點。」

「這就是將妳由婦女運動推向消費者運動的原動力嗎？」

真紀子皺著眉。

「大概是吧。四十二年，就是在加入全消同的前一年，我在一個經營社區生意的商人家中幫傭。每當我蓬頭垢面地努力工作時，那些從事社區活動的太太們卻以充滿優越感的神情鄙視地看著我，所以我才會看不慣那些太太們半玩票性質的消費者運動。」

沉默了好一陣，我把冷了的咖啡喝下去。

我把話題引入正題。

「妳知道巴克就是妳的小兒子吧。」

真紀子兩頰的肌肉繃緊。她把手中的菸頭扔進菸灰缸中，腳又蹺了起來，皮包則放在膝蓋上。

「是的，我從日本列島解放戰線的報告中看過這個名字。把佛蘿娜介紹給組織的，就是名叫津川陽的年輕吉他手。我知道津川是卡門結婚前的姓氏，當然我也大吃了一驚！」

「妳想見見巴克嗎？」

真紀子吃驚地收收下巴。

「算了吧，你說巴克很恨山多斯，我想他一定更恨我。不管是為了什麼，將自己親生孩子送給別人，等到孩子長大後，再出現在他的面前，自稱他的親生母親，那未免太自私了吧！」

「可是，常常在電視上看到這種感人的鏡頭啊。」

「在我看來，那些在後來才露臉的母親，除了女人的自私以外，什麼都沒有。即使陽希望這麼做，我也不願意。拜託你不要在他面前提到我的事情，他現在已經長大，能夠獨立生活，如果他想和佛蘿娜結婚，我會祝福他的。」

真紀子說話的期間，一直玩弄著皮包的開關弄出聲響，而太陽眼鏡，擋住了她真正的想法。如果她只是一時逞強地說了這些話，那麼，不久之後她就會後悔的。

「妳是不是覺得這麼做對卡門不太好？剛剛雖然沒提到，但是，卡門早在兩年前去世了。」

「在我得知陽是一個人生活時，就已經猜想到了。卡門的身體原本就不是很好，所以在她與山多斯離婚後，走上這條路只是早晚的問題而已。當我們還在格魯波時，卡門就很疼愛陽，所以，我想直到她死，她都會一樣疼愛陽。這麼看來，陽還有個愛他的母親，是件相當幸福的事情。因此，陽的母親只有卡門一個，而我的兒子，也只有優一個！」

真紀子依舊玩弄著皮包的開關弄出聲響，當她提到優時，眉毛挑了一下。

我抿著嘴唇，蹺起腳來。

真紀子等不及了，自己先開口：

「你在那邊見過優吧？」

「是的。」

真紀子停止弄出聲響。

她拿出香菸，慢慢地點上火，企圖使自己的心情平穩下來，但是，她的手卻不聽話，微微地抖著。

她趕緊吐出一口煙，看著我的左手。

「你好像受傷了，和優有關係嗎？」

「有間接的關係。」

真紀子推推鼻梁上的眼鏡。

「你別再賣關子了，快說給我聽。今天我之所以不請自來，就是為了這個，我想你應該知道吧？」

我用拇指的指甲摳摳額頭。

「他是因為要暗殺佛朗哥總統，才被叫到西班牙去的，這件事情我想妳一定知道吧？」

「嗯，我也知道這個計畫失敗了，至少新聞中並沒報導佛朗哥死亡的消息。」

「妳知道不就好了，沒什麼事情。」
真紀子並沒有隱藏她的焦躁，又吐了口煙。
「你別再拐彎抹角了，直接說吧，暗殺佛朗哥的計畫失敗，優怎麼樣了呢？佛蘿娜能夠回到日本，可見得優並沒被警察逮捕，告訴我，我的兒子在哪裡？」
我一直望著真紀子，心情愈來愈沉重。
「他已經死了。」
室內像是月球一樣一片寂靜。
真紀子的臉上突然失去了血色。那副眼鏡，就像水泥地中的兩個黑色的洞。她的兩隻手在空中揮舞著，就像划水向上升的潛水夫，皮包也從膝蓋上揮落。
「你親眼看到他死嗎？」
真紀子的聲音低沉，並且像是風中的蘆葦抖個不停。
「我沒看到，是治安警備隊告訴我的。他們原先想利用直升機把炸彈載運到王宮的上空投下，但是卻失敗了。聽說直升機墜落在馬德里北方的岩山上。」
「治安警備隊的話，怎麼能當真呢？而且，我們這裡的新聞並沒有關於這方面的報導，西班牙那邊呢？」
「不，他們那也沒有報導這個消息，基於政治上的考慮，政府當局不想公開這件事。可是，也正如妳想的，並沒有他死亡的確實證據。」
「對啊，那孩子怎麼可能這麼簡單就死了？他是日本第一的爆破專家，要讓西班牙政府吃癟，輕而易舉！」
真紀子彷彿運動會中誇耀自己兒子跑得快的母親。

「妳愛怎麼想就怎麼想！」
「是啊，我相信那個孩子平安無事。」
她尖聲大喊，然後她的笑聲就像故障的小提琴般不斷地響著。一面笑，一面傾斜著身子，用右手去探掉落在地面的皮包，但是，始終捉不到皮包。
不久，真紀子全身震動著，保持原有的姿勢，把頭埋在沙發的扶手中，開始哭泣。
我從沙發上站起來，走到真紀子的身旁，把她的皮包撿起來，放在桌上。
我的手搭在真紀子的肩上，等待她停止哭泣。
五分鐘後，真紀子抬起頭，從皮包中掏出手帕，擦拭眼淚。而後摘下眼鏡，擦著鏡片。
我再坐回沙發。
真紀子用她哭得紅腫的眼睛看著我。
「對不起，我失態了。」
聲音有些哽咽，但是情緒平穩多了。
「不要緊，反正遲早總得接受這個事實的。」
真紀子轉過臉，垂下眼瞼。
「其實，我早就有心理準備了，不是佛朗哥死，就是優死。我在報紙上看到佛朗哥就任紀念慶典平安無事時，我就直覺到優會發生不幸。」
她的身子依然顫抖著，嘆了口氣。
「雖然我不同意他的思想和行動，但至少我肯定他很勇敢地奮戰過。」
真紀子看著我說：
「你能不能告訴我事情的經過？」

「在十月一日的上午，他和另一個西班牙激進派的年輕人，劫持了一架報社的直升機。那個時候，我和其他幾個西班牙人也在屋頂上，我們企圖阻止他們兩人，但還是失敗了。他們還脅迫了一個治安警備隊員做駕駛員和人質，而那個隊員是個了不起的人，他不聽從優他們的指示，飛離王宮，往反方向飛去，然後連同直升機撞到地面，這一切的情形，追蹤在後面的直升機看得一清二楚。」

「嗯！」

真紀子點頭，把眼鏡戴上。

我望著她的鏡片。

「這樣一來，妳還是不想和陽見面嗎？」

真紀子把手帕收進皮包中。

「我已經說好幾次了，我不想用母親的姿態強迫他。」

她態度堅定地說，她的眼神中沒有逞強，只有堅定的意志。

「或許我這麼說是多餘的，但是，我還是想告訴妳，陽這次因為追隨佛蘿娜而到西班牙，他跟優碰過面，事實上，他們還在一起生活了幾天。」

真紀子挑著眉毛。

「你是說陽也參加了暗殺佛朗哥的計畫嗎？」

「嚴格來說，沒有。他只不過是跟著佛蘿娜而已。而在事情經過中，他還幫優做過炸彈。」

真紀子舔舔嘴唇。

「他們兩個人有沒有察覺彼此是兄弟的感覺？」

「不知道，但是，我覺得他們兩個人之間互相抱有敵意。優我是不知道，至少陽是沒什麼感覺。」

「卡門一定沒對陽提起我和優的事情。陽過繼給山多斯時，優已經三歲了，他大概知道自己還有一個弟弟，但是我從來沒有對他說過陽的事，所以，我想優大概也沒什麼感覺吧。」

「想來還真讓人難過，流著相同血液的兄弟，竟然在這種情況下見面，卻又彼此不知道。」

真紀子別過臉，她的嘴唇微微抖著。

不久，她終於壓制住自己的感情，拿著皮包從沙發上站起來。

「感謝你老實地說出真話。如果你不說，我一定每天抱著淡淡的期待，等著優回來。」

「也許那才是最好的方法。老實說，我也曾經為了該不該說而猶豫，後來我想妳應該是個能夠挺得住打擊的人。即使妳不是，也必須這麼做。」

「你說得對，我先失陪了。」

真紀子往大門走去。

「我幫妳叫部車吧！」

「我自己開車來的，就停在這附近。」

「那麼我送妳下去好了。」

幫忙真紀子穿上外套後，我比她先一步走到玄關。

在等待電梯時，真紀子說：

「優對你說了些什麼？」

我舔了舔嘴唇。

「他對我不怎麼友好——只是，在他進入直升機以前，曾經要我替他向妳問好。他或許也有死亡的預感吧！」

「是嗎？」

電梯上來了，我們進去後，彼此迴避著對方的視線。

外頭相當陰暗，整個天氣非常奇怪，強風的間隔愈來愈短。我們被風推著走向大廈旁。

車門打開後，真紀子面對著我說：

「你是個很好的人，但是，不善於撒謊。」

10

當天夜裡，我撥了三通電話給理沙代，但三次都沒有人來接。

我一直到天快亮才闔上眼。睜開眼時，已經是十點的事了。

再撥電話。

還是沒人接。

電話當然沒人接，因為當我翻開早報的時候，呼吸差點停止了。

昨天晚上七點，中央高速公路八王子交流道附近發生一起車禍，一輛轎車因為駕駛失誤撞上護欄，車輛翻覆造成嚴重損傷，幸好後方車輛保持安全距離，因而避免追撞事件發生。肇事轎車的男性駕駛在送醫途中死亡，而坐在副駕駛座的女性乘客，昏迷不醒，現在八王子中央綜合醫院急救。死亡男性，大野顯介，某公司董事，四十五歲。受傷女乘客，那智理沙代，某公司職員，二十八歲。

報導是這樣寫的。

我的視野頓時一片漆黑，報紙上的鉛字突然變成一片空白。拿著報紙的雙手，彷彿得了瘧疾似的抖個不停，而洶湧的憤怒則在體內不斷地到處衝撞。拳頭捶在沙發上，但這還發洩不了我的憤怒，我想將沙發抬起來整個擲到牆壁上。

等我發現時，我人已經衝到外頭，攔了一輛計程車。

車禍發生的時間，是在我送拉墨斯離開後一個半小時。

事情之所以會如此，只有一個推論。

先離開大廈的大野，一定是威脅理沙代，要自己開車，好跟蹤拉墨斯的車子。

他一定認為只要知道拉墨斯住在哪裡，不管何時都可以和佛蘿娜見面。失去「山多斯・艾爾南德士」的大野，現在已經把他的執著轉到佛蘿娜的身上。我這才知道，為什麼拉墨斯給他吉他移調夾時，大野會露出那意義不明的莫名笑容了。

二十年前，因為車禍而喪失生殖能力的山多斯，而今又因為車禍喪失了生命。這只能怪他自己自作自受。

然而，理沙代並沒有受傷，或是死亡的理由。整件事情與理沙代毫無瓜葛，所有責任的承擔者應該是我才對！

八王子中央綜合醫院的走廊上幾乎沒有什麼人，大概是因為颱風與週日的關係吧。

在急診處櫃檯問出理沙代的病房後，我搭電梯上到四樓。

病房的外頭有幾個人。一對看似夫妻的中年男女，就坐在病房外頭的木頭長條椅上，木頭長條椅上還坐著一個穿著奶油色毛衣，個子滿高的青年，其他的人則在走廊上來來回回地走著。其中還有一個中年男人，西裝領上掛著一個萬廣的社章，我想應該是理沙代的上司吧。

在病房稍遠的斜對面也有張長條椅，我在那坐了下來。理沙代病房前的長條椅上有個女人多看了我一眼，好像想問我什麼。從她的長相可以確定她是理沙代的母親。

垂下眼睛，避開她的視線。我的冷汗直流，自我存在的意識也愈來愈薄。我不知道自己在理沙代的家庭裡能算上什麼位子，光想到這點，全身就充滿著焦躁感。

十五分鐘後，理沙代病房的門打開了，一個戴著銀框眼鏡的醫生慢慢地走出來，而原本零零落落在病房外頭的人，就像是要跟偶像歌手要簽名的孩子，一擁而上把醫生團團圍住。

在醫生後頭還有一個抱著病歷表的護士，她整理一下她的護理帽，從我的面前走過。

我從長條椅上站了起來。

在樓梯口，我追上了她。聽到我的聲音，她只是回頭看一眼，腳步依舊向前邁進。

沒辦法，我只好跟著她下樓。

「我是那智理沙代的朋友，她的傷勢如何？」

「請你問北島醫生。」

護士仍然下著樓梯，她的聲音帶著職業性的木然。

「請妳告訴我，她的手術順利嗎？意識恢復了沒？」

這個護士沒有回答。

我們走到樓梯轉角的平台時，我實在忍不住了，伸手抓住她的肩。

她甩開我的手，一副想開口大罵的樣子。但是，等她看清我的臉孔，眼神中卻多了一層恐懼，並且向後退了幾步。

「你想幹什麼？」

「我只不過想問妳她的傷勢如何，又不是要妳把她所有的病歷唸給我聽。」

我自己也知道聲音抖得相當厲害。

而那個護士似乎怕會被我一把丟下樓梯似的抓緊欄杆，她那滿是雀斑的臉，浮現出僵硬的笑容。

「對不起，因為我還急著做其他的事情，沒有注意到。她的手術相當順利，意識也恢復了，但是，現在正在休息，醫生說她應該不要緊了。」

我退後一步。

「謝謝妳，剛剛嚇到妳了，對不起。」

她勉強裝出一個笑臉，急急地跑下樓梯，速度快得令人咋舌。

我也走下樓梯，進入一旁的洗手間，喝了一口水，照鏡子。

我忍不住苦笑。這副面容，也難怪讓護士以為我會把她丟下樓梯。現在的我，真該讓馬達利法看看。

等心情稍稍穩定後，我突然覺得肚子餓了。走到地下室的餐廳，買了麵包和牛奶，站著吃完。濕透的外套，沉重地壓在我的肩上，傷口還隱隱作痛。

我回到四樓，那裡只有坐在長條椅上的三個人，以及那個萬廣的男人而已，我依舊在他們斜對面的長條椅上坐下來。

走廊那頭窗外被風雨吹襲搖晃的樹枝清晰可見。走廊下的靜寂和外頭的風雨，簡直是天壤之別，我們就像是位於颱風眼中。

午後兩點，那個萬廣的男人小聲地說著得離開的理由也回去了。

而隔壁的病房中住著一個拄著枴杖，大約四十幾歲的女人，面黃肌瘦。一個小時內，她已經三次出入病房。每次她經過時，總是以像是看著和她離婚的老公的眼神，一直盯著我。

傍晚，護士進入理沙代病房兩次，但是沒有看到醫生的影子。

大約五點，理沙代的母親和看起來像是理沙代弟弟的穿著毛衣的青年一起站起來，從他們的談話，我知道他們去吃晚餐。

留下來的父親則雙手抱胸，眼睛閉著坐在椅子上。那位額頭微禿，五十多歲的男人打從我來到現在，他的姿勢沒什麼改變，偶爾的動作也只不過是推推鼻梁上方的眼鏡。他那意志堅強的嘴角，跟理沙代很相似。

十分鐘後，有個穿著卡其色外套的中年男人來到理沙代的病房。他對站起來的父親亮出證件，同時還說了些什麼，父親有些生氣地小聲回答，這個男人用手揉揉脖子，看了看病房的門，仍不死心地說：

「我會再來的。」

他微微地點了點頭後離開。他在經過我面前時，曾拋過來一個銳利的視線，從那個視線中就可以猜出他的身分，一定是警局交通課警察或是刑警吧，為了調查這件交通事故而來的。

再過了二十分鐘，母親一個人回來，從他們兩人談話中，我知道了那個像弟弟模樣的青年已經先回去了。

父親去吃飯後，戴著銀框眼鏡的醫生和護士又來診視了一次。他們進入病房以後，母親不安地等在病房門前，時而祈求似的望著天花板。

不到五分鐘，醫生走了出來。他向母親點點頭，頓時，母親的背部好像發光一樣，急忙推開醫生，進入病房。醫生搖了搖頭向護士示意了一下，一起走進隔壁的病房。

又過了五分鐘，我脫下外套，放在長條椅上，自己站了起來。突然間，呼吸加快，兩腳發抖，我再一次坐下來，平穩一下自己的心情。就算理沙代的身子只剩下一半，我也不能流露擔心的神色。

病房門打開，母親出來了。

我站了起來，而她則是緊張地看著我。她大概年約五十歲左右，有著和理沙代一樣白的皮膚。

正在猶豫著怎麼和她打招呼時，她反而怯怯地走向我這邊。

「對不起，請問你是不是漆田先生？」

對方先開口，那一瞬間我有些困惑。

「我是漆田，是理沙代小姐的——」

我不知道該怎麼接下去，反倒是母親似乎鬆了一口氣，她深深地向我一鞠躬。

「我是她的母親，文代。讓你從早上等到現在，也沒打聲招呼，很抱歉。」

「不，我才是不對，我怕給你們添麻煩。」

這完全是個意料外的展開，一時我也不知如何應對。

「讓你擔心了，真對不起。但是，怎麼會發生這樣的事情呢？」

我不知如何回答，只能看著地面。

「她的傷勢怎麼樣了？」

「她的骨頭斷了幾根，幸好……對了，我女兒說她想見你，你願意見她嗎？」

「這正是我想請求妳的。」

低下頭，擦擦額頭上的汗珠。

我跟在文代的後頭進入病房。

這是個小巧的個人病房，窗戶掛著厚厚的窗簾，病房籠罩在柔和的立燈燈光下。

床單高高隆起，裡頭彷彿不止理沙代一個人。

她的頭部和左手露出來。頭上包著繃帶，手臂上則打著點滴。臉頰也白到透明幾乎可以看到血管，幾乎與旁邊包紮的繃帶沒有區別。

我繞過床尾走近枕頭邊，理沙代的眼睛跟著我轉動，她的嘴唇也動了動。

「媽，能不能暫時讓我們兩個人在一起？」

站在床另一側的文代，吃驚地看著我。

她擠出笑容，說：

「好，我知道，但是不要談得太久，妳爸爸一會兒就會回來。」

文代出去後，理沙代用眼神示意我靠近。

我拉把椅子，坐在她臉的旁邊。

「剛剛我母親告訴我，從早上到現在，在對面的椅子上坐著一個男人，什麼也沒有說，而且是個相當英俊的男人，我就知道是你。」

理沙代的聲音相當細小，很難聽得到。

「對不起，竟然讓妳發生這種事情。」

「是我自己不好，大野經理堅持要知道佛蘿娜住在哪裡，要求我跟蹤拉墨斯，我不願意，結果他就自己開車。沒想到會變成這樣。聽說經理已經死了，真的嗎？」

「不要再提到他了。如果他還活著，我也會用這隻手勒死他！我現在不想提到他。」

床單的邊緣有個白白細細的指尖微微抬起，我緊緊握住她的手，彷彿握著精雕細琢的玻璃製品。

「我全身都用石膏固定了。你認為我能恢復原來的樣子嗎？」

「一定會比以往更好！」

理沙代的臉頰稍稍有些血色。她用微弱的指尖回握我的手，還說我在任何時候都能夠開玩笑，真是受不了。

「妳的臉上完全沒有受傷，醫生說這簡直是個奇蹟。」

「真的嗎？」

「真的。」

「太好了，吻我！」

這是理沙代第一次向我索吻。我彎下腰，輕輕地吻她。我覺得全身的血液全都集中在這一點，我們變成只有嘴唇存在而已。

我幾乎要連同床鋪一起緊緊抱住理沙代。為了克制這個慾望，床單的邊緣被我揉得一團糟。嘴唇離開後，我們再一次握緊手。理沙代輕輕地打開嘴唇，氣息細細地由此發出，閉著的眼眶盛滿了淚水，靜靜地由眼角朝太陽穴流去。

門打開，文代探頭進來。

「妳爸爸來了。」

我站了起來。

「我會再來，妳自己多保重。」

父親隨著文代進來，一瞬間，他用充滿著敵意的眼神望著我。

可是，他馬上壓抑住自己的情緒，低下頭說：

「不好意思，讓你擔心了，謝謝你常常照顧我的女兒。」

「我才該向你們道歉，今天我就先失陪了，改天我會登門拜訪。」

「笨蛋。」

走出病房，我又回過頭，而理沙代也還一直望著我。

要是這扇門壞掉，關不起來就好了。

11

夜裡稍晚時，槙村真紀子打了通電話來。

「找了你一整天，總算找到人了。今天的報紙你看了沒？」

「看了啊，我最愛看圍棋欄了。」

「別開玩笑了。那到底是怎麼回事，山多斯和那智小姐怎麼會到那裡去呢？我記得山多斯住在世田谷啊。」

我換隻手拿話筒。

「我想山多斯是打算跟蹤拉墨斯，因為拉墨斯住在八王子。」

彼此沉默了一會。

「我也是這樣猜想的。但是那智小姐居然幫著山多斯，不過這也難怪，他是他們公司的重要客戶嘛。」

「事情不是妳想的那樣子，是山多斯強迫她讓他開車的。」

「你怎麼知道得這麼清楚？」

她的語氣一變。我舔舔嘴唇。

「我只是覺得事情應該是這樣吧。」

真紀子頓了頓，再說：

「這個消息足以成為週刊雜誌的花邊新聞了。光看這狀況，就會讓人覺得他們倆有什麼關係，未婚的女性PR和贊助公司的宣傳經理，颱風中的戀情！這個標題正浮現在我的眼前。」

「妳不要再說了，已經有個人死了。」

真紀子的聲音帶著刺笑著說：

「山多斯的死是他自作自受，可是對那智小姐來說卻是個遺憾，她的傷勢嚴重嗎？」

「還不清楚。」

再沉默一會。

「你好像沒什麼精神噢，怎麼樣？明天晚上，去慶祝山多斯的死亡吧，要不要去喝個酒之類的。」

「明天晚上我沒空。」

「你要去看她嗎？」

我沒有回答，真紀子笑出聲。

「看來我猜得沒錯。今天你一定去過醫院，我的直覺是相當銳利的呢，好啦好啦，別老是拉著長臉。」

「妳又看到了。」

「當然，那再見囉。」

真紀子先把電話掛斷。

放下話筒，真紀子剛剛的一番話縈繞在我腦海中。女性PR職員和宣傳部經理的戀情，這的確是週刊雜誌花邊新聞中最喜歡的組合。

萬一真有這種新聞出現，絕不能讓理沙代一個人承擔整件事情，到時候唯一保護理沙代名譽的方法就是說出實話。而這事對日野樂器社是否有正面作用，已不是最重要的問題了。

過了一夜，星期一，天氣是颱風過後特有的秋天晴朗。

颱風十三號直撲伊豆各島，往東方海面行進，聽說八丈島有三分之一的房屋損壞倒塌。

大倉幸祐很希罕地在上班前五分鐘就來到事務所了。他飛快地衝到正看著報紙的我的桌子旁邊，就連踢倒垃圾桶也不管。

「所長，你看了昨天報紙沒？」

「你是第三十七個問我這個問題的人了。」

我站起來移到沙發上。大倉坐在我的對面，他的鼻頭流著汗。

他用食指推推眼鏡，有些反應過度地說：

「這不是太過分了嗎！ＰＲ小姐怎麼會發生這種事呢？那個駕駛的大野，就是太陽樂器社的宣傳經理，他不是請你找尋安東尼奧嗎？」

「是啊。」

先來到的石橋純子，已經替我們準備好咖啡。

大倉喝了一大口，臉色馬上大變地瞪著杯子。

「這咖啡也太濃了吧！早上應該泡美國式咖啡才對，這種常識妳不知道嗎？」

純子不懷好意地笑。

「那麼，你不會請ＰＲ小姐替你泡啊。」

大倉突然變乖了，口中嘀咕著，然後看著我。

「這件事到底怎麼回事？他們兩人有什麼關係嗎？」

「什麼意思？」

「你少裝蒜了，美麗的ＰＲ小姐和客戶的宣傳經理，在星期日的中央高速公路上兜風，你想有可能是談公事嗎？」

「一個優秀的ＰＲ人員，就連假日也必須工作。」

雖然我這麼搪塞他，但是心情也低落到極點。不知道事情真相的人，真的都如真紀子所說的去想像嗎？

大倉眨眨眼睛又說：

「如果真是談公事就好了，否則她的形象就完全破壞——哎唷！好痛！」

他之所以大叫，是因為站在他後面的純子捏了他一把。

「你不是答應我，今天早上要先向所長報告嗎？」

「知道了，我現在就要報告了嘛。」

「什麼事情要報告？」

大倉抓抓他的亂髮。

「那個，其實，我懷孕了。」

「什麼孩子？誰的？誰懷孕？」

我太吃驚了，以至於說出這麼無意義的話。

純子紅著臉，用手捶打大倉。

「你這傻瓜，在胡說什麼啊。」

然後她看著我說：

「我……我想請你準備再找個新的秘書，我們打算在今年內結婚。」

我牢牢抓著扶手，以免從沙發椅上摔下來。

「什麼？誰和誰結婚啊？」

大倉不好意思地搓搓鼻頭。

「我和純子結婚哪，我終究還是以對婦女暴行的罪名被她給逮捕了！」

我吃驚地望著他們兩人。純子臉上浮現一抹微笑。

「我們本來想請所長當我們的介紹人，可是所長你還是單身。所長，你還是加油快點結婚吧！」

我在八王子車站前買了一束花，然後從落日的街道上走向中央綜合醫院，這之間約有十分鐘的路程。

大倉和純子的事情，對我而言，真是一大刺激，如果以劍道比賽而言，他們已經擊中了我的面部，正中要害。我作夢也想不到，自己才去西班牙兩個星期，就有這麼件大事發生。不過他們兩個人還真是對絕配。介紹人！想到這個名詞，我的背脊就發癢。

這個夏天所發生的事情，彷彿就像很久以前的事情了。

現在想來，我彷彿是被一個西班牙的魔物附身，玩弄於股掌之間。那個魔物化身為一個名叫荷西·拉墨斯·巴爾德斯的老人，以慈祥的笑臉，聲淚俱下的哀求，依著他的心意操縱著我。

距離會客終止時間九點還早，醫院內到處都是病人、探病者。

理沙代病房前的長條椅上沒有半個人，走近房門一看，門上的名牌拿下來了。

一時間，我以為我走錯病房。但是，我並沒有弄錯。

附近沒有護士的影子，我只好將花移到不能自由活動的左手，用右手打開房門。

薄暗的立燈燈光下，出現一張空蕩的病床，理沙代戴著太陽眼鏡獨自坐在那。

不，她不是理沙代。

是她的母親，文代。我走進病房，把門帶上。

「令嬡呢？」

那聲音彷彿不是我的。包著花朵的玻璃紙發出一些聲響。

「天將亮時，她的病情突然惡化，醫生說她受傷的腦血管破裂。」

文代的聲音雖然低沉，但還算穩定。

我的喉嚨彷彿被沙漠中的熱風侵襲，乾得幾乎發不出聲。

「妳的意思是……她死了？」

「是的。」

文代的淚痕在昏暗的燈光下，依稀可見。我只能佇立著，一直盯著文代的側臉。

我的身子不知道掉落何方，視線被一層霧遮住了，在前方不遠處，有個開滿黃色花朵的花園，而理沙代朦朧的身影就在那裡。

「今天中午過後她才嚥下最後一口氣。在這之前她曾經一度清醒，她說過一句話，她說了『亮』，這是你的名字嗎？」

「是的。」

文代點點頭。

「這麼說來，你確實是我女兒心目中一個很重要的人。我一直等在這裡，就是為了要確定這一件事。」

文代從椅子上站了起來，彎下腰將散落一地的玫瑰花撿起。

我默默地看著她，左手早已完全沒有感覺。

她把玫瑰花重新束好，擺在床上，那些紅豔的花朵，在我的眼中，彷彿就是鮮血。

文代坐回椅子上。

「那個孩子是個與眾不同的女孩，從小就很少向人吐露過心事，所以，我們也是一直到昨天，才知道有你的存在。而今，女兒走了，我們更不知道你是誰了。由於那孩子和父親不大合得來，所以很早就搬出家裡，自己獨立，雖然我們可以供給一些物質上的支援，但是精神上的支援，卻不是我們所能辦到的。」

文代掏出手帕，擤擤鼻，忍著淚水繼續說：

「警察一直詢問她和死去的大野先生之間有什麼關係，我們什麼都不知道，也不認為他們之間會有什麼特別的關係。可是你卻不同，老實說，昨晚你回去以後，我向那個孩子問了很多，但是，她還是跟以前一樣沒說什麼。我是她的母親，光看她的表情，我就已經知道你在她心目中一定佔有很重要的地位，也是她唯一的支柱吧！如果我昨天問過你怎麼聯絡就好了，你至少能見到她最後一面。你能不能告訴我，你愛理沙代嗎？」

我沉默了很長一段時間，我的嘴唇就像鉛塊一樣重。

「我不能回答妳，令嬡沒有對妳說明白的事，我也不能說。」

這段感情是我與理沙代兩個人的。

「我沒有責怪你的意思，那孩子已經長大了，有個男朋友也是天經地義的事。」

「她現在在哪裡？」

文代嘆了一口氣。

「傍晚，已經運回吉祥寺的家裡了。但是，很抱歉，我不能請你過去，因為我先生是個很古板的人，他的脾氣暴躁，我怕他會刁難你，所以，請你原諒。」

換句話說，就是叫我不要去那的意思。

我往後退了一步。

「失陪了。」

文代並沒有看我，她彷彿是對著立燈自言自語地說：

「那孩子死了也好，就算救活了她這一輩子也得躺在床上，臉部沒有受傷，也算是一種安慰

——」

我沒等她說完就走出病房。

經過我身旁的兩個護士突然停下她們的對話看著我，彷彿我是個行屍走肉。

走廊上的人逐漸減少了，我走上樓梯，一直走，走到樓梯盡頭為止。

附近一片黑暗。不知何時，我已經站在屋頂上了，但是，我還想爬得更高。

理沙代死了，這句話的另一層意義是我也死了，至少一半的我已經死了，永遠不會活過來。

突然，理沙代清爽的髮香，炙熱的肌膚，又在我的體內甦醒。

我努力壓抑滿腔的思慕，對著理沙代說：

「妳是幸福的。」

至少理沙代不必啃囓獨自被留下來的苦澀。

尾聲——一九八六年六月

門開啟，專務大倉幸祐走了進來。

「早安！」

他一邊說著，一邊拉了拉快要掉下的長褲。最近他好像又胖了，才三十幾歲，頭髮已經愈來愈稀薄。

我和大倉面對面在沙發上坐下。

大倉瞄一眼堆積在桌上的西班牙雜誌，皺著眉頭。

「你又插手日野樂器社的企劃案了。營業部門的人向我抗議，社長你任意插手企劃案，使他們很難做事。他們也不是門外漢，你就全權交給他們處理好了嘛！」

「只有日野樂器社的事，我不願意完全交給別人處理，如果有時間，我還想一手包辦呢！」

「我們已經不是一個小規模的ＰＲ公司，哪有由社長自己親自籌畫這份企劃書的道理，外人會以為我們公司沒人才了呢！」

大倉說得有理。

「我知道了，這是最後一次。」

「你總是無法脫離前線作業，是說我也一樣啦。」

「對了，昨天我在日本宣傳聯盟會議中，碰到日野樂器社的董事新井先生。已經很久沒有一起用餐了，下星期怎麼樣？你有沒有空？」
「我會盡量配合社長。」
女秘書走進來，放下咖啡，取走錄音機正打算走出去，我叫住她，請她替我向新井預約。
秘書出去後，我拿起桌上的雜誌。
「西班牙已經改變了很多，佛朗哥總統死後至今不過十年，卻發生了這麼大的變化。」
大倉把眼鏡往上推。
「喔，已經過了十年了啊，不，應該是快要十一年了。」
「唉，時間過得真快，好像是昨天才發生的事情。」
「是啊，那時候我的頭髮還很多，真令人懷念。」
「說到懷念，你太太最近如何？好嗎？」
「她很好啊，只是愈來愈胖了，沒有辦法。」
「你還說別人，你怎麼不和她一起打網球？」
「和我的太太？拜託你饒了我吧。」
「如果你不想打網球，比劍術也可以呀，你的劍術不是很高明嗎？」
大倉伸長脖子，探向我手上的雜誌。
「有沒有什麼有趣的新聞？」
我手伸向咖啡杯。
「有啊，十一年前，佛朗哥死亡的日期，其實和他實際的死期相差一天。」
大倉抬頭露出很感興趣的表情。
「這是什麼意思？」

我向大倉解說，當時佛朗哥的幕僚為了把他的忌日和荷西‧安東尼奧的忌日安排成同一天，故意遲一天發表他的死訊。

聽完我的話，大倉扭動脖子發出聲音。

「西班牙真是一個有趣的國家。」

我看一看窗外，天空好像亮了一點。

我再度把目光轉向大倉。

「還有更有趣的事呢！」

「什麼事？」

我點了根菸。

「在佛朗哥生前，佛蘿娜‧拉墨斯曾經說過一件事。她說，西班牙內戰始於一九三六年七月十八日，而佛朗哥贏得勝利奪取政權後，在一九三九年四月一日發佈內戰結束的宣言。三十六年加上三十九年等於七十五年，七月加四月等於十一月，十八日加一日等於十九日。因此，她認為佛朗哥會在一九七五年十一月十九日死亡。」

「真是無稽之談！又不是小學生在算數學。」

大倉笑出聲音。然後又表情認真地問：

「佛朗哥是什麼時候死的？」

「就是我從西班牙回來的半個月以後，也就是一九七五年十月初，他是因為流行性感冒病倒，後來引起心臟病而病危。十月底，范‧卡爾羅斯（Juan Carlos）王子就任臨時國家元首，代理國務。」

大倉喝一口咖啡，再推一推眼鏡。

「然後呢？」

「他們集合了全國最好的醫師，前後施行了三次開腹手術，這段時間佛朗哥雖然已經是八十歲的高齡，仍然維持令人驚異的生命力。但是，無論任何高超的醫療技術，都無法改變他的命運，這位西歐最後的獨裁者終於走完他的路。」

「你不要賣關子了，快說，他到底是哪一天死的？」

「西班牙對外發表的日子是十一月二十日上午五點二十五分，十一月二十日，三十九年的這一天是荷西・安東尼奧被槍決的日子。」

大倉瞅著我。

「其實他們撒謊對不對？他們是故意把佛朗哥和安東尼奧的忌日安排在同一天。」

「對。佛朗哥其實是死於前一天十一月十九日晚上。根據這份雜誌的記載，維持佛朗哥生命的裝置是在十九日拆除的，如果記載屬實，那麼佛蘿娜的預言完全應驗了。」

那次的事件後不久，佛蘿娜就和巴克－津川陽結婚了。一年後，他們兩人和契約期滿的拉墨斯回沒有佛朗哥的西班牙定居。

拉墨斯在兩年前去世。生前，他把吉他的製造技術全部傳給他的外孫女夫妻。現在他們兩人繼承拉墨斯的工作房，繼續製造吉他。

稱為「卡迪斯紅星」的鑽石在佛朗哥死後，獻給繼承王位的范・卡爾羅斯，現在已經收藏在菲利普・岡薩雷斯（Felipe Gonzalez）政府的國庫裡。至於吉他本身，則是鑲上玻璃珠，放在拉墨斯工作房裡面。「山多斯・艾爾南德士」還是應該放在原來的地方。

大倉乾咳一聲。

「再怎麼說，這應該是偶然吧。他死亡的日期怎麼可能用這種方式推算出來，這也太巧了。」

大倉像是要說服自己。

「這也很難講，不能完全以巧合做結論。命運之神總是在我們看不見的地方操縱著每一個人。」

「社長，你什麼時候變成宿命論者？」

「我並不是宿命論者，宿命論者是指企圖戰勝命運而失敗的人。」

我正在回想那段苦澀的過去，對講機的聲音把我拉回現實，我走向桌子。

「什麼事？」

「全日本消費者同盟的槇村會長打電話找您。」

我接起電話，坐在沙發上。

「請幫我接過來。」

「喂，好久不見。最近ＰＲ業界的景氣如何？」

她的聲音仍然很年輕。

「還好。近年來ＰＲ人員增加很多，我們的工作競爭愈來愈激烈，生意也不太好做了。」

「今天晚上我們聚一聚，喝杯酒，聊聊那些陳年往事如何？你不要擺出猶豫的臉色，我並不是在徵詢你的意見，而是強制執行。你不要跟我說你要參加法事什麼的，這個時間你可是——」

我把話筒夾在耳朵和肩膀之間，燃起一根菸，深深地吸了一口，把煙圈噴向天花板。

槇村真紀子愉快的聲音，不停地在我耳邊絮絮叨叨。她愉快的聲音感染了我，不知不覺我笑了出來。

我想，我也是一個宿命論者。

後記

逢坂剛

這本書完稿到現在正好三十年。

我當時正在公司上班，總共花了一年的時間才完成這本書的初稿，完成的時間是一九七七年六月。我當時用的是KOKUYO的橫寫稿紙，共寫了一千四百五十張，連我自己都覺得寫了很多，是本頗有重量的作品。

雖然這麼說你們可能會覺得我在拖延篇幅，但是其實我在寫這本書的時候，根本沒想過「出書」，或「想成為作家」這些事情。直到我完成這本書之後，我才想到「不知自己寫的這本書的程度如何？」，所以想聽聽編輯的意見。

於是請編輯幫忙看稿，但是那位編輯卻突然生病住院無法幫我審閱，於是稿子又回到了我身邊。後來也找不到其他可以幫我看稿的編輯，因此這本書的原稿就躺在抽屜的深處了。在當時，根本就沒有出版社會願意幫一個外行人，看他寫的近一千五百張的原稿，更別說是出版了。

此時，我的腦海裡第一次浮現了「當作家」的這個念頭。於是我想若是我得到了新人賞，有了作家的稱號之後，那麼編輯們或許會改變他們的看法，願意看這本書的原稿也不一定。之後三年，我耐心地到處投稿新人賞，終於在一九八〇年夏天獲得了ALL讀物推理小說新人賞。但是我在編輯的眼中仍然算不上是專業作家，所以《卡迪斯紅星》的原稿依舊窩在暗無天日的抽屜裡。

一九八六年二月出版了《百舌吶喊的夜晚》之後，我多少受到了些矚目，因此《卡迪斯紅星》終於獲得了賞識。此時離初稿完成日已經將近九年了，而且除了出現願意看原稿的編輯外，這位編輯還在十天之後馬上聯絡我，表示他們非常想要出版這個故事，我真的非常開心。橫向書寫的文章通常不太受歡迎，更何況我還寫了那麼多，我深深感謝這位看完厚厚原稿的編輯。幸好我的字跡寫得很工整，若是字跡潦草的話，編輯可能也不會讀完吧，想到這裡我就忍不住流了一身冷汗。

這部作品在出版之前，編輯有兩個要求。

第一個是書名。這本書原來的書名是《再見了，西班牙的日子》，編輯認為太過抒情，希望更改。因此我選了篇章名之一的〈卡迪斯紅星〉當作書名，而編輯也同意了。

第二個是編輯希望刪掉約兩百頁的篇幅。若出版成一冊，一千四百五十張稿紙的份量太長了，如果分成上下兩冊又會不好賣。但是刪掉兩百頁可不是單純直接砍文就可以的，因此，我把原來是在公司上班的男主角換成自己經營公司，然後將公司內部派系鬥爭的部分全部刪除，因為不這麼大篇幅地改動，是無法刪除這麼多頁數的。

當了六年專職作家的我，本來打算乘此機會重新修改初稿，但我馬上放棄這個念頭。對小說本身而言，或許用字遣辭會因此變得比較洗鍊，不過這麼一來作品可能就會喪失處女作中所該有的熱情。於是我只訂正了文中明顯的錯誤以及不適當的表現方式，而文章內容與對話，基本上是不加以修改的。

我到現在仍然認為這個決定是正確的。因為藉由這次新版文庫本的出版，我又再度重讀了全文，閱讀的時候，讓我想起當初自己全心投入書寫這部作品時的年輕歲月。由我自己說出口可能有點奇怪，但是我的確感受到了處女作中所擁有的熱情。雖然文中有幼稚未成熟的部分，也有過於用力的地方，但是這樣就好。處女作是作家用盡心力完成的，換句話說，作家是無法寫出超越處女作的作品的，我覺得就某種意思來說，這句話是正確的。

我這次一樣沒有大篇幅地改動，只有為了讓讀者容易閱讀，小限度地訂正了字句，基本架構是完全不變的。我想現在應該可以將這本《卡迪斯紅星》視為最終版本吧。

作家喜歡讀自己的作品說起來總覺得很害羞，但是看過前述的過程後，我希望讀者們能夠理解，我對這個作品擁有很特別的情感。除了尚未閱讀過此作品的讀者之外，我也真切地希望已經讀過一次的讀者們，能再度閱讀這本書。

這是過了很久再度重讀自己作品的我，最真實的想法。

伊甸

近藤史惠◎著

在這座人性激盪的失樂園裡，
凡人或聖人、朋友或敵人，都只在一念之間！

白石誓現在回想起來，要不是訓練過程中一路緊跟著隊上「主將」米柯的踩踏腳步，自己根本沒有機會闖進所有自由車手夢寐以求的環法賽。但美好的憧憬卻在開賽前一夕變色！總教練突然召集全隊車手，宣告車隊面臨解散危機，為了爭取贊助商的金援，大家必須聽從他的指示重新「佈局」，放棄支持自家主將米柯，轉而支援另一隊的超級新人尼古拉爭取冠軍。

隨著賽事進行，阿誓發現其他的隊友們為了自己的未來，紛紛背棄了米柯。阿誓很清楚違反車隊的命令會有什麼下場，但究竟該怎麼做才對得起自己、對得起讓他能有今天的前輩？面對內心的煎熬，阿誓將做出什麼樣的選擇？就在此時，禁藥的疑雲卻已悄悄籠罩在所有人身上……

如果比賽還沒開始，就已經結束；如果注定失敗，又該如何堅持勝利？近藤史惠透過在理想與現實的深淵中掙扎的阿誓，深刻寫出生命的重量與友情的代價，也讓我們一旦拿起，便難以放下！

少女

湊佳苗◎著

《告白》、《贖罪》名家最冷洌的剖白、最衝擊的震撼！

由紀和敦子從小就是最要好的朋友，曾經偷偷交換著無數的小秘密，只是，如今那些都已經過去了。長大以後的秘密，總是比小時候複雜得多，而當秘密愈難開口、愈積愈多，曾經的死黨也會愈來愈陌生，就像由紀和敦子。

高二放暑假前夕，兩人從轉學生紫織口中聽見一件很震撼的事——原來，紫織曾經目擊好友自殺！她那感傷中又參著興奮的口吻彷彿在炫耀「我和妳們不一樣」，令由紀和敦子好羨慕。她們也好想看看，一個人呼吸驟止的那瞬間是什麼表情？更重要的是，看過了之後，自己會不會也變得「不一樣」？不約而同地，兩人決定了暑假計畫：她們要看自己周遭的人演出最完美的死亡！

兩名少女瞞著彼此，悄悄開始了與死神的較勁，卻沒料到竟因此引發了一連串的連鎖反應，計畫也逐漸失控……

湊佳苗一人分飾多角，深刻道出少女們內心明亮又陰翳、純潔又複雜、熱情又冷酷的多重面相，以及對自我的疑惑、對友情的期待，與脆弱怕受傷的微妙心理。書中的每一個角色都帶著伏筆，故事背後隱藏著另一段故事，情節環環相扣之餘，結局更將令人大吃一驚！

渴愛的城市

石田衣良◎著

「直木賞」名家最赤裸的愛情告白！
都會男女必讀的戀愛啟示錄！

儘管梨花知道酒後的舉動會嚇壞室友博人，甚至讓他們之間單純的關係一夕覆滅，但此時的她，再也無法壓抑即將奔出胸口的熾烈慾望，從內而外地渴望這個坐在身旁的男子……

那個記憶中牙牙學語的孩子，已好一陣子沒步出家門了。志郎總在優樹打開房門的瞬間，默默地審視成為「尼特族」的獨子，他知道，一旦離開他的保護傘，孩子將會面對什麼樣的殘酷現實……

六十三歲的靜子不知道，為什麼自己不過上了點年紀，就沒資格戀愛？！孩提時代、熱戀的青春歲月到轉眼消逝的中年，都是一路走來的連貫歲月，為什麼眼前這個肌膚光滑的年輕女人，就是無法認同和理解？……

「直木賞」名家石田衣良形容，《渴愛的城市》是一本讓他寫到不能遏止情緒、猶如「略帶苦味的黑巧克力」般的作品。從故事裡十個不同年齡的男女身上，我們看到了十種都會生活糖衣下包覆的孤獨與落寞，在渴盼愛的同時，也畏懼愛，更深刻地提醒我們，無論身處什麼樣的境地，無論面臨什麼樣的難關，唯有心不頹圮，愛才不會跟著崩壞！